HEYNE BÜCHER

SCIENCE FICTION

Herausgegeben
von Wolfgang Jeschke

Von Jack Vance erschienen in der Reihe
HEYNE SCIENCE FICTION & FANTASY:

Start ins Unendliche · 06/3111
Emphyrio · 06/3261
Die sterbende Erde · 06/3606, erneut · 06/3977
Showboot-Welt · 06/3724
Maske: Thaery · 06/3742, auch ↗ 06/1011
Die Welten des Magnus Ridolph · 06/4053

ALASTOR-ZYKLUS:

Trullion: Alastor 2262 · 06/3563
Marune: Alastor 933 · 06/3580
Wyst: Alastor 1716 · 06/3816

DER DÄMONENPRINZ-ZYKLUS:

Jäger im Weltall · 06/3139
Die Mordmaschine · 06/3141
Der Dämonenprinz · 06/3143
Das Gesicht · 06/4013
Das Buch der Träume · 06/4014

DIE DURDANE-TRILOGIE:

Der Mann ohne Gesicht · 06/3448
Der Kampf um Durdane · 06/3463
Die Asutra · 06/3480

Auch als Sonderausgabe in einem Band:

Durdane · 06/4361

JACK VANCE

DIE DURDANE-TRILOGIE

Der Mann ohne Gesicht
Der Kampf um Durdane
Die Asutra

Drei Romane
in einem Band

Sonderausgabe

herausgegeben von
Wolfgang Jeschke

WILHELM HEYNE VERLAG
MÜNCHEN

HEYNE SCIENCE FICTION & FANTASY
Nr. 06/4361

Sonderausgabe der Bände

Der Mann ohne Gesicht
(THE ANOME)
(HEYNE-BUCH Nr. 06/3448)

Der Kampf um Durdane
(THE BRAVE FREE MEN)
(HEYNE-BUCH Nr. 06/3463)

Die Asutra
(THE ASUTRA)
(HEYNE-BUCH Nr. 06/3480)

Deutsche Übersetzungen von Thomas Schlück
Das Umschlagbild schuf Jim Burns

Redaktion: Werner Bauer

Printed in Germany 1986
Umschlaggestaltung: Atelier Ingrid Schütz, München
Satz: Schaber, Wels
Druck und Bindung: Elsnerdruck, Berlin

ISBN 3-453-31369-0

Inhalt

[illegible]

[illegible]

[illegible]

[illegible]

DER ERSTE ROMAN

Der Mann ohne Gesicht

DER MANN OHNE GESICHT
erschien ursprünglich als HEYNE-Buch Nr. 06/3448
Titel der amerikanischen Originalausgabe
THE ANOME
Deutsche Übersetzung:
Thomas Schlück

1

Als Mur neun Jahre alt war, hörte er im Haus seiner Mutter einen Mann scherzhaft über den Mann ohne Gesicht fluchen. Hinterher fragte Mur seine Mutter: »Gibt es den Mann ohne Gesicht wirklich?«

»O ja«, erwiderte Eathre.

Mur bedachte das Problem eine Weile und fragte dann: »Wie kann er sehen oder riechen oder essen?«

Eathre erwiderte mit ihrer ruhigen Stimme: »Irgendwie schafft er das wohl.«

»Müßte interessant sein, ihm zuzuschauen«, sagte Mur.

»Zweifellos.«

»Hast du ihn je gesehen?«

Eathre schüttelte den Kopf. »Der Mann ohne Gesicht hat keinen Kummer mit den Chiliten, also brauchst du dir auch um ihn keine Sorgen zu machen.« Sie fügte gedankenverloren hinzu: »Sei's nun gut oder schlecht, aber so ist es nun mal.«

Mur, ein hageres, nachdenkliches Kind, zog die dunklen Brauen zusammen, die ein Erbe seines unbekannten Blutvaters waren. »Warum soll das gut sein? Oder schlecht?«

»Was für ein neugieriges Kind du bist!« seufzte Eathre. Ihre Lippen zuckten: vielleicht eine Anwandlung von *Chsein**. Aber sie sagte: »Wenn ein Mensch das chilitische Gesetz übertritt, strafen ihn die Ekklesiarchen. Flieht er, nimmt ihm der Mann ohne Gesicht den Kopf.« Eathres Hand betastete ihren Halsreif, eine Bewegung, die dem Volk von Shant eigen war. »Wenn du die chilitischen Gesetze befolgst, brauchst du um deinen Kopf nicht zu fürchten. Das ist eben ›gut‹. In einem solchen Fall bist du jedoch Chilite, und das ist ›schlecht‹.«

Mur schwieg. Die Antwort war beunruhigend. Hätte sein Seelenvater sie gehört, müßte sich Eathre zumindest auf eine Ermahnung gefaßt machen. Vielleicht würde sie auch in die Gerberei versetzt, und Murs Welt wäre vernichtet. Die Zeit,

---

* *Chsein:* (1) Anerzogenes Zurückweichen vor einem verbotenen Gedanken. (2) Blindheit oder Vergeßlichkeit gegenüber fremden, verbotenen oder unorthodoxen Tatsachen.

die ihm »bei der Muttermilch« verblieb (um den chilitischen Begriff zu benutzen), war ohnehin kurz: drei oder vier Jahre ... Ein Wanderer betrat das Haus. Eathre legte sich eine Blumengirlande um die Stirn und füllte einen Weinkrug.

Mur setzte sich in den Schatten des Rhododendron auf der anderen Seite des Wegs. Einer solchen Begegnung verdankte er seine Existenz, das wußte er; eine Ursünde, die er auslöschen mußte, wenn er ein chilitischer Reiner Junge wurde. Der Vorgang übersteig seine Vorstellungskraft. Eathre hatte vier Kinder geboren. Delamber, ein sechzehnjähriges Mädchen, unterhielt bereits ein eigenes Häuschen am Westende des Wegs. Das zweite Kind, Blink, drei Jahre älter als Mur, hatte bereits die weiße Robe eines Reinen Jungen angelegt und den Namen Chalres Gargamet angenommen – zur Ehre Chalres', des chilitischen Asketen, der in den Ästen der Heiligen Eiche gelebt hatte und dort auch gestorben war, nur vier Meilen entfernt im Mirktal, und zur Ehre Bastin Gargamets, des Meistergerbers, der (beim Räuchern von Ahulphhäuten*) die heiligen Eigenschaften des Galga** entdeckt hatte. Das vierte Kind, zwei Jahre nach Mur geboren, war krank gewesen und in den Abwässern der Gerberei ertränkt worden, was auf Eathres Ruf abgefärbt hatte, der man sexuelle Exzentrizität vorwarf.

Mur saß unter den Rhododendrenbüschen, kratzte Linien in den weißen Staub und musterte die Passanten: einen Kaufmann in einem Wagen, den er an der Ballon-Weg-Station im Kanton Seamus gemietet hatte, und drei junge Vagabunden – bei denen es sich nach den grünbraunen Senkrechtstreifen ihrer Halsreifschilder um Landarbeiter handelte.

Mur regte sich. Sein Feld mit Seidenbäumen mußte versorgt werden; wenn die Spulen erschlafften, wurde der Faden ungleichmäßig und rauh. Ein dampfgetriebener Wagen

---

* *Ahulph:* Ein halb-intelligenter Zweifüßler, auf Durdane zu Hause, in der Wildnis lebend, hier und da auch gezähmt und für verschiedene Zwecke gezüchtet, von einfachen Arbeiten bis zum Haustier. Im Krankheitsfalle verbreitet der Ahulph einen Gestank, der ihm selbst widerlich ist.

** *Galga:* Getrocknete Blätter des Easil-Busches, pulverisiert, mit Easilmasse und Ahulph-Blut gebunden: ein wichtiges Hilfsmittel der chilitischen Anbetung Galexis'.

kam vorbei, beladen mit schönen langen Schwarzholzstämmen. Mur, seine Seidenbäume vergessend, rannte los, und hängte sich hinten an die Ladung und ließ sich erst an der Mirkbrücke wieder fallen. Dort sah er dem Wagen nach, bis er auf der schlechten Straße in Richtung Osten verschwunden war. Eine Zeitlang warf er Kiesel in den Mirk. Unmittelbar oberhalb der Brücke drehte sich ein Wasserrad und mahlte Galle, Alaun, Farbsteine, alle Arten von Gräsern, Wurzeln und Chemikalien für die Gerberei.

Gemächlich wanderte Mur den Rhododendronweg zurück und fand, daß der Reisende wieder gegangen war. Eathre stellte ihm Brot und Suppe hin. Während des Essens äußerte Mur die Frage, die ihn schon den ganzen Morgen beschäftigt hatte. »Chalres ähnelt seinem Seelenvater, ich aber nicht. Ist das nicht seltsam?«

Eathre wartete darauf, daß ihr die Erkenntnis ins Bewußtsein strömte – ein herrlich elementarer Vorgang, wie das Aufblühen von Bäumen, wie Saft, der aus einer beschädigten Frucht rinnt. »Du und Chalres, ihr habt keine Blutbande zum Großen Mann Osso oder irgendeinem anderen Chiliten. Diese Männer wissen nichts von richtigen Frauen. Chalres' Vater kenne ich nicht. Dein Blutvater war ein Wanderer, ein Musikmacher, einer von jenen, die allein reisen. Ich war traurig, als er weiterzog.«

»Er ist nie zurückgekommen?«

»Nie.«

»Wohin ist er denn gegangen?«

Eathre schüttelte den Kopf. »Männer wie Dystar durchwandern alle Kantone Shants.«

»Und du konntest ihn nicht begleiten?«

»Nicht solange Osso meinen Kontrakt hält.«

Mur aß seine Suppe in nachdenklichem Schweigen.

Delamber trat in das Häuschen, einen Mantel um ihr grünblau-gestreiftes Kleid gehängt. Wie Mur war sie schmal und ernst; wie ihre Mutter war sie groß und gleichmütig wie ein dahinströmender Fluß. Sie ließ sich auf einem Stuhl sinken. »Ich bin schon müde; ich habe drei Musiker aus dem Lager gehabt. Der letzte war besonders schwierig und hat dazu noch viel geredet. Er hat mir von Barbaren erzählt, den Rogushkoi: gewaltige Trunkenbolde und sehr hinter Frauen her. Hast du schon davon gehört?«

»Ja«, sagte Eathre. »Der Mann, der eben gegangen ist, sprach mit großem Respekt von ihnen. Er sagte, ihre Lust übersteige das normale Maß, und keine Frau sei vor ihnen sicher, und sie bezahlten auch nicht.«

»Warum vertreibt der Mann ohne Gesicht sie nicht?« fragte Mur.

»Wilde Menschen tragen keine Halsreife; der Mann ohne Gesicht kann sie also nicht bändigen. Auf jeden Fall sind sie zurückgetrieben worden und werden nicht mehr für gefährlich gehalten.«

Eathre servierte Tee; Mur nahm zwei Stücke Nußkuchen und ging in den Garten hinter dem Häuschen, wo er die Stimme Chalres', seines Seelenbruders, vernahm.

Mur blickte sich ohne Begeisterung um. Chalres kam den Hang herab, blieb am Rand des Gartens stehen, den er aus Angst vor Beschmutzung nicht zu betreten wagte. Chalres, der Mur absolut nicht ähnelte, war dünn und groß und hatte ein kleines, ausgeprägtes Gesicht, das ständig in Bewegung war. Seine Augen blinzelten, traten vor, verdrehten sich, zuckten nach links und rechts; seine Nase zuckte; er grinste, grimassierte, bleckte die Zähne, fuhr sich mit der Zunge über die Lippen, brach in lautes Lachen aus, wo ein Lächeln genügt hätte; er kratzte sich die Nase, rieb sich über die Ohren, machte hektische, auffällige Handbewegungen. Mur hatte sich schon oft gefragt, warum sich er und Chalres in so vieler Hinsicht unterschieden. Hatten sie denn nicht dieselbe Mutter, denselben Seelenvater? In gewissem Maße ähnelte Chalres ihrem gemeinsamen Seelenvater, dem Großen Mann Osso, der selbst hager, bleich und dünn wie ein Glockenschlegel war.

»Komm mit«, sagte Chalres, »du sollst Beeren pflücken.«

»Beeren pflücken? Wer sagt das?«

»Ich sage es, und um die Reinheit vor dem Frauenmakel zu schützen, habe ich geweihte Handschuhe für dich mitgebracht. Achte darauf, daß du nur seitwärts atmest, dann ist alles gut. Was ißt du da?«

»Nußkuchen.«

»Hm ... Ich habe heute morgen nur Kekse und Wasser gegessen ... Nein. Ich wage es nicht. Osso würde davon erfahren. Er hat eine Nase wie ein Ahulph.« Er warf Mur einen Korb mit einem Paar weißen Handschuhen hin: Mur nahm an, daß es sich um Chalres' Handschuhe handelte, die er als Reiner Junge anziehen mußte, wenn er Nahrungsmittel berührte. Chalres schätzte seine Bequemlichkeit offenbar höher ein als die Angst, das Essen zu verunreinigen, das ohnehin für den Tisch der Chiliten bestimmt war.

Mur, der Chalres nicht besonders mochte, brachte ein gewisses Verständnis für seine Leiden auf; in absehbarer Zeit würde er dasselbe durchmachen. Ohne Widerrede nahm er den Korb: wenn die Täuschung entdeckt wurde, war schließlich Chalres der Übeltäter. Er fragte mürrisch: »Willst du nun ein Stück Kuchen? Oder nicht?«

Chalres betrachtete den Hang, die weiße Masse des Tempels von Bashon, die Reihe der dunklen Nischen unter den Mauern, wo die Reinen Jungen wohnten. »Gehen wir zu dem Aparbaum dort.«

Hinter dem Baum zog Chalres feierlich die weißen Handschuhe an, nahm das Stück Nußkuchen und schlang es hinunter. Dann leckte er sich die Krümel von den Wangen ab, verzog das Gesicht zu einer Grimasse des Unbehagens, hustete, zuckte mit der Nase und blickte den Hügel hinauf. Endlich machte er beruhigt eine großartige Armbewegung, die den ganzen Zwischenfall aus dem Gedächtnis löschen sollte.

Nun schlugen die beiden den Weg zum Beerenfeld ein, das sich am westlichen Ende des Rhododendronwegs befand, wobei Chalres auf einen deutlichen Abstand von seinem nicht gereinigten Seelenbruder achtete.

»Heute abend kommen die Ekklesiarchen zu einem Lehrkonklave zusammen«, sagte Chalres mit wichtiger Miene. »Dazu wollen sie einen Nachtisch aus Beeren haben, und das erfordert einen großen Korb. Kannst du dir das vorstellen – ich allein soll diese Menge pflücken! Trotz der Feinheit ihrer Ideale und der Strenge ihrer Willenskraft verzehren sie jeden Bissen, der ihnen vorgesetzt wird.«

»Ha!« sagte Mur in finsterer Herablassung. »Wie lange noch, bis du aufgenommen wirst?«

»Noch ein Jahr. Ich habe bereits Haare am Körper.«

»Weißt du, daß du nie wieder frei herumwandern kannst, sobald sie dir einen Reif um den Hals gelegt haben?«

Chalres schnaubte durch die Nase. »Das ist fast, als wolltest du sagen: Ist ein Baum erst groß geworden, kann er nie wieder ein Same werden.«

»Dann wanderst du also nicht gern?«

Chalres knurrte eine ausweichende Antwort. »Auch Wanderer tragen Halsreife. Zeige mir einen Wanderer ohne Reif, und ich zeige dir einen Ausländer.«

Darauf hatte Mur keine Antwort parat. Nach kurzem Überlegen fragte er: »Die Rogushkoi – sind das auch Ausländer?«

»Die was? Von denen habe ich noch nie gehört.«

Mur, der kaum mehr wußte als Chalres, schwieg. Sie kamen an der Seidenbaum-Plantage vorbei, wo sich Mur um eine Gruppe von zweihundert Spulen kümmerte; dann stiegen sie zum Beerenfeld hinab. Chalres blieb stehen und blickte zum Tempel. »Hör mal – du gehst jetzt auf den unteren Teil; ich ernte hier oben, wo man mich vom Tempel aus sehen und wohlwollend beurteilen kann, wenn man dazu geneigt ist. Und trag die Handschuhe! Das ist die mindeste Vorsichtsmaßnahme.«

»Wieviel will Osso mindestens haben?«

»Das kann man nur vermuten. Ich brauche wenigstens zwei Körbe voll – also beeil dich. Vergiß die Handschuhe nicht! Die Chiliten riechen Frauenmakel eher, als ein normaler Mensch Rauch aufspürt.«

Mur ging zum unteren Rand des Beerenfeldes, wo er einen weiteren Umweg machte, um sich das Lager der Musiker anzusehen. Es war eine ungewöhnlich große Truppe – aus sieben Wagen bestehend, von denen jeder vielsagende Farbmuster aufwies: hellblau für Fröhlichkeit, rosa für Unschuld, okker für Sunuschein*, graubraun für handwerkliche Geschicklichkeit.

Die Truppe beschäftigte sich mit Routinearbeiten im Lager – man kümmerte sich um die Zugtiere, schnitt Gemüse im

* *Sunuschein:* eine lebhafte, aufbrausende Fröhlichkeit, durchzogen von Fatalismus und tragischer Verzweiflung.

Kessel, schlug Polster und Decken aus. Als Gruppe waren diese Menschen sehr viel überschwenglicher und unsteter als die Chiliten; ihre Gesten wirkten abrupt und oft übertrieben; wenn sie lachten, warfen sie den Kopf in den Nacken; sogar die ständig Mürrischen bekundeten ihr Wesen in klarer Pose. Ein alter Mann saß auf der Treppe eines Wagens und setzte neue Stifte in eine kleine krummhalsige Khitan ein. In der Nähe übte ein Junge, der etwa so alt war wie Mur, auf der Gastaing und schlug Tonfolgen und Arpeggios an, während ihm der Alte mürrisch Ratschläge gab.

Mur seufzte, wandte sich ab und stieg zum Beerenfeld empor. Vor ihm bewegte sich ein hellbrauner Fleck; Blätter raschelten. Mur blieb stehen und ging langsam weiter. Als er durch das Blattwerk starrte, entdeckte er ein Mädchen, das ein oder zwei Jahre älter sein mochte als er und das geschickt Beeren pflückte und mit schnellen Bewegungen den Korb an ihrem Arm füllte.

Aufgebracht über die Frechheit der Fremden eilte Mur los, stolperte über einen Ast und landete in einem Busch. Das Mädchen warf einen verblüfften Blick über die Schulter, ließ ihren Korb fallen und rannte mit hochgezogenem Rock durch das Beerenfeld. Mur rappelte sich auf und blickte dem Mädchen nach. Er hatte es nicht erschrecken wollen, aber es war nun mal geschehen. Zerkratzte Beine oder nicht – sie hatte bei den chilitischen Beeren nichts zu suchen. Er nahm den Korb, den sie zurückgelassen hatte, und schüttelte boshaft die Beeren in seinen eigenen. Da hatte das Konklave seinen Nachtisch!

Er steckte die Handschuhe in die Tasche und pflückte eine Weile, wobei er sich langsam hangaufwärts bewegte. Kurz darauf hörte er Chalres' Stimme. »Junge! Wo sind die Beeren! Hast du gearbeitet oder gebummelt?«

»Sieh doch selbst«, sagte Mur.

Chalres starrte in den Korb, wobei er bewußt ignorierte, daß Mur keine Handschuhe trug. »Hmm. Du machst dich ja. Überraschend. Naja, schütte sie hier hinein. Ich werde sagen, mehr waren nicht zu finden ... Ausgezeichnet. Ach ja, die Handschuhe. Du bist ja sehr sauber.« Chalres zerdrückte eine Beere zwischen zwei Handschuhfingern. »So sieht es noch besser aus. Und daß du mir nichts verrätst.« Drohend wandte sich sein Gesicht in Murs Richtung. »Denk dran, wenn du ein Reiner Junge bist, bin ich längst Chilite – und viel strenger als jetzt, denn ich erkenne, daß die Dinge nun mal so sind!« Er schlug den Weg zum Tempel ein.

Da er nichts weiter zu tun hatte, pflückte Mur noch ein paar Beeren für seine Mutter, wobei er auch einen guten Teil der Früchte aß. Nach einiger Zeit tauchte, wie schon halb erwartet, der hellbraune Rock des Wanderermädchens wieder auf. Mur bewegte sich langsam in ihre Richtung, wobei er dafür sorgte, daß sie ihn hören mußte, und diesmal machte sie keine Anstalten zu fliehen. Statt dessen kam sie mit zorngerötetem Gesicht auf ihn zu. »Du kleiner Wildling, du hast mich erschreckt! Du hast meine Beeren gestohlen! Wo sind sie? Gib sie mir, ehe ich dir deine lächerlichen Ohren langziehe!«

Mur, der ziemlich verblüfft war, versuchte sich unerschütterlich würdevoll zu geben, wie es einem Chiliten zukam. »Du brauchst mich nicht zu beschimpfen.«

»O doch! Wie soll ich einen Dieb anders anreden?«

»*Du* bist die Diebin! Dies sind Beeren der Chiliten!«

Das Mädchen warf die Hände hoch und stieß einen Laut der Gereiztheit aus. »Wer ist hier der Dieb und nicht der Dieb? Egal, wenn ich nur meine Beeren habe.« Sie entriß Mur den Korb, beäugte mit schiefgelegtem Kopf die Handvoll Beeren darin. »Hatte ich nicht mehr gepflückt?«

»Oh, da waren viel mehr«, erklärte Mur in würdiger Offenheit. »Ich gab sie meinem Seelenbruder. Sei nicht böse; sie gehen in das chilitische Konklave. Ist das nicht ein großartiger Spaß? Eine Frau hat das Essen entehrt!«

Das Mädchen begann sich wieder aufzuregen. »Ich habe kein Essen entehrt! Wofür hältst du mich?«

»Vielleicht verstehst du nicht, daß ...«

»Nein, wirklich nicht, und ich werde sie nie verstehen, die Chiliten! Ich kenne eure schlimme Art! Ihr berauscht euch mit Rauch und träumt lüsterne Träume; eine so komische Sekte hat es noch nirgendwo gegeben!«

»Die Chiliten sind keine Sekte«, erklärte Mur streng, wobei er die Lehre zitierte, die er von Chalres gehört hatte. »Ich kann dir nur wenig sagen, weil ich bis jetzt nicht mal ein Reiner Junge bin und erst in drei oder vier Jahren meine Seele voll beherrsche. Die Chiliten sind das einzige emanzipierte und hochkultivierte Volk Durdanes. Alle anderen Menschen leben nach ihren Emotionen, während die Chiliten eine abstrakte und intellektuelle Existenz führen.«

Das Mädchen lachte herausfordernd. »Du Säugling! Was weißt du von anderen Menschen! Du bist ja noch nie mehr als hundert Meter weit von deinem Dorf fort gewesen!«

Mur vermochte diesem Spott nicht zu widersprechen. »Naja, ich habe von den Männern gelernt, die in das Haus meiner Mutter kamen. Und du darfst nicht vergessen, daß mein Blutvater ein Musiker war.«

»O wirklich? Wie hieß er denn?«

»Dystar.«

»Dystar ... komm mit zu den Wagen. Dort erfahre ich die Wahrheit über deinen Vater, was für eine Art Musiker er war.«

Murs Herz begann höher zu schlagen; er wich zurück. »Ich weiß nicht, ob ich das wirklich wissen will.«

»Warum nicht? Wovor fürchtest du dich?«

»Ich fürchte nichts. Ich bin ein Chilite, und als Chilite ...«

»Ja, ja – komm schon!«

Zögernd folgte ihr Mur und versuchte einen überzeugenden Grund zu finden, warum er das Lager der Musiker nicht betreten sollte. Das Mädchen blickte sich mit keckem Lächeln um, und schließlich begann sich Mur zu ärgern. Sie hielt ihn also für einen Lügner und einen Sonderling, ja? Nichts konnte ihn noch abhalten ... Sie betraten das Lager der Musiker. »Azouk, Azouk!« rief eine Frau. »Gibt es da Beeren? Bring sie her!«

»Keine Beeren«, erwiderte Azouk angewidert. »Dieser kleine Dieb hat sie mir abgenommen. Ich habe ihn mitgebracht, damit er mal tüchtig durchgeprügelt wird.«

»Laß das«, sagte die Frau. »Hast du Beeren oder nicht?«

Das Mädchen reichte ihr schwungvoll den fast leeren Korb. »Wie ich schon sagte. Dieser Knabe hat sie mir abgenommen und behauptet außerdem, sein Vater sei Musiker gewesen – ein gewisser Dystar.«

»Na, und warum nicht? Sind Musiker anders als andere

Männer? Zeugen und vergessen, so ist es doch.« Und sie fügte hinzu: »Seine Mutter muß eine methodische Frau sein.«

Mur wagte die schüchterne Frage: »Kannten Sie meinen Vater Dystar?«

Die Frau zeigte mit dem Finger. »Frag den alten Mann mit der kaputten Khitan. Er kennt jeden betrunkenen Musiker in Shant. Und du kommst mit mir, Azouk. Mußt du deine Zeit vertrödeln, du Schlampe? Hol Zweige und versorge das Feuer!« Die Frau rührte in einem Kessel; mit herausfordernder Kopfbewegung verschwand das Mädchen hinter einem Wagen. Mur blieb allein zurück. Niemand brauchte ihn. Alle Angehörigen der Truppe arbeiteten konzentriert, als wäre ihre jetzige Aufgabe die wichtigste Handlung, die sie je vollbringen würden. Von den Menschen im Lager schien der alte Mann der entspannteste zu sein, aber auch er arbeitete mit energischen Bewegungen und wiederholten Pausen, während derer er seine Arbeit stirnrunzelnd betrachtete. Schritt um Schritt wagte sich Mur näher heran. Der alte Mann warf ihm einen kühlen Blick zu und begann eine Saite auf die gekrümmte Khitan zu ziehen.

Mur beobachtete ihn in respektvollem Schweigen. Während der Arbeit zischte der alte Mann eine Melodie durch die Zähne. Er ließ seine Ahle fallen; Mur hob sie auf und reichte sie ihm. Dafür wurde er mit einem zweiten Blick belohnt. Mur trat noch einen Schritt näher.

»Also«, sagte der alte Mann herausfordernd, »findest du die Arbeit gut getan?«

Nach kurzem Zögern sagte Mur: »Ich glaube schon. In Bashon sehen wir aber nur wenige Musikinstrumente. Die Chiliten ziehen eine ›klare, kalte Stille‹ vor. Mein Seelenvater, Osso Higajou, regt sich schon über das Läuten eines Glockeninsekts auf.«

Der alte Mann unterbrach seine Arbeit. »Das will mir seltsam erscheinen. Was ist mit dir? Bist du ein Chilite?«

»Nein, noch nicht. Ich lebe bei meiner Mutter Eathre, auf halber Strecke des Wegs. Ich weiß nicht, ob ich Chilite werden will.«

»Und warum nicht? Sie leben doch ganz hübsch, in ›klarer, kühler Stille‹, und all die Frauen mühen sich für Sie ab.«

Mur nickte weise. »Ja, das stimmt wohl ... Aber zuerst müßte ich ein Reiner Junge werden, dabei will ich eigentlich meine Mutter nicht verlassen. Auch war mein Blutvater ein Musiker. Er hieß Dystar.«

»Dystar.« Der alte Mann spannte die neue Saite und fuhr mit dem Daumen darüber hin. »Ja, ich habe von Dystar gehört. Ein Druithine.«

Mur ruckte näher heran. »Was ist ein Druithine?«

»Das ist einer, der nicht mit einer Truppe musiziert. Er wandert allein – mit einer Khitan wie der hier, oder vielleicht auch mit einer Gastaing; so vermag er seine Weisheit und seine Lebensumstände mitzuteilen.«

»Er singt?«

»O nein! Kein Gesang! Der ist Spielmännern und Balladensängern vorbehalten. Wir halten Gesang nicht für Musik; das ist etwas völlig anderes. Ha-ha, was wohl Dystar dazu gesagt hätte!«

»Was für ein Mensch ist denn Dystar?«

Der alte Mann schob ruckartig den Kopf vor; Mur sprang erschrocken einen Schritt zurück. Der alte Mann fragte: »Warum fragst du das, der du ein Reiner Junge werden sollst?«

»Ich habe oft an meinen Vater gedacht.«

»Also gut, ich sag's dir. Er war ein kräftiger Mann mit hartem Gesicht. Er spielte mit Leidenschaft, und über seine Gefühle bestand nie ein Zweifel. Weißt du, wie er gestorben ist?«

»Ich wußte nicht, daß er tot ist.«

»Man erzählt sich folgendes. Eines Abends betrank er sich sehr. Er spielte* die Gastaing, und alle, die ihn hörten, waren tief bewegt. Hinterher, so heißt es, lief er die Straße entlang und jammerte, sein Halsreif erwürge ihn, und einige sahen, wie er daran zerrte. Ob er den Reif brach und sich den Kopf nahm, oder ob der Mann ohne Gesicht vorbeikam und sein Verhalten mißbilligte, ist nicht bekannt; aber am Morgen wurde sein Körper gefunden, und den herrlichen Kopf, der so voller Musik war, gab es nicht mehr.« Der alte Mann zerrte

---

* *Spielen:* eine unzureichende Umschreibung des shantschen Verbs ›*zuweshekar*‹, das bedeutet, ein Musikinstrument mit solcher Leidenschaft bedienen, daß die Musik eigenständiges Leben gewinnt.

unwillig an seinem Halsreif, Mur bemerkte die Farben: waagerechte Streifen aus Purpur und Rosa, die Farben der Musiker; ein persönlicher Code aus Blau, Dunkelgrün, Ocker, Scharlachrot, Blau und Purpur. Mur betastete seinen Hals, der noch nackt war. Wie würde es sein, wenn er einen Reif darum trug? Einige behaupteten, daß man sich noch Monate oder Jahre hinterher beengt fühlte und in ständiger Angst lebte; Mur hatte von Fällen gehört, daß jemand seinen Reif brach und sich damit den Kopf nahm. Mur fuhr sich mit der Zunge über die Lippen. Die Halsreife waren notwendig, aber manchmal wünschte er, er könnte Kind bleiben und mit seiner Mutter in einem netten Haus wohnen, weit weg von Bashon, ohne sich um Halsreife, Chiliten oder den Mann ohne Gesicht kümmern zu müssen.

Der alte Mann strich über die Khitan und ließ einige sehnsüchtige Akkorde erklingen. Mur beobachtete fasziniert die unerhört beweglichen Finger des Alten. Das Tempo nahm zu, die Melodie sprang hierhin und dorthin ... Der alte Mann hörte auf zu spielen. »Das war ein Tanz aus Barbado, einer Hafenstadt im Süden des Kantons Enterland. Wie hat es dir gefallen?«

»Sehr gut.«

Der alte Mann knurrte etwas. »Hier, nimm die Khitan und behalte sie. Morgen kannst du mir eine gute Tierhaut stehlen oder einen Eimer mit Beeren für mich pflücken oder mir nur gute Wünsche senden – ist egal.«

»Ich mache das alles!« rief Mur. »Und mehr, wenn du es verlangst! Aber wie lerne ich zu spielen?«

»Kein Problem, wenn du dich bemühst. Um die Tonart zu verändern, mußt du den Hals hier beugen; ansonsten brauchst du nur eine einzige Akkordfolge zu lernen; das komplette Schema ist hier auf der Rückseite eingeschnitzt. Wie die Akkorde zu verwenden sind – das ist etwas anderes und hängt von deiner Geschicklichkeit und einer langen Lebens- und Musikerfahrung ab.« Er hob mahnend den Finger. »Wenn du ein großer Druithine bist, denk daran, daß du deine erste Khitan von Feld Maijesto erhalten hast.«

Mur hielt ungeschickt das Instrument. »Ich kenne keine Melodien; in Bashon gibt es keine Musik.«

»Dann denk dir eigene aus!« sagte der alte Mann heftig. »Und laß deinen Seelenvater Osso nicht hören, was du tust; fordere ihn nicht auf, nach deiner Musik zu singen, oder du lernst, was Ärger ist!«

Mur verließ das Lager der Musiker, denn ihm schwindelte vor Freude und Unglauben – so etwas Wunderbares war ihm widerfahren.

Als er den Weg betrat, kam er zu sich und blieb stehen. Wenn er seine Khitan offen nach Hause trug, gab es Gerede, das bestimmt auch zu seinem Seelenvater drang. Osso würde sofort befehlen, daß das Instrument vernichtet werde, sei es doch mit der strengen Lehre der Chiliten nicht zu vereinbaren.

Auf Umwegen, in Deckung der Rhododendren bleibend, kehrte Mur zu seiner Mutter zurück. Sie war nicht im geringsten überrascht, als sie die Khitan erblickte, auch hatte Mur nichts anderes erwartet. Er berichtete ihr von seinen Erlebnissen und sagte ihr auch, daß Dystar tot sei. Sie blickte in die Dämmerung hinaus, denn die Sonnen waren untergegangen, und der Himmel war purpur verfärbt. »Ja, das Schicksal hatte einen solchen Tod für Dystar bereit, und so schlimm war sein Ende gar nicht.« Sie berührte ihren Halsreif und wandte sich ab, bereitete Murs Abendbrot, wobei sie sich große Mühe gab, ihm eine Freude zu machen.

Trotzdem war Mur beunruhigt. »Müssen wir denn immer Halsreife tragen? Könnten die Menschen denn nicht einverstanden sein, sich gut zu benehmen, damit so etwas nicht nötig ist?«

Eathre schüttelte traurig den Kopf. »Ich habe gehört, daß sich nur Gesetzesbrecher dem Halsreif widersetzen; ich weiß es nicht, ich kann mir kein Urteil erlauben. Als mir der Reif um den Hals gelegt wurde, kam ich mir beengt und irgendwie verkehrt vor. Vielleicht gibt es bessere Möglichkeiten; ich weiß es nicht. Bald wirst du mich verlassen haben; ich würde dich nicht behindern, welches Leben du dir auch wählst, aber wenn ich Saccard preise, muß ich Saccume* verdammen. Ich weiß kaum, was ich dir sagen soll.«

---

* *Saccard* und *Saccume:* Protagonisten und tausend Shant-Sagen, immer im Gegensatz stehend oder gegeneinander wirkend oder Opfer antithetischer Umstände.

Als sie Murs verwirrten Gesichtsausdruck bemerkte, sagte Eathre: »Na gut, hör zu. Ich rate dir zur Findigkeit: Unglück mußt du niederkämpfen und nicht hinnehmen! Bemühe dich um gute Leistungen. Du mußt danach streben, besser zu sein als die Besten, auch wenn das ein Leben der Unzufriedenheit mit deinen Unzulänglichkeiten bedeutet!«

Mur bedachte diese Gedanken. »Ich muß also Riten und Regeln besser lernen als alle anderen. Besser als Chalres? Besser als Neech, wenn er ein Reiner Junge wird? Damit ich Ekklesiarch werde?«

Eathre antwortete erst nach langem Schweigen. »Wenn du begierig bist, Ekklesiarch zu werden, dann mußt du das tun.«

Mur, der jeden Tonfall seiner Mutter kannte, nickte langsam.

»Aber jetzt mußt du zu Bett«, sagte Eathre. »Und denk dran, wenn du die Khitan spielst! Dämpfe die Saiten, nimm die Würfel aus dem Rhythmuskasten. Sonst schickt mich Osso vor meiner Zeit in die Gerberei.«

In der Dunkelheit ließ Mur die Saiten klingen und erschauerte bei den weichen Lauten. Er würde nie ein Reiner Junge sein; er und seine Mutter würden fortlaufen, sie würden als Musiker leben! Aber ach, Eathre würde niemals fliehen! Sie stand ja im Soll der Chiliten! Wie konnte er ohne sie gehen! Niemals! Was dann? Er drückte die Khitan an sich.

Am Morgen kamen böse Nachrichten. Mit dem Gesicht nach unten in den Abwässern der Gerberei schwimmend, wurde Chalres Gargament gefunden. Es war unklar, wie er gestorben war, wenn auch seine Arme und Beine seltsam verdreht wirkten wie bei einem wilden Tänzer.

Später liefen Gerüchte von Haus zu Haus. Am Vortag hatte Chalres Beeren für das Konklave gepflückt. Zwischen den Beeren hatte der Große Mann Osso beim Essen ein langes schwarzes Frauenhaar gefunden. Und die Leute, die sich diese Nachricht zuflüsterten, empfanden den zitternden Kältehauch des Entsetzens und das Gefühl einer grotesken Absurdität. Was Mur anging, so wurde er leichenblaß und zog sich in den schwärzesten Winkel des Hauses zurück, wo er reglos liegenblieb und nur durch das Zucken seiner schmalen Schulterblätter erkennen ließ, daß er noch lebte.

Bei Sonnenuntergang deckte Eathre ihren Sohn mit einer Decke zu und ließ ihn liegen, obwohl beide die ganze Nacht kein Auge schlossen. Am Morgen brachte sie ihm Brei. Mit zitternden Lippen und verfilztem Haar wandte sich sein schmales abgehärmtes Gesicht in ihre Richtung. Eathre hielt gewaltsam die Tränen zurück und umarmte ihn. Mur begann einen leisen Ton auszustoßen, der tief aus seiner Kehle drang und langsam schriller wurde. Eathre schüttelte ihn sanft. »Mur, Mur, Mur!«

Später berührte Mur die Khitan: eine uninteressierte Geste. Er konnte nicht in das Gerbereilager schleichen, um eine Haut zu stehlen, er vermochte keinen Korb mit Beeren zu füllen; er versuchte einige freundliche Gedanken aufzubringen, aber sie kamen ihm farblos und schwach vor.

Bei Sonnenuntergang brachte ihm Eathre gekochte Früchte und Tee; Mur schüttelte zuerst den Kopf, begann dann aber lustlos zu essen. Eathre starrte auf ihn hinab – so lange, daß Mur den Kopf hob. Sie sagte: »Ehe du dich der Seele verpflichtet hast, können sie dich dem Mann ohne Gesicht nicht anzeigen, wenn du jetzt Bashon verläßt. Wenn du möchtest, suche ich einen freundlichen Mann, der dich als Lehrling annimmt.«

»Sie würden Ahulphs hinter mir herschicken.«

»Es ließe sich aber einrichten.«

Mur schüttelte den Kopf. »Ich möchte dich nicht verlassen.«

»Wenn du Chilite wirst, verläßt du mich auch – und Schlimmeres.«

»Aber ich verlasse dich nicht wirklich. Sie können mich ruhig umbringen, aber ich verlasse dich nicht.«

Eathre strich ihm mit der Hand über den Kopf. »Chilite oder tot – wir würden auf jeden Fall getrennt. Oder stimmt das nicht?«

»Ich werde dich heimlich besuchen. Ich kann dafür sorgen, daß du nicht so schwer zu arbeiten brauchst.«

»So schlimm ist die Arbeit gar nicht«, sagte Eathre leise. »Überall müssen die Frauen arbeiten.«

»Der Mann ohne Gesicht muß ein Monstrum sein!« rief Mur heiser.

»Nein!« erwiderte Eathre so aufgeregt, wie sie es bei ihrem Temperament nur sein konnte. Sie überlegte einen Moment, sammelte ihre trägen Gedanken. »Wie kann ich dir das erklären? Du bist ja noch so jung! Menschen verändern sich jede Minute! Der Mann, der Saccard lobt, mag Saccume wie ein kranker Ahulph schelten. Begreifst du? Menschen sind pervers, und ihre Reaktion läßt sich nicht vorhersehen. Damit sie in Einigkeit leben, binden sie sich durch Vorschriften. Jeder der zweiundsechzig Kantone hat verschiedene Vorschriften. Welche sind die besten, welche die schlechtesten? Niemand weiß das, und vielleicht wäre es egal, wenn sich die Menschen nur nach ihren jeweiligen Kantonsvorschriften richten würden. Wenn nicht, rufen die anderen dem Mann ohne Gesicht seine Farben zu. Oder vielleicht zeichnet ein Monitor eine Abweichung auf. Oder manchmal wandert der Mann ohne Gesicht selbst herum oder schickt seine Wohltäter, die so unauffällig sind wie der Mann ohne Gesicht selbst. Verstehst du nun? Der Mann ohne Gesicht setzt nur die Gesetze des Volkes von Shant durch: jene Gesetze, die es sich selbst gegeben hat.«

»Das mag wohl sein«, sagte Mur. »Trotzdem würde ich, wenn ich der Mann ohne Gesicht wäre, Qual und Angst abschaffen, und du würdest niemals in der Gerberei arbeiten.«

Eathre strich ihm über den Kopf. »Ja, lieber Mur, ich weiß. Du würdest die Menschen zwingen, freundlich zu sein, und eine große Katastrophe auslösen. Geh jetzt zu Bett. Die Welt wird morgen noch wie heute sein.«

2

An einem kühlen Morgen im Herbst des Jahres kam ein Reiner Junge zur Grenze herab und rief nach Mur. »Dein Seelenvater will dich zur Mittagsstunde sprechen, am Portal des Unterraums. Reinige dich gut.«

Bedrückt badete Mur und zog saubere Kleidung an. Eathre beobachtete ihn von der anderen Seite des Zimmers, wollte sie doch Murs Nervosität nicht noch durch einen Frauenmakel vergrößern.

Schließlich konnte sie nicht mehr an sich halten und kam herüber, um sein widerspenstiges schwarzes Haar zu bürsten. »Denk dran, er will nur sehen, wie du gewachsen bist, und will dir die chilitische Lehre nahebringen. Du brauchst keine Angst zu haben.«

»Das mag schon sein«, sagte Mur. »Trotzdem habe ich Angst.«

»Unsinn«, sagte Eathre entschieden. »Du hast keine Angst; du bist der mutige Mur. Höre gut zu, gehorche aufs Wort, antworte vorsichtig auf seine Fragen, tue nichts Außergewöhnliches.«

Schließlich holte sie einen Scheit aus dem Feuer und blies Rauch durch Murs Kleidung und Haar, damit Osso nicht durch einen Frauenmakel beeinflußt werde.

Zehn Minuten vor der Mittagsstunde machte sich Mur auf den Weg zum Tempel, von düsteren Vorahnungen geplagt. Die Straße erschien ihm ein einsamer Ort; weißer Staub wurde von seinen Füßen aufgewirbelt und brodelte im lavendelfarbenen Sonnenlicht. Über ihm ragte der Tempel auf; eine Gruppe gedrungener konvexer Zylinder, die nach und nach einen immer größeren Teil des Himmels füllten. Der kühle Windhauch, der den Hügel herabstrich, brachte den Duft alten Galgas.

Mur wanderte um den Tempel herum, bis er einen logenähnlichen Raum erreichte, der zum Himmel hin offen war: ein Ort, der als Unterraum bekannt war und leer stand. Mur stellte sich schüchtern an die Wand und wartete.

Zeit verging. Die Sonnen stiegen höher am Himmel auf, die Grelle der weißen Sasetta glitt über die rote Rundung Ezelettas, während die blaue Zael einen größeren Bogen beschrieb – drei Zwergsterne, die wie Glühwürmchen durch das All tanzten.

Mur schaute in die Ferne. Er hatte einen guten Ausblick in alle Richtungen – im Westen bis zum Kanton Seamus, im Norden bis zum Shimrod-Wald und dahinter zum Kanton Ferriy, wo die Menschen auf ihren roten Hügeln Eisennetze flochten.

Ein Geräusch ließ ihn zusammenzucken. Er fuhr herum und erblickte Osso, der ihn stirnrunzelnd von einer Art Kanzel herab betrachtete. Ein schlechter Anfang für Mur; anstatt in furchtsamer Ehrerbietung zu warten, stand er da und betrachtete das Panorama.

Über eine Minute lang starrte Osso auf Mur herab, der den Blick fasziniert erwiderte. Schließlich sprach Osso mit düsterem Ernst: »Haben die Mädchen ihr unwürdiges Spiel mit dir getrieben?«

Die Worte waren zweifach aufzufassen; Mur begriff die semantische Bedeutung. Er schluckte noch einmal, als er sich an Zwischenfälle erinnerte, die sich als unwürdiges Spiel bezeichnen ließen. Er sagte: »Nein, niemals.«

»Hast du je unreine Verbindungen zu Mädchen vorgeschlagen oder angeregt?«

»Nein«, sagte Mur mit bebender Stimme. »Niemals.«

Osso nickte kurz. »Von jetzt an mußt du dich vorsehen, du wirst bald ein Reiner Junge sein, danach ein Chilite. Du darfst die schon sehr strengen Rituale nicht noch erschweren.«

Mur murmelte etwas Zustimmendes.

»Du kannst deinen Eintritt in den Tempel beschleunigen«, sprach Osso. »Iß nichts Fettes, trink keinen Sirup und kein Baklavy. Das Band zwischen Kind und Mutter ist stark; jetzt ist es Zeit, den Lösungsvorgang zu beginnen. Trenne dich sanft von ihr! Wenn dir deine Mutter Süßigkeiten anbietet oder dich tätscheln will, mußt du sagen: ›Meine Dame, ich stehe vor der Reinigung, bitte erschwert nicht die Mühen, denen ich mich unterziehen muß.‹ Ist das klar?«

»Jawohl, Seelenvater.«

»Du mußt damit beginnen, das stärkste aller Bande zu schmieden, die heilige Bindung an den Tempel. Galexis, die Essenz des Seins, ist im Vergleich mit den Frauen wie die Süße des Galga zu den Abwässern der Gerberei; du wirst mehr darüber erfahren. Inzwischen wappne dich!«

»Wie soll ich das beginnen?« wagte Mur zu fragen.

Osso warf ihm einen bösen Blick zu, und Mur wich zurück. Osso sagte: »Du kennst das Wesen der tierischen Gelüste. Philosophisch gesehen – dies ist eine Lehre, für die du noch nicht bereit bist – sind sie Befriedigungen Erster Ordnung. Dein Magen ist leer; du füllst ihn mit Brot; die gröbste Antwort auf eine grobe Empfindung. Die Reaktion Zweiter Ordnung ist der Verzehr eines reichen Mahls; in der Dritten Ordnung wird das Fleisch auf eine besondere Weise nach hohem Standard zubereitet. In der Vierten Ordnung wird das Verlangen des Magens ignoriert; die Geschmacksnerven werden durch Essenzen und Extrakte stimuliert. In der Fünften Ordnung treten die Empfindungen gewöhnlich nur zerebral ein und umgehen die Geschmacks- und Geruchsorgane völlig. In der Sechsten Ordnung befindet sich der Chilite in einem Zustand bewußtloser Verzückung, und der höchst sublime Galexis Achiliadnid befaßt sich unmittelbar mit der Seele. Ist das alles klar? Ich verwende hier natürlich das einfachste und offensichtlichste Beispiel als Diskussionsgrundlage.«

»Ich verstehe das alles sehr gut«, sagte Mur. »Aber ich bin verwirrt. Wenn Chiliten Nahrung in den Mund stecken – was ist dann die richtige Lehre?«

»Wir erhalten die Energie unserer Körper«, intonierte Osso. »Dabei ist die Beschaffenheit des Verzehrten, ob grob oder fein, gleichgültig. Sei hart mit dir selbst. Wende deinen Geist von den Attacken des primitiven Appetits fort; suche dir eine abstrakte Beschäftigung, die deine Aufmerksamkeit fesselt. Ich band heraldische Knoten mit imaginären Schnüren; ein anderer Ekklesiarch, ein Sechs-Spasmer, lernte Primzahlen auswendig. Es gibt viele solche Beschäftigungen, die den Geist in Anspruch nehmen.«

»Da weiß ich etwas«, sagte Mur mit einem Anflug von Begeisterung. »Ich werde mir Musiklaute überlegen.«

»Du kannst machen, was dir nützlich erscheint«, sagte Osso. »So sei denn angewiesen. Ich kann dir Ratschläge geben, aber du mußt die Fortschritte machen. Hast du dir schon deinen männlichen Namen überlegt?«

»Noch nicht, Seelenvater.«

»Dafür ist jetzt der richtige Moment. Ein passender Name kann inspirierend sein. Zu gegebener Zeit werde ich dir eine Liste mit Vorschlägen unterbreiten; aber für heute ist es genug.«

Mur ging den Hang hinab. Eathre war im Haus beschäftigt, also wanderte er auf dem Rhododendronweg nach Westen – zu dem Lager, das die Musiker längst verlassen hatten. Er war hungrig, ging in das Beerendickicht hinauf und pflückte und aß Beeren, ohne an Ossos Abstraktionsermahnungen zu denken. Dann betrachtete er den Tempelkomplex auf dem Hügel und wandte volle fünf Minuten lang nicht den Blick. Irgendwo in seinem Geist entwickelte sich ein Gedanke; er war sich keiner Ideenfolge bewußt, doch kurz darauf drang ein Laut aus seinem Hals, ein Laut wie ein Lachen, vermischt mit einem verächtlichen Schnauben.

Als er zum Haus zurückkehrte, trank Eathre gerade Tee. Mur hatte den Eindruck, daß sie müde und bleich aussah. Sie fragte: »Wie ist die Zusammenkunft mit Seelenvater Osso verlaufen?«

Mur verzog das Gesicht. »Er sagte, ich soll Reinheit üben. Ich darf nicht mit Mädchen spielen.«

Eathre schlürfte schweigend ihren Tee.

»Er sagt, ich soll meinen Appetit beherrschen. Auch muß ich einen Namen annehmen.«

Eathre nickte. »Du bist alt genug, um dir einen Namen zu geben. Wie hast du entschieden?«

Mur zuckte mürrisch die Achseln. »Seelenvater schickt mir eine Liste.«

»Dasselbe hat er für Glynets Sohn Neech getan.«

»Hat sich Neech einen Namen ausgesucht?«

»Er nannte sich Geacles Vonoble.«

»Hm. Und was waren das für Leute?«

Eathre sagte tonlos: »Geacles war der Architekt des Tempels; Vonoble komponierte die achiliadnidschen Dithyramben.«

»Hm. Also muß ich den dicken Neech jetzt Geacles nennen.«

»So lautet jetzt sein Name.«

Vier Tage später schob ein Reiner Junge einen Stock über die Grenze; ein Papier steckte in der Stockgabel. »Eine Nachricht vom Großen Mann Osso.«

Mur brachte das Stück Papier ins Haus und fand – ab und zu von Eathre unterstützt – die Bedeutung der Schriftzeichen heraus. Sein Gesicht wurde beim Lesen immer länger: »Bougozonie, der Sieben-Spasmen-Ekklesiarch. Narth Homank, der jeden Tag nur eine Nuß und eine Beere aß. Higajou, der die Ausbildung der Reinen Jungen umorganisierte. Faman Cocile, der sich lieber von Banditen aus dem Shimrod-Wald entmannen ließ, als seinem Glauben an die Gewaltlosigkeit und den Frieden abzuschwören. Borgad Polveitch, der die zweigeschlechtliche Irrlehre anprangerte.« Schließlich legte Mur das Blatt fort.

»Wie hast du gewählt?« fragte Eathre.

»Ich kann mich nicht entscheiden.«

Drei Monate später wurde Mur zu einer zweiten Konferenz mit seinem Seelenvater in den Unterraum gerufen. Auch bei dieser Gelegenheit gab Osso dem Jungen Verhaltensmaßregeln. »Es ist nicht zu früh, dich nach Art eines Reinen Jungens zu führen. Jeden Tag mußt du einen Teil deines Kindseins ablegen. Studiere das Leitbuch des Kindes, das du erhalten wirst. Du hast dir einen Namen ausgesucht?«

»Ja«, sagte Mur.

»Und wie soll er lauten?«

»Ich nenne mich jetzt Gastel Etzwane.«

»›Gastel Etzwane!‹ Im Namen alles Ungewöhnlichen – woher hast du denn diese Worte?«

Mur schlug einen beruhigenden Tonfall an. »Also – natürlich habe ich deine Vorschläge bedacht, aber ich wollte doch lieber ein anderer sein. Ein Mann, der in den Rhododendronweg kam, gab mir ein Buch mit dem Titel *Helden des alten Shant*, und darin fand ich meine Namen.«

»Und wer ist ›Gastel‹? Und wer ›Etzwane‹?«

Mur – oder Gastel Etzwane, wie er nun hieß – blickte unsicher zu seinem Seelenvater auf, von dem er erwartet hatte, daß er diese magischen Personen kenne. »Gastel baute einen gewaltigen Gleiter aus Weidenruten und Planen und sprang vom Berg Hag in der Absicht, quer durch Shant zu fliegen, aber als er Kap Merse erreichte, setzte er nicht auf, sondern segelte über den Purpurnen Ozean auf Caraz* zu und ward

---

* *Caraz:* (1) Eine Mischfarbe aus Schwarz, Kastanienbraun und Pflaumenblau, mit einem Überzug oder Schimmer aus Silbergrau. Symbol für Chaos oder Schmerz, im allgemeinen für makabre Ereignisse. (2) Der größte der drei Kontinente Durdanes.

nie wieder gesehen ... Etzwane war der größte Musiker, der jemals Shant durchwanderte.«

Osso schwieg eine halbe Minute lang und suchte nach passenden Worten. Schließlich sprach er bedächtig: »Ein verrückter Aeronaut und ein Saitenzupfer: das also sind deine Vorbilder! Es ist mir nicht gelungen, die wahren Ideale in dir zu erwecken: ich habe mich geirrt, und es ist klar, daß ich mich in deinem Falle energischer einsetzen muß. Dein Name soll nicht Gaswane Etzel sein, oder wie auch immer. Du wirst Faman Bougozonie heißen, deren Errungenschaften viel passender und inspirierender sind. Das ist alles für heute.«

Mur – der sich nicht Faman Bougozonie nennen wollte – ging den Hügel hinab, an der Gerberei vorbei, wo er stehenblieb, um den alten Frauen bei der Arbeit zuzuschauen, und kehrte schließlich nach Hause zurück.

Eathre fragte: »Na, und wie ist es heute gegangen?«

Mur erwiderte: »Ich sagte ihm, mein Name sei Gastel Etzwane; er sagte nein, ich hieße Faman Bougozonie.«

Eathre lachte, und Mur sah sie melancholisch-strafend an.

Daraufhin wurde Eathre ernst und sagte: »Ein Name bedeutet gar nichts; soll er dich doch nennen, wie er will. Du wirst dich schnell daran gewöhnen. Und an das Leben als Chilite.«

Mur wandte sich ab. Er holte seine Khitan und berührte die Saiten. Nach einer Weile versuchte er sich an einer Melodie, die er mit der Rassel begleitete. Eathre nickte zustimmend, aber Mur hörte bald wieder auf und betrachtete unwillig das Instrument. »Ich weiß so wenig, kenne so wenige Melodien. Ich kann die Nebensaiten nicht anschlagen und auch nicht die Helligkeits-Knöpfe oder die Legato-Hebel verwenden.«

»Ein Instrument zu beherrschen ist keine leichte Sache«, sagte Eathre. »Geduld, Geduld ...«

3

Als er zwölf Jahre alt war, machte Mur, Faman Bougozonie, Gastel Etzwane – die Namen vermengten sich in seinem Kopf – die Reinigung durch. Zusammen mit drei anderen Jungen,

Geacles, Morlark und Illan, wurde er kahlgeschoren, dann in dem eiskalten Wasser des heiligen Bachs gewaschen, der innerhalb des Tempelgeländes entsprang. Nach der ersten Waschung rieben sich die Jungen mit aromatischen Essenzen ein und setzten sich erneut der lähmenden Kälte aus. Zitternd und nackt marschierten sie dann in einen Raum, in dem der schwere Rauch des brennenden Agapanthus wallte. Dampf stieg aus Löchern im Steinfußboden; in dieser Mischung aus Dampf und Rauch begannen die Jungen zu keuchen, zu schwitzen und zu husten und fühlten sich bald schwindlig. Einer nach dem anderen sanken sie zu Boden; als die Tür geöffnet wurde, vermochten sie kaum die Köpfe zu heben.

Die Stimme des Chiliten, der die Reinigung überwachte, klang durch die Luft: »Auf die Beine, zurück ins saubere Wasser! Seid ihr so schwach? Wollen doch mal sehen, wer einen Chiliten aus sich machen will!«

Mur rappelte sich auf. Ein anderer Junge, Geacles Vonoble, machte es ihm nach und klammerte sich schwankend an Mur. Beide fielen. Mur rappelte sich erneut auf und half auch Geacles auf die Beine. Geacles stieß Mur zur Seite und torkelte mit unsicheren Schritten zum Wasserbecken. Mur starrte die beiden anderen Jungen mit verständnislosem Entsetzen an. Morlark lag mit vortretenden Augen am Boden, und ein Blutfaden lief ihm aus dem Mund. Illan schien seine Bewegungen nicht mehr unter Kontrolle zu haben. Mur beugte sich vor, aber die sanfte Stimme des Monstrators ließ ihn erstarren. »So schnell wie möglich ins Becken! Du wirst beobachtet und beurteilt!«

Mur taumelte zum Wasser und überließ sich der Kälte. Seine Haut fühlte sich tot an; Arme und Beine waren schwer und steif wie Eisenpfähle. Er zerrte sich zentimeterweise aus dem Becken und stolperte irgendwie durch einen weißgekachelten Gang in eine Kammer, an deren Wände Bänke standen. Hier saß bereits Geacles, in eine weiße Robe gekleidet, sehr zufrieden mit sich selbst.

Der Monstrator warf Mur eine ähnliche Robe zu. »Eure Haut ist des Makels ledig; zum erstenmal seit der notwendigen Verderbtheit der Geburt seid ihr rein. Achtet nun auf das Erste Argument der Chiliten! Der Mann betritt die Welt durch die geschlechtliche Pforte – ein Urmakel, den der Chilite durch Säuberungen und sein Verhalten abwirft, wie eine Schlange, die sich ihrer Haut entledigt, welche gewöhnliche Menschen wie eine stinkende Last bis zu ihrem Grab mitschleppen. Trinkt!« Er reichte jedem Jungen einen Becher mit einer dicken Flüssigkeit; sie tranken. »Eure erste Reinigung ...«

Mur verbrachte drei Tage in einer Zelle und erhielt nur kaltes Weihwasser zu trinken. Am Ende dieser Zeit mußte er in das heilige Becken steigen, sich mit Essenz einreiben und sich abspülen. Mehr tot als lebendig kam er als Reiner Junge wieder ins Sonnenlicht.

Der Monstrator gab ihm klare Anweisungen. »Ich brauche euch die Regeln nicht im einzelnen zu umschreiben; du kennst sie. Wenn du dich beschmutzt, mußt du eine neue Reinigung durchmachen. Ich würde davon abraten. Osso Higajou ist dein Seelenvater und nicht der mildeste der Chiliten. Er lehnt auch den geringsten Kontakt mit dem weiblichen Prinzip ab. Er hat schon einen Reinen Jungen ausgescholten, der nur den Duft einer Blume genoß. ›Die Blüte ist ein weibliches Fortpflanzungsorgan!‹ rief Großer Mann Osso. ›Und da stehst du und hast deine Nase hineingesteckt!‹ Osso Higajou ist der rechte Mann, dich bei deinen Pflichten anzuleiten. Denke rein, lebe rein und sorge dafür, daß der Große Mann Osso deine Reinheit anerkennt. Also – in deine Nische im unteren Hof. Dort findest du Waffeln und Brei. Iß mäßig und meditiere heute abend.«

Mur ging zu der Nische – einer Vertiefung in einer offenen Kammer unter den Tempelmauern, und verschlang seine Ration. Die Sonnen tanzten unter den Horizont; der Himmel wurde purpurn, dann schwarz, von Sternen durchzogen. Mur legte sich auf den Rücken und überlegte, was er von seinem neuen Leben halten sollte. Er war sehr wach; ein ihm unbekannter Sinn schien ihm jeden einzelnen Menschen in Bashon nahezubringen.

Geacles Vonoble saß auf der anderen Seite des Raums in seiner Nische und tat, als bemerke er Mur nicht. Die beiden waren allein. Morlark und Illan hatten ihre Reinigung noch nicht beendet; die fortgeschritteneren Reinen Jungen waren bei den abendlichen Seligpreisungen. Mur überlegte, ob er hinübergehen und mit Geacles ein Gespräch beginnen sollte, wurde jedoch von Geacles' Haltung abgeschreckt, einer Haltung der frommen Träumerei. Geacles war spröde und hinterlistig, speichelleckerisch und eifrig. Er war kein hübscher Junge – mit aufgedunsenen Wangen und einem plumpen Körper auf langen, dünnen Beinen. Seine gelbbraunen Augen waren rund wie die eines Vogels und zuckten ständig hin und her, als könne Geacles nie genug zu sehen bekommen. Mur beschloß, Geacles' Gegenwart zu meiden.

Er verließ seine Nische, ging ins Freie und setzte sich an den Fuß der Tempelmauer. Schräg über ihm am Himmel schimmerte ein großer, unregelmäßiger Lichtfleck, in dem fünfzig Sterne erster Größe blitzten, das auffälligste Gebilde am Nachthimmel. Ein bleiches Licht ging davon aus und rief Schatten hervor, die schwärzer als schwarz waren – die Skiaffarilla, die in der Geschichte Durdanes eine wichtige Rolle spielte. Einige behaupteten, die Erde, legendäre Heimat der Menschen, läge jenseits der Skiaffarilla. Aus der Kammer tönte Geacles' Stimme, der eine achiliadnidsche Ode rezitierte. Mur hörte einen Augenblick zu. Trotz seiner Müdigkeit, trotz der Warnungen des Monstrators, trotz der Gefahr, die vom Großen Mann Osso ausging, wäre Mur hangabwärts geeilt, um seine Mutter zu besuchen – wenn nicht Geacles bei ihm gewesen wäre. Geacles sah alles, wußte alles. Trotzdem, was war dagegen zu sagen, daß er sich ein wenig die Beine vertrat? Mur setzte sich in Bewegung, marschierte um den Hügel herum. Er kam oberhalb der Gerberei heraus, die nun dunkel und stumm dalag, von der aber hundert im Widerstreit liegende Gerüche ausgingen. Hinter Mur klang ein leises Geräusch auf. Mur sah sich um und trat in den Schatten des Chemikalienschuppens. Er wartete. Ein leises Scharren. Schritte: dahinhuschend, stockend, weitereilend. Eine Gestalt kam an ihm vorbei, mit boshafter Intensität in die Runde starrend: Geacles.

Mur sah zu, wie der Junge um die Ecke der Gerberei verschwand. Geacles lebte nach dem Prinzip, daß ihm nur zum Vorteil gereichen konnte, was für andere schlecht war – und er hoffte sich durch sein Spionieren Vorteile zu verschaffen.

Das war klar. Mur blieb reglos in der Dunkelheit stehen, nicht sonderlich überrascht und auch nicht zornig; so etwas erwartete er nun mal von Geacles ... Ganz in der Nähe befand sich die Meditationskammer, in der die jungen Chiliten zusammenkamen, ehe sie zur nächtlichen Vereinigung mit Galexis den Tempel betraten. Mur glitt durch die Schatten zu einem Einweichkübel. Er hielt den Atem an, um den Gestank nicht einatmen zu müssen, und machte sich mit einer großen Gabel zu schaffen, mit der er schließlich eine Haut anhob. Halb gehend, halb rennend schleppte er seine Last zur Meditationskammer. Durch das Fenster kam das Gemurmel von Stimmen: »... Galexis, der Du eine Million gnädiger Gestalten annimmst, individuell wie auch universal, für alle und für jeden allein unterwürfig, aber großartig in Deiner Suche; wir wenden unsere Seelen von schmutzigen Dingen ab, von den Makeln der Welt, den Fühlbarkeiten Erster Ordnung!«

Es antworteten Stimmen, die eine halbe Oktave tiefer lagen: »Heute abend wird alles gut, heute abend wird alles gut.«

Nun der Beginn einer neuen Deklamation: »Galexis der unzähligen Farben, der unendlichen Gnade ...«

Mur warf die Haut durch das offene Fenster. Ein verblüffter Fluch unterbrach die Deklamation. Mur trottete in seine Nische zurück. Einige Minuten später kamen drei junge Chiliten und blickten in die Kammer. Mur, der die empfohlene unterwürfige Haltung eingenommen hatte, stellte sich schlafend. Vor Geacles' Nische stieß ein Chilite den heiseren Ruf aus: »Einer ist fort; sucht, sucht! Der Reine Junge Geacles wird gesucht!«

Sie liefen durch das bleiche Sternenlicht davon und entdeckten Geacles unterhalb der Gerberei. Er beschwor seine Unschuld mit aller Inbrunst, er beanspruchte die Tugend der Wachsamkeit, wäre er doch dem Reinen Jungen Mur gefolgt, dessen seltsames Verhalten seine Aufmerksamkeit erregt hatte. In ihrer Wut kümmerten sich die Chiliten nicht darum; ein Reiner Junge in der Hand war besser als ein anderer, der nicht auf den ersten Blick schuldig war. Geacles wurde durchgeprügelt und dann gezwungen, die Haut zu entfernen und die Meditationskammer rituell zu säubern: ein Vorgang, der drei Nächte und zwei Tage dauerte. Als nächstes kam

Geacles vor das Entwicklungskomitee, wo ihm eine Reihe eindringlicher Fragen gestellt wurde. Er hatte inzwischen drei Nächte und zwei Tage lang ohne Schlaf auskommen müssen; in halber Hysterie plappert er die ersten Worte hinaus, die ihm in den Sinn kamen: eine haltlose Demonstration, die das Komitee milde stimmte. Geacles war im Grunde gutes Material, überlegten sie; sein erstaunlicher Akt mußte einem ekstatischen Zustand zuzuschreiben sein. Geacles wurde ermahnt und erhielt den Befehl, sich zurückzuhalten.

Während der Befragung bezeichnete Geacles Mur als den Quell seines Unglücks, welcher Information das Komitee mit gleichgültiger Skepsis begegnete; dennoch merkte man sich den Namen. Geacles spürte etwas von der Stimmung des Komitees und fühlte sich ermutigt, wenn Mur ihm auch physisch widerlich geworden war. Abwechselnd fröhlich kichernd und zornig stöhnend kehrte er in die Räume der Reinen Jungen zurück, wo der Skandal natürlich gründlich diskutiert worden war. Schweigend sahen die Reinen Jungen Geacles nach, der die Kammer durchschritt. Er ging zu seiner Nische und legte sich auf das Holz, zu müde zum Schlafen; böse Gedanken wirbelten ihm durch den Kopf. Aus zusammengekniffenen Augen beobachtete er Mur und überlegte, wie er Rache nehmen konnte. Ein Weg würde sich schon finden, irgendwie, irgendwann ... Geacles war innerlich aufgewühlt. Sein Haß wurde so groß, daß er zu zittern begann. Er stieß einen leisen tierischen Laut aus und drehte sich hastig um, damit die anderen seinen kostbaren Haß nicht bemerkten und womöglich darüber spotteten. Dadurch würde das Gefühl befleckt und verdorben ... Geacles glitt in einen seltsamen Zustand; während sein Körper schlief, schien sein Geist wach zu bleiben. Die Zeit verkürzte sich; etwa zehn Minuten waren vergangen – so schien es ihm jedenfalls –, als er sich wieder umdrehte und feststellte, daß die Sonnen weit über den Himmel gerollte waren. Die Mittagsstunde war längst vorbei; Geacles hatte sein Essen verpaßt; Grund zu neuer Qual! Er bemerkte Mur, der am offenen Ende der Kammer auf einer Bank saß. Er hielt ein Exemplar des Analytischen Katechismus in der Hand, doch seine Aufmerksamkeit galt der Landschaft. Er wirkte beunruhigt. Geacles hob den Kopf und fragte sich, was hinter Murs Stirn vorgehen mochte. Warum zuckten seine Finger, warum runzelte er die Stirn? Mur zuckte seltsam zusammen, als habe ihm das Unterbewußtsein eine Nachricht zukommen lassen. Er stand auf und verließ den Raum, weltvergessen wie ein Schlafwandler.

Geacles stöhnte voller Zweifel und Unentschlossenheit. Die Müdigkeit machte ihm noch sehr zu schaffen. Aber Murs Verhalten war nicht das eines Reinen Jungen. Er wälzte sich von seiner Liege und starrte hinter Mur her. Wollte er sich um seine Seide kümmern? Möglich. Aber trotzdem – Murs Schritt entsprach nicht dem eines wirklich hingebungsvollen Reinen Jungen. Geacles atmete tief ein. Seine Neugier hatte ihm schon einmal Kummer bereitet – in einer ähnlichen Lage. Er schleppte sich zu seiner Nische zurück, wo er sich in seinen Analytischen Katechismus vertiefte:

Frage: Wie viele Gestalten nimmt Galexis an?
Antwort: Galexis ist so vielgestaltig wie die Oberfläche des Ozeans ...

Eine Woche verging. Geacles behandelte alle mit Zuvorkommenheit; die Reinen Jungen blieben ihm gegenüber zurückhaltend. Mur kümmerte sich gar nicht um ihn. Geacles dagegen achtete heimlich sehr auf Mur. Und als Geacles eines Tages in seiner Nische saß und Exklamationen auswendig lernte, setzte sich Mur auf die Bank am offenen Ende der Kammer. Geacles interessierte sich sofort für ihn und beobachtete über das Buch hinweg jede Bewegung Murs. Mur schien mit sich selbst zu reden. Nun, überlegte Geacles, er rezitiert sicher eine Litanei oder Exklamationen. Aber wozu klopft dann sein Finger so regelmäßig auf das Knie? Seltsam. Mur kehrte in seine Nische zurück, und Geacles blickte sofort stirnrunzelnd in seine Exklamationen. Mur stellte seinen Katechismus fort und kehrte zum offenen Ende der Kammer zurück. Hier blieb er einen Augenblick lang stehen und schaute in die Ferne hinaus. Nach einem kurzen Blick in die Kammer setzte er sich hangabwärts in Bewegung. Geacles verließ sofort seine Nische und blickte hinter Mur her, der zielstrebig den Nordpfad entlangging. Zu seinen Seidenbäumen, dachte Geacles und schnaubte durch die Nase. Mur, oder Faman

Bougozonie, nahm es immer sehr genau, wenn es um seine Bäume ging. Aber warum der verstohlene Blick in die Kammer? Geacles rieb sich die bleichen Wangen. Interessant, interessant. Um Näheres zu erfahren, mußte er sich umsehen; um sich umzusehen, mußte er sich in Sichtweite begeben. Immerhin gab es keinen Grund, warum er sich nicht um seine Seidenbäume kümmern sollte; er hatte die Pflanzung in den letzten Wochen ziemlich vernachlässigt. Geacles mochte die Routinearbeiten nicht – Spulen spannen, jäten, Äste stützen, neues Unkraut entfernen –, aber jetzt bot ihm die Pflicht ein Motiv, Mur zu folgen.

Geacles benutzte einen Pfad, der sich um den trockenen Hügel wand. Er versuchte einen gemächlichen und zugleich zielstrebigen Schritt vorzulegen, um nicht aufzufallen: keine geringe Aufgabe; wäre Mur nicht so gedankenverloren gewesen, hätte Geacles die Verfolgung anders anpacken müssen.

Aber Mur verschwand ahnungslos in der Seidenbaumschonung, und Geacles folgte ihm geduckt.

Seit seinem achten Lebensjahr hatte Mur achtzehn ausgewachsene Bäume versorgt, die es auf über hundert Spulen brachten. Er kannte den Winkel jedes Asts, die Form jedes Blattes, den Saft, den jeder Ast erbringen konnte. Jede Spule hatte ihre Eigenheiten; wenn bei einigen die Glasfeder zu hart angezogen wurde, blockierte der Sperrhaken, andere drehten sich nicht, solange sie nicht schräg aufgehängt wurden; einige arbeiteten fehlerlos, und diese setzte Mur unter den besten Schnittstellen ein.

Geacles beobachtete aus einem Versteck, wie Mur seine Spulen abging, die Geräte aufzog, volle Spulen mit leeren austauschte und Parasiten von den Stämmen las. Ein Dutzend Äste war trocken geworden; Mur schnitt frische Sprößlinge an. Die Safttropfen drangen heraus; Mur zog Fäden, die sich sofort zu Seidenfasern verhärteten. Mur befestigte die Enden an Spulen, vergewisserte sich, daß die Rotationsspulen die Fäden mit gleichbleibendem Druck herabzogen. Geacles beobachtete all dies enttäuscht; Mur gab sich ganz wie ein fleißiger, unschuldiger und verantwortungsbewußter Reiner Junge.

Mur begann nun schneller zu arbeiten, als wolle er endlich

fertig werden. Geacles duckte sich in seine Deckung, als Mur vortrat und sorgfältig den Hügel absuchte. Geacles grinste; Murs Verhalten hatte nun nichts Unschuldiges mehr.

Nun ging Mur hügelabwärts und schritt dabei so schnell aus, daß Geacles ihm nur mit Mühe folgen konnte. Mur erreichte den Pfad, der die Grenze hinter dem Rhododendronweg umging und nach Osten führte. Geacles war nun im Nachteil; folgte er Mur auf dem Weg, mußte er sich zeigen. Er huschte durch das Beerenfeld, wobei er in einige Nesseln geriet. Fluchend suchte er Schutz zwischen den Rhododendren. Mur war bereits ziemlich weit entfernt, fast nicht mehr zu sehen. Geacles folgte ihm geduckt. Er erreichte eine Stelle, von der aus er den Pfad überblicken konnte. Mur war nicht mehr zu sehen. Geacles überlegte einen Augenblick lang, trat dann auf den Rhododendronweg, ein ziemlich dubioses Gebiet für einen Reinen Jungen, noch nicht befleckt, aber immerhin ein Boden, auf dem man mit Vorsicht wandeln mußte. Kein Mur. Verwirrt kehrte Geacles zum Pfad zurück. Wo steckte Mur? Hatte er eins der Häuser betreten? Geacles schmatzte entsetzt mit den Lippen, trottete über den Pfad auf das Haus Eathres zu. Er blieb stehen: Eathre hatte einen Musiker zu Besuch. Aber wo war Mur? Geacles blickte nach links und nach rechts. Er war bestimmt nicht im Haus bei seiner Mutter und dem Musiker. Aufgebracht und unsicher ging Geacles an dem Haus vorbei. Auf unerklärliche Weise war Mur ihm entkommen ... Die Musik hörte auf und setzte nach einigen Zwischenstücken und Arpeggios wieder ein. Die Töne schienen nicht aus dem Haus, sondern aus dem Garten zu kommen. Geacles kroch näher heran, starrte durch das Geäst. Er machte kehrt. Hastig, geräuschlos, wie ein Hase hüpfend lief Geacles zum Tempel. Eathre, die zufällig durchs Fenster schaute, sah ihn verschwinden.

Fünfzehn Minuten vergingen. Mit langen, gestelzten Schritten kam Großer Mann Osso den Hügel herab, gefolgt von zwei anderen Chiliten, alle drei mit geröteten Augen von den Spasmen, die von dem Galga ausgelöst wurden. Den Schluß bildete Geacles. Die Gruppe bog auf den Rhododendronweg ein.

Vor Eathres Haus blieben die Chiliten stehen. Die mittägliche Luft war warm; die drei Sonnen rollten am Himmel dahin und warfen dreifach verschiedenfarbige Schatten in den Staub der Straße. Außer dem Surren der Spiralinsekten in den Ästen und einem fernen Dröhnen, das von der Gerberei herüberdrang, war nichts zu hören.

Osso hielt Abstand von der Tür und winkte einem Kind zu: »Ruf die Frau Eathre.«

Schüchtern ging das Kind um das Haus herum. Einen Augenblick später öffnete sich die Tür, und Eathre erschien. Sie blieb stumm auf der Schwelle stehen, passiv, doch auf der Hut.

Großer Mann Osso fragte: »Der Reine Junge Faman Bougozonie – ist er hier?«

»Er ist nicht hier.«

»Wo ist er?«

»Wie ich vermute, woanders.«

»Er wurde aber vor kaum fünfzehn Minuten hier gesehen.«

Eathre hatte dazu nichts zu sagen. Sie wartete an der Tür.

Osso sprach mit bedächtiger Stimme: »Frau, du tätest gut daran, uns nicht zu behindern.«

Eathre lächelte. »Wo siehst du Behinderung? Suche doch. Der Junge ist nicht im Haus; dort ist er seit seinem Ritus nicht mehr gewesen.«

Geacles eilte hinter das Haus und stieß dort einen Ruf aus. Die Chiliten rafften ihre Roben zusammen und folgten ihm. Geacles hob erregt die Hand. »Er hat dort auf der Bank gesessen. Die Frau will uns täuschen.«

»Frau, ist das wahr?« fragte Osso unheildrohend.

»Warum sollte er dort nicht sitzen? Die Bank beschmutzt ihn nicht.«

»Bist du es, die das entscheiden kann? Wo ist der Junge?«

»Ich weiß nicht.«

Osso wandte sich an Geacles. »Versuch es in den Quartieren der Reinen Jungen. Hol ihn her.«

Eifrig, mit heftigen Arm- und Beinbewegungen, sprang Geacles den Berg hinauf. Er war in fünf Minuten zurück, grinsend, schweratmend. »Er kommt, er kommt.«

Mur trat langsam auf die Straße.

Osso wich zurück. Mur, der die Augen aufgerissen hatte und bleich wirkte, fragte: »Warum wolltest du mich sehen, Seelenvater?«

»Ich mache dich auf die bedauernswerte Tatsache aufmerksam«, sagte Osso, »daß du hier zur Muttermilch zurückgekehrt bist, um unnütze Musik zu spielen.«

»Mit allem Respekt, Seelenvater, aber man hat dich in die Irre geführt.«

»Da ist der Zeuge!«

Mur musterte Geacles. »Er hat nicht die Wahrheit gesagt.«

»Hast du nicht auf dieser Bank gesessen, dem Besitz einer Frau? Hast du nicht das Musikinstrument aus der Hand dieser Frau entgegengenommen? Du bist Frau-beschmutzt und in keiner guten Verfassung.«

»Die Bank, Seelenvater, stammt aus dem Untertempel. Wie du siehst, steht sie in großer Entfernung vom Haus, auf der anderen Seite der Gartengrenze. Die Khitan ist mein Eigentum und wurde mir vor Jahren von einem Mann geschenkt. Vor meinem Ritus nahm ich sie in den Tempel und führte sie durch Agapanthusrauch; du kannst ihn noch riechen. Seither wurde sie in der Hütte aufbewahrt, die ich dort mit eigenen Händen gebaut habe; da ist sie. Ich bin keiner Entehrung schuldig.«

Osso blinzelte zum Himmel, während er seine Gedanken sammelte. Zwei Reine Jungen machten ihn hier zum Gespött. Faman Bougozonie hatte geschickt jede offene Entehrung vermieden, doch gerade diese Geschicklichkeit zeugte von Korruption ... Geacles Vonoble hatte mit seinen Vermutungen zwar falsch gelegen, hatte aber richtig eine Unreinheit diagnostiziert. Wenn eins gewiß war, dann die Tatsache, daß Faman Bougozonies Sophistereien nicht Wahrheit und orthodoxes Verhalten anprangern durften. Osso sagte: »Dies will mir als ein seltsamer Aufenthaltsort für einen Reinen Jungen erscheinen – der Hof hinter dem Haus seiner Mutter.«

»Er erschien mir so gut wie jeder andere, Seelenvater; hier wenigstens würde ich niemanden stören, während ich meditierte.«

»Meditierte?« fragte Osso heiser. »Indem du Melodien

spieltest, während die anderen Reinen Jungen ihrer Frömmigkeit nachgingen?«

»Nein, Seelenvater; die Musik half mir dabei, meine Gedanken zu sammeln, wie du es mir selbst empfohlen hast.«

»Was? Du behauptest, ich hätte ein solches Vorgehen empfohlen?«

»Ja, Seelenvater. Du hast mir gesagt, die Konstruktion imaginärer Knoten hätte dir bei deinen Übungen geholfen, und hast mir erlaubt, daß ich mir zum gleichen Ziele Musik mache.«

Osso zuckte zusammen. Die beiden anderen Chiliten und Geacles blickten ihn erwartungsvoll an. Osso sagte: »Dabei stellte ich mir andere Töne vor, in einer anderen Umgebung. Dein Verhalten stinkt nach Weltlichkeit. Und was ist mit dir, Frau? Hast du den Verstand verloren? Du mußt doch wissen, daß ein solches Verhalten nicht richtig ist.«

»Ich hoffte, Großer Mann, die Musik würde ihm bei seinem künftigen Leben helfen.«

Osso lachte leise. »Die Mutter des Reinen Jungen Chalres, die Mutter des Reinen Jungen Faman. Was für ein Paar! Du wirst keine solchen Nachkommen mehr hervorbringen. In die Gerberei.« Osso fuhr herum und deutete auf Mur. »Und was dich angeht, so werden wir die Bildung auf die Probe stellen, die du hier vorschiebst.«

»Seelenvater, bitte, ich strebe doch nur nach Vollkommenheit!« rief Mur, aber Osso hatte sich schon abgewandt. Mur blickte Eathre an, die lächelnd die Achseln zuckte und ins Haus ging. Mur wollte sich auf Geacles stürzen, doch da schoben sich die Chiliten vor. »In den Tempel mit dir; hast du deinen Seelenvater nicht gehört?«

Mur ging zum Tempel und suchte dort seine Nische auf. Geacles folgte ihm und ging zu seinem Alkoven, von wo aus er quer durch das Zimmer Mur ansah.

Eine Stunde verging; die Glocke schlug an. Die Reinen Jungen begaben sich in des Refektorium. Mur zögerte, wandte sich dann kurz um und betrachtete die Landschaft, die Straßen und Häuser und die purpurne Weite.

Geacles beobachtete ihn. Mur seufzte und betrat den Gang zum Refektorium.

Am Eingang stand der chilitische Monstrator und winkte Mur zu sich. »Hier entlang.«

Er führte Mur um den Tempel herum zu einer unbenutzten Unterkammer. Dort zog er eine alte Holztür auf und gab Mur ein Zeichen, einzutreten. Der Monstrator hielt eine Glühkugel hoch und führte den Jungen durch einen nach altem Galga riechenden Gang in eine kreisförmige Kammer im Herzen des Tempels. Die Kalkwände waren feucht und schimmlig; der Boden bestand aus dunklen Ziegeln. An der Decke hing eine Leuchtkugel. »Was ist das für ein Ort?« fragte Mur unsicher.

»Ein Ort einsamen Studiums, wo du bis zu deiner Neureinigung bleibst.«

»Neureinigung?« rief Mur. »Aber ich bin nicht entehrt!«

»Komm, komm«, sagte der Monstrator. »Warum lenkst du ab? Glaubst du, deinen Seelenvater Osso übertölpeln zu können – oder mich? Wenn du dich nicht körperlich befleckt hast, so doch hundertfach im Geiste.« Er wartete, doch Mur schwieg. »Hier sind Bücher auf dem Tisch: Lehren und Exklamationen, ein Analytischer Katechismus. Die geben dir Trost und weisen Rat.«

Stirnrunzelnd sah sich Mur in der Kammer um. »Wie lange muß ich hierbleiben?«

»Einige Zeit. Im Schrank dort befindet sich Nahrung; rechts davon ein Abfluß. Jetzt ein letztes Wort: Unterwirf dich, dann wird alles gut. Hörst du?«

»Ich höre, Monstrator.«

»Das Leben ist eine Wahl der Wege. Sei sicher, daß deine Wahl richtig ist, vielleicht hast du nie wieder die Möglichkeit. Ruf nach Galexis!«

Der Monstrator verschwand im Korridor. Mur blickte ihm nach, halb gewillt, ihm zu folgen. Aber er war hierhergebracht worden, damit er meditierte; wenn er gleich ging, würde er damit etwas auslösen, das schlimmer war als die neuerliche Reinigung.

Er lauschte. Nur das versteckte Murmeln dieses unterirdischen Ortes war zu hören. Er stellte sich in die Tür und starrte in den Korridor. Irgend jemand mußte ihn beobachten. Oder eine Alarmeinrichtung oder eine Falle wartete auf ihn. Wenn er dem Monstrator zu folgen versuchte, mochte er etwas Unangenehmes erleben. »Unterwirf dich«, hatte der Monstrator gesagt. »Unterwirf dich, dann wird alles gut.«

Die Unterwerfung war vielleicht doch das klügste.

Nüchtern wandte sich Mur von der Öffnung ab. Er beschäftigte sich mit dem Tisch, nahm Platz und untersuchte die Bücher. Die Lehren waren auf abwechselnd roten und grünen Seiten gedruckt – mit purpurner Farbe – also außerordentlich mühsam zu lesen. Außerdem enthielten sie viele seltsame Ausdrücke. Trotzdem hielt es Mur für ratsam, die Texte sorgsam zu studieren. Die Exklamationen, die während der nächtlichen Gottesdienste aufgesagt werden mußten, gaben sie doch den Spasmen eine gewisse Eleganz.

Mur fiel ein, daß er kein Mittagessen bekommen hatte, sprang auf und ging zu dem Schrank. Er fand ein Dutzend Pakete getrockneter Beeren: genug für ein Dutzend Tage – oder für länger, wenn er sich zurückhielt, wie es der gesunde Menschenverstand verlangte. Drei dunkelgrüne Glaskrüge enthielten ausreichend Wasser. Es gab keine Pritsche oder Couch; er mußte also auf der Sitzbank schlafen. Er kehrte an den Tisch zurück, nahm den Analytischen Katechismus zur Hand und begann zu lesen:

Frage: Wie lange kennen die Chiliten schon Galexis?
Antwort: Vor viertausend Jahren wurde das Große System geschaffen von Hakcil, der von einer unangenehmen und übelriechenden Gattin zum Gebrauch von Galga angeregt wurde.
Frage: Wie viele Gestalten nimmt Galexis an?
Antwort: Galexis ist so vielgestaltig wie die Oberfläche des Ozeans und ist zugleich einzigartig für jeden und universell für alle.
Frage: Wo war Galexis, ehe die Chiliten das geheiligte Kraut entdeckten?
Antwort: Galexis, ewig und immanent, hat den Menschen aller Zeitalter Erleuchtung geboten, doch erst die Chiliten haben Galexis wirklich erstehen lassen, indem sie die Absolute Dichotomie vollzogen.
Frage: Was ist die Absolute Dichotomie?

Antwort: Es ist jener Akt des Erkennens, der – indem die Körperlichkeit des Weibes als unrein bezeichnet wird – die Seligkeit Galexis' preist.
Frage: Was ist der Zweck des Heiligen Fruchtbodens?
Antwort: Zu gegebener Zeit wird er eine Vollkommenheit hervorbringen: Die Frucht Galexis' und der Männer.
Frage: Was wird Rolle und Geschick dieser Vollkommenheit sein?
Antwort: Sie wird die Kunde von Galexis zu den Welten tragen. Wo sie geht, werden die Frauen wehklagen ...

Mur legte den Katechismus fort, den er unsäglich langweilig fand. Er bemerkte Zeichen auf dem Tisch – Dutzende von Zeichen. Namen, die in das Holz geschnitzt waren, einige abgenutzt, andere ziemlich frisch ... Was stand da? »Chalres Gargament.« In Murs Magen bildete sich ein kalter Klumpen. Chalres war also hier gewesen. Wie war er gestorben? Langsam stand Mur auf und sah sich um. Gab es andere Eingänge? Er schritt die Wände ab, betastete den feuchten Kalkstein, der überall massiv zu sein schien. Schließlich kehrte er an den Tisch zurück und blieb unter der Lampe stehen. Seine Haut zog sich zusammen, als er seine düstere Zukunft bedachte. Der Ritus der Neureinigung würde weitaus gründlicher ausfallen als der ursprüngliche Vorgang. Die offene Tür übte eine schreckliche Faszination aus. Sie wies einen Weg in die Außenwelt, in der Mur jetzt lieber gewesen wäre; andererseits drohte sie ihm schreckliche Strafen an. Er dachte an Chalres, der mit zerschmetterten Gliedern in den Abwässern der Gerberei treibend gefunden wurde.

Hoffnungslosigkeit überkam Mur. Die Lampe spendete ein unheimliches Licht, das die jämmerlichen Kritzeleien auf dem Tisch sichtbar machte. Er mußte sich unterwerfen.

Die Zeit verging: eine Stunde. Lustlos sang Mur einige Stellen aus dem Katechismus: Worte ohne Bedeutung. Er studierte die Lehre: Hakcils Ur-Erklärungen. Der Band war alt und eselsohrig und gehörte eindeutig in diese Kammer. Schimmel hatte die Schrift verschwimmen lassen; die Seiten klebten aneinander. Die purpurnen Buchstaben verschwanden auf den roten und grünen Seiten. Mur legte das Buch fort und betrachtete die Tür: so verlockend und so abstoßend. Er überlegte. Wenn er nun durch den Korridor rannte, so schnell, daß seine Füße kaum den Boden berührten! Vielleicht kam er mit bloßer Kühnheit ins Freie. Nein. So leicht ging das nicht. Irgendwie würde man ihn aufhalten. Vielleicht war die äußere Holztür verschlossen. Sein Ungehorsam würde Chalres' Schicksal auch auf ihn herabbeschwören. So waren die Chiliten. Wenn er sich rückhaltlos unterwarf, sich dem Seelenvater Osso ergab – mit inbrünstigen Erklärungen, daß er rein sei und sich jetzt und in aller Zeit seiner Muttermilchsehnsüchte entledigen würde –, dann vermochte er seinen Status als Reiner Junge zu erhalten.

Mur fuhr sich mit der Zunge über die Lippen. Besser als die Abwässer. Er beugte sich über die Lehren, lernte kurze Absätze auswendig, arbeitete, bis ihm schwindlig wurde und seine Augen schmerzten. Auf der vierten Seite verdeckte Schimmel die Buchstaben; die fünfte und die sechste Seite waren ebenfalls fleckig. Mur starrte die Seiten entsetzt an. Wie konnte er die Lehrsätze lernen, wenn sie unlesbar waren? Osso würde eine Entschuldigung dieser Art nicht gelten lassen. »Warum hattest du dich nicht mit deinem eigenen Exemplar Hakcil gewappnet? Als ich Reiner Junge war, trug ich das Buch ständig bei mir!« Oder: »Diese Seiten sind wichtig. Du hättest sie schon lange beherrschen müssen.« Andererseits bot ihm der schadhafte Band einen Vorwand, den Korridor zu erkunden. Wenn dort jemand Wache stand, konnte er die unleserlichen Seiten vorzeigen und ein besser erhaltenes Exemplar der Lehre erbitten. Mur erhob sich halb. Der Eingang zum Korridor wirkte wie ein unheimliches dunkles Rechteck.

Mur setzte sich wieder. Es mußte schon ziemlich spät sein; bestimmt stand kein Chilite Wache. Nein! Auch kein Reiner Junge. Vielleicht gab es eine Art Alarm? Mur hielt das für unwahrscheinlich. Die Chiliten ließen sich nur ungern bei ihren Spasmen stören.

Die Außentür war nicht verschlossen gewesen. Vielleicht war der Korridor offen. Mur leckte sich über die Lippen. Eher hatte der Durchgang eine Schutzvorrichtung: eine Fallgrube, eine Schlinge, eine Falle. Vielleicht fiel ein Netz oder ein Käfig herab und setzte ihn gefangen. Vielleicht hatte man auch den Weg geändert, damit er in eine Sackgasse geriet oder im Kreis ging, wobei Sand oder Schlamm am Boden seine Fußspuren offenbaren würde. Vielleicht endete der Gang auch an einem Abgrund, der ihn das Leben kosten würde.

Mur betrachtete aus den Augenwinkeln die dunkle Türöffnung, die nun selbst Augen zu haben schien. Er seufzte und wandte sich wieder den halb zerfallenen Büchern zu. Aber er konnte sich nicht konzentrieren; geistesabwesend kratzte er mit einem Steinsplitter seinen Namen auf die Tischplatte: in trauriger Verblüffung erkannte er, daß er »Gastel Etzwane« geschrieben hatte. Ein erneuter Beweis seiner Ketzerei, falls jemand darauf achtete. Er hob die Hand, um die Buchstaben auszulöschen, doch in plötzlichem Zorn warf er das Steinstück in eine Ecke. Trotzig starrte er den Namen an. Das war er; er war Gastel Etzwane; sie konnten ihn tausendmal töten, ehe er etwas anderes sein würde. Doch der Trotz verging ihm schnell. Die Tatsachen waren unverändert. Er mußte auf unbestimmte Zeit in dieser Studierkammer bleiben und dann eine Neureinigung durchmachen. Oder er konnte den Korridor ausprobieren – bei diesem Gedanken lief es ihm kalt über den Rücken.

Langsam stand er auf und durchquerte den Raum, Schritt um Schritt. Er blickte in den Gang, soweit der Schimmer der Leuchtkugel reichte – vielleicht fünf Meter. Dann blickte er zur Leuchtkugel empor; sie hing drei Meter über ihm. Er stellte die Bank auf den Tisch und kletterte hinauf; doch die Lampe war immer noch außerhalb seiner Reichweite. Mur stieg wieder hinab, ungeschickt und langsam wie ein alter Mann, und starrte erneut in den dunklen Gang.

Nichts sprach dagegen – der Flur war verschlossen oder enthielt eine Falle. Mur versuchte sich an den Weg zu erinnern. Als ihm der Monstrator vorausging, hatte er die Leuchtkugel in die Höhe gehalten und damit eine gewölbte Decke aus feuchtem Gestein offenbart. Mur hatte weder Käfige noch Netze gesehen, obwohl sich so etwas hinterher leicht hätte arrangieren lassen. Der Auslöser für eine solche Vorrichtung mochte ein quergespannter Faden sein oder vielleicht ein elektrischer Kontakt, wenn auch die Chiliten wenig Erfahrung damit hatten und sowohl der Elektrizität als auch allen Biogeräten mißtrauten. Wenn es sie gab, würde die Falle einfach sein und wahrscheinlich durch irgend etwas in der Nähe des Bodens ausgelöst werden.

Murs Herz schlug ihm bis in den Hals, als er den dunklen Tunnel betrachtete. Der wichtigste Moment seines Lebens war herangerückt. Als Faman Bougozonie konnte er am Tisch sitzenbleiben und den Katechismus und die unvollständigen Lehren studieren; er konnte zum überzeugten Chiliten werden. Als Gastel Etzwane konnte er sich durch den Korridor schleichen und vielleicht die Freiheit erringen.

Chalres' jämmerlich zugerichteter Körper erschien vor Murs innerem Auge. Er stieß einen leisen Laut der Verzweiflung aus. Und eine andere Vision erschien ihm: das Gesicht seines Seelenvaters Osso; die hohe Stirn mit den dünnen Locken, die rotgeränderten Augen, die ihn eindringlich musterten. Mur wimmerte leise, er ließ sich auf Hände und Knie nieder und begann durch die Dunkelheit zu kriechen.

Hinter ihm blieb das Licht zurück. Mur begann sorgsam die Schwärze zu erkunden, indem er vorsichtig nach Fäden, Sprungfedern oder Klappen tastete. Wie er sich erinnerte, führte der Gang zuerst nach links und bog dann nach rechts ab; er hielt sich dicht an der linken Wand.

Die Schwärze war absolut. Mur fuhr mit den Händen durch die Luft, als suche er nach Spinnweben. Als er nichts spürte, betastete er den Boden mit gleicher Vorsicht, befühlte jeden Zentimeter, ehe er sich vorwärtsschob.

So kam er zentimeterweise voran, und die Dunkelheit bedrängte ihn wie eine greifbare Substanz. Er war zu angespannt, um Angst zu verspüren; Vergangenheit und Zukunft waren aus seinen Gedanken verdrängt; es gab nur das Jetzt mit seiner drohenden Gefahr. Wie Insektenfühler suchten seine Finger die Dunkelheit ab: an diesen Fingern hing sein Leben. Zu seiner Linken verlor er den Kontakt mit der Mauer; die erste Biegung. Er verharrte, befühlte die Mauern auf beiden Seiten, erkundete die Fugen zwischen den Steinblökken. Er umrundete die Ecke, begierig voranzukommen, doch ungern sicheres Gebiet verlassend. Er fuchtelte durch die Luft, bestrich die Mauern und den Boden. Zentimeter um Zentimeter kam er voran. Seine Finger erspürten plötzlich eine ungewohnte Beschaffenheit des Bodens; er war rauh, anders gekörnt, weniger kalt als Stein. Ein Holzboden. Mur suchte die Fuge zwischen Stein und Holz. Sie verlief rechtwinklig quer durch den Korridor. Mit den Knien auf dem Stein, tastete sich Mur vor, suchte zuerst nach einem Faden, testete dann die Holzfläche. Eine Schnurfalle fand er nicht; das Holz schien fest zu sein. Er entdeckte keinen Abgrund, keine mangelnde Festigkeit. Daraufhin legte sich Mur flach auf den Boden und streckte sich vor, soweit seine Arme reichten. Er spürte nur Holz. Er wand sich einige Zentimeter weiter vor und wiederholte den Versuch. Holz. Er schlug mit der Faust auf die Fläche und glaubte ein hohles Dröhnen zu vernehmen und nicht das flache Geräusch einer Planke, die auf Erdboden oder Mörtel liegt. Gefahr, Gefahr! Er rückte weiter vor. Der Boden begann sich zu neigen, hob seine Füße an. Hastig zog er sich zurück. Der Boden sank wieder herab. Der Holzteil des Bodens war in der Mitte an einer Drehachse aufgehängt. Wäre er gelaufen, ohne sich um den Boden zu kümmern, hätte er sich nicht mehr retten können. Sobald er den Drehpunkt überschritten hätte, wobei sich das hintere Teil der Falle in die Luft hob, wäre er hinabgestürzt und durch die Schwärze gewirbelt, einem ungewissen Schicksal entgegen. Mur blieb still liegen, die Lippen zu einem wölfischen Lächeln gespannt. Er maß die Entfernung von der Steinkante zur Drehachse: etwa seine Größe, fünf Fuß. Jenseits der Achse befanden sich vermutlich weitere fünf Fuß Holzfläche. Mit einem Licht hätte er den Sprung riskieren können. Aber nicht in der Dunkelheit. Wenn er sich nun verschätzte und nicht weit genug sprang! Murs Grinsen wurde so verkrampft, daß seine Wangenmuskeln zu schmerzen begannen. Er brauchte eine Planke, eine Leiter, etwas Ähnliches. Ihm fiel die Bank im Studierzimmer ein, die sechs Fuß lang war. Er stand auf, tastete sich an der Wand entlang und kehrte nun in viel kürzerer Zeit zurück, als er auf umgekehrtem Wege gebraucht hatte. Es war still in der Kammer, fast feierlich. Mur nahm die Bank, trug sie durch den dunklen Korridor, den er inzwischen gut kannte. Er erreichte die Biegung, ließ sich vorsichtig auf Hände und Knie nieder und zerrte die Bank neben sich her, die Sitzfläche nach unten. So erreichte er die Holzfläche; hier zog er die Bank an sich vorbei und schob sie weiter vor, bis sie seiner Schätzung nach auf der anderen Seite auf festem Stein ruhte. Mit äußerster Vorsicht verlagerte er dann sein Gewicht auf die Bank, bereit, beim geringsten Beben zurückzuspringen.

Die Bank rührte sich nicht. Mur überquerte sie und spürte am anderen Ende Stein unter den Fingern. Er grinste, diesmal vor Erleichterung und Freude.

Aber er war noch nicht aus dem Gang hinaus. Er machte weiter, ohne in seiner Vorsicht nachzulassen, und erreichte bald die zweite Biegung. Einige Meter weiter schimmerte eine schwache Leuchtkugel. Sie beleuchtete eine Tür; die alte Holztür, die in den leeren Unterraum führte. Wieder schlug Mur das Herz bis zum Hals, als er sich der Tür näherte; sie war verschlossen – wohl nicht, um ihn einzusperren, sondern um zu verhindern, daß ein ahnungsloser Chilite oder Reiner Junge in die Falle lief.

Mur wiegte den Kopf und betrachtete die Tür. Sie bestand aus festen Planken, die verdübelt und verleimt waren, und die Scharniere waren Metallmaschen. Der Rahmen bestand aus Holz, das halb verrottet war. Er stemmte sich gegen die Tür, brachte die ganze geringe Kraft seines mageren Körpers zum Tragen. Aber die Tür rührte sich nicht. Mur schleuderte sich dagegen. Er glaubte den Riegel knirschen zu hören. Und wieder rannte er los, aber außer dem Knacken des alten Holzes erreichte er nichts. Murs Schultern begannen zu schmerzen, obwohl ihm das wenig bedeutete. Schweratmend blieb er stehen. Da fiel ihm die Bank ein, und er lief durch den Gang zurück, um die Biegung und ertastete das Ende der Bank. Er zerrte sie über die Falle und schleppte sie zur Tür zurück. Dort hob er das lange Gebilde an, nahm Anlauf und stieß das Ende der Bank mit aller Wucht gegen den Türriegel. Der Rahmen zersplitterte. Die Tür sprang auf, und Mur befand sich im leeren Unterraum, in dem jedes Geräusch hohl widerhallte.

Er stellte die Bank an eine Wand, wo niemand darauf achten würde. Dann schloß er die Tür und drückte das zersplitterte Holz zurecht. Auch das mochte niemand bemerken – sollten sich die Chiliten ruhig wundern!

Einige Sekunden später trat er in die Nacht hinaus und

blickte zur grellen Skiafarilla empor. »Ich bin Gastel Etzwane!« sagte er begeistert. »Als Gastel Etzwane bin ich den Chiliten entkommen; als Gastel Etzwane habe ich viel vor!«

Aber er war noch nicht frei, noch war seine Flucht nicht gelungen. Man würde natürlich bemerken, daß er fort war; vielleicht am Morgen, spätestens aber in zwei oder drei Tagen. Osso konnte den Mann ohne Gesicht nicht anrufen, aber er mochte Ahulphs aus dem Wildland holen lassen. Keine Fährte war zu alt oder zu schwach für die Ahulphs; sie würden ihm folgen, bis ihr Opfer ein Fahrzeug mit Rädern, ein Boot oder einen Ballon bestieg. Gastel Etzwane mußte wieder einmal seinen Verstand benutzen. Osso würde damit rechnen, daß er floh, daß er eine möglichst große Entfernung zwischen sich und Bashon bringen wollte. Wenn er also noch einen Tag in der Nähe blieb, bis sich die Ahulphs ergebnislos umgetan hatten und mit einem Fluch zu ihrem Herrn zurückgeschickt worden waren – dann mochte er ungehindert davonziehen, wohin auch immer.

Hundert Meter entfernt, auf der anderen Seite des Hügels, lag die Gerberei, deren Schuppen und Nebengebäude Dutzende von sicheren Verstecken boten. Gastel Etzwane blieb im Torbogen stehen, im Schatten verborgen, und lauschte auf die Geräusche der Nacht. Er kam sich wie ein Gespenst vor. Über ihm im Tempel lagen die Chiliten im Galga-Rausch und beteten Galexis an; ihr bewunderndes Keuchen wurde durch die schwere Dunkelheit gedämpft.

Gastel Etzwane rührte sich eine Weile nicht. Er fühlte sich nicht gedrängt, er hatte es nicht eilig. Seine größte Sorge galt den Ahulphs, die mit größter Wahrscheinlichkeit auf seine Spur gesetzt wurden. Er kehrte in den Tempel zurück und fand dort in einer Ecke einen alten Umhang. Er trug ihn zum Portal und zerriß ihn in zwei Hälften. Eine Hälfte warf er auf den Felsboden, ein Stück weiter die andere Hälfte, sprang dann von einem Stück aufs andere und entfernte sich so hangabwärts, ohne eine Fährte für die Ahulphs zu hinterlassen. Gastel Etzwane lachte in stiller Freude, als er das erste Gebäude der Gerberei erreichte.

Unter einem Schuppen suchte er Schutz, legte seinen Kopf auf den zerrissenen Umhang und schlief ein.

Sasetta, Ezeletta und Zael tanzten über den Horizont herauf, verschossen ihre unruhigen farbigen Lichtstrahlen aus dem Osten. Vom Tempel klang ein durchdringendes Geläut herab, das die Reinen Jungen zur Tempelküche rief, wo sie das Frühstück der Chiliten zubereiten mußten. Im östlichen Hof kamen die Chiliten zusammen, hohlwangig und mit geröteten Augen, die Bärte nach Galgarauch stinkend. Sie taumelten zu den Bänken und starrten betäubt in das schwache Sonnenlicht, noch immer nicht ganz bei sich. Die Gerbereiarbeiterinnen hatten bereits Brot und Tee eingenommen; sie kamen nun zur Arbeit, einige bedrückt, andere geschwätzig. Die Aufseherinnen riefen Namen und verteilten besondere Aufgaben; die so bezeichneten Frauen gingen in verschiedene Richtungen auseinander. Einige, Matriarchen der Schwesternschaft*, näherten sich dem Chemieschuppen, um Kräuter und Pulver, Farben und Schrumpfmittel zu mischen. Eine andere Gruppe ging zu den Trögen, um Häute abzukratzen, zu trimmen, einzuweichen, zu spannen oder zu trocknen. Andere bearbeiteten neue Felle, die von den Ahulphs aus dem Wildland geliefert wurden: Felle aller Tiere der Wildnis, auch Ahulphhäute. Nach dem Sortieren kam das Material auf kreisförmige Holztische, wo es zunächst oberflächlich gereinigt und zurechtgeschnitten wurde, dann über eine Rutsche in ein Laugenbad glitt. Eathre war diesen Reinigungstischen zugeteilt worden; man hatte ihr eine Bürste, ein Glasmesser und einen kleinen, scharfen Kratzer gegeben. Eathre arbeitete schweigend, ohne den Blick zu heben. Sie wirkte apathisch. Etzwanes Versteck lag kaum dreißig Meter entfernt; er drehte sich mühsam herum, damit er durch eine Ritze des Fundaments blicken konnte; als er seine Mutter entdeckte, vermochte er kaum einen Aufschrei zu unterdrükken. Seine sanfte Mutter in einer so häßlichen Umgebung! Er biß sich auf die Lippen und kämpfte die Tränen nieder. Er konnte sie nicht einmal trösten!

Am Tempel entstand nun Aufregung. Reine Jungen liefen durcheinander und starrten über das Tal; Chiliten erschienen

---

* *Schwesternschaft: Zoriani nac Thair nac Thairi.* Frei übersetzt: Agentinnen Verzweifelter Taten.

auf der oberen Terrasse, unterhielten sich erregt, deuteten hierhin und dorthin. Etzwane vermutete, daß sein Fehlen früher entdeckt worden war, als er erwartet hatte. Er verfolgte das Schauspiel mit einer Mischung aus Angst und Freude. Amüsant, die Chiliten so aufgescheucht zu sehen – aber auch erschreckend! Wenn er aufgespürt und wieder gefangengenommen wurde ... Bei dem Gedanken lief ihm ein Schauder über den Rücken.

Kurz vor der Mittagsstunde beobachtete er die Ankunft der Ahulphs; zwei Männchen mit roten Fachbändern um das grobe schwarze Fell der krummen Beine. Großer Mann Osso, streng auf einem Podest stehend, erklärte seine Wünsche in Dadu*; die Ahulphs hörten zu und lachten wie die Füchse. Osso warf ein Hemd zu Boden, das vermutlich Etzwane gehörte. Die Ahulphs nahmen das Hemd in ihre menschenähnlichen Hände, drückten es gegen die Duftsensoren in ihren Füßen und warfen es schließlich in wilder Tollerei durch die Luft, eine Neigung, die den Chiliten unerträglich war. Sie kehrten zu Osso zurück und bedeuteten ihm mit heftigen Bewegungen, daß alles in Ordnung sei; schließlich machte Osso eine ungeduldige Geste. Nachdem sich die Ahulphs noch einmal umgesehen hatten, ob sich nicht etwas zu stehlen fände, gingen sie in den Unterraum der Reinen Jungen. Dort erspürten sie Etzwanes Duft, sprangen in die Luft und gaben Osso in übertriebener Erregung ein Zeichen.

Die Reinen Jungen beobachteten das Schauspiel in entsetzter Faszination – dasselbe galt für Etzwane, der befürchtete, daß die Ahulphs doch irgendwie einen Hauch seiner Fährte aufnehmen mochten.

Die beiden Wesen liefen um den Tempel herum, und Etzwane war erleichtert, als sie seine Spur überquerten, ohne etwas zu entdecken. Schon gedämpfter in ihrem Enthusiasmus und mit hängenden Ohren, strichen sie um Eathres altes Haus, doch wieder erfolglos. Nun begannen sich die Ahulphs gegenseitig zu beschimpfen, gingen mit Krallen aufeinander los, die in ihren weichen schwarzen Füßen verborgen waren, bewegten ihr Fell in spiraligen Wirbeln und

---

* *Dadu:* eine Fingersprache aus den Silben *da, de, di, do, du.*

kehrten schließlich zu Osso zurück und erklärten in Dadu, daß ihr Opfer auf Rädern geflohen sein müßte. Osso machte auf dem Absatz kehrt und verschwand im Tempel. Die Ahulphs liefen nach Süden in das Mirktal; sie kehrten ins Wildland des Hwan zurück.

Etzwane starrte durch die Ritze und sah, wie die Tempelgemeinschaft ihren normalen Tagesablauf begann. Die Reinen Jungen, enttäuscht, daß ihnen ein schreckliches Schauspiel versagt geblieben war, kümmerten sich um ihre Pflichten. Ungerührt arbeiteten die Frauen an den Bädern, Wannen und Tischen der Gerberei. Chiliten saßen wie hagere weiße Vögel auf den Bänken der oberen Tempelterrasse. Sonnenlicht, in der Lavendelfarbe des Mittags, erhitzte den weißen Staub und den ausgetrockneten Boden.

Die Gerbereiarbeiterinnen gingen schließlich zum Essen. Etzwane richtete Gedankenbefehle an seine Mutter. *Komm hier entlang! Komm näher!* Aber Eathre entfernte sich, ohne den Kopf zu wenden. Eine Stunde später kehrte sie an ihren Tisch zurück. Etzwane kroch wieder unter den Boden und schlich sich in den eigentlichen Schuppen – ein Lager für Chemikalienfässer, Werkzeuge und dergleichen Dinge.

Etzwane fand einen Brocken Salz, den er, nachdem er sich vorsichtig der Tür genähert hatte, seiner Mutter zuwarf. Er fiel unmittelbar vor ihr zu Boden. Sie schien nichts zu merken. Dann, als sei sie plötzlich aus ihren Gedanken hochgeschreckt, blickte sie zu Boden.

Etzwane warf noch ein Stück. Eathre hob den Kopf und sah sich verständnislos um, blickte schließlich zum Schuppen. Aus dem Schatten gab ihr Etzwane ein Zeichen. Eathre runzelte die Stirn und blickte fort, und Etzwane sah verwirrt zu ihr hinüber. Hatte sie ihn gesehen? Warum hatte sie die Stirn gerunzelt?

In diesem Augenblick kam Großer Mann Osso um die Schuppenecke und trat in Etzwanes Blickfeld. Auf halbem Wege zwischen dem Schuppen und Eathres Tisch blieb er stehen. Sie schien sich in eine andere Bewußtseinsdimension zurückgezogen zu haben.

Osso gab der Aufseherin ein Zeichen und murmelte einige Worte. Die Frau ging zu Eathre, die ohne Kommentar oder

Überraschung ihre Arbeit verließ und auf Osso zukam. Er gab ihr ein herrisches Zeichen, stehenzubleiben, als sie noch fünfzehn Schritte von ihm entfernt war, und sprach mit leiser, drängender Stimme. Etzwane vermochte seine Worte nicht zu verstehen, ebensowenig wie Eathres ruhige Antworten. Schließlich wich Osso zurück und machte auf dem Absatz kehrt. So dicht kam er an dem Schuppen vorbei, daß Etzwane das kalte Gesicht hätte berühren können.

Eathre kehrte nicht sofort an die Arbeit zurück. Als bedenke sie Ossos Worte, näherte sie sich dem Schuppen und stand schließlich an der Tür.

»Mur, bist du da?«

»Ja, Mutter.«

»Du mußt Bashon verlassen. Flieh heute nacht, sobald die Sonne untergegangen ist.«

»Kannst du mitkommen? Mutter, bitte, komm doch mit.«

»Nein. Osso hält meinen Kontrakt. Der Mann ohne Gesicht würde mir den Kopf nehmen.«

»Ich werde den Mann ohne Gesicht finden«, erklärte Etzwane heftig. »Ich erzähle ihm von den schlimmen Zuständen hier. Er wird Ossos Kopf nehmen.«

Eathre lächelte. »Da sei dir nicht so sicher. Osso folgt dem Gesetz des Kantons – nur zu genau.«

»Wenn ich gehe, wird Ossi dich schlecht behandeln! Er gibt dir die schwersten Arbeiten.«

»Das ist doch egal. Die Tage kommen und gehen. Ich bin froh, daß du gehst; das habe ich mir für dich gewünscht, aber ich muß bleiben und Delamber bei ihren Geburten helfen.«

»Aber Seelenvater Osso könnte dich bestrafen – nur meinetwegen!«

»Nein, das wird er nicht wagen; die Frauen vermögen sich zu schützen, wie ich deinem Seelenvater eben gesagt habe.* Ich muß jetzt wieder an die Arbeit. Nach Einbruch der Dun-

---

* Eathre bezieht sich auf die *Zoriani nac Thair nac Thairi*, die eine gewisse Macht daraus bezog, daß sie den Tempel oder einzelne Chiliten verunreinigen konnte. Es gab sechs Abstufungen der Unreinheit – die erste eine Berührung durch den Finger einer Frau, die sechste eine Tränkung mit Substanzen, die hier nicht näher beschrieben werden können. Die Schwester oder Schwestern, die solche Verunreinigungen durchführten, waren Freiwillige –

kelheit mußt du fort. Da du keinen Halsreif trägst, nimm dich vor den Arbeitsvermittlern in acht, besonders in Durume und Cansume und auch in Seamus, wo man dich in eine Ballonmannschaft preßt. Wenn du volljährig bist, beschaff dir den Reif eines Musikers; dann kannst du ungehindert reisen. Geh nicht in das alte Haus hinunter, auch nicht zu Delamber. Und deine Khitan darfst du nicht holen. Ich habe ein paar Münzen gespart, aber ich kann sie dir jetzt nicht geben. Ich werde dich nicht wiedersehen.«

»Aber doch!« rief Etzwane. »Ich reiche beim Mann ohne Gesicht eine Petition ein, und er läßt dich mitkommen.«

Eathre lächelte sehnsüchtig. »Nicht, solange Osso meinen Kontrakt hält. Leb wohl, Mur.« Sie kehrte zum Arbeitstisch zurück, und Etzwane verschwand wieder in seinen Schuppen. Er beobachtete seine Mutter nicht.

Der Tag ging seinem Ende entgegen; die Frauen suchten die Schlafräume auf. Als die Dunkelheit hereinbrach, verließ Etzwane den Schuppen und stahl sich hügelabwärts davon.

Trotz Eathres Warnung suchte er das alte Haus am Rhododendronweg auf, in dem bereits eine andere Frau wohnte. Er schlich sich nach hinten, fand die Khitan und verschwand in den Schatten, die die Straße säumten. Er schlug die westliche Richtung ein, nach Garwiy, wo der Mann ohne Gesicht wohnte – so ging jedenfalls das Gerücht.

4

Shant, ein unregelmäßiges Rechteck, dreizehnhundert Meilen lang und sechshundert Meilen breit, war von der dunklen Masse Caraz' durch hundert Meilen Wasser getrennt – durch die Pagane-Straße, die den Grünen und den Purpurnen

---

gewöhnlich alt, krank und bereit, ihr Leben dramatisch zu beenden, nachdem sie ihr Ziel erreicht hatten – normalerweise durch Einatmen von Giftdämpfen.

Solche Verunreinigung zwang den Chiliten ein monatelanges, anstrengendes Reinigungsritual auf, eine Zeit, in der kein Galga verbrannt wurde; wenn die ekstatische Trance vor einer völligen Reinigung versucht wurde, erschien Galexis Achiliadnid in einer schrecklichen Gestalt. In der Zeit der Reinigung waren die Chiliten mißgestimmt und unruhig; dabei wurden die Reinen Jungen oft auf die eine oder andere Weise schikaniert.

Ozean miteinander verband. Im Süden, jenseits des Großen Salzmorasts, hing zwischen dem Purpurnen und dem Blauen Ozean Palasedra herab – wie eine dreifingrige Hand oder ein Euter mit drei Zitzen.

Tausend Meilen östlich von Shant tauchten die ersten Inseln Beljamars auf, eines gewaltigen Archipels, das den Grünen Ozean vom Blauen Ozean trennte. Die Bevölkerungszahl Caraz' war unbekannt, Palasedra war relativ unbewohnt, und auch der Beljamara-Archipel ernährte nur da und dort einige ozeanische Meeresnomaden; der größte Teil der Bevölkerung Durdanes war also in den zweiundsechzig Kantonen Shants zu finden, die in lockerem Verbund unter der Herrschaft des Mannes ohne Gesicht standen.

Die shantschen Kantone ähnelten sich nur in ihrem gegenseitigen Mißtrauen. Jedes sah seine eigenen Sitten, Moderichtungen, Sprache und Gebräuche als einzigartig und alleingültig an und hielt alles andere für exzentrisch.

Die unpersönliche, uneingeschränkte Herrschaft des Anome – umgangssprachlich der Mann ohne Gesicht genannt – paßte den introvertierten Völkern der Kantone sehr. Der Regierungsapparat war einfach; der Anome erhob geringe finanzielle Ansprüche; die gültigen Gesetze waren größtenteils in den einzelnen Kantonen formuliert worden. Die Rechtsprechung des Anome mochte erbarmungslos und abrupt sein, aber sie wurde nach allen Seiten gleichmäßig ausgeteilt und folgte einem einfachen Prinzip, das allen klar war: *Wer das Gesetz übertritt, stirbt.* Die Macht des Mannes ohne Gesicht fußte auf dem Halsreif, einem Flexitband, das in verschiedenen Färbungen codiert war – purpur, scharlachrot, kastanienbraun, blau, grün, grau und – seltener – braun*.

---

* Nach der in Shant gebräuchlichen Farbsymbolik hatten blaue, grüne, purpurne und graue Tönungen optimistische Attribute. Braunfarben waren negativ, tragisch, elegant, autoritär – je nach Zusammenhang. Gelb war die Farbe des Todes. Rot, das für Unsichtbarkeit stand, wurde für Objekte verwendet, die ignoriert werden sollten. So trugen Diebe rote Kappen. Weiß bedeutete Geheimnis, Reinheit, Armut, Zorn – je nach den Umständen. In Kombinationen wechselten die Farben ihre Bedeutung.

Im Zusammenhang mit der Farbsymbolik sollten hier vielleicht die Ideogramme des Kantons Surrume erwähnt werden. Ursprünglich standen für

Der Halsreif enthielt einen Streifen Sprengstoff, Dexax genannt, den der Mann ohne Gesicht bei Bedarf durch einen codierten Funkimpuls zur Explosion bringen konnte. Ein Versuch, den Reif zu entfernen, brachte das gleiche Ergebnis. Wenn eine Person den Kopf verlor, war die Ursache bekannt: sie hatte die Gesetze ihres Kantons übertreten. Ab und zu nahmen Explosionen aus geheimnisvollen und unerklärlichen Gründen den Kopf einer Person, woraufhin sich die Menschen sehr vorsichtig bewegten, damit sie nicht auch den unvorhersehbaren Zorn des Mannes ohne Gesicht erregten.

Keine Gegend Shants war zu entlegen; von Illwy bis zur Paganestraße gab es Explosionen, und Verbrecher verloren den Kopf. Es war bekannt, daß der Anome Gehilfen hatte, die etwas sarkastisch Wohltäter genannt wurden und die den Willen des Anome durchsetzten.

Garwiy, wo der Mann ohne Gesicht sein Hauptquartier unterhielt, war die größte Stadt Shants, das industrielle Zentrum Durdanes. Am Jardeen-Fluß und in dem als Shranke bekannten Distrikt an der Jardeen-Mündung gab es zahlreiche Glaswerke, Hütten und Werkstätten, biomechanische Fabriken, bioelektrische Werke, in denen die organischen Monomoleküle des Fenesq-Kantons zu Null-Ohm-Konduktoren gewickelt und an halblebendigen Filtern, Ventilen und Schaltern befestigt wurden und so empfindliches natürliches und sehr teures elektronisches Gerät bildeten. Bio-Ingenieure genossen ein hohes Ansehen; am entgegengesetzten Ende der gesellschaftlichen Skala standen die Musiker, die dennoch einen Hauch von romantischem Neid in den Herzen der festen Siedler Shants weckten. Die Musik wirkte wie die Sprache und die Farbsymbolik über die Kantongrenzen hinweg und erreichte die gesamte Bevölkerung*.

---

jedes Wort Farbstriche in richtiger symbolischer Kombination; der Schriftgelehrte schrieb mit bis zu sieben Pinseln in der Faust. Mit der Zeit entstand hieraus ein sekundäres System, das monochromatische Punkte in unterschiedlichen Höhen verwendete, die für bestimmte Farben standen; dieses System entwickelte sich zu einer durchgehenden Linie, die die Position der Farbanzeiger nachvollzog, und schließlich wurde aus dem Zeichen für jedes Wort ein fließendes Ideogramm, dem jeder Bezug auf Farbe fehlte.

* Mit einer bemerkenswerten Ausnahme, den Chiliten des Kantons Bastern.

Im Kanton Amaze nahmen bis zu zweitausend Musiker am jährlich Seiach teil: einem gewaltigen An- und Abschwellen von Tönen, die wie der Wind oder eine Brandung lauter und leiser tosten, mit gelegentlichen unbestimmten Glockenklängen. Schon verbreiteter war die Musik, die von den Wandertruppen gespielt wurde: Märsche und Tanzstücke und Sonaten, Shararas, Sarabanden, Balladen, Capricen und Quick-Steps. Eine solche Truppe mochte von einem Druithiden begleitet sein, die jedoch im allgemeinen lieber allein wanderten und nach Belieben spielten. Niedere Musiker mochten Worte singen oder Gedichte in Musik fassen; der Druithide spielte nur mit dem Ziel, seine Lebenserfahrung auszudrükken, all seine Freude und sein Leid. Etzwanes Blutvater, der große Dystar, war ein solcher Mann gewesen. Etzwane hatte den Bericht über Dystars Tod, den er von Feld Maijesto gehört hatte, nie richtig verarbeitet; denn in den Tagträumen seiner Kindheit hatte sich Etzwane über die Straßen Shants wandern sehen, hatte bei Festen mit seiner Khitan aufgespielt, bis sich die beiden endlich trafen; von hier nahm der Traum unterschiedliche Richtungen. Manchmal weinte Dystar, wenn er die liebliche Musik vernahm; wenn sich ihm Etzwane dann vorstellte, überstieg Dystars Staunen alle Grenzen. Machmal standen sich Dystar und der unbezähmbare Jüngling in einem Musikwettstreit gegenüber; im Geiste hörte Etzwane die herrlichen Melodien, Rhythmus und Gegenrhythmus, das Klimpern der Zimbel, das angenehme Schnarren des Rhythmus-Kastens.

Diese Tagträume hatten nun endlich einen Hauch von Realität gewonnen. Die Khitan über die schmalen Schultern geschlungen, marschierte Etzwane auf den Straßen Shants dahin, und die Zukunft lag vor ihm.

Es sei denn, er wurde gefangen und nach Bastern zurückgeschafft.

Es war nicht undenkbar, daß Osso die Wahrheit ahnte und die Ahulphs noch einmal zu Hilfe rief. Der Gedanke beschleunigte Etzwanes Schritte. Er schritt aus, so schnell ihn seine Beine trugen, und ging nur langsamer, wenn er heftig zu atmen begann. Der Rhododendronweg lag weit zurück; er wanderte unter den Sternen, und die große schwarze Masse des Hwan erhob sich zu seiner Linken.

Die Nacht nahm ihren Fortgang. Etzwane, der nun nicht mehr trabte, wanderte auf schmerzenden Beinen dahin. Die Straße erklomm einen Hügel, umrundete einen Bergvorsprung. Hinter ihm erstreckte sich eine sternenhelle Landschaft, grau und schwarz, mit einigen fernen Lichtern, die Etzwane nicht zu bestimmen vermochte.

Er setzte sich zum Ausruhen auf einen Stein und blickte nach Westen zum Kanton Seamus, den er noch nie gesehen hatte, wenn er auch von den Männern, die den Rhododendronweg entlang kamen, einiges über die Seamen und ihre Sitten wußte. Es handelte sich um stämmige, rotblonde, schnell erregbare Menschen; sie brauten Bier und destillierten Poteen, das Männer, Frauen und Kinder gleichermaßen ohne spürbare Wirkung tranken. Die Männer trugen Anzüge aus gutem braunen Tuch, dazu Strohhüte und in den Ohren Goldringe; die Frauen, die gedrungen und temperamentvoll waren, kleideten sich in lange braune und schwarze Faltenkleider und trugen Kämme aus Quarzglimmer im Haar. Sie heirateten grundsätzlich keine Männer, die größer waren als sie; damit der Mann nicht etwa im Vorteil war, falls es nach einem Abend in der Taverne zu einem Faustkampf kam.

Die Nordlinie des Ballonwegs passierte Seamus und verband Oswiy im Norden mit der Großen Querroute; die Straße, der Etzwane folgte, traf in Carbade auf den Ballonweg. Als er einmal nach Westen blickte, in die Richtung, die er einzuschlagen gedachte, glaubte er in der Ferne einen roten Schimmer am Himmel ziehen zu sehen. Wenn ihn seine Augen nicht täuschten, markierte das Licht den Kurs des Ballonwegs – obwohl es schon spät war und kein Wind ging. Er dachte an die Warnung seiner Mutter vor den Arbeitsvermittlern; allein und ohne Reif hatte er keine Identität, er hatte bei niemandem Anspruch auf Schutz, und jeder konnte nach Belieben mit ihm umspringen. Die Arbeitsvermittler würden ihm einen Halsreif und einen Kontrakt verpassen und ihn in eine Ballonmannschaft pressen. Sobald es hell wurde, mußte er sich einen Reif aus Weiden oder Rinde oder Leder machen, mit dem er unliebsamer Aufmerksamkeit entging.

Es war spät und so still, daß er aus dem Wildland ein fernes Heulen zu hören glaubte. Etzwane kauerte sich auf seinem Stein zusammen; ihm war kalt. Die Ahulphs hatten eine ihrer makabren Lustbarkeiten begonnen, die sie wie in Trance begingen; in einem entlegenen Hwantal tanzten sie jetzt heulend um ein Feuer.

Der Gedanke an die Ahulphs brachte ihn wieder auf die Beine. Wenn sie sich einer Spur sicher waren, kamen sie schnell voran; er war noch nicht außer Gefahr.

Nun stellte er fest, daß seine Beine steif geworden waren und seine Füße schmerzten. Er hätte sich nicht setzen dürfen. So schnell es ging, humpelte er die Straße hinab und nach Seamus hinein.

Eine Stunde vor Anbruch der Morgendämmerung, kam er durch ein Dorf: ein Dutzend Häuser, die sich um einen kleinen, sauber gepflasterten Platz scharten. Im Hintergrund standen Silos, ein Lagerhaus und die unförmigen Tanks einer kleinen Brauerei. Ein doppelstöckiges Gebäude an der Straße war offenbar eine Schänke; im Küchenschuppen an der Hinterseite regte sich bereits Leben; Etzwane sah ein Feuer flakkern. Neben der Schänke warteten drei große Wagen, mit frisch gefällten weißen Shimrod-Lärchen beladen, die für eine Brennerei bestimmt waren. Aus dem Stall hinter dem Rasthaus brachte ein Knecht die Zugtiere und schirrte sie an: Ochsen, von irdischen Exemplaren gezüchtet, geduldig und verläßlich, wenn auch langsam*. Etzwane humpelte geduckt vorbei und hoffte, nicht gesehen zu werden.

Vor ihm durchquerte die Straße eine flache, felsübersäte Ebene. Sie bot wenig Deckung, auch keine Anpflanzung war zu sehen, aus der er sich etwas Eßbares hätte holen können. Seine Stimmung sank; ihm war zumute, als könne er nicht mehr gehen, seine Kehle war wie ausgetrocknet, und sein Magen schmerzte vor Hunger. Nur die Angst vor den Ahulphs hielt ihn davon ab, ein Versteck zwischen den Fel-

---

* Die Aufteilung Shants in Kantone entspricht in etwa der regionalen Herkunft der ursprünglichen Siedler. Die Zivilisation ist geprägt durch den eklatanten Mangel des Planeten an Metall für gute Maschinen und technisches Gerät.

sen zu suchen und sich dort ein Bett aus getrockneten Blättern zusammenzuscharren. Schließlich siegte die Müdigkeit über die Angst. Er konnte nicht weiter. Er stolperte hinter einen Erdhügel, wickelte sich dort in seinen Umhang und legte sich nieder. Sofort fiel er in eine Art Halbschlummer; richtig schlafen konnte er nicht, dazu war er zu aufgeregt.

Ein knarrendes, rumpelndes Geräusch ließ ihn auffahren; Wagen fuhren vorbei. Die Sonnen standen eine Stunde hoch am Himmel; obwohl er – wie er vermutete – nicht geschlafen hatte, war unbemerkt der Tag angebrochen.

Die holzbeladenen Wagen fuhren vorbei und rumpelten nach Westen davon. Etzwane sprang auf, starrte ihnen nach und überlegte, daß sich ja hier wohl eine Gelegenheit böte, die Ahulphs zu verwirren. Die Fuhrleute konnten von ihren Kutschböcken nicht nach hinten blicken. Etzwane rannte los. Er schwang sich hinten auf den letzten Wagen und saß mit baumelnden Beinen auf einem der Stämme. Nach einigen Minuten schob er sich weiter hinein in eine passende Nische. Er wollte nur einige Meilen mitfahren und dann wieder abspringen, aber der Wagen war so bequem, und so sicher kam ihm die dunkle Nische vor, daß er schläfrig wurde und wieder einschlummerte.

Etzwane erwachte und blinzelte aus seinem Versteck einige nicht zu identifizierende Rechtecke an, die sich überlagerten. Das erste schimmerte fliederweiß, das zweite dunkelgrün. Etzwane kam nur langsam zu sich. Was war das für eine seltsame Szene? Langsam kroch er ans hintere Ende des Wagens; seine Gedanken waren noch immer verwirrt. Die weiße Fläche war die Wand eines gekalkten Gebäudes im Schein der Mittagssonne. Bei dem dunkelgrünen Rechteck handelte es sich um die Flanke eines Wagens, der in sein Blickfeld geschoben worden war. Etzwane wußte nun, wo er war. Er hatte geschlafen; das Aufhören der Bewegung hatte ihn geweckt. Wie weit war er gekommen? Wahrscheinlich bis nach Carbade in Seamus. Nicht gerade der angenehmste Ort, wenn die da und dort am Rhododendronweg aufgeschnappten Informationen zutrafen. Die Einwohner Seamus' gaben angeblich nichts und nahmen, was sie kriegen konnten. Vorsichtig kletterte Etzwane vom Wagen. Es war das beste, wenn er weiterwanderte, ehe er entdeckt wurde. Zumindest brauchte er wegen der Ahulphs keine Sorgen mehr zu haben.

Aus der Nähe klangen Stimmen herüber. Etzwane schlich um den Wagen herum und – sah sich einem schwarzbärtigen Mann mit eingefallenen bleichen Wangen und runden blauen Augen gegenüber. Er trug die schwarzen Leinenhosen eines Fuhrmanns, dazu eine schmutzige weiße Weste mit riesigen Holzknöpfen; er hatte die Beine gespreizt, die Hände überrascht erhoben. Er schien eher erfreut als erzürnt. »Und was haben wir da – einen jungen Banditen? So werden sie also trainiert – die Fracht zu rauben, kaum daß die Räder stillstehen. Und nicht einmal einen Reif um den Hals!«

Etzwane sprach mit zittriger Stimme, die gelassen und überzeugend klingen sollte: »Ich habe nichts gestohlen, Sir; ich bin nur ein Stück auf dem Wagen mitgefahren.«

»Das ist Transportdiebstahl«, erklärte der Fuhrmann. »Du hast es selbst zugegeben. Na, dann komm mal mit.«

Etzwane wich zurück. »Wohin?«

»An einen Ort, wo du ein nützliches Handwerk lernst. Ich tue dir nur einen Gefallen.«

»Ich habe einen Beruf!« rief Etzwane. »Ich bin Musiker! Schau! Hier ist meine Khitan!«

»Ohne deinen Halsreif bist du nichts. Komm schon.«

Etzwane versuchte fortzulaufen, aber der Fuhrmann packte ihn am Gewand. Etzwane trat zu und wehrte sich; der Mann schlug ihn und hielt ihn von sich ab: »Willst du mehr? Komm, benimm dich!« Er zog an der Khitan. Das Instrument fiel zu Boden, wo sich der Hals vom Klangkörper löste.

Etzwane stieß einen erstickten Schrei aus und starrte auf das Durcheinander aus Holz und Saiten. Der Fuhrmann packte ihn am Arm und zerrte ihn in das Haus, wo vier Männer um ein Spielbrett saßen. Drei waren Fuhrleute; der vierte ein Seam; er hatte seinen konischen Strohhut in den Nacken geschoben.

»Ein Vagabund in meinem Wagen«, sagte Etzwanes Fuhrmann. »Scheint gerissen und temperamentvoll zu sein; kein Halsreif, wie du siehst; was kann ich tun, um ihm zu helfen?«

Die vier musterten Etzwane stumm.

Einer der Fuhrleute stieß ein Knurren aus und wandte sich wieder den Würfeln zu. »Laß den Burschen ziehen. Er will deine Hilfe nicht.«

»Aber da irrst du dich! Jeder Bürger der Kantone muß arbeiten; fragt doch den Arbeitsvermittler hier. Was sagst du, Arbeitsvermittler?«

Der Seam lehnte sich in seinem Stuhl zurück und schob seine Kappe noch weiter in den Nacken. »Er ist nicht sehr groß und wirkt aufsässig. Aber wahrscheinlich kann ich ihm einen Posten besorgen, vielleicht oben in Angwin. Zwanzig Florin?«

»Um des schnellen Geschäftes willen – gemacht.«

Der Seam erhob sich bedächtig. Er gab Etzwane ein Zeichen. »Komm mit!«

Etzwane wurde für den Rest des Tages in eine Kammer gesperrt und schließlich zu einem Wagen geführt und nach Süden gefahren, wo eine Meile von Carbade entfernt die Station des Ballonwegs lag. Eine halbe Stunde später erschien im Norden der Ballon *Misran*, rasch mit dem Wind treibend, der Fahrschlitten sang in der Schlitzschiene. Mit einem Blick auf den Semaphor lockerte der Windwächter seine vorderen Kabel und ließ damit die *Misran* vom Wind abfallen und an Tempo verlieren. Eine Viertelmeile von der Station entfernt hakte der Rangierer einen Bremsblock in den Fahrschlitten, brachte ihn zum Stehen und steckte das hintere Fahrwerk mit einem Ankerbolzen fest. Die Spreizstange wurde abgekoppelt; die Ankerseile des Ballons wurden auf dem vorderen Fahrwerk über Zugrollen geführt; dann schleppte man den Judasschlitten auf der Schiene nach Süden, wodurch der Ballon herabgezogen wurde.

Man führte Etzwane zur Gondel und überstellte ihn der Obhut des Windwächters. Der Judasschlitten rollte wieder auf die Schiene zurück und wurde mit der Spreizstange verbunden, wobei der Ballon wieder auf Reisehöhe stieg. Der Ankerstift wurde vom hinteren Fahrwerk gelöst. Das vordere Fahrwerk, die dreißig Fuß lange Spreizstange und das hintere Fahrwerk bildeten den Fahrschlitten; die *Misran* schwebte wieder frei. Der Windwächter zog mit seiner Winde die vorderen Kabel an, brachte den Ballon richtig vor den Wind, und singend entfernte sich der Schlitten auf der Schiene, nahm an Geschwindigkeit zu, und Carbade blieb zurück*.

Für Etzwane war die Welt seiner Tagträume so unwiderruflich verloren wie die Blumen des letzten Jahres. Er hatte eine gewisse Vorstellung von der Arbeit der Ballon-Weg-Mannschaften gehabt; ihr Schicksal war Schwerarbeit und Zwang. Theoretisch waren sie frei, doch in der Praxis vermochten sie selten ihre Kontrakte abzuzahlen. Etzwane war sogar noch schlimmer dran; ohne Reif hatte er keinen Status; er konnte sich an niemanden um Hilfe wenden, der Aufseher konnte Etzwanes Kontrakt nach eigenem Ermessen festsetzen. Sobald er einen Reif erhalten hatte, sorgte der Mann ohne Gesicht für die Einhaltung des Vertrags. Diese düstere Zukunft lag ihm wie ein Stein im Magen; er fühlte sich seltsam schwach und verwirrt.

---

* Der typische Ballon, der vier bis acht Passagiere und einen Windwächter trug, war ein halb-flexibles Gebilde, eine Dimensionseinheit breit, acht Einheiten lang und vier Einheiten hoch. Sein Skelett mochte aus Bambus, spezialgehärteten Glasröhren oder Stangen aus zementierten Glasfibern bestehen. Bei der Außenhülle handelte es sich um die Rückenhaut eines riesigen Hohltiers, das so ernährt wurde, daß es schließlich einen großen flachen Tank füllte, woraufhin ihm die Haut abgezogen und gegerbt wurde. Wasserstoff lieferte den Auftrieb.

Die Schienen, in denen die Fahrschlitten liefen, waren vorgefertigte Betonteile, mit Glasfiber verstärkt, an versenkten Schwellen befestigt. Normalerweise bestand ein Fahrschlitten aus zwei Fahrwerken, durch eine dreißig Fuß lange Stange getrennt, an deren Enden die Leinen befestigt waren. Der Windwächter benutzte Trimmwinden, um die Bug- oder Heckleinen zu verkürzen oder auszulassen und so das Windverhalten des Ballons zu steuern, und die Kippwinde, die die Stellung der Zügelleine an Bug und Heck und somit die Schräglage des Ballons kontrollierte.

Bei günstigsten Windverhältnissen wurde eine Geschwindigkeit von sechzig bis siebzig Meilen in der Stunde erreicht. Die Routen waren bewußt den vorherrschenden Windrichtungen angepaßt; wo die Strecke beständig Gegenwinde oder Windstillen zu durchlaufen hatte, wurden die Fahrschlitten am Boden mit einem Antrieb versehen – durch ein Endloskabel, von Wasserrädern oder einer Windenmannschaft angetrieben, gelegentlich auch durch einen Schwerkraftbehälter voller Steine, oder durch Pacer-Gespanne. Ballons passierten einander auf Ausweichschienen oder tauschten ihre Fahrschlitten aus.

Wo die Strecken Schluchten überquerten – wie bei der Angwin-Kreuzung – oder anderweitig ungünstiges Terrain überquerten, bildete ein Kabel aus Eisenfasern die Verbindung zwischen den Schienenenden.

Da begann sich eine innere Stimme zu melden. Er wollte fliehen! Er war den Chiliten entkommen; warum sollte er sich nicht auch von der Arbeitsgruppe absetzen können. Was hatte ihm seine Mutter gesagt? »Wehre dich gegen Härten, nimm sie nicht hin.« Er wollte sich nicht unterdrücken lassen; wenn man ihm den Reif umgelegt hatte, gedachte er sich nach Garwiy durchzuschlagen und dort an den Mann ohne Gesicht zu appelieren – für sich und für seine Mutter. Er wollte eine schreckliche Strafe für den Fuhrmann verlangen, der seine Khitan zerbrochen hatte; er hatte sich allerdings den Halsreif des Mannes nicht angesehen, aber sein bleiches Gesicht mit dem schwarzen Bart würde er niemals vergessen!

Von Haß und Entschlossenheit angeregt, begann er sich für den Ballon und die Landschaft zu interessieren: flache, gewellte Hügel, reife Gerste, über die der Wind wie eine Dünung ging; zylindrische Steinfarmen, runde Korntürme und da und dort die Brauereien mit ihren seltsam geformten Tanks.

Im Laufe des Nachmittags drehte der Wind, so daß er fast von vorn blies; der Windwächter holte sein vorderes Kabel ein, um den Ballon an der kurzen Leine zu führen; dicht am Boden stellte er die Zügelleinen schräg, um der *Misran* neuen Antrieb zu geben und sie in einen frischen Luftstrom zu heben.

Die riesigen Gerstenfelder wurden von felsigen Hügeln abgelöst, durchsetzt mit Dickichten aus blauem und dunkel-orangenem Unterholz, aus dem sich die Ahulphs früher Waffen geschnitzt hatten. Im Süden erhob sich der Hwan, das gewaltige Zentralgebirge Shants, über das die Große Querroute verlief. Am späten Nachmittag legte die *Misran* die letzten steilen zehn Meilen ihrer Schiene zurück und erreichte die Nordstation von Angwin, wo eine Arbeitsmannschaft die Leinen auf einen Bügel an einem meilenlangen Endlosschleppkabel übertrug, das über den Abgrund führte. Die Mannschaft drehte eine Winde, und die *Misran* wurde gemächlich zur Angwin-Kreuzung hinaufgezogen, wo die Nordlinie auf die Große Querroute stieß. Dort wurden die Kabel auf eine andere Endlosschleife gesetzt und über eine noch gewaltigere Schlucht zum eigentlichen Angwin hinübergetragen, wo die *Misran* zur Landung ansetzte. Der Windwächter führte Etzwane zum Angwin-Aufseher, der zuerst unwillig knurrte. »Was für Schwächlinge bekommt man da geschickt? Wo soll ich ihn einsetzen? Er hat nicht das Gewicht, eine Winde zu drehen; auch gefällt mir sein Blick nicht.«

Der Windwächter zuckte die Achseln und blickte auf Etzwane hinab. »Er ist ein bißchen kleiner als der Durchschnitt, aber das geht mich nichts an. Wenn du ihn nicht willst, bringe ich ihn zu Pertzel zurück.«

»Hm. Nicht so schnell. Was soll er kosten?«

»Pertzel will zweihundert.«

»Für ein solches Geschöpf? Ich gebe dir hundert.«

»So lauten meine Anweisungen nicht.«

»Was soll ich mit deinen Anweisungen? Pertzel nutzt uns beide aus. Laß den Jungen hier. Wenn Pertzel keine hundert nimmt, kannst du ihn auf der Rückreise mitnehmen. Bis dahin warte ich mit seinem Reif.«

»Hundert ist billig. Er wird noch wachsen; er ist flink, er kann so viele Bügel wechseln wie ein Mann.«

»Das ist mir klar. Er kommt drüben zur Kreuzung, und ich hole mir den besten Mann von dort hierher an die Winde.«

Der Windwächter lachte. »Also bekommst du einen Windenmann für einen Hundert-Florin-Jungen!«

Der Aufseher grinste. »Sag das nur Pertzel nicht.«

»Ich doch nicht. Bleibt unter uns.«

»Gut. Fahr mit ihm zur Kreuzung zurück; ich gebe eine Nachricht hinüber.« Stirnrunzelnd musterte er Etzwane. »Von dir wird schnelle, genaue Arbeit erwartet, mein Junge. Wenn du deine Pflicht tust, ist der Ballonweg gar nicht so schlimm. Wenn du dich drücken willst oder schlecht arbeitest, bin ich unangenehm wie ein Dornbusch ...«

Etzwane fuhr über die Schlucht zurück zur Angwin-Kreuzung. Dort wurde die *Misran* mit einer Handwinde herabgeholt, an der ein stämmiger blonder Junge arbeitete, kaum älter als Etzwane.

Etzwane sprang ab; die *Misran* stieg wieder in die zunehmende Dämmerung hinauf und wurde über den Abgrund zur Nordstation geschleppt.

Der Blonde führte Etzwane in einen niedrigen Steinschuppen, in dem zwei junge Männer an einem Tisch saßen; sie verzehrten ihr Abendbrot, aßen große Bohnen und tranken Tee. Der Blonde verkündete: »Hier ist der Neue. Wie heißt du, Kleiner?«

»Gastel Etzwane.«

»Also gut, Gastel Etzwane. Ich bin Finnerack; das da drüben ist Ishiel der Bergdichter, und der Mann mit dem langen Gesicht da ist Dickon. Willst du etwas essen? Unsere Nahrung ist nicht gerade die beste: Bohnen und Brot und Tee – aber das ist immerhin besser als zu hungern.«

Etzwane nahm einen Teller mit Bohnen entgegen, die kaum noch warm waren. Finnerack deutete mit dem Daumen nach Osten. »Der alte Dagbolt teilt uns den Brennstoff zu, ebenso natürlich Wasser, Vorräte und alles andere.«

Dickon sagte mißmutig: »Jetzt muß ich unter Dagbolts Nase die Winde bedienen. Kein Geplauder, keine Späße – ruhige, ordentliche Arbeit, so will es Dagbolt. Hier kann man wenigstens nach Belieben ausspucken.«

»Ist doch für alle dasselbe«, sagte Ishiel. »In einem Jahr oder so holt man dich, dann ist Finnerack an der Reihe. Und in fünf oder sechs Jahren macht Gastel Etzwane den Wechsel. Dann sind wir wieder beisammen.«

»Nicht wenn ich's vermeiden kann«, sagte Dickon. »Ich bewerbe mich zum Schienenreinigen und bin dann wenigstens unterwegs. Wenn Dagbolt ablehnt, schwinge ich mich zum ersten Spieler der Kreuzung auf. Keine Angst, Jungs, ich bin meinen Kontrakt in spätestens zehn Jahren los.«

»Da wünsche ich dir viel Glück«, bemerkte Finnerack. »Mein Geld hast du mir ja schon abgewonnen; ich hoffe, du hast auch etwas davon.«

Am Morgen wies Finnerack Etzwane in seine Pflichten ein. Er sollte abwechselnd mit Finnerack und Ishiel Wache stehen. Wenn ein Ballon auf der Großen Querroute vorbeikam, mußte er Klemme und Bügel um die Kabel-Spannscheibe führen. Wenn ein Ballon die Nordlinie herabkam oder dorthin wollte, benutzte der Diensthabende eine Greifwinde, die mit einer Kette am Boden befestigt war, um die Leinen festzuhaken und den Ballon von einem Kabel auf das andere zu übertragen. Als jüngstes Mitglied der Mannschaft mußte Etzwane auch die Seitscheiben ölen, die Hütte fegen und zum Frühstück Brei kochen. Die Arbeit war nicht anstrengend und auch nicht kompliziert; die Mannschaft hatte ausreichend Freizeit, die sie damit verbrachte, hübsche Westen zu sticken, die in der Stadt verkauft werden sollten; den Erlös setzten sie im Spiel ein, um eines Tages genug beisammen zu haben, damit ihre Kontrakte abzuzahlen. Finnerack sagte zu Etzwane: »Drüben in Angwin hat Dagbolt das Spielen verboten. Er sagt, er will dadurch die Auseinandersetzungen vermeiden. Pah! Von Zeit zu Zeit gewinnt nämlich ein Glücklicher genug, um sich loszukaufen, und das ist das letzte, was Dagbolt möchte.«

Etzwane sah sich in der Station um. Sie befand sich auf einem kahlen, windumtosten Felsvorsprung, fünfzig Meter breit, direkt unter der eindrucksvollen Masse des Mish-Berges und zwischen zwei Schluchten. Etzwane fragte: »Wie lange bist du schon hier?«

»Zwei Jahre«, sagte Finnerack. »Dickon hat schon acht Jahre hinter sich.«

Etzwane betrachtete den Mish-Berg und war bedrückt: unmöglich, den Hang zu erklimmen, der über der Station aufragte. Die senkrechten Felswände, die in die Schluchten abfielen, waren nicht weniger unmöglich. Finnerack stieß ein trauriges, wissendes Lachen aus. »Möchtest du dir einen Weg hinab suchen?«

»O ja.«

Finnerack zeigte weder Überraschung noch Mißbilligung. »Da wäre jetzt die rechte Zeit, ehe man dir einen Reif verpaßt. Glaube ja nicht, daß ich nicht schon mit dem Gedanken gespielt habe, Reif oder nicht.«

Am Rande des Abgrunds stehend, starrten sie in die unvorstellbare Tiefe. »Ich habe schon Stunden hier zugebracht«, sagte Finnerack sehnsüchtig, »und mit den Blicken den Weg abgesucht, den ich beim Abstieg einschlagen würde. Von hier bis zu dem roten Granitvorsprung brauchte man ein Seil, oder man könnte auch den Spalt dort hinabklettern, wenn man den Nerv dazu hat. Dann müßte man sich quer über die Böschung arbeiten – sieht schlimmer aus, als es ist, würde ich sagen. Von dort zu der Geröllhalde könnte es gehen, und dann ist es bis zum Talgrund nur noch Schwerarbeit. Aber was dann? Das nächste Dorf liegt hundert Meilen entfernt, und bis dahin keine Nahrung, kein Wasser, nichts. Und weißt du, was dir da unten begegnen würde?«

»Wilde Ahulphs.«

»An die Phrag-Brut habe ich gar nicht mal gedacht, obwohl die sich dort auch herumtreibt.« Finnerack suchte mit den Blicken den Talgrund ab. »Ich meine etwas anderes – gerade neulich habe ich ein Exemplar gesehen.« Er hob den Arm. »Schau! Bei der schwarzen Felsspitze. Ich glaube, da liegt eine Höhle oder ein Unterschlupf. Dort habe ich das Wesen gesehen.«

Etzwane schaute hinüber und glaubte eine Bewegung wahrzunehmen. »Was meinst du?«

»Einen Rogushkoi. Weißt du, was das ist?«

»Eine Art Bergwilder, der sich nicht zügeln läßt – außer durch seine Lust an starken Getränken.«

»Und Frauenhelden sind die Rogushkoi auch. Ich habe noch nie einen aus der Nähe gesehen und hoffe, daß mir das erspart bleibt. Wenn sie es sich in den Kopf setzten, hier heraufzusteigen! Sie würden uns in der Luft zerreißen!«

»Zu Dagbolts großem Entsetzen«, bemerkte Etzwane.

»Ganz recht! Er müßte drei neue Kontrakte kaufen. Da würde er lieber an Überarbeitung oder Altersschwäche sterben.«

Etzwane blickte sehnsüchtig ins Tal. »Ich hätte Musiker werden wollen … Verdient man je genug, um die Kontrakte abzuzahlen?«

»Dagbolt gibt sich alle Mühe, das zu verhindern«, sagte Finnerack. »Er führt einen Kiosk, in dem er Seam-Bier, Früchte, Süßigkeiten und dergleichen verkauft. Wenn die Männer spielen, ist es meistens einer der Karriereränge, der das Geld gewinnt, und keiner weiß, woher sie das Glück haben. Im Grunde ist es gar nicht so schlimm. Vielleicht mache ich auch noch Karriere. Es gibt immer Stellen unten – an den Winden oder als Schienenreiniger oder als Zugmann. Wenn du dich mit der Elektrizität befaßt, kommst du vielleicht sogar ins Kommunikationswesen. Ich wäre gern Windwächter. Stell dir mal vor!« Finnerack warf den Kopf in den Nacken und blickte zum Himmel auf. »Da oben im Ballon, mit den Winden treibend, und unten singt der Schlitten auf der Schiene. Das ist ein Spaß! Stell dir vor. Heute bin ich noch in Pagane und Amaze, morgen schon in Garwiy und am nächsten Tag geht's über die Große Querroute nach Pelmonte und Whearn und zum Blauen Ozean!«

»So schlimm ist das Leben hier wohl nicht«, sagte Etzwane zweifelnd. »Trotzdem ...« Er brachte den Satz nicht zu Ende.

Finnerack zuckte die Achseln. »Bis sie dir einen Reif verpassen, kannst du weglaufen. Ich halte dich bestimmt nicht auf, und Ishiel auch nicht. Wir lassen dich sogar über das Kliff hinab. Aber die Gegend da tief unten ist übel, und du kämst bestimmt nicht weit. Trotzdem – wäre ich an deiner Stelle, ohne Reif, vielleicht würd' ich's auch versuchen.« Er hob den Kopf, als ein Hornstoß erklang. »Los, ein Ballon kommt von Angwin herüber.«

Sie kehrten zur Station zurück. Der Wechsel oblag eigentlich Etzwane; Finnerack blieb bei ihm, um ihm die Handgriffe zu zeigen. Der näherkommende Ballon hing schräg am Himmel und ruckelte hin und her, vom Kabel gegen den Wind gezogen. Die hinteren und vorderen Kabel waren an je einen Eisenring gekoppelt, der seinerseits an eine Klemme auf der Zugleine gekettet war. Der Ring trug eine schwarze Markierung, zum Zeichen, daß der Ballon auf die Nordlinie gewechselt werden mußte. Die Klemme erreichte das Rad und glitt halb um die Rundung. Finnerack gab dem Winden-Chef in Angwin ein elektrisches Signal und betätigte eine Bremse, die das Zugkabel stoppte. Er hakte die Greifwinde in den Ring, bewegte deren Hebel, um den Ring herabzuziehen und die Kabelklemme loszumachen. Etzwane übertrug sodann die Klemme auf das Schleppseil der Nordlinie; Finnerack löste die Greifwinde; der Ballon hing nun am Zugkabel der Nordlinie. Finnerack gab der Winde in der Nordstation ein elektrisches Signal; das Zugkabel spannte sich, der Ballon trieb im Südwind davon.

Eine halbe Stunde später traf ein zweiter Ballon ein, diesmal aus Osten, in der Brise ruckelnd, die vom Gipfel des Mish herabblies. Die Klemme passierte die Seilscheibe, ohne daß sich Finnerack oder Etzwane darum kümmerten; der Ballon setzte seinen Weg über die Schlucht nach Angwin fort und flog von dort sicher in Richtung Garwiy weiter.

Kurz danach kam ein weiterer Ballon aus dem Westen, der wie der erste für die Nordlinie bestimmt war. Etzwane sagte zu Finnerack: »Laß mich jetzt mal den ganzen Wechsel allein machen. Du bleibst bei mir und paßt auf, daß ich alles richtig mache.«

»Wie du willst«, sagte Finnerack. »Ich muß schon sagen – du bist sehr eifrig.«

»Ja«, sagte Etzwane. »Ich bin eifrig. Ich gedenke deinen Rat zu befolgen.«

»O wirklich? Du willst beim Ballonweg Karriere machen?«

»Ich will mir die Sache überlegen«, sagte Etzwane. »Wie du schon gesagt hast, ich trage noch keinen Reif und bin also noch nicht festgelegt.«

»Sag das Dagbolt«, sagte Finnerack. »Hier kommt die Klemme. Denk an das Signal und die Bremse.«

Die Klemme erreichte die Scheibe; als sie herumgezogen wurde, gab Etzwane das Signal und bremste das Rad.

»Alles in Ordnung«, bemerkte Finnerack. »Gut gemacht.«

Etzwane hob die Greifwinde, hakte sie in den Ring, lokkerte die Verbindung und löste die Klemme.

»Genau richtig«, sagte Finnerack. »Du hast es begriffen.«

Etzwane fing die Klemme am Rand der Scheibe ab, löste die Greifwinde, schüttelte den Haken ab. Er trat in den Ring und kickte die Klemme los. Finnerack starrte ihn verwirrt an. »Was machst du da?« fragte er entgeistert. »Du hast ja den Ballon losgemacht!«

»Genau!« rief Etzwane lachend. »Grüß mir Dagbolt. Mach's gut, Finnerack.«

Der Ballon trug ihn mit dem Wind fort, der vom Gipfel des Mish herabwehte, während Finnerack ihm mit offenem Mund nachstarrte. Etzwane stand mit einem Fuß im Ring, hielt sich mit einer Hand an den Leinen fest und schwenkte den freien Arm; Finnerack, aus der Perspektive verkürzt, hob zweifelnd die Hand. Etzwane spürte so etwas wie Bedauern; er hatte noch keinen Menschen kennengelernt, den er so mochte wie Finnerack. Vielleicht trafen sie sich eines Tages wieder ...

Im Ballon merkte der Windwächter, daß etwas schiefgegangen war, hatte jedoch keine Möglichkeit, die Lage zu retten. »Achtung an alle!« rief er den Passagieren zu. »Die Leinen haben sich gelöst; wir schweben frei in nordwestlicher Richtung, was uns über das Wildland bringt. Es besteht keine Gefahr! Bitte Ruhe bewahren! Wenn wir eine Siedlung erreichen, lasse ich Gas ab und lande den Ballon. Für die unvermeidliche Fahrplanänderung entschuldige ich mich hiermit offiziell im Namen des Ballonwegs.«

5

Der Ballon entfernte sich in der Ruhe der oberen Luftschichten vom Hwangebirge. Etzwane schwebte in weißem Licht dahin; so unwirklich und friedlich war seine Umgebung, daß er keine Angst verspürte. Unter ihm glitten die riesigen Wälder des Kantons Trestevan dahin; schirmförmige Darabas, dunkelbraun und purpur, weich wie Federn wirkend, stets wiederkehrende Wogen aus Grünbronze im Hauch des Windes. In den feuchten Niedertälern standen Rotholzbäume, ehrwürdige Riesen, die fünfhundert Fuß Größe erreichten, halb so alt wie die Menschheit. Noch tiefer, in den Niederungen, befanden sich Henkerbäume, Schwarzeichen, Ulmen, und jene einzigartigen Laufbäume, deren Samen Beine und Giftorgane hatten. Nachdem sich der Same an einen zufriedenstellenden Ort begeben hatte, machte er sich eine drei Meter durchmessende Fläche frei, vergiftete alle störende Vegetation, schaufelte sodann ein Loch und vergrub sich selbst.

Die Wälder reichten bis tief in den Kanton Sable hinein, wurden dann von einem Streifen kleiner Bauernhöfe und unzähliger kleiner Teppiche abgelöst, in denen Krebse, Aale, Weißfische und ein Dutzend anderer Fischarten gezüchtet, abgepackt, eingefroren und zu den Stadtmärkten von Garwiy, Brassei, und Maschein versandt wurden. Die Dörfer wirkten wie Spielzeug, das kleine Rauchfähnchen aufsteigen ließ; auf den Straßen bewegten sich mikroskopisch kleine Wagen und Gespanne, von insektengroßen Ochsen und Pacern gezogen. Etzwane hätte sich über den Ausblick gefreut, wenn er es etwas gemütlicher gehabt hätte. Zuerst stemmte er einen Fuß in den Ring, dann den anderen, schließlich stellte er beide Füße übereinander. Er versuchte sich in den Winkel zwischen den beiden Ballonleinen zu setzen, aber die Kabel schnitten ihm ins Fleisch. Es wurde von Minute zu Minute unerträglicher. Seine Füße waren Schmerzklumpen; die Arme und Schultern ließen ihn die Anstrengung spüren, die er aufbringen mußte, um sich an die Leinen zu klammern. Doch hielt seine Hochstimmung an; er konnte sich nicht beklagen, wie das Schicksal ihm half.

Der Wind hatte sich abgeschwächt; der Ballon trieb bedächtig in den Kanton Frill, ein Schachbrettmuster aus grünen, dunkelblauen, braunen, weißen und purpurnen Feldern und Obstgärten. Ein gewundener Fluß, die Lurne, wirkte wie eine Störung der Natur in der menschlichen Geometrie aus Hecken und Straßen; zehn Meilen weiter westlich passierte der Fluß eine Marktstadt, nach typisch frillischem Muster erbaut: tabakbraune Paneele aus gepreßten Gummibaumblättern zwischen Pfosten aus poliertem Iban, bis zu drei Stockwerken hoch. Über der Stadt erhob sich ein Wald aus Masten mit glückbringenden Bannern, Gebetsflaggen, einfachen Omen, zärtlichen und zuweilen verbotenen Nachrichten zwischen Liebenden. Wie er so über die Landschaft blickte, hielt Etzwane Frill für einen ganz angenehmen Ort und hoffte, der Ballon würde hier landen, schon allein, um seinem schmerzenden Körper Erleichterung zu verschaffen.

Der Windwächter seinerseits hatte gehofft, in den Kanton Cathiy zu treiben, wo ihn die Passatwinde aus der Strandblumen-Bucht wieder nach Südwesen zur Großen Querroute im Kanton Mai tragen würden, aber er durfte seine Passagiere nicht vergessen. Sie hatten sich in zwei Gruppen aufgespalten. Die erste hatte es satt, reglos in der Windstille zu hängen, und verlangt, der Ballon solle gelandet werden; die zweite Gruppe dagegen nahm an, der Wind würde zunehmen und sie auf den Grünen Ozean und in den sicheren Tod treiben; sie bestanden noch nachdrücklicher auf einer baldigen Landung.

Der Windwächter warf schließlich ergeben die Arme hoch

und ließ ein Quantum Gas ab, bis sein Höhenmesser ein langsames Absinken anzeigte. Er öffnete die Bodenluke, um das Gelände zu überprüfen, und bemerkte zum erstenmal Etzwane. Entsetzt und mißtrauisch starrte er auf den Jungen hinab, doch er konnte sich seiner Sache natürlich nicht sicher sein. Jedenfalls vermochte er nichts zu unternehmen, es sei denn, er glitt an einer der Leinen hinab, um mit dem blinden Passagier zu verhandeln, was er aber nicht zu tun gedachte.

Die Leinen sanken in das dicke blaue Gras einer Wiese. Dankbar sprang Etzwane aus dem Ring, humpelte unbeholfen ein paar Schritte und fiel hin; der Ballon, von seinem Gewicht befreit, schwang sich wieder in die Luft. Wie ein wildes Tier sprang Etzwane auf und rannte auf die Hecke zu. Ohne sich um Schnitte oder Kratzer zu kümmern, drängte er durch die Dornen und kam auf einen Weg, den er entlanghetzte, bis er eine Gruppe Yapnußbäume erreichte. Dort stürzte er sich in den Schatten und blieb liegen, bis er zu Atem kam.

Er sah nur Blätter. Vorsichtig kletterte er am größten Baum empor, bis er über die Hecke und auf die Wiese schauen konnte.

Der Ballon war gelandet und an einem Baumstumpf verankert worden. Die Passagiere waren ausgestiegen und stritten sich mit dem Windwächter; sie forderten eine sofortige Rückerstattung des Fahrgelds und Schadenersatz. Doch der Windwächter weigerte sich, in dem sicheren Gefühl, daß die Angestellten des Hauptbüros ihm solche Summen nicht einfach zurückerstatteten, wenn er keine detaillierten Belege, Rechnungen und Quittungen vorlegen konnte.

Die Passagiere wurden böse; der Windwächter löste sein Problem schließlich, indem er den Anker losmachte und in die Gondel kletterte; vom Gewicht der Passagiere befreit, stieg der Ballon schnell auf und trieb fort, eine traurige Gruppe gestrandeter Passagiere zurücklassend.

Drei Wochen lang durchstreifte Etzwane die Gegend, ein hagerer junger Bursche mit hartem Gesicht, in die Lumpen seines Chiliten-Gewandes gekleidet. Im Schutz des Yapnußhains baute er sich aus Zweigen und Blättern einen Unterschlupf, in dem er ein winziges Feuer unterhielt; er hatte sich dazu aus einem Bauernhaus eine glühende Kohle gestohlen. Er brachte von solchen Ausflügen auch andere Gegenstände mit: eine alte handgewebte Jacke, ein Stück Schwarzwurst, eine Rolle rauhen Bindfaden und einen Heuballen, aus dem er sich ein Bett machen wollte. Das Heu reichte allerdings nicht; er marschierte los, um sich einen zweiten Ballen zu holen, und stahl dabei auch eine alte irdene Schüssel, mit der der Bauer sein Geflügel fütterte. Bei diesem Ausflug wurde er von den Jungen des Hofes gesehen, als er aus dem rückwärtigen Scheunenfenster sprang; sie jagten ihm nach und hetzten ihn durch die Wälder, bis er schließlich in einem Dikkicht Schutz suchte. Er hörte, wie sie sein Versteck zerstörten und in Wut gerieten, als sie die gestohlenen Dinge fanden. »Yodels Ahulphs werden ihn schon finden. Sie können ihn mit ins Hochland nehmen.« Ein kalter Schauder lief Etzwane über den Rücken. Als die Jungen den Wald verließen, stieg er auf den großen Baum und sah zu, wie sie auf den Hof zurückkehrten. »Sie bringen bestimmt keine Ahulphs«, beruhigte er sich mit hohler Stimme. »Morgen haben sie mich vergessen. Schließlich war es nur ein Heuballen und eine alte Jacke ...«

Am folgenden Tag behielt Etzwane das Bauernhaus besorgt im Auge. Als er sah, daß die Menschen dort wie gewohnt ihrer Arbeit nachgingen, verringerte sich seine Angst.

Als er jedoch am nächsten Morgen den Baum erstieg, entdeckte er zu seinem Entsetzen drei Ahulphs neben der Scheune. Sie gehörten einer temperamentvollen Zwerggattung an und wirkten wie haarige Berghunde; die Abart aus den Murtre-Bergen. In Panik sprang Etzwane vom Baum und hielt durch den Wald auf den Lurne-Fluß zu. Wenn er Glück hatte, fand er ein Boot oder ein Floß; er konnte nicht schwimmen.

Er verließ den Wald und durchquerte ein Feld mit purpurnem Moy; als er zurückschaute, nahmen seine schlimmsten Befürchtungen Gestalt an: die Ahulphs folgten ihm!

Bisher hatten sie ihn noch nicht ausgemacht; sie hatten Augen und Fußnasen auf den Boden gerichtet. Mit hastigen Schritten und hämmerndem Herzen verließ Etzwane das

Feld und erklomm den Damm der Straße, die hier parallel zum Ufer verlief.

Auf der Straße fuhr ein hochrädriger Wagen, gezogen von einem stämmigen Ochsen, dem Ergebnis einer neuntausendjährigen Züchtung. Obwohl das Tier eine erhebliche Geschwindigkeit erreichen konnte, bewegte er sich recht bedächtig, als habe es der Fahrer nicht eilig, an sein Ziel zu kommen. Etzwane zog die alte Jacke hoch, um seinen nackten Hals zu verdecken, und rief dem Mann auf dem Kutschbock zu: »Bitte, Herr, darf ich ein Stück mitfahren?«

Der Mann zügelte seinen Ochsen und betrachtete Etzwane nüchtern. Etzwane musterte seinerseits den Mann – eine hagere Gestalt unbestimmten Alters mit bleicher Haut, hoher Stirn und einer strengen Nase und einem sauber getrimmten weißen Haarschopf, in einen Anzug aus gutem grauen Tuch gekleidet. Die vertikalen Linien seines Reifs waren purpur und grau; die waagerechten weiß und schwarz – beide Zeichen vermochte Etzwane nicht zu identifizieren. Der Mann kam ihm sehr alt, weise und gebildet vor, doch andererseits wiederum nicht so alt. Er sprach mit zurückhaltender Höflichkeit. »Spring auf. Wie weit möchtest du?«

»Weiß ich nicht«, sagte Etzwane. »So weit wie möglich. Um ehrlich zu sein, Ahulphs sind hinter mir her.«

»O wirklich? Was hast du denn verbrochen?«

»Nichts Besonderes. Die Bauernjungen halten mich für einen Landstreicher und wollen mich zur Strecke bringen.«

»Ich kann natürlich einem Flüchtling nicht helfen«, sagte der Mann, »aber du kannst ein Stück mitfahren.«

»Vielen Dank.«

Der Wagen fuhr weiter, wobei sich Etzwane immer wieder umsah. Der Mann fragte gleichmütig: »Wo kommst du her?«

Etzwane durfte sein Geheimnis niemandem anvertrauen. »Ich habe keine Heimat.«

»Und wo willst du hin?«

»Garwiy. Ich möchte dem Mann ohne Gesicht eine Petition vortragen, um meiner Mutter zu helfen.«

»Und wie soll er das tun?«

Etzwane warf einen Blick über die Schulter; die Ahulphs waren noch nicht zu sehen. »Sie lebt in einem ungerechten

Kontrakt und muß jetzt in der Gerberei arbeiten. Der Mann ohne Gesicht könnte befehlen, daß ihr Kontrakt aufgehoben wird; ich bin sicher, sie hat ihn längst abgezahlt und mehr – aber niemand führt darüber Buch.«

»Der Mann ohne Gesicht wird sich kaum in eine Angelegenheit einmischen, die unter das Kantonsgesetz fällt.«

»Das hat man mir schon gesagt. Aber vielleicht hört er mich wenigstens an.«

Der Mann lächelte schwach. »Der Mann ohne Gesicht ist froh, wenn die Kantonsgesetze so gut funktionieren. Kannst du dir vorstellen, daß er alte Gewohnheiten stört und alles auf den Kopf stellt, sogar in Bashon?«

Etzwane starrte den Mann überrascht an. »Woher weißt du das?«

»Deine Kleidung. Deine Sprechweise. Und du hast von einer Gerberei gesprochen.«

Etzwane wußte nicht, was er sagen sollte. Er blickte zurück und wünschte, der Mann würde seinen Ochsen antreiben und schneller fahren.

In dem Moment sprangen die Ahulphs auf die Straße. Etzwane duckte sich und beobachtete die Wesen fasziniert. Die Natur hatte es so eingerichtet, daß sie verwirrt waren, wenn sie eine Spur verloren, und kein Training und keine Ermahnung vermochten sie dazu zu bringen, ihr Opfer visuell zu suchen. Etzwane warf einen Blick auf den Mann, der ihm entrückter und strenger denn je vorkam. Der Mann sagte: »Ich werde dich nicht schützen können. Du mußt dir selbst helfen.«

Etzwane beobachtete wieder die Straße hinter sich. Über die Hecke sprangen jetzt die Bauernjungen. Die Ahulphs verneinten grinsend kopfschüttelnd eine Frage, sprangen hilfsbereit hierhin und dorthin. Die Jungen stimmten ein Wutgeschrei an, als sie die Lage erkannten; dann sah einer den Wagen und deutete darauf. Alle begannen zu rennen.

Etzwane sagte besorgt: »Kannst du nicht etwas schneller fahren? Sonst bringen sie mich um.«

Der Mann starrte reglos nach vorn, als habe er den Jungen nicht gehört. Etzwane warf einen verzweifelten Blick über die Schulter und sah, daß die Verfolger schnell aufholten. Sein

Leben war verwirkt. Die Ahulphs, die töten durften, würden ihn sofort zerreißen und dann sorgfältig die Teile in Pakete packen, um sie mit nach Haus zu nehmen; dabei würden sie sich bestimmt über dieses oder jenes Stück streiten. Etzwane sprang vom Wagen und stürzte auf die Straße. Ohne die Kratzer zu spüren, rappelte er sich auf, eilte das Flußufer hinab, zwängte sich durch die Erlen und stürzte sich in den schnellen gelben Fluß. Was jetzt? Er hatte noch nie schwimmen müssen ... Er klammerte sich an den Ästen fest, unkontrolliert zitternd, hin und her gerissen zwischen seiner Angst vor dem Wasser und dem Wunsch, unterzutauchen, damit er nicht mehr gesehen wurde. Die Ahulphs kamen krachend das Ufer herab und versuchten ihre haarigen Gesichter durch das Dickicht zu stecken. Etzwane schob sich langsam flußabwärts, ohne die Äste loszulassen, ließ seine Beine treiben. Die grüne Jacke beschwerte ihn; er ließ sie davongleiten. Eine Luftblase bildete sich darunter, und so zog sie die Aufmerksamkeit der Bauernjungen auf sich, die durch das Unterholz keinen klaren Blick hatten. Sie rannten rufend am Ufer entlang; Etzwane wartete. Fünfzig Meter flußabwärts entdeckten sie den Irrtum und begannen zu beraten: wo war ihr Opfer? Sie gaben einem der Ahulphs Befehl, den Fluß zu durchschwimmen und das gegenüberliegende Ufer abzusuchen, was der Ahulph jammernd und mit winselnder Stimme ablehnte. Die Jungen zogen sich auf das Ufer zurück. Etzwane ließ sich mit der Strömung treiben und hoffte die Gruppe ungesehen zu passieren und sich baldmöglich ans Ufer ziehen zu können.

Stille trat ein; ein unheimliches Fehlen von Geräuschen. Etzwanes Beine begannen sich taub anzufühlen; vorsichtig kroch er ins Dickicht. Doch seine Bewegung blieb nicht unbemerkt; einer der Jungen schlug Alarm. Etzwane ließ sich wieder ins Wasser fallen und wurde, da seine Hand von den Ästen abglitt, von der Strömung mitten in den Fluß hinausgetragen. Er versuchte, den Kopf über Wasser zu halten, indem er mit den Händen nach unten schlug und mit den Beinen austrat. Sein Atem ging hart und stoßweise, Wasser geriet ihm in den Mund, so daß er husten mußte, er spürte, wie er unterging. Das gegenüberliegende Ufer war nicht mehr weit; er machte einen letzten Versuch, geboren aus Verzweiflung; mit einem Fuß berührte er Grund. Er stieß sich hoch, warf sich nach vorn, hüpfte und taumelte auf das Ufer zu. Schließlich kniete er im flachen Wasser, klammerte sich an Erlenzweigen fest, ließ den Kopf hängen und gab sich dem heftigen Hustenreiz hin. Vom anderen Ufer riefen die Jungen höhnisch herüber, und die Ahulphs begannen sich durch die Erlen zu drängen. Müde versuchte sich Etzwane durch das Dickicht zu arbeiten, aber das Ufer ragte zu steil über ihm auf. Er watete mit der Strömung weiter. Einer der Ahulphs sprang ins Wassr und paddelte direkt auf Etzwane zu; doch die Strömung trug ihn vorbei. Mit aller Kraft schleuderte Etzwane ein wassergetränktes Holzstück hinüber. Das Geschoß traf den Kopf des haarigen Wesens, das einen schrillen Schrei ausstieß und ans andere Ufer zurückkehrte. Halb watend, halb prüfend folgte Etzwane der Strömung, während die Jungen und die Ahulphs am anderen Ufer auf gleicher Höhe mit ihm blieben. Plötzlich stürzte die ganze Gruppe los; Etzwane blickte flußabwärts und sah eine gewaltige Steinbrücke und dahinter die Stadt. Seine Verfolger wollten über den Fluß kommen und ihn am Ufer erwarten. Etzwane betrachtete den Fluß; es war ausgeschlossen, daß er zurückschwimmen konnte. Wütend nahm er die Erlen in Angriff, ohne sich um Kratzer oder Schnitte zu kümmern; schließlich vermochte er sich am Ufer hochzuziehen, das fast zwei Meter senkrecht über ihm aufragte, bewachsen mit Farnkräutern und Dornengras. Er schaffte die halbe Strecke und stürzte dann stöhnend in die Erlen zurück. Er versuchte es noch einmal, versuchte, sich mit Fingernägeln, Ellbogen, Kinn und Knien festzuhalten. Und diesmal schaffte er es, mühsam und im letzten Augenblick, und warf sich schweratmend am Rande des Flußwegs nieder. Aber er durfte nicht ruhen. Mit glasigem Blick stemmte er sich auf Hände und Knie hoch, richtete sich schließlich ganz auf.

Knapp fünfzig Meter entfernt begann die Stadt. In einem kleinen Park auf der anderen Straßenseite sah er ein halbes Dutzend Wagen, die allerlei graue, hellrosa, weiße, purpurne, hellgrüne und blaue Zeichen an den Flanken trugen.

Etzwane taumelte los, schwenkte die Arme; er eilte auf einen kleinen, nicht mehr jungen Mann mit düsterem Gesicht zu, der auf einem Stuhl saß und heiße Brühe schlürfte.

Etzwane nahm sich zusammen, doch seine Stimme zitterte und war heiser: »Ich bin Gastel Etzwane. Nimm mich in deine Truppe auf. Sieh, ich trage keinen Reif. Ich bin Musiker.«

Der kleine Mann fuhr überrascht und irritiert zurück. »Fort mit dir – glaubst du, wir geben jedem vorbeikommenden Tunichtgut Schutz? Wir sind Adepten; allein das ist unser Qualitätsstandard; geh, tanz etwas auf dem Marktplatz vor.«

Auf der Straße erschienen die Ahulphs, und dahinter die Bauernjungen.

Etzwane rief: »Ich bin kein Tunichtgut! Mein Vater war Dystar, der Druithine; ich spiele die Khitan.« Er blickte verzweifelt um sich, erblickte ein Instrument und ergriff es. Seine Finger waren schwach und klamm vom Wasser; er versuchte einige Akkorde anzuschlagen und erzeugte nur ein mißtönendes Geklimper.

Eine schwarzbehaarte Hand packte seine Schulter und zerrte daran; eine zweite umfaßte seinen Arm und zog in eine andere Richtung: die Ahulphs begannen sich zu streiten, wer ihn als erster berührt hatte.

Der Musiker stand auf. Er packte ein Stück Feuerholz und drosch damit wild auf die Ahulphs ein. »Trolle, verschwindet! Ihr wagt es, einen Musiker anzurühren?« Die Ahulphs wichen kreischend zurück.

Die Bauernjungen traten vor. »Musiker? Er ist ein gemeiner Dieb, ein Vagabund. Wir wollen ihn töten, um unser schwerverdientes Eigentum zu schützen.«

Der Musiker warf eine Handvoll Münzen in den Staub. »Ein Musiker nimmt sich, was er braucht; er stiehlt niemals. Nehmt euer Geld und geht.«

Die Bauernjungen murmelten enttäuscht vor sich hin und starrten Etzwane düster an. Murrend lasen sie die Münzen vom Boden auf und verschwanden, wobei die Ahulphs auf den Boden schlugen und kreischend hin und her sprangen. Ihre Arbeit war umsonst gewesen; sie würden weder Geld noch Fleisch bekommen.

Der Musiker setzte sich wieder auf seinen Stuhl. »Dystars

Sohn, sagst du? Was für ein trauriger Nachkomme. Na, kann man nicht ändern. Wirf die Lumpen fort; laß dir von den Frauen eine Jacke und eine Mahlzeit geben. Dann wollen wir sehen, was sich tun läßt.«

6

Gesäubert, gewärmt und voller Brot und Suppe kehrte Etzwane vorsichtig zu Frolitz zurück, der an einem Tisch unter den Bäumen saß, eine Flasche neben sich. Etzwane setzte sich auf die Bank und sah dem Mann zu. Frolitz paßte ein neues Röhrchen in das Mundstück eines Holzhorns. Etzwane wartete. Frolitz gedachte ihn offenbar zu ignorieren.

Etzwane beugte sich vor. »Läßt du mich bei der Truppe bleiben?«

Frolitz wandte den Kopf. »Wir sind Musiker, Junge. Wir fordern viel voneinander.«

»Ich würde mir Mühe geben«, versicherte Etzwane.

»Das ist vielleicht nicht genug. Komm, spann die Saiten an dem Instrument dort.«

Etzwane nahm die Khitan und tat, wie ihm geheißen. Frolitz knurrte etwas vor sich hin. »Und jetzt sag mir, wieso Dystars Sohn in Lumpen über die Felder rennt?«

»Ich wurde in Bashon im Kanton Bastern geboren«, sagte Etzwane. »Ein Musiker namens Feld Maijesto schenkte mir eine Khitan, auf der ich mich nach bestem Vermögen übte. Ich wollte nämlich kein Chilite werden, also bin ich fortgelaufen.«

»Das ist eine sehr klare Darstellung«, sagte Frolitz. »Ich kenne Feld, der sein Handwerk recht nachlässig betreibt. Ich stelle hohe Ansprüche an meine Leute; wir sind hier keine Faulenzer. Wenn ich dich nun fortschicken würde?«

»Dann reiste ich nach Garwiy und bäte den Mann ohne Gesicht um einen Musikerreif und um Hilfe für meine Mutter.«

Frolitz blickte zum Himmel auf. »Was für Illusionen das junge Volk heutzutage hat! Neuerdings kümmert sich also der Mann ohne Gesicht um jeden Straßenbengel, der mit einem Anliegen nach Garwiy kommt!«

»Er muß sich doch um solche Dinge kümmern – wie kann er sonst herrschen? Sicher möchte er doch, daß das Volk von Shant zufrieden ist!«

»Schwer zu sagen, was der Mann ohne Gesicht will. Aber es ist nicht gut, darüber zu sprechen. Vielleicht hört er uns aus der Deckung des Wagens dort zu, und angeblich hat er eine dünne Haut. Schau dir den Baum dort an. Erst letzte Nacht, kaum fünfzig Schritte von der Stelle entfernt, an der ich schlief, wurde das Plakat aufgehängt. Ein komisches Gefühl läuft einem dabei über den Rücken.«

Etzwane untersuchte das Plakat, dessen Text lautete:

Der ANOME ist Shant!
Shant ist der ANOME!
Mit anderen Worten: Der ANOME ist überall!
Heimlicher Sarkasmus ist Wahnsinn.
Unehrerbietigkeit ist Aufruhr.
Mit wohltätiger Sorge! Mit inbrünstigem Eifer!
Mit großer Entschlossenheit!
So arbeitet der ANOME für Shant!

Etzwane nickte nüchtern. »Stimmt genau. Wer hat das Plakat aufgehängt?«

»Woher soll ich das wissen?« fragte Frolitz heftig. »Vielleicht der Mann ohne Gesicht persönlich. Ich an seiner Stelle hätte Spaß daran, herumzuwandern und Leute zu erschrekken, die ein schlechtes Gewissen haben. Trotzdem ist es unklug, seine Aufmerksamkeit mit Petitionen und Forderungen zu erregen. Wenn sie vernünftig sind und zu Recht vorgetragen werden – um so schlimmer.«

»Was meinst du damit?«

»Gebrauche dein Köpfchen, Bursche! Einmal angenommen, du und der Kanton stehen im Konflikt, und du möchtest etwas geändert sehen. Du reist also nach Garwiy und reichst eine Petition ein, die gerecht und angemessen ist. Der Mann ohne Gesicht hat nun drei Möglichkeiten. Er kann deinem Wunsch entsprechen und den Kanton in Aufruhr versetzen – mit unbekannten Folgen. Er kann deine gerechte Petition ablehnen und damit rechnen, daß du dich abfällig über ihn äußerst, sobald du dich einmal betrinkst. Oder er kann dir in aller Ruhe den Kopf nehmen.«

Etzwane überlegte. »Du meinst, ich soll mein Anliegen dem Mann ohne Gesicht nicht vortragen.«

»Er ist der letzte, dem man ein Anliegen unterbreiten sollte!«

»Was tue ich also?«

»Genau das, was du schon tust. Werde Musiker und bestreite deinen Lebensunterhalt damit, daß du deinen Kummer besingst. Aber denke daran: Beklage nur dein eigenes Geschick! Beklage dich nie über den Mann ohne Gesicht! ... Was spielst du da?«

Etzwane, der mit der Khitan fertig war, hatte einige Akkorde angeschlagen. »Nichts Besonderes. Ich kenne kaum Melodien. Nur was ich von den Musikern lernen konnte, die durch unseren Ort kamen.«

»Halt, halt, halt!« rief Frolitz und hielt sich die Ohren zu. »Was sind das für seltsame Geräusche, solche neuen Dissonanzen?«

Etzwane fuhr sich mit der Zunge über die Lippen. »Herr, das ist eine Melodie, die ich mir selbst ausgedacht habe.«

»Aber so etwas ist ungebührlich! Du meinst, die Standardwerke sind unter deiner Würde? Was ist mit dem Repertoire, das ich mir mit Mühe angeeignet habe? Sag mir nur nicht, ich hätte meine Zeit verschwendet, ich müßte mich künftig nur um die Auswüchse deines natürlichen Genies kümmern!«

Etzwane vermochte schließlich etwas richtigzustellen. »Nein, nein, ganz und gar nicht. Ich habe die berühmten Werke nie hören können; ich war gezwungen, Melodien zu spielen, die ich mir selbst ausdachte.«

»Naja, solange das nicht zur Manie wird – hier nicht soviel Daumen! Was ist mit dem Rhythmuskasten? Glaubst du, der ist nur zum Vorzeigen da?«

»Nein. Aber ich habe mir vorhin den Ellbogen verletzt.«

»Na, was kratzt du dann planlos auf der Khitan herum? Laß uns eine Melodie auf dem Holzhorn hören.«

Etzwane betrachtete zweifelnd das Instrument, das von einer Schnur zusammengehalten wurde. »So ein Ding habe ich noch nie gesehen.«

»Was?« Frolitz starrte ihn ungläubig an. »Na, dann lerne das Instrument! Die Tringolet, die Trompete und auch die Tipple. Wir sind Musiker in dieser Truppe, und keine theoretisierenden Dilettanten wie Feld und seine schludrigen Freunde. Hier, nimm das Holzhorn und übe Tonleitern. Nachher komme ich und höre dir zu.«

Ein Jahr später brachte Meister Frolitz seine Truppe nach Garwiy. Etzwane trug längst den Reif eines Musikers um den Hals. Garwiy war ein Ort, den Wandertruppen nur selten besuchten, denn die verwöhnten Bürger dieser Stadt mochten aktuelle Dinge mehr als die Musik. Etzwane schlug Frolitz' Rat in den Wind, suchte den Platz der Gesellschaft auf und stellte sich vor einem Stand an, an dem Petitionen an den Mann ohne Gesicht für fünf Florin verkauft wurden. Ein Plakat beruhigte die Wartenden:

> *Alle* Petitionen werden vom ANOME gelesen!
> Die Probleme aller obliegen derselben sorgfältigen Beurteilung – ob die Petition nun fünf oder fünfhundert Florin gekostet hat. Fasse dich kurz und drücke dich klar aus, führe die Unzulänglichkeit oder Notlage präzis an, spezifiziere die vorgeschlagene Lösung. Die Tatsache, daß du eine Petition einreichst, bedeutet noch nicht, daß dein Anliegen zu Recht besteht; vielleicht irrst du und dein Gegner hat recht. Sei daher ohne Enttäuschung belehrt, falls der ANOME eine negative Antwort geben sollte. Der ANOME übt Gerechtigkeit, nicht Großmut!

Etzwane bezahlte seine fünf Florin und nahm ein Formular entgegen. In abgewogenen Sätzen brachte er sein Anliegen vor, erwähnte den Zynismus der Chiliten in bezug auf die Kontrakte der Frauen. »Insbesondere hat die Dame Eathre ihre Verpflichtung gegenüber dem Ekklesiarch Osso Higajou mehr als abbezahlt, doch er hat sie zur Arbeit in der Gerberei abgestellt. Ich bitte, daß Du diese Ungerechtigkeit zu enden befiehlst, damit die Frau Eathre frei ist, ihr künftiges Leben ohne Rücksicht auf die Wünsche des Ekklesiarch Osso zu bestimmen.«

Gelegentlich wurden die 5-Florin-Petitionen lang nicht beantwortet: Etzwanes Anliegen jedoch wurde bereits am nächsten Tag beschieden. Alle Petitionen und ihre Antworten wurden als Dinge öffentlichen Interesses angesehen und angeschlagen; mit bebenden Fingern nahm Etzwane die Antwort herab, die seine Reiffarben trug. Der Text lautete:

Der ANOME registriert mit Mitgefühl die Sorge eines Sohnes um seine Mutter. Die Gesetze des Kantons Bastern sind klar. Sie besagen, daß Quittungen und ein Kontoauszug vorzulegen sind über alle gezahlten Beträge und die dagegengerechneten Belastungen, ehe ein Kontrakt als bezahlt gelten kann. Manchmal verzehrt eine Person nämlich auch Nahrung oder nimmt Unterkunft, Kleidung, Bildung, Unterhaltung, Medizin und dergleichen in Anspruch – zu Beträgen, die ihre Einkünfte übersteigen, wodurch sich die Bezahlung eines Kontrakts verzögern kann. Eine solche Möglichkeit trifft in diesem Fall zu.
Als Urteil ergeht: Ich befehle dem Ekklesiarch Osso Higajou, gegen Vorlage dieses Dokuments die Dame Eathre freizulassen, vorausgesetzt, sie kann einen Guthabensaldo von tausendfünfhundert Florin vorweisen, oder eine Person zahlt Ekklesiarch Osso Higajou tausendfünfhundert Florin in bar – womit angenommen ist, es habe zuvor ein Nullsaldo zwischen Guthaben und Schuld bestanden.
Kurzum, bringe Ekklesiarch Osso diese Urkunde und tausendfünfhundert Florin; daraufhin muß er Dir Deine Mutter, die Dame Eathre, überstellen.

Mit Hoffnung und Ermutigung
DER ANOME

Etzwane geriet in Wut. Sofort erwarb er eine zweite Petition und schrieb: »Woher bekomme ich tausendfünfhundert Florin? Ich verdiene hundert Florin im Jahr. Eathre hat Osso schon zweifach bezahlt, leihst Du mir tausendfünfhundert Florin?«

Wie bei der ersten Anfrage kam die Antwort sofort. Sie lautete:

Der ANOME bedauert, aber öffentliche Mittel können nicht zur Ablösung von privaten Kontrakten verwendet werden. Das bisherige Urteil bleibt bestehen.

Etzwane kehrte in Fontenays Schänke zurück, wo Frolitz sein Hauptquartier aufgeschlagen hatte, und fragte sich, wie und wo er an tausendfünfhundert Florin herankäme.

Fünf Jahre später begegnete Etzwane seinem Vater Dystar. Dies geschah in Maschein im Kanton Maseach, am Südhang des Hwan. Die Truppe, die spätabends in die Stadt gekommen war, hatte an dem Tag noch frei. Etzwane und Fordyce, ein junger Mann, der nur drei oder vier Jahre älter war – Etzwane war jetzt etwa achtzehn – gingen in der Stadt von Schänke zu Schänke, hörten sich Klatschgeschichten an und lauschten mit kritischen Ohren auf die Musik, die hier gespielt wurde.

In der Doppelfisch-Schänke hörten sie Rickard Oxtots Graublaugrüne Interpolierer*. In einer Pause begann Etzwane eine Diskussion mit dem Khitanspieler, der seine eigenen Fähigkeiten gering beurteilte. »Wenn du richtiges Khitanspiel hören willst, mußt du über die Straße ins Alt-Caraz gehen und dir den Druithine anhören.«

Fordyce und Etzwane suchten schließlich das Alt-Caraz auf und bestellten Kelche mit schimmerndem grünen Punsch. Der Druithine saß in einer Ecke und starrte düster auf sein Publikum. Er war ein großer Mann mit schwarzem Haar, das von grauen Strähnen durchzogen war, kräftigem Körperbau und dem Gesicht eines Träumers, den seine Träume nicht mehr zufriedenstellen. Er berührte seine Khitan, stimmte eine Saite nach, schlug ein paar Akkorde an und lauschte auf die Töne, als gefalle ihm das alles nicht. Sein düsterer Blick wanderte durch den Raum, ruhte auf Etzwane, huschte wei-

* Die shantsche Sprache unterscheidet sehr feine Farbnuancen. Anstelle von *rot, scharlachrot, karmesinrot, kastanienrot, rosa zinnoberrot, kirschrot,* kennt das Shant etwa sechzig Begriffe für Farbabstufungen – und für jede andere Farbe fast ebenso viele. Mit dem Namen *Graublaugrüne Interpolierer* werden die Schattierungen von »grau«, »blau« und »grün« präzisiert, um genau den emotionellen Standpunkt zu definieren, von dem aus Oxtots Truppe ihre Variationen vortrug.

ter. Wieder begann er zu spielen: langsam und umständlich spielte er um eine Melodie herum, griff hier und dort danach, suchte dies, probierte jenes, testete etwas anderes, wie ein geistesabwesender Mann, der im Winde Blätter zusammenharkt. Unmerklich wurde die Musik leichter, sicherer; begann zu fliegen; die angedeuteten Themen, die unvereinbaren Rhythmen verbanden sich zu einem Organismus mit Seele: jede Note hatte ihren vorherbestimmten Platz und ihre Notwendigkeit.

Etzwane hörte staunend zu. Die Musik war bemerkenswert, völlig mühelos gespielt, und doch von majestätischer Überzeugungskraft. Fast beiläufig verkündete der Druithine herzzerreißende Nachrichten; er erzählte von goldenen Meeren und unerreichbaren Inseln; er sang die süße Sinnlosigkeit des Lebens hinaus; dann, mit einem sehnsüchtigen Doppeltakt und einer Ellbogenbewegung auf dem Rhythmuskasten, lieferte er Lösungen für alle Geheimnisse.

Sein Essen, heiße gewürzte Landkrabbe und Gerste, dazu Melonen, mit Pollen besprenkelt, war gut, aber nicht reichlich; die Bezahlung* war längst abgewickelt. Er hatte eine Flasche Gurgels Elixier genommen, eine zweite stand neben seinem Ellbogen, aber er schien daran nicht mehr interessiert zu sein. Die Musik wurde leiser und ging fast unmerklich in Stille über, wie eine Karawane, die am Horizont verschwindet.

Fordyce beugte sich vor und wandte sich an einen Tischnachbarn: »Wie heißt der Druithine?«

---

* Im Gegensatz zu den Truppen kündigen Druithines ihr Kommen und Gehen niemals vorher an. Nach einer überraschenden, fast heimlichen Ankunft in einem Ort besucht der Druithine eine der Tavernen und bestellt sich ein Mahl – opulent oder frugal, je nach Laune oder persönlicher Einstellung. Dann holt er seine Khitan hervor und spielt, rührt aber das Essen nicht an, ehe nicht jemand aus dem Publikum es bezahlt hat. Das ›ungegessene Mahl‹ ist auch ein allgemein gebräuchliches Scherzwort. Druithines, die sich auf dem absteigenden Ast befinden, beschäftigen angeblich eine Person, die für das Mahl bezahlt, sobald es vor den Musiker hingestellt wird. Nach dem Essen hängt das weitere Einkommen des Druithines von Trinkgeldern, Geschenken des Wirts, von Engagements zu privaten Parties oder in die vornehmen Häuser der Aristokraten ab. Ein talentierter Druithine kann ein Vermögen erwerben, da er kaum Ausgaben hat.

»Dystar.«

Fordyce wandte sich mit aufgerissenen Augen an Etzwane. »Dein Vater!«

Etzwane, der kein Wort herausbrachte, nickte knapp.

Fordyce stand auf. »Ich will ihm sagen, daß sein natürlicher Sohn hier ist, der selbst die Khitan spielt.«

»Nein«, sagte Etzwane. »Bitte sprich nicht mit ihm.«

Fordyce setzte sich wieder. »Warum denn nicht?«

Etzwane stieß einen tiefen Seufzer aus. »Vielleicht hat er viele natürliche Söhne, von denen einige die Khitan spielen. Vielleicht wäre es ihm zuwider, jeden mit höflicher Aufmerksamkeit bedenken zu müssen.«

Fordyce zuckte die Achseln und schwieg.

Wieder berührte Dystar seine Khitan und spielte Musik, über einen Mann, der durch die Nacht schritt und von Zeit zu Zeit stehenblieb, um über diesen oder jenen Stern nachzudenken.

Aus einem Grund, den er sich nicht erklären konnte, war Etzwane unbehaglich zumute. Zwischen ihm und diesem Manne, den er nicht kannte, bestand eine Spannung. Er hatte keine Forderung an ihn; er konnte ihm nichts vorwerfen, keine Unterlassung oder begangene Tat; seine Schuld gegenüber Eathre war nicht größer oder geringer gewesen als die aller anderen Männer, die vom Rhododendronweg aus in ihr Haus gekommen waren; wie alle anderen hatte er voll bezahlt und war seines Wegs gegangen. Etzwane verzichtete auf den Versuch, die Verwicklungen seiner Gedanken zu lösen. Er entschuldigte sich bei Fordyce und verließ das Alt-Caraz. Deprimiert wanderte er zum Lager zurück, Eathres Bild vor Augen. Er verfluchte sich wegen seiner Nachlässigkeit, wegen seiner mangelnden Tüchtigkeit: Er hatte wenig gespart – wenn er auch wenig verdiente. Das sollte auch nicht anders sein; Etzwane konnte sich nicht beklagen. Abgesehen von seinem Unterhalt unterrichtete ihn Frolitz und gab ihm Gelegenheit zum Spielen. Außer als Druithines wurden Musiker selten wohlhabend; eine Situation, die viele Truppenangehörige darauf brachte, ihr Glück als Druithine zu versuchen. Einigen gelang der Sprung; die meisten, die feststellen mußten, daß ihre Mahlzeiten nicht bezahlt wurden, versuchten ihre

Vorstellung mit besonderen Effekten zu beleben, durch exzentrisches Verhalten oder – wenn alles andere erfolglos blieb – durch Gesang zur Begleitung der Khitan, vor einem Publikum aus Bauern, Kindern und musikalisch Ungebildeten.

Im Lager eingetroffen, wälzte Etzwane düstere Gedanken. Er hegte keine Illusionen; mit seinen jetzigen Fähigkeiten als Musiker, mit seiner heutigen Lebenserfahrung konnte er kein Druithine werden. Was war mit der Zukunft? Sein Leben bei Frolitz war durchaus zufriedenstellend; wollte er mehr? Er ging zu seinem Schrank und nahm seine Khitan heraus; dann setzte er sich auf die Wagentreppe und begann jene langsame, bedächtige und melancholische Musik zu spielen, zu der die Bewohner des Kantons Ifwiy ihre Pavanen tanzten. Die Musik klang trocken, künstlich, leblos. In der Erinnerung an die geschmeidige, drängende Musik, die von Dystars Khitan ausging, als habe sie ein eigenes Leben, verhärtete sich Etzwane und wurde dann sehr zornig – auf Dystar und auf sich selbst. Er tat die Khitan fort, legte sich auf seine Koje und versuchte die durcheinanderwirbelnden Gedanken seines jungen Geistes zu ordnen.

Wieder vergingen fünf Jahre. Frolitz und die Rosaschwarztiefblauen Grünen, wie er seine Truppe nun nannte, erreichten Brassei im Kanton Elphine, nicht allzu weit von Garwiy entfernt. Etzwane war zu einem schmalen, sehnigen jungen Mann herangewachsen, mit düsterem, strengem Gesicht. Sein Haar war schwarz, seine Haut bleich, seine Mundwinkel hingen etwas schief herab; er war nicht gesprächig, fröhlich oder gesellig; seine Stimme war leise und dünn, und nur wenn er Wein getrunken hatte, schien er umgänglicher und spontaner zu werden. Einige Musiker hielten ihn für hochmütig, andere für eitel; nur Frolitz suchte seine Gesellschaft, zur Verwunderung aller, denn Frolitz war freundlich, wo sich Etzwane kalt gab, geradlinig, wo Etzwane Ausflüchte machte. Auf seine Zuneigung angesprochen, schimpfte Frolitz; denn er fand in Etzwane einen guten Zuhörer, einen schweigsamen Hintergrund für seine Gesprächigkeit.

Nachdem das Lager auf der Stadtwiese von Brassei aufgeschlagen war, machte Frolitz in Etzwanes Gesellschaft die Runde durch die Schänken und Musikpaläste der Stadt, um

Neuigkeiten zu erfahren und für Arbeit zu sorgen. Später am Abend kamen sie auch in Zerkows Schänke, ein ausgedehntes Gebäude aus altem Holz und getünchtem Marl. Pfosten stützten ein Dach, das verrückte Schräglinien aufwies; von den Dachbalken hingen Erinnerungsstücke an die lange Geschichte der Taverne herab: groteske Holzgesichter, von Ruß und Rauch geschwärzt, staubige Glastiere, der Schädel eines Ahulphs, drei getrocknete Netze, ein Eisenmeteor, eine Sammlung heraldischer Bälle und dergleichen mehr. Im Augenblick lag das Lokal ziemlich verlassen da – was auf die wöchentliche Enthaltsamkeit zurückzuführen war, die Paraplastus, der hiesige Herr der Schöpfung, verordnet hatte. Frolitz sprach Loy, den Wirt, an und unterbreitete seine Vorschläge. Während die beiden verhandelten, blieb Etzwane abseits stehen und studierte gedankenverloren die Plakate an den Pfosten. Mit seinen eigenen Sorgen beschäftigt, nahm er die Texte gar nicht wahr. Am Morgen hatte er eine große Summe Geld erhalten, völlig unerwartet, eine Summe, die seine Ersparnisse um einiges vergrößert hatte. Aber reichte der Betrag? Zum zwanzigstenmal überschlug er die Summe – zum zwanzigstenmal erreichte er dasselbe Ergebnis an der Grenze zwischen ausreichend und nicht ausreichend. Doch woher mehr nehmen? Sicherlich nicht von Frolitz, jedenfalls nicht vor dem nächsten Monat. Aber die Zeit verging; wo sein Ziel so nahe war, wurde er ungeduldig. Sein Blick konzentrierte sich auf die Plakate, die zum größten Teil die üblichen Ermahnungen enthielten:

> Der Gesichtlose zeigt allen die gleiche Gestalt. Wen niemand kennt, kann niemand verraten.
> Befolge prompt alle Edikte. Der Mann neben dir kann die UNBEKANNTE MACHT sein!
> Glückliches Volk von Shant! Singt Lob in zweiundsechzig Kantonen! Wie kann das Böse gedeihen, wenn jede Tat der Aufsicht des HERRLICHEN ANOME unterliegt?

Die Plakate waren in Magentarot gedruckt, eine Farbe, die für Prunk stand, auf einer graurosa Fläche, der Farbe der Allmacht.

An der Wand hing eine etwas größere Ankündigung, im Braunschwarz eines Notaufrufs gehalten:

Warnung! Nehmt euch in acht! Mehrere große Rogushkoi-Horden sind kürzlich an den Hängen des Hwan beobachtet worden! Man darf sich den unangenehmen Wesen auf keinen Fall nähern. Lebensgefahr!

Frolitz und Loy kamen überein – am kommenden Abend würde Frolitz mit den Rosaschwarztiefblauen Grünen ein zwei- bis dreiwöchiges Engagement antreten. Zur Bestätigung der Vereinbarung kredenzte Loy Etzwane einen Krug mit grünem Apfelwein. Etzwane fragte: »Wann wurde das Schwarzbraune angeschlagen?«

»Über die Rogushkoi? Vor zwei oder drei Tagen. Sie haben im Kanton Shallou einen Überfall gemacht und ein Dutzend Frauen entführt.«

»Der Mann ohne Gesicht müßte etwas unternehmen«, sagte Etzwane. »Das ist das mindeste – daß er uns beschützt; ist das nicht seine Funktion? Warum tragen wir sonst diese Reife?«

Frolitz war in ein Gespräch mit einem Fremden in Reisekleidung vertieft, der kurz zuvor eingetreten war. Aber er nahm sich die Zeit, über die Schulter zu sagen: »Kümmere dich nicht um den Jungen; er kennt die Welt nicht.«

Loy blies die dicken Wangen auf und ignorierte Frolitz: »Es ist kein Geheimnis, daß etwas geschehen muß. Ich habe schlimme Dinge über diese Wesen gehört. Anscheinend schwärmen sie im Hwan wie die Ameisen herum. Sie haben keine Frauen.«

»Wie pflanzen sie sich dann fort?« wollte Etzwane wissen. »Das begreife ich nicht.«

»Sie verwenden normale Frauen, und zwar mit großer Begeisterung, wie ich höre, und das Ergebnis ist immer männlich.«

»Seltsam ... woher kommen solche Wesen?«

»Aus Palasedra«, erklärte Loy wissend. »Du kennst ja die Tendenz der palasedranischen Wissenschaft: Immer nur vermehren, immer nur Zwang und Verbessern, nie zufrieden mit den Lebewesen, wie sie sind. Ich behaupte – und andere sind meiner Meinung –, daß den Palasedranern eine aufsässige Versuchsgattung entkommen ist und den großen Salzsumpf nach Shant durchquert hat. Was nun unser Pech ist.«

»Es sei denn, sie lassen ihre Florin bei Zerkow!« rief Frolitz von der Bar herüber. »Da sie sehr viel trinken, muß man sie so nehmen – haltet sie besoffen und bei Schulden.«

Loy schüttelte zweifelnd den Kopf. »Sie würden meine anderen Kunden vertreiben. Wer will schon mit einem mörderischen rotgesichtigen Dämonen anstoßen, der dazu noch zwei Fuß größer ist? Ich meine, man muß sie unverzüglich nach Palasedra zurückschaffen.«

»Das ist vielleicht die beste Lösung«, sagte Frolitz, »aber ist es die praktischste? Wer soll den Befehl dazu geben?«

»Darauf gibt es eine Antwort«, sagte Etzwane. »Der Mann ohne Gesicht muß sich hier einsetzen. Ist er nicht allmächtig? Ist er nicht allgegenwärtig?« Er deutete mit dem Daumen auf die magentaroten Plakate. »Das behauptet er jedenfalls.«

Frolitz wandte sich mit heiserem Flüstern an den Fremden. »Etzwane will, daß der Gesichtlose in den Hwan hinaufgeht und allen Rogushkoi einen Reif verpaßt.«

»Die Lösung ist nicht schlechter als alle anderen«, sagte Etzwane mit schiefem Grinsen.

In die Taverne eilte ein junger Mann, ein Bote, der bei Zerkow angestellt war. »Habt ihr's schon gehört? In Makkabiys Lagerhaus wurde einem Einbrecher vor knapp einer halben Stunde der Kopf genommen. Der Mann ohne Gesicht ist in der Nähe!«

Alle sahen sich um. »Bist du sicher?« fragte Loy. »Vielleicht ist der Mann in eine Falle geraten.«

»Nein, keine Frage: der Reif hat ihm den Kopf genommen! Der Mann ohne Gesicht hat ihn auf frischer Tat ertappt.«

»Stellt euch vor!« staunte Loy. »Das Lagerhaus ist nur wenige Schritte entfernt!«

Frolitz wandte sich um und lehnte sich an die Bar. »Da hast du's«, sagte er zu Etzwane. »Du beklagst dich: ›Warum handelt der Mann ohne Gesicht nicht?‹ Und noch während du den Mund aufhast, unternimmt er schon etwas. Ist das nicht deine Antwort?«

»Nicht ganz.«

Frolitz trank einen halben Krug von dem starken grünen Apfelwein und blinzelte dem Fremden zu: der war ein großer hagerer Mann mit weißer Haarkrone, mit einem Ausdruck strenger Duldung gegenüber den Härten des Lebens. Er war unbestimmten Alters – er hätte alt, aber auch jung sein können. »Der Einbrecher erleidet ein schweres Schicksal«, sagte Frolitz zu Etzwane. »Und daraus ist folgende Lehre zu ziehen: Begehe niemals eine ungesetzliche Tat. Insbesondere darfst du niemals stehlen; wenn du das Eigentum eines anderen Menschen an dich bringst, ist dein Leben verwirkt – das wurde uns eben wieder demonstriert.«

Loy rieb sich unsicher das Kinn. »Irgendwie ist die Strafe doch übertrieben. Der Einbrecher hat Gegenstände gestohlen und sein Leben verloren. Das sind die Gesetze Elphines, die der Mann ohne Gesicht durchgesetzt hat – aber wiegt eine Handvoll Waren und ein Menschenleben gleich schwer?«

Der weißhaarige Fremde schaltete sich ein: »Warum sollte es anders sein? Du übersiehst einen wichtigen Faktor der Situation. Eigentum und Leben sind nicht unvereinbar, wenn das Eigentum in Begriffen menschlicher Mühe gemessen wird. Im Grunde ist Eigentum Leben; es ist jener Teil des Lebens, den ein Individuum aufgebracht hat, um das Eigentum zu erwerben. Wenn ein Dieb Eigentum stiehlt, stiehlt er Leben. Jeder Diebstahl wird also zu einem kleinen Mord.«

Frolitz schlug mit der Faust auf die Bar. »Eine vernünftige Ausführung, das muß ich sagen! Loy, serviere diesem Fremden ein Getränk seiner Wahl, auf meine Kosten. Herr, wie darf ich dich anreden?«

Der Fremde sagte zu Loy: »Einen Krug mit Apfelwein bitte.« Dann drehte er sich auf seinem Stuhl in Frolitz' und Etzwanes Richtung. »Ich heiße Ifness. Ich bin reisender Händler.«

Etzwane warf ihm einen düsteren Blick zu; seine Wut auf den Mann in dem Pacerwagen war noch nicht verraucht. Er hieß also Ifness. Ein reisender Händler. Etzwane hatte seine Zweifel. Nicht so Frolitz. »Seltsam, so kluge Theorien von einem Kaufmann zu hören!« staunte er.

»Solche Leute reden oft Unsinn«, stimmte Loy zu. »Wenn

man sich richtig unterhalten will, muß man schon einen Schänkenwirt am Tisch haben.«

Ifness schürzte die Lippen. »Alle Menschen, Kaufleute und Wirte und Musiker, versuchen ihre Arbeit auf abstrakte Begriffe zu beziehen. Wir Händler sind sehr empfindlich, was den Diebstahl angeht, der direkt auf unser Wesen zielt. Stehlen heißt eine Ware auf einem einfachen, formlosen und billigen Weg an sich zu bringen. Die gleichen Güter zu kaufen ist mühsam, ärgerlich und teuer. Ist es da ein Wunder, daß Einbrüche so beliebt sind? Trotzdem zehrt so etwas an der Lebenssubstanz des Kaufmanns; wir betrachten Diebe mit demselben Abscheu, den Musiker vielleicht einer fanatischen Gruppe gegenüber empfinden, die bei jedem Konzert laut mit Glocken und Gongs Krach macht.«

Frolitz unterdrückte einen Ausruf.

Ifness kostete von dem Getränk, das Loy vor ihn hingestellt hatte. »Um es noch einmal zu sagen: wenn ein Dieb ein Eigentum stiehlt, stiehlt er Leben. Für einen Kaufmann bin ich menschlichen Schwächen gegenüber recht tolerant, und ich würde nicht besonders heftig reagieren, wenn mir ein Tag gestohlen würde. Gegen den Diebstahl einer Woche hätte ich etwas, und ich würde jeden Dieb umbringen, der mir ein Jahr meines Lebens stiehlt.«

»Hört, hört!« rief Frolitz. »Worte, die die Verbrecher abschrecken können. Etzwane, hast du das gehört?«

»Du brauchst mich gar nicht so betont anzusprechen«, sagte Etzwane. »Ich bin kein Dieb.«

Frolitz, den der Apfelwein in Fahrt gebracht hatte, sagte zu Ifness: »Wie wahr! Wie wahr! Er ist kein Dieb, er ist Musiker! Dank meiner Unterweisung ist er ein Adept geworden! Er kann seine Zeit ausschließlich dem Studium widmen. Er beherrscht sechs Instrumente; er vermag zweitausend Kompositionen zu spielen. Wenn ich mal einen Akkord vergesse, kann er mir stets ein Zeichen geben. Heute morgen, höre, habe ich ihm einen Bonus von dreihundert Florin gezahlt, aus dem Instrumentenfonds der Truppe.«

Ifness nickte anerkennend. »Er scheint ja wirklich ein Musterexemplar zu sein.«

»Bis zu einem gewissen Grad«, sagte Frolitz. »Andererseits

ist er in sich gekehrt und stur. Er dreht jeden Florin, den er in die Hand bekommt, dreimal um und verwahrt ihn gut. Er würde sie züchten, wenn das möglich wäre. All das macht ihn zu einem langweiligen Kerl. Was die dreihundert Florin angeht, so hatte ich ihm vor langer Zeit fünfhundert versprochen und wollte ihn für seine Düsterkeit bestrafen.«

»Aber muß diese Methode seine schlechte Stimmung nicht noch fördern?«

»Im Gegenteil; ich halte ihn auf Trab. Als Musiker muß er lernen, für jede Kleinigkeit dankbar zu sein. Ich habe ihn zu dem gemacht, was er ist, wenigstens in seinen besseren Wesenszügen. Für seine Fehler muß man einen gewissen Chiliten verantwortlich machen, Osso, den Etzwane als seinen ›Seelenvater‹ bezeichnet.«

»Auf meinem Weg nach Osten komme ich auch durch den Kanton Bastern«, sagte Ifness höflich. »Wenn ich Osso begegne, werde ich ihm deine Grüße übermitteln.«

»Mach dir keine Mühe«, sagte Etzwane. »Ich reise selbst nach Bashon.«

Frolitz fuhr herum und starrte Etzwane an. »Habe ich recht gehört? Mir hast du von solchen Plänen nichts erzählt!«

»Hätte ich das getan, hättest du mir nicht dreihundert Florin gezahlt. Auch habe ich mich erst vor zehn Sekunden entschieden.«

»Aber was ist mit der Truppe? Was ist mit unseren Engagements! Es wird alles durcheinandergeraten!«

»Ich bin ja nicht lange fort. Wenn ich zurückkehre, kannst du mir ruhig mehr zahlen, da ich offenbar unersetzlich bin.«

Frolitz hob die buschigen Augenbrauen. »Niemand ist unersetzlich – nur ich! Ich spiele gleichzeitig Khitan und Holzhorn, wenn mir danach ist, und mache bessere Musik als vier dickhalsige Lehrlinge zusammen!« Frolitz knallte seinen Krug auf die Bar, um seine Behauptung zu unterstreichen. »Doch um meinen Freund Loy zufriedenzustellen, muß ich einen Ersatzmann einstellen – neue Kosten und Sorgen. Wie lange wirst du fort sein?«

»Ich nehme an, drei Wochen.«

»Drei Wochen?« brüllte Frolitz entgeistert. »Willst du am Strand von Ilwiy Urlaub machen? Drei Tage nach Bashon, zwanzig Minuten für deine Geschäfte, drei Tage zurück nach Brassei; das reicht.«

»Mag schon sein, wenn ich mit dem Ballon reise«, sagte Etzwane. »Aber ich muß laufen oder einen Wagen nehmen.«

»Neue Sparsamkeit? Warum fliegst du nicht mit dem Ballon? Wie groß ist der Kostenunterschied?«

»Etwa dreißig Florin für eine Strecke!«

»Na bitte! Wo ist dein Stolz? Reist ein Rosaschwarztiefblauer Grüner wie ein Hundefriseur?« Er wandte sich an Loy, den Wirt. »Gib diesem Mann sechzig Florin als Vorschuß auf meine Rechnung.«

Zögernd ging Loy zu seiner Kasse. Frolitz nahm das Geld und knallte es vor Etzwane auf den Tisch. »Da bitte – und nun fort mit dir! Laß dich vor allem nicht von anderen Truppen anwerben. Sie bieten dir vielleicht mehr Geld, aber du kannst versichert sein, es gäbe da versteckte Nachteile!«

Etzwane lachte. »Keine Angst, ich bin in spätestens einer Woche oder zehn Tagen zurück. Ich nehme den ersten Ballon; meine Aufgabe in Bashon dauert nicht lange; dann mit dem ersten Ballon zurück nach Brassei.«

Frolitz wandte sich um, um Ifness etwas zu fragen, sah jedoch nur einen leeren Stuhl; Ifness hatte die Taverne verlassen.

7

Ein Sturm vom Grünen Ozean hatte in den Kantonen Maiy und Erevan für Sturmfluten gesorgt; ein Teil der Großen Querroute war fortgeschwemmt worden, so daß die Ballons zwei Tage Verspätung hatten, ehe eine Notstrecke zusammengeflickt werden konnte.

Etzwane vermochte sich einen Platz auf dem ersten Ballon zu sichern, der Brassei verließ, auf der *Asper.* Er kletterte in die Gondel und setzte sich; hinter ihm stiegen weitere Passagiere zu; der letzte war Ifness.

Etzwane blieb gleichgültig sitzen und ließ sich nicht anmerken, daß er den anderen erkannt hatte. Ifness entdeckte Etzwane, nickte nach kurzem Zögern und setzte sich neben ihn. »Anscheinend sind wir Reisegefährten.«

Etzwane antwortete kühl: »Freut mich.«

Die Tür wurde geschlossen; Stangen wurden herabgelassen, an denen sich die Passagiere festhalten konnten, wenn der Ballon schwankte und bockte. Der Windwächter trat in seine Kabine, testete die Winden, überprüfte Ventile und Abwurfvorrichtung für den Ballast. Er gab der Bodenmannschaft ein Zeichen; die Männer rollten den Judasschlitten über die Schiene heran; die *Asper* stieg auf. Der Laufschlitten wurde gelöst; die *Asper* tanzte und ruckelte im seitlichen Wind, bis der Windwächter die Leinen getrimmt hatte, woraufhin sich der Ballon festigte und mit gespannten Leinen und singendem Laufschlitten vorwärtsstürmte.

Ifness wandte sich an Etzwane. »Du wirkst völlig gelassen. Hast du schon einmal den Ballon-Weg benutzt?«

»Vor vielen Jahren.«

»Ein herrliches Erlebnis für ein Kind.«

»Kann man wohl sagen.«

»Ich fühle mich nie ganz wohl in einem Ballon«, gestand Ifness. »Er wirkt so zerbrechlich. Ein paar Stäbe, eine ganz dünne Membran, ein Gas, das sich sofort verflüchtigt. Doch die palasedranischen Gleiter sehen noch viel gefährlicher aus – ein Transportmittel, das zweifellos zum Temperament jener Menschen paßt. Du willst nach Bashon, nicht wahr?«

»Ich will den Kontrakt meiner Mutter ablösen.«

Ifness überlegte einen Augenblick. »Vielleicht hättest du deine Geschäfte einem Arbeitsvermittler anvertrauen sollen. Die Chiliten sind heimtückisch und wollen dich vielleicht hereinlegen.«

»Sie werden es bestimmt versuchen. Aber das hilft ihnen nichts. Ich trage einen Befehl des Mannes ohne Gesicht bei mir, dem sie gehorchen müssen.«

»Ich verstehe. Naja, ich würde mich trotzdem vorsehen. Die Chiliten lassen sich trotz ihrer Weltfremdheit selten hereinlegen.«

Nach kurzem Schweigen sagte Etzwane: »Du scheinst die Chiliten gut zu kennen.«

Ifness gestattete sich ein schwaches Lächeln. »Sie haben einen faszinierenden Kult; die Vernunftskonzeption der Chiliten und ihre physische Projektion ergeben ein höchst elegantes Ganzes. Verstehst du, was ich meine? Überleg mal: eine Gruppe, die sich jede Nacht in einen Rausch erotischer Halluzinationen stürzt – ist das nicht höchste Unbekümmertheit? Eine soziale Maschinerie ist nötig, um diesen Zustand zu erhalten – du kennst sie ja. Wie kann man eine Gruppe erhalten, die selbst keinen Nachwuchs produziert? Indem man die Kinder anderer Männer annimmt – dadurch die ständige Zufuhr neuen Blutes. Wie sichert man sich einen so teuren Artikel, den andere Menschen normalerweise mit ihrem Leben beschützen? Durch die geniale Institution des Rhododendronwegs, der darüberhinaus noch einen guten Profit erbringt. Was für eine herrliche Frechheit? So etwas läßt sich fast schon bewundern!«

Etzwane wunderte sich über Ifness' begeisterten Tonfall. Er sagte kühl: »Ich bin am Rhododendronweg geboren und wurde zum Reinen Jungen gemacht; ich finde die Leute widerlich!«

Ifness schien amüsiert zu sein. Er sagte: »Sie stellen eine bemerkenswerte Anpassung dar, wenn sie auch vielleicht zu spezialisiert sind. Was würde zum Beispiel geschehen, wenn sie sich kein Galga mehr beschaffen könnten? Innerhalb einer Generation oder sogar schon früher müßte sich ihre Gesellschaftsstruktur ändern – und da gibt es mehrere mögliche Richtungen.«

Etzwane wunderte sich, daß sich ein Kaufmann in der abstrakten Gesellschaftsanalyse so bewandert erwies. »Was für Waren verkaufst du überhaupt?« fragte er. »Da du doch Kaufmann bist, nehme ich an, du verkaufst etwas.«

»Nicht ganz«, sagte Ifness. »Ich bin bei einer Handelsgesellschaft angestellt und muß hierhin und dorthin reisen und neue Anwendungsmöglichkeiten für Produkte erschließen.«

»Klingt interessant«, sagte Etzwane.

»Ist es auch.«

Etzwane blickte auf den Halsreif des Mannes. »Aus deinem Purpurgrün schließe ich, daß du aus Garwiy kommst.«

»Richtig.« Ifness nahm eine Zeitung aus seinem Gepäck, *Die Königreiche von Alt-Caraz*, und begann zu lesen.

Etzwane betrachtete die weite Landschaft. Eine Stunde verging. Die *Asper* stoppte auf einem Nebengleis, um einige nach Osten fliegende Ballons mit gespannten Kabeln und singenden Fahrgestellen vorbeizulassen.

Zur Mittagsstunde bot der Windwächter Tee, Brötchen, Fruchtmarmelade und Fleischstäbchen an. Ifness legte seine Zeitung beiseite und aß; Etzwane zog es vor, seine Finanzen zu schonen, die ohnehin kaum ausreichten. Als Ifness fertig war, wischte er sich sorgfältig die Hände und wandte sich wieder seiner Lektüre zu.

Eine Stunde später traf die *Asper* an der Brassei-Kreuzung im Kanton Fairlea ein und wurde auf die Große Querroute übertragen. Der Wind frischte auf, und da er von Backbord achtern blies, kam der Ballon zügig voran; so verging der Nachmittag. Bei Sonnenuntergang jedoch erstarb der Wind völlig, und die *Asper* stand still über einem Hochmoor des Kantons Shade.

Die Sonnen verschwanden tanzend am Horizont; der Himmel flammte hinter vier apfelgrünen Wolkenschichten violett auf. Die Dunkelheit kam schnell. Eine Brise bewegte die oberen Luftschichten, noch immer von achtern; die *Asper* bewegte sich langsam auf der Schiene weiter, aber nur noch im Schrittempo.

Der Windwächter servierte ein Abendbrot aus Käse, Wein und Keksen und brachte anschließend Hängematten an. Die Passagiere, die nichts anderes zu tun hatten, legten sich schlafen.

Am Spätnachmittag des nächsten Tages erreichte die *Asper* Angwin an der großen Schlucht. Hier endete die Schiene, und das Kabel schwang sich in zwei hellen Linien zur Angwin-Kreuzung hinüber, wo Etzwane vor Jahren – es kam ihm wie ein anderes Leben vor – als Lehrling hatte arbeiten sollen. Er fragte sich, ob Finnerack noch dort war.

Die *Asper* sollte auf der Großen Querroute weiterfliegen, zu den Südhängen des Hwan; in Angwin landete sie, um jene Passagiere abzusetzen, die auf der Nordlinie weiterfahren wollten. Es waren vier: Etzwane, zwei Einkäufer, die nach Dublay im Kanton Cape wollten, und Ifness.

Der Anschluß auf der Nordlinie, der eigentlich schon warten sollte, hatte sich wegen einer Flaute verzögert; die vier Passagiere mußten in der Angwin-Taverne übernachten.

Die *Asper* stieg wieder in den Himmel, ihre Leinen waren nun am Schleppkabel befestigt. Im Windenhaus unter der Schänke stemmte die Mannschaft die Schultern gegen die Drehstangen; der Ballon wurde über die große Schlucht und zur Kreuzung hinaufgezogen. Etzwane brachte es nicht über sich, hinabzugehen und die Winde zu beobachten, wie es die beiden Einkäufer taten.

Später saßen Etzwane und die Einkäufer im Schänkenraum zusammen, der einen Ausblick über die Schlucht bot; Ifness machte einen Spaziergang am Abgrund entlang.

Die Sonnen hingen bereits tief, eine hinter der anderen; magentarotes Licht traf den Mish-Berg und die Gipfel dahinter. In der Schlucht wurde es dämmerig. Etzwane und die Einkäufer tranken gewürzten Apfelwein; als die Bedienung ein Tablett mit getrockneten Früchten brachte, fragte einer der Einkäufer: »Habt ihr hier viele Rogushkoi in der Schlucht?«

»Nicht sehr viele«, erwiderte der Mann. »Die Jungs oben an der Kreuzung haben ein paar gesehen, aber wie man hört, haben sie sich wieder nach Osten ins Wildland verzogen.«

»Unten in Shallou haben sie vor gar nicht langer Zeit einen Überfall gemacht«, sagte der zweite Einkäufer. »Das liegt im Westen.«

»Ja, und wenn schon. Mich geht das nichts an. Was wir machen würden, wenn eine Bande Angwin angriffe, weiß ich allerdings nicht.«

Der andere Einkäufer schaltete sich ein: »Die Schlucht selbst bietet doch einigen Schutz, würde ich sagen.«

Der Kellner starrte düster in das blaue Zwielicht hinab. »Für meinen Geschmack nicht genug, wenn das stimmt, was man über diese Teufel hört. Wenn wir Frauen hier oben hätten, würde ich nachts kein Auge zutun. Männer bringen sie kaum um – es sei denn zum Spaß, aber wenn sie eine Frau riechen, stürmen sie durch Feuer und Wasser. Meiner Meinung nach müßte da etwas geschehen.«

Ifness, der unbemerkt zurückgekehrt war und im Hintergrund stand, schaltete sich ein: »Was müßte denn deiner Meinung nach geschehen?«

»Man müßte dem Mann ohne Gesicht Bescheid geben, und

zwar richtig, das meine ich! Ich meine, man sollte den ganzen Hwan abriegeln, und wenn dazu jeder Mann in Shant antreten muß, und dann vorrücken und die Teufel zusammentreiben und jeden einzelnen töten. Wenn sich die Männer aus Norden, Osten, Süden und Westen über den Gipfel des Skarackberges hinweg ansehen, dann sind wir die Plage los!«

Einer der Einkäufer schüttelte den Zopf. »Zu kompliziert, würde nie klappen. Die Biester würden sich in Höhlen oder Tunnels verstecken. Ich denke mir eher, daß man Gift auslegt ...«

Der andere Einkäufer machte einen besseren Vorschlag, wie der Köder auszusehen habe. »Frauen müßte man auslegen«, sagte er. »Oder irgendwas, das sie geil macht.«

»Na, und warum nicht?« fragte sein Kollege, »wenn sie dadurch angelockt werden? Aber Gift ist die einzige Antwort, denkt an meine Worte!«

Der zweite Einkäufer sagte: »Sei dir da nicht zu sicher. Das sind keine Tiere, sondern irgendwie veränderte Menschen, die durch den Salzsumpf gekommen sind. Die Palasedraner haben zu lange stillgehalten; das ist unnatürlich, und jetzt schicken sie uns die Rogushkoi.«

Der Kellner sagte: »Mir ist gleichgültig, woher sie kommen; sie müssen nur fort. Jagen wir sie doch zurück nach Palasedra. Wie es in den Nachmittagsnachrichten heißt, die eben im Radio durchgegeben worden sind, haben sie heute ein Dorf in Morningshore überfallen, im Schatten des Hagheadberges. Totschlag, Vergewaltigung, Entführung. Das Dorf ist praktisch dem Erdboden gleichgemacht.«

»So weit im Osten?« murmelte Ifness.

»So wurde berichtet. Zuerst Shallou im Westen, dann Morningshore im Osten. Im Hwan muß es von diesen Ungeheuern nur so wimmeln.«

»Das muß nicht unbedingt so sein«, sagte Etzwane.

»Du kannst mir ruhig glauben«, sagte der erste Einkäufer herablassend, »daß der Mann ohne Gesicht zum Handeln bereit ist. Er hat keine andere Wahl.«

Der Kellner schnaubte durch die Nase. »Der sitzt geschützt in Garwiy; was schert den unsere Sicherheit?«

Die Einkäufer schürzten die Lippen. »Naja«, sagte einer,

»so weit würde ich nicht gehen. Der Mann ohne Gesicht vertritt uns alle! Im großen und ganzen leistet er gute Arbeit!«

»Trotzdem«, sagte der andere, »ist es jetzt höchste Zeit. Er müßte etwas unternehmen.«

Der Kellner fragte: »Wollen die Herren vor dem Essen noch etwas zu trinken? Wenn ja, bitte ich jetzt um die Bestellung, ehe der Koch den Gong schlägt.«

Etzwane fragte: »Ist Dagbolt noch Aufseher?«

»Nein, der alte Dagbolt ist vor fünf Jahren an Kehlkopfkrebs gestorben«, erwiderte der Mann. »Ich habe ihn nur drei Monate erlebt – das reichte. Dickon Defonso ist jetzt Aufseher, und die Dinge laufen eigentlich ganz gut.«

»Arbeitet ein gewisser Finnerack in Angwin?«

»Finnerack? Den Namen habe ich schon mal irgendwo gehört. Aber hier bei uns ist er nicht.«

»Vielleicht drüben auf der Kreuzung?«

»Dort auch nicht. Finnerack, Finnerack ... muß irgendein Skandal gewesen sein. War er der Übeltäter, der einen Ballon freiließ?«

»Weiß ich nicht.«

Im Laufe des Vormittags traf der Ballon *Jano* in Angwin ein. Die vier Passagiere gingen an Bord, und die *Jano* stieg auf und wurde über die Schlucht zur Kreuzung zurückgezogen. Fasziniert starrte Etzwane auf die kleine Insel am Hang hinab. Dort standen die drei großen Seilräder, sich fast berührend; dort war die Steinhütte mit der Holztür und dem Schlafhaus, das über die Schlucht hinausragte. An der Scheibe sah er die Gestalt des Diensthabenden; der Ballon ruckte etwas, als die Greifwinde die Seile anzog und die Klemme auf das Kabel der Nordlinie übertragen wurde, gefolgt von einem zweiten Rucken, als die Winde ausklinkte. Etzwane lächelte bei dem Gedanken an einen anderen Ballon ... so lange war das nun schon her.

Die *Jano* wurde zur Nordstation gezogen und dort mit ihren Leinen auf ein Fahrwerk übertragen; dann eilte sie die Schienen hinab in den Kanton Seamus hinein, wobei sie sich gegen eine scharfe Brise von Steuerbord lehnte. Nachdem der

Ballon in die günstigste Position gebracht worden war, trat der Windwächter in die Gondel. »Alle nach Oswiy, nicht wahr?«

»Ich nicht«, sagte Etzwane. »Ich will zur Basternstation in Carbade.«

»Basternstation? Ich lande nur, wenn die Mannschaft dort ist. Sie ist während des Überfalls nach Carbade geflüchtet.«

»Was für ein Überfall?«

»Das weißt du sicher noch nicht. Die Rogushkoi, eine fünfzig- oder sechzigköpfige Bande, sind aus dem Wildland gekommen und haben am Mirk geplündert.«

»Wie weit flußabwärts?«

»Das weiß ich nicht. Wenn sie in Richtung Seamus abgebogen sind, werden wir an der Basternstation keine Mannschaft vorfinden. Warum fliegst du nicht weiter bis Ascalon? Dort ist es bestimmt sicherer.«

»Ich muß in Bastern aussteigen, und wenn ich die Seile hinabrutsche.«

Als der Ballon die Station Bastern erreichte, hatte die Bodenmannschaft ihre Arbeit wieder aufgenommen; die *Jano* wurde mit nervösem Rucken hinabgezogen. Etzwane sprang zu Boden; Ifness folgte ihm. »Ich nehme an, du reist nach Osten?« fragte er.

»Ja, nach Bashon.«

»Dann möchte ich vorschlagen, daß wir uns ein Fahrzeug teilen.«

Etzwane überschlug die möglichen Kosten. Fünfzehnhundert Florin für den Kontrakt, hundert für die Rückkehr nach Brassei mit Eathre, weitere fünfzig für unvorhergesehene Ausgaben. Sechzehnhundertundfünfzig. Er hatte sechzehnhundertundfünfundsechzig Florin bei sich. »Ich kann mir nichts Teures leisten«, sagte er finster. Von allen Menschen in Shant wollte er am wenigsten Ifness verpflichtet sein – vielleicht mit Ausnahme seines Seelenvaters Osso.

In der Schänke bestellte Ifness einen schnellen Wagen mit einem erstklassigen Pacergespann. »Dafür muß ich zweihundert Florin verlangen«, sagte der Wirt zu Ifness. »Als Pfand. Die Miete ist zwanzig Florin am Tag.«

Etzwane sagte tonlos: »Das kann ich mir nicht leisten.« Ifness machte eine gleichgültige Handbewegung. »So will ich nun aber mal reisen. Zahle, was du kannst; ich bin's zufrieden.«

»Ich habe nicht viel übrig«, sagte Etzwane. »Fünfzehn Florin, um genau zu sein. Wären nicht die Rogushkoi in der Nähe, würde ich zu Fuß gehen.«

»Zahle fünfzehn Florin oder nichts«, sagte Ifness. »Mir ist's gleich.«

Verärgert über die Herablassung, die um so aufreizender war, als sie völlig gedankenlos geäußert wurde, zog Etzwane fünfzehn Florin aus der Tasche. »Wenn du damit zufrieden bist, nimm's. Sonst laufe ich.«

»Schon in Ordnung; fahren wir los. Ich möchte mir gern die Rogushkoi ansehen, wenn das möglich ist.«

Die Pacer, große geschmeidige Tiere mit schmalem, langem Körper und wohlgeformten Beinen, schnürten die Straße entlang; der leichte Wagen wirbelte hinterher.

Etzwane musterte Ifness mißtrauisch aus den Augenwinkeln. Ein seltsamer Mann; einen solchen Typ hatte Etzwane noch nicht erlebt. Warum wollte er sich die Rogushkoi ansehen? Für ein solches Interesse konnte er sich keinen vernünftigen Grund vorstellen. Wenn ein Rogushkoi tot am Straßenrand lag, würde sich Etzwane die Leiche aus Neugier anschauen, aber sich so zielstrebig danach zu drängen, kam ihm wie der reine Wahnsinn vor!

Etzwane bedachte die Möglichkeit, daß Ifness vielleicht wirklich verrückt war. Seine zerstreute Gelassenheit, seine Gleichgültigkeit gegenüber anderen, seine bizarre Voreingenommenheit in manchen Dingen – all dies deutete auf eine Geisteskrankheit hin. Dennoch hatte sich Ifness gut im Griff; seine Erscheinung – dürr, streng, wenig auffällig bis auf das kurzgeschnittene weiße Haar, das alt-junge Gesicht – dies alles schien gleichbedeutend mit geistiger Gesundheit. Etzwane verlor das Interesse an dem Thema; er hatte andere, dringendere Sorgen.

Zehn Meilen waren sie durch die flachen Hügel von Seamus gefahren, als ihnen auf der Straße ein Tretradfahrer entgegenkam; er trug die rote Kappe der Unsichtbarkeit und fuhr, so schnell er konnte; er lag flach auf der Stange, und seine Kehrseite wogte auf und nieder, so fest trat er auf das Brett.

Ifness zügelte seine Tiere und sah dem Mann entgegen. Etzwane hielt das für eine unhöfliche Geste; immerhin trug der Mann rot. Der Radfahrer wollte dem Wagen ausweichen. Doch Ifness rief ihm zu, er möge halten, was dem Mann wenig gefiel.

»Warum belästigst du mich? Hast du keine Augen im Kopf?«

Ifness ignorierte die Erregung des anderen. »Was für Neuigkeiten gibt es?«

»Schlimme Neuigkeiten, halte mich nicht auf; ich will in den Kanton Sable oder noch weiter.« Der Mann machte Anstalten, sein Gefährt wieder in Gang zu bringen, doch Ifness rief ihm höflich zu: »Einen Moment noch bitte. Eine Gefahr ist nicht zu sehen. Wovor fliehst du?«

»Vor den Rogushkoi, wovor sonst? Sie haben Salubra eingeäschert; eine andere Bande hat die Chiliten heimgesucht. Sie können mir dicht auf den Fersen sein! Halte mich nicht auf. Und wenn du klug bist, machst du kehrt und fliehst nach Westen, so schnell du kannst!« Der Mann schob sein Rad an und verschwand auf der Straße nach Carbade.

Ifness wandte sich an Etzwane. »Also, was jetzt?«

»Ich muß nach Bashon.«

Ifness nickte und trieb ohne ein weiteres Wort die Pacer an.

Etzwane beugte sich vor; das Herz schlug ihm bis zum Hals. Vor seinem inneren Auge erschienen allerlei Bilder. Er dachte an die vielen Florin, die er verschwendet hatte – auf Getränke, Geschenke an dieses oder jenes Mädchen, auf überflüssige Kleidung und sein teures silberverziertes Holzhorn. Frolitz hielt ihn für geizig; er betrachtete sich als Verschwender. Sinnlose Trauer. Das Geld war ausgegeben, die Zeit verloren. Die Pacer, eine vorzügliche Zucht, rannten dahin, ohne zu ermüden; die Meilen spulten unter den Rädern ab. Sie erreichten Bastern; vor ihnen erschienen die Umrisse des Rhododendronwegs. Hinter dem Hügel stieg eine Rauchsäule auf. Als sie den Rhododendronweg erreichten, verlangsamte Ifness die Fahrt des Wagens und starrte in die Schatten unter den Bäumen, auf die Beerenfelder und die Hänge – mit einer Wachsamkeit, die für Etzwane neu war. Die Szene wirkte ganz normal – bis auf die absolute Stille.

Das lavendelfarbene Sonnenlicht lag in unregelmäßigen Flecken auf dem weißen Staub; im Garten des ersten Hauses blühten purpurne und magentarote Geranien zwischen Trieben des limonengrünen Ki. Die Tür des Hauses hing schief in den Angeln. Auf der Treppe lag die Leiche eines Mannes; sein Gesicht war zur Unkenntlichkeit verstümmelt. Das Mädchen, das in diesem Haus gewohnt hatte, war verschwunden.

Eine Lücke zwischen den Bäumen gab den Blick frei auf den Tempel. Auf den oberen Terrassen bewegten sich einige Chiliten – langsam und vorsichtig, als hätten sie noch nicht begriffen, daß sie noch lebten. Ifness trieb die Pacer zu schnellerer Gangart an; der Wagen wirbelte den Hügel hinauf zum Tempel. Aus dem Schutt der Gerberei und der Frauenunterkünfte stammte der Rauch, den sie schon von weitem gesehen hatten. Der Tempel und seine Nebengebäude schienen unversehrt zu sein. Etzwane, der im Wagen aufstand, blickte sich um. Er sah keine Frauen, weder junge noch alte.

Ifness brachte das Gefährt vor dem Tempelportal zum Stehen. Von der Terrasse starrte eine Gruppe Chiliten furchtsam herab.

Ifness rief hinauf: »Was ist passiert?«

Die Chiliten wirkten in ihren weißen Roben wie Gespenster. »Hallo, ihr da oben!« rief Ifness mit schneidender Stimme. »Hört ihr mich?«

Die Chiliten verschwanden langsam rückwärts gehend aus dem Blickfeld – als verlören sie das Gleichgewicht, fand Etzwane.

Einige Minuten vergingen. Die drei Sonnen vollführten ihren majestätischen Tanz am Himmel. Die Steinmauern waren heiß in ihrem Glanz. Ifness saß reglos auf dem Wagen. Wieder fragte sich Etzwane – und diesmal mit größerer Verwirrung –, warum sich dieser Mann so sehr engagierte.

Das Eisentor begann sich kreischend zu öffnen und gab den Blick auf eine Gruppe Chiliten frei. Der Mann, der das Tor geöffnet hatte, war nicht mehr ganz jung, mit rundem, massigem Gesicht, dünnem sandfarbenen Haar und einem Vollbart. Etzwane erkannte ihn sofort – Geacles Vonoble. Hinter ihm stand ein halbes Dutzend anderer Chiliten; Osso Higajou war unter ihnen.

Ifness fragte in scharfem Ton: »Was ist hier geschehen?«

Osso sagte mit einer Stimme, die sich anhörte, als plage ihn bitterer Schleim im Hals: »Wir sind Opfer der Rogushkoi. Wir sind beraubt worden; sie haben uns sehr geschadet.«

»Wie groß war die Bande?«

»Mindestens fünfzig. Sie sind wie wilde Tiere herangeschwärmt. Sie pochten an unsere Türen, sie schwenkten Waffen, sie haben unsere Häuser niedergebrannt!«

»Bei der Verteidigung eurer Frauen und eures Besitzes habt ihr zweifellos viele von den Ungeheuern getötet?« fragte Ifness trocken.

Die Chiliten fuhren entrüstet zurück; Geacles lachte verächtlich. Osso sagte mit trotziger Stimme: »Wir sind eine gewaltlose Gemeinschaft; wir treten für den Frieden ein.«

»Haben die entführten Frauen sich gewehrt?« wollte Ifness wissen.

»Ja, viele; aber das hat nichts genützt, und sie haben dabei ihr Gewissen belastet.«

»In diesem Fall müssen sie nun doppelt leiden«, sagte Ifness und nickte zornig. »Warum habt ihr ihnen im Tempel nicht Zuflucht gewährt?«

Die Chiliten musterten ihn stumm; auf eine solche Frage antworteten sie nicht.

Ifness fragte weiter: »Nun noch einmal zu den Rogushkoi – was für Waffen hatten sie?«

Geacles zupfte an seinem Bart, blickte über die Hügel und sagte leise: »Sie hatten Morgensterne an den Handgelenken und Krummsäbel am Gürtel, aber sie haben sie nicht benutzt.«

»Wann sind sie fort?«

»Vor knapp einer Stunde; sie haben die Frauen zusammengetrieben; jung und alt – nur die Kinder nicht; die wurden in die Tröge der Gerberei geworfen und ertränkt. Wir sind beraubt.«

Etzwane konnte nicht länger an sich halten. »In welche Richtung sind sie gezogen?«

Geacles starrte Etzwane an, wandte sich um und murmelte Osso etwas zu, der hastig drei Schritte vortrat.

Ifness wiederholte die Frage in kühler Höflichkeit. »In welcher Richtung sind sie fort?«

»Das Mirktal hinauf – woher sie gekommen sind«, sagte Geacles.

Osso richtete einen Finger auf Etzwane. »Du bist der Reine Junge Faman Bougozonie, der ein schmutziges Verbrechen beging und floh.«

»Ich heiße Gastel Etzwane. Ich bin der Sohn Dystars des Druithine. Ich bin kein Reiner Junge, und meine Mutter ist die Dame Eathre.«

Osso sagte drohend: »Warum bist du hier?«

»Ich bin gekommen, um den Kontrakt meiner Mutter loszukaufen.«

Osso lächelte. »Solchen Geschäften gehen wir nicht nach.«

»Ich habe einen Befehl des Mannes ohne Gesicht bei mir.«

Osso knurrte. Geacles sagte aalglatt: »Warum nicht? Zahl uns das Geld; dann wird die Frau freigelassen.«

Etzwane schwieg. Er drehte sich um und blickte das Mirktal hinauf – in eine Richtung, in die er sich aus Angst vor den Ahulphs früher nie gewagt hatte. Die Frauen kamen zu Fuß pro Stunde höchstens eine Meile voran. Die Rogushkoi waren vor einer Stunde abmarschiert. Etzwane überlegte. Er blickte zur Gerberei hinunter: vernichtet, niedergebrannt. Die Schuppen auf der anderen Seite, in denen Chemikalien und Farben aufbewahrt wurden, standen noch. Er sagte leise zu Ifness: »Leihst du mir den Wagen und die Pacer? Wenn sie dabei draufgehen, bezahle ich dich. Ich habe sechzehnhundert Florin bei mir.«

»Wozu brauchst du den Wagen?«

»Um meine Mutter zu retten.«

»Wie?«

»Das hängt von Osso ab.«

»Ich leihe dir den Wagen. Was ist schließlich ein Pacergespann?«

Etzwane wandte sich an Osso. »Die Rogushkoi sind große Weintrinker. Gib mir zwei große Fässer voll Wein. Ich schaffe sie zu den Rogushkoi.«

Osso starrte ihn verwirrt blinzelnd an. »Du willst sie in ihren Ausschweifungen unterstützen?«

»Ich gedenke sie zu vergiften.«

»Was?« rief Geacles. »Und damit einen neuen Angriff herausfordern?«

Etzwane sah Osso an. »Was sagst du?«

Osso überlegte. »Du willst den Wein mit dem Wagen fortschaffen?«

»Ja.«

»Was zahlst du uns dafür? Es handelt sich immerhin um unseren Zeremonienwein; wir haben keinen anderen.«

Etzwane zögerte. Die Zeit war zu kostbar zum Feilschen; doch wenn er sich großzügig gab, würde Osso nur mehr verlangen. »Ich kann dir nur das bieten, was der Wein wert ist, dreißig Florin das Faß.«

Osso starrte Etzwane kühl an. Ifness lehnte gleichgültig am Wagen. Osso sagte: »Nicht genug.«

Ifness schaltete sich ein: »Der Preis ist ausreichend. Holt den Wein.«

Osso musterte Ifness. »Wer bist du?«

Ifness sah ihn nicht an, sondern blickte ernst über das Tal hinweg und sagte: »Zu gegebener Zeit wird der Mann ohne Gesicht gegen die Rogushkoi vorgehen. Ich werde ihn von deiner Weigerung unterrichten.«

»Ich habe nichts verweigert«, knurrte Osso. »Gib mir deine sechzig Florin, dann geh zur Tür des Vorratsraums.«

Etzwane überreichte ihm die Münzen. Zwei Weinfässer wurden herausgerollt und hinten auf den Wagen geladen. Etzwane lief zum Chemikalienlager hinüber und suchte mit den Blicken die Reihen der Krüge und Papiersäcke ab. Was konnte ihm am besten nützen? Er wußte es nicht.

Ifness betrat den Schuppen. Er betrachtete das Regal und nahm einen Kanister heraus: »Das ist das beste. Es hat keinen spürbaren Geschmack und ist sehr giftig.«

»Gut.« Sie kehrten zum Wagen zurück.

»Ich werde mindestens sechs Stunden fort sein«, sagte Etzwane. »Wenn möglich, bringe ich den Wagen zurück, aber was das angeht …«

»Du weißt, daß ich ein großes Pfand für das Gespann bezahlt habe«, sagte Ifness. »Es ist wertvoll!«

Mit zusammengepreßten Lippen zog Etzwane seine Börse.

»Reichen zweihundert Florin aus? Oder nenn mir deinen Preis – bis zu sechzehnhundert.«

Ifness stieg auf den Kutschbock. »Laß deine Florin in der Tasche. Ich komme mit, um meine Interessen zu schützen.«

Wortlos sprang Etzwane auf den Wagen; die Pacer hasteten das Mirktal hinauf. Auf den Tempelterrassen standen die Chiliten und sahen dem Gefährt nach, mit ihren von Galga und Müdigkeit geröteten Augen, in denen Angst war.

8

Die Straße war nicht viel mehr als eine Radspur am Ufer des Mirk. Zu beiden Seiten erstreckten sich Wiesen mit dichtem Bandockbewuchs; jede Pflanze besaß einen hellblauen Stengel, der nach vorbeifliegenden Insekten zuckte. Am Ufer wuchsen Weiden, Erlen und ehrwürdige dunkelblaue Miterpflanzen. Hier und dort fanden sich Spuren der Rogushkoi – weibliche Kleidungsstücke, drei Leichen von ausgemergelten alten Frauen, die offenbar vor Erschöpfung zusammengebrochen und getötet worden waren. Dann stießen sie auf einen traurigen kleinen Haufen von sechs toten Kindern, offensichtlich ihren Müttern entrissen und zu Boden geschmettert.

Ifness fuhr so schnell es der Pfad gestattete; der Wagen hüpfte und schleuderte hin und her und kam dennoch dreimal so schnell voran wie die Rogushkoi mit den Frauen.

Nach einigen Minuten fragte Ifness: »Wohin führt dieser Weg überhaupt?«

»Zur Gargametwiese hinauf – das ist der Name, den die Chiliten gebrauchen. Es handelt sich um die Pflanzung, wo der Galgabusch gezüchtet wird.«

»Und wie weit ist es bis zur Gargametwiese?«

»Ich würde sagen – fünf oder sechs Meilen von hier. Wahrscheinlich schlagen die Rogushkoi dort für die Nacht ihr Lager auf.«

Ifness zügelte die Pacer. »Hier in der Schlucht sollten wir sie nicht überholen. Hast du den Wein vergiftet?«

»Sofort.« Etzwane stieg hinten auf die Ladefläche des

Wagens und verteilte den Kanisterinhalt auf die Weinfässer.

Die Sonnen verschwanden hinter den Hängen im Westen; im Tal begann es dämmrig zu werden. Düstere Vorahnungen überkamen Etzwane; die Rogushkoi konnten nicht mehr weit sein. Ifness fuhr nun sehr vorsichtig; jetzt auf eine Nachhut der Rogushkoi zu stoßen, konnte sehr unangenehm werden. Vor ihnen erreichte die Straße einen Engpaß mit großen Korallenbäumen, die sich links und rechts als Silhouetten abzeichneten. Ifness hielt an, und Etzwane lief voraus, um sich umzusehen. Die Straße umrundete hinter dem Engpaß einen Hain Purpurbirnenbäume und erreichte dann eine Ebene. Zur Linken ragte eine Gruppe dunkler Bawbeerenbüsche auf; rechts breitete sich die Plantage aus: sechzig Morgen sorgfältig gepflegter Galgastöcke. Neben dem Bawbeerengebüsch reflektierte ein Teich den lavendelfarbenen Himmel; hier trieben die Rogushkoi ihre Gefangenen zusammen. Sie waren eben eingetroffen; die Frauen waren noch in Bewegung, von den Rogushkoi mit grölenden Befehlen und ausholenden Bewegungen der riesigen Arme angetrieben.

Etzwane gab Ifness ein Zeichen, der den Wagen in den Schatten der Purpurbirnenbäume steuerte. Mit zusammengekniffener Nase blickte Ifness über die Ebene. »Wir dürfen es nicht zu offensichtlich anstellen«, sagte er zu Etzwane. »Es muß alles ganz natürlich wirken.«

Etzwane begann nervös zu werden. Er sprach mit hoher, keuchender Stimme: »Sie fangen jeden Augenblick mit den Frauen an! Sie können sich kaum noch zurückhalten.«

Die Rogushkoi umringten tatsächlich schon die Frauen, machten hektische Bewegungen, näherten sich dem zurückweichenden Haufen und traten wieder ein paar Schritte zurück.

Ifness fragte: »Kannst du einen Pacer reiten?«

»Ich glaube schon«, sagte Etzwane. »Versucht habe ich's zwar noch nicht, aber ...«

»Wir fahren über die Wiese, als hofften wir unbemerkt zu bleiben. Sobald sie uns sehen – dann mußt du schnell sein, und ich ebenfalls.«

Nervös, aber entschlossen quittierte Etzwane die Anweisungen des anderen mit einem Nicken. »Wie du willst – wir müssen uns nur beeilen!«

»Hast führt in die Katastrophe!« tadelte Ifness. »Wir sind doch eben erst angekommen; wir müssen jedes Detail berücksichtigen.« Er überlegte schweigend noch zehn Sekunden lang, fuhr dann an den Rand der Wiese und schlug die Richtung zur Plantage ein, fort vom Bawbeerengebüsch. Sie fuhren nun in voller Sicht der Rogushkoi dahin, falls sich einer zufällig von den schreckensbleichen Frauen abwandte ...

Sie legten etwa hundert Meter zurück, ohne daß sich jemand um sie kümmerte, und Ifness nickte zufrieden. »Jetzt muß es so aussehen, als hofften wir ihrer Aufmerksamkeit zu entgehen.«

»Was ist, wenn sie uns nicht sehen?« fragte Etzwane mit einer dünnen Stimme, die er selbst kaum wiedererkannte.

Ifness antwortete nicht. Sie fuhren weitere fünfzig Meter. Da stieß in der Gruppe der Rogushkoi jemand einen Schrei aus – ein heiseres, wildes Gebrüll mit einem seltsamen Timbre, das Etzwanes Nackenhaare in die Höhe trieb.

»Sie haben uns gesehen«, rief Ifness laut. »Jetzt schnell!« Er sprang ohne übertrieben Hast vom Wagen und löste das Geschirr eines Pacers; Etzwane mühte sich mit dem anderen Tier ab. »Hier«, sagte Ifness, »nimm den. Steig auf und nimm die Zügel.«

Der Pacer zuckte unter dem ungewohnten Gewicht des Reiters zusammen und senkte den Kopf.

»Reite auf die Straße zu«, sagte Ifness. »Aber nicht zu schnell.«

Zwanzig Rogushkoi trotteten schwerfällig über die Wiese, mit weit aufgerissenen Augen und wild fuchtelnden Armen – ein schrecklicher Anblick. Ifness ignorierte die Ungeheuer. Er löste das Geschirr des zweiten Pacers, machte die Zügel kurz, band sie umständlich zusammen und sprang dann auf den Rücken des Tieres. Dann trat er dem Pacer in die Flanken und galoppierte hinter Etzwane her.

Die Rogushkoi vergaßen die Flüchtlinge beim Anblick der Fässer; ohne innezuhalten packten sie die Wagendeichsel und zerrten den Wagen grotesk hievend über die Wiese. Im

Schatten der Purpurbirnen zügelten Ifness und Etzwane ihre Pacer. »Jetzt müssen wir abwarten«, sagte Ifness.

Etzwane antwortete nicht. Die Rogushkoi ließen die Frauen stehen und umschwärmten den Wagen. Die Fässer wurden geöffnet; die Rogushkoi begannen mit heiserem Freudenbellen zu trinken.

Mit gepreßter Stimme fragte Etzwane: »Wie lange dauert es, bis das Gift wirkt?«

»Die Giftmenge würde einen Menschen innerhalb weniger Minuten töten. Ich hoffe, daß der Metabolismus der Rogushkoi ähnlich beschaffen ist.«

Die beiden beobachteten das Lager. Die Weinfässer waren im Nu leer. Ohne Anzeichen von Übelkeit oder irgendeiner Vergiftung wandten sich die Rogushkoi wieder den Frauen zu. Sie eilten in die wimmernde Gruppe und griffen sich Frauen heraus, ohne auf Alter oder Zustand zu achten, und begannen den armen Geschöpfen die Kleidung vom Leibe zu reißen.

»Jetzt ist es soweit«, sagte Ifness.

Mehrere Rogushkoi waren plötzlich stehengeblieben und starrten verständnislos zu Boden. Unsicher berührten sie Unterleib oder Kehle und fuhren sich mit den Fingern über den kahlen roten Schädel. Andere wiesen ähnliche Symptome auf; die Frauen krochen vor Entsetzen schluchzend und keuchend in verschiedene Richtungen davon, wie Insekten, die aus einer Flasche geschüttelt wurden. Die Rogushkoi begannen sich zu winden, begannen ein unheimliches, lähmend langsames Ballett aufzuführen; sie hoben ein gekrümmtes Bein, drückten das Knie gegen den Unterleib, hüpften herum und wiederholten den Tanz auf dem anderen Bein. Ihre Gesichter erschlafften, das Maul hing ihnen offen.

Plötzlich brüllte eines der Wesen in schrecklicher Wut ein Wort hinaus, das Etzwane nicht verstand. Einer der Rogushkoi brach in die Knie und fiel vornüber aufs Gesicht. Er begann hilflos mit Armen und Beinen zu zucken wie ein Käfer, den man auf den Rücken gedreht hat. Einige Frauen, die fast die Bawbeerenbüsche erreicht hatten, begannen zu laufen. Die Bewegung ließ die Krieger die Beherrschung verlieren. Taumelnd und wutschnaubend und mit schwingenden Morgensternen nahmen sie die Verfolgung auf. Kreischend liefen die Frauen durcheinander; die Rogushkoi sprangen zwischen ihnen hin und her; die Frauen wurden gepackt und brutal zu Boden geschlagen. Keine entging ihrem verzweifelten Massaker.

Aber nun begannen die Rogushkoi einer nach dem anderen umzusinken. Ifness und Etzwane traten auf die Wiese hinaus; der letzte aufrechtstehende Rogushkoi entdeckte sie. Er riß seinen Krummsäbel heraus und schleuderte ihn. »Vorsicht!« brüllte Ifness und sprang geschickt zurück. Die Klinge wirbelte gefährlich nahe durch die Luft, änderte jedoch die Richtung und bohrte sich in den Boden. Ifness faßte sich schnell wieder und ging weiter, während der letzte Rogushkoi das Gleichgewicht verlor und sich stöhnend auf dem Boden wand.

Ifness sagte: »Der Wagen scheint unbeschädigt zu sein. Wir wollen ihn zurückholen.«

Etzwane starrte ihn mit vor Entsetzen starrem Gesicht an. Ein seltsam erstickter, stammelnder Laut drang aus seiner Kehle, als er einen Schritt machte, dann stehenblieb. Die Gesichter der Frauen waren ihm durch die Entfernung und durch die Bewegung unkenntlich gewesen.

Nun sah er sie aus der Nähe und erkannte sie, die Frauen, fast alle hatte er gekannt. Einige waren freundlich zu ihm gewesen, einige schön; einige hatten gern gelacht, andere waren oft traurig gewesen. Mit seinem Gift hatte er zu diesem Massaker beigetragen – aber was hätte er anderes tun sollen?«

»Komm!« sagte Ifness brüsk. »Bring deinen Pacer her.« Er marschierte über die Wiese, ohne sich die Mühe zu machen, zurückzuschauen.

Etzwane folgte ihm wie betäubt; er mußte sich zwingen, einen Fuß vor den anderen zu setzen.

Als er das Lager der Rogushkoi erreichte, untersuchte Ifness die Leichen mit kritischem Interesse. Die Rogushkoi bewegten sich noch, stießen gurgelnde Schreie aus, erbrachen sich, zuckten winselnd hin und her; ihre Finger gruben sich spasmisch in den Boden. Etzwane zwang sich, seinen Blick wandern zu lassen. Er entdeckte seine Schwester Delamber – tot. Ihr Gesicht war bis zur Unkenntlichkeit entstellt; zerschmettert. Etzwane erkannte sie am rotgoldenen Schimmer ihres Haars. Er wanderte über das Feld. Da lag Eathre. Er kniete neben ihr nieder und nahm ihre Hände. Er glaubte, sie lebte noch, obwohl ihr das Blut aus den Ohren sickerte. Er sagte: »Ich bin Etzwane, dein Sohn Mur. Ich bin da. Ich habe versucht, dich zu retten, aber es ist mir nicht gelungen.«

Eathres Lippen bewegten sich. »Nein«, glaubte er zu vernehmen, »es ist dir gelungen. Du hast mich gerettet … Ich danke dir, Mur.«

Etzwane zerrte schluchzend Äste und Laub aus dem Bawbeerendickicht und stapelte sie hoch auf; er hatte keinen Spaten, um ein Grab zu schaufeln. Er legte die Leichen Eathres und Delambers auf den Scheiterhaufen und fügte ringsum weitere Äste an. Er brauchte viel Holz und mußte viele Male auf die Suche gehen.

Ifness beschäftigte sich inzwischen mit anderen Dingen. Er schirrte die unruhigen Pacer wieder vor den Wagen und reparierte die Zügel. Dann wandte er sich den Rogushkoi zu. Er untersuchte sie aufmerksam, drehte jeden einzelnen um und starrte ihn prüfend an. Etzwane kamen sie mehr oder weniger gleich vor; massive muskulöse Wesen, einen Kopf größer als normale Menschen, mit einer harten, kupferfarbenen Haut. Ihre Gesichtszüge, die mit der Axt gehauen zu sein schienen, waren verzerrt wie die einer Dämonenmaske; wahrscheinlich die Wirkung des Gifts. Ihre Körper waren völlig haarlos; ihre Kleidung unansehnlich knapp – schmale lederne Lendenschurze, ein Gürtel, an dem Morgenstern und Krummsäbel hingen. Ifness nahm eine Klinge zur Hand und untersuchte interessiert das schimmernde Metall. »Kostbares Metall. Kein shantsches Produkt«, sagte er nachdenklich. »Wer hat das geschmiedet?«

Etzwane wußte darauf keine Antwort; Ifness legte den Krummsäbel auf den Wagen. Die Morgensterne interessierten ihn ebenfalls. Die Griffe bestanden aus abgegriffenem Hartholz, fast fünfzig Zentimeter lang; die Köpfe waren Eisenbälle mit fünf Zentimeter langen Spitzen – eine fürchterliche Waffe.

Etzwane hatte schließlich seinen Scheiterhaufen fertig und steckte ihn an vier Seiten an. Flammen begannen zu züngeln.

Ifness hatte inzwischen eine unangenehme Untersuchung begonnen. Mit dem Messer hatte er den Unterleib eines Rogushkoi aufgeschlitzt. Schwarzrote Gedärme quollen heraus; Ifness schob sie mit einem Stock zur Seite und untersuchte interessiert und mit zugehaltener Nase die inneren Organe des Wesens.

Die Dämmerung war über der Wiese angebrochen. Der Scheiterhaufen brannte lichterloh. Etzwane wollte nicht länger bleiben und rief Ifness zu: »Bist du soweit?«

»Gleich«, sagte Ifness. »Nur noch eins!«

Während ihm Etzwane verblüfft zuschaute, suchte er sich sechs Frauenleichen aus; mit entschlossenen Bewegungen hieb er ihnen die blutigen, zerschmetterten Köpfe ab und nahm die sechs Halsreife an sich. Dann ging er zum Teich, reinigte Reife, Messer und Hände und kehrte zu Etzwane zurück, der sich inzwischen ernsthaft fragte, ob Ifness und er womöglich den Verstand verloren hätten.

Ifness wirkte aufgeräumt, fast fröhlich. Er blickte in die Flammen des Scheiterhaufens, die im Zwielicht zum Himmel loderten. »Zeit zum Fahren«, sagte er.

Etzwane kletterte auf den Kutschbock des Wagens. Ifness lenkte die Pacer über die Wiese zurück. Etzwane gab ihm plötzlich ein Zeichen zum Halten. Ifness zügelte die Pacer; Etzwane sprang vom Wagen. Er lief zum Scheiterhaufen zurück, zog einen brennenden Scheit heraus, den er zur Plantage trug und damit an vielen Stellen die Galgastöcke anzündete, die schwer von Süßstoff waren. Flammen zuckten auf, schwarze Rauchwolken wallten zum Himmel. Mit grimmiger Freude betrachtete Etzwane sein Werk; dann kehrte er zum Wagen zurück.

Ifness schwig; Etzwane vermochte aus seiner Haltung weder Anerkennung noch Mißbilligung herauszulesen; es war ihm im Grunde auch egal.

Als sie die Wiese verließen, machten sie noch einmal halt und blickten auf die beiden Feuer zurück. Das brennende Galgafeld erhellte den Himmel; der Scheiterhaufen glimmte nur noch rubinrot in der zunehmenden Dunkelheit. Die

Feuer waren die Vergangenheit; wenn sie zu Asche geworden waren, war auch die Vergangenheit endgültig vorbei.

Der Wagen fuhr beim Licht der Skiaffarilla ins dunkle Tal hinab. Das dumpfe Geräusch der Hufe, das Knirschen des Geschirrs und das leise Knarren der Räder waren die einzigen Geräusche; sie verstärkten die Stille nur noch. Ein- oder zweimal blickte Etzwane zurück und sah, wie der rote Schimmer langsam verblich. Schließlich vermochte er das Feuer nicht mehr zu sehen; der Himmel war dunkel. Die Skiaffarilla brannte. Etzwane drehte sich noch einmal um, dann starrte er düster geradeaus.

Ruhig fragte Ifness: »Nachdem du nun die Rogushkoi studiert hast, was ist deine Meinung?«

Etzwane sagte: »Sie müssen wahnsinnig oder von einem Dämon besessen sein. Irgendwie sind sie auch mitleiderregend. Aber sie müssen vernichtet werden.«

Ifness sagte nachdenklich: »Ich muß dir zustimmen. Die Kantone Shants sind sehr verletzlich. Die Chiliten müssen sich nun umstellen oder untergehen.«

Etzwane versuchte Ifness' Gesicht im Sternenlicht zu erkennen. »Du kannst doch nicht annehmen, daß das bedauerlich ist?«

»Ich bedaure den Untergang *jedes* einzigartigen Organismus'; eine derartige menschliche Anpassung hat es in der ganzen Geschichte der Rasse noch nicht gegeben; vielleicht kommt so etwas auch nie wieder.«

»Und die Rogushkoi? Wahrscheinlich tut es dir auch leid, daß sie vernichtet werden?«

Ifness lachte leise. »Noch mehr als die Rogushkoi selbst fürchte ich das, wofür sie stehen. Und zwar so sehr, daß ich gezwungen war, meine Prinzipien zu verletzen.«

»Ich weiß nicht, was du meinst«, sagte Etzwane kurz.

Ifness fuhr mit ernster Stimme fort: »Wie du weißt, reise ich in Shant herum, je nach den Erfordernissen meines Berufs. Ich sehe viele Dinge, manche erfreulich, manche unangenehm, doch von der Natur meiner Geschäfte her darf ich mich niemals einmischen.«

Etzwane mußte an seine erste Begegnung mit Ifness denken: »Und darfst nicht einmal einem kleinen Jungen helfen, den kannibalischen Ahulphs zu entkommen?«

Ifness wandte ihm sein Gesicht zu und musterte ihn in der Dunkelheit. »Der Junge warst du?«

»Ja.«

Ifness schwieg mehrere Minuten lang. Dann sagte er: »Du hast einen düsteren Charakterzug, der dich manchmal gegen deine Interessen handeln läßt. Indem du einen zehn Jahre alten Vorfall ausgräbst, riskierst du es, mich zu kränken – was hast du davon?«

Etzwane sagte tonlos: »Ich hatte damals etwas gegen den ruhigen alten Mann, der mich sterben lassen wollte. Mich jetzt zu äußern, ist eine Erleichterung, ja eine Freude. Wahrscheinlich ist das der Nutzen, den ich davon habe. Mir ist absolut gleichgültig, ob du gekränkt bist oder nicht.« Nachdem er zu sprechen begonnen hatte, konnte er nicht mehr aufhören. »All das, was ich mir erhofft hatte und wofür ich gearbeitet hatte, ist vorbei. Wer ist schuld? Die Rogushkoi? Ich? Der Mann ohne Gesicht? Die Chiliten? Wir alle tragen Schuld. Ich hätte früher kommen müssen. Ich versuche, mich zu entschuldigen; ich hatte nicht genügend Geld, ich konnte nichts von dem Überfall der Rogushkoi wissen. Dennoch hätte ich eher kommen müssen. Die Rogushkoi – sie sind wahnsinnig; ich bin froh, daß ich sie vergiftet habe; ich würde mit Freuden die ganze Rasse dieser mutierten Kreaturen vernichten. Die Chiliten, die du betrauerst – sie sind mir auch gleichgültig. Der Mann ohne Gesicht – nun ja, das ist etwas anderes! Wir haben uns darauf verlassen, daß er uns beschützt. Wir bezahlen ihm unsere Steuern; wir tragen seinen Reif; wir folgen gezwungenermaßen seinen Edikten. Und wozu? Warum ist er gegen die Rogushkoi nicht eingeschritten? Es ist entmutigend, gelinde gesagt!«

»Und ungelinde gesagt?«

Aber Etzwane schüttelte nur schweigend den Kopf. »Warum hast du den Rogushkoi die Bäuche aufgeschnitten?« fragte er nach einer Pause.

»Ich interessierte mich für ihren Körperbau.«

Etzwane stieß ein Lachen aus, in dem ein schriller Unterton mitschwang. Er schloß schnell den Mund. Eine Weile herrschte Stille. Der Wagen rollte durch das sternenhelle Tal. Etzwane hatte keine Vorstellung, wie weit sie schon waren, wie weit sie noch fahren mußten. Er stellte eine andere Frage: »Warum hast du den Frauen die Köpfe abgeschlagen und die Reife genommen?«

Ifness seufzte: »Ich hatte gehofft, du würdest mich das nicht fragen, denn ich kann dir keine befriedigende Antwort geben.«

»Du hast viele Geheimnisse«, sagte Etzwane.

»Wir alle haben in uns Dinge, die wir niemandem enthüllen«, sagte Ifness. »Zum Beispiel du: du hast Unzufriedenheit mit dem Mann ohne Gesicht geäußert, aber du schweigst dich über deine weiteren Absichten aus.«

»Die sind nicht geheim«, sagte Etzwane. »Ich werde nach Garwiy reisen; ich werde dort eine Purpurne Petition kaufen; ich werde meine Ansicht mit größtmöglicher Klarheit vortragen. Unter den gegebenen Umständen muß der Mann ohne Gesicht das beachten.«

»Müßte man annehmen«, räumte Ifness ein. »Aber nehmen wir einmal das Gegenteil an. Was dann?«

Etzwane blinzelte aus den Augenwinkeln die dunkle Silhouette an, die sich vor der brennenden Skiaffarilla starr, aber doch entspannt abzeichnete. »Warum sollte ich mich mit unwahrscheinlichen Möglichkeiten belasten?«

»Ich bin deiner Meinung, daß zuviel Planung manchmal die Spontaneität beeinträchtigt«, sagte Ifness. »Wenn es jedoch zwei gleich wahrscheinliche Möglichkeiten gibt, ist es weise, sich in beiden Richtungen umzusehen.«

»Ich habe doch genügend Zeit für meine Pläne«, sagte Etzwane knapp.

9

Mitten in der Nacht erreichten sie das Ende des Mirktals. Einige schwache Lichter flackerten auf den Tempelterrassen; ein Windhauch trug den süßsauren Duft von Galga herüber, vermischt mit dem strengen Geruch von verkohltem Holz und Fellen.

»Die Chiliten werden Galexis verehren, bis ihnen das

Rauschgift ausgeht«, sagte Ifness. »Dann müssen sie sich eine neue Gottheit suchen.«

Sie durchfuhren den Rhododendronweg, eine Häuserzeile ohne Atem, von Erinnerungen erfüllt, kalter Staub. Das Blattwerk über ihnen war dunkel, die Straße ein heller Schimmer unter den Rädern. In den Häusern standen die Türen offen, boten Schutz und Ruhe; doch keiner schlug eine Rast vor. Sie trieben das Gespann weiter durch die Nacht.

Im Osten stieg als herrliche Kaskade aus Orange und Violett die Dämmerung auf; als sich Sasetta in den Himmel emporschwang, erreichte der Wagen Carbade. Die Pacer gingen langsam und mit gesenkten Köpfen, erschöpfter als die Männer.

Ifness fuhr beim Gasthaus vor und lieferte das Gespann ab; die Halsreife und Waffen wickelte er zu einem Bündel zusammen und steckte es unter die Jacke.

Etzwane wollte nach Westen fliegen; in Brassei hatte Ifness angegeben, er wolle nach Osten. Etzwane sagte stockend: »Wir trennen uns jetzt. Du hast mir sehr geholfen. Ich danke dir, und ich muß sagen, daß ich dich in besserer Stimmung verlasse als bei einer früheren Gelegenheit. Ich entbiete dir also Lebewohl, Ifness.«

Ifness verbeugte sich höflich. »Auch dir Lebewohl.«

Etzwane machte kehrt und ging über den Platz zur Ballonwegstation. Ifness folgte ihm etwas langsamer.

Am Fahrkartenschalter sagte Etzwane mit klarer Stimme: »Ich möchte mit dem ersten Ballon nach Garwiy.« Als er die Fahrt bezahlte, merkte er, daß Ifness hinter ihm stand, und begrüßte ihn mit einem kurzen Nicken, das Ifness erwiderte. Ifness trat an den Schalter und kaufte selbst eine Fahrkarte.

Der Ballon nach Süden zur Kreuzung wurde in Carbade erst in einer Stunde erwartet; Etzwane schritt unruhig auf und ab und ging dann zum Erfrischungsstand hinüber, wo er Ifness vorfand. Etzwane trug seine Mahlzeit zu einem kleinen Tisch, gefolgt von Ifness, der sich kurz entschuldigte.

Die beiden aßen schweigend. Als Etzwane fertig war, kehrte er zur Station zurück, etwas später kam auch Ifness.

Die Schiene begann zu singen: ein dünnes, schrilles Sirren, das den herannahenden Fahrschlitten ankündigte. Fünf Minuten später schwankte und ruckelte der Ballon zur Landeplattform herab. Etzwane stand auf, während Ifness nachdenklich aus dem Stationsfenster starrte; er betrat die Gondel und setzte sich auf die Bank. Ifness trat hinter ihm ein und setzte sich ihm direkt gegenüber. Etzwane konnte ihn nun nicht länger ignorieren. »Ich dachte, du wolltest nach Osten.«

»Eine dringende Angelegenheit führt mich an einen anderen Ort«, sagte Ifness.

»Nach Garwiy?«

»Nach Garwiy.«

Der Ballon stieg auf und glitt, vom frischen Morgenwind getrieben, die Schiene entlang auf die Kreuzung zu.

In Etzwanes Zeit als Musiker hatte Frolitz die Truppe nur selten und nur für kurze Perioden nach Garwiy geführt; die Menschen dort zogen dramatischere, frivolere, städtischere Vergnügen vor. Etzwane fand Garwiy dennoch faszinierend, nicht zuletzt wegen der herrlichen Architektur.

Im ganzen menschlichen Universum gab es keine Stadt, die sich mit Garwiy messen konnte, eine Stadt, die aus Glas gebaut war – Blöcke, Säulen, Zylinder aus Glas: purpur, grün, lavendelfarben, blau, rosa, dunkelrot.

Zu den ursprünglichen Auswanderern von der Erde hatten zwanzigtausend Chama Reya gehört. Angehörige eines Kults von Ästheten. Auf Durdane beschlossen sie die herrlichste Stadt zu bauen, die die Rasse je errichtet hatte, und dieser Aufgabe widmeten sie sich voll und ganz. Das erste Garwiy hielt sich siebentausend Jahre, nacheinander von den Chama Reya, der Architekturgesellschaft, den Direktor-Dynastien, den Superdirektoren und schließlich den Purpurnen Königen beherrscht. Jedes Jahrhundert fügte Garwiy neue Wunder hinzu, und es hatte den Anschein, als sei es das Ziel jedes Purpurnen Königs, die Erinnerung an die Vergangenheit verblassen zu lassen und die Zukunft zu verblüffen. König Cluay Pandamon errichtete eine Arkade aus neunhundert Kristallsäulen, die jeweils sechzig Fuß hoch waren und ein prismatisches Glasdach trugen. König Pharay Pandamon baute einen Marktpavillon verblüffenden Zuschnitts. In einem kreisförmigen See wurden hohle Glasblöcke so zusammengefügt, daß sie zwölf schwimmende konzentrische Ringe bildeten, jeder zwanzig Fuß breit, verbunden durch Lager, so daß jeder Ring von den anderen getrennt schwamm. Auf diesen Schwimmwegen wurde ein Bazar für Händler und Kunsthandwerker errichtet, jeder Stand von seinem Nachbarn durch eine farbige Glasscheibe getrennt. Auf einem unterirdischen Steg brachten hundert Ochsen den äußeren Ring langsam in Bewegung, der über das Wasser, das die Schwimmblocks umgab, bald auch die inneren Ringe zum Kreisen brachte. Alle sechs Stunden wechselten die Ochsen die Bewegungsrichtung des Außenrings, und mit der Zeit bewegten sich alle Ringe in verschiedenen Geschwindigkeiten und verschiedenen Richtungen und boten so dem Betrachter ein Bild sich ständig verändernder Farben und Schatten – der Marktbazar des Königs Pharay Pandamon.

Während der Herrschaft von König Jorje Shkurkane erreichte Garwiy einen Höhepunkt. An den Hängen des Ushkadel glitzerten zahlreiche Paläste, im Hafen des Jardeen löschten gläserne Schiffe die Waren der Welt: Rohstoffe, Seidenballen und Häute aus Nordshant, die Fleischprodukte Palasedras, Salze und Oxyde aus den Minen Caraz' zur Herstellung von Glas. Alle zweiundsechzig Kantone trugen zum Ruhme Garwiys bei; der Verwalter des Pandamon war in allen Gegenden Shants ein vertrauter Anblick. Während der unglückseligen Herrschaft König Kharenes revoltierte der Süden; die palasedranischen Adlerherzöge durchquerten den großen Salzsumpf und lösten den Vierten Palasedranischen Krieg aus, der der Dynastie Pandamons ein Ende setzte.

Während des Sechsten Palasedranischen Krieges verschanzten sich palasedranische Schützen auf den Höhen von Ushkadel, von wo sie Luftminen in die alte Stadt schleuderten. Eine Fontäne aus farbigen Glassplittern nach der anderen sprühte hoch in die Luft.

Schließlich begann der Kriegsherr Viana Paizifume seinen wilden Angriff auf den Hang, der später in die Legende eingehen sollte. Seine Spezialtruppen waren aufgerieben, die Elitespeerwerfer führerlos und verwirrt, die Glasarmbrustschützen am Fuß des Berges festgekrallt – und doch vernichtete Paizifume die palasedranische Streitmacht, und zwar mit einer Horde wildgemachter Ahulphs, die mit Teer bestrichen, angezündet und hangaufwärts getrieben wurden. Der Sieg war ein schwacher Trost angesichts des zerstörten Garwiy; seit dieser Tat war das Mißtrauen und die Bitterkeit gegenüber den Palasedranern nicht mehr geschwunden.

Viana Paizifume aus dem Kanton Glirris an der Ostküste weigerte sich, einen neuen Pandamon auf dem Purpurnen Thron zu dulden, und rief ein Konklave der Kantone ein, um eine neue Regierung zu bilden. Nach dreiwöchiger Streiterei war Paizifumes Geduld erschöpft. Er stieg auf das Podium und deutete auf eine Plattform, die mit einem Leinwandschirm bespannt war.

»Hinter dem Schirm«, erklärte Paizifume, »sitzt euer neuer Herrscher. Ich werde euch seinen Namen nicht nennen; ihr werdet ihn nur durch seine Edikte kennenlernen, die ich durchsetzen werde. Begreift ihr den Vorteil dieses Arrangements? Wenn ihr euren Herrscher nicht kennt, könnt ihr auch nicht gegen ihn intrigieren. Endlich ist der Weg frei für die wahre Gerechtigkeit.«

Hat der erste Mann ohne Gesicht wirklich hinter der Leinwand gestanden? Oder hatte Viana Paizifume nur ein unsichtbares *Alter Ego* erfunden? Damals wußte es niemand, und auch heute ist die Antwort nicht bekannt. Aber als Paizifume schließlich ermordet wurde, fing man die Verschwörer sofort, versiegelte sie in Glaskugeln und hängte sie an einem Kabel auf, das zwischen zwei Masten verlief. Tausend Jahre lang hingen die Kugeln dort wie Murmeln, bis sie eines Tages von einem Blitz getroffen und vernichtet wurden.

Eine Zeitlang setzte der Mann ohne Gesicht seine Befehle durch eine Zwangstruppe durch, die sich bald unpassende Freiheiten herausnahm und eine Revolte anzettelte. Der Konservative Rat unterdrückte den Aufstand, löste die Truppe auf und stellte die Ordnung wieder her. Der Mann ohne Gesicht erschien vor dem Rat in einer Rüstung aus schwarzem Glas – mit einem schwarzen Glashelm, der seine Identität verbarg. Er forderte und erhielt größere Macht und Verantwortung. Zwanzig Jahre lang waren alle Energien Shants auf die Vervollkommnung des Halsreifs gerichtet.

Das Magneta-Edikt machte einen Halsreif für jeden Erwachsenen zur Pflicht und löste neue Unruhen aus – den Hundertjährigen Krieg, der erst zu Ende ging, als der letzte Bürger seinen Halsschmuck erhalten hatte.

Garwiy gewann seinen Pandamon-Glanz nicht zurück, wurde aber noch immer für das größte Wunder Durdanes gehalten. Es gab Türme aus blauem Glas, Säulen aus purpurnem Glas, grüne Glaskuppeln, Prismen und Säulen, Wände aus klarem, schimmerndem Glas, das im Sonnenlicht aufblitzte. In der Nacht erhellten farbige Laternen die Stadt – grüne Lampen hinter blauem und purpurnem Glas, rosa Lampen hinter blauem Glas.

In den Palästen am Ushkadel wohnten noch immer die Patrizier Garwiys, die aber nur noch wenig gemein hatten mit dem prunkvollen Adel der Pandamon-Zeit. Heute bezogen diese Menschen ihr Einkommen aus Landsitzen, aus der Schiffahrt, aus Labors und Fabriken, in denen Halsreife, Radios, Glühkuppeln und andere elektronische Vorrichtungen zusammengesetzt wurden, wobei Bauteile zur Verwendung kamen, die in anderen Gegenden Shants produziert wurden: monomolekulare Leiterdrähte, halborganische Elektronenkontrollgeräte, Magnetkerne aus gesintertem Eisengewebe, Teile aus Gold, Silber und Blei für Verbindungen und Schalter. Kein Techniker begriff die Stromkreise, die er anwendete; wie groß das ursprüngliche theoretische Wissen auch gewesen sein mochte – es war inzwischen zu einer Art geheimer Überlieferung geworden, zu einer Beherrschung der Techniken, während man die zugrundeliegenden Prinzipien nicht mehr begriff. Die Werkstätten und Fabriken lagen im industriellen Vorort Shranke am Jardeenfluß; die Arbeiter lebten in der Nähe in hübschen Häusern inmitten von Gärten und Obstplantagen.

Das also war Garwiy – eine gewaltige Metropole, wenn auch ohne große Bevölkerung, ein Ort beeindruckender Schönheit, der durch sein Alter und den Akzent der Geschichte noch an Wirkung gewann.

Die Bürger Garwiys waren einzigartig – überzivilisiert, aufgeschlossen für alle Abarten ästhetischer Qualität, ohne selbst besonders kreativ zu sein. Die Ästhetische Gesellschaft, deren Mitglieder sich aus den Aristokraten vom Ushkadel rekrutierten, nahm öffentliche Aufgaben wahr, was das gewöhnliche Volk Garwiys ganz in Ordnung fand. Die Patrizier hatten das Geld; es war also nur recht und billig, wenn sie auch die Verantwortung trugen. Der Normalbürger lehnte die Patrizier nicht ab; vor dem Gesetz waren alle gleich. Wenn er durch Schlauheit und Energie ein Vermögen an sich brachte und einen Palast erwarb, wurde er zwanglos in die Ästhetische Gesellschaft aufgenommen. Nach zwei oder drei Generationen als Emporkömmlinge mochten sich seine Nachkommen als eigenständige Ästheten ansehen. Der Normalbürger war ein komplizierter Mensch; höflich und gebildet, lebhaft, launisch, frivol und irgendwie auch empfindlich. Er war überschwenglich, aber kritisch; selbstgefällig, aber anspruchsvoll, modebewußt, aber Exzentrizitäten gegenüber nicht abgeneigt. Er war gesellig, und doch introvertiert, vertraut mit jeder grünen Facette und jedem purpurnen Schimmer seiner wunderbaren Stadt, auf dem laufenden, was die neuesten Vergnügen anging, und am Rest von Shant wenig interessiert. Musik bewegte ihn kaum, und er hatte kein Gefühl für die Traditionen der Druithines oder der Musiktruppen, das war für ihn Provinz; er liebte mehr die bissig-witzigen Balladen, Lieder mit aktuellen Bezügen, Unterhalter mit exzentrischem Anstrich – kurz, all die Dinge, die Musiker verabscheuten.

Der Bürger von Garwiy betrachtete seinen Halsreif als notwendiges Übel und machte gelegentlich eine satirische Bemerkung über den Mann ohne Gesicht, vor dem er Ehrfurcht mit einer winzigen Spur Verachtung empfand. Irgendwo am Ushkadel lebte angeblich der Mann ohne Gesicht in einem Palast; die Frage nach seiner Identität beschäftigte die Garwiyer ständig. Sie nutzten ihr Recht zur Petition selten aus, wenn überhaupt; diese Einrichtung war den Fremden vorbehalten, den Bauerntrotteln aus der Provinz. Die Bürger hatten schon von den Rogushkoi gehört und sich vielleicht über ihre seltsamen Angewohnheiten gewundert, aber weiter reichte das Interesse kaum. Für den Garwiyer war das Wildland des Hwan fast so unwirklich und weit entfernt wie die Hauptstadt von Caraz.

Die Sonnen fielen nach Süden auf die Wintersonnenwende zu; zur gleichen Zeit erreichte Durdane den Teil seiner Kreisbahn, in der seine Sonnen sich gegenseitig verfinstern; eine Situation, die die jahreszeitlichen Gegensätze verstärkte. Kalte Luft vom Nimmir trug herbstliche Winde in den Süden Shants.

Der Ballon *Shostrel* verließ Angwin und raste vor dem Wind mit hoher Geschwindigkeit über die Große Querroute, verließ das Wildland, erreichte Shade, dann Fairlea und passierte die Brasseikreuzung; hier blickte Etzwane ausdruckslos nach Westen, wo Frolitz wahrscheinlich seine baldige Rückkehr erwartete; dann ging es durch die Kantone Conduce, Maiy, Wildrose, die eifersüchtig über ihre Individualität wachten, bis schließlich der Kanton Garwiy erreicht war. Mit fünfzig Meilen in der Stunde bewegten sie sich durch das Tal des Schweigens, an der Reihe schimmernder Glastafeln entlang, die jeweils die überlebensgroße Gestalt eines dynastischen Königs zeigten. Die Stellungen der Figuren waren identisch; die Könige standen mit leicht vorgerücktem rechten Fuß, die Zeigefinger zu Boden gerichtet, auf dem Gesicht einen ernsten, beinahe ratlosen Ausdruck, die Augen ins Leere starrend, als rätselten sie über eine verblüffende Zukunft.

Der Windwächter begann seine Kabel zu lockern; die *Shostrel* schwebte langsamer durch die Jardeenpforte und erreichte die Garwiy-Station. Bremsen verlangsamten den Laufschlitten; ein Judasschlitten wurde so fachmännisch an den Leinen befestigt, daß der Ballon in fließender Bewegung zu Boden gezogen wurde.

Etzwane stieg aus, gefolgt von Ifness. Mit höflichem Nikken überquerte Ifness den Stationsplatz und wandte sich in den Kavaleski-Durchgang, der unter einem Turm aus dunkelblauem Glas mit wasserblauen Pilastern hindurchführte – und erreichte dort die Kavalesko-Avenue*. Etzwane zuckte die Achseln und ging seines Wegs.

Frolitz stieg gewöhnlich in Fontenays Schänke ab, am

---

* Die zwölf Straßen, die vom Platz der Ästhetischen Gesellschaft ausgingen, waren nach Gottheiten der Chama Reya benannt.

Norden des Platzes gelegen, wo die Geschäftsleitung als Gegenleistung für einige Abende Musik, Essen und Unterkunft stellte. Etzwane begab sich dorthin. Er bat um Stift und Papier und machte sich sofort daran, die Petition aufzusetzen, die er am folgenden Tag einreichen wollte.

Zwei Stunden später hatte Etzwane das Dokument fertig. Er las das Schriftstück ein letztes Mal durch und war zufrieden; der Text schien klar und nachdrücklich zu sein, ohne unvernünftig zu wirken. Er lautete:

Zur Information des ANOME:
Während eines kürzlichen Besuchs in den Vorbergen des Hwan im Kanton Bastern fielen mir die Auswirkungen eines Rogushkoi-Überfalls auf die chilitische Gemeinschaft in Bashon auf. Sachwerte wurden erheblich beschädigt; eine Gerberei und gewisse Nebengebäude wurden vernichtet. Eine große Anzahl Frauen wurden entführt und später auf grauenhafte Weise getötet.
Es ist wohlbekannt, daß das Wildland des Hwan inzwischen ein Reservat für jene unangenehmen Ungeheuer geworden ist, die in aller Ruhe rauben und plündern können. Ihre Zahl und Kühnheit nimmt mit jedem Jahr zu. Ich bin der Auffassung, daß alle jetzt in Shant lebenden Rogushkoi im Zuge einer rücksichtslosen, sorgfältig geplanten Aktion vernichtet werden müssen. Ich schlage vor, daß eine geeignete Miliz aufgestellt, ausgebildet und bewaffnet wird. Gleichzeitig sollte eine Studie über die Rogushkoi, über ihre Gewohnheiten und ihre Lieblingsorte aufgestellt werden. Wenn alles bereit ist, kann die Miliz in disziplinierter Kampfordnung in den Hwan vordringen, ihn durchkämmen und die Rogushkoi angreifen und vernichten.
Kurz gefaßt ist dies meine Petition. Mir ist klar, daß ich einen umfassenden Regierungseingriff vorschlage, aber meiner Meinung nach ist eine solche Maßnahme dringend erforderlich.

Es war später Nachmittag; zu spät, um die Petition noch einzureichen. Etzwane überquerte den Jardeen und wanderte durch den Pandamon-Park, wo der Nordwind ihm das

Laub um die Füße wirbelte. Er erreichte den Aeolischen Saal, ein Musikinstrument aus perlgrauem Glas, das dreihundert Fuß lang war. Der eingefangene Wind wurde in eine Art Hörsaal geleitet. Der Spieler ließ die aufgestaute Luft mittels Gestängen und Kanälen weiterstreichen und eins, zwanzig oder hundert Glasstäbchen anschlagen – von denen es insgesamt zehntausend gab. Wer durch die Halle wanderte, erlebte die Dimensionen des Hörens – die Laute kamen aus verschiedenen Richtungen: klimpernde Akkorde, das Geflüster kaum erkennbarer Melodien, dünnes, glasiges Erbeben, die kristallreinen Töne der großen Gongs; Windstöße liefen über die Decke wie Wellen über einen Teich; schwere Töne, durchdringend und melancholisch, wie eine Bojenglocke im Nebel. Von Zeit zu Zeit schien die ganze Decke in Töne zu zerbrechen.

Bei Nordwind hörte Etzwane den Saal nun in vollem Klang; im Zwielicht überquerte er wieder den Fluß und aß in einem der schönen Restaurants von Garwiy unter hundert rosa-lavendelfarbenen Lampen – eine Erfahrung, die er sich bisher versagt hatte. Das Geld, das er im Laufe der Jahre gehortet hatte: wozu war es da? Es stand für Leid und Nutzlosigkeit, er wollte es so schnell wie möglich ausgeben, es frivolen Zwecken zuführen. Sein nüchternes zweites Ich legte jedoch hastig ein Veto ein. Das würde er nicht tun. So schwer erworbenes Geld sollte nicht leichtfertig zerrinnen. Aber wenigstens heute abend wollte er sein Mahl genießen, und er zwang sich in die richtige Stimmung. Die Gänge wurden ihm von einer hübschen Kellnerin serviert. Etzwane betrachtete sie mit ernstem Interesse; sie schien liebenswürdig zu sein; mit einem Mund, der stets lächelnd erscheinen wollte. Er aß: das Fleisch war perfekt zubereitet. Als er fertig war, wollte sich Etzwane mit der Kellnerin unterhalten, brachte aber den Mut nicht auf. Jedenfalls stammte sie aus Garwiy, während er nur ein Fremder aus der Provinz war, und sie würde ihn für wunderlich halten. Er überlegte, wo Frolitz jetzt wohl sein mochte, und dachte auch an den schweigsamen Ifness. Unruhig kehrte er in die Schänke zurück und blickte dort in den Tavernenraum, in dem es ruhig zuging; es waren keine Musiker zu sehen. Etzwane ging zu Bett.

Am Morgen besuchte er einen Schneider, der ihm eine neue Montur verpaßte – eine weiße Tunika mit einem hoch ausschwingenden Kragen, dunkelgrüne Reithosen, an den Fußgelenken zusammengeschnallt, schwarze Stiefel aus Ahulphleder mit Silberschnallen. Noch nie hatte er so auffällige Kleidung getragen. Er war nicht so recht überzeugt, daß die Gestalt im Spiegel tatsächlich er selbst war. Ein Friseur trimmte ihm das Haar und rasierte ihn mit einem gläsernen Messer. Aus einem plötzlichen Impuls heraus, als wollte er den spöttischen Gedanken seines Unterbewußtseins trotzen, erstand er eine kecke kleine Mütze mit einem Medaillon aus farbigem Glas. Sein Spiegelbild löste komplizierte Empfindungen in ihm aus; Ekel und Verblüffung über seine Narretei, mit einem Hauch Trotz, als drängten plötzlich allerlei leichtfertige Züge, die er von Dystar geerbt hatte, an die Oberfläche. Etzwane zuckte die Achseln und schnitt ein Gesicht; das Geld war ausgegeben; jetzt mußte er die Mütze auch tragen. Er trat in das grelle lavendelfarbene Mittagslicht hinaus; das Glas Garwiys blitzte und funkelte.

Etzwane ging langsam zum Gesellschaftsplatz. Wenn er eine Fünfhundert-Florin-Petition kaufte, erweckte das bestimmt die Aufmerksamkeit des Mannes ohne Gesicht. Na, und was dann? Seine Sorgen waren unbegründet, die Petition war legal. In seinem Text kam ehrlich Sorge zum Ausdruck; seiner Auffassung nach war der Mann ohne Gesicht der Diener des Volkes von Shant!

Etzwane überquerte den Gesellschaftsplatz und näherte sich dem langen niedrigen Gebäude aus magentarotem Glas, das er schon einmal aufgesucht hatte. An der Vorderfront befand sich eine Fläche aus mattpurpurnem Satin, an dem Petitionen und die Antworten des Mannes ohne Gesicht angeschlagen waren. Zwanzig oder dreißig Personen, nach ihren Trachten aus verschiedenen Kantonen stammend, standen vor dem Fünf-Florin-Schalter an. Sie waren mit ihrem Kummer aus jedem erdenklichen Winkel Shants gekommen, und während sie warteten, beobachteten sie die garwiyischen Passanten mit mürrischen Gesichtern. Nebenan befand sich der vornehmere Schalter für jene Leute, deren Anliegen ernst genug war, daß sie eine Hundert-Florin-Petition erwarben.

Am anderen Ende des Gebäudes führte eine Tür mit einem purpurnen Stern in den Raum, wo sehr reiche oder sehr ungestüme Bürger eine Petition zu fünfhundert Florin kaufen konnten.

Durch diese Tür marschierte Etzwane, ohne das Tempo zu vermindern.

Der Raum war leer. Er war der einzige Petitionssteller. Hinter dem Tresen sprang ein Mann auf. »Du wünschst, Herr?«

Etzwane zog sein Geld aus der Tasche. »Eine Petition.«

»Sehr wohl, Herr. Sicher eine sehr wichtige Angelegenheit ...«

»Der Meinung bin ich.«

Der Schreiber zog ein magentarotes Dokument hervor, dazu einen Stift und ein Faß mit schwarzer Tinte; während Etzwane schrieb, zählte er das Geld und bereitete eine Quittung vor.

Etzwane unterzeichnete seine Petition, faltete sie zusammen, steckte sie in den Umschlag, den ihm der Schreiber gegeben hatte, der mit einem Blick auf Etzwanes Reif den Farbencode notierte. »Dein Name, Herr, wenn es recht ist.«

»Gastel Etzwane.«

»Dein Heimatkanton?«

»Bastern.«

»Sehr wohl, Herr; das genügt.«

»Wann bekomme ich die Antwort?«

Der Schreiber breitete die Hände aus. »Was kann ich darauf antworten? Der Anome kommt und geht; ich weiß von seinen Plänen nicht mehr als du. In zwei oder drei Tagen kannst du eine Antwort erwarten. Aber sie muß öffentlich ausgehängt werden wie alle anderen; niemand darf sagen können, der Anome tue einem Bürger einen persönlichen Gefallen.«

Etzwane hatte etwas an Schwung verloren, als er das Büro verließ. Die Tat war vollbracht. Er hatte getan, was er konnte; nun mußte er die Entscheidung des Mannes ohne Gesicht abwarten. Er stieg eine grüne Glastreppe empor und betrat einen Erfrischungsgarten voll Blumen; Farne und Bäume waren aus blauem, grünem, weißem und rotem Glas. An einem

Tisch, von dem aus er den Platz überblicken konnte, nahm er ein Mahl aus Früchten und hartem Käse zu sich. Er bestellte Wein und bekam einen schmalen hohen Kelch vorgesetzt, der hellen, kühlen Pelmonte enthielt. Er fühlte sich erschöpft – und kam sich etwas absurd vor. War er zu großspurig vorgegangen? Der Mann ohne Gesicht begriff bestimmt jeden Aspekt des Problems; die Petition kam ihm sicher frech und unreif vor. Etzwane nippte in düstere Gedanken versunken an seinem Wein. Fünfhundert Florin ausgegeben. Wofür? Für eine Linderung von Schuldgefühlen. Das war es. Dieses Hinwerfen von fünfhundert Florin für eine wertlose Petition war seine Art, sich selbst zu bestrafen. Fünfhundert schwerverdiente Florin!

Etzwane preßte die Lippen zusammen und rieb sich mit den Fingerspitzen die Stirn. Was geschehen war, war geschehen. Er hatte das Geld nicht gebraucht. Sie war tot. Alles war vorbei. Vorbei! – Jedenfalls würde ihn die Antwort des Mannes ohne Gesicht über die Maßnahmen unterrichten, die gegen die Rogushkoi unternommen wurden.

Etzwane leerte seinen Kelch und kehrte zu Fontenays Schänke zurück. Er fand den Besitzer im Lagerraum mit einem Trio seiner Freunde. Er hatte von seinen Vorräten gekostet und war in einer schwierigen und zänkischen Stimmung.

Etzwane fragte höflich: »Wer spielt hier abends Musik?«

Der Wirt wandte sich um und musterte Etzwane von Kopf bis Fuß; Etzwane bedauerte die teure neue Kleidung. In seiner alten Aufmachung hatte er mehr wie ein reisender Musiker ausgesehen.

Der Wirt erwiderte kurz angebunden: »Im Augenblick niemand.«

»Wenn das so ist, möchte ich mich bewerben.«

»Aha. Was kannst du?«

»Ich bin Musiker. Ich spiele die Khitan.«

»Ein aufstrebender junger Druithine, wie?«

»Ich sehe mich nicht so«, erwiderte Etzwane.

»Dann also ein Sänger mit drei Akkorden und ebenso vielen falschen Dialekten?«

»Ich bin Musiker, kein Sänger.«

Einer der Freunde des Wirts merkte, woher der Wind wehte, hielt seinen Krug hoch und blickte durch das Glas auf den Inhalt: »Neuer Wein ist dünn; nur alter Wein ist schwer und vollmundig.«

»Genau«, sagte der Wirt. »Ein junger Musiker weiß zu wenig, hat zu wenig empfunden; denke nur an den großen Aladar Szantho! Er hielt sich vierzehn Jahre lang abseits. Ohne deiner Fähigkeit zu nahe zu treten – wie könntest du ein reifes und wissendes Publikum in deinen Bann schlagen?«

»Du wirst es nie wissen, wenn du mich nicht anhörst.«

»Du läßt dich nicht abweisen? Na gut, dann sollst du spielen. Ich zahle erst, wenn du mir Gäste ins Haus holst – was ich bezweifle.«

»Ich erwarte keine Bezahlung«, sagte Etzwane, »nur Verpflegung und Unterkunft.«

»Auch das kann ich dir nicht zubilligen, bevor ich dich gehört habe. In Garwiy hat man wenig übrig für fremde Musik. Wenn du Schildkröten hypnotisieren oder unanständige Verse oder aktuelle Balladen vortragen oder deine Augen gegenläufig kreisen lassen könntest – das wäre etwas anderes.«

»Ich kann nur Musik spielen«, sagte Etzwane brüsk. »Meine Bezahlung, wenn überhaupt, stelle ich deiner Großzügigkeit anheim. Haben wir eine Khitan im Haus?«

»Du wirst eine oder zwei im Schrank dort hinten finden.«

Drei Tage vergingen. Etzwane spielte im Schankraum – gut genug, um das Publikum zu unterhalten und den Wirt zufriedenzustellen. Er verzichtete auf Experimente und setzte den Rhythmuskasten nur vorsichtig ein.

Als es am dritten Abend spät geworden war, überkam ihn eine seltsame Stimmung, und er schlug die verlorenen Akkorde eines Druithines an, der eine Träumerei beginnt. Er spielte eine nachdenkliche Melodie und einen kleinen Rückblick. Musik ist das Ergebnis von Lebenserfahrung, überlegte er; er hatte genügend Erfahrung, um Musiker zu sein. Gewiß, einige seiner Emotionen waren noch unausgegoren, und etliche Akkorde kamen mit zu stark durchgedrücktem Brillanzhebel. Doch das merkte Etzwane von sich aus; er wechselte mitten im Stück in eine leise, ruhige Passage über. Dabei bemerkte er, daß das Publikum aufmerksam geworden war.

Bisher hatte er in seltsamer Entrückung gespielt, jetzt war er sich seiner Umwelt wieder bewußt. Er jonglierte das Stück auf eine Gruppe konventioneller Akkorde zurück und hörte auf. Er fürchtete den Blick zu heben und sich umzusehen. Hatten sie gespürt, was er gefühlt hatte? Oder belächelten sie seine Exzesse? Er legte das Instrument zur Seite und verließ sein Podest.

Und sah sich Frolitz gegenüber. Der ihn mit seltsamem Lächeln anblickte. »Der vollendete junge Druithine! Der seine tollen Überraschungen bei Fontenay vorspielt, während sein Herr, der arme alte Forlitz, in Brassei um seine Rückkehr betet.«

»Ich kann alles erklären«, sagte Etzwane.

»Ich hoffe, es geht deiner Mutter gut.«

»Sie ist tot.«

»Tot ist ein böses Wort«, sagte Frolitz. Er kratzte sich die Nase, trank aus seinem Krug und blickte sich um. »Die Truppe ist hier. Spielen wir Musik?«

Am nächsten Morgen ging Etzwane (wieder in sein neues Gewand gekleidet) zum Gesellschaftsplatz und dort zum Petitionsbüro. Links antworteten graue Karten auf die Fünf-Florin-Petitionen: Urteile über kleinliche Streitereien, Schadenersatzklagen, Beschwerden gegen örtliche Beschränkungen. In der Mitte hingen hellgrüne Pergamentbogen, mit Smaragdglasnadeln festgesteckt, und beantworteten die Hundert-Florin-Petitionen. Weiter rechts verkündeten Pergamente mit schwarz-purpurner Umrandung die Entscheidungen über die Fünfhundert-Florin-Petitionen. Nur drei Antworten hingen dort.

Etzwane vermochte sich kaum zu beherrschen, als er den Platz überquerte; die letzten Meter legte er fast im Laufschritt zurück.

Er überflog die purpur-schwarz-geränderten Dokumente. Das erste lautete:

Lord Fiatz Ergold, der das Einschreiten des ANOME gegen das ungewöhnliche harte Urteil gefordert hat, das im Kanton Amaze gegen seinen Sohn, den Ehrenwerten Arlet, ergangen ist, höre dieses: Der ANOME hat eine Abschrift der Verhandlung angefordert und wird den Fall studieren. Die angegebene Strafe erscheint angesichts der Tat unangemessen hoch. Lord Fiatz Ergold sollte jedoch wissen, daß eine Tat, die in einem Kanton nur unangebracht oder vulgär ist, in einem anderen Kanton ein Kapitalverbrechen darstellen kann. Der ANOME kann trotz aller Sympathie für Lord Fiatz Ergold nicht gut den örtlichen Gesetzen widersprechen. Wenn es die Umstände erlauben, wird der ANOME jedoch um Milde beten.

Die zweite Antwort lautete:

Der ehrenwerten Frau Casuelda Adrio wird mitgeteilt, daß die von ihr verlangte Strafe für den Mann Andrei Simic trotz ihres Ärgers und ihrer Sorge die jetzt bestehenden Umstände nicht von Grund auf bessern wird.

Die dritte Antwort lautete:

Dem Herrn Gastel Etzwane und den anderen ehrenwerten Bürgern, die ihre Sorge um die Rogushkoi-Banditen im Wildland des Hwan geäußert haben, rate ich zur Ruhe. Diese Wesen werden es nicht wagen, aus der Wildnis hervorzubrechen; ihre schlimmen Taten werden jene Menschen nicht treffen, die es sich angelegen sein lassen, eine leichtfertige Blöße ihrer selbst und ihres Eigentums zu vermeiden.

Etzwane beugte sich vor und schüttelte ungläubig den Kopf. Seine Hand berührte den Halsreif; die unbewußte Geste eines shantschen Bürgers, wenn er sich kritische Gedanken über den Mann ohne Gesicht macht. Er las den Text noch einmal – der sich jedoch nicht verändert hatte. Mit zitternder Hand hob Etzwane den Arm, um das Dokument vom Brett zu nehmen. Dann hielt er sich zurück. Sollte es doch hängenbleiben! Vielleicht ... Er schüttelte verständnislos den Kopf. Das durfte doch nicht wahr sein! Dies sollte die Antwort sein?

Er zog einen Stift aus der Tasche und schrieb auf das Pegament:

Die Rogushkoi sind mörderische Ungeheuer! Der Mann ohne Gesicht sagt, wir sollen sie ignorieren, während die töten und plündern.
Die Rogushkoi dringen in unser Land ein. Der Mann ohne Gesicht sagt, wir sollen ihnen ausweichen.
Viana Paizifume hätte etwas anderes gesagt.

Etzwane wich plötzlich erschreckt von der Tafel zurück. Seine Tat kam einer Aufforderung zum Aufruhr nahe, was der Mann ohne Gesicht nicht tolerieren konnte. Wieder überkam ihn der Zorn. Aufruhr, Ungeduld, Insubordination. Wie konnte es anders sein? Jeder Mann mußte wütend werden bei dieser aalglatten und ausweichenden Politik! Er sah sich voller Angst und dennoch trotzig auf dem Platz um. Niemand von den Leuten in seiner Nähe achtete besonders auf ihn. Er bemerkte einen Mann, der mit nachdenklich gesenktem Kopf über den Platz wanderte. Das mußte Ifness ein. Er schien Etzwane nicht bemerkt zu haben, obwohl er kaum dreißig Fuß am Petitionsbüro vorbeigekommen war. Einer plötzlichen Eingebung folgend, lief Etzwane ihm nach.

Ifness sah sich ohne Überraschung um. Er wirkt noch ruhiger als sonst, dachte Etzwane und sagte grimmig dreinblikkend: »Ich habe dich vorbeigehen sehen und wollte dich wenigstens begrüßen.«

»Danke«, sagte Ifness. »Wie geht es dir?«

»Ganz gut. Ich spiele jetzt wieder bei Herrn Frolitz; in Fontenays Schänke. Du solltest mal vorbeikommen und dir unsere Musik anhören.«

»Ein verlockender Gedanke. Leider bin ich zu beschäftigt. Du scheinst deinen Stil geändert zu haben.« Er musterte Etzwanes Kleidung.

Etzwane runzelte die Stirn. »Die Kleidung hat nichts zu bedeuten. Ich habe nur mein übriges Geld ausgegeben.«

»Und deine Petition an den Mann ohne Gesicht – hast du Antwort bekommen?«

Etzwane starrte ihn mit steinernem Gesicht an und fragte

sich, ob Ifness ihn auf den Arm nehmen wollte; bestimmt hatte er ihn doch am Anschlagbrett bemerkt! Er sagte langsam: »Ich habe eine Fünfhundert-Florin-Petition gekauft. Die Antwort ist angeschlagen. Da drüben.«

Er führte Ifness zum Brett. Ifness beugte den Kopf vor und las. »Hmm«, sagte er und fragte dann mit scharfer Stimme: »Wer hat diese Bemerkungen daruntergeschrieben?«

»Ich.«

»*Was?*« Ifness' Stimme bebte. Noch nie hatte ihn Etzwano so aufgeregt gesehen. »Weißt du nicht, daß im gegenüberliegenden Gebäude ein Teleskop auf dieses Brett gerichtet ist? Du kritzelst deine unreifen und unpassenden Bemerkungen dorthin und marschierst dann großartig auf mich los. Merkst du nicht, daß du drauf und dran bist, den Kopf zu verlieren? Jetzt sind wir beide in Gefahr.«

Etzwane hatte eine heftige Erwiderung auf den Lippen, doch Ifness unterbrach ihn mit einer schnellen Geste. »Benimm dich ganz natürlich; posiere hier nicht herum. Geh langsam zum Erdapfelportal. Ich muß gewisse Arrangements ändern.«

In Etzwanes Kopf überschlugen sich die Gedanken, als er den Platz überquerte und sich dabei möglichst natürlich zu geben versuchte. Er blickte zu den Büros der Ästhetischen Gesellschaft hinauf, von denen aus das Brett optisch überprüft wurde, wenn Ifness recht hatte. Die Linse mochte in jenem besonders hellen Glasknauf versteckt sein, der sich direkt gegenüber den Petitionsbüros befand. Der Mann ohne Gesicht saß bestimmt nicht persönlich am Fernglas; sicher nahm dieses Amt ein Funktionär wahr. Dieser hatte bestimmt Etzwanes Reiffarben erfaßt; und als er sich abwandte, war ihm der Mann sicherlich aus Interesse mit dem Glas gefolgt und hatte das Gespräch mit Ifness bemerkt.

Wenn die Situation wirklich so war, wie Ifness sie beschrieb. Wenigstens hatte er Ifness endlich einmal aus seiner hochnäsigen Ruhe aufgeschreckt.

Er durchschritt das Erdapfelportal, das nach den Girlanden aus dunkelroten Früchten benannt wurde, die es umrankten, und betrat den Serven-Airo-Weg, der dahinter begann.

Ifness holte ihn ein. »Möglicherweise ist deine Tat unbemerkt geblieben«, sagte er. »Aber ich kann kein Risiko eingehen.«

Etzwane sagte mißmutig: »Ich verstehe deine Handlungsweise nicht.«

»Aber du würdest es auf jeden Fall vorziehen, nicht den Kopf zu verlieren, wie?« fragte Ifness mit leiser Stimme.

Etzwane stieß ein Knurren aus.

»Die Lage ist die«, sagte Ifness. »Der Mann ohne Gesicht wird bald von deiner Tat erfahren. Dafür kann er dir durchaus den Kopf nehmen; er hat bereits drei Personen hingerichtet, die ihn in diesem Zusammenhang zu sehr bedrängt hatten. Ich gedenke das zu verhindern. Als nächstes will ich die Identität des Mannes ohne Gesicht feststellen. Dann will ich ihn zwingen, seine Politik zu ändern.«

Etzwane starrte Ifness verständnislos an. »Aber kannst du denn das?«

»Ich will es versuchen. Dabei kannst du mir vielleicht helfen.«

»Warum schmiedest du solche Pläne? Sie überraschen mich!«

»Warum hast du eine Fünfhundert-Florin-Petition eingereicht?«

»Du kennst meine Motive«, sagte Etzwane unbehaglich.

»Genau«, sagte Ifness. »Und diese Motive geben mir einen Grund, dir zu vertrauen und dich einzuweihen. Geh schneller. Wir werden nicht verfolgt. Wende dich am alten Rundbau nach rechts.«

Sie verließen die Glasstadt, gingen eine Viertelmeile weit auf der Avenue der Thasarenischen Direktoren nach Norden und erreichten einen Weg, der im Schatten hoher blaugrüner Hecken lag. Sie traten durch eine schmale Pforte und näherten sich einem kleinen Haus aus hellblauen Kacheln. Ifness schloß die Tür auf und schob Etzwane hinein. »Zieh schnell die Jacke aus.«

Etzwane gehorchte mißmutig. Ifness deutete auf eine Couch. »Leg dich hin – mit dem Gesicht nach unten.«

Wieder gehorchte Etzwane. Ifness rollte einen Tisch herbei, auf dem eine Anzahl Werkzeuge lag. Etzwane richtete sich auf und betrachtete die Geräte; Ifness sagte knapp, er solle sich wieder hinlegen. »Und jetzt beweg dich nicht, wenn dir dein Leben lieb ist.«

Ifness schaltete eine helle Lampe ein und befestigte Etzwanes Halsreif seitlich in einem kleinen Schraubstock. Er ließ einen Metallstreifen zwischen den Reif und Etzwanes Hals gleiten, klammerte ein u-förmiges Gerät daran fest. Dann berührte er einen Knopf, und das Gerät schnarrte leise. Etzwane spürte ein seltsames Kribbeln. »Der Elektronenfluß ist unterbrochen«, sagte Ifness. »Jetzt können wir getrost deinen Reif öffnen.« Mit der rasiermesserscharfen Scheibe einer Schleifmaschine durchschnitt er das Flexit des Reifs am Saum. Dann legte er das Werkzeug fort, schlitzte den Reif auf und zog mit einer schmalen Zange einen weichen, schwarzen Streifen heraus. »Nun ist das Dexax entfernt.« Mit einem Haken bearbeitete er das innere Schloß, bis der Reif von Etzwanes Hals fiel.

»Jetzt unterliegst du nicht mehr der Kontrolle des Mannes ohne Gesicht«, sagte Ifness.

Etzwane rieb sich den Hals, der ihm wund und nackt vorkam. Er richtete sich auf und blickte nachdenklich erst den Reif und dann Ifness an. »Wo hast du das gelernt?«

»Du erinnerst dich an die Reife, die ich auf der Gargametwiese an mich nahm? Ich habe sie sorgfältig studiert.« Er deutete auf das Innere von Etzwanes Reif. »Das sind die kodierten Empfänger, und das ist ein Auslösemechanismus. Wenn ein Signal vom Mann ohne Gesicht kommt, ruckt diese Zunge zurück, dadurch wird die Sprengladung gezündet – und dein Kopf ist ab. Das hier ist das Echorelais, das es dem Mann ohne Gesicht ermöglicht, deinen Aufenthaltsort festzustellen; auch das funktioniert nun nicht mehr. Diese Knoten hier halte ich für Energieakkumulatoren. Bin aber noch nicht ganz dahintergekommen.«

Stirnrunzelnd starrte er so lange auf das Gerät, daß Etzwane unruhig wurde und seine Tunika wieder anlegte.

Ifness sagte schließlich: »Wäre ich der Mann ohne Gesicht, würde ich eine Verschwörung vermuten, bei der Gastel Etzwane gar nicht mal der wichtigste Teilnehmer ist. Ich würde Etzwane nicht sofort den Kopf nehmen, sondern würde das Echorelais verwenden, um ihn ständig im Auge zu behalten.«

»Das klingt vernünftig«, sagte Etzwane widerstrebend.

»Aufgrund dieser Annahme«, fuhr Ifness fort, »werde ich in deinen Halsreif einen Signalgeber einbauen und das Echorelais entfernen, wenn der Mann ohne Gesicht dich aufzuspüren versucht, sind wir gewarnt.« Er begann zu arbeiten. »Wenn er kein Antwortsignal erhält, muß er annehmen, daß du die Gegend verlassen hast, und wir haben eine Bestätigung über sein Interesse an Gastel Etzwane. Vor allem möchte ich ihn nicht alarmieren oder zur Vorsicht mahnen.«

Etzwane stellte die Frage, die ihn schon seit einiger Zeit beschäftigte: »Was willst du damit eigentlich erreichen?«

»Das weiß ich selbst kaum«, murmelte Ifness. »Meine Ratlosigkeit in diesem Punkt ist größer als die deine.«

Etzwane kam plötzlich eine Erleuchtung: »Du bist ein Palasedraner! Du bist gekommen, die Raubzüge der Rogushkoi zu überwachen!«

»Nein.« Ifness setzte sich auf eine Couch und musterte Etzwane mit leidenschaftslosem Blick. »Wie du wundere ich mich über die Rogushkoi und die Sorglosigkeit des Mannes ohne Gesicht. Wie du sehe ich mich zum Handeln gezwungen. Das ist für mich nicht weniger ungesetzlich als für dich.«

»Was für Maßnahmen hast du denn im Sinn?« fragte Etzwane vorsichtig.

»Mein erstes Ziel ist es, die Identität des Mannes ohne Gesicht festzustellen«, sagte Ifness. »Danach lasse ich mich von den Geschehnissen leiten.«

»Du behauptest zwar, du seiest kein Palasedraner«, sagte Etzwane. »Trotzdem bleibt das eine Möglichkeit.«

»War mein Verhalten im Mirktal das eines Palasedraners?«

Etzwane dachte nach. Im Mirktal waren die palasedranischen Interessen in keiner Weise gefördert worden, so hatte es jedenfalls den Anschein. Und die Werkzeuge auf dem Tisch, großartige Geräte! Aus schimmerndem Metall, aus Substanzen, für die er keinen Namen wußte – jedenfalls stammten diese Dinge nicht aus Palasedra. »Wenn du kein Palasedraner bist, woher kommst du dann? Bestimmt nicht aus Shant.«

Ifness lehnte sich gelangweilt auf der Couch zurück. »Du gehst mich mit ungeschliffener Beharrlichkeit um Informationen an, die ich dir nicht geben kann und nicht geben will. Da aber deine Mithilfe jetzt von Nutzen ist, bin ich gezwungen, dir gewisse Eröffnungen zu machen. Du hast bemerkt, daß ich nicht aus Shant stamme. Ich bin Erdenbürger, Mitarbeiter des Historischen Instituts. Bist du nun klüger?«

Etzwane musterte ihn mit intensivem Blick. »Die Erde gibt es wirklich?«

»Aber natürlich.«

»Warum bist du hier in Shant?«

Ifness sagte geduldig: »Die Menschen, die vor neuntausend Jahren nach Durdane kamen, waren sektiererisch und exzentrisch; sie verbauten sich selbst den Rückweg und versenkten ihre Raumschiffe im Purpurnen Ozean. Auf der Erde ist Durdane längst vergessen – freilich nicht im Historischen Institut. Ich bin der letzte einer ganzen Reihe von Institutsangehörigen, die auf Durdane gelebt haben – und wahrscheinlich der erste, der das Oberste Gebot des Instituts mißachtet – nie in die Angelegenheiten der zu studierenden Welten einzugreifen. Wir sind eine Organisation, die Fakten sammelt, und müssen uns darauf beschränken. Mein Verhalten in bezug auf den Mann ohne Gesicht ist absolut unvorschriftsmäßig; nach den Statuten des Instituts bin ich ein Verbrecher.«

»Warum schaltest du dich dann ein?« fragte Etzwane. »Wegen der Überfälle der Rogushkoi?«

»Über meine Motive brauchst du dir keine Gedanken zu machen. Deine Interessen, soweit du sie siehst, stimmen mit den meinen überein; ich möchte mich nicht näher dazu äußern.«

Etzwane fuhr sich mit der Hand durch die Haare und ließ sich Ifness gegenüber auf eine zweite Couch sinken. »Das alles kommt sehr überraschend.« Er musterte Ifness eindringlich. »Gibt es auf Durdane noch andere Erdenbürger?«

Ifness verneinte die Frage. »Das Historische Institut hat nicht viel Personal.«

»Wie bewegt ihr euch zwischen hier und der Erde?«

»Auch das ist eine Information, die ich lieber für mich behalte.«

Ehe Etzwane heftig reagieren konnte, stieß sein Reif plötzlich ein lautes Summen aus. Ifness sprang auf und eilte mit einem Satz zum Tisch. Das Summen hörte auf und hinterließ eine lastende Stille. Irgendwo, überlegte Etzwane, hatte sich der Mann ohne Gesicht stirnrunzelnd von seinen Geräten abgewandt.

»Ausgezeichnet!« rief Ifness. »Der Mann ohne Gesicht interessiert sich für dich. Wir werden ihn dazu bringen, sich zu offenbaren.«

»Das ist ja alles schön und gut«, sagte Etzwane. »Aber wie?«

»Ein taktisches Vorgehen, das wir alsbald besprechen wollen. Zunächst möchte ich aber eine Angelegenheit erledigen, die dein Auftauchen auf dem Platz unterbrochen hat. Ich wollte essen gehen.«

Die beiden kehrten auf den Gesellschaftsplatz zurück; sie hielten sich unter der Arkade, die die freie Fläche umlief, so daß der Beobachter im Gesellschaftszentrum sie nicht ausmachen konnte. Etzwane blickte zum Petitionsbüro hinüber; sein purpur-schwarz-umrändertes Dokument war entfernt worden. Er machte Ifness darauf aufmerksam.

»Wieder ein Beweis für die Empfindlichkeit des Anome«, sagte Ifness geistesabwesend. »Dadurch wird unsere Arbeit etwas erleichtert.«

»Aber wie?« wollte Etzwane wissen, den Ifness' Herablassung mehr denn je ärgerte.

Ifness blickte ihn mit hochgezogenen Brauen von der Seite an und sagte geduldig: »Wir müssen den Mann ohne Gesicht dazu bringen, sich zu offenbaren. Eine Wachtel sieht man erst, wenn sie sich bewegt; das gleiche gilt für den Mann ohne Gesicht. Wir müssen eine Situation schaffen, die er persönlich in Augenschein nehmen will, anstatt sich auf seine Mitarbeiter zu verlassen. Die Tatsache, daß er empfindlich ist, macht eine solche Reaktion wahrscheinlicher.«

Etzwane knurrte sarkastisch: »Also gut. Aber was für eine Situation schaffen wir?«

»Das wollen wir ja gerade besprechen. Aber zuerst essen wir.«

Sie nahmen in der Loggia des Restaurants zur Alten Pagane Platz; das Essen wurde serviert. Ifness erlegte sich keine

Zurückhaltung auf, während Etzwane, der nicht wußte, ob er selbst bezahlen mußte, weniger reichhaltig aß. Schließlich legte Ifness jedoch das Geld für beide Gerichte auf den Tisch, lehnte sich zurück und kostete den Dessertwein. »Jetzt zum Geschäft. Der Mann ohne Gesicht hat höflich auf deine fünfhundert Florin geantwortet und bekundete weiteres Interesse erst, als du deine Unzufriedenheit offenbartest. Dies stellt einen unserer Ausgangspunkte dar.«

Etzwane fragte sich, worauf Ifness hinauswollte. »Wir müssen im Rahmen der garwiyschen Gesetze handeln, um der Ästhetischen Gesellschaft keinen Vorwand zum Eingreifen zu geben«, sagte Ifness nachdenklich. »Vielleicht sollten wir zu einem Informationsvortrag über die Rogushkoi einladen und verblüffende Enthüllungen ankündigen. Der Mann ohne Gesicht hat seine Sorge über dieses Thema angedeutet; wahrscheinlich wird er sich genügend dafür interessieren, um selbst zu kommen.«

Etzwane stimmte zu, daß das denkbar sei. »Aber wer soll den Vortrag halten?«

»Das ist eine Frage, die sorgfältig bedacht werden muß«, sagte Ifness. »Gehen wir zurück. Ich muß deinen Reif noch so umbauen, damit er zu einer Waffe wird und nicht nur eine Warnvorrichtung darstellt.«

Ins Haus zurückgekehrt, arbeitete Ifness zwei Stunden lang an Etzwanes Halsreif. Schließlich war er fertig. Zwei unauffällige Drähte führten nun zu einer fünfzigfach um ein Viereck aus steifem Karton gewickelten Spule. »Das ist eine Richtungsantenne«, erklärte Ifness. »Du wirst die Spule unter dem Hemd tragen. Warnsignale aus deinem Reif geben dir Bescheid, wenn der Versuch gemacht wird, dich aufzuspüren oder dir den Kopf zu nehmen. Indem du dich drehst und dabei auf die Intensität der Signale achtest, kannst du ihre Richtung feststellen. Jetzt lege ich dir den Reif wieder um den Hals.«

Etzwane unterzog sich ohne Begeisterung der Operation. »Es will mir scheinen«, sagte er mürrisch, »daß ich einen Köder abgeben soll.«

Ifness lächelte frostig. »Etwas in der Art. Nun hör mir gut

zu. Den Sprengimpuls wirst du hinten am Hals als Vibration empfinden, der Aufspürimpuls ist eine Vibration an der rechten Seite. Was auch passiert, du mußt dich drehen, bis die Vibration am stärksten zu spüren ist. Der Ausgangspunkt der Impulse wird sich dann direkt vor dir befinden.«

Etzwane nickte grimmig. »Und was ist mit dir?«

»Ich trage eine ähnliche Vorrichtung bei mir. Wenn wir Glück haben, können wir die Quelle der Signale anpeilen.«

»Und wenn wir kein Glück haben?«

»Um ehrlich zu sein, rechne ich damit, daß wir unser Ziel nicht erreichen. Auf einen schnellen Erfolg dürfen wir nicht hoffen. Vielleicht verblüffen wir unser Opfer, aber es mögen sich andere Angreifer finden und uns verwirren. Ich werde auf jeden Fall meine Kamera mitnehmen; wenigstens haben wir dann genauere Unterlagen.«

10

An jenen Stellen, die überall in Garwiy für öffentliche Ankündigungen vorgesehen waren, erschienen große Plakate in braunschwarzer Schrift auf weißem Papier mit gelbem Rand – die Zeichen für düstere, schicksalhafte Dinge, mit einem Anflug von makabren Sensationen.

ALLES ÜBER DIE ROGUSHKOI!

Wer sind diese schrecklichen Wilden, die rauben und vergewaltigen und unser Land heimsuchen? Woher kommen sie? Was haben sie vor?

Ein anonymer Abenteurer, gerade erst aus dem Hwan zurückgekehrt, wird verblüffende Tatsachen vortragen. Wer ist mit schuld an dieser Plage? Eine erstaunliche Anschuldigung wird erhoben werden!

MITTNACHMITTAG KYALISTAG, ÖFFENTLICHER PAVILLON IM PANDAMON-PARK

An hundert Anschlagetafeln erschienen die Plakate, und sogar die Bürger Garwiys schauten hin und lasen den Text – einmal, zweimal und ein drittes Mal. Ifness freute sich über die Wirkung. »Der Mann ohne Gesicht wird dies nicht übersehen können. Und doch geben wir weder ihm noch der Gesellschaft Grund zum Einschreiten.«

Etzwane sagte düster: »Ich sähe es lieber, wenn du der ›anonyme Abenteurer‹ wärst.«

Ifness lachte gutgelaunt. »Was? Der talentierte Gastel Etzwane hat Angst vor einem Publikum? Was geschieht, wenn du eines deiner Instrumente spielst?«

»Das ist etwas anderes.«

»Mag schon sein. Aber als ›anonymer Abenteurer‹ könnte ich meine Kamera nicht einsetzen. Du hast das Material auswendig gelernt?«

»Soweit wie nötig«, knurrte Etzwane. »In aller Offenheit, es gefällt mir nicht, als deine Galionsfigur zu wirken. Ich habe keine Lust, von den Diskriminatoren* aufgegriffen und zur Steinbruchinsel geschickt zu werden, während du im Alt-Pagane Fisch und Ingwereier ißt.«

»Das ist unwahrscheinlich«, sagte Ifness. »Nicht unmöglich, aber unwahrscheinlich.«

Etzwane brummte etwas vor sich hin. Als »anonymer Abenteurer« trug er eine dicke Pelzmütze, einen Umhang aus schwarzem Fell, der seine Schultern breit und eckig wirken ließ, dazu sandfarbene Hosen und schwarze Stiefel – die Kleidung eines Bergbewohners aus dem Kanton Shkoriy. Das Medaillon seines Reifs zeigte zwar die Berufsbestimmung »Musiker«, das widersprach aber nicht der Rolle des »Abenteurers«. Schlank, nervös, mit wachsamem, beweglichem Gesicht, machte Gastel Etzwane in seiner Aufmachung eine gute Figur und unmerklich waren sein Gang, sein Verhalten, seine Denkweise davon beeinflußt. Er war tatsächlich schon zum »anonymen Abenteurer« geworden. Ifness, der in dunkelgrauen Hosen, einem weiten weißen Hemd und weicher grauer Jacke erschienen war, wirkte wie gewöhnlich. Wenn er aufgeregt war, ließ er es sich nicht anmerken; Etzwane fand es schwierig, sich zu beherrschen.

Sie erreichten den Pandamon-Park.

»Eine halbe Stunde noch bis zum Glockenschlag des Mitt-

---

* *Avistioi:* wörtlich ›nette Diskriminatoren‹ – die Polizeimacht der Ästhetischen Gesellschaft.

nachmittags«, sagte Ifness. »Ziemlich viele Leute hier; alles Spaziergänger, nehme ich an. In Garwiy kommt niemand zu früh zu einem Ereignis. Wer den Skandal miterleben will, wird eine Minute vor Beginn erscheinen.«

»Wenn nun niemand kommt?« fragte Etzwane hoffnungsvoll.

»Einige werden bestimmt da sein«, sagte Ifness, »einschließlich des Mannes ohne Gesicht, der sich bestimmt nicht auf die Veranstaltung freut. Er beruft vielleicht sogar einen Diskriminator, um die Rede zu unterbinden. Ich nehme jedoch an, daß er erst zuhört und dann nach Lage der Dinge handelt. Wir müssen ihn dazu bringen, den Explosionsknopf zu drücken.«

»Und wenn ich meinen Kopf behalte?«

»Reifmechanismen versagen auch ab und zu; er wird annehmen, daß die Dinge hier so liegen, und neue Impulse aussenden. Denk an das Signal, das ich dir genannt habe.«

»Ja, ja«, knurrte Etzwane. »Ich hoffe nur, er wird seines Sprengstoffs nicht überdrüssig und erschießt mich mit einer Pistole.«

»Das Risiko müssen wir eingehen ... Wir haben noch zwanzig Minuten. Stellen wir uns drüben in den Schatten, um deine Rede noch einmal durchzugehen.«

Mittnachmittag. Aus den Büschen trat der »anonyme Abenteurer«. Er blickte weder nach links noch nach rechts und schien nicht ganz sicher auf den Beinen zu sein, als er sich der Plattform näherte. Er ging nach hinten, erklomm die Stufen aus Weißglas und trat ans Rednerpult. Dort blieb er stehen und studierte die magentarot eingefaßten Nachrichten aus der grünen Glasfläche.

Es war die Reaktion des Mannes ohne Gesicht, und sie lautete:

> Deine Ankündigung hat das Interesse des ANOME persönlich geweckt. Er fordert Diskretion, damit du nicht gewisse sehr schwierige Ermittlungen gefährdest. Die Meinung des ANOME ist folgende: die Rogushkoi sind eine Plage, ein Stamm verrufener Wesen, die bereits auf dem absteigenden Ast sind. Ein wirklich informierter und ver-

antwortungsvoller Bürger wird die unbedeutenden und vorübergehenden Aspekte der Angelegenheit herausstellen oder sich vielleicht geneigt fühlen, ein Thema von allgemeinerem Interesse zu diskutieren.

Etzwane schob das Blatt zur Seite. Er überschaute die Gesichter der Menschen, die sich um das Rednerpult versammelt hatten. Etwa hundert Personen standen vor ihm; ungefähr dieselbe Anzahl saß auf Bänken. Ifness hielt sich links; er hatte die Kapuze eines Kaufmanns über sein weiches weißes Haar gezogen und schien nun, seltsam verändert, mit dem Publikum zu verschmelzen. War der Mann ohne Gesicht unter den Anwesenden? Etzwane blickte von Gesicht zu Gesicht. Dort: der hohlwangige Mann mit dem glatten schwarzen Haar und dem brennenden Blick. Oder der kleine Mann dahinter mit der hohen runden Stirn und dem zarten Mund. Oder der gutaussehende Ästhet im grünen Umhang mit dem ausrasierten Bartkranz im Gesicht. Vielleicht auch der streng blickende Mann im blauen Ornat der Ekkletischen Gottheit ...

Etzwane wartete noch einige Sekunden, wappnete sich gegen das Kommende. Das Publikum war nun bereit. Etzwane beugte sich vor und begann zu sprechen, und wegen der magentaroten Nachricht änderte er seinen Vortrag.

»In meiner Ankündigung versprach ich euch bemerkenswerte Informationen; die werde ich geben.« Er hielt die Nachricht hoch. »Der ehrenwerte ANOME höchstpersönlich hat sein Interesse an meinen Ausführungen bekundet. Hört seinen Ratschlag!« Etzwane las die Nachricht mit feierlicher Stimme vor; als er aufblickte, sah er, daß er sein Publikum wirklich schon in den Bann geschlagen hatte; es starrte staunend zu ihm auf. Etzwane bemerkte, daß Ifness die Menge scharf beobachtete. Er hatte eine winzige, unauffällige Kamera bei sich und machte viele Aufnahmen.

Etzwane blickte stirnrunzelnd auf das Dokument. »Ich freue mich, daß der ANOME meine Gedanken für bedeutsam hält, zumal seine anderen Informanten ihn in die Irre geführt haben. Eine ›unbedeutende und vorübergehende‹ Störung? Der ANOME müßte dem Mann den Kopf nehmen, der ihn so getäuscht hat. Die Ragushkoi bedrohen jeden, der mir jetzt zuhört. Sie sind nicht nur ein ›verrufener Stamm‹ – wie der ANOME in aller Unschuld annimmt. In Wirklichkeit handelt es sich um gut bewaffnete Krieger, die brutal und völlig ohne Hemmungen sind. Kennt ihr ihre Angewohnheiten? Sie vergewaltigen die Frauen, schwängern sie und schleppen sie mit, bis sie ihnen Junge gebären, meist ein Dutzend auf einmal, die im Schlaf geboren werden, und danach können die Frauen kein menschliches Kind mehr tragen – wenn sie auch noch ein Dutzend Rogushkoi-Junge zu gebären vermögen. Jede Frau, die heute in Garwiy lebt, kann theoretisch eine oder zwei Rogushkoi-Würfe zur Welt bringen.

Im Wildland des Hwan wimmelt es bereits von Rogushkoi. In den Kantonen entlang des Hwan ist man fest davon überzeugt, daß die Rogushkoi von Palasedra geschickt wurden.

Die Situation ist bemerkenswert, nicht wahr? Ehrenwerte Bürger haben den ANOME bestürmt, die schrecklichen Wesen zu vernichten. Er lehnt das ab; er nimmt sogar die Köpfe dieser Menschen. Warum? Fragt euch selbst. Warum will der Mann ohne Gesicht, unser Beschützer, die Gefahr nicht wahrhaben?«

Vibrationen machten sich hinten an Etzwanes Hals bemerkbar; der Sprengstoffimpuls. Der Mann ohne Gesicht war wütend. Etzwane drehte sich herum, um die Vibrationen stärker werden zu lassen. Aber sie hörten auf, ehe er ihre Richtung bestimmen konnte. Er ballte die linke Faust; das Zeichen für Ifness.

Ifness nickte und musterte noch intensiver die Menge.

Etzwane fuhr fort: »Warum spielt der Mann ohne Gesicht eine so unmittelbare Gefahr herab? Warum schreibt er ein Dokument mit einer Nachricht, die mich zur ›Diskretion‹ anhält? Freunde, ich stelle hier nur eine Frage; ich beantworte sie nicht. Ist der Mann ohne Gesicht ...«

Die Vibration begann erneut. Etzwane drehte sich wieder, doch wie zuvor vermochte er die Quelle der Impulse nicht auszumachen. Er starrte den grüngekleideten Mann mit den kalten Augen an, der seinen Blick mit ernstem Interesse erwiderte.

Die Richtungsantenne war zumindest im Hinblick auf die

Tötungsimpulse ein Fehlschlag. Es war sinnlos, den Mann ohne Gesicht so weit herauszufordern, daß er womöglich eine weniger unauffällige Waffe wählte. Etzwane änderte also den Tonfall seiner Ausführungen: »Die Frage, die ich euch stellen möchte, lautet: ist der Mann ohne Gesicht alt geworden? Hat er seinen Schwung verloren? Sollte er vielleicht seine Verantwortung auf einen Mann mit größerer Energie und Entscheidungsfrage übertragen?«

Etzwane starrte in die Menge, um zu sehen, wer auf seine Frage reagierte. Doch er wurde enttäuscht; die Zuschauer begannen sich selbst fragend umzusehen.

Etzwane schlug nun einen Ton geheuchelter Fügsamkeit an. Er hielt die magentarote Nachricht hoch. »Aus Ergebnheit gegenüber dem ANOME werde ich keine weiteren Geheimnisse offenbaren. Ich möchte aber sagen, daß ich mit meiner Sorge nicht allein stehe; ich spreche für eine Gruppe, der die Sicherheit Shants sehr am Herzen liegt. Ich will diesen Menschen meinen Bericht erstatten. In einer Woche werde ich wieder hier sprechen, wobei ich andere für unsere Gedanken zu gewinnen hoffe.«

Etzwane sprang von der Plattform und eilte in die Richtung, aus der er gekommen war; er wollte unnütze Fragen vermeiden. Beim Gehen berührte er den Schalter an seinem Reif, der den Echomechanismus aktivierte. Aus dem Schutz des Blattwerks blickte er zurück. Der grüngekleidete Ästhet folgte ihm ohne Hast. Hinter dem Ästhet kam Ifness, nicht weniger gelassen. Etzwane machte kehrt und eilte weiter. Eine Vibration an der rechten Halsseite; jemand hatte einen Suchstrahl ausgesandt.

Etzwane kehrte auf kürzestem Weg in das blaue Kachelhaus im Norden Garwiys zurück.

Als er östlich vom Gesellschaftsplatz durch den Elemyra-Weg ging, vibrierte sein Reif erneut, und wieder, als er die Avenue der Thasarenischen Direktoren erreichte, und nochmals, als er in den heckengeschützten Weg einbog. Im Haus legte Etzwane den schwarzen Umhang ab, löste den Halsreif und legte ihn auf den Tisch. Dann verließ er das Gebäude durch die Hintertür und bezog an einer Stelle Posten, von der aus er die Straße überblicken konnte.

Eine halbe Stunde verging. Dann erschien ein Mann in einem grünen Mantel auf dem Weg. Er blickte ständig prüfend nach links und nach rechts und von Zeit zu Zeit auch auf einen Gegenstand, den er in der Hand hielt. Vor der Öffnung in der Hecke blieb er stehen – offenbar reagierte das Instrument in seiner Hand auf den Echoimpuls von Etzwanes Reif, der im Haus auf dem Tisch lag.

Verstohlen wie ein Einbrecher blickte sich der Mann um, starrte den Pfad entlang zum Haus; dann glitt er hastig durch den Eingang und suchte hinter einem Limonenbaum Dekkung. Etzwane sprang ihn an. Der Mann war sehr kräftig; Etzwane klammerte sich an ihm fest und versetzte ihm einen Hieb gegen die Halsschlagader – mit dem Nadelsack, den Ifness ihm gegeben hatte.

Der Mann erschlaffte und sank zu Boden.

Ifness erschien; sie trugen den Bewußtlosen ins Haus. Dort machte sich Ifness sofort ans Werk und entfernte den Halsreif des Mannes. Etzwane schaltete das Echosignal seines Reifs ab.

Ifness bekundete seine Unzufriedenheit, als er einen Streifen schwarzen Sprengstoff herauszog, den er mißmutig betrachtete.

Der Mann war wieder zu sich gekommen und sah sich an Händen und Füßen gefesselt. »Du bist also gar nicht der Mann ohne Gesicht«, sagte Ifness.

»Das habe ich auch nie zu sein behauptet«, sagte der Gefangene kühl.

»Wer bist du dann?«

»Ich bin der Ästhet Garstang: ein Direktor der Gesellschaft.«

»Anscheinend dienst du dem Mann ohne Gesicht.«

»Ja, wie wir alle.«

»Du aber mehr als die anderen, nach deinem Verhalten und diesem Kontrollapparat zu urteilen.« Ifness nahm das Instrument zur Hand, das er in Garstangs Umhang gefunden hatte: ein Metallkasten, fünf Finger breit, zwei Finger hoch und eine Spanne lang. Verschiedenfarbige Knöpfe ragten oben aus dem Gerät. Die zehn Vierecke einer darunter befindlichen Anzeige wiesen Etzwanes Reiffarben aus.

Unter der Anzeige befand sich ein gelber Schalter – Gelb, die Farbe des Todes; daneben ein roter – Rot, Farbe der Unsichtbarkeit, in diesem Fall die Farbe der unsichtbaren Person, die gesucht wurde.

Ifness stellte den Kasten wieder auf den Tisch. »Wie erklärst du das?«

»Das erklärt sich doch selbst.«

»Der gelbe Knopf?« Ifness hob die Augenbrauen.

»Vernichtung.«

»Und der rote Knopf?«

»Suche.«

»Und dein genauer Status?«

»Ich bin – und das weißt du bereits – ein Wohltäter des Mannes ohne Gesicht.«

»Wann wird dein nächster Bericht erwartet?«

»In etwa einer Stunde.« Garstang antwortete in gleichmütigem Tonfall und ohne zu zögern.

»Du berichtest persönlich?«

Garstang lachte zynisch. »Kaum. Ich berichte in einen elektrischen Stimmenübermittler; meine Anweisungen erhalte ich durch die Post oder über dasselbe Sprechgerät.«

»Wie viele Wohltäter gibt es?«

»Außer mir noch einen – das hat man mir jedenfalls gesagt.«

»Der andere Wohltäter und der Mann ohne Gesicht haben auch solche Geräte?«

»Ich habe keine Ahnung.«

Etzwane fragte: »Der Mann ohne Gesicht und zwei Wohltäter – nur drei Personen – üben die Kontrolle über ganz Shant aus?«

Garstang zuckte uninteressiert die Achseln. »Wenn er wollte, könnte der Mann ohne Gesicht die Arbeit allein erledigen.«

Eine Weile herrschte Schweigen. Ifness und Etzwane betrachteten ihren Gefangenen, der ihre Blicke sorglos und mit spöttisch hochgezogenen Augenbrauen erwiderte. Etzwane fragte: »Warum will der Mann ohne Gesicht nichts gegen die Rogushkoi unternehmen?«

»Ich weiß auch nicht mehr als du.«

Etzwane sagte mit brüchiger Stimme: »Für einen Mann, der dem Tod so nahe ist, bist du sehr gelassen.«

Garstang wirkte überrascht. »Ich sehe keinen Grund, den Tod zu fürchten.«

»Du hast versucht, mir das Leben zu nehmen. Warum sollte ich nicht dafür das deine nehmen?«

Garstang starrte ihn mit Verwirrung an, dann sagte er verächtlich: »Ich habe nicht versucht, dir das Leben zu nehmen; solche Befehle hatte ich nicht.«

Ifness hob hastig die Hand, um Etzwanes wütende Erwiderung zu bremsen. »Was hattest du denn für Befehle?«

»Ich sollte an einer Versammlung im Pandamon-Park teilnehmen; ich sollte den Kode des Redners festhalten und ihm zu seiner Wohnung folgen; dort sollte ich Informationen sammeln.«

»Aber du hattest keine Anweisung, den Kopf des Redners zu nehmen?«

Garstang setzte zu einer Antwort an, warf zuerst Etzwane, dann Ifness einen mißtrauischen Blick zu, woraufhin eine Veränderung mit ihm vorzugehen schien. »Warum fragt ihr?«

»Jemand hat versucht, mir den Kopf zu nehmen«, sagte Etzwane. »Wenn du das nicht gewesen bist, muß es der Mann ohne Gesicht gewesen sein.«

Garstang zuckte abschätzend die Achseln. »Kann schon sein. Aber das hat nichts mit mir zu tun.«

»Vielleicht nicht«, sagte Ifness höflich. »Aber jetzt haben wir keine Zeit mehr zum Plaudern. Wir müssen den Empfang der Person vorbereiten, die dich suchen kommt. Bitte dreh dich um.«

Garstang stand langsam auf. »Was hast du vor?«

»Ich werde dich betäuben. Wenn alles gutgeht, bist du in Kürze wieder frei.«

Anstelle einer Antwort warf sich Garstang zur Seite und hob mit grotesker Bewegung das Bein. »Paß auf!« schrie Etzwane. »Er hat eine Beinpistole!«

Feuer! Grelles Licht! Eine Explosion fetzte durch die Aufschläge von Garstangs eleganter Hose, das Klirren zerbrochenen Glases, dann der dumpfe Laut, als Garstang zu Boden sank. Ifness, der sich geistesgegenwärtig geduckt und seine Handwaffe gezogen und abgefeuert hatte, starrte entsetzt den Toten an. Etzwane hatte ihn noch nie so erregt gesehen. »Ich habe mich selbst beschmutzt«, zischte Ifness. »Ich habe vernichtet, was ich zu bewahren schwor!«

Etzwane schnaubte angewidert durch die Nase. »Hier jammerst du einem Mörder nach, der seine gerechte Strafe erhalten hat, bei anderer Gelegenheit hast du dich abgewendet, als du jemand hättest retten können.«

Ifness starrte ihn eine Weile an und sagte dann mit ruhiger Stimme: »Es ist nun mal geschehen. Was hat ihn nur bewogen, so unüberlegt zu handeln? Er war hilflos.« Ifness überlegte. »Da liegt noch vieles im dunkeln.« Er machte eine herrische Geste. »Durchsuch den Mann und bring ihn hinten in den Schuppen. Ich muß seinen Reif umbauen.«

Eine Stunde später richtete sich Ifness von seiner Arbeit auf. »Zusätzlich zu den Stromkreisen für ›Explosion‹ und ›Echo‹ habe ich noch ein einfaches Vibrationssignal entdeckt. Ich habe eine Anzeige installiert, die uns informiert, sobald jemand nach Garstang sucht. Das dürfte ziemlich bald der Fall sein.« Er ging zur Tür. Die Sonnen waren hinter den Ushkadel gerollt; die weiche Dämmerung Garwiys, erhellt durch eine Million farbiger Lichtimpulse, senkte sich über das Land. »Vor uns liegt ein taktisches Problem«, sagte Ifness. »Erstens, was haben wir erreicht? Sehr viel, will mir scheinen. Garstang hat recht überzeugend abgestritten, daß er dir den Kopf nehmen wollte – deshalb können wir diese Versuche durchaus dem Mann ohne Gesicht zuschreiben. Wir können auch annehmen, daß er im Pandamon-Park und somit in Reichweite meiner Kamera war. Wenn wir wollen, können wir den Versuch machen, jeden der zweihundert Anwesenden zu identifizieren und auszuforschen – was allerdings eine mühsame Sache wäre.

Zweitens: Was können wir als nächstes vom Mann ohne Gesicht erwarten? Er wartet auf Garstangs Bericht. Wegen seines Fehlschlags, dem ›anonymen Abenteurer‹ den Kopf zu nehmen, wird er – gelinde gesagt – neugierig sein. Da ihm Informationen fehlen, wird er erst ärgerlich, dann besorgt sein. Ich würde sagen, daß Garstangs Bericht vor einer Stunde fällig war; wir können ein an seinen Reif gerichtetes Signal jeden Augenblick erwarten. Garstang wird natürlich nicht antworten. Der Mann ohne Gesicht muß dann entweder einen anderen Wohltäter schicken oder sich selbst auf die Suche nach dem Garstang machen – mit Hilfe der Peilimpulse.

Wir haben also eine Situation, die der von heute morgen entspricht. Anstelle des ›anonymen Abenteurers‹ und seiner angedrohten Aufforderung zum Aufruhr haben wir jetzt Garstangs Reif, der unser Opfer zum Handeln bringt.«

Etzwane stimmte widerstrebend zu: »Klingt ganz vernünftig.«

Aus Garstangs Reif drang ein dünner, klarer Laut, der unheimlich durch die Stille klang, gefolgt von viermaligem Stakkato-Surren.

Ifness nickte langsam. »Da: das Signal an Garstang, sich sofort zu melden. Es wird Zeit, daß wir verschwinden. Das Haus bietet uns keinen Schutz.« Er ließ Garstangs Reif in einen weichen schwarzen Beutel fallen und legte nach kurzem Überlegen auch einige seiner Präzisionswerkzeuge hinein.

»Wenn wir uns nicht beeilen, haben wir bald die Diskriminatoren auf dem Hals«, brummte Etzwane.

»Ja, wir müssen uns beeilen. Schalte den Echostromkreis deines Halsreifs aus, wenn du das nicht schon getan hast.«

»Längst geschehen.«

Die beiden verließen das Haus und gingen auf Garwiys Silhouette zu. Dahinter schimmerten am Ushkadel Tausende von Palästen. Wie er so mit Ifness durch die Dunkelheit wanderte, kam sich Etzwane wie ein Gespenst in Begleitung eines anderen Gespenstes vor; sie waren Wesen mit einer unheimlichen Mission, allen anderen Menschen in Shant entfremdet. »Wohin gehen wir?«

»In ein Lokal, eine Taverne, irgendwohin. Dort deponieren wir Garstangs Reif in einer stillen Ecke und warten ab, wer sich dafür interessiert.«

Etzwane hatte nichts dagegen einzuwenden. »Dahinten liegt Fontenays Schänke am Fluß. Frolitz und die Truppe werden dort sein.«

»Warum nicht? Dort hast du wenigstens den Schutz deines Instruments.«

Musik tönte durch die offene Tür Fontenays; Etzwane erkannte die fließenden Baßtöne von Frolitz' Holzhorn, den anmutigen Anschlag von Fordyces Khitan und Mielkes bedächtige Rhythmen, und plötzlich hatte er das Gefühl, daß ihm etwas fehlte, und ihm stiegen die Tränen in die Augen. Sein bisheriges Leben, das so elend gewesen war, als noch jeder Florin in den Sparstrumpf wanderte, kam ihm nun süß und begehrenswert vor.

Sie traten ein und warteten im Schatten. Ifness blickte durch den Schankraum. »Wohin führt die Tür dort?«

»In Fontenays Privaträume.«

»Und der Flur da hinten?«

»Führt zur Treppe und zum Hinterausgang.«

»Und die Tür hinter Frolitz?«

»Dahinter liegt ein Lagerraum, in dem die Musiker ihre Instrumente aufbewahren.«

»Das müßte gehen. Nimm Garstangs Reif, geh in den Lagerraum, um dein Instrument zu holen, und häng den Reif irgendwo nahe der Tür auf. Wenn du dann wieder nach draußen kommst ...« Aus dem schwarzen Beutel tönte das Surren des Suchimpulses. »Es wird bald jemand hier sein. Wenn du wieder herauskommst, such dir einen Platz möglichst dicht vor der Tür. Ich setze mich in diese Ecke. Wenn du etwas Bedeutsames bemerkst, sieh in meine Richtung und wende dann dein linkes Ohr dem Auffälligen zu. Tu dies mehrmals, falls ich es nicht gleich bemerke, da ich noch anderes zu tun habe ... Noch einmal: wo liegt der Hinterausgang?«

»Am Ende des Flurs, an der Treppe vorbei und dann rechts.«

Ifness nickte. »Du bist jetzt Musiker, ein Teil der Truppe. Vergiß den Reif nicht.«

Etzwane nahm den Reif und steckte ihn in seine Innentasche. Er ging zu Frolitz, der ihm gleichgültig zunickte. Etzwane erinnerte sich, daß er erst einen Tag gefehlt hatte – es kam ihm wie ein ganzer Monat vor. Er ging in den Lagerraum, hängte den Reif an einen Haken neben der Tür und bedeckte ihn mit einer alten Jacke. Er fand seine Khitan, sein Tringolet und sein schönes silberverziertes Holzhorn und trug die Instrumente auf die Plattform. Dort suchte er sich einen Stuhl und ließ sich nur einen Meter von der Tür entfernt nieder. Ifness saß noch in der Ecke der Taverne; nach seinem Gesichtsausdruck hätte man ihn für den Schreiber eines Kaufmanns halten können, der hier die Musik genoß; niemand hätte zweimal hingeschaut. Etzwane, der nun mit der Truppe spielte, verschmolz noch mehr mit seiner Umgebung. Etzwane lächelte säuerlich. Diese Jagd auf den Mann ohne Gesicht war nicht ohne ihre lächerlichen Aspekte.

Nachdem nun Etzwane mitspielte, legte Fordyce die Khitan fort und nahm das Baßhorn; Frolitz nickte befriedigt.

Etzwane spielte nur mit einem Viertel seiner Konzentration. Seine Musikalität schien seltsam angeregt, von einer übermäßigen Klarheit der Sinne bestimmt. Jedes Geräusch im Raum drang überlaut an sein Ohr: jeder Ton der Instrumente, jedes Beben, das Gläserklirren, das dumpfe Poltern der Krüge, das Lachen, die Gespräche. Und aus dem Lagerraum das beinahe hektische Surren des Garstang-Reifs. Etzwane blickte in die entfernte Ecke des Raums, suchte Ifness' Blick, hob die Hand, als wolle er seine Khitan stimmen und deutete mit dem Daumen auf den Lagerraum. Ifness nickte.

Die Musik verstummte. Frolitz wandte sich um. »Wir spielen das alte Stück von Anatoly; du, Etzwane ...« Frolitz erläuterte eine Variation der Harmonien. Die Barbedienung brachte Krüge mit Bier; die Musiker erfrischten sich. Etzwane dachte: Das ist das richtige Leben, ruhig, entspannt, keine Sorgen auf der Welt. Bis auf die Rogushkoi und den Mann ohne Gesicht. Er hob seinen Krug und trank. Frolitz gab ein Zeichen; die Musik begann. Etzwane ließ seinen Fingern freien Lauf; seine Aufmerksamkeit war hierhin und dorthin gerichtet. Fontenay machte heute abend ein gutes Geschäft, alle Tische waren besetzt. Die Glasknöpfe oben in der dunkelblauen Glaswand ließen den Schimmer der Straßenlampen herein; über der Bar hingen zwei weiße Glühkuppeln. Etzwane blickte in alle Ecken, musterte jeden Anwesenden und die Leute, die durch die Tür kamen oder den Raum verließen. Aljamo, der mit den Fingern über das Marimbabrett strich, das hübsche Mädchen, das sich ganz in der Nähe an einen Tisch gesetzt hatte, Frolitz, der nun einen Marsch intonierte, und schließlich Ifness. Wer von den Leuten würde in ihm den »anonymen Abenteurer« erkennen, der den Mann ohne Gesicht so nervös gemacht hatte?

Etzwane dachte an sein früheres Leben. Er wußte, was Melancholie war. Sein einziges Vergnügen entsprang der Musik. Sein Blick wanderte zu dem hübschen Mädchen, das ihm schon einmal aufgefallen war: vermutlich eine Ästhetin vom Ushkadel. Sie war mit schlichter Eleganz gekleidet – ein dunkelrotes Kleid, ein silbernes Stirnband mit zwei Bergkristallen, die über die Ohren herabhingen, ein seltsamer, mit Juwelen besetzter Gürtel, Schuhe aus rosa Satin und rosa Glas. Sie war dunkelhaarig und hatte ein kluges, ernstes Gesicht; noch nie war Etzwane von einer Frau so gebannt gewesen. Er wandte den Blick ab, spielte aber nun mit neuer Konzentration und Intensität – für sie. Noch nie hatte er so klangvoll gespielt, mit so fröhlichen Passagen und klaren Akkorden. Frolitz warf ihm einen etwas belustigten Blick zu, als wollte er fragen: »Was ist denn mit dir los?« Das Mädchen beugte sich vor und flüsterte ihrem Begleiter etwas zu, einem Mann, den Etzwane bisher kaum wahrgenommen hatte: im mittleren Alter, offenbar auch Ästhet. Hinter Etzwane stieß der Reif seine schrillen Laute aus und erinnerte ihn an seine Verantwortung.

Das Ästhetenmädchen und ihr Begleiter wechselten an einen Tisch unmittelbar vor Etzwane, wobei der Mann schlechtgelaunt und gelangweilt wirkte.

Die Musik endete. Das Mädchen sagte zu Etzwane: »Du spielst sehr gut.«

»Ja«, sagte Etzwane mit bescheidenem Lächeln. »Ich glaube schon.« Er blickte zu Ifness hinüber, der mißbilligend die Stirn runzelte. Ifness hatte sich gewünscht, daß dieser Tisch in der Nähe des Lagerraums unbesetzt bliebe. Etzwane machte wieder das schnelle Daumensignal, und Ifness nickte leicht.

Frolitz sagte über die Schulter: »Der Feiertanz.« Er ruckte mit dem Kopf, um den Rhythmus vorzugeben; die Musik setzte ein, ein betonter Quickstep, auf und ab, mit überraschenden Pausen und Doppeltakten. Etzwanes Anteil war eine drängende Folge von Akkorden; dabei ließ er kein Auge von dem Mädchen. Aus der Nähe sah sie noch besser aus. Ein leichter Duft ging von ihr aus; ihre Haut schimmerte; sie wußte mit der Schönheit umzugehen, so wie Etzwane sich auf Musik verstand. Er dachte mit plötzlicher Heftigkeit. »Ich will sie haben; ich muß sie für mich gewinnen.« Er sah sie an, und seine Absicht stand deutlich in seinen Augen. Sie zog die Brauen hoch und wandte sich an ihren Begleiter.

Die Musik verstummte; das Mädchen kümmerte sich nicht mehr um Etzwane. Sie schien unruhig zu sein. Sie berührte ihr Stirnband, rückte ihren Gürtel zurecht. Hinter Etzwane ertönte das Surren des Reifs. Das Mädchen fuhr herum und starrte auf die Tür. »Was ist das?« fragte sie Etzwane.

Etzwane tat, als lausche er angestrengt. »Ich höre nichts.«

»Macht da jemand seltsame Geräusche?«

»Vielleicht ein Musiker beim Üben.«

»Du machst Witze.« Ihr Gesicht zeigte – Humor? Belustigung? Etzwane wußte es nicht.

»Jemand ist da drin – vielleicht ein Kranker«, vermutete sie. »Du solltest nachsehen.«

»Wenn du mitkommst.«

»Nein, danke.« Sie wandte sich an ihren Begleiter, der Etzwane einen hochmütigen, warnenden Blick zuwarf. Etzwane schaute zu Ifness hinüber, begegnete seinem Blick und richtete seine Augen starr auf Frolitz, der rechts von ihm stand. So deutete sein linkes Ohr auf den Tisch vor ihm.

Ifness nickte ohne großes Interesse – so wollte es Etzwane jedenfalls scheinen.

In diesem Augenblick betraten vier Männer in malvenfarbenen und grauen Uniformen die Taverne: Diskriminatoren. Einer sagte laut: »Bitte Achtung! Eine Störung ist aus diesem Gebäude gemeldet worden. Im Namen der Gesellschaft befehle ich euch, an den Plätzen zu bleiben!«

Etzwane sah, wie Ifness' Hand vorzuckte. Zwei Detonationen, zwei Blitze – die Glühkuppeln über der Bar zerplatzten. Dunkelheit und Verwirrung senkten sich über Fontenays Taverne. Etzwane stürzte vor. Er ertastete das Mädchen, riß sie an sich, zerrte sie in den Flur. Sie versuchte zu schreien; Etzwane legte ihr eine Hand über den Mund. »Keinen Laut!« Sie trat und schlug um sich, doch ihr halberstícktes Schreien ging in den heiseren Rufen aus dem Schanksaal unter.

Etzwane taumelte zum Hintereingang; er tastete nach dem Riegel, öffnete die Tür und schleppte das sich windende Mädchen in die Nacht hinaus. Hier blieb er einen Augenblick lang stehen und stellte sie auf die Beine. Sofort versuchte sie wieder nach ihm zu treten, doch Etzwane drehte sie herum, hielt ihre Arme fest umklammert. »Keinen Laut«, knurrte er ihr ins Ohr.

»Was willst du von mir?« rief sie.

»Ich schütze dich vor der Razzia. Solche Dinge sind immer sehr unangenehm.«

»Aber du bist Musiker!«

»Genau!«

»Laß mich los! Ich will zurück. Ich fürchte die Diskriminatoren nicht.«

»Was für ein Blödsinn!« rief Etzwane. »Nachdem wir nun deinen langweiligen Begleiter los sind, können wir doch woanders hingehen.«

»Nein, nein, nein!« Ihre Stimme war nun zuversichtlicher, sogar ein wenig amüsiert. »Du bist galant und kühn – aber ich muß wieder ins Lokal.«

»Das darfst du nicht«, sagte Etzwane. »Komm mit mir, und mach bitte keine Schwierigkeiten.«

Das Mädchen wurde wieder unruhig. »Wohin führst du mich?«

»Das wirst du schon sehen.«

»Nein, nein! Ich ...« Hinter ihnen tauchte jemand auf; Etzwane drehte sich um, bereit, das Mädchen fallen zu lassen und sich zu verteidigen. Ifness sagte: »Bist du das?«

»Ja. Mit einer Gefangenen.«

Ifness kam heran. Im Dämmerlicht der Gasse musterte er das Mädchen. »Wen hast du da?«

»Ich weiß es nicht genau. Sie trägt einen seltsamen Gürtel. Ich schlage vor, daß du ihn an dich nimmst.«

»Nein!« rief das Mädchen verblüfft.

Ifness löste die Gürtelschnalle. »Aber nun fort, und zwar schnell.« Er wandte sich an das Mädchen: »Mach hier keine

Szene, versuch nicht zu schreien oder sonstwie Aufmerksamkeit zu erwecken, sonst ergeht es dir schlimm. Verstanden?«

»Ja«, sagte sie heiser.

Sie nahmen das Mädchen in die Mitte, eilten durch einige Nebenstraßen und erreichten das blaue Kachelhäuschen. Ifness schloß die Tür auf, und sie traten ein.

Ifness deutete auf eine Couch. »Setz dich bitte.«

Wortlos gehorchte das Mädchen. Ifness untersuchte den Gürtel. »Wirklich seltsam.«

»Das dachte ich auch. Ich sah, daß sie den roten Knopf da berührte – immer wenn der Reif surrte.«

»Du bist sehr aufmerksam«, sagte Ifness. »Ich dachte, dich interessierte etwas ganz anderes. Aber nimm dich vor ihr in acht; denk an Garstangs Beinpistole.«

Etzwane stellte sich neben das Mädchen. »Also kein Mann ohne Gesicht, sondern eine Frau ohne Gesicht.«

Das Mädchen schnaubte verächtlich durch die Nase. »Du bist ja verrückt.«

Ifness sagte leise: »Bitte dreh dich um und leg dich mit dem Gesicht nach unten auf die Couch. Und entschuldige, daß ich dich nach Waffen absuchen muß.« Er nahm seine Aufgabe sehr genau, und das Mädchen stieß einen Schrei der Entrüstung aus, während Etzwane den Blick abwandte. »Keine Waffen«, sagte Ifness.

»Du hättest nur zu fragen brauchen«, sagte das Mädchen. »Ich hätt's dir gesagt.«

»In anderer Hinsicht bist du nicht so freimütig.«

»Du hast ja noch keine Fragen gestellt.«

»Das tue ich gleich.« Er rollte seinen Arbeitstisch herüber und stellte den Schraubstock so ein, daß er den Reif des Mädchens erfaßte. »Jetzt beweg dich nicht, sonst muß ich dich betäuben.« Er hantierte mit seinen Werkzeugen herum und öffnete ihren Ring. Mit der langen Zange griff er zu und zog einen Streifen Sprengstoff heraus. »Kein Mann ohne Gesicht, auch keine Frau ohne Gesicht«, sagte er entmutigt zu Etzwane. »Du hast die Falsche erwischt.«

»Das versuchte ich dir doch schon die ganze Zeit zu sagen«, rief das Mädchen in neuerwachender Hoffnung. »Das

Ganze ist ein schrecklicher Irrtum. Ich bin eine von Xhiallinen und will mit euren Intrigen nichts zu tun haben.«

Ifness antwortete nicht, sondern arbeitete weiter an dem Halsband. »Der Echostromkreis ist tot. Jetzt kann man dich nicht mehr aufspüren. Wir können uns beruhigen und deine angebliche Offenheit auf die Probe stellen. Du gehörst der Familie Xhiallinen an?«

»Ich bin Jurjin von Xhiallinen«, sagte das Mädchen niedergeschlagen.

»Und warum trägst du diesen Gürtel?«

»Aus einem sehr einfachen Grund – aus Eitelkeit.«

Ifness trat an einen Schrank und kehrte mit einem kleinen Beutel zurück, den er dem Mädchen gegen den Hals drückte – vorn, an den Seiten und hinten. Sie starrte ihn angstvoll an. »Das war feucht. Was hast du mit mir gemacht?«

»Die Flüssigkeit dringt durch die Haut in deine Blutbahn ein. Gleich erreicht sie dein Gehirn und lähmt ein bestimmtes kleines Organ. Dann sprechen wir weiter.«

Jurjins Gesicht wurde besorgt. Etzwane beobachtete sie fasziniert und fragte sich, wie das Mädchen leben mochte. Sie trug ihr Kleid mit Stil; sie war eindeutig als garwiysche Patrizierin erzogen worden; ihre Farben waren die der garwiyschen Rasse. Aber ihre Züge wiesen einen fremdländischen Einfluß auf. Xhiallinen, eine der Vierzehn Familien, war uraltes Blut, und vielleicht von Inzucht bestimmt. Jurjin setzte an: »Ich will euch freiwillig die Wahrheit sagen, solange ich noch nachdenken kann. Ich trage den Gürtel, weil der Anome meinen Dienst erbeten hat und ich das nicht verweigern kann.«

»Was waren das für Dienste?«

»Als Wohltäterin aufzutreten.«

»Wer sind die anderen Wohltäter?«

»Da gibt es nur noch Garstang von Allingenen.«

»Und keine anderen?«

»Ich bin sicher, daß wir beiden die einzigen sind.«

»Du, Garstang und der Mann ohne Gesicht – ihr drei habt ganz Shant beherrscht?«

»Die Kantone und Städte werden von den einzelnen Herrschern geführt. Man braucht nur durch diese Leute zu regieren.«

Etzwane setzte zum Sprechen an, hielt sich dann zurück. Diese schlanken Hände mußten oft den gelben Knopf an ihrem Gürtel gedrückt haben; sie mußte oft gesehen haben, wie die Köpfe von Menschen sich in einen Brei aus Gehirn, Blut und Knochensplitter verwandelten. Er wandte sich um, einen würgenden Kloß im Hals.

»Wer«, fragte Ifness geschickt, »ist der Mann ohne Gesicht?«

»Das weiß ich nicht. Er ist für mich ebenso gesichtslos wie für dich.«

»Ist dein Gürtel vor unbefugten Händen geschützt?« fragte Ifness.

»Ja. Man muß die graue Farbe drücken, ehe die Reiffarben eingegeben werden können.«

Ifness beugte sich vor, blickte ihr tief in die Augen und nickte leicht. »Warum hast du die Diskriminatoren zu Fontenays Schänke gerufen?«

»Ich habe sie nicht gerufen.«

»Wer dann?«

»Wahrscheinlich der Mann ohne Gesicht.«

»Wer war dein Begleiter?«

»Der Zweite von Curnainen, Matheleno.«

»Ist er der Mann ohne Gesicht?«

Auf Jurjins Gesicht malte sich Verblüffung. »Matheleno? Wie könnte er?«

»Hast du vom Mann ohne Gesicht Befehle über Matheleno erhalten?«

»Nein.«

»Ist er dein Liebhaber?«

»Der Mann ohne Gesicht hat gesagt, ich dürfe mir keine Liebhaber nehmen.« Jurjin begann undeutlich zu sprechen; ihre Lider sanken herab.

»War der Mann ohne Gesicht in Fontenays Taverne?«

»Ich bin nicht sicher. Ich glaube, er war dort und hat etwas gesehen, was ihn veranlaßte, die Diskriminatoren zu rufen.«

»Was hätte das sein können?«

»Spione.«

»Was für Spione?«

»Aus Palasedra.« Jurjin sprach sehr langsam; ihre Augen wirkten seltsam leer.

»Warum sollte er vor den Palasedranern Angst haben?« fragte Ifness.

Jurjins Stimme wurde zu einem unverständlichen Murmeln; sie schloß die Augen.

Das Mädchen schlief. Ifness blickte ärgerlich auf sie nieder.

Etzwane blickte erst das Mädchen an, dann Ifness. »Was macht dir Kummer?«

»Ihr Koma kam schnell. Zu schnell.«

Etzwane blickte in das ruhige Gesicht des Mädchens. »Aber so etwas könnte sie uns nicht vorspielen.«

»Nein.« Ifness beugte sich über Jurjin. Er betrachtete sie eingehend, öffnete ihr den Mund und starrte hinein. »Hmm.«

»Was siehst du?«

»Nichts Schlüssiges.«

Etzwane wandte sich ab, von Zweifeln und Ungewißheit geplagt. Er machte es dem Mädchen auf der Couch bequem und zog eine Decke über sie. Ifness beobachtete ihn gedankenversunken.

»Was machen wir jetzt?« wollte Etzwane wissen. Er spürte keine Abneigung mehr gegenüber Ifness; ein solches Gefühl schien sinnlos.

Ifness rührte sich, als erwache er aus einem Traum. »Wir nehmen unsere Einschätzung des Mannes ohne Gesicht und seiner Identität wieder auf – obwohl im Grunde andere Rätsel dringend erscheinen.«

»Andere Rätsel?« fragte Etzwane; er spürte, daß er geistig unbeweglich schien.

»Da gibt es mehrere. Zuerst möchte ich die Krummsäbel der Rogushkoi erwähnen. Dann versuchte Garstang aus keinem erkennbaren Grund einen Verzweiflungsangriff. Jurjin von Xhiallinen fällt in ein Koma, als sei ihr Gehirn abgeschaltet worden. Und der Mann ohne Gesicht versucht – nicht passiv, sondern aktiv – alle Demonstrationen gegen die Rogushkoi zu unterbinden. All dies scheint von einer Politik bestimmt zu sein, die über unser Vorstellungsvermögen hinausgeht.«

»Sehr seltsam«, murmelte Etzwane.

»Wären die Rogushkoi Menschen, könnten wir die Taten dieser Leute als Verrat bezeichnen; aber die Vorstellung, daß Garstang und Jurjin von Xhiallinen mit den Rogushkoi unter einer Decke stecken, ist der reinste Wahnsinn. Grotesk!«

»Nicht wenn die Rogushkoi palasedranische Monstren sind, die uns vernichten sollen.«

»Die Theorie wäre bestreitbar«, sagte Ifness, »bis sich jemand die Mühe macht, die Physiologie der Rogushkoi näher zu untersuchen und ihre Vermehrungsmethoden in Betracht zu ziehen. Dann erneuert sich der Verdacht. Doch nun zu dem kleineren Rätsel. Wer ist der Mann ohne Gesicht? Wir haben bisher zwei Steine geworfen; die Wachtel ist zweimal zusammengezuckt. Fassen wir zusammen: Uns wird durchaus glaubhaft versichert, daß der Anome nur zwei Wohltäter beschäftigte. Jurjin war nicht im Pandamon-Park, doch wurde dort der Versuch gemacht, dir den Kopf zu nehmen. Diesen Versuch müssen wir also dem Mann ohne Gesicht zuschreiben. Garstang war nicht bei Fontenay, und doch hat jemand die Diskriminatoren gerufen. Wieder müssen wir den Mann ohne Gesicht für verantwortlich halten. Ich habe an beiden Orten Fotos gemacht; wenn wir eine Person feststellen könnten, die an beiden Orten zu finden ist – nun, wir wollen mal sehen, was uns das Gesetz der Wahrscheinlichkeit sagt. Ich glaube, ich kann die Chance genau ausrechnen. Hier in der Gegend leben etwa zweihunderttausend Erwachsene, von denen zweihundert den ›anonymen Abenteurer‹ gehört haben – keine große Zahl: einer von tausend. Eine ähnliche Anzahl ist vielleicht zu Fontenay gekommen, um Frolitz' Musik zu hören: etwa hundert oder einer von zweitausend. Die Chancen, daß dieselbe Person an beiden Orten war – es sei denn, er hatte dort dringende Geschäfte wie du, ich und der Mann ohne Gesicht –, stehen deshalb eins zu zwei Millionen, sind also praktisch nicht vorhanden. Das wollen wir nun erforschen.«

Ifness zog ein Röhrchen aus mattschwarzem Metall aus der Tasche, zwei Fingerbreit im Durchmesser, eine Spanne lang. Auf der abgeflachten Oberfläche fingen einige Knöpfe das Licht ein und schimmerten in Ifness' Hand. Er justierte das

Gerät, richtete die Röhre auf die Wand neben Etzwane und projizierte einen Lichtstrahl.

Etzwane hatte noch keine so detaillierte Aufnahme gesehen. Er sah mehrere Schnappschüsse des Gesellschaftsplatzes; dann stellte Ifness das Gerät um, ließ tausend Szenen an der Wand vorbeiflackern. Das Bild beruhigte sich, zeigte den Pandamon-Park und die Menschen, die gekommen waren, um den »anonymen Abenteurer« zu hören.

»Schau dir die Gesichter sorgfältig an«, sagte Ifness. »Leider kann ich diese Aufnahmen und die Fotos aus Fontenays Schänke nicht nebeneinander zeigen; wir müssen hin und her pendeln.«

Etzwane hob den Arm: »Hier steht Garstang. Hier ... hier ... hier ...« er deutete auf andere Gesichter. »Diese Männer sind mir aufgefallen, und ich habe mich gefragt, wer wohl der Anome sein könnte.«

»Merk sie dir. Er wird auf jeden Fall wissen, wie man seine äußere Erscheinung verändert.« Ifness zeigte Bilder aus verschiedenen Blickwinkeln; gemeinsam musterten sie jedes sichtbare Gesicht.

»Jetzt Fontenays Taverne.«

Der Saal war halbleer; die Musiker saßen auf dem Podium. Matheleno und Jurjin hatten sich noch nicht an den Tisch vor Etzwane gesetzt.

Ifness lachte leise. »Du hast eine vollkommene Verkleidung gewählt – du erscheinst als du selbst.«

Etzwane, der Ifness' Amüsement nicht verstand, knurrte etwas vor sich hin.

»Jetzt ist etwas Zeit vergangen. Die junge Frau und Matheleno sitzen an deinem Tisch. Kann Matheleno einer der Männer aus dem Pandamon-Park sein?«

»Nein«, sagte Etzwane nach einigem Überlegen. »Doch ähnelt er irgendwie Garstang.«

»Die Ästheten sind durchaus eine eigenständige Gruppe – tatsächlich sogar eine Rasse im Prozeß der Differenzierung.«

Wieder wechselte das Bild. »Jetzt ist es vier oder fünf Minuten vor Ankunft der Diskriminatoren. Ich würde sagen, der Mann ohne Gesicht muß jetzt im Raum sein. Er steht bestimmt an einer Stelle, von der aus er seine Wohltäter beobachten kann.« Ifness erweiterte den Lichtstrahl, vergrößerte die Bilder, strahlte einige zur Decke, einige zum Boden ab. Indem er den Projektor bewegte, holte er die Köpfe nacheinander auf die Wand neben Etzwane.

Dieser hob den Arm. »Der Mann in der Ecke, der dort an der Bar lehnt.«

Ifness vergrößerte das Bild. Sie musterten das Gesicht. Es war ein ruhiges Antlitz mit breiter Stirn, klugem Blick, kleinem Kinn und Mund. Der Mann selbst war gedrungen und sportlich. Sein Alter ließ sich schwer abschätzen.

Ifness schaltete zum Pandamon-Park zurück. Etzwane deutete auf einen kleinen Mann mit dem geschürzten Mund und klugen schrägen Augen. »Das ist er.«

»Ja«, sagte Ifness. »Das ist er, wenn sich meine Logik und die Wahrscheinlichkeitsgesetze nicht irren – dabei ist das eine so unumstößlich wie das andere.«

Eine Zeitlang studierten sie das Gesicht des Mannes ohne Gesicht.

»Was jetzt?« fragte Etzwane.

»Im Augenblick – nichts. Geh zu Bett, schlaf dich aus. Morgen geben wir dem Burschen einen Namen. Ein Gesicht hat er schon.«

»Was ist mit ihr?« Etzwane deutete auf das betäubte Mädchen.

»Die wird sich zwölf oder vierzehn Stunden lang nicht mehr rühren.«

12

Die Sonnen tollten wie übermütige Kätzchen am malvenfarbenen Herbsthimmel: Sasetta über Ezeletta hinter Zael. Ifness verließ langsam und vorsichtig das Haus, wie ein alter grauer Fuchs, der sich auf die Jagd begibt. Etzwane saß mit aufgestemmten Ellbogen da und dachte an Jurjin von Xhiallinen. Sie lag auf der Couch, wie Ifness sie hatte liegen lassen, und atmete regelmäßig: ein Wesen, das für Etzwane eine bezaubernde Erscheinung war, schön genug, um einen jungen Mann wie ihn zu hypnotisieren. Er betrachtete ihr Gesicht: die reine helle Haut, das rassige Profil, die dunklen Wimpern.

Wie vertrug sich diese Erscheinung Jurjins von Xhiallinen mit dem entsetzlichen Beruf, den sie ausübte? Keine Frage – jemand mußte die Arbeit tun. Wenn Verbrechen ungestraft blieben, würde in Shant die Anarchie ausbrechen, wie in den alten Tagen, da die Kantone untereinander zerstritten waren. Etzwanes Gedanken waren verwirrt – pendelten zwischen nüchterner Erklärung und Abscheu hin und her. Sie hatte sich vom Anome lenken lassen, sie hatte keine andere Wahl gehabt, als zu gehorchen. Aber warum hatte sie der Anome zu sich gerufen, diese Jurjin von Xhiallinen, warum hatte er sie zu seiner Wohltäterin bestimmt? Gewiß waren doch Männer wie Garstang für solche Aufgaben geeigneter. Der Geist des Anome war wie ein Labyrinth aus zahlreichen seltsamen Kammern. Wie die Gehirne aller Menschen, einschließlich seines eigenen, sagte sich Etzwane bitter.

Er hob die Hand und schob eine Locke ihres weichen dunklen Haars zurecht. Ihre Lider begannen zu zucken, hoben sich langsam. Sie wandte den Kopf und blickte Etzwane an. »Du bist der Musiker.«

»Ja.«

Sie rührte sich nicht und dachte nach. Sie bemerkte das Licht, das durch das Fenster hereinströmte, und fuhr zusammen. »Es ist Tag. Ich kann hier nicht bleiben.«

»Du mußt aber.«

»Warum?« Sie schenkte ihm einen betörenden Blick. »Ich habe dir nichts getan.«

»Aber du würdest mir schaden, wenn du nur könntest.«

Jurjin musterte Etzwanes mürrisches Gesicht. »Bist du ein Verbrecher?«

»Ich bin der ›anonyme Abenteurer‹, den Garstang töten sollte.«

»Hast du Aufruhr gepredigt?«

»Ich habe gefordert, daß der Mann ohne Gesicht Shant vor den Rogushkoi schützt. Das ist keine unbillige Forderung.«

»Die Rogushkoi braucht niemand zu fürchten. Der Anome hat uns das gesagt.«

Etzwane schnaubte zornig. »Ich habe die Folgen eines Überfalls auf Bashon gesehen. Dabei wurde meine Mutter getötet.«

Jurjins Gesicht wurde ausdruckslos. Sie murmelte: »Niemand braucht sich vor den Rogushkoi zu fürchten.«

»Wie würdest du denn mit ihnen umgehen?«

Jurjin starrte ihn an. »Ich weiß es nicht.«

»Und was machst du, wenn sie in Garwiy eindringen? Möchtest du überwältigt werden? Möchtest du ein Dutzend Rogushkoi-Kinder austragen, die dir im Schlaf aus dem Körper kriechen?«

Jurjins Gesicht zuckte. Sie begann zu weinen, verstummte dann und beruhigte sich. »Das betrifft den Anome.« Sie stützte sich auf einen Ellbogen und ließ langsam die Beine zu Boden gleiten, ohne den Blick von Etzwane zu nehmen. Etzwane beobachtete sie ruhig. Er sagte: »Hast du Hunger oder Durst?«

Sie antwortete nicht direkt. »Wie lange willst du mich hier festhalten?«

»Bis wir den Mann ohne Gesicht gefunden haben.«

»Was wollt ihr mit ihm anstellen?«

»Wir wollen darauf dringen, daß er etwas wegen der Rogushkoi unternimmt.«

»Ihr wollt ihm nicht schaden?«

»Ich nicht«, sagte Etzwane, »obwohl er ungerechterweise versucht hat, mich umzubringen.«

»Die Taten des Anome sind immer gerecht. Wenn ihr ihn nun nicht findet?«

»Dann bleibst du hier. Könnte es anders sein?«

»Von deinem Standpunkt aus nicht. Warum siehst du mich so an?«

»Ich mache mir Gedanken über dich. Wie viele Menschen hast du getötet?«

Sie schrie: »Einen weniger, als ich mir wünschen würde!« Im gleichen Augenblick sprang sie auf und eilte zur Tür. Etzwane blickte ihr nach. Zehn Fuß von der Couch entfernt wurde sie von der Schnur gestoppt, die Ifness ihr um die Hüfte geschlungen und an der Couch befestigt hatte. Sie schrie auf vor Schmerz, drehte sich um und zerrte hastig an der Fessel. Etzwane beobachtete sie in aller Ruhe, ohne Mitleid.

Jurjin fand den Knoten zu kompliziert. Langsam kehrte sie

zur Couch zurück. Etzwane hatte ihr nichts mehr zu sagen.

So saßen sie zwei Stunden lang da. Dann kehrte Ifness so unauffällig zurück, wie er gegangen war. Er trug einen Aktendeckel bei sich, den er Etzwane reichte; darin lagen sechs große Fotoabzüge, die so scharf waren, daß Etzwane die dünnen Wimpern des Mannes zählen konnte. Im Pandamon-Park hatte er eine weiche Kappe ohne Krempe getragen, tief in die Stirn gezogen; dies gab seinem Gesicht zusammen mit dem herabgezogenen kleinen Mund und der kleinen, fast unreifen Nase einen Bulldoggenausdruck. Bei Fontenay war das dunkle Haar einer Perücke von der Stirn herabgekämmt, so daß es sich in Locken um die Ohren legte; ein Stil, wie er in der oberen Mittelschicht Garwiys gepflegt wurde; die Haartracht ließ die Stirn des Mannes frei und milderte den verkniffenen Ausdruck von Nase und Mund. In keinem Bild blickten die Augen geradeaus, sondern schauten zur Seite. An beiden Orten wirkte er humorlos, entschlossen, in sich gekehrt und rücksichtslos.

Etzwane betrachtete die Bilder, bis er sich das Gesicht eingeprägt hatte. Dann reichte er Ifness die Aufnahmen zurück.

Jurjin, die auf der Couch saß, tat gelangweilt, Ifness reichte ihr die Fotos. »Wer ist dieser Mann?«

Jurjins Lider zuckten ein winziges Stück herab; sie sagte mit einer Stimme, die etwas zu beiläufig klang: »Ich habe keine Ahnung.«

»Hast du ihn schon einmal gesehen?«

Jurjin runzelte die Stirn und fuhr sich mit der Zunge über die Lippen. »Ich sehe viele Leute, ich kann mich doch nicht an alle erinnern.«

Ifness fragte: »Wenn du den Namen dieses Mannes kennst, würdest du uns das sagen?«

Jurjin lachte. »Natürlich nicht.«

Ifness nickte und trat an den Wandschrank. Jurjin beobachtete ihn mit entsetzt verzogenem Mund. Ifness fragte über die Schulter: »Hast du Hunger oder Durst?«

»Nein.«

»Und du mußt auch nicht auf die Toilette?«

»Nein.«

»Das solltest du dir aber überlegen«, sagte Ifness mahnend, »denn jetzt muß ich eine hypnotische Tinktur anwenden. Du wirst dich zwölf Stunden lang nicht mehr rühren, was, zusätzlich zu den zwölf Stunden, die du schon auf der Couch verbracht hast, zu einem Unglück führen könnte.«

»Na gut«, sagte Jurjin kühl. »Dann laßt mich bitte frei; ich möchte mir gern Hände und Gesicht waschen.«

»Natürlich.« Ifness knotete die Schnur auf; Jurjin ging auf die Tür zu, die Ifness ihr bezeichnete. Ifness sagte zu Etzwane: »Stell dich vor das Badezimmerfenster.«

Etzwane hatte seinen Posten gerade bezogen, als sich das Fenster schon langsam öffnete und Jurjin herausschaute. Als sie Etzwane erblickte, runzelte sie die Stirn und schloß das Fenster wieder.

Jurjin kehrte langsam ins Wohnzimmer zurück. »Ich habe keine Lust, mich wieder betäuben zu lassen«, sagte sie schnippisch. »Davon bekomme ich schreckliche Träume.«

»O wirklich? Wovon träumst du denn?«

»Weiß ich nicht mehr. Jedenfalls schreckliche Dinge, und mir wird ganz übel.«

Ifness ließ sich nicht rühren. »Dann gebe ich dir eine größere Dosis.«

»Nein, nein! Du wolltest mich doch wegen der Bilder befragen! Ich will dir helfen, so gut es geht!« Sie hatte ihren Schwung verloren; ihr Gesicht wirkte weich, verletzlich, flehend. Etzwane fragte sich, wie es aussah, wenn sie den Finger auf den gelben Knopf legte.

»Hältst du Informationen zurück, die die Bilder betreffen?« fragte Ifness.

»Und wenn? Würdest du Untreue von mir erwarten?«

»Nein«, sagte Ifness. »Ich setze die Droge ein und nehme dir die Entscheidungsmöglichkeit. Bitte leg dich wieder auf die Couch.«

»Da wird mir nur übel. Ich werde mich wehren; ich werde treten und schreien und beißen.«

»Nicht lange«, sagte Ifness gelassen.

Das Mädchen lag schluchzend auf der Couch. Etzwane saß schweratmend auf ihren Knien und hielt ihr die Arme fest.

Ifness spritzte ihr die Lösung in den Hals. Augenblicklich stellte sie die Gegenwehr ein.

Ifness fragte: »Was weißt du von dem Mann auf dem Foto?«

Jurjin lag wie im Koma da.

Etzwane sagte mit leiser Stimme: »Du hast die Dosis zu stark gemacht.«

»Nein«, sagte Ifness. »Eine Überdosis hat nicht diese Wirkung.«

»Was ist dann mit ihr los?«

»Ich habe keine Ahnung. Zuerst wählt Garstang eine absurde Selbstmordmethode – und jetzt das.«

»Glaubst du, sie kennt den Mann ohne Gesicht?«

»Nein. Aber sie kennt den Mann auf den Fotos. Die Ästheten sind einander schließlich nicht fremd.« Ifness musterte die Aufnahmen. »Oh, ich vergaß zu erwähnen, daß ein Bild des ›anonymen Abenteurers‹ am Gesellschaftsplatz hängt, mit der Bitte der Diskriminatoren um Informationen.«

»Hm. Dann stehe ich also auf der Fahndungsliste.«

»Bis wir uns mit dem Mann ohne Gesicht auseinandersetzen.«

»Der wird sich vorsehen, nachdem nun beide Wohltäter verschwunden sind.«

»Das könnte ich mir vorstellen. Die Identität seiner Gegner dürfte ihm ziemlich zu schaffen machen.«

»Jurjin sprach von palasedranischen Spionen.«

»Ähnliche Theorien beschäftigen vielleicht auch den Mann ohne Gesicht.« Ifness musterte die Aufnahmen. »Siehst du seinen Halsreif? Die Farben? Was bedeuten sie?«

»Das Purpurgrün steht für Garwiy. Doppeltes Schwarzgrün bezeichnet eine Person ohne Beruf: einen Landbesitzer, Industriellen, einen ausländischen Kaufmann oder einen Ästheten.«

Ifness nickte langsam. »Also nichts Ungewöhnliches. Der Reif wird jedenfalls nicht auf einen Echoimpuls ansprechen. Gewiß, wir könnten am Ushkadel herumwandern und Fragen stellen, aber dabei würden uns schnell die Diskriminatoren aufspüren.«

Etzwane betrachtete die Fotos. »Er reist in Shant herum,

jedenfalls in gewissem Umfang. Vielleicht erkennen die Angestellten des Ballonwegs das Gesicht.«

»Aber würden sie uns Informationen geben? Oder würden sie sich an die Diskriminatoren wenden?«

»Die Verleger von *Klatsch* hätten bestimmt einen Namen für ihn, aber dagegen läßt sich wohl der gleiche Einwand erheben.«

»Genau. Fragen erwecken Mißtrauen. Ehe man zwei Fremden Auskunft gibt, verständigt man lieber den Chef.«

Etzwane deutete auf den Kragen an der Jacke des Mannes ohne Gesicht. »Sieh dir seine Brosche an: Silber und Amethyst in geschickter Zusammenstellung. Die Schmiede für solche Schmuckstücke arbeiten am Neroiplatz westlich vom Gesellschaftsplatz. Der Hersteller würde seine Arbeit bestimmt wiedererkennen. Wenn wir ihm erzählen, daß wir das Schmuckstück gefunden haben, nennt er uns vielleicht den Namen der Person, an die er es verkauft hat.«

»Ausgezeichnet«, sagte Ifness. »Diesen Plan probieren wir aus.«

Der Neroiplatz lag im Zentrum der Altstadt. Das Pflaster – drei Fuß lange Fliesen aus lavendelfarbenem Glas – war abgetreten und unregelmäßig, der Brunnen im Zentrum stammte aus der Zeit des ersten Caspar Pandamon. Eine doppelstökkige Arkade aus durchsichtigem schwarzen Glas umgab den Platz, und an jeder Stützsäule schimmerte das Emblem einer seit zweitausend Jahren ausgestorbenen Kaufmannsfamilie. Die alten Büros waren in Werkstätten für Garwiys Juweliere und Kunstschmiede umgestaltet worden. Sie alle arbeiteten in eifersüchtiger Abgeschiedenheit und nahmen nur Söhne oder Neffen als Lehrlinge auf, ohne auch nur die Existenz der Konkurrenz anzuerkennen. Die Arbeiten der Läden spiegelten das Temperament des jeweiligen Chefs wider; einige waren für ihre Opale, Achate und Mondsteine bekannt, andere schnitzten Turmalin oder Beryll; wieder andere schufen mikroskopisch kleine Miniaturen aus Zinnober, Lapislazuli, Türkisen und Bernstein. Um Mode und Launen kümmerte man sich nur widerwillig; Sonderanfertigungen wurden ohne Begeisterung in Auftrag genommen. Kein Stück trug ein Siegel oder einen Stempel; jeder Künstler hielt seine Arbeit für sofort erkennbar.

Der Laden des Zafonce Agabil war im Augenblick große Mode; seine Entwürfe wurden für hübsch und gut gehalten. Ifness und Etzwane betraten das Geschäft, und Ifness warf eine Ausschnittsvergrößerung seines Fotos auf den Tresen. »Jemand hat eine solche Brosche in meinem Haus verloren; hast du sie hergestellt? Wenn ja, kannst du mir den Namen des Eigentümers nennen, damit ich das Stück zurückgeben kann?«

Die Bedienung, einer der vier Söhne Agabils, untersuchte das Foto mit verächtlichem Zucken der Mundwinkel. »Das ist bestimmt keine Arbeit von uns.«

Im Laden des Lucinetto erhielt Ifness eine ähnliche Auskunft, der jedoch hinzugefügt wurde: »Es ist eine irgendwie altmodische Arbeit. Es könnte sich um ein Erbstück handeln. Der Cabochon ist mit einer übermäßig flachen Rundung geschliffen, wie bei einem Granat. Auf keinen Fall unsere Arbeit; wir würden einen Stein niemals so verschandeln.«

Ifness und Etzwane verließen den Laden.

Bei Meretrice zeigten sie dem jüngsten Sohn die Aufnahme. »Ja, das ist eines unserer Stücke, im Stil der Siume-Dynastie. Seht ihr, wie der Dabochon lebt? Das rührt von einer besonderen Kontur her, die nur wir kennen. Das Stück ist verloren? Wie schade! Ich erinnere mich nicht an den Erwerber; das Stück wurde vor über fünf Jahren gemacht.«

»Ich glaube, ich kenne den Eigentümer«, sagte Ifness. »Er kam als Freund einer meiner Gäste, ich weiß nur seinen Namen nicht mehr.« Er zog eine Aufnahme des Mannes ohne Gesicht aus der Tasche.

Meretrice warf einen Blick darauf. »Ja! Das ist Sjarano vom Sershan-Palast, ein Eigenbrötler. Ich bin überrascht, daß er zu deinem Bankett gekommen ist.«

13

Der Sershan-Palast, eine komplizierte Ansammlung aus reinem und farbigem Glas, blickte in südöstlicher Richtung über Garwiy. Ifness und Etzwane erkundeten das Grundstück aus sicherer Entfernung. Sie bemerkten keine Bewegung, weder im Innenhof noch in dem Teil des Gartens, den sie einsehen konnten. Das Archivbüro hatte keine interessanten Informationen erbracht. Die Geschichte der Sershan-Linie ging bis in die Urzeit zurück. Prinz Varo Sershan von der Wildrose hatte Viana Paizifume unterstützt; ein gewisser Almank Sershan hatte einen Angriff auf die Südküste von Caraz geführt und war mit einem gewaltigen Vermögen an silbernen Leichenbildnissen zurückgekehrt. Sajarano war der letzte direkte Abkomme. Seine Frau war vor zwanzig Jahren kinderlos gestorben; er hatte sich nicht neu verheiratet. Noch immer führte er die vererbten Wildrosegüter der Familie und war ein eifriger Landwirtschaftler. Als Erbe wurde ein Cousin vermutet, Cambarise von Sershan.

»Wir hätten die Möglichkeit, zur Tür zu gehen und um eine Unterredung mit seiner Exzellenz Sajarano zu bitten«, sagte Ifness. »Für eine solche Annäherung spricht in ihrer Einfachheit vieles. Schade ist nur«, sagte er nach kurzer Überlegung, »daß mein Köpfchen immer Gefahren entdeckt. Wenn er uns nun erwartet? Das ist ganz und gar nicht unmöglich. Meretrice ist vielleicht mißtrauisch geworden. Der Schreiber im Archivbüro machte mir einen zu eifrigen Eindruck.«

»Ich glaube, Sajarano würde bei unserem Auftauchen sofort die Diskriminatoren rufen«, sagte Etzwane. »An seiner Stelle würde ich mir große Sorgen machen.«

Ifness sagte: »Aber so gesehen, würde ich mich, wäre ich Sajarano, nicht in meinem Palast aufhalten. Ich würde mich unauffällig kleiden und durch die Stadt wandern. Wir verschwenden hier nur unsere Zeit. Wir sollten den Ort aufsuchen, an dem der Mann ohne Gesicht am wahrscheinlichsten zu finden ist.«

Am Spätnachmittag bevölkerten sich die Cafés am Gesellschaftsplatz; im größten dieser Lokale ließen sich Ifness und Etzwane nieder und bestellten Wein und Kekse.

Die Garwiyer flanierten über den Platz.

Von Sajarano keine Spur.

Die Sonnen rollten hinter den Ushkadel; Schatten erfüllten den Platz. »Zeit zur Rückkehr«, sagte Ifness. »Jurjin wird zu sich kommen; wir müssen zur Stelle sein.«

Jurjin war schon wieder bei Bewußtsein. Verzweifelt hatte sie sich von der Schnur zu befreien versucht, die sie an die Couch fesselte. Ihr Kleid war verrutscht, wo sie die Schlinge über die Hüfte hatte streifen wollen. Das Holz der Couch war zerkratzt; sie hatte versucht, die Schnur durchzuschaben. Die Knoten, auf eine Weise versiegelt, die nur Ifness bekannt war, beschäftigten sie nun so sehr, daß sie die Rückkehr Ifness' und Etzwanes gar nicht sofort bemerkte. Sie blickte auf, den Ausdruck eines gefangenen Tieres auf dem Gesicht. »Wie lange wollt ihr mich noch festhalten? Mir geht es schlecht; ihr habt wirklich kein Recht, mir so etwas anzutun!«

Ifness machte eine gelangweilte Handbewegung. Er löste die Schnur von der Couch, ließ das Mädchen wieder frei im Haus herumlaufen.

Etzwane stellte Jurjin Suppe, Brot und Trockenfleisch zusammen – ein Abendessen, das sie zuerst hochmütig ablehnte, dann aber doch mit gutem Appetit verzehrte.

Sie wurde wieder munterer. »Ihr beiden seid die seltsamsten Männer von ganz Durdane! Seht euch doch an! Bekümmert! Natürlich! Ihr schämt euch der Dinge, die ihr mir angetan habt!«

Ifness ignorierte sie; Etzwane stieß nur ein sarkastisches Lachen aus.

»Was für Pläne habt ihr?« fragte sie. »Muß ich ewig hierbleiben?«

»Vielleicht«, sagte Ifness. »Ich nehme aber an, daß sich das in ein paar Tagen ändert.«

»Und bis dahin? Was ist mit meinen Freunden? Sie machen sich bestimmt große Sorgen. Und muß ich die ganze Zeit dieses Kleid tragen? Ihr behandelt mich wie ein Tier.«

»Geduld«, murmelte Ifness. »Ich gebe dir bald wieder das Mittel und versenke dich wieder in Tiefschlaf.«

»Ich will aber nicht schlafen. Ich halte dich für das Sinnbild der Grobheit. Und du« – sie wandte sich an Etzwane – »kennst du kein Entgegenkommen gegenüber Frauen? Du sitzt da, glotzt mich an und grinst vor dich hin. Warum zwingst du den alten Mann nicht, mich freizulassen?«

»Damit du uns beim Mann ohne Gesicht anzeigen kannst?«

»Das wäre nur meine Pflicht. Soll ich seinetwegen bestraft werden?«

»Du hättest gar nicht erst Wohltäterin werden sollen, wenn du nicht bereit bist, die Risiken zu tragen.«

»Aber ich hatte keine andere Wahl! Eines Tages eröffnete man mir mein Geschick, und von dem Tag an gehörte mein Leben nicht mehr mir.«

»Du hättest den Dienst verweigern können. Macht es dir Spaß, anderen Menschen die Köpfe von den Schultern zu sprengen?«

»Bah!« sagte sie. »Du willst ja nicht vernünftig mit mir reden. Was ist denn mit dir los?« Die letzte Frage war an Ifness gerichtet, der in seinem Stuhl herumgefahren war und nun nach draußen lauschte.

Auch Etzwane hob den Kopf, aber es war still in der Nacht.

Ifness sprang auf. Er ging zur Tür und starrte in die Dunkelheit hinaus. Etzwane folgte seinem Beispiel. Noch immer hörte er nichts. Ifness sprach in einer unverständlichen Sprache und lauschte wieder.

Jurjin nutzte die Gelegenheit und wickelte sich ihre Fessel um die Hand. Dann sprang sie auf Ifness los, in der Hoffnung, ihn zur Seite schieben und fliehen zu können. Doch Etzwane, der so etwas erwartet hatte, umfing sie und schleppte die sich heftig Wehrende zur Couch. Ifness brachte seine Droge, und das Mädchen beruhigte sich wieder. Ifness band das Ende des Seils an der Couch fest und weihte Etzwane in das Geheimnis des Verschlusses ein. »Der Knoten selbst ist bedeutungslos«, sagte Ifness hastig. »Komm hier zum Tisch. Ich muß dir beibringen, was ich über die Halsreife weiß. Schnell!«

»Was ist denn los?«

Ifness blickte zur Tür und sagte niedergeschlagen: »Ich bin

zurückgerufen worden. Man ist sehr wütend auf mich. Bestenfalls werde ich aus dem Institut ausgeschlossen.«

»Woher weißt du das?«

»Man hat mir eine Nachricht zukommen lassen. Meine Zeit auf Durdane ist abgelaufen.«

Etzwane starrte ihn mit offenem Mund an. »Aber was ist mit dem Mann ohne Gesicht? Was soll ich tun?«

»Tu dein Bestes. Es ist tragisch, daß ich fort muß. Paß auf. Ich lasse dir meine Werkzeuge, Waffen und Drogen hier. Du mußt gut zuhören, weil ich es dir nur einmal erklären kann. Erstens: die Halsreife. Sieh her, wie man so einen Reif sicher öffnet.« Er demonstrierte die Handgriffe an einem Reif, den er von der Gargametwiese mitgebracht hatte. »Und so verschließt man ihn wieder. Paß auf; ich reaktiviere den Reif des Mädchens. Das Dexax paßt hier hinein; das ist der Zünder. Der Echostromkreis ist unterbrochen; sieh hier, die lose Verbindung ... Mach einmal vor, was ich gesagt habe ... Gut ... Hier ist meine einzige Waffe; sie verschießt einen Energiestrahl. Die Kamera muß ich behalten.«

Etzwane hörte dies alles mit düsteren Vorahnungen. Er hatte nicht gewußt, wie sehr er von dem unangenehmen Ifness abhing. »Warum mußt du denn fort?«

»Weil ich muß! Nimm dich vor dem Mann ohne Gesicht und seiner Wohltäterin in acht. Ihr Benehmen ist unnatürlich, auf fast unmerkliche Weise.«

Ein leises Geräusch drang an Etzwanes Ohren. Ifness hörte es ebenfalls und wandte den Kopf, ohne sich ansonsten zu rühren.

Ein höfliches Klopfen war an der Tür zu hören. Ifness ging durch das Zimmer, zog den Riegel zurück. In der Dunkelheit standen zwei Gestalten. Die eine trat einen Schritt vor. Etzwane erkannte einen mittelgroßen Mann mit hellem Gesicht, sehr schwarzem Haar und buschigen Augenbrauen. Er schien zu lächeln, ein ruhiges, grimmiges Lächeln; seine Augen schimmerten im Licht. Der zweite Mann war nur ein vager Umriß im Halbdunkel.

Ifness sprach in einer unbekannten Sprache; der Schwarzhaarige antwortete knapp. Wieder sagte Ifness etwas; und wie zuvor reagierte der Fremde nur mit wenigen Silben.

Ifness wandte sich noch einmal um. Er nahm seinen schwarzen Beutel, und ohne Etzwane noch mit einem Blick, einem Wort oder einer Geste zu bedenken, trat er in die Nacht hinaus. Die Tür schloß sich hinter ihm.

Eine Minute später hörte Etzwane wieder das leise Geräusch. Es war wie ein Seufzen, das verstummte.

Etzwane schenkte sich ein Glas Wein ein und nahm am Tisch Platz. Jurjin von Xhiallinen lag im Koma auf der Couch.

Etzwane stand wieder auf und erkundete das Haus. Im Schrank fand er eine Börse mit mehreren tausend Florin. In einer Garderobe hing Kleidung: notfalls würde sie ihm passen.

Wieder setzte er sich an den Tisch. Er dachte an Frolitz, an die alte Zeit, die im Nachhinein so sorglos gewesen zu sein schien. Das war vorbei. Schon mußte der ›anonyme Abenteurer‹ als Gastel Etzwane identifiziert worden sein.

Er kam zu dem Schluß, daß er nicht im Haus bleiben wollte. Er legte Ifness' graues Cape um und setzte einen grauen Hut auf. In die Tasche steckte er die Energiepistole und Garstangs Kontrollkasten. Nach kurzem Nachdenken nahm er auch die Lähmdroge an sich, die Ifness ihm gezeigt hatte: vielleicht traf er Sajarano von Sershan an diesem Herbstabend!

Etzwane schaltete die Lichter aus. Es war dunkel im Haus bis auf den farbenfrohen Schimmer Garwiys, der durch die Fenster hereindrang. Jurjin rührte sich nicht; er konnte sie nicht atmen hören. Leise verließ er das Gebäude.

Stundenlang durchwanderte er die Straßen Garwiys, besuchte Cafés und besah sich die Gäste, betrat Tavernen, um die Gesichter der Versammelten zu mustern. Er wagte sich nicht in die Nähe von Fontenays Schänke. Um Mitternacht aß er an einem Stand ein Fleischstäbchen und einen Käsekuchen.

Nebel war vom Grünen Ozean aufgestiegen, wogte zwischen den Türmen, ließ die farbigen Lichter verschwimmen und erfüllte die Luft mit einem feuchten Hauch. Nur noch wenige Menschen waren unterwegs. Etzwane hüllte sich in den Mantel und kehrte zum Haus zurück.

An der Pforte in der Hecke blieb er stehen. Das dunkle

Haus schien auf ihn zu warten. Hinten im Schuppen verweste Garstangs Körper.

Etzwane lauschte. Stille, Dunkelheit. Er durchquerte den Garten und verhielt an der Tür. Ein leises Geräusch? Er spitzte die Ohren. Wieder ein Laut: ein leises Kratzen. Etzwane riß die Tür auf, glitt mit gezogener Pistole seitwärts in den Raum. Dort schaltete er das Licht ein. Nichts schien sich verändert zu haben. Die Hintertür knarrte. Etzwane eilte aus der Vordertür, lief um das Gebäude herum. Er sah nichts. Die Schuppentür schien offen zu stehen. Etzwane verhielt mitten im Schritt, und seine Nackenhaare stellten sich auf. Langsam schlich er näher; mit einem Sprung knallte er dann die Tür zu und verriegelte sie. Dann wirbelte er herum und sprang nervös zur Seite, für den Fall, daß die offene Tür nur eine Falle gewesen war.

Kein Laut. Etzwane brachte es nicht über sich, im Schuppen nachzusehen. Statt dessen ging er ins Haus. Jurjin lag im Koma. Sie hatte sich nicht bewegt; es hatte sich auch niemand an ihr zu schaffen gemacht; ein Arm hing herab.

Etzwane verschloß alle Türen und zog die Vorhänge zu. Die Schnur, die Jurjin an die Couch fesselte, war irgendwie verändert. Am Holzrahmen der Couch war geschabt worden. Etzwane beugte sich über Jurjin, untersuchte sie eingehend. Er hob ein Augenlid an; ihr Augapfel war nach oben gedreht. Etzwane fuhr hoch, sah sich nervös um.

Das Zimmer war leer, bis auf den Nachhall früherer Gespräche.

Etzwane machte sich Tee und setzte sich in einen Sessel. Die Zeit verging; Konstellationen gingen auf und verschwanden wieder; Etzwane schlummerte. Er erwachte frierend und steif und sah das erste Licht des Morgens durch die Fenstervorhänge dringen.

Es war still und unheimlich in dem kleinen Haus. Etzwane bereitete sich eine Mahlzeit und plante seine Aktionen. Zuerst mußte er den Schuppen untersuchen.

Jurjin erwachte. Sie hatte nichts zu sagen. Er gab ihr zu essen und führte sie ins Badezimmer. Sie kehrte niedergeschlagen und gehorsam zurück; Trotz und Lebhaftigkeit waren verschwunden. Sie stand in der Mitte des Zimmers und bewegte die Arme, die offenbar verkrampft waren. Schließlich fragte sie: »Wo ist der alte Mann?«

»Der kümmert sich um seine Geschäfte.«

»Wie mögen die aussehen?«

»Das wirst du schon noch erfahren.«

»Ihr seid ein seltsames Paar!«

»Ich finde dich viel seltsamer«, sagte Etzwane. »Im Vergleich zu dir bin ich ganz simpel.«

»Aber trotzdem predigst du den Aufstand.«

»Aber ganz und gar nicht. Die Rogushkoi haben meine Mutter und meine Schwester umgebracht. Ich sage, daß sie vernichtet werden müssen, damit ganz Shant weiterbestehen kann. Das ist kein Aufruhr – das ist nur Vernunft.«

»Du solltest solche Entscheidungen dem Anome überlassen.«

»Er weigert sich, zu handeln; deshalb muß ich ihn zwingen.«

»Die Mutter des alten Mannes ist auch getötet worden?«

»Ich glaube nicht.«

»Warum ist er dann so begierig, die Gesetze zu übertreten?«

»Aus reiner Menschenliebe.«

»Was? Der? Der ist kalt wie der Wind aus Nimmir.«

»Ja, in gewisser Hinsicht ist er seltsam. Aber jetzt muß ich dich wieder betäuben.«

Jurjiin machte eine lässige Handbewegung. »Du brauchst dir keine Mühe zu geben. Ich erkläre mich einverstanden, das Haus nicht zu verlassen.«

Etzwane lachte zynisch. »Bitte sei so gut und leg dich auf die Couch.«

Jurjin kam näher, lächelte ihn an. »Seien wir doch Freunde. Küß mich.«

»Hm. So früh am Morgen?«

»Möchtest du gern?«

Etzwane schüttelte mürrisch den Kopf. »Nein.«

»Stehe ich so niedrig in deiner Gunst? Bin ich dir zu alt und runzlig?«

»Nein. Aber wenn du den gelben Knopf unter den Finger bekämst und mir den Kopf nehmen könntest, würdest du's tun. Der Gedanke erweckt nicht gerade meine Zuneigung. Bitte beeil dich jetzt.«

Nachdenklich ging Jurjin zur Couch und legte sich ausgestreckt hin, während Etzwane ihr die Droge injizierte. Gleich darauf war sie eingeschlafen. Etzwane befestigte ihre Fessel an einem dekorativen Deckenhaken.

Dann machte er sich an die Erforschung des Schuppens. Die Tür war verriegelt, wie er sie zurückgelassen hatte. Er ging um das Bauwerk herum – hier hatte kein Wesen entkommen können, das größer als eine Ratte war.

Etzwane riß die Tür auf; Tageslicht offenbarte Gartenwerkzeug, allerlei Gerümpel aus dem Haushalt und Garstangs Leiche. Gesicht und Brust waren schrecklich zugerichtet. Etzwane stand auf der Schwelle und suchte nach dem Wesen, das diesen Schaden angerichtet hatte. Er wagte nicht weiter vorzudringen, aus Angst, die Ratte – falls es sich um ein solches Tier handelte – könnte vorpreschen und ihn anfallen. Er verriegelte den Schuppen wieder.

In den grauen Umhang gehüllt, eilte Etzwane bedrückt nach Garwiy. Er begab sich direkt zum Gesellschaftsplatz. Der Mann ohne Gesicht mochte sich im Sershan-Palast befinden, vielleicht aber auch in der Einsamkeit seiner Wildrose-Ländereien. Oder er war in einen entfernten Winkel Shants gereist, um Übeltäter zu bestrafen. Aber Etzwane glaubte nicht daran. Anstelle des Mannes ohne Gesicht wäre er in Garwiy geblieben, im Kontakt mit den Diskriminatoren – und früher oder später mußte er dann den Gesellschaftsplatz überqueren.

Etzwane blieb einige Sekunden lang am alten Uhrmachertor stehen. Ein nebliger, kühler Morgen war angebrochen, und die Sonnen umtanzten einander, verschmolzen, bedeckten sich. Das Licht veränderte sich ständig. Etzwane begab sich in ein nahegelegenes Café und setzte sich an einen unauffälligen Tisch. Er bestellte Brühe und trank sie mit kleinen Schlucken.

Die Garwiyer wanderten über den Platz. In der Nähe des Petitionsbüros standen drei Diskriminatoren und unterhielten sich. Etzwane beobachtete sie interessiert. Wenn sie sich nun plötzlich zusammen auf ihn stürzten! Er konnte sie unmöglich alle mit dem Metallkasten töten; dazu blieb ihm keine Zeit. Der Mann ohne Gesicht mußte eine andere Waffe bei sich führen, überlegte er; eine Vorrichtung, die jeden Reif zur Explosion brachte, auf den sie gerichtet war. Ein Mann in grauem und purpurnem Anzug betrat das Café. Seine Stirn war breit und bleich, die kleine Nase, der herabgezogene kleine Mund waren unausgeprägt, doch die Augen, deren Blick sich nie direkt auf etwas richtete, wirkten klar und nachdenklich. Er bestellte beim Kellner eine Schale Suppe; eine herrische, aber auch höfliche Geste, nach Art der Ästheten.

Als der Teller serviert wurde, warf er einen Blick auf Etzwane, der sorgsam die Tasse vors Gesicht hob; doch einen unangenehmen Moment lang begegnete er dem Blick des Mannes ohne Gesicht.

Der Mann ohne Gesicht runzelte leicht die Stirn und blickte weg, als hätte er etwas gegen das Interesse des Fremden.

Etzwanes Nervosität erschwerte die sorgfältige Planung. Er umklammerte die Tasse und nahm sich zusammen, bezwang seine wirbelnden Gedanken, bedachte seine Möglichkeiten.

Er besaß eine Waffe. Er konnte vortreten, dem Anome die Pistole in den Rücken pressen und ihm entsprechende Befehle geben. Aber dieser Plan hatte einen gewaltigen Nachteil: die Auffälligkeit. Wurde seine Tat bemerkt, woran kein Zweifel bestand, kamen die Diskriminatoren.

Er konnte warten, bis der Anome ging, und ihm dann folgen; aber bei seiner Nervosität mochte der Mann ihn bemerken und in eine Falle locken. Etzwane redete sich ein, daß er die Initiative nicht aus der Hand geben dürfe.

Sollte der Anome den ›anonymen Abenteurer‹ erkennen, ließ er sich vielleicht dazu bringen, Etzwane zu folgen; aber eher würde er wohl die Diskriminatoren rufen.

Etzwane seufzte schwer. Er griff in die Tasche seines Capes und zog etwas heraus, das Ifness ihm hinterlassen hatte. Er ließ einen Florin auf den Tisch fallen, um für seine Brühe zu zahlen; dann schob er seinen Stuhl zurück, stand auf und stolperte mit einem erschreckten Ausruf vorwärts und legte dabei die Hand gegen den Hals des Mannes ohne Gesicht.

»Herr, entschuldige bitte!« rief Etzwane. »Wie ungeschickt! Meine nasse Serviette ist dir auf die Schulter gefallen.«

»Keine Ursache.«

»Erlaube mir, zu helfen.«

Der Anome fuhr zurück. »Du bist ungeschickt – was soll das, mir so den Hals abzutupfen!«

»Noch einmal – verzeih! Ich werde dir den Mantel ersetzen, sollte er befleckt sein.«

»Nein, nein, nein. Nur fort mit dir. Ich kann mir schon selbst helfen.«

»Also gut, Herr, wie du willst. Ich muß noch erklären, daß dieser verflixte Stuhl mein Bein behinderte und mich zum Stolpern brachte. Ich bin sicher, ihr wart sehr erschrocken!«

»Ja, sehr. Aber der Vorfall ist bereinigt. Bitte, hör davon auf.«

»Ich erbitte deine Geduld noch einen Augenblick; ich muß meinen Schuh wieder binden. Darf ich hier noch einen Augenblick sitzen?«

»Wie du willst.« Der Anome wandte sich ab. Etzwane, der an seinem Schuh herumfingerte, beobachtete ihn eingehend.

Ein Augenblick verging. Der Anome sah sich um. »Du bist ja immer noch hier.«

»Ja. Wie heißt du?«

Der Anome blinzelte. »Ich bin Sajarano von Sershan.«

»Kennst du mich?«

»Nein.«

»Sieh mich an.«

Sajarano wandte den Kopf. Sein Gesicht war ruhig.

»Steh auf«, sagte Etzwane. »Komm mit.«

Auf Sajaranos Gesicht zeigte sich keine Regung. Etzwane führte ihn aus dem Café.

»Geh schneller«, sagte Etzwane. Sie schritten durch das Erdapfelportal und erreichten den Serven-Airo-Weg. Etzwane führte Sajarano am Arm. Der Mann blinzelte. »Ich bin müde.«

»Du kannst dich bald ausruhen. Wer ist der ›anonyme Abenteurer‹?«

»Ein Mann aus dem Osten; er gehört zum Kern einer Verschwörung.«

»Wer sind die anderen Mitglieder der Verschwörung?«
»Das weiß ich nicht.«
»Warum führst du keine Soldaten gegen die Rogushkoi?«
Zehn Sekunden lang antwortete Ajarano nicht. Dann murmelte er: »Ich weiß es nicht.« Seine Stimme war undeutlich geworden, sein Gang unsicher. Etzwane stützte ihn, führte ihn so schnell es ging, bis der Mann ohne Gesicht am Jahreszeitentor nicht mehr weiter konnte.

Etzwane setzte ihn auf eine Bank und wartete, bis eine leere Droschke vorbeikam, die er anhielt. »Mein Freund hat einen Tropfen zuviel getrunken; wir müssen ihn nach Hause schaffen, ehe seine Frau etwas merkt.«

»Geschieht auch den Besten. Hinten hinein mit ihm. Schaffst du's allein?«

»O ja. Fahr uns zur Avenue der Thasarenischen Direktoren.«

14

Etzwane entkleidete den Mann ohne Gesicht bis auf das Unterzeug und legte ihn neben Jurjin auf die Couch. Der Mann ohne Gesicht war physisch nicht sehr eindrucksvoll. Seiner Kleidung entnahm Etzwane eine Kontrollbox, wie sie Garstang bei sich getragen hatte, eine komplizierte Energiewaffe, einen kleinen Kasten, den Etzwane für ein Funkgerät hielt, ein Metallröhrchen unbekannter Funktion; Etzwane hielt es für den Auslöser, mit dem man alle Reife sprengen konnte, auf die man ihn richtete.

Er holte Ifness' Werkzeuge und legte sie sorgfältig zurecht. Mit großer Konzentration entfernte er dann Sajaranos Reif, wie er es bei Ifness gelernt hatte. Zu seiner Verblüffung enthielt der Reif ebenfalls eine volle Dexax-Ladung. Die Stromkreise waren offenbar voll in Funktion. Etzwane starrte verwirrt auf seine Arbeit. Was mochte der Grund sein? Ein fürchterlicher Verdacht stieg in ihm auf – hatte er vielleicht den Falschen gefangengenommen?

Wenn nicht – warum trug selbst der Mann ohne Gesicht einen voll funktionsfähigen Reif?

Da fiel ihm die Lösung ein – ein ganz einfacher Grund, der

ihm solche Erleichterung verschaffte, daß er laut auflachte. Wie alle anderen hatte Sajarano von Sershan seinen Reif mit Beginn der Pubertät erhalten. Als er auf unbekannten und geheimen Wegen zum Anome geworden war, kannte er keine Methode, die Situation zu ändern, außer seinen Farbcode – zum Schutz vor seinen Wohltätern.

Etzwane nahm seinen Reif ab. Er legte den Sprengstoff wieder ein, verband die Stromkreise neu, legte Sajarano den Reif um und verschloß ihn wieder.

Eine unangenehme Aufgabe stand ihm bevor. Er ging in den Schuppen hinüber und riß die Tür auf. Die Ratte, oder wie man das Wesen auch immer nennen vermochte, verschwand unter einem Haufen alter Säcke. Etzwane bemerkte, daß sie sich wieder an Garstangs Leiche gütlich getan hatte. Angewidert nahm er Ifness' Waffe und feuerte einen Energiespeer auf die Säcke ab. Sie verschwanden in einer unangenehm riechenden Rauchwolke, und mit ihnen das Wesen, das darunter Schutz gesucht hatte.

Etzwane nahm einen Spaten zur Hand, grub ein flaches Loch und beerdigte Garstang.

Als er ins Haus zurückkehrte, hatte sich nichts verändert. Er badete, zog sich um und wartete ab – in einer Stimmung, die von einer seltsamen Mischung aus Freude und Einsamkeit bestimmt war.

Jurjin erwachte als erste. Sie wirkte müde: ihr Gesicht war aufgedunsen und ihre Haut verfärbt. Sie richtete sich auf der Couch auf und blickte Etzwane mit unverhohlener Bitterkeit an.

»Wie lange willst du mich noch festhalten?«

»Nicht mehr lange.«

Sie sah sich um. »Wer ist das?«

»Kennst du ihn?«

Jurjin zuckte die Achseln, ein Versuch, sich trotzig zu geben.

»Er heißt Sajarano von Sershan«, sagte Etzwane. »Er ist der Mann ohne Gesicht.«

»Warum ist er hier?«

»Das wirst du sehen ... Hast du Hunger?«

»Nein.«

Etzwane überlegte. Dann löste er die Schnur, die das Mädchen an die Couch fesselte. Sie war nun frei. Etzwane musterte sie.

»Du darfst das Haus nicht verlassen. Wenn du es tust, nehme ich dir den Kopf. Der Anome ist hier und kann dir nicht mehr helfen. Du mußt nun mir gehorchen wie früher ihm. Du darfst ihm nicht folgen. Verstehst du das?«

»Ich verstehe schon. Aber ich bin verwirrt. Wer bist du?«

»Ich bin Gastel Etzwane, ein Musiker. Das war ich und das hoffe ich wieder zu sein.«

Stunden vergingen. Jurjin wanderte im Haus herum und beobachtete Etzwane verwirrt, dann wieder trotzig und mit Verachtung.

Gegen Abend kam Sajarano zu sich. Er war übergangslos wach und richtete sich auf. Eine halbe Minute lang musterte er Etzwane und Jurjin. Dann sprach er mit eiskalter Stimme: »Am besten erklärst du, warum du mich hergebracht hast.«

»Weil die Rogushkoi vernichtet werden müssen; weil du jedes Einschreiten abgelehnt hast!«

»Das ist eine ganz bewußte Politik«, sagte Sajarano. »Ich bin ein Mann des Friedens; ich weigere mich, die Schrecknisse des Krieges über Shant zu bringen.«

»Darüber brauchst du dir keine Gedanken mehr zu machen; das haben die Rogushkoi schon für dich besorgt.«

Etzwane deutete auf Sajaranos alten Reif. »Du trägst jetzt einen aktivierten Halsreif, der eine volle Dexax-Ladung enthält. Ich habe den Auslöser bei mir. Du mußt nun mir gehorchen, ebenso deine Wohltäterin.«

Jurjin, die auf der anderen Seite des Zimmers stand, setzte sich auf die Couch. »Ich gehorche dem Anome.«

Sajarano fragte: »Was ist mit Garstang?«

»Garstang ist tot.«

Sajarano berührte seinen neuen Halsreif mit der Hand, nach Art der shantschen Bürger. »Was hast du vor?«

»Die Rogushkoi müssen vernichtet werden.«

Sajarano sagte leise: »Du weißt nicht, was du da sagst. In Shant haben wir Frieden und Wohlstand, das müssen wir erhalten. Warum sollen wir wegen ein paar Barbaren Chaos und Militarismus riskieren?«

»Frieden und Wohlstand sind keine Gaben der Natur«, sagte Etzwane. »Wenn du das glaubst, schicke ich dich nach Caraz, wo du eines anderen belehrt wirst.«

»Es kann doch nicht dein Wunsch sein, Unruhe ins Land zu tragen«, rief Sajarano plötzlich mit lauter Stimme.

»Ich gedenke eine reale und sehr bedrohliche Gefahr zu beseitigen. Wirst du meinen Befehlen gehorchen? Wenn du dich weigerst, töte ich dich auf der Stelle.«

Sajarano ließ sich in einen Sessel sinken. Er wirkte erschöpft und beobachtete Etzwane aus den Augenwinkeln, in welcher Pose seine kleine Nase und der Mund seltsam unausgeprägt wirkten. »Ich werde gehorchen.«

Jurjin war unruhig; ihr Gesicht zog Grimassen, die unter anderen Umständen vielleicht lustig gewesen wären. Sie stand auf und ging zum Tisch.

Etzwane fragte: »Die Diskriminatoren suchen nach dem ›anonymen Abenteurer‹?«

»Ja.«

»Sie haben Befehl, ihn zu töten?«

»Wenn nötig.«

Etzwane reichte ihm das Funkgerät. »Wie gebrauchst du das?«

Jurjin trat vor, als interessiere sie sich auch dafür. Hinter ihrem Rücken blitzte plötzlich ein Glasmesser auf. Etzwane, der sie aus den Augenwinkeln beobachtet hatte, versetzte ihr einen heftigen Schlag, der sie auf die Couch warf. Sajarano rappelte sich auf, trat auf Etzwane zu, umfaßte seinen Hals. Etzwane stürzte sich vor. Die Schnur, die um Sajaranos Hüfte lag, spannte sich und riß ihn auf die Couch zurück.

»Dein Versprechen scheint wenig zu bedeuten«, sagte Etzwane leise. »Ich hatte gehofft, daß ich euch beiden trauen könnte.«

»Warum sollen wir nicht für das kämpfen, was wir glauben?« fragte Jurjin.

»Ich habe versprochen, dir zu gehorchen«, sagte Sajarano. »Ich habe nichts davon gesagt, daß ich nicht versuchen würde, dich umzubringen, wenn sich die Gelegenheit ergibt.«

Etzwane lächelte sarkastisch. »Also gebe ich dir jetzt den Befehl, mich nicht zu töten oder zu verletzen. Wirst du mir gehorchen?«

Sajarano seufzte unbehaglich. »Ja. Was kann ich sonst sagen?«

Etzwane wandte sich an Jurjin. »Und was ist mit dir?«

»Ich verspreche nichts«, erklärte sie hochmütig.

Etzwane packte sie am Arm und zog sie zur Tür.

»Wohin willst du?« rief sie. »Was machst du?«

»Ich bringe dich auf den Hof, um dich zu töten«, sagte Etzwane.

»Nein, nein!« rief sie. »Bitte nicht. Ich verspreche, ich werde dir gehorchen!«

»Und du wirst nicht versuchen, mir zu schaden?«

»Nein!«

Etzwane ließ sie frei; sie eilte zur Couch zurück.

Etzwane wandte sich wieder an Sajarano. »Erkläre mir die Funktion deines Funkgeräts.«

»Ich drückte hier auf den weißen Knopf«, sagte Sajarano mit ruhiger Stimme. »Dadurch erfolgt die Sendung zu dem Relais, das ich auf dieser Wählscheibe bestimme. Ich spreche; die Befehle werden von der Relaisstation ausgestrahlt.«

»Rufe die Diskriminatoren an, befiehl ihnen, den ›anonymen Abenteurer‹ nicht länger zu belästigen. Gastel Etzwane soll respektvoll behandelt werden, nicht anders, als du es bei deiner Person erwarten würdest.«

Sarajano gehorchte mit tonloser Stimme. Er blickte zu Etzwane auf. »Was forderst du noch?«

Etzwane, der am anderen Ende des Zimmers stand, blickte Jurjin von Xhiallinen an und dann den Mann ohne Gesicht. Er wußte, daß sich beide gegen ihn wenden würden, sobald sich die Gelegenheit dazu ergab. Tot waren sie keine Gefahr mehr für ihn. Jurjin riß die Augen auf, als erriete sie seine Gedanken. Vielleicht war es das beste. Aber wenn er den Mann ohne Gesicht tötete, wer sollte dann Shant regieren? Wer konnte den militärischen Apparat steuern, der zur Erreichung seiner Ziele notwendig war? Der Mann ohne Gesicht mußte leben; womit er auch keinen Grund mehr hatte, Jurjin von Xhiallinen zu töten.

Die beiden beobachteten ihn scharf, versuchten seine Gedanken zu erraten. Etzwane sagte bedächtig: Ihr könnt gehen. Verlaßt nicht den Ushkadel.«

Er löste die Schnur um Sajaranos Hüfte. »Eine Warnung: wenn ich getötet werde, nehmen euch meine Genossen den Kopf.«

Ohne Umstände und in beträchtlicher Hast verließen die beiden das Haus. Am Tor warf Jurjin einen Blick zurück; in der Dunkelheit sah Etzwane nur den Schimmer ihres Gesichts. Unbehaglich überlegte er, daß Ifness wahrscheinlich anders gehandelt hätte, daß an einem entscheidenden Punkt die Sache schiefgegangen war.

Er füllte Ifness' Koffer mit den Waffen und Geräten, die er nicht zurückzulassen wagte, und verließ das Haus.

Im Alt-Pagane bestellte er sich das beste Mahl, das man zu bieten hatte, amüsiert über seine Sparsamkeit, die sich instinktiv wieder zu Wort meldete. Geld war inzwischen die geringste seiner Sorgen.

Dann eilte er am Flußufer entlang zu Fontenays Schänke, wo Frolitz und die Truppe Bier tranken. Frolitz hieß Etzwane ärgerlich, aber auch erleichtert willkommen: »Was hast du nur getrieben? Uns haben die Diskriminatoren im Nacken gesessen. Sie behaupten, du hättest ein Ästhetenmädchen entführt.«

»Alles Unsinn«, sagte Etzwane. »Ein lächerlicher Fehler. Ich würde lieber nicht darüber sprechen.«

»Du willst uns also nichts sagen«, bemerkte Frolitz. »Naja, wie dem auch sei; an die Arbeit. Ich habe eine wunde Lippe; heute abend spiele ich die Khitan; Etzwane nimmt das Holzhorn. Wir beginnen mit dem kleinen Lied aus Morningshore: ›Vögel in der Brandung‹.«

Der zweite Roman

Der Kampf um Durdane

DER KAMPF UM DURDANE
erschien ursprünglich als HEYNE-BUCH Nr. 06/3463
Titel der amerikanischen Originalausgabe
THE BRAVE FREE MEN
Deutsche Übersetzung:
Thomas Schlück

1

In einer Dachkammer von Fontenays Schenke regte sich Etzwane auf seiner Couch. Er hatte nur wenig geschlafen. Nach kurzer Zeit stand er auf und trat ans Fenster, vor dem die Sterne in der violetten Morgendämmerung verblaßt waren. Die fernen Hänge des Ushkadel zeigten nur da und dort den grünen Schimmer einer Straßenlampe; die Paläste der Ästheten lagen im Dunkeln.

In einem dieser Paläste, sagte sich Etzwane, fand der Mann ohne Gesicht sicher keinen besseren Schlaf.

Er wandte sich vom Fenster ab und trat ans Waschbecken. Ein Spiegel zeigte sein Bild – ein Gesicht, das sowohl durch das Halbdämmer des Morgens als auch durch die mindere Qualität des Spiegelglases verändert wurde. Etzwane beugte sich vor. Diese unwirkliche, irgendwie bedrohliche Gestalt offenbarte vielleicht sein innerstes Wesen: das sarkastische Gesicht, die herabhängenden Mundwinkel, die eingefallenen Wangen, die bleiche, grauschimmernde Haut, die Augen zwei dunkle Löcher mit schimmernden Glanzlichtern. Er dachte: Hier steht Gastel Etzwane, zuerst ein Reiner Junge der Chiliten, dann Rosaschwarztiefblauer Grüner, jetzt ein Mann mit großer Macht. Er sprach zu seinem Bild: »Heute ist ein wichtiger Tag; Gastel Etzwane darf sich nicht umbringen lassen.« Das Spiegelbild beruhigte ihn nicht.

Er zog sich an und ging auf die Straße hinab. An einem Stand am Flußufer aß er gebratenen Fisch und Brot und überdachte seine Pläne für den Tag.

Im Grunde war seine Aufgabe einfach. Er mußte den Sershan-Palast aufsuchen und dort Sajarano, den Anome Shants, dazu bringen, ihm zu gehorchen. Wenn sich Sajarano weigerte, brauchte Etzwane nur einen Knopf zu drücken, um den Kopf des Mannes explodieren zu lassen, denn neuerdings war es Sajarano, der einen Halsreif trug, während Etzwanes Hals frei war. Es war brutal einfach.

Nachdem er sein Frühstück beendet hatte, vermochte ihn nichts aufzuhalten; er marschierte die Galias-Avenue entlang. Sajarano, überlegte er, würde alle Anstrengungen unternehmen, aus dieser unerträglichen Zwangslage zu entfliehen. Was hätte er an der Stelle des anderen getan? Wäre er geflohen? Etzwane hielt inne. Das war eine Möglichkeit, die er nicht bedacht hatte. Aus dem Beutel zog er den Kontrollsender, der vor kurzem noch Sajaranos wichtigstes Machtmittel gewesen war. Etzwane gab den Farbcode von Sajaranos Reif ein. Wenn nötig, ließ der gelbe Knopf den Reif explodieren, womit ihm der Kopf genommen würde. Etzwane drückte den roten Suchknopf. Der Kasten summte in seiner Hand, das Geräusch veränderte sich mit jeder Richtungsänderung. Als der Ton am lautesten erklang, deutete das Gerät auf den Sershan-Palast. Etzwane setzte nachdenklich seinen Weg fort. Sajarano war nicht geflohen. Vielleicht hatte er sich eine aktivere Strategie zurechtgelegt.

Die Galias-Avenue endete auf dem Marmione-Platz, wo sich milchigweißes Brunnenwasser über purpurne Glaskunstwerke ergoß; gegenüber erhoben sich die Koronakhe-Stufen, von König Caspar Pandamon erbaut, zu den Terrassen des Ushkadel. Am Mittelweg verließ Etzwane die Treppe und wandte sich nach Osten, den Hängen des Ushkadels folgend. Der prismatische Xhiallinen-Palast erhob sich vor ihm; hier lebte Jurjin, die ›Wohltäterin‹ des Mannes ohne Gesicht. Unter vielen anderen Geheimnissen die Frage: Warum hatte sich Sajarano ausgerechnet ein so auffällig schönes Mädchen zur Helferin erwählt? ... Die Antwort lag in diesem Fall vielleicht sogar auf der Hand, sagte sich Etzwane. Womöglich machte der Anome wie jeder andere Mann die Qual der Liebe durch. Jurjin von Xhiallinen war vielleicht den Aufmerksamkeiten Sajaranos kühl begegnet, der nicht schön oder stattlich war. Vielleicht hatte sie sich gewundert, als der Mann ohne Gesicht sie in seinen Dienst befahl und ihr auftrug, keine Liebhaber zu nehmen. Mit der Zeit hätte ihr der Mann ohne Gesicht vielleicht befohlen, sich Sajaranos anzunehmen.

Er erreichte den Sershan-Palast, der nicht mehr und auch nicht weniger prachtvoll war als die anderen Paläste in dieser Gegend. Etzwane blieb stehen und überdachte die Lage. In der nächsten halben Stunde würde sich die Zukunft Shants entscheiden; jede Minute war nun bedeutsamer als Tage im Leben eines gewöhnlichen Menschen. Er suchte mit den Blicken die Fassade des Sershan-Palastes ab. Kristallsäulen, klarer und durchsichtiger als Luft, spiegelten die Strahlen der dreifachen Sonne wider; unter den violetten und grauen Kuppeln hatten sechzig Sershan-Generationen gelebt, gefeiert und ihr Leben ausgehaucht.

Etzwane ging weiter. Er durchquerte den Innenhof, näherte sich dem Säuleneingang und blieb stehen. Sechs Tore aus zentimeterdickem Glas, jedes fast fünf Meter hoch, versperrten ihm den Weg. Drinnen rührte sich nichts. Etzwane zögerte, wußte nicht, was er nun tun sollte. Er kam sich töricht vor, und aus diesem Gefühl erwuchs Zorn. Er klopfte gegen das Glas. Seine Knöchel erzeugten kaum einen Laut; da schlug er mit der Faust zu. Drinnen rührte sich etwas; gleich darauf kam ein Mann von der Seite herbei. Es war Sajarano.

»Dies sind Zeremonientore«, sagte Sajarano milde. »Wir öffnen sie selten; kommst du hier entlang?«

In düsterem Schweigen folgte Etzwane dem anderen zu einem Nebeneingang. Sajarano bat ihn herein. Etzwane blieb stehen und erforschte Sajaranos Gesicht, was dieser mit leichtem Lächeln über sich ergehen ließ, als finde er Etzwanes Vorsicht amüsant. Eine Hand auf den gelben Knopf gelegt, betrat Etzwane den Palast.

»Ich habe dich erwartet«, sagte Sajarano. »Hast du schon gefrühstückt? Vielleicht trinkst du eine Tasse Tee mit mir. Gehen wir ins Morgenzimmer?«

Er führte seinen Gast in ein sonniges Zimmer, dessen Boden mit grünen und weißen Jadefliesen ausgelegt war. Die Wand zur Linken war von dunkelgrünen Ranken bedeckt; die Wand auf der anderen Seite bestand aus hellweißem Alabaster. Sajarano ließ Etzwane in einem Korbstuhl Platz nehmen, deutete auf eine Kommode, nahm einige Bissen zu sich und schenkte Tee in zwei Silberholzschalen.

Etzwane setzte sich zögernd; Sajarano nahm ihm gegenüber Platz, mit dem Rücken zu den deckenhohen Fenstern. Etzwane musterte ihn düster abschätzend – und wieder erschien das schwache Lächeln auf Sajaranos Gesicht. Der Anome war körperlich nicht sehr eindrucksvoll; sein Gesicht war klein, unter einer breiten und hohen Stirn wirkten Nase und Mund etwas unausgereift, das Kinn fliehend. Nach allgemeiner Auffassung zeigte der Anome wenig Ähnlichkeit mit dem milden, vernünftigen Mann, der ihr Herrscher sein sollte.

Sajarano trank von seinem Tee. Etzwane hielt es für das beste, sofort die Initiative zu ergreifen. Er sagte bewußt recht beiläufig: »Wie schon besprochen, vertrete ich jenen Teil der Öffentlichkeit, der sich ernsthafte Sorgen über die Rogushkoi macht. Wir glauben, daß es, wenn jetzt keine entscheidenden Schritte unternommen werden, in fünf Jahren kein Shant mehr gibt – sondern nur noch eine gewaltige Horde wilder Rogushkoi. Als Anome ist es deine Pflicht, diese Wesen zu vernichten; das ist die Aufgabe, die dir die Völker Shants gestellt haben.«

Sajarano nickte bedächtig und trank von seinem Tee. Etzwane ließ seine Tasse unberührt. »Diese Überlegungen«, fuhr er fort, »zwangen meine Freunde und mich zu ungewöhnlichen Maßnahmen, wie du weißt.«

Wieder nickte Sajarano freundlich. »Diese Freunde: Wer sind sie?«

»Gewisse Bürger, die über die Taten der Rogushkoi schokkiert sind.«

»Ich verstehe. Und deine Position? Bist du ihr Anführer?«

»Ich?« Etzwane lachte ungläubig. »Ganz und gar nicht.«

Sajarano runzelte die Stirn. »Ließe sich annehmen, daß mir die anderen Angehörigen deiner Gruppe bekannt sind?«

»Das ist eine Frage, die mit dem Problem wirklich nichts zu tun hat.«

»Vielleicht nicht – außer daß ich gern wüßte, mit wem ich es zu tun habe.«

»Du hast mit niemandem zu tun – du brauchst nur deine Pflicht zu tun, eine Armee aufzustellen und die Rogushkoi nach Palasedra zurückzutreiben.«

»Aus deinem Mund klingt das so einfach«, sagte Sajarano. »Noch eine Frage: Jurjin von Xhiallinen hat einen gewissen Ifness erwähnt, der bemerkenswerte Fähigkeiten zur Schau stellte. Ich muß gestehen, daß ich neugierig bin auf diesen Mann.«

»Ifness ist wahrlich ein bemerkenswerter Mann«, sagte Etzwane. »Was nun die Rogushkoi angeht: Was gedenkst du zu tun?«

Sajarano schob ein Stück Frucht in den Mund. »Ich habe die Angelegenheit sorgfältig bedacht – und mit diesem Ergebnis: Der Anome verdankt seine Stellung einzig der Tatsache, daß er das Leben aller Menschen in Shant kontrolliert, selbst aber außerhalb dieser Kontrolle steht. Das ist die Definition des Anome. Sie trifft nicht mehr auf mich zu; ich trage einen Halsreif. Ich kann also keine Verantwortung übernehmen für Taten oder politische Entscheidungen, die nicht von mir eingeleitet wurden. Kurz, ich gedenke nichts zu tun.«

»Absolut nichts? Was ist mit deinen regulären Pflichten?«

»Die übertrage ich ausnahmslos an dich und deine Gruppe. Ihr habt die Macht: ihr müßt also auch die Verantwortung tragen.« Sajarano lachte, als er Etzwanes düsteres Gesicht bemerkte. »Warum soll ich mir verzweifelt Mühe geben wegen Entscheidungen, von deren Klugheit ich nicht überzeugt bin? Was für ein Unsinn wäre das!«

»Darf ich daraus schließen, daß du dich nicht mehr als Anome betrachtest?«

»Richtig. Der Anome muß aus dem Anonymen arbeiten. Das ist mir nicht mehr möglich. Du, Jurjin von Xhiallinen und andere in deiner Gruppe kennen meine Identität. Ich bin kein wirksames Werkzeug mehr.«

»Wer soll dann Anome sein?«

Sajarano zuckte die Achseln. »Du, dein Freund Ifness, ein anderes Mitglied deiner Gruppe. Ihr habt die Macht, ihr müßt auch die Verantwortung tragen.«

Etzwane runzelte die Stirn. Dies war ein Umstand, den er nicht eingeplant hatte. Widerstand, Drohungen, Verachtung, Wut – ja. Gelassene Resignation, bereitwillige Aufgabe – nein. Das alles kam zu glatt. Etzwane war plötzlich auf der Hut. Sajarano war weitaus gerissener als er. Vorsichtig fragte er: »Du wirst mit uns zusammenarbeiten?«

»Ich werde deine Befehle ausführen, das kann ich versichern.«

»Also gut. Zuerst wird der nationale Notstand ausgerufen. Wir werden die Gefahr herausstellen und dann allen klarmachen, daß eine große Anstrengung unternommen werden muß.«

Sajarano räusperte sich höflich. »Das ist einfach. Bedenke jedoch, daß die Bevölkerung Shants über dreißig Millionen Seelen zählt: so vielen einen Notstand klarzumachen, ist eine schwierige Sache.«

»Da stimme ich dir zu. – Zweitens: die Frauen müssen aus allen Gebieten, die an die Wildregionen stoßen, evakuiert werden.«

Sajarano warf ihm einen Blick höflicher Verwunderung zu. »Wohin evakuiert?«

»In die Küstenkantone.«

Sajarano schürzte den schmalen Mund. »Das ist gar nicht so einfach. Wo sollen sie wohnen? Sollen die Kinder sie begleiten? Was wird aus ihren Häusern, ihren täglichen Aufgaben? Mindestens zwanzig oder dreißig Kantone wären davon betroffen. Da kommen viele Frauen zusammen.«

»Und das ist eben der Grund, weshalb wir sie aus der Gefahrenzone bringen wollen«, sagte Etzwane. »Bedenke: Würden so viele Frauen von den Rogushkoi geschwängert, hätten wir bald um so mehr Rogushkoi auf dem Hals.«

Sajarano zuckte die Achseln. »Was ist mit den anderen Schwierigkeiten, von denen ich sprach? Sie sind nicht von der Hand zu weisen.«

»Das sind doch nur verwaltungstechnische Details«, sagte Etzwane.

»Die von wem erledigt werden sollen? Von mir? Von dir? Von deiner Gruppe?« Sajaranos Stimme hatte nun etwas Herablassendes. »Du mußt praktisch denken!«

Seine Strategie ist klar, dachte Etzwane. Er wird sich nicht widersetzen, aber auch nicht helfen und alles in seiner Macht Stehende tun, um Unentschlossenheit zu säen.

»Drittens«, sagte Etzwane, »wird der Anome eine Nationalmiliz ins Leben rufen.«

Etzwane wartete höflich auf Sajaranos Einwand, der auch prompt vorgetragen wurde. »Mir widerstrebt die Rolle des Neinsagers, des Defätisten, trotzdem muß ich darauf hinweisen, daß es einfach ist, Befehle auszugeben, doch sehr schwierig, sie durchzuführen. Ich möchte bezweifeln, daß du die volle Komplexität Shants begreifst. Es gibt zweiundsechzig Kantone, die nur die Sprache gemein haben.«

»Ganz zu schweigen von der Musik und der Farblehre*. Außerdem haßt und fürchtet jeder Bürger in Shant die Rogushkoi – nur du offenbar nicht. Die Kantone sind einiger, als du annimmst.«

Sajarano zuckte verärgert mit dem kleinen Finger. »Dann laß mich die Probleme aufzählen; vielleicht begreifst du dann, warum ich einem unerträglichen Chaos ausgewichen bin. Zweiundsechzig verschiedene Milizen mit zweiundsechzig Lebensauffassungen zu vereinen, ist eine unvorstellbare Aufgabe. Ein erfahrener Stab ist dazu erforderlich. Dabei gibt es nur noch mich und einen einzigen Wohltäter – ein Mädchen.«

»Da du meine Vorschläge für unzureichend hältst«, sagte Etzwane, »kannst du mir vielleicht mal *deine* Pläne anvertrauen.«

»Ich habe lernen müssen«, sagte Sajarano, »daß nicht jedes Problem eine Lösung erfordert. Viele scheinbare Zwangssituationen lösen sich auf, wenn man sie ignoriert. – Mehr Tee?«

Etzwane, der noch gar nicht getrunken hatte, schüttelte den Kopf.

Sajarano lehnte sich in seinem Fauteuil zurück und sagte nachdenklich: »Die von dir vorgeschlagene Armee ist noch aus einem anderen Grund unpraktisch – aus einem Grund, der sicher noch zwingender ist. Sie wäre sinnlos.«

»Weshalb sagst du das?«

»Ist doch klar. Wenn ein Problem gelöst werden muß, wenn eine unangenehme Pflicht zu tun bevorsteht, wendet man sich an den Mann ohne Gesicht. Wenn das Volk über die Rogushkoi klagt – hast du diese Klagen gehört? –, verlangt es stets, daß der Mann ohne Gesicht einschreitet! Als müßte der Anome nur einen Befehl ergehen lassen, und alle Plagen wären im Nu beseitigt. Er hat zweitausend Jahre lang für Frieden gesorgt, doch es ist der Frieden eines Vaters im Zusammenleben mit seinen Kindern.«

Etzwane schwieg einige Augenblicke lang. Sajarano musterte ihn mit seltsamer Intensität. Sein Blick richtete sich auf

---

* *Ael'skian:* Genauer – die Symbolik der Farben und Farbkombinationen, in Shant ein sehr wichtiger Lebensaspekt, der dem Visuellen eine neue Dimension gibt.

Etzwanes Teetasse, und Etzwane kam ein Gedanke, den er zunächst verdrängte: Gewiß würde Sajarano nicht versuchen, ihn zu vergiften!

Etzwane sagte: »Deine Ansichten sind interessant, doch sie raten zur Passivität. Meine Gruppe besteht darauf, daß bestimmte Schritte eingeleitet werden: erstens eine Notstandserklärung; zweitens, die Frauen müssen aus den Kantonen evakuiert werden, die an den Hwan grenzen; drittens, jeder Kanton muß eine Miliz aufstellen und ausbilden; viertens, du mußt mich zu einem bevollmächtigten Adjutanten ernennen, mit derselben Macht, über die du gebietest. Wenn du jetzt endlich fertig bist mit dem Frühstück, können wir diese Proklamationen herausgeben.«

»Und wenn ich mich weigere?«

Etzwane zog seinen Metallkasten und musterte sein Gegenüber mit eiskaltem Blick. »Dann nehme ich dir den Kopf.«

Sajarano biß in eine Waffel. »Deine Argumente überzeugen.« Er leerte seine Tasse. »Hast du den Tee probiert? Ich habe eine eigene Teeplantage.«

Etzwane schob die Tasse über den Tisch. »Trink du ihn.«

Sajarano hob pikiert die Augenbrauen. »Aber ich habe selbst eine Tasse.«

»Trink!« sagte Etzwane grob. »Sonst muß ich annehmen, daß du mich vergiften wolltest.«

»Traust du mir einen so banalen Plan zu?« fragte Sajarano.

»Wenn du annehmen könntest, daß ich einen solchen Trick für banal halte, wäre der Plan schon wieder raffiniert. Trink, und du hast mich überzeugt.«

»Ich lasse mich nicht herumkommandieren!« sagte Sajarano heftig. Er klopfte mit einem Finger auf den Tisch. Aus den Augenwinkeln sah Etzwane, wie der dunkelgrüne Efeu zu beben begann; etwas blitzte auf, und er zuckte zurück. Aus dem Ärmel zog er die Streuimpuls-Röhre, die er Sajarano abgenommen hatte, und richtete sie auf den Efeu. Etzwane drückte den Knopf. Hinter dem Efeu klang eine Explosion auf. Sajarano sprang über den Tisch und stürzte sich auf Etzwane. »Mörder! Mörder! Oh, wie schrecklich, Mörder, das Blut meiner Liebsten!«

Etzwane versetzte dem Mann einen Faustschlag ins Gesicht; Sajarano stürzte zu Boden und wälzte sich stöhnend hin und her. Hinter dem Efeu sprudelte Blut auf den Jade.

Etzwane versuchte seinen Magen unter Kontrolle zu halten. Seine Gedanken überstürzten sich. Er trat Sajarano heftig in die Rippen, der ihn mit aschfahlem Gesicht und sabberndem Mund anstarrte. »Steh auf!« brüllte Etzwane heiser. »Wenn Jurjin tot ist, bist du allein schuld; du bist ihr Mörder! Du bist auch der Mörder meiner Mutter; hättest du sofort etwas gegen die Rogushkoi unternommen, wäre jetzt alles längst vorbei!« Wieder trat er zu. »Steh auf! Oder willst auch du deinen Kopf verlieren?«

Sajarano schluchzte und rappelte sich taumelnd auf.

»Du hast also Jurjin angewiesen, sich hinter dem Efeu zu verstecken und mich auf ein Zeichen von dir hin zu töten!«

»Nein, nein! Sie hatte nur eine Betäubungspistole.«

»Du bist ja verrückt! Glaubst du wirklich, ich hätte dir nicht den Kopf genommen? Und der Tee – ist der vergiftet?«

»Ein Schlafmittel ...«

»Was für einen Sinn hätte das gehabt? Antworte!«

Sajarano schüttelte den Kopf. Er hatte völlig die Beherrschung verloren und schlug sich nun mit der Faust vor die Stirn, als versuche er seine Gedanken zu unterdrücken.

Etzwane rüttelte ihn an der Schulter. »Was hätte das für einen Sinn, mich zu betäuben? Meine Freunde würden dich töten!«

Sajarano murmelte: »Ich tue, was meine innerste Seele verlangt.«

»Von jetzt an bin ich deine innerste Seele! Führ mich in dein Büro. Ich muß erfahren, wie man sich mit dem Diskriminatoren* und den Kantonsregierungen in Verbindung setzt.«

Sajarano, der die Schultern hängen ließ, führte seinen Besucher in das private Arbeitszimmer und zu einer verschlossenen Tür. Er tippte Codesignale ein, die den Durchgang freigaben; dann erklommen sie eine Wendeltreppe zu einer Kammer, von der aus ganz Garwiy zu überschauen war.

---

* *Avistoi* (wörtlich: *nette* Diskriminatoren): Die Wächter der garwiyschen Gesellschaft, die einzige ausgebildete Polizeimacht Shants.

Auf einem Tisch an der gegenüberliegenden Wand stand eine Anzahl Glaskästen. Sajarano machte eine vage Handbewegung. »Die Funkausrüstung. Sie sendet ein eng gebündeltes Signal zu einer Relaisstation auf dem Ushkadel und läßt sich nicht anpeilen. Ich drücke auf diesen Knopf, wenn ich Nachricht an das Proklamationsbüro absetzen will, und mit diesem Knopf erreiche ich den Obersten Diskriminator; und mit diesem das Kantonshaus, und hiermit das Petitionsbüro. Meine Stimme ist durch einen Filter unkenntlich gemacht.«

»Wenn ich die Befehle gäbe«, sagte Etzwane, »würde jemand den Unterschied merken?«

In Sajaranos Augen stand Schmerz. »Es wäre nicht zu erkennen. Gedenkst du Anome zu werden?«

»Ich habe nicht die Absicht.«

»Aber in Wirklichkeit bist du es. Ich lehne jede weitere Verantwortung ab.«

»Wie antwortest du auf Petitionen?«

»Das war Garstangs Aufgabe. Ich habe seine Entscheidungen am Aushang regelmäßig überprüft. Von Zeit zu Zeit hielt er Rücksprache mit mir, aber nicht oft.«

»Wenn du die Funkgeräte benutzt, wie gehst du dabei vor? Was sagst du?«

»Ganz einfach – ich sage: ›Der Anome gibt Befehl, daß dieses oder jenes getan wird.‹ Das ist alles.«

»Sehr gut. Ruf jetzt das Proklamationsbüro an und dann die anderen. Du sagst folgendes: ›Als Antwort auf die Angriffe der Rogushkoi erkläre ich hiermit den nationalen Notstand. Shan muß nun seine Kräfte gegen diese Wesen mobilisieren und sie vernichten.‹«

Sajarano schüttelte den Kopf. »So etwas kann ich nicht sagen, das mußt du schon selbst tun.« Er schien seltsam verwirrt zu sein. Seine Hände bebten, seine Augen zuckten hin und her, seine Haut hatte eine unangenehme wächserne Färbung.

»Warum kannst du das nicht sagen?« fragte Etzwane.

»Es widerstrebt meiner innersten Seele. Ich kann an diesem Wagnis nicht teilnehmen. Es bedeutet Chaos!«

»Wenn wir die Rogushkoi nicht vernichten, geht Shant unter – und das wäre schlimmer«, sagte Etzwane. »Zeige mir, wie man das Funkgerät bedient.«

Sajaranos Lippen zitterten, und Etzwane nahm schon an, daß er sich weigern würde. Dann sagte er: »Du legst den Hebel dort um. Dreh den grünen Knopf, bis das grüne Licht aufleuchtet. Dann drückst du den Knopf, der den Empfänger bestimmt. Sobald das purpurne Licht aufblitzt, kannst du sprechen.«

Etzwane näherte sich dem Tisch, während Sajarano einige Schritte zurückwich. Etzwane tat, als betrachte er die Funkgeräte. Sajarano eilte zur Tür, trat hindurch, wollte sie zuschlagen. Etzwane warf sich durch die Öffnung; die beiden begannen zu ringen. Etzwane war jung und kräftig; Sajarano wehrte sich in hysterischer Verzweiflung. Ihre Gesichter waren nur Zentimeter voneinander entfernt. Sajarano traten die Augen aus den Höhlen, sein Mund stand offen. Er glitt mit den Füßen aus, und die Tür schwang wieder auf.

Etzwane fragte höflich: »Wer wohnt außer dir im Haus?«

»Nur mein Personal«, keuchte Sajarano.

»Die Funkdurchsagen haben Zeit«, sagte Etzwane. »Zunächst muß ich mich um dich kümmern.«

Mit hängenden Schultern stand Sajarano vor ihm. Etzwane sagte: »Komm. Laß die Tür offen. Du sollst deinem Personal Bescheid geben, daß ich und meine Freunde hier einziehen.«

Sajarano seufzte ergeben. »Was hast du mit mir vor?«

»Wenn du uns hilfst, ist dein Leben gerettet.«

»Ich werde mein Bestes tun«, sagte Sajarano und wirkte plötzlich wie ein alter Mann. »Ich muß es versuchen, muß es versuchen ... Ich rufe jetzt Aganthe, meinen Majordomo. Wie viele Personen kommen? Ich lebe hier recht zurückgezogen.«

»Das muß ich mit den Männern erst besprechen.«

2

Sajarano lag betäubt in seinem Schlafzimmer; Etzwane stand in der Vorhalle. Er wandte sich ab von der riesigen Blutlache. Was sollte mit der Leiche geschehen? Er wußte es nicht. Es war bestimmt unklug, das Personal zu beauftragen ... Also mußte die Tote bleiben, bis er alles geregelt hatte. Die hübsche Jurjin! Welche Verschwendung an Schönheit und Lebenskraft! Er vermochte keine Wut mehr gegen Sajarano aufzubringen; dieses Gefühl kam ihm schal vor. Sajarano war offenbar wahnsinnig.

Jetzt also die Proklamationen. Etzwane kehrte in den Funkraum zurück, wo er eine Botschaft verfaßte, die er für knapp und wirkungsvoll hielt. Dann bediente er die zahlreichen Hebel und Knöpfe, wie es ihm Sajarano gezeigt hatte. Zuerst funkte er das Proklamationsbüro an. Das purpurne Licht flackerte.

Etzwane begann: »Der Anome befiehlt den Anschlag der folgenden Proklamation in ganz Shant: Um dem gefährlichen Vorrücken der Rogushkoi in unserem Gebiet zu begegnen, erklärt der Anome mit sofortiger Wirkung den nationalen Notstand.

Seit mehreren Jahren hat der Anome versucht, die Invasoren mit friedlichen Mitteln abzuwehren. Diese Mühlen sind fehlgeschlagen; wir müssen nun mit der ganzen Energie unserer Nation handeln; die Rogushkoi werden vernichtet oder nach Palasedra zurückgedrängt.

Die Roguskhoi offenbaren einen ungewöhnlichen Geschlechtstrieb, unter dem viele Frauen gelitten haben. Um weitere Zwischenfälle dieser Art zu vermeiden, befiehlt der Anome, daß alle Frauen die Kantone verlassen, die an die Wildgebiete grenzen. Sie sollen in Küstenkantone reisen, wo die Behörden für eine sichere und bequeme Unterbringung sorgen sollen.

Gleichzeitig werden die Behörden aller Kantone eine Miliz fähiger Männer organisieren, im Umfange von mindestens einem Soldaten auf je hundert Köpfe Bevölkerung. Weitere Befehle hierzu folgen. Die Kantonsbehörden müssen jedoch sofort mit der Rekrutierung beginnen. Eine Verzögerung wird nicht geduldet.

Zu gegebener Zeit wird der Anome weitere Proklamationen erlassen. Mein bevollmächtigter Adjutant ist Gastel Etzwane. Er wird die verschiedenen Maßnahmen koordinieren und spricht mit voller Autorität. Ihm ist in jeder Beziehung Folge zu leisten.«

Darauf setzte sich Etzwane mit dem Obersten Diskriminator Garwiys in Verbindung und wiederholte seine Proklamation. »Gastel Etzwanes Befehlen ist Folge zu leisten, als wäre er der Anome. Ist das klar?«

Die Stimme des Obersten Diskriminators erklang: »Gastel Etzwane erhält unsere volle Unterstützung. Darf ich sagen, Exzellenz, daß diese Politik in ganz Shant Beifall finden wird. Wir freuen uns, daß du endlich etwas unternimmst.«

»Nicht ich«, erklärte Etzwane. »Das Volk von Shant unternimmt etwas. Ich leite nur seine Anstrengungen. Ich allein vermag – nichts!«

»Das ist natürlich richtig«, hieß die Erwiderung. »Hast du weitere Anweisungen?«

»Ja. Ich möchte, daß sich die fähigsten Technisten Garwiys morgen zur Mittagsstunde in den Büros der Gesellschaft einfinden, damit ich hinsichtlich Waffen und Waffenproduktion beraten werden kann.«

»Ich sorge dafür.«

»Im Augenblick ist das alles.«

Etzwane erkundete den Sershan-Palast. Das Personal beobachtete ihn mit mißtrauischen Blicken. In seinen kühnsten Träumen hatte sich Etzwane nicht solche Eleganz vorgestellt. Er fand Reichtümer, die über Tausende von Jahren hin aufgehäuft worden waren: Glassäulen, mit Silbersymbolen eingelegt; hellblaue Zimmer, die in altrosa Räume übergingen; ganze Wände, die Vitranlandschaften* offenbarten; Möbel und Porzellan aus ferner Vergangenheit; herrliche Teppiche aus Maseach und Cansume; eine Sammlung verzerrter Goldmasken, die bestimmt unter großem Risiko aus dem Inneren Caraz' gestohlen worden waren.

---

* *Vitran:* Eine visuelle Darstellungsform, die nur in Garwiy zu finden ist. Der Künstler und sein Lehrling verwenden winzige farbige Glasstäbchen – etwa einen halben Zentimeter lang, zwei bis drei Millimeter dick. Diese Gebilde werden der Länge nach auf einer Milchglasscheibe aufgeleimt. Wird das fertige Werk von hinten beleuchtet, erscheint eine Landschaft, ein Porträt oder ein Muster, das ungemein lebendig wirkt – voller Licht, chromatischer Vielfalt, Detailtreue und Tiefenwirkung. Schon das kleinste Werk erfordert einen ungeheuren Zeitaufwand, wobei jeder Quadratmeter etwa fünfhundertfünfzigtausend winzige Glasstücke enthält.

Ein solcher Palast, überlegte Etzwane, konnte ihm gehören, wenn er nur wollte. Absurd, daß Gastel Etzwane, der absichtlos vom Druithine Dystar mit Eathre vom Rhododendron-Weg gezeugt wurde –, daß dieser Junge tatsächlich Anome von Shant geworden war – ja, warum sollte er dem Umstand nicht ins Auge sehen?

Etzwane zuckte melancholisch die Achseln. In seiner Jugend hatte er Not kennengelernt; jeder Florin, den er sparen konnte, war ein Fünfzehnhundertstel der Freiheit seiner Mutter. Jetzt stand ihm der Reichtum Shants zur Verfügung! Und lockte ihn nicht ... Was sollte er wegen der Leiche im Morgenzimmer unternehmen?

In der Bibliothek setzte er sich und dachte nach ... Sajarano kam ihm nicht wie ein Bösewicht, sondern eher wie eine Gestalt des Untergangs vor. Warum hatte er sich nicht offen äußern können? Warum konnten sie nicht zusammenarbeiten? Etzwane bedachte die unschönen Umstände. Er konnte Sajarano nicht endlos schlafen lassen; andererseits war dem Mann in jedem anderen Zustand nicht zu trauen – es sei denn, er war tot.

Etzwane verzog das Gesicht. Er sehnte sich nach Ifness, der immer eine Lösung gewußt hatte. Aber da Ifness nicht bei ihm war, mußte jeder Verbündete willkommen sein.

Da waren Frolitz und seine Musikertruppe – die Rosaschwarztiefblauen Grünen. Eine verrückte Idee, die Etzwane sofort verwarf ... aber wer sonst? Zwei Namen kamen ihm in den Sinn: Dystar, sein Vater, und Jerd Finnerack.

Im Grunde wußte er über beide nicht viel. Dystar wußte nicht einmal, daß es ihn gab. Aber Etzwane hatte Dystars Musik gehört und ahnte, wie es in diesem Manne aussah. Und was Finnerack anging, so erinnerte sich Etzwane nur an einen stämmigen jungen Mann mit entschlossenem braungebrannten Gesicht und sonnengebleichtem blonden Haar. Finnerack war freundlich gewesen zu dem verzweifelten Jungen Gastel Etzwane; er hatte Etzwane ermutigt, von der Angwin-Kreuzung zu fliehen, einer Insel in der Luft. Was war aus Jerd Finnerack geworden?

Etzwane kehrte in das Funkzimmer zurück. Er rief das Büro des Obersten Diskriminators an und erbat Informationen über Jerd Finnerack von der Verwaltung des Ballon-Wegs.

Etzwane schaute zu Sajarano hinein, der den Schlaf des Betäubten schlief, runzelte die Stirn und verließ das Zimmer. Er rief einen Diener in das große Wohnzimmer und schickte ihn zu Fontenays Schenke, wo er Frolitz finden und zum Palast führen sollte.

Nach einiger Zeit erschien Frolitz, mürrisch und nervös zugleich. Als er Etzwane erblickte, blieb er stehen und hob mißtrauisch den Kopf.

»Komm rein, komm rein«, sagte Etzwane. Er schickte den Diener fort und führte Frolitz in den großen Wohnraum. »Setz dich. Möchtest du Tee?«

»Aber klar«, sagte Frolitz. »Willst du mir wohl auch den Grund nennen, warum du hier bist?«

»Das ist eine seltsame Geschichte«, sagte Etzwane. »Wie du weißt, habe ich vor kurzem beim Anome eine Fünfhundert-Florin-Petition eingereicht.«

»Das weiß ich – du bist ein Tor.«

»Gar nicht mal. Der Anome war im Grunde meiner Ansicht; er hat mich deshalb gebeten, ihm bei seinem großen Feldzug gegen die Rogushkoi zu helfen.«

Frolitz riß verblüfft den Mund auf. »Du? Gastel Etzwane, der Musiker? Was für ein Märchen soll das sein?«

»Kein Märchen. Jemand muß diese Dinge tun. Ich habe zugestimmt; außerdem habe ich in dieser Sache auch deine Dienste angeboten.«

Frolitz' Verblüffung wuchs. Dann erschien ein sarkastisches Leuchten in seinen Augen. »Natürlich! Genau das ist nötig, um die Rogushkoi in die Flucht zu schlagen – der alte Frolitz und seine wilde Truppe! Ich hätte selbst darauf kommen müssen!«

»Die Situation ist ungewöhnlich«, sagte Etzwane. »Aber du brauchst dich nur umzusehen.«

Frolitz nickte. »Wir scheinen wie Ästheten in einem ungewöhnlich luxuriösen Palast zu sitzen. Was nun?«

»Wie ich dir schon sagte. Wir sollen dem Anome helfen.«

Frolitz musterte Etzwane mit neu aufflackerndem Mißtrauen. »Eine Sache möchte ich sofort klarstellen. Ich bin kein Krieger; ich bin zu alt zum Kämpfen.«

»Keiner von uns wird ein Schwert in die Hand nehmen müssen«, sagte Etzwane. »Unsere Aufgabe liegt etwas mehr im Hintergrund – und ist natürlich profitabel.«

»In welcher Hinsicht und in welchem Umfang?«

»Du befindest dich im Sershan-Palast«, sagte Etzwane. »Wir sollen hier wohnen: du, ich, die ganze Truppe. Man wird uns wie Ästheten versorgen. Unsere Pflichten sind einfach, doch ehe ich dir mehr erzähle, mußt du mir sagen, was du von dieser Berufung hältst.«

Frolitz kratzte sich am Kopf. »Du redest von Profit. Das klingt sehr nach dem Gastel vergangener Tage, der jedem Florin nachweinte, als handele es sich um einen sterbenden Heiligen. Alles andere dünkt mich Halluzination.«

»Wir sitzen hier im Sershan-Palast. Halluzination? Ich glaube nicht. Der Vorschlag kommt unerwartet – aber du weißt selbst, daß manchmal seltsame Dinge geschehen.«

»Wie wahr! Der Musiker führt ein seltsames Leben ... Ich habe jedenfalls nichts dagegen, hier im Sershan-Palast zu leben, solange die Sershans das gestatten. Ich glaube doch nicht, daß du den alten Frolitz hereinlegen willst, oder?«

»Ganz und gar nicht, ich schwör's dir. Wie steht's mit der Truppe?«

»Kannst du dir vorstellen, daß sich die Burschen eine solche Gelegenheit entgehen lassen? Was wären denn unsere Pflichten – falls die Sache nicht doch ein Scherz ist?«

»Die Situation ist etwas seltsam«, sagte Etzwane. »Der Anome möchte, daß Sajarano von Sershan beobachtet wird. Um offen zu sein, Sajarano soll das Haus nicht verlassen. Und das ist unsere Aufgabe.«

Frolitz knurrte etwas vor sich hin. »Jetzt beschleicht mich aber eine andere Furcht: wenn der Anome seine Musiker als Gefängniswärter einsetzen will, fällt ihm vielleicht auch ein, die verdrängten Wärter als Musiker loszuschicken.«

»Soweit kommt es nicht«, sagte Etzwane. »Im Grunde habe ich nur die Anweisung, vertrauenswürdige Leute anzuwerben; da habe ich natürlich sofort an die Truppe gedacht. Wie schon gesagt – wir werden gut bezahlt; ich kann sogar neue Instrumente für jeden aus der Truppe besorgen – die besten Holzhörner, Schwarzbirken-Khitans mit bronzenen Scharnieren, Silbertipples – was man sich nur wünscht – die Kosten spielen keine Rolle.«

Wieder sperrte Frolitz den Mund auf. »Das kannst du alles bewirken?«

»Ja.«

»Dann kannst du mit der Hilfe der Truppe rechnen. Ja, bei uns ist längst mal eine Erholungspause fällig.«

Sajarano bewohnte einige Räume in einem Turm aus Perlglas im hinteren Teil des Palastes. Etzwane fand ihn auf einer grünen Satincouch sitzend, mit einigen herrlichen Puzzlestücken aus Elfenbein beschäftigt. Sein Gesicht war angespannt. Seine Haut wirkte wie altes Papier. Er begrüßte Etzwane zurückhaltend, ohne ihn anzusehen.

»Wir haben gehandelt«, sagte Etzwane. »Die Energien Shants sind nun gegen die Rogushkoi gerichtet.«

»Ich hoffe, daß sich die Probleme auch so leicht lösen lassen, wie du sie hervorrufst«, sagte Sajarano kurz angebunden.«

Etzwane setzte sich auf einen weißen Holzstuhl. »Du hast deine Ansichten noch nicht geändert?«

»Die immerhin aus jahrelangen ernsthaften Studien hervorgegangen sind! Natürlich nicht.«

»Ich hoffe jedoch, daß du dich bereit erklärst, keine Störaktionen zu unternehmen.«

»Du hast die Macht«, sagte Sajarano. »Ich muß gehorchen.«

»Das hast du schon einmal gesagt«, stellte Etzwane fest, »und hast dann versucht, mich zu vergiften.«

Sajarano zuckte uninteressiert die Achseln. »Ich konnte nur so handeln, wie meine innere Stimme befahl.«

»Hmm ... Und was diktiert diese innere Stimme nun?«

»Nichts. Ich habe eine Tragödie erleben müssen, und jetzt wünsche ich mir nur Einsamkeit.«

»Die sollst du bekommen«, sagte Etzwane. »Für kurze Zeit, bis sich alles wieder beruhigt hat, wird eine Gruppe Musiker, die mir nahesteht, über dich wachen. Diese geringe Ungelegenheit muß ich dir bereiten. Ich hoffe, du nimmst sie gelassen hin.«

»Solange diese Leute nicht üben oder sich im Palast austoben.«

Etzwane blickte aus dem Fenster auf die Wälder des Ushkadel. »Wie entfernen wir das Blut und die Leiche aus dem Morgenzimmer?«

Sajarano seufzte und sagte leise: »Drück den Knopf dort – dann kommt Aganthe.«

Der Majordomo erschien. »Im Morgenzimmer findest du eine Leiche«, sagte Sajarano. »Begrabe sie oder wirf sie in die Sualle – laß sie verschwinden, wie du möchtest, aber diskret. Dann mach das Morgenzimmer sauber.«

Aganthe verbeugte sich und verschwand.

Sajarano wandte sich an Etzwane. »Noch etwas?«

»Ich werde Staatsgelder ausgeben müssen. Was ist dabei zu beachten?«

Sajarano lächelte bitter. Er schob die Elfenbeinstücke zur Seite. »Komm.«

Sie stiegen in Sajaranos Arbeitszimmer hinab, wo der ehemalige Anome einen Moment nachdenklich stehenblieb. Etzwane fragte sich, ob er eine neue List ausheckte, und steckte auffällig die Hand in die Tasche. Sajarano zuckte leicht die Achseln, als verwerfe er eine Idee, die ihm gekommen war. Aus einem Schrank zog er ein Paket mit Gutscheinen. Den Finger auf den gelben Knopf gelegt, trat Etzwane vorsichtig näher. Doch Sajaranos Gegenwehr war erstorben. Er murmelte: »Deine Politik ist zu kühn für mich. Vielleicht hast du recht; vielleicht habe ich den Kopf in den Sand gesteckt ... Manchmal ist mir, als hätte ich nur einen Traum gehabt.«

Mit matter Stimme sagte er Etzwane, wie die Gutscheine zu verwenden waren.

»Daß wir uns nicht mißverstehen«, erwiderte Etzwane. »Du darfst den Palast nicht verlassen, nicht die Funkgeräte benutzen, deine Diener losschicken oder Freunde empfangen. Weitere Ungelegenheiten wollen wir dir nicht bereiten, solange du dich nicht verdächtig machst.«

Dann rief Etzwane Frolitz zu sich und stellte ihn Sajarano vor. Frolitz legte eine joviale Freundlichkeit an den Tag. »Eine neue Aufgabe für mich; ich hoffe, unser Zusammensein wird friedlich verlaufen.«

»Von mir aus schon«, sagte Sajarano bitter, »Also dann – was wünschst du noch?«

»Im Augenblick nichts.«

Sajarano zog sich in seine Gemächer im Perlglasturm zurück. Frolitz sagte verwundert: »Deine Pflichten scheinen über die Bewachung Sajaranos hinauszugehen.«

»Das ist richtig«, sagte Etzwane. »Wenn du es genau wissen willst ...«

»Sag mir nichts!« rief Frolitz. »Je geringer mein Wissen, desto größer meine Unschuld!«

»Wie du möchtest.« Etzwane zeigte Frolitz die Treppe, die zum Funkraum führte. »Denk daran, Sajarano hat in diesem Teil des Palastes nichts zu suchen!«

»Eine kühne Maßnahme angesichts der Tatsache, daß ihm das Gebäude gehört.«

»Trotzdem muß darauf geachtet werden. Hier muß ständig jemand Wache stehen, Tag und Nacht.«

»Das ist recht unpassend, wenn wir üben wollen«, brummte Frolitz.

»Dann übt hier an der Treppe.« Etzwane drückte auf den Rufknopf, und Aganthe erschien.

»Wir werden für eine gewisse Zeit deinen Tagesablauf stören«, sagte er. »Um ehrlich zu sein, der Anome hat über Sajarano eine Art Hausarrest verhängt. Herr Frolitz und seine Freunde leiten die erforderlichen Maßnahmen. Sie möchten sich gern deiner absoluten Loyalität versichern.«

Aganthe verbeugte sich. »Mein Gehorsam gehört Exzellenz Sajarano; er hat mich angewiesen, deinen Befehlen zu gehorchen, und das werde ich tun.«

»Gut. Dann gebe ich dir jetzt Befehl, alle Anordnungen zu mißachten, die Sajarano womöglich im Widerstreit zu unseren amtlichen Pflichten trifft. Ist das klar?«

»Jawohl, Exzellenz.«

»Wenn Sajarano einen solchen Befehl gibt, wendest du dich an mich oder Herrn Frolitz. Ich möchte das noch einmal deutlich betonen. Im Morgenzimmer hast du die Folgen eines unkorrekten Verhaltens gesehen.«

»Das verstehe ich durchaus, Exzellenz.« Aganthe zog sich zurück.

Etzwane wandte sich an Frolitz. »Von jetzt an führst du hier das Kommando. Sei mißtrauisch. Sajarano ist ein findiger Kopf.«

»Hältst du mich für weniger findig? Weißt du noch, als wir das letztemal *Kheriteri Melancholine* spielten? Wer ist da sofort auf den siebten Ton umgesprungen, als Lurnous uns alle in Verlegenheit brachte? Ist das keine Findigkeit? Wer hat den Balladisten Bandart in der Toilette eingeschlossen, als er auf seiner Singerei bestand? War das keine Findigkeit?«

»Ich mache mir ja auch keine Sorgen«, erwiderte Etzwane.

Frolitz zog los, um seine Truppe über die neuen Pflichten zu informieren; Etzwane kehrte in Sajaranos Arbeitszimmer zurück und stellte sich dort einen Gutschein auf die Staatskasse über zwanzigtausend Florin aus – was wohl ausreichte, um die laufenden und außergewöhnlichen Ausgaben der nahen Zukunft zu decken.

In der Bank von Shant wurden die zwanzigtausend Florin anstandslos ausgezahlt; Etzwane hatte nie gedacht, daß er einmal soviel Geld haben würde!

Geld mußte ausgegeben werden; in einem nahegelegenen Laden wählte Etzwane Kleidung aus, die zu seiner neuen Rolle paßte: eine vornehme Jacke aus purpurnem und grünem Velours, dunkelgrüne Hosen, ein schwarzes Samtcape mit hellgrünen Säumen, die teuersten Stiefel ... Er betrachtete sich im Spiegel des Modegeschäfts, versuchte den strahlenden jungen Patrizier mit dem Gastel Etzwane früherer Tage in Einklang zu bringen, mit dem Jungen, der keinen Florin für Dinge ausgegeben hatte, die nicht dringend benötigt wurden.

Die Ästhetische Gesellschaft befand sich im Jurisdiktional, einer gewaltigen Ansammlung aus purpurnem, grünem und blauem Glas hinter dem Gesellschaftsplatz. Die beiden ersten Etagen stammten von den Mittleren Pandamons; die nächsten vier, die sechs Türme und die elf Kuppen waren zehn Jahre vor dem Vierten Palasedranischen Krieg fertiggestellt worden und wie durch ein Wunder dem großen Bombardement entgangen.

Etzwane suchte das Büro Aun Sharahs, des Obersten Diskriminators Garwiys, in der zweiten Etage des Jurisdiktional auf. »Bitte melde mich an«, sagte er zu dem Schreiber. »Ich bin Gastel Etzwane.«

Aun Sharah kam persönlich: ein gutaussehender Mann mit vollem Silberhaar, das dicht an seinem Kopf anlag, einer schönen, hervorstechenden Nase und einem breiten, nun lächelnden Mund. Er trug eine schlichte dunkelgraue Tunika, nur von zwei Schulterspangen aus Silberholz verziert: eine dermaßen distinguierte Aufmachung, daß sich Etzwane fragte, ob er daneben nicht geradezu marktschreierisch wirkte.

Der Oberste Diskriminator musterte Etzwane mit unverhohlener Neugier. »Komm in meine Räume.«

Sie betraten ein großes, hohes Büro, das einen Ausblick auf den Gesellschaftsplatz gestattete. Wie Aun Sharahs Kleidung war auch die Einrichtung einfach und elegant. Aun Sharah bot Etzwane einen Stuhl an und setzte sich auf eine Couch an der Seite. Etzwane beneidete ihn um seine Gelassenheit; Aun Sharah ließ keine Nervosität erkennen. Seine Aufmerksamkeit war offenbar völlig auf Etzwane gerichtet, der eine solche Konzentration nicht aufbrachte.

»Du hast von der neuen Sachlage gehört«, sagte Etzwane. »Der Anome hat die Macht Shants gegen die Rogushkoi mobilisiert.«

»Ziemlich verspätet«, murmelte Aun Sharah.

Etzwane hielt die Bemerkung für ein wenig unvorsichtig. »Wie dem auch sei – wir müssen uns nun bewaffnen. In dieser Hinsicht hat mich der Anome zu seinem bevollmächtigten Adjudanten gemacht; ich spreche für ihn.«

Aun Sharah lehnte sich auf seiner Couch zurück. »Ist das nicht seltsam? Erst vor einigen Tagen war ein gewisser Gastel Etzwane Objekt einer amtlichen Suche. Ich vermute, daß du diese Person bist.«

Etzwane musterte den Obersten Diskriminator betont kühl. »Der Anome hat mich gesucht, er hat mich gefunden.

Ich habe ihm gewisse Tatsachen zugetragen; daraufhin hat er reagiert, wie dir bekannt ist.«

»Klugerweise! Das ist jedenfalls meine Ansicht«, sagte Aun Sharah. »Darf ich fragen, wie diese ›Tatsachen‹ aussahen?«

»Sie brachten die mathematische Gewißheit einer Katastrophe, wenn wir uns nicht sofort wehren. Hast du die Versammlung der Technisten vorbereitet?«

»Die Vorbereitungen laufen. Wie viele Personen möchtest du sehen?«

Etzwane warf dem Obersten Diskriminator einen prüfenden Blick zu. »Hat der Anome keine genauen Befehle gegeben?«

»Soviel ich weiß, ließ er die genaue Zahl offen.«

»In diesem Fall rufst du die fähigsten und angesehensten Fachkräfte zusammen, aus deren Kreis wir einen Vorsitzenden oder Forschungsleiter bestimmen. Ich möchte, daß du dich ebenfalls zur Verfügung hältst. Unser erstes Ziel besteht darin, eine Gruppe fähiger Männer zu bilden, die die Politik des Anome durchsetzt.«

Aun Sharah nickte langsam und nachdenklich. »Welche Fortschritte sind in dieser Hinsicht schon gemacht worden?«

Etzwane empfand den Blick des anderen plötzlich als zu wissend. »Er sagte: »Keine großen Fortschritte. Es sind Namen im Gespräch. Was hast du über die Person Jerd Finnerack erfahren?«

Aun Sharah nahm ein Blatt Papier zur Hand und las vor: »Jerd Finnerack, ein unter Kontrakt stehender Angestellter des Ballon-Wegs. Geboren im Dorf Ispero im Ostbezirk Morningshores. Sein Vater, ein Beerenzüchter, setzte sein Kind als Sicherheit für einen Kredit ein; als er nicht zurückzahlte, wurde ihm das Kind genommen. Finnerack hat sich als störischer Arbeiter erwiesen. Einmal löste er in krimineller Absicht einen Ballon vom Wechselrad an der Angwin-Kreuzung, eine Tat, aus der sich umfangreiche Klagen gegen die Gesellschaft ergaben. Diese Kosten wurden seinem Kontrakt zugeschlagen. Er arbeitet jetzt im Lager des Kantons Glaiy, in einem Lager für widerspenstige Arbeiter. Sein Kontrakt beläuft sich zur Zeit auf etwas über zweitausend Florin.« Er reichte Etzwane das Papier. »Darf ich fragen, warum du dich ausgerechnet für diesen Jerd Finnerack interessierst?«

Etzwane antwortete förmlich: »Deine Neugier begreife ich; der Anome jedoch besteht auf absoluter Diskretion. Nun zu etwas anderem: der Anome hat befohlen, daß die Frauen in die Küstenkantone gebracht werden. Unangenehme Zwischenfälle müssen dabei vermieden werden. In jedem Kanton sollten mindestens sechs Kontrollbeamte für Beschwerden und zur Abstellung von Mißständen zur Verfügung stehen. Ich möchte, daß du geeignete Offiziere benennst und sie so schnell wie möglich einsetzt.«

»Diese Maßnahme ist notwendig«, sagte Aun Sharah. »Ich werde Männer meines Stabes losschicken, diese Gruppen zu organisieren.«

»Ich überlasse dir die Angelegenheit in eigener Verantwortung.«

Etzwane verließ das Büro des Obersten Diskriminators. Im ganzen liefen die Dinge gut. Hinter Aun Sharahs ruhiger Stirn überstürzten sich zweifellos die schlauen Pläne, die ihn zu unüberlegten Taten hinreißen mochten. Mehr denn je verspürte Etzwane das Bedürfnis nach einem absolut vertrauenswürdigen Verbündeten. Allein war seine Stellung zu gefährdet.

Er kehrte auf Umwegen zum Sershan-Palast zurück. Vorübergehend hatte er den Eindruck, verfolgt zu werden, doch als er durch das Erdapfelportal trat und im roten Halbdämmer einer Säule wartete, kam niemand vorbei, und als er weiterging, schien die Straße hinter ihm leer zu sein.

3

Genau zur Mittagsstunde betrat Etzwane den größten Konferenzsaal des Jurisdiktional. Ohne nach links oder rechts zu schauen ging er zum Rednerpult, stemmte die Hände auf die feste Silberumrandung und wandte sich der aufmerksamen Versammlung zu.

»Meine Herren: der Anome hat eine Botschaft verfaßt, die ich euch auf seinen Befehl hin verlesen muß.« Etzwane zog ein Pergament aus der Tasche:

»›Gegrüßt sei die technische Aristokratie Garwiys! Heute

erbitte ich euren Rat hinsichtlich der Rogushkoi. Ich habe lange gehofft, diese Wesen gewaltlos abzuwehren, doch meine Bemühungen sind vergeblich gewesen, jetzt müssen wir kämpfen.

Ich habe die Aufstellung einer Armee befohlen – doch das ist nur ein Teil der Maßnahmen. Für die Armee werden wirksame Waffen benötigt.

Und hier liegt das Problem. Die Kämpfer der Rogushkoi sind groß an Gestalt und wild und furchtlos. Ihre Waffen sind ein Morgenstern aus Metall und ein Krummschwert, das sowohl zum Hauen als auch zum Werfen benutzt wird, bis zu einer Entfernung von fünfzig Metern oder mehr. Im Nahkampf ist ein normaler Mann ihnen gegenüber hoffnungslos unterlegen. Unsere Soldaten müssen deshalb mit Waffen ausgerüstet werden, die schon auf hundert Meter oder noch größere Entfernung wirksam sind.

Ich lege dieses Problem in eure Hände und weise euch an, eure ganze Kraft sofort auf diese Aufgabe zu richten. Alle Mittel Shants stehen euch zur Verfügung.

Natürlich muß die Aktion organisiert werden. Ich wünsche mir also, daß ihr aus eurem Kreis nun einen Vorsitzenden wählt, der die Arbeiten überwacht.

Zu meinem bevollmächtigten Adjutanten habe ich die Person ernannt, die diese Botschaft verliest – Gastel Etzwane. Er spricht für mich; ihr werdet ihm berichten und seinen Empfehlungen Folge leisten. Ich betone nochmals die Dringlichkeit des Problems. Unsere Milizen werden aufgestellt und brauchen bald Waffen.‹«

Etzwane legte das Papier aus der Hand und ließ den Blick über die Reihen wandern. »Irgendwelche Fragen?«

Ein stämmiger, rotgesichtiger Mann erhob sich bedächtig. »Der Befehl ist sehr unklar. Was für Waffen hat der Anome im Sinn?«

»Waffen, mit denen die Rogushkoi getötet und zurückgetrieben werden können, bei minimaler Gefahr für den eigenen Soldaten«, sagte Etzwane.

»Das ist alles schön und gut«, klagte der Stämmige, »aber uns fehlt die nähere Erläuterung. Der Anome müßte allgemeine Spezifikationen erlassen oder wenigstens Grundentwürfe herausgeben! Sollen wir denn im dunkeln tasten?«

»Der Anome ist kein Technist«, sagte Etzwane. »Ihr seid die Technisten! Entwerft die Waffen selbst! Wenn Energiewaffen gebaut werden können, um so besser! Wenn nicht – müßt ihr mit den vorhandenen Mitteln das Beste schaffen. Überall in Shant formieren sich die Armeen: sie brauchen das Handwerkszeug des Krieges. Der Anome kann nicht Waffen herbeizaubern; sie müssen von euch erdacht, entworfen und hergestellt werden – von euch, den Technisten!«

Der rotgesichtige Mann sah sich unsicher um und nahm wieder Platz. In der letzten Reihe bemerkte Etzwane Aun Sharah, der ein nachdenkliches Lächeln zur Schau trug.

Ein großer Mann mit schwarzen Augen und wachsbleichem Gesicht stand auf. »Deine Bemerkungen sind präzise, und wir werden unser Bestes tun. Aber bedenke: Wir sind Technisten, keine Erfinder. Wir verbessern Herstellungsprozesse, doch schaffen wir keine neuen Konzeptionen.«

»Wenn ihr diese Arbeit nicht schafft, sucht jemanden, der das kann«, erwiderte Etzwane ungeduldig. »Ich übertrage euch die Verantwortung für diese Aufgabe. Erfindet oder sterbt.«

Ein anderer Mann ergriff das Wort: »Wichtig für unsere Überlegungen ist auch die vorgesehene Größe unserer Armee. Danach richtet sich die Zahl der erforderlichen Waffen! Verfügbarkeit und Wirksamkeit ist dabei sicher wichtiger als Eleganz.«

»Richtig«, sagte Etzwane. »Die Armee wird zwischen zwanzigtausend und hunderttausend Soldaten zählen, je nach Schwierigkeit des Feldzuges. Ich muß hinzufügen, daß Waffen das dringendste Bedürfnis sind. Wir brauchen auch Kommunikationsgeräte, damit die Kommandanten der verschiedenen Gruppen ihr Vorgehen koordinieren können. Euer Vorsitzender muß eine Gruppe benennen, die solche Geräte konstruiert.«

Etzwane wartete auf weitere Fragen, doch ein bedrücktes, ratloses Schweigen setzte ein. Nach einer Weile sagte er: »Ich überlasse euch jetzt eurer Arbeit. Erwählt einen Vorsitzenden, einen Mann, der fähig, entschlossen und notfalls auch rücksichtslos ist. Er wird nach eigenem Ermessen Arbeitsgruppen benennen. Fragen oder Empfehlungen erreichen mich durch den Obersten Diskriminator Aun Sharah.«

Damit verbeugte sich Etzwane und verschwand auf dem Wege, auf dem er gekommen war.

Im Pavillon des Jurisdiktional holte ihn Aun Sharah ein. »Die Dinge geraten in Bewegung«, sagte er. »Ich hoffe, daß auch etwas dabei herauskommt. Diese Männer haben keine Erfahrung mit kreativer Arbeit, und wenn ich einmal offen sprechen darf, so macht der Mann ohne Gesicht in diesem Fall einen unentschlossenen Eindruck.«

»Inwiefern?« wollte Etzwane wissen.

»Normalerweise würde er von jedem einzelnen ein Dossier und eine Beurteilung der Sachlage erbitten; dann würde er einen Vorsitzenden bestimmen und detaillierte Befehle geben. So aber sind die Technisten verwirrt und unsicher; ihnen fehlt die Initiative.«

Etzwane zuckte die Achseln. »Der Anome muß sich um viele Dinge kümmern. Es ist erforderlich, daß andere Männer die Last mit ihm teilen.«

»Natürlich – wenn sie das können und ihnen ein Programm vorgelegt wird.«

»Sie müssen sich ein eigenes Programm ausarbeiten.«

»Das ist eine interessante Idee«, räumte Aun Sharah ein. »Ich hoffe nur, es klappt auch.«

»Sie muß klappen, wenn wir überleben wollen. Der Anome kann nicht persönlich gegen die Rogushkoi kämpfen. Vermutlich hast du meine Vorgeschichte durchleuchtet?«

Aun Sharah nickte ohne jede Verlegenheit. »Du bist oder warst ein Musiker in der wohlbekannten Truppe des Herrn Frolitz.«

»Ich bin Musiker. Ich kenne andere Musiker so gut, wie du sie nie kennenlernen könntest, auch wenn du hundert Dossiers über sie anlegtest.«

Aun Sharah rieb sich das Kinn. »Und?«

»Einmal angenommen, der Anome wünschte eine Truppe der besten Musiker Shants zusammenzustellen. Zweifellos würdest du Dossiers sammeln, und er würde seine Wahl treffen; aber würden diese Musiker gut spielen, würden sie harmonieren? Ich glaube nicht. Ich will damit sagen: Kein Außenseiter kann eine Gruppe von Fachleuten gut organisieren; diese Leute müssen sich selbst organisieren. Das ist im Augenblick die Ansicht des Anome.«

»Es wird mich interessieren zu sehen, welche Fortschritte die Gruppe macht«, sagte Aun Sharah. »Was für Waffen erhoffst du dir von den Technisten?«

Etzwane warf Aun Sharah einen eisigen Blick zu. »Was weiß ich denn von Waffen? Ich hege keine Erwartungen, ebensowenig wie der Anome.«

»Natürlich. Also, ich muß jetzt in mein Büro, um das Personal umzugruppieren.« Aun Sharah ging seiner Wege.

Etzwane überquerte den Platz und ging in den Rosensteig hinab. An einem abgeschiedenen Tisch trank er eine Tasse Tee und überdachte seine Fortschritte, die nicht von der Hand zu weisen waren; wichtige Kräfte waren in Bewegung gesetzt worden. Frauen wurden in die Küstenkantone gebracht und waren dort zunächst in Sicherheit; bestenfalls gab es keine neuen Rogushkoi mehr; schlimmstenfalls breiteten sich die Wilden noch schneller aus. Die Milizen wurden gebildet, die Technisten hatten Anweisung, Waffen zu produzieren. Sajarano wurde von Frolitz bewacht; Aun Sharah, eine unbestimmte Größe, mußte vorsichtig angefaßt werden.

Im Augenblick hatte er alles getan, was in seiner Macht stand ... Jemand hatte ein Exemplar des *Arnid Koromatik** auf dem Stuhl liegengelassen; Etzwane nahm das Blatt zur Hand und überflog, die farbigen Meldungen. Hellblaue und grüne Symbole beschrieben gesellschaftliche Ereignisse und unwichtiges Geplauder; diese Artikel überging Etzwane. Er las die lavendelfarbenen Proklamationen des Anome. In verschiedenen Schattierungen von Indigo und Grün** wurde die Meinung wohlbekannter Personen wiedergegeben – alle

---

* Wörtlich: »*Chromatischer Umschlag*«, zum Zeichen, daß ein breiter Fächer von Nachrichten gebracht wurde.

** Die genaue Blau- oder Grünschattierung wies auf das Prestige der zitierten Persönlichkeit hin: Ruf, Eitelkeit, Lächerlichkeit, Popularität, Wortreichtum: dies alles lag in der Tiefe, in den Variationen und Schattierungen der verwendeten Farben – ein überaus verfeinerter Symbolismus.

zustimmend. »Endlich wendet der Anome seine Macht gegen die wilden Horden«, erklärte der Ästhet Santangelo von Ferathilen in ultramarinblauer Schrift. »Das Volk von Shant kann sich nun entspannen.«

Etzwane verzog die Lippen und schüttelte den Kopf. Unten auf der Seite umschloß ein brauner Rahmen eine ockergelbe Meldung: schlimme Nachrichten. Die Rogushkoi waren mit einer Streitmacht, die auf über fünfhundert Köpfe geschätzt wurde, in das Garwan-Tal des Kantons Lor-Asphen vorgedrungen und hatten viele Männer und eine große Anzahl Frauen versklavt. »Sie haben ein Lager errichtet und wollen offenbar nicht in das Hwan-Gebirge zurückkehren. Betrachten sie das Tal als erobertes Gebiet?

Die Frauen Lor-Asphens werden nun in die Kantone Morningshore und Esterland evakuiert. Leider hat der Anome noch nicht die Kraft aufgebracht, einen Gegenschlag in die Wege zu leiten. Er ist zu hoffen, daß sich solche schlimmen Vorfälle nicht wiederholen.«

Etzwane legte das Blatt wieder auf den Stuhl zurück, überlegte es sich dann anders und steckte es zusammengefaltet in seine Capetasche. Eine Zeitlang beobachtete er die anderen Gäste in der Nähe. Sie plauderten, sie waren charmant, sensibel, kunstverständig ... In diesem Augenblick kam der rotgesichtige Technist in den Garten, der in der Versammlung die erste Frage gestellt hatte. Über seiner schwarzweißen Aufmachung trug er einen hellgrünen Mantel; er setzte sich zu einer Gruppe von Freunden an einen Tisch in der Nähe Etzwanes: zwei Männer und zwei Frauen in vornehmen blauen, grünen, purpurnen und weißen Roben. Sie beugten sich vor, als der Stämmige aufgeregt zu sprechen begann. Etzwane hörte zu: »... doch Wahnsinn! Wahnsinn! Das ist doch nicht unsere Aufgabe! Was wissen wir von solchen Dingen? Der Anome erwartet Wunder: er will Backsteine haben, ohne uns Stroh zu liefern! Soll er doch die Waffen herbeischaffen – ist er nicht die absolute Macht in Shant?«

Einer der Freunde sagte etwas, woraufhin der Technist ungeduldig antwortete: »Alles Unsinn! Ich gedenke eine Protestpetition einzureichen; der Anome wird bestimmt vernünftig sein.«

Etzwane hörte ihm zuerst ungläubig, dann wütend zu. Vor wenigen Minuten erst hatte er diesem dicken, dummen Mann selbstlose Arbeit ans Herz gelegt! Schon verbreitete er Unfrieden! Etzwane zog sein Kontrollgerät aus der Tasche und gab den Code des Mannes ein ... Doch ehe er den gelben Knopf berührte, kam er zur Besinnung. Er stand auf, drehte sich um und starrte in das plötzlich ausdruckslose Gesicht des Technisten. »Ich habe deine Bemerkungen gehört«, sagte Etzwane. »Weißt du, wie nahe du dem Tode warst? Daß du fast den Kopf verloren hättest? Nur wenige Millimeter, nur ein Knopfdruck!«

»Ich habe sinnlos geschwätzt, weiter nichts!« versicherte der Mann jammernd. »Mußt du denn alles so genau nehmen?«

»Wie sonst? Jedenfalls möchte ich meine Worte so verstanden wissen. Verabschiede dich von deinen Freunden; du bist jetzt ein Mitglied der Miliz von Garwiy. Ich hoffe, du kämpfst so gut wie du redest.«

»Die Miliz! Unmöglich! Meine Arbeit ...«

»Unmöglich?« Etzwane notierte sich den Farbcode des Mannes. »Ich werde dem Anome die Umstände erläutern; du solltest inzwischen deine Angelegenheiten in Ordnung bringen.«

Bleich sank der Mann auf seinen Stuhl.

Etzwane fuhr mit einem Wagen zum Sershan-Palast und fand Sajarano in seinem Dachgarten mit einem prismatischen Spielzeug beschäftigt. Etzwane sah einen Augenblick lang zu, wie Sajarano farbige Lichtpunkte über eine weiße Stange bewegte, den kleinen Mund genüßlich geschürzt, die Augen trotzig abgewandt.

Was geschah hinter dieser Dichterstirn? Welche Impulse lenkten diese kleinen Hände, die einmal so schnell und mächtig gewesen waren? Etzwane, dessen Stimmung ohnehin nicht die beste war, fand das Rätsel unerträglich. Er zog die Zeitung aus der Tasche und legte sie Sajarano hin, der das Spielzeug zur Seite legte und las. Er blickte auf. »Die Ereignisse beschleunigen sich. Geschichtliche Ereignisse.«

Etzwane deutete auf die braungelbe Meldung. »Was hältst du davon?«

»Tragödie.«

»Du stimmst mir also zu, daß die Rogushkoi unsere Feinde sind?«

»Das ist nicht abzustreiten.«

»Wie würdest du gegen sie vorgehen, wenn du wieder an der Macht wärst?«

Sajarano setzte zum Sprechen an, sah dann auf sein Spielzeug. »Alle Wege des Handelns führen in undurchdringlichen Nebel.«

Vielleicht war Sajarano das Opfer einer geistigen Umnachtung, dachte Etzwane; genau genommen schien das tatsächlich der Fall zu sein. Er fragte: »Wie bist du Anome geworden?«

»Mein Vater war Anome. Als er alt wurde, gab er die Macht an mich weiter.« Zum Himmel aufschauend, lächelte Sajarano in trauriger Erinnerung. »Bei uns war der Übergang einfach – das ist nicht immer so.«

»Wer hätte nach dir Anome werden sollen?«

Sajaranos Lächeln erlosch; er runzelte konzentriert nachdenklich die Stirn. »Eine Zeitlang hatte ich Arnold von Cham im Sinn, den ich nach Geburt, Intellekt und Integrität für geeignet hielt. Das habe ich mir aber anders überlegt. Der Anome muß klug und rücksichtlos sein; er kann sich keine Skrupel leisten.« Sajaranos Finger zuckten. »Was für schreckliche Dinge ich getan habe! In Haviosq ist es ein Verbrechen, die heiligen Vögel aufzuscheuchen. In Fordume muß ein Jadeschnitzer sterben, wenn sein Meisterwerk einen Sprung bekommt. Arnold von Cham, ein vernünftiger Mann, könnte sich nicht hinter solche grotesken Gesetze stellen. Also dachte ich an einen flexibleren Mann: an Aun Sharah, den Obersten Diskriminator. Er ist kaltblütig, klug, vermag ein Problem von allen Seiten zu sehen ... Ich entschied mich schließlich aus Gründen des Stils gegen Aun Sharah und legte mich auf Garstang fest, der nun tot ist ... Doch die Frage ist nun ohnehin belanglos.«

Etzwane überlegte einen Augenblick lang. »Wußte Aun Sharah, daß er für das Amt geprüft wurde?«

Sajarano zuckte die Achseln und griff nach seinem Spielzeug. »Er ist ein sehr wachsamer Mann. Einem Mann in seiner Stellung entgeht so etwas nicht.«

Etzwane ging in den Funkraum. Er verstellte den Filter, um seine Stimme von der letzten Nachricht abzuheben; dann rief er Aun Sharah an. »Hier spricht Gastel Etzwane. Ich habe mich mit dem Anome beraten. Er hat befohlen, daß du und ich als Botschafter alle Gebiete Shants aufsuchen. Du sollst die Kantone östlich des Jardeen und nördlich der Wildgebiete bereisen, einschließlich Shkoriy, Lord-Asphen, Haghead und Morningshore. Mir sind die Kantone im Westen und Süden zugeteilt worden. Wir sollen die Bildung und das Training der Milizen anregen und, wenn nötig, mit Druck vorantreiben. Hast du irgendwelche Fragen?«

Ein kurzes Schweigen trat ein. »Du hast den Begriff ›mit Druck‹ gebraucht. Was heißt das konkret?«

»Wir sollen jeden Widerstand registrieren; der Anome wird die Strafen zumessen. Die Umstände sind unterschiedlich. Ich kann keine konkreten Anweisungen geben; du mußt die jeweilige Lage selbst beurteilen.«

Aun Sharahs Stimme klang tonlos: »Wann soll ich abreisen?«

»Morgen. Deine ersten Kantone sollten Wale, Purpurfarn, Anglesiy, Jardeen und Conduce sein; dann kannst du ab Brasei-Kreuzung den Ballon-Weg in den fernen Osten nehmen. Ich gehe zuerst nach Wild Rose, Maiy, Erevan und Shade, nehme dann den Ballon nach Esterland. Die nötigen Reisemittel sollen wir von der Bank von Shant abheben und keine Kosten scheuen.«

»Sehr wohl«, sagte Aun Sharah ohne Begeisterung. »Wir müssen tun, was befohlen ist.«

4

Der Ballon *Iridixn,* von Etzwane angefordert, schwankte an der Ladeplattform – ein dreifach unterteiltes längliches Gebilde aus Weidenruten, Schnüren und einer schimmernden Außenhülle. Der Windwächter war Casallo, ein junger Mann, der seinem schwierigen Beruf mit gelangweilter Verachtung nachging. Etzwane trat in die Gondel. Casallo, der bereits in seinem Abteil stand, fragte: »Wie lauten deine Befehle?«

»Ich möchte Jamilo, Vervei, Heilighill in Erevan, Lanteen in

Shade besuchen. Dann fliegen wir quer durch Shant nach Esterland.«

»Wie du willst.« Mühsam unterdrückte Casallo ein Gähnen. Über einem Ohr trug er einen purpurnen Arasmazweig, das Souvenir der letzten Nacht. Etzwane sah mißtrauisch zu, wie Casallo die Funktion seiner Winden, die Gasventile und den Ballasthebel kontrollierte und dann den Semaphorarm senkte. »Und los geht's!«

Die Stationsmannschaft fuhr den Judasschlitten über die Schlitzschiene. Casallo berichtigte lässig die Schräge, um den Ballon breit vor den Wind zu legen. Die Ankerseile wurden von der Scheibe des Judasschlittens gelöst, der Fahrschlitten wurde entsperrt, der Ballon glitt davon, der Schlitten surrte fröhlich über die Schiene. Mit dem Ausdruck eines Mannes, der ein neues Experiment versucht, stellte Casallo die Leinen nach; der Ballon erhöhte merklich das Tempo und segelte nach Osten durch die Jardeenpforte. Der Ushkadel schrumpfte zu einem dunklen Streifen hinter ihnen am Horizont zusammen, und bald erreichten sie Wild Rose, wo die Ästheten Garwiys zwischen sanften bewaldeten Hügeln, Tälern, Teichen und Wiesen ihre Landsitze hatten.

Als sie sich dem Marktflecken Jamilo näherten, zeigte der Ballon seinen orangefarbenen Semaphor und luvte an; die Stationsmannschaft fing den Fahrschlitten ein und fädelte ihn in ein Nebengleis, wo er festgeklammert wurde. Die Leinen wurden mit einem Judasschlitten verbunden, und indem dieser Schlitten über die Schiene auf das Depot zugeschleppt wurde, sank der Ballon zu Boden.

Etzwane besuchte den Kanton Moot-hall, in dem noch alles ruhig war. Die Proklamation des Anome war angeschlagen, doch keiner der Verantwortlichen war bisher vorbeigekommen, um sie sich anzusehen.

Zornig suchte Etzwane das Büro des Schreibers auf und verlangte eine Erklärung. Der Schreiber humpelte ins Freie und blinzelte verständnislos, als Etzwane sein Verhalten kritisierte.

»Warum hast du die Ratsherren nicht gerufen?« schrie ihn Etzwane an. »Bist du so unwissend, daß du die Dringlichkeit der Nachricht nicht verstehst? Du bist entlassen! Räum dein

Büro und sei dankbar, daß dir der Anome nicht noch den Kopf nimmt!«

»In meiner Dienstzeit sind die Dinge immer bedächtig abgewickelt worden«, sagte der Schreiber mit zitternder Stimme. »Woher sollte ich wissen, daß diese Angelegenheit mit Lichtgeschwindigkeit erledigt werden muß?«

»Jetzt weißt du's! Wie rufst du die Ratsherren zu einer Notsitzung zusammen?«

»Weiß ich nicht; wir haben noch keinen Notfall gehabt.«

»Hat Jamilo eine Feuerwehr?«

»Ja. Der Gong hängt dort drüben.«

»Dann schlag den Gong!«

In Maiy herrschten die Kaufleute: ein großes, dunkelhaariges, dunkelhäutiges Volk, verbindlich und zurückhaltend. Die Menschen lebten in achteckigen Häusern mit hohen Dächern, aus deren Mitte Kamine emporragten, und tatsächlich wurde das Prestige eines Mannes an der Höhe seines Schornsteins gemessen. Das Verwaltungszentrum des Kantons, Vervei, war weniger eine Stadt als eine Ansammlung von Kleinbetrieben; hier wurden Spielzeuge, Holzschalen, Tabletts, Kandelaber, Türen und Möbel hergestellt. Etzwane stellte fest, daß in den Fabriken voll gearbeitet wurde, und der Erste Unterhändler Maiys gab zu, daß er noch keine Schritte unternommen habe, die Proklamation des Anome in die Tat umzusetzen. »Es ist sehr schwer, schnell etwas zu tun«, sagte er mit entwaffnendem Lächeln. »Wir haben Verträge, die unsere Bewegungsfreiheit einschränken. Unsere Kapazitäten sind ausgelastet; immerhin ist dies unsere wichtigste Zeit. Sicher vermag der Anome in seiner Macht und Weisheit die Rogushkoi im Zaum zu halten, ohne unser Leben durcheinanderzubringen!«

Etzwane notierte sich umständlich den Farbcode des Unterhändlers. »Wenn eine einzige Firma aufmacht, ehe eine fähige Miliz aufgestellt ist und ihre Übungen abhält, verlierst du deinen Kopf. Der Krieg gegen die Rogushkoi ist wichtiger als alles andere. Ist das klar?«

Das hagere Gesicht des Unterhändlers wurde ernst. »Es ist schwer zu verstehen, wie ...«

Etzwane sagte: »Du hast genau zehn Sekunden Zeit, dich um die Befehle des Anome zu kümmern. Begreifst du das?«
Der Mann berührte seinen Reif. »Das verstehe ich.«

In Conduce stieß Etzwane auf Verwirrung. Am südöstlichen Horizont erhoben sich die ersten Gipfel des Hwan; ein Seitenarm der Shellflowerbucht reichte vom Norden fast ebenso nahe heran. »Sollen wir unsere Frauen nach Norden schikken? Oder müssen wir darauf gefaßt sein, Frauen aus den Bergen aufzunehmen? Das Geflügel meint dies, die Früchte das.* Das Geflügel will eine Miliz aus jungen Männern aufstellen, weil sich alte Männer besser um die Herden kümmern können; die Früchte wollen nur alte Männer einziehen, da die jungen zur Ernte benötigt werden. Nur der Anome kann unsere Probleme lösen!«

»Setzt junge Geflügelleute und alte Fruchtgärtner ein«, sagte Etzwane, »doch kommt endlich zu einer Entscheidung! Wenn der Anome von eurem Zaudern erführe, würden auf beiden Seiten Köpfe fallen!«

In Shade, im Schatten der Hwan-Berge gelegen, waren die Rogushkoi eine bekannte Gefahr. Schon oft waren kleine Gruppen in den oberen Tälern gesehen worden, wohin sich nun kein Mensch mehr vorwagte; drei kleine Siedlungen waren bereits überfallen worden. Etzwane brauchte die Notwendigkeit zum Handeln nicht zu betonen. Eine größere Anzahl Frauen war bereits in den Norden geschickt worden; Abteilungen der neuen Miliz begannen sich bereits zu formieren.

In Begleitung des Ersten Herzogs von Shade sah Etzwane zu, wie zwei Abteilungen mit Brettern und Stangen exerzierten, die als Ersatz für Schwerter und Speere gedacht waren. Die beiden Gruppen unterschieden sich sehr im Hinblick auf Aufmachung, Begeisterung und grundsätzliche Eignung. Eine Abteilung trug gutgeschnittene indigorote und holunderfarbene Uniformen mit grünen Lederstiefeln; die Männer

---

* *Geflügel und Früchte:* die zerstrittenen Parteien in Conduce, Vertreter der Geflügelindustrie und der Gemüsegärtner.

sprangen hin und her, griffen an, finteten, wichen aus und riefen sich Scherzworte zu. Die zweite Gruppe, die in Arbeitskleidung und Sandalen angetreten war, übte ohne Begeisterung und verständigte sich nur mit mürrischen Knurrlauten. Etzwane erkundigte sich nach dem Unterschied.

»Unsere Politik ist noch nicht festgelegt«, sagte der Erste Herzog. »Einige Männer, zum Dienst aufgerufen, haben unter Kontrakt stehende Lehnsleute geschickt, die keine große Begeisterung aufbringen. Ich bin mir nicht klar, ob das System gut ist; vielleicht sollten Personen, die selbst nicht zum Exerzieren kommen können, zwei Lehnsleute schicken und nicht nur einen. Vielleicht sollte man überhaupt dagegen vorgehen. Jeder Standpunkt hat sein Für und Wider.«

Etzwane sagte: »Die Verteidigung Shants ist ein Privileg, das nur freien Menschen zukommt. Wenn ein Mann der Miliz beitritt, tilgt der unter Kontrakt stehende Mann automatisch seine Schulden. Sei so gut, der Gruppe dort hinten diese Tatsache bekanntzugeben; dann wollen wir über ihren Eifer urteilen.«

Der Ballon-Weg führte in die Wildgebiete, und der Ballon *Iridixn* flog nun am langen Seil, um den direkten Wind auszunutzen. Bei Angwin zog ein Endloskabel die *Iridixn* über die Angwin-Schlucht zur Angwin-Kreuzung, einer Insel im Himmel, von der Etzwane vor langer Zeit einmal mit der unwissentlichen Hilfe Jerd Finneracks geflohen war.

Die *Iridixn* setzte ihren Weg nach Südosten fort und durchquerte dabei gefährdete Gebiete. Casallo betrachtete das Panorama durch ein Fernglas und deutete auf ein Bergtal. »Du machst dir Sorgen um die Rogushkoi? Schau dort! Ein ganzer Stamm in unmittelbarer Nähe!«

Etzwane nahm das Fernglas und machte eine große Anzahl regloser dunkler Punkte aus, etwa vierhundert, neben einer Einfriedung aus Dornbüschen. Etwa ein Dutzend großer Kessel stand im Kreis; Rauchwolken stiegen von den Feuern auf und trieben durch das Tal. Etzwane musterte das Innere der Einfriedung, die Gruppen von Frauen zu enthalten schien, etwa einhundert. Im hinteren Teil mochten sich unter einem großen Holzdach weitere Opfer der Rogushkoi befinden ... Etzwane inspizierte andere Teile des Lagers. Jeder Rogushkoi hockte für sich; einige reparierten Rüstungen, rieben ihre Körper mit Fett ein oder legten Holz in die Kesselfeuer. Soweit Etzwane ausmachen konnte, blickte kein einziger zu dem vorbeischwebenden Ballon auf oder achtete auf den Fahrschlitten, der nur wenige hundert Meter vom Lager entfernt durch die Schlitzschiene surrte. Die *Iridixn* umflog einen Felsvorsprung, und das Lager war außer Sicht.

Etzwane steckte das Fernglas in die Halterung zurück. »Woher bekommen sie die Schwerter? Auch die Kessel bestehen aus Metall – das wäre bei uns unbezahlbar!«

Casallo lachte. »Metallkessel – und sie kochen darin Gras, Blätter, Schwarzwürmer, tote Ahulphs – oder lebendige – alles, was sie sich in den Hals stopfen können. Ich habe sie schon öfter durch das Fernglas beobachtet.«

»Interessieren sie sich denn nicht für die Ballons? Es könnte Probleme geben, wenn sie die Schiene zerstören.«

»Darauf haben sie merkwürdigerweise noch nie geachtet«, sagte Casallo. »Sie scheinen vieles einfach zu übersehen. Wenn sie nicht essen oder sich fortpflanzen, sitzen sie einfach da. Denken sie? Ich weiß es nicht. Ich habe mal mit einem Mann aus den Bergen gesprochen, der an einer Gruppe von zwanzig Rogushkoi vorbeimarschiert ist. Die Ungeheuer blieben still im Schatten sitzen. Ich fragte: ›Haben sie geschlafen?‹ Er verneinte – offensichtlich hatten sie nicht den Drang, ihn zu töten. Und das stimmt – sie versuchen einen erst umzubringen, wenn man sie von einer Frau abzuhalten versucht oder wenn sie hungrig sind – dann wandert man zusammen mit allem anderen in den Kessel.«

»Wenn wir eine Bombe hätten, könnten wir fünfhundert Rogushkoi auf einen Schlag töten«, sagte Etzwane.

»Das wäre kein guter Einfall«, bemerkte Casallo, der offenbar zu jeder Idee Etzwanes etwas zu sagen hatte. »Würden die Bomben von den Ballons aus geworfen, blieben die Schienen darunter nicht lange heil.«

»Es sei denn, wir benutzen frei schwebende Ballons.«

»Na und? Mit einem Ballon kann man nur Ziele bombardieren, die direkt darunter liegen; und so oft treibt man nicht über ein Lager. Wenn wir Maschinen zur Steuerung der Ballons hätten, wäre das etwas anderes, aber man kann aus Weidenruten und Glasfiber keine Motoren bauen, auch wenn sich jemand der alten Kenntnisse entsinnen würde.«

Etzwane sagte: »Ein Gleiter kann fliegen.«

»Andererseits«, wandte Casallo ein, »muß ein Gleiter landen, während ein Ballon sicher davontreiben kann.«

»Es geht uns darum, Rogushkoi zu töten«, sagte Etzwane heftig, »nicht darum, sicher hin und her zu treiben.«

Casallo lachte nur und verschwand in seiner Kabine, um seine Khitan zu spielen, ein Talent, auf das er sehr stolz war.

Sie hatten das Zentrum der Wildgebiete erreicht. Auf allen Seiten ragten zerklüftete Felsmassen in die Höhe; die Schiene folgte den Unebenheiten, wand sich hin und her und auf und nieder, was zu einem unruhigen Flug führte, der dem Windwächter alles abverlangte. Nach Möglichkeit führten die Schienen quer zur vorherrschenden Windrichtung, damit die Ballons in beiden Richtungen gesegelt werden konnten. Doch in den Bergen schlugen die Winde oft um und wehten manchmal direkt von vorn. In einem solchen Fall mochte der Windwächter anluven oder seinen Ballon tief zur Seite ziehen, um den Gegeneffekt zu mindern. Ging das nicht, konnte er die Bremsschnur ziehen, wodurch sich die Räder des Fahrschlittens in der Schlitzschiene verkeilten. Und wenn es zum Schlimmsten kam, mußte er den Gedanken an einen Weiterflug aufgeben und sich bis zur nächsten Station oder zum nächsten Nebengleis zurücktreiben lassen.

Ein solcher Sturm schlug der *Iridixn* über Conceil Cirque entgegen – einem ausgedehnten flachen, schneebedeckten Tal, in dem der Mirkfluß entsprang. Noch am Morgen hatte ein lavendelfarbener und rosa Dunst im Süden gelegen, und im Osten waren unzählige Zirruswolken aufgetaucht, durch deren Streifen die drei Sonnen wirbelten und wechselnde Zonen aus Rosa, Weiß und Blau schufen. Casallo sagte Windprobleme voraus, und bald darauf kamen die ersten Vorboten des Sturmes. Casallo setzte seine ganze Geschicklichkeit ein, er ging an den Wind, er verkürzte die Seile, bremste, ließ den Ballon in großem Bogen herumschwingen und löste die Bremse in einem bestimmten Augenblick, um einige Meter herauszuholen. Er wollte eine Schienenkurve erreichen, die jedoch noch eine Meile entfernt war. Dreihundert Meter vor dem Ziel wurde der Wind so stark, daß der Stützrahmen der *Iridixn* zu knirschen und zu stöhnen begann. Casallo löste die Bremse, brachte die Iridixn längs vor den Wind und ließ sie zurücktreiben.

Am Nebengleis von Conseil holte die Stationsmannschaft den Ballon herunter und sicherte ihn mit einem Netz. Casallo und Etzwane verbrachten die Nacht im Stationshaus, das von einer Palisadenmauer mit Ecktürmen gesichert war. Etzwane erfuhr, daß sich die Rogushkoi in der Gegend sehr unangenehm bemerkbar machten. Die Größe der Banden hatte im letzten Jahr beträchtlich zugenommen, so berichtete der Stationswächter. »Zu Anfang hatten wir nur jeweils zwanzig oder dreißig – jetzt kommen sie in Horden von zwei- oder dreihundert, und manchmal ist unsere ganze Befestigung umzingelt. Sie haben allerdings nur einmal angegriffen – als eine Gruppe Nonnen aus Whearn wegen eines Sturms landen mußte. Zuerst war kein Rogushkoi zu sehen – plötzlich tauchten dreihundert auf und versuchten die Mauern zu erklettern. Doch wir waren bereit – wir hatten überall Landminen angebracht. Bei dem Angriff wurden mindestens zweihundert getötet, zwanzig bis dreißig pro Explosion. Am nächsten Tag luden wir die Nonnen in einen Ballon und schickten sie weiter und hatten dann keinen Ärger mehr. Kommt, ich zeige euch etwas.«

In einer Ecke der Befestigung stand ein Holzkäfig; zwei kleine rotbronzene Wesen starrten zwischen den Stäben hervor. »Die beiden haben wir letzte Woche gefangen; sie durchwühlten unseren Abfall. Wir knüpften ein Netz und legten einen Köder aus. Drei haben sich befreien können, zwei konnten wir fangen. Sie sind schon so kräftig wie ein ausgewachsener Mann.«

Etzwane musterte die beiden jungen Kreaturen, die seinen Blick ausdruckslos erwiderten. Waren das Menschen? Entsprangen sie menschlichen Genen? Oder neuen, unbekannten Organismen? Diese Frage war schon oft gestellt worden, ohne daß man eine zufriedenstellende Antwort gefunden hatte. Die Knochenstruktur der Rogushkoi schien der eines Menschen zu entsprechen, wenn sie auch an den Füßen,

Handgelenken und am Brustkorb etwas vereinfacht war. Etzwane fragte den Aufseher: »Sind sie zutraulich?«

»Im Gegenteil. Wenn du einen Finger in den Käfig steckst, bist du ihn los.«

»Sprechen sie – oder stoßen sie sonstige Laute aus?«

»Nachts jaulen und stöhnen sie; ansonsten sind sie still. Sie scheinen wohl doch nur Tiere zu sein. Am besten lassen wir sie töten, ehe sie Schlimmes anrichten.«

»Nein, bewacht und sorgt für sie; der Anome wird sie untersuchen lassen. Vielleicht finden wir eine Möglichkeit, die Wesen zu lenken.«

Der Mann musterte die jungen Rogushkoi mit zweifelndem Blick. »Naja, vielleicht ist das möglich.«

»Sobald ich nach Garwiy zurückkehre, lasse ich nach den beiden schicken, und natürlich sollst du für deine Mühen belohnt werden.«

»Das ist gut. Ich hoffe, ich kann sie solange sicher verwahren, Sie werden täglich größer.«

»Behandle sie freundlich und versuche ihnen ein paar Worte beizubringen.«

»Ich tue mein Bestes.«

Die *Iridixn* verließ die Wildgebiete und durchquerte die herrlichen Wälder des Kantons Whearn. Eine Zeitlang erstarb der Wind völlig; zum Zeitvertreib beobachtete Etzwane durch das Fernglas die Waldvögel – sich windende Luftanenome, hellgrüne Flicker, schwarze und lavendelfarbene Drachenvögel.

Am Spätnachmittag frischte der Wind plötzlich wieder auf, und die *Iridixn* surrte auf Pelmonte zu, wo sich die Route teilte.

In dieser Stadt lieferte das Wasser des Fahalusra-Flusses, durch Kanäle umgeleitet, Energie für sechs riesige Sägemühlen. Baumstämme schwammen den Fahalusra herab und wurden gereinigt, zurechtgeschnitten und durch Sägen aus Eisenkorn in Planken geschnitten. Auf weiträumigen Höfen trocknete das Holz in Klammern, wurde oberflächenbehandelt, mit Ölen, Farben und besonderen Tinkturen imprägniert und dann entweder auf Barken verladen oder zur weiteren Verarbeitung an anderen Orten zurechtgeschnitten. Schon zweimal war Etzwane als Rosaschwarztiefblauer Grüner in Pelmonte gewesen; er erinnerte sich noch gut an den Duft von Harz, Beize und Rauch, der die Luft erfüllte. Der Kantonverantwortliche hieß Etzwane ernst willkommen.

Die Rogushkoi waren in Nord-Whearn gut bekannt; jahrelang hatten die Zimmerleute am Fahalusra aufgepaßt und hatten Dutzende kleiner Angriffe mit Armbrüsten und Lanzen abgewehrt – Waffen, die im Wald vorteilhafter waren als das geworfene Krummschwert der Rogushkoi.

In letzter Zeit hatten die Rogushkoi aber nachts und in größeren Gruppen angegriffen; die Whearner waren über den Fahalusra getrieben worden, was sie sehr beunruhigte. Nirgendwo in Shant war Etzwane auf solchen Eifer gestoßen. Die Frauen waren in den Süden geschickt worden; die Miliz übte täglich. »Überbring dem Anome diese Botschaft«, erklärte der Verantwortliche. »Sag ihm, er soll uns Waffen schicken. Im offenen Land sind unsere Lanzen und Armbrüste sinnlos; wir brauchen Energiepfeile, Todeshörner und andere wirksame Apparate. Wenn uns der Anome in seiner Macht und in seinem Genie die nötigen Waffen liefert, werden wir sie gebrauchen!«

Etzwane wußte nicht, was er antworten sollte. Was das Amt betraf, so war er selbst der Anome; aber ein Mann, der weder Macht noch Genie besaß. Was sollte er diesen mutigen Menschen erwidern? Man durfte sie nicht täuschen; sie hatten die Wahrheit verdient. Er sagte: »Diese Waffen gibt es nicht. In Garwiy sind die besten Technisten Shants an der Arbeit. Waffen müssen entworfen, erprobt, hergestellt werden. Der Anome tut, was er kann.«

Der Verantwortliche, ein großer, hartgesichtiger Mann, rief: »Warum so spät? Er weiß seit vielen Jahren von den Rogushkoi; warum hat er die Mittel zu unserem Schutz nicht bereit?«

»Der Anome hat jahrelang auf Frieden gehofft«, sagte Etzwane. »Er hat verhandelt, er hat die Übergriffe begrenzen wollen. Die Rogushkoi aber haben kein Ohr für solche Dinge.«

»Das ist keine schwierige Schlußfolgerung; so etwas hätte

ihm gleich klar sein müssen. Jetzt müssen wir kämpfen und haben keine Waffen. Der Anome, was seine Gründe auch sein mögen – Milde, Unentschlossenheit, Angst –, hat uns verraten. Ich bin dieser Ansicht, und du kannst meine Worte ruhig weitergeben, der Anome mag mir ruhig den Kopf nehmen. Es ist die schlichte, unangenehme Wahrheit.«

Etzwane nickte kurz. »Deine Offenheit spricht für dich. Ich möchte dir ein Geheimnis anvertrauen. Der Anome, der so lange auf Frieden hoffte, ist nicht mehr Anome. Ein anderer Mann hat die Last auf sich genommen und muß nun alles auf einmal tun. Deine Anmerkungen treffen genau ins Ziel.«

»Ich bin überglücklich, das zu hören!« erklärte der Verantwortliche. »Doch was soll ich in der Zwischenzeit tun? Wir haben Männer und die Kraft unseres Zorns. Doch das ist zu wenig. Wir können uns nicht fortwerfen. Wir wollen unser Bestes geben. Was sollen wir tun?«

»Wenn eure Armbrüste Rogushkoi töten können, baut größere Armbrüste, die eine größere Reichweite haben«, sagte Etzwane. Er dachte an das Rogushkoilager im Hwan-Gebirge. »Baut Gleiter, die einen, zwei und sechs Männer tragen können; bildet Flieger aus. Schickt Leute nach Haghead und Arume, fordert die besten Gleiter an. Nehmt diese auseinander und verwendet sie als Muster. Materialkunde könnt ihr in Hinthe, Marestiy, Purpurstein treiben; fordert im Namen des Anome das Beste. Um Hanf zu bekommen, wendet euch an Cathriy und Frill. In Ferriy müssen die Eisenwerker neue Schmelzöfen setzen; wenn sie auch ihre Geheimnisse preisgeben, sie müssen neue Männer ausbilden ... Mobilisiert die Kräfte Shants im Namen des Anome.«

Von Pelmonte schwebte die *Iridixn* mit großer Geschwindigkeit nach Luthe; von Luthe bis Bleke wurde der Ballon von einer Passagierbarke auf dem Alfeis-Fluß gegen den Meerwind geschleppt. Von Bleke zurück nach Luthe fuhr die *Iridixn* einem langkieligen Boot voraus, das dem Alfeis flußaufwärts folgte wie ein Laufschlitten der Schiene. Von Luthe zum Auge des Ostens in Esterland, von wo Etzwane mit einem Segelboot nach Morningshore und Ilwiy reiste, obwohl dieser Kanton eigentlich zu den Gebieten gehörte, die er Aun

Sharah zugeteilt hatte. Etzwane wollte jedoch die Lage hier inspizieren, um Aun Sharahs Sorgfalt und Genauigkeit überprüfen zu können.

Von Ilwiy kehrte Etzwane mit einem Schiff zum Auge des Ostens zurück. Die Lücke im Ballon-Weg zwischen Ilwiy und dem Auge des Osten mußte schleunigst geschlossen werden. Ebenso wie die lang geplante Verbindung zwischen Brassei in Elphine und Maschein in Maseach. Die Entfernung war in keinem Falle groß – etwa zweihundert Meilen –, doch ließ sich die Ballonstrecke dadurch in beiden Richtungen auf über sechzehnhundert Meilen erweitern. Eine andere Linie mochte auch von Brassei in westlicher Richtung nach Pagane gezogen werden, anschließend durch Irreale nach Ferghaz im hohen Norden von Gutanesq, dann südöstlich durch Fenesq nach Garwiy. Die isolierten Kantone Haviosq, Fordume und Parthe brauchten den Ballon-Weg-Dienst bislang kaum – doch wie war das in Zukunft?

Vom Auge des Ostens fuhr die *Iridixn* zurück nach Pelmonte und schwang sich dann über die Große Südlinie durch die wilden Kantone, die an den Salzmorast grenzten. In jedem Kanton stieß Etzwane auf eine andere Lage, auf andere Ansichten. In Dithibel wollten die Frauen, die alle Läden führten, die Berggebiete nicht verlassen, in der Gewißheit, daß die Männer ihre Läden ausrauben würden. In der Stadt Houvannah rief Etzwane heiser vor Wut: »Wollt ihr denn die Vergewaltigung herausfordern? Habt ihr denn keinen Sinn für das große Ganze?«

»Eine Vergewaltigung ist schnell vorbei, ein Warenverlust nicht so schnell verschmerzt«, stellte die Matriarchin fest. »Keine Angst, wir haben gute Mittel gegen beides.« Aber sie weigerte sich standhaft, diese Mittel zu nennen, und deutete nur an, »daß die Bösewichter den Tag ihrer Tat bedauern werden. Die Diebe zum Beispiel sehen sich plötzlich ohne Finger!«

In Burazhesq stieß Etzwane auf eine pazifistische Sekte, die Aglustiden, deren Mitglieder nur aus dem eigenen Haar hergestellte Kleidung trugen, das sie für natürlich, organisch und keinem anderen lebendigen Organismus abträglich hielten. Die Aglustiden priesen jede Form des Lebens und aßen kein Tierfleisch, keine Pflanzensamen oder Kerne oder Nüsse und verzehrten Früchte nur, wenn man deren Samen pflanzen und ihm ein Weiterleben ermöglichen konnte. Die Aglustiden waren der Meinung, daß die Rogushkoi, die fruchtbarer waren als der Mensch, mehr Leben erschufen und deshalb den Vortritt haben müßten. Sie forderten zum passiven Widerstand gegen den ›Krieg des Anome‹ auf. ›Wenn der Anome einen Krieg will, soll der Anome auch kämpfen‹, war ihr Slogan, und in ihren Gewändern aus verfilztem Haar wanderten sie durch die Straßen von Manfred und sangen und wehklagten.

Etzwane wußte nicht, wie er gegen diese Leute vorgehen sollte. Sich anzupassen ging ihm gegen den Strich. Doch wie sollte er handeln? So vielen Andersdenkenden den Kopf zu nehmen, war ein unerträglicher Gedanke; aber warum sollten sie Unfrieden säen dürfen, während bessere Männer für das Wohl aller litten?

Schließlich hob Etzwane angewidert die Hände und reiste weiter nach Shker, wo er wieder auf eine neue Situation stieß, die einen unangenehmen Nachgeschmack der Lage in Burazhesq darstellte. Die Shker waren Diabolisten und verehrten einen Olymp von Dämonen, die als *Golse* bekannt waren. Sie hatten sich eine komplizierte heidnische Kosmologie zurechtgelegt, die auf einem Vernunftsschluß beruhte:

> Überall in Durdane herrscht das Böse. Offenbar sind die *Golse* mächtiger als ihre wohltätigen Gegner.
> Deshalb entspricht es schlichter Logik, die *Golse* zu preisen und zu verherrlichen.

Die Rogushkoi wurden für Abgesandte der *Golse* gehalten und als verehrungswürdig angesehen. In Banily erfuhr Etzwane, daß hier keine der Anweisungen des Anome befolgt worden war. Der Vay von Shker sagte in traurigem Fatalismus: »Der Anome mag uns ruhig die Köpfe nehmen; wir können uns trotzdem nicht gegen Wesen stellen, die in ihrer Bösartigkeit so großartig sind. Unsere Frauen gehen bereitwillig zu ihnen; wir bieten ihnen Nahrung und Wein, wir setzen ihrem herrlichen Schrecken keinen Widerstand entgegen.«

»Das muß aufhören!« erklärte Etzwane.

»Niemals! Das ist das Gesetz unseres Lebens! Müssen wir unsere Zukunft nur wegen deiner irrationalen Launen aufs Spiel setzen?«

Wieder schüttelte Etzwane verwirrt den Kopf und reiste in den Kanton Glaiy weiter, einen ziemlich primitiven Landstrich, von wenig fortschrittlichen Menschen bewohnt. Hier machte man ihm keine Probleme; die Gebiete am Hwan waren bis auf wenige Feudalclans unbewohnt, die von den Befehlen des Anome keine Ahnung hatten. Die Beziehung zu den Rogushkoi war durchaus von Gegenwehr bestimmt – so oft wie möglich lauerte man im Hinterhalt und tötete einzelne Rogushkoi, um an das kostbare Metall ihrer Morgensterne und Krummsäbel heranzukommen.

In der Hauptstadt Orgala warf Etzwane den Drei Oberrichtern ihr Versagen hinsichtlich der Miliz vor; die Richter lachten nur. »Sobald du eine bewaffnete Gruppe für deine Zwecke brauchst, gib uns zwei Stunden Zeit. Solange du keine Waffen und konkrete Befehle liefern kannst, brauchen wir uns doch nicht verrückt zu machen! Der Notfall geht ja vielleicht vorbei.«

Etzwane wußte gegen die Logik dieser Worte nichts einzuwenden. »Also gut«, erwiderte er. »Sorgt dafür, daß ihr euer Versprechen einlösen könnt, sobald es ernst wird ... Wo liegt das Lager 3 des Ballon-Wegs?«

Die Richter musterten ihn neugierig: »Was willst du im Lager 3?«

»Ich habe Befehle vom Anome.«

Die Richter sahen sich an und zuckten die Achseln. »Lager 3 liegt fünfundzwanzig Meilen im Süden, an der Straße zum Salzmorast. Du willst deinen schönen Ballon einsetzen?«

»Natürlich. Warum sollte ich laufen?«

»Eben. Aber du mußt ein Pacergespann mieten; es gibt keine Schiene dorthin.«

Eine Stunde später machten sich Etzwane und Casallo in der *Iridixn* auf den Weg nach Süden. Die Seile waren an den Enden einer langen Stange befestigt, die dem Auftrieb des Ballons entgegenwirkte. Ein Ende der Stange war am Rükkengeschirr zweier Pacer festgemacht; das andere Ende wurde von zwei leichten Rädern gestützt, mit einem Sitz, auf dem der Fuhrmann Platz genommen hatte. Die Pacer setzten sich in schnellem Trab in Bewegung, und Casallo steuerte den Ballon so aus, daß der Widerstand so gering wie möglich war. Der Flug unterschied sich sehr von der Bewegung eines Ballons im Wind; durch die Seile wurde nun eine Art Rhythmus auf die Gondel übertragen.

Diese Bewegung und eine zunehmende Spannung – oder vielleicht war es ein Schuldgefühl? Er hätte das Lager ohne große Mühe früher aufsuchen können – versetzten Etzwane in eine niedergeschlagene Stimmung. Der gelassene Casallo, der keine anderen Sorgen hatte als die, wie er sich die Zeit vertreiben sollte, nahm seine Khitan zur Hand; überzeugt von seinen vorzüglichen Fähigkeiten und von Etzwanes rückhaltloser Bewunderung versuchte er sich an einer Mazurka aus dem klassischen Repertoire, die Etzwane in einem Dutzend Variationen kannte. Casallo schlug die Melodie hölzern und fast richtig an, doch bei einem Tonartwechsel setzte er beharrlich einen falschen Akkord ein, was Etzwane schließlich so in Harnisch brachte, daß er protestierend ausrief: »Nein, nein, nein! Wenn du schon auf deinem Instrument herumhämmern mußt, dann wenigstens mit den richtigen Akkorden!«

Casallo zog amüsiert die Augenbrauen hoch. »Mein Freund, du hörst den *Sonnenblumen-Glanz*, der wird traditionell so gespielt; ich fürchte, du hast kein Gehör für Musik.«

»Die Melodie ist fast erkennbar, obwohl ich sie oft habe richtig spielen hören.«

Casallo hielt ihm lässig die Khitan hin. »Sei so freundlich, mich zu unterweisen.«

Etzwane riß das Instrument an sich, stimmte die Darmsaite* ein, die einen Hauch zu fest gespannt war, und spielte das Stück richtig, vielleicht mit überflüssiger Schärfe. Dann wechselte er in eine zweite Tonart und spielte eine Umkehr der Melodie, dann modulierte er erneut und ließ eine schnelle

* Die fünf Hauptsaiten der Khitan werden nach den Fingern der rechten Hand benannt; die vier Nebensaiten tragen Namen, deren Bedeutung nicht bekannt ist: Ja, Ka, Si, La.

Stakkatoimprovisation über die Ursprungsmelodie folgen, was mehr oder weniger seiner Stimmung entsprach. Dann reichte er dem niedergeschlagenen Casallo das Instrument zurück. »So geht die Melodie – mit ein paar Schnörkeln.«

Casallo blickte von Etzwane zu der Khitan, die er schweigend an einen Haken hängte. Dann machte er sich daran, seine Winden zu ölen. Etzwane stellte sich ans Beobachtungsfenster.

Die Landschaft war wild, fast unwirtlich; weißschwarzer Regenwald erhob sich da und dort wie Inseln in einem Meer aus Zackengras. Je weiter sie in den Süden kamen, desto mehr verdichtete sich der düstere Dschungel, das Zackengras zeigte Spuren der Verkümmerung. Weit voraus schimmerte der Brunai-Fluß; die Straße wand sich im Bogen nach Westen, über eine vulkanische Formation aus verwitterten grauen Felsen, umging dann ein gewaltiges Areal überwachsener Ruinen: die Stadt Matrice, die vor zweitausend Jahren von den Palasedranern belagert und erobert worden war und die jetzt von den großen blauschwarzen Ahulphs Süd-Glaiys bewohnt wurde, Wesen, die ihr Leben zu einer halb komischen, halb entsetzlichen Travestie menschlichen Verhaltens gestalteten. Die Ruinen Matrices blickten auf eine Ebene aus tausend Teichen und Sumpfstellen hinab; hier wuchsen die größten Korbweiden Shants; sie standen in kleinen Gruppen zusammen und erreichten eine Höhe von zehn bis fünfzehn Metern. Die Arbeiter des Lagers 3 schnitten, schälten, trockneten und bündelten die Weidengerten, brachten sie auf Barken über den Brunai nach Port Palas, von wo aus das Material mit Küstenschonern zu den Ballonfabriken in Purpurfarn gebracht wurde.

In der Ferne erschien ein dunkler Fleck, der sich im Fernglas als Lager 3 entpuppte. Innerhalb eines sechs Meter hohen Palisadenzauns machte Etzwane ein Zentralgebäude, eine Reihe Arbeitsschuppen und ein langes, doppelstöckiges Schlafhaus aus. Auserhalb standen einige kleinere Gebäude mit Verwaltungsbüros.

Als sich die Straße gabelte, trotteten die Pacer auf die Verwaltung zu. Eine Gruppe Männer näherte sich und legte nach kurzer Verhandlung mit dem Fahrer die Ballonleinen über große Rollen, die an Betonpfosten befestigt waren; die Pacer entfernten sich und zogen die *Iridixn* herab.

Etzwane trat aus der Gondel in eine Welt der Feuchtigkeit und Hitze. Über ihm wirbelten gleißend Etta, Sassetta und Zael am Himmel dahin; die Luft über dem Brachland flimmerte.

Drei Männer kamen langsam näher – der erste eine große, massige Gestalt mit mißtrauischen grauen Augen; der zweite stämmig, kahlköpfig und mit mächtigen Kinn- und Wangenknochen; der dritte jünger, kräftig und geschmeidig wie eine Eidechse mit unpassenden dunklen Löckchen und pechschwarzen Augen. Sie waren eins mit der Landschaft – harte, humorlose Männer ohne Gelassenheit und Zutrauen. Sie trugen breitkrempige Hüte, geflochten aus gebleichtem Zakkengras, weiße Tuniken, graue Hosen und knöchelhohe Stiefel aus Chumpaleder*; an ihren Gürteln hingen kleine Armbrüste, mit denen man Gandelholzsplitter verschießen konnte. Die drei starrten Etzwane ausdruckslos an, der ihre Feindseligkeit nicht begriff und deshalb im ersten Augenblick verwirrt war. Mehr denn je war ihm seine Jugend, seine Unerfahrenheit und vor allem die Gefährlichkeit seiner Lage bewußt. Er mußte sofort die Initiative an sich reißen. Mit ruhiger Stimme sagte er deshalb: »Ich bin Gastel Etzwane, bevollmächtigter Adjutant des Anome. Ich spreche für den Anome.«

Der erste der Männer nickte vieldeutig, als bestätige sich ein Verdacht, den er hegte. »Was führt dich zu uns ins Lager 3? Wir sind Angestellte des Ballon-Wegs und nur der Firma verantwortlich.«

Etzwane hatte es sich angewöhnt, das Gesicht seines Gegenüber zu mustern, sobald er Feindseligkeit spürte; eine Taktik, die manchmal den psychologischen Rhythmus des anderen durcheinanderbrachte und Etzwane Zeit zur Entscheidung ließ. Jetzt starrte er eindringlich in das Gesicht des Mannes und beschloß dessen Frage zu ignorieren. »Wer bist du?«

---

* *Chumpa:* Amphibische Wesen des Salzmorasts, dem Ahulph verwandt, doch größer, haarlos und träge. Die Chumpa, bei denen sich die Raffinesse und Boshaftigkeit des Ahulph mit hysterischem Eigensinn verbindet, lassen sich nicht zähmen.

»Ich bin Leiter dieses Lagers, Shirge Hillen.«
»Wie viele Männer arbeiten hier?«
»Einschließlich des Personals zweihundertunddrei.« Hillens Ton war mürrisch, widerspenstig. Er trug einen Reif mit dem Code des Ballon-Wegs; der Ballon-Weg war sein Leben.
»Wie viele Männer unter Kontrakt?«
»Hundertneunzig.«
»Ich möchte das Lager inspizieren.«
Hillen verzog die grauen Lippen. »Das wäre nicht ratsam. Wir haben hier schwierige Fälle; es handelt sich um ein Lager für undisziplinierte Männer. Hättest du uns vorher Bescheid gegeben, hätten wir Vorsorge treffen können. In diesem Augenblick kann ich jedoch nicht empfehlen, eine Inspektion durchzuführen. Ich gebe dir gern alle nötigen Informationen in meinem Büro. Hier entlang, bitte.«
»Ich muß die Anweisungen des Anome befolgen«, sagte Etzwane kühl. »Demgemäß mußt du mir gehorchen, wenn du deinen Kopf nicht verlieren willst.« Er nahm sein Kontrollgerät zur Hand und bediente einige Knöpfe. »Offen gesagt gefällt mir deine Einstellung nicht.«
Hillen zupfte an seiner Hutkrempe. »Was willst du sehen?«
»Ich fange bei den Arbeitszonen an.« Etzwane musterte die anderen Männer; der Kahlköpfige hatte breite Schultern und lange, sehnige Arme, die irgendwie verdreht und deformiert wirkten. Das Gesicht dieses Mannes war seltsam still und gesammelt, als spielten sich seine Gedanken auf einer höheren Ebene ab. Der Mann mit den dunklen Locken und den schwarzen Augen sah nicht übel aus – bis auf die lange, krumme Nase, die seinem Gesicht einen Anflug von Verschlagenheit gab. »Was habt ihr für Pflichten?«
Hillen ließ die Männer nicht antworten. »Die beiden sind meine Helfer. Ich gebe Befehle, die sie ausführen.«
Etzwane starrte die drei Männer an und spürte, wie seine Absichten eine Veränderung erfuhren. Shirge Hillen hatte offenbar von seinem Kommen gewußt. Wenn das stimmte – von wem, wie und warum hatte er davon erfahren? Zuerst eine Vorsichtsmaßnahme. Etzwane machte auf dem Absatz kehrt und ging zu Casallo zurück, der neben der *Iridixn* stand und einen Zackengrashalm betrachtete. »Hier stimmt etwas

nicht«, sagte Etzwane leise. »Du startest den Ballon; du darfst erst wieder landen, wenn ich dir mit der linken Hand ein Zeichen gebe. Bin ich bei Sonnenuntergang nicht zurück, schneidest du die Leinen los und vertraust dich dem Wind an.«

Casallos Gelassenheit war unüberbietbar. Er reagierte nicht einmal durch das Hochziehen einer Augenbraue. »Klar, in Ordnung, wie du willst.« Er warf einen hochmütigen Blick über Etzwanes Schulter. Etzwane fuhr herum und sah, daß Hillens Hand sich der Pfeilwaffe genähert hatte, daß seine Lippen zu zucken begannen ... Etzwane trat einen Schritt zurück, damit er auch Casallo im Auge behalten konnte. Eine neue unangenehme Erkenntnis überkam ihn: Casallo war der *Iridixn* durch Angestellte des Ballon-Wegs zugeteilt worden. Etzwane konnte niemandem trauen. Er war allein.

Am besten ließ er sich äußerlich nichts anmerken; vielleicht hatte Casallo nichts mit der Verschwörung zu tun. Aber warum hatte er ihn nicht gewarnt, als sich Hillens Hand der Pfeilwaffe näherte? Etzwane sagte in ruhig erklärendem Ton: »Sieh dich vor; wenn sie uns beide umbringen, werden sie das einem Arbeiter anlasten – und wer könnte ihnen etwas anderes beweisen? Steig in den Ballon.«

Casallo gehorchte zögernd. Etzwane beobachtete ihn aufmerksam, vermochte aber seinen Blick nicht zu deuten, mit dem er die Männer musterte. Etzwane gab dem Pacerlenker ein Zeichen. »Laß den Ballon aufsteigen.« Er wartete, bis die *Iridixn* dreihundert Meter hoch schwebte, und kehrte dann zu den drei Männern zurück.

Hillen knurrte seinen Begleitern einige Worte zu und sah dann Etzwane entgegen, der einige Meter vor ihm stehenblieb. Zu dem jüngeren Mann sagte Etzwane: »Geh bitte ins Büro und bring mir die Liste der Arbeiter und der Kontraktbeträge.«

Der junge Mann blickte erwartungsvoll auf Hillen. Dieser sagte: »Bitte sprich mit mir: ich allein gebe dem Lagerpersonal die Befehle.«

»Ich spreche für den Anome«, sagte Etzwane. »Ich gebe Befehle, wie es mir gefällt, und ihr habt zu gehorchen, sonst fallen Köpfe.«

Hillen ließ keine Nervosität erkennen. Er gab seinem Helfer ein Zeichen: »Hol die Unterlagen.«

Etzwane sagte zu dem gedrungenen Mann: »Was für Aufgaben hast du?«

Der Mann wandte sich mit unbewegtem Gesicht an Hillen.

Hillen bemerkte: »Er ist mein Leibwächter, wenn ich bei den Arbeitern bin. Wir haben es hier mit verzweifelten Männern zu tun.«

»Wir brauchen ihn nicht«, sagte Etzwane. »Geh ins Büro und bleib dort, bis du gerufen wirst.«

Hillen machte eine gleichgültige Handbewegung; der kleine Mann zog sich zurück.

Hillen und Etzwane warteten stumm, bis der jüngere Helfer mit einem dicken grauen Buch zurückkehrte, das Etzwane aufschlug. »Du kannst jetzt ins Büro zurückkehren und dort warten; wir brauchen dich nicht.«

Der Mann sah Hillen fragend an, der ihm kopfschüttelnd ein Zeichen gab. Etzwane verfolgte das Geschehen mit zusammengekniffenen Augen: die beiden hatten sich verraten. »Moment noch«, sagte er. »Hillen, warum hast du den Kopf geschüttelt?«

Hillen war einen Augenblick verwirrt. Er zuckte die Achseln. »Hat nichts zu bedeuten.«

Etzwane sagte gemessen: »In diesem Augenblick erreichen wir einen kritischen Punkt in deinem Leben. Entweder unterstützt du mich rückhaltlos, oder ich erlege dir eine harte Strafe auf. Du hast die Wahl – wie entscheidest du dich?«

Hillen setzte ein unehrliches Lächeln auf. »Wenn du der Vertreter des Anome bist, muß ich dir gehorchen. Aber wo sind deine Ausweise?«

»Hier«, sagte Etzwane und überreichte ein purpurnes Protokoll, das das Siegel des Anome trug. »Und hier.« Er zeigte das Kontrollgerät vor. »Nun sag mir, warum hast du eben den Kopf geschüttelt? Wovor hast du diesen Mann gewarnt?«

»Vor Ungehorsam«, sagte Hillen in einem Tonfall, der einer Beleidigung gleichkam.

»Du bist benachrichtigt worden, daß ich komme«, sagte Etzwane. »Trifft das nicht zu?«

Hillen zupfte an seiner Hutkrempe. »Mich hat keine solche Nachricht erreicht.«

Durch das Palisadentor kamen vier Männer mit Harken, Schaufeln und Ledersäcken voller Wasser. Wenn nun einer dieser Männer mit der Schaufel auf sie losging und Hillen seine Waffe zog, aber dabei auf Etzwane schoß?

Etzwane, der die absolute Macht in Shant hatte, war zugleich absolut verletzlich.

Die Gärtnergruppe wanderte über den Hof, ohne etwas zu unternehmen. Von hier drohte also keine Gefahr. Aber vielleicht bei anderer Gelegenheit?

Etzwane sagte: »Deine Pfeilwaffen sind überflüssig. Laß sie bitte zu Boden fallen.«

Hillen knurrte: »Im Gegenteil, ich brauche sie ständig. Wir leben und arbeiten hier inmitten von verzweifelten Männern.«

Etzwane zog seine Streuimpuls-Röhre aus der Tasche, eine grausame Vernichtungswaffe, die in ihrer Reichweite jeden Halsreif zur Explosion brachte – ob es nun zehn oder tausend waren. »Ich habe die Verantwortung für deine Sicherheit übernommen, da muß ich auch auf meine Sicherheit achten. Laß die Waffen fallen.«

Hillen zögerte noch immer.

»Ich zähle bis fünf«, sagte Etzwane. »Eins ...«

Würdevoll legte Hillen die Waffen auf den Boden; die Helfer folgten seinem Beispiel. Etzwane trat einige Schritte zurück und blätterte das Buch durch. Jede Seite offenbarte den Namen eines Arbeiters, seinen Reifcode, seine Herkunft, die wechselnde Höhe seiner Kontraktsumme.

Nirgends fand Etzwane den Namen Jerd Finnerack. Seltsam. »Wir sehen uns die Einfriedung an«, sagte er zu Hillen. »Du kannst in dein Büro gehen.« Die letzte Anweisung galt Hillens Helfer.

Sie marschierten durch die Hitze des Nachmittags auf den hohen Palisadenzaun zu, dessen Tor offen stand. Eine Flucht wäre in diesem feuchten Land voller Chumpa, blauschwarzer Ahulphs und Sumpfungeziefer wenig sinnvoll gewesen.

Innerhalb der Palisade ging kein Lüftchen, stieg die Hitze in schimmernden Wogen auf. Auf einer Seite standen Tanks und Trockengestelle, auf der anderen erhob sich ein großer Schuppen, in dem die Weidenruten geschält, saubergekratzt, gehärtet und verpackt wurden. Dahinter lagen die Schlafräume, die Küchen und der Eßraum. Es roch säuerlich, ein unangenehmer Gestank, den Etzwane einer Ätz- oder Reinigungsflüssigkeit zuschrieb.

Etzwane betrat den Schuppen, betrachtete die Tischreihen. Etwa fünfzig Männer arbeiteten hier in seltsam träger Hast. Sie beobachteten Etzwane und Hillen aus den Augenwinkeln.

Etzwane schaute auch in die Küche. Zwanzig Köche waren hier beschäftigt – sie schälten Gemüse, säuberten irdene Töpfe, lösten Knochen aus einem grauen Fleischberg – und warfen den Besuchern ausdruckslose Blicke zu, die mehr verrieten als mürrische Bemerkungen oder spöttische Ausrufe.

Etzwane kehrte langsam in die Mitte des Lagers zurück. Die Atmosphäre hier war äußerst bedrückend. Doch was konnte man erwarten? Die Kontrakte und ständigen Drohungen sorgten dafür, daß jeder Mann seine Pflicht tat; das System war als nützliche soziale Kraft anerkannt. Es ließ sich jedoch nicht abstreiten, daß die extreme Situation für den einzelnen große Härten mit sich bringen konnte. Etzwane fragte Hillen: »Wer schneidet das Weidenrohr?«

»Arbeitsgruppen gehen in die Dickichte. Wenn sie die vorgeschriebene Menge geschnitten haben, kommen sie zurück.«

»Wie lange bist du schon hier?«

»Vierzehn Jahre.«

»Wie oft ist Personalwechsel?«

»Ach, die Leute kommen und gehen.«

Etzwane deutete auf das Buch. »Nur wenige Männer scheinen ihre Schulden abzuarbeiten. Ermal Gans zum Beispiel hat seinen Kontrakt in vier Jahren nur um zweihundertundzehn Florin vermindert. Wie ist das möglich?«

»Die Männer lassen in der Kantine unmöglich hohe Rechnungen auflaufen – meistens beim Trinken.«

»Bis zu fünfhundert Florin?« Etzwane deutete auf eine Eintragung.

»Gans hat eine Ordnungswidrigkeit begangen und mußte

in eine Zelle gesteckt werden. Nach einem Monat wollte Gans doch lieber die Strafe zahlen.«

»Wo befinden sich die Zellen?«

»In einem Anbau der Palisade.« Hillens Stimme hatte plötzlich einen rauhen Unterton.

»Wir sehen uns das mal an.«

Hillen versuchte seine Stimme ruhig und überzeugend klingen zu lassen. »Das ist kein guter Gedanke. Wir haben große disziplinarische Probleme. Die Einmischung eines Außenseiters könnte zum Chaos führen.«

»Das ist sicher richtig«, sagte Etzwane. »Andererseits kommen Mißstände, wo es sie gibt, nur ans Tageslicht, wenn jemand darauf achtet.«

»Ich bin ein Mann der Praxis«, sagte Hillen. »Ich setze nur die Vorschriften der Gesellschaft durch.«

»Vielleicht sind diese Vorschriften unzureichend«, sagte Etzwane. »Ich möchte den Anbau inspizieren.«

Etzwane sagte mit gepreßter Stimme: »Hol sofort die Männer ins Freie.«

Hillens Gesicht war starr. »Was hast du für Pläne hier im Lager?«

»Das wirst du schon noch merken. Hol die Männer aus den Löchern.«

Hillen gab den Wächtern einen Befehl. Etzwane sah zu, wie vierzehn ausgemergelte Gestalten aus dem Anbau taumelten. Er fragte Hillen: »Warum hast du den Namen Jerd Finnerack aus dem Buch entfernt?«

Hillen hatte offenbar auf die Frage gewartet. »Er gehört nicht mehr zur Arbeitsgruppe.«

»Er hat seinen Kontrakt abbezahlt?«

»Jerd Finnerack ist in Zivilhaft genommen worden.«

Mit leiser Stimme fragte Etzwane: »Wo ist er jetzt?«

»Er hat Strafarrest.«

»Und wo?«

Hillen machte eine Kopfbewegung. »Im Süden.«

»Wie weit?«

»Zwei Meilen.«

»Laß einen Wagen kommen.«

Der Weg führte über eine kahle Ebene, auf der sich da und dort häßliche Reste der Weidenbearbeitung häuften, und erreichte dann einen Hain riesiger grauer Shagbäume. Nach der Palisade und in Vorahnung des Gefängnisses kam Etzwane die unvermutete Schönheit seltsam unwirklich vor. Hellgrünes Laub bewegte sich über ihnen, ätherisch wie Wolken; die kühlen Räume darunter wirkten wie Grotten. Einige dünne Sonnenstrahlen zeichneten kleine Kreise in den Straßenstaub: hellblau, perlweiß, rosa.

Etzwane brach das Schweigen: »Habt ihr Rogushkoi in der Gegend bemerkt?«

»Nein.«

Der Wald wurde zu einem Dickicht aus Aspen, Spitzbäumen und gedrungenem Similax; der Weg erreichte eine feuchte, schwarze Heidezone, über der aromatische Düfte lagen. Insekten zuckten wie surrende Geschosse vorbei. Zunächst versuchte Etzwane immer wieder auszuweichen; Hillen blieb reglos sitzen.

Sie näherten sich einem niedrigen Betongebäude, das kaum Fenster hatte. »Das Gefängnis«, sagte Hillen.

Etzwane, dem die plötzliche Lebhaftigkeit des Mannes auffiel, wurde sofort mißtrauisch. »Laß den Wagen hier halten.«

Hillen musterte ihn mit brennendem Blick. Er starrte in wütender Enttäuschung auf das Gebäude, zog dann die Schultern hoch, Etzwane sprang hastig hinab, überzeugt, daß Hillen etwas im Schilde führte. »Steig ab«, befahl er. »Geh zum Haus und ruf die Wächter heraus. Sie sollen Jerd Finnerack herüberschicken.«

Hillen zuckte ergeben die Achseln; er trat auf die Straße, ging langsam zum Wachhaus und blieb einige Meter vor dem Eingang stehen. Er rief etwas. Aus dem Innern kam ein kleiner dicker Mann, dem das Haar ungepflegt vom Kopf abstand. Hillen machte eine kurze, wütende Bewegung; die beiden sahen zu Etzwane herüber. Der dicke Mann stellte eine knappe, traurige Frage; Hillen antwortete aufgebracht. Der Dicke kehrte in das Gebäude zurück.

Etzwane wartete gespannt. An der Angwin-Kreuzung war Finnerack ein stämmiger blonder Jüngling gewesen, gelassen und vertrauensvoll. Aus reiner Güte, so wollte es Etzwane heute scheinen, hatte Finnerack ihm damals die Flucht aufgedrängt und ihm sogar seine Hilfe angeboten. Sicher hatte er Etzwanes dramatische Tat nicht vorausgeahnt, für die Finnerack später hatte teuer bezahlen müssen. Etzwane machte sich klar, daß er seine Freiheit zu Lasten Finneracks erkauft hatte.

Aus dem Gebäude taumelte ein zum Skelett abgemagerter, gebeugter Mann unbestimmbaren Alters. Das angegraute Haar hing ihm in Locken über die Ohren. Hillen deutete mit dem Daumen auf Etzwane. Finnerack drehte sich um, und über die Entfernung von fünfzig Metern spürte Etzwane den heißen, blauweißen Blick. Zögernd stolperte Finnerack auf der Straße näher, als täten ihm die Beine weh. In zwanzig Metern Abstand folgte ihm Hillen, die Arme lässig verschränkt.

Etzwane rief laut: »Hillen! Zurück zum Haus!«

Hillen schien ihn nicht zu hören.

Etzwane deutete auf sein Kontrollgerät. »Zurück!«

Hillen drehte sich um und kehrte zum Gebäude zurück, ohne die Arme zu senken. Finnerack blickte mit verwirrtem Lächeln hin und her und setzte dann seinen Weg fort.

Schließlich blieb er stehen. »Was willst du von mir?«

Etzwane forschte in dem schmalen braunen Gesicht, suchte den ruhigen Finnerack der alten Tage. Finnerack erkannte ihn offenbar nicht. Etzwane fragte: »Du bist der Jerd Finnerack, der an der Angwin-Kreuzung gearbeitet hat?«

»Ja.«

»Wie lange bist du schon hier?« Etzwane deutete auf das Gebäude.

»Fünf Tage.«

»Warum wurdest du hergebracht?«

»Damit man mich töten konnte. Warum sonst?«

»Aber du lebst noch.«

»Stimmt.«

»Wer ist noch im Haus?«

»Drei Gefangene und zwei Wächter.«

»Finnerack, du bist ab sofort ein freier Mann.«

»Ich verstehe nicht. Wer bist du?«

»Es gibt einen neuen Anome in Shant. Ich bin sein bevollmächtigter Adjutant. Wie steht es mit den anderen Gefangenen? Was haben sie verbrochen?«

»Jeder hat dreimal einen Wächter überfallen. Ich nur zweimal; Hillen kann aber nicht mehr bis drei zählen.«

Etzwane drehte sich um und sah zu Hillen hinüber, der mürrisch im Schatten des Gebäudes lauerte. »Hillen trägt eine Pfeilschleuder unter dem Arm, das nehme ich jedenfalls an. Wie haben sich die Wächter vor meiner Ankunft verhalten?«

»Sie erhielten vor einer Stunde eine Nachricht aus Lager 3 und bauten sich mit ihren Waffen am Fenster auf. Dann kamst du. Hillen rief, ich sollte herausgeholt werden. Das übrige weißt du.«

Etzwane rief Hillen zu: »Die Wächter sollen herauskommen!«

Hillen sagte etwas über die Schulter; zwei Männer traten ins Freie – der erste ein kleiner dicker Mann, der zweite groß und bleich, mit spitzen Ohren.

Etzwane trat einige Schritte vor. »Ihr drei dreht euch jetzt um und hebt die Hände.«

Hillen starrte reglos herüber, als habe er nicht verstanden. Etzwane ließ sich nicht täuschen. Hillen rechnete sich seine Chancen aus, die nicht besonders gut standen. Verächtlich ließ der Aufseher seine Pfeilschleuder fallen, die er sich irgendwie besorgt hatte. Er drehte sich um und streckte die Hände hoch. Die beiden Wächter folgten seinem Beispiel.

Etzwane rückte noch etwas vor. Er sagte zu Finnerack: »Du durchsuchst die Männer zuerst nach Waffen, dann läßt du die anderen Gefangenen frei.«

Finnerack gehorchte. Einige Sekunden vergingen; nur das Sirren der Insekten und einige gedämpfte Geräusche aus dem Innern des Gefängnisses waren zu hören. Die Gefangenen kamen aus dem Gebäude: bleiche, entsetzlich abgemagerte Gestalten, die Etzwane mit fiebrigen Augen neugierig anblinzelten. »Nimm die Pfeilschleuder«, sagte Etzwane zu Finnerack. »Bring Hillen und die Wächter in die Zellen. Schließ sie ein.«

Mit ironischer Betonung gab Finnerack den drei Aufsehern ein Zeichen – eine Bewegung, die zweifellos dem Verhalten dieser Männer nachgeäfft war. Hillen, der die Geste zu würdigen wußte, lächelte grimmig und verschwand im Gefängnis.

Was für Fehler er auch haben mochte, überlegte Etzwane, Hillen wußte widrige Umstände würdevoll zu nehmen. Und der heutige Tag war für ihn wirklich widrig gewesen.

Etzwane beriet sich mit Finnerack und den beiden anderen ehemaligen Gefangenen und betrat dann das stinkende Gefängnis. Der Magen wollte sich ihm umdrehen, als er die völlig verdreckten Zellen sah, in denen Hillen und seine Helfer nun mürrisch hockten.

Etzwane sagte zu Hillen: »Ich hatte nichts gegen dich, als ich im Lager eintraf – aber du wolltest mich täuschen und dann töten. Ohne jeden Zweifel hast du von irgendwoher Anweisungen bekommen. Woher?«

Hillen starrte ihn nur schweigend an.

»Du hast eine verhängnisvolle Entscheidung getroffen«, sagte Etzwane und wandte sich ab.

Der dicke Wächter, der bereits heftig schwitzte, jammerte: »Was wird aus uns?«

Etzwane sagte ruhig: »Finnerack, Jaime und auch Mermiente haben sich dagegen ausgesprochen, daß ihr freigelassen werdet. Sie glauben, daß Großzügigkeit ein Fehler wäre. Und wer könnte das besser beurteilen? Jaime und Mermiente werden eure Wärter sein; von jetzt an müßt ihr euch an die beiden halten.«

»Sie werden uns umbringen; ist das die Gerechtigkeit des Anome?«

»Ich weiß nicht, wo die Gerechtigkeit zu finden ist«, sagte Etzwane. »Vielleicht erfahrt ihr dennoch Gerechtigkeit, denn gewiß werdet ihr soviel Barmherzigkeit finden, wie ihr selbst gegeben habt.«

Finnerack und Etzwane kehrten zum Wagen zurück, wobei sich Etzwane unbehaglich fühlte und immer wieder zurückschaute. Ja, wo war die Gerechtigkeit? Hatte er klug und entschlossen gehandelt? Oder hatte er die bequeme, die gefühlsmäßige Entscheidung getroffen? Oder beides? Oder keins von beiden? Er würde es nie erfahren.

»Beeilen wir uns«, sagte Finnerack. »Gegen Sonnenuntergang kommen die Chumpa aus dem Morast.«

Durch die einsetzende Dämmerung fuhren sie nach Norden. Finnerack musterte Etzwane aus den Augenwinkeln. »Irgendwie kommst du mir bekannt vor«, sagte er. »Woher kenne ich dich? Weshalb hast du mich befreit?«

Diese Frage mußte er früher oder später ohnehin beantworten. Etzwane sagte: »Du hast mir vor langer Zeit einen Gefallen erwiesen, den ich dir endlich zurückzahlen kann. Das ist der erste Grund.«

In Finneracks abgezehrtem Gesicht schimmerten die Augen wie blaues Eis.

Etzwane fuhr fort: »Ein neuer Anome ist an die Macht gekommen. Ich bin sein bevollmächtigter Adjutant. Ich habe große Sorgen; ich brauche einen Helfer, einen Vertrauten, auf den ich mich verlassen kann.«

In Finneracks Stimme schwang Verwunderung mit, als zweifle er an seinem oder Etzwanes Verstand: »Und du hast *mich* für diesen Posten auserwählt?«

»Genau.«

Finnerack kicherte amüsiert vor sich hin, als wären seine Zweifel nun zerstreut – sowohl er als auch Etzwane waren verrückt. »Warum ich, den du doch kaum kennst?«

»Eine Laune. Vielleicht erinnere ich mich, daß du mal einem verzweifelten jungen Mann geholfen hast – damals in Angwin.«

»Ah!« Der Laut kam aus der Tiefe von Finneracks Seele. Das Amüsement, die Verwunderung waren verflogen, als hätte es sie niemals gegeben. Der magere Körper schien sich auf dem Sitz zusammenzuducken.

»Ich bin damals entkommen«, sagte Etzwane, »und wurde Musiker. Vor einem Monat kam der neue Anome an die Macht und rief den Krieg gegen die Rogushkoi aus. Er forderte mich auf, seine Politik zu unterstützen, und ich erhielt gewisse Machtbefugnisse. Ich erfuhr von deiner Situation, obwohl ich nicht wußte, wie schlimm es im Lager wirklich aussah.«

Finnerack richtete sich auf. »Kannst du dir das Risiko vorstellen, das in diesem Bericht liegt? Oder meine Wut gegen jene Menschen, die mein Leben bestimmt haben? Weißt du, was man mir angetan hat, damit ich Schulden bezahlte, die ich nie eingegangen war? Weißt du, daß ich mich für verrückt halte; für ein Tier, das verwildert worden ist? Ahnst du, wie dünn das Seil ist, das mich davon abhält, dich in Stücke zu reißen und zurückzueilen, um Hillen dasselbe anzutun?« schrie er.

»Nimm dich zusammen«, sagte Etzwane ruhig. »Die Vergangenheit ist Vergangenheit; du lebst, und wir haben eine Menge Arbeit zu tun.«

»Arbeit?« fragte Finnerack höhnisch. »Warum sollte *ich* arbeiten?«

»Aus demselben Grund wie ich: um Shant vor den Rogushkoi zu retten.«

Finnerack stieß ein hartes Lachen aus. »Die Rogushkoi haben mir nichts getan. Sollen sie doch machen, was sie wollen!«

Hierauf wußte Etzwane keine Antwort. Eine Zeitlang fuhren sie schweigend nach Norden. Sie erreichten den Shagbaumwald und dann wieder das Sonnenlicht, das nun deutlich lavendelfarben war und zarte lange grüne Schatten warf.

Etzwane fragte: »Hast du dir nie vorgestellt, wie du mal die Welt verbessern würdest, wenn du die Macht dazu hättest?«

»Allerdings«, sagte Finnerack ruhiger. »Ich würde alle vernichten, die mir geschadet haben, meinen Vater, Dagbolt, den miesen Jungen, der in die Freiheit floh und mich dafür zahlen ließ, die Magnaten des Ballon-Wegs, Hillen. Die Zahl ist groß.«

»Du sprichst im Zorn«, sagte Etzwane. »Indem du diese Menschen vernichtest, erreichst du nichts, gar nichts; das Böse wirkt weiter, und irgendwo werden dich andere Jerd Finneracks vernichten wollen, weil du ihnen nicht geholfen hast, als du die Macht dazu hattest.«

Sie schwiegen.

»Richtig«, sagte Finnerack schließlich. »Alle Menschen sind Abgründe des Bösen, ich nicht ausgenommen. Sollen uns doch die Rogushkoi ausrotten!«

»Es ist töricht, sich über eine naturgegebene Tatsache aufzuregen«, wandte Etzwane ein. »Die Menschen sind, wie sie sind – und auf Durdane sogar noch mehr. Unsere Vorfahren kamen hierher, um ihren Eigenarten leben zu können; ein Exzeß der Extravaganz ist unser Erbe. Viana Paizifiume begriff das sehr wohl und legte uns Reife um den Hals, um uns zu zähmen.«

Finnerack zerrte so heftig an seinem Reif, daß Etzwane unwillkürlich zurückzuckte.

»Ich bin nicht gezähmt, sondern nur versklavt«, sagte Finnerack.

»Das System hat Fehler«, stimmte Etzwane zu. »Trotzdem halten die Kantone in Shant friedlich zusammen, und die Gesetze werden befolgt. Ich hoffe, die Mängel abzustellen, aber zunächst müssen wir uns um die Rogushkoi kümmern.«

Finnerack zuckte nur desinteressiert die Achseln. Sie fuhren schweigend weiter und erreichten schließlich die Zakkengraswiese, die nun stumm und melancholisch im Zwielicht dalag.

Etzwane sagte nachdenklich: »Ich befinde mich in einer seltsamen Lage. Der neue Anome ist ein Mann der Theorien und Ideale; er verläßt sich auf mich, die unangenehmen Entscheidungen zu treffen. Ich brauche Hilfe. Zuerst dachte ich an dich, der mir schon einmal geholfen hatte und dem ich etwas schuldig war. Doch deine Einstellung läßt mich zurückscheuen; vielleicht muß ich mich woanders umsehen. Ich kann dir trotzdem Freiheit und Reichtum verschaffen – fast alles, was du dir wünschst.«

Wieder zerrte Finnerack an seinem Halsreif, der ihm locker um den sehnigen braunen Hals hing. »Du kannst meine Schlinge nicht lösen; also kannst du mir auch keine wirkliche Freiheit schenken. Reichtum? Warum nicht? Ich habe ihn mir verdient. Am liebsten hätte ich die Aufsicht über Lager 3, wenn auch nur für einen Monat.«

»Was würdest du tun?« fragte Etzwane, in der Hoffnung, ein klares Bild über den Geisteszustand Finneracks zu bekommen.

»Du würdest einen neuen Finnerack erleben. Der wäre ruhig und einsichtsvoll und würde jede Strafe genau und gerecht zumessen.

Hillen wird nun etwa in einer Woche sterben, doch seine Schuld ist weitaus größer. Er hat es immer darauf angelegt, die Arbeiter zum Aufstand, zum Ungehorsam oder zur Unvorsichtigkeit zu verleiten, woraufhin ihnen als Strafe drei Monate, sechs Monate oder ein Jahr Arbeit auferlegt wurden. Soweit ich mich zurückerinnern kann, hat kein Mann im Lager 3 je seinen Kontrakt abgearbeitet. In dem Monat meiner Herrschaft würde ich ihn am Leben halten und in einen Käfig stecken, wo ihn die Arbeiter, die er mißhandelt hat, ansehen und mit ihm sprechen könnten. Am Ende eines Monats würde ich ihn den Chumpas zum Fraß vorwerfen. Seine Helfer Hoffman und Kai sind noch schlimmer; sie haben ein härteres Schicksal verdient.« Finneracks Stimme begann zu beben. »Sie müßten den ganzen Tag Weidenruten durch die Laugebäder ziehen und nachts in den Zellen schlafen – für den Rest ihres Lebens. Vielleicht würden sie sogar zwei oder drei Monate lang durchhalten, wer weiß?«

»Was ist mit den Wächtern?«

»Es gibt neunundzwanzig Wächter. Alle sind streng. Fünf sind fair und lassen einem auch mal etwas durchgehen. Weitere zehn sind zurückhaltend und tun ihre Arbeit mechanisch. Die anderen sind Scheusale. Sie müßten sofort ins Gefängnis und dürften nie wieder freikommen. Die genannten zehn kämen auf unbestimmte Zeit in den Anbau – vielleicht für drei Monate – und müßten danach fünf Jahre lang Weidenruten schneiden. Die fünf guten Wächter ...« Finnerack rieb sich die Stirn. »Das ist ein Problem. Sie haben getan, was sie konnten, ohne jedoch ein Risiko einzugehen; ihre Schuld ist nicht klar definiert, aber sie ist vorhanden. Sie verdienen Strafe – ein Jahr Holzarbeit, vielleicht, dann Entlassung ohne Bezahlung.«

»Und die Männer unter Kontrakt?«

Finnerack wandte überrascht den Kopf. »Du sprichst von Kontrakten? Jeder hat seinen Kontrakt mindestens zehnfach abbezahlt! Jeder Mann kommt sofort frei und erhält einen Bonus, der dem zehnfachen Betrag seines ursprünglichen Kontrakts entspricht.«

»Und wer soll dann Weidenruten schneiden?« fragte Etzwane.

»Die Weidenruten sind mir scheißegal«, sagte Finnerack. »Sollen die großen Herren ihr Holz doch selbst schneiden!«

Sie fuhren schweigend weiter, und Etzwane kam zu dem Schluß, daß Finneracks Strafen angesichts der Verhältnisse durchaus nicht unangemessen waren. Vor ihnen erschien das Lager – ein schwarzer Umriß im violetten Halbdämmer; hoch darüber schwebte die *Iridixn*.

Etzwane stoppte den Wagen. Er überlegte einige Sekunden, nahm dann die Streuimpuls-Röhre zur Hand, richtete sie auf die Felsen und drückte den Knopf. Zwei Explosionen dröhnten durch die Abendstille.

Etzwane umrundete die Felsen, von Finnerack gefolgt; vor ihnen lagen zwei kopflose Leichen. Finnerack knurrte angewidert: »Hoffman und Kai. Die beiden haben Glück.«

Am Eingang zur Palisade ließ Etzwane den Wagen halten. Lager 3 war ein Skandal; hier mußte Gerechtigkeit walten. Aber wie? Und wem gegenüber? Und durch wen? Und nach welchen Gesetzen? Etzwanes Gedanken verwirrten sich, und er starrte durch das offene Tor, hinter dem die Männer in Gruppen beieinander standen.

Finnerack begann unruhig hin und her zu rutschen. Etzwane mußte an Finneracks Urteile denken, die ihm zwar hart, aber angemessen vorgekommen waren. Er erkannte darin ein Prinzip, das er längst hätte ausmachen müssen, da es dem grundlegenden Ethos Shants entsprach.

Für lokale Sorgen lokale Strafen. Für die Verbrechen in Lager 3 sollte die geübte Gerechtigkeit des Lagers gelten.

5

Etzwane war in der *Iridixn* aufgestiegen. Fasziniert starrte er durch das Fernglas in die Palisade. Das Tor war geschlossen worden; die Wächter befanden sich in einem Lagerschuppen. Im Licht der Mauerlaternen und eines lodernden Freudenfeuers wanderten Männer wie betäubt hin und her. Die besten Nahrungsmittel des Lagers waren auf Tischen ausgebreitet, einschließlich der Leckerbissen aus der Küche der

Wächter. Die Männer aßen wie bei einem Bankett, stopften sich mit getrocknetem Aal voll und tranken den dünnen sauren Wein, den Hillen ihnen zuvor teuer verkauft hatte. Einige Männer begannen sich aufzuregen; sie ergriffen das Wort und liefen gestikulierend in der Menge herum. Finnerack hielt sich abseits; er hatte nur wenig gegessen und getrunken. Vor der Palisade bemerkte Etzwane die verstohlenen Bewegungen dunkler Gestalten: Ahulphs und Chumpas, die von der ungewöhnlichen Feier angelockt worden waren.

Die Männer konnten nicht mehr essen; das erste Weinfaß war leer. Die ehemaligen Gefangenen begannen auf die Tische zu trommeln und zu singen. Finnerack trat vor; er bat um Aufmerksamkeit, und der Gesang verstummte. Finnerack sprach einige Zeit, und die Menge wurde still, bewegte sich nur noch unruhig. Dann sprangen fast gleichzeitig drei Männer vor und schoben Finnerack zur Seite. Finnerack schüttelte angewidert den Kopf, sagte jedoch nichts mehr.

Die drei Männer hoben die Arme, baten um Ruhe. Sie besprachen sich und nahmen Vorschläge aus der Menge entgegen. Zweimal stürzte Finnerack vor und erhob heftige Einwände, und jedesmal wurde er respektvoll angehört. Etzwane hatte den Eindruck, daß die Differenzen das *Wie* und nicht das *Was* betrafen.

Das Gespräch wurde noch lebhafter, als ein Dutzend Männer auf den Tischen herumzuhämmern begann.

Wieder schritt Finnerack ein, und seine Vorschläge bremsten die Auseinandersetzung. Einer der Männer nahm Papier und Schreibstift und notierte einen Text, den Finnerack diktierte, während die Menge Änderungen und Ergänzungen beisteuerte.

Die Anklageschrift – darum schien es sich zu handeln – war nun abgeschlossen. Wieder trat Finnerack zur Seite und beobachtete die Szene mit düsterem Blick. Die drei Männer leiteten das Geschehen. Sie bestimmten eine fünfköpfige Gruppe, die im Lagerschuppen verschwand und mit einem Wächter zurückkehrte.

Die Menge drängte nun vor, doch die drei Männer äußerten strenge Worte, und die ehemaligen Gefangenen zogen sich wieder zurück. Der Wächter wurde auf einen Tisch gestellt, damit er von allen, die bisher vor seiner Macht hatten kriechen müssen, gesehen werden konnte. Einer der Arbeiter trat vor und äußerte eine Anklage, wobei er jeden Punkt mit lebhaften Bewegungen seines Zeigefingers unterstrich. Finnerack stand mit gerunzelter Stirn abseits. Ein zweiter Mann trat vor und äußerte seine Klage, gefolgt von einem dritten und einem vierten. Das Gesicht des Wächters begann zu zucken. Die drei Männer sprachen ein Urteil. Der Wächter wurde zum Tor der Palisade gezerrt und hinausgestoßen. Zwei blauschwarze Ahulphs nahmen sich seiner an, doch während sie sich noch stritten, eilte ein graugescheckter Chumpa herbei und zerrte den Wächter in die Dunkelheit.

So wurden vierzehn Wächter aus dem Lagerschuppen geholt. Einige gaben sich düster resigniert, andere starrten trotzig in die Runde, einige wehrten sich im Griff der Männer, von denen sie geführt wurden, die wenigsten kamen hoffnungsvoll lächelnd und scherzend. Jeder wurde auf den Tisch gehoben, in den vollen Schein des Feuers, wo über ihn gerichtet wurde. In einem Fall erhob Finnerack Einwände und deutete dabei auf die *Iridixn*. Dieser Mann entging seinem Schicksal außerhalb der Palisade, wo zu spät gekommene Chumpas nun zu klagen begannen. Statt dessen wurde er zu den langen Trögen geführt, wo neue Weidenruten in einer Ätzlösung lagen, und mußte Rinde schälen.

Auch die restlichen Wächter wurden vorgeführt. Einer wurde nach heftiger Diskussion und nach langer Verteidigungsrede in die Nacht hinausgestoßen; die übrigen mußten arbeiten.

Schließlich waren alle Wächter abgeurteilt. Ein neues Weinfaß wurde gebracht; die Männer tranken und feierten und verhöhnten die ehemaligen Aufseher, die nun an den Trögen arbeiteten. Einige waren müde und setzten sich um das Feuer. Die Wächter schälten Rinde und verfluchten das Schicksal, das sie ins Lager 3 geführt hatte.

Etzwane setzte das Fernglas ab und legte sich in seine Hängematte. Er redete sich ein, daß die Ereignisse wohl nicht besser hätten ablaufen können ... Einige Zeit nach Mitternacht schaute er noch einmal hinab. Die Männer saßen dösend oder schlafend am Feuer. Einige beobachteten die

Wächter bei der Arbeit, als könnten sie sich an diesem Schauspiel nicht sattsehen. Finnerack hockte allein an einem Tisch. Nach einigen Minuten kehrte Etzwane zu seiner Hängematte zurück.

Etzwane verbrachte einen anstrengenden Morgen damit, Kontrakte aufzulösen und Entschädigungsgutscheine für mehr oder weniger willkürlich bestimmte Summen auszustellen. Die meisten Männer wollten mit der Weidenernte nichts mehr zu tun haben; in kleinen Gruppen verließen sie das Lager und wanderten nach Norden in Richtung Orgala. Etwa zwanzig wollten als Aufseher bleiben; ihr Ehrgeiz reichte nicht weiter. Jahrelang hatten sie die Wächter um ihre Vorteile beneidet; jetzt konnten sie sie für sich genießen.

Die *Iridixn* wurde herabgeholt; Etzwane stieg ein, gefolgt von Finnerack, den Casallo schockiert und angewidert musterte, denn er war wirklich recht ungepflegt. Er hatte nicht gebadet und sich auch nicht umgezogen; sein verfilztes Haar war überlang, seine Kleidung schmutzig und zerrissen.

Die *Iridixn* stieg wieder auf, und die Pacer zogen nach Norden. Etzwane fühlte sich wie ein Mann, der aus einem Alptraum erwacht. Zwei Fragen beschäftigten ihn vor allem. Wie viele Lager dieser Art gab es in Shant? Und wer hatte Hillen vor ihm gewarnt?

In Orgala kehrte die *Iridixn* zur Schiene zurück und sirrte mit frischer Brise nach Nordwesten. Gegen Ende des folgenden Tages erreichten sie den Kanton Gorgash und stoppten am folgenden Morgen in der Stadt Lord Benjamins Traum. Etzwane fand an der Gorgash-Miliz nichts auszusetzen, wenn sich auch Finnerack sarkastisch über den pompösen Offiziersklüngel äußerte, der den desinteressierten und trägen Soldaten zahlenmäßig überlegen war. »Es ist wenigstens ein Anfang«, sagte Etzwane. »Die Leute haben keine Erfahrung in solchen Dingen. Im Vergleich zu den Kantonen Dithibel oder Burazhesq oder Shker handelt man hier mit Umsicht und Eile.«

»Möglich – aber werden diese Soldaten gegen die Rogushkoi kämpfen?«

»Das erfahren wir, wenn es soweit ist. Was würdest du anders machen?«

»Ich würde den Offizieren die Uniformen und Federhüte wegnehmen und den ganzen Haufen zur Küche versetzen. Die Truppen würde ich in vier Gruppen teilen und täglich gegeneinander antreten lassen, um sie wütend und wild zu machen.«

Etzwane dachte daran, daß ein ähnlicher Prozeß einen friedliebenden blonden Jungen zu dem widerspenstigen Mann gemacht hatte, der nun mit ihm reiste. »Dazu mag es durchaus kommen, ehe wir fertig sind. Im Augenblick bin ich es zufrieden, solche ernsthaften Bemühungen zu registrieren.«

Finnerack lachte höhnisch. »Wenn die Burschen merken, worum es geht, wird ihnen die Lust schnell vergehen.«

Etzwane runzelte die Stirn. Es gefiel ihm nicht, seine inneren Ängste so offen ausgesprochen zu hören. Finnerack war nicht sehr taktvoll. Außerdem war er kein angenehmer Reisegefährte. Etzwane musterte ihn kritisch. »Es ist höchste Zeit, daß wir deiner Erscheinung etwas nachhelfen, die im Augenblick Anlaß zu widerstreitenden Gefühlen gibt.«

»Ich brauche nichts«, knurrte Finnerack. »Ich bin kein eitler Mensch.«

Doch das ließ Etzwane nicht gelten. »Du bist vielleicht nicht eitel, doch du bist ein Mensch. Bewußt oder unbewußt beeinflußt dich dein Äußeres. Wenn du unsauber und ungepflegt aussiehst, wirst du in deinem Denken und allgemeinen Lebenswandel schnell einen ähnlichen Maßstab anlegen.«

»Wieder eine von deinen psychologischen Theorien«, stöhnte Finnerack. Etzwane führte ihn trotzdem zu den Baronsarkaden, wo sich Finnerack grimmig frisieren, rasieren, baden, maniküren und neu einkleiden ließ.

Schließlich kehrten sie zur *Iridixn* zurück; Finnerack war nun ein drahtiger, muskulöser Mann mit eckigem, gezeichnetem Gesicht, kurzen bronzefarbenen Locken, einem hellen, unsteten Blick und einem verkniffenen Mund, der nur auf den ersten Blick gutmütig zu lächeln schien.

In Maschein, im Kanton Maseach, erreichte die *Iridixn* die Endstation der »Violetten Sonnenuntergangs-Route«*. Casallo gönnte sich eine letzte Extravaganz und ließ die *Iridixn* in einem großen Bogen durch den Wind hinabschwingen, ein herrliches Manöver, das Etzwane und Finnerack in der Gondel zu Boden warf. Eine Stationsmannschaft zog die *Iridixn* zur Landeplattform herab. Ohne Bedauern sprang Etzwane ins Freie, gefolgt von einem finster dreinblickenden Finnerack, der Casallo das unerwartete Manöver übelnahm.

Etzwane verabschiedete sich von dem Windwächter, während sich Finnerack im Hintergrund hielt; dann wanderten die beiden in die Stadt.

Eine Passagierbarke, die die vielen Kanäle Mascheins bediente, brachte sie zur Flußinsel-Schänke, die mit ihren Terrassen, Gärten, Buchten und Veranden eine ganze Felseninsel im Jardeen einnahm. Während seiner Besuche als sparsamer Rosaschwarztiefblauer Grüner hatte Etzwane diese malerische Gaststätte oft über den Fluß hinweg betrachtet; jetzt bezog er eine Wohnung mit vier Zimmern samt Privatgarten voller Alpenveilchen, Eichäpfel und Lurlinthen. Die Zimmer waren mit feinem Holz getäfelt, im Schlafraum aschgrün gefärbt, zarte Aelsheur* im Wohnzimmer, mit der leisesten Andeutung von Hellgrün, Lavendel und Mattblau, um Wiesen und Wasserweite darzustellen.

Finnerack betrachtete die Räume mit gekräuselten Lippen. Er setzte sich, schlug die Beine übereinander und starrte auf den langsam dahinfließenden Jardeen hinaus. Etzwane gestattete sich ein verstohlenes Lächeln. War die Unterbringung im Lager 3 soviel besser gewesen?

Etzwane badete in einem sprudelnden Gartenteich und legte schließlich eine weiße Leinenrobe an. Finnerack hatte sich nicht von der Stelle gerührt; er starrte auf den Fluß. Etzwane ignorierte ihn. Finnerack würde einen Weg finden müssen, sich anzupassen.

Etzwane bestellte einen Krug gekühlten Wein und Exemplare der Ortszeitungen. Finnerack akzeptierte einen Kelch

* Die Sprache Shants unterscheidet zwischen verschiedenen Arten von Sonnenuntergängen.

** Aelsheur: Wörtlich – Luftfarbe.

Wein, zeigte jedoch kein Interesse für die Nachrichten, die sehr unangenehm waren. Schwarz, braun und senfgelb eingefärbte Artikel berichteten, daß die Rogushkoi in den Kantonen Lor-Asphen, Bundoran und Surrume wieder in Bewegung gekommen waren, daß der Kanton Shkoriy nun sogar völlig von diesen Wesen kontrolliert wurde. Etzwane las:

»Die Politik des Anome, Frauen in die Küstenkantone zu evakuieren, ist zweifellos richtig; in der Folge sind die Rogushkoi jedoch zu um so wilderen Untaten angestachelt worden, um ihrer offenbar unstillbaren Lust nachzugehen. Wo soll dieses schlimme Tun enden? Wenn der Anome in seiner Macht die schrecklichen Horden nicht zurückzuwerfen vermag, wird ganz Shant in fünf Jahren nur noch von Rogushkoi bevölkert sein! Wohin werden sie sich dann wenden? Nach Caraz? Das muß man annehmen, da die Palasedraner bestimmt keine so fürchterliche Waffe auf uns hetzen würden, ohne selbst eine Kontrollmöglichkeit zu haben.«

Ein anderer Artikel, dunkelrot und grau eingerahmt, beschrieb die Miliz von Maseach so ausführlich, daß Etzwane ein persönliches Auftreten für überflüssig hielt. Er verzog unangenehm berührt das Gesicht, als er die letzten Absätze las:

»Unsere mutigen Männer sind zusammengetreten; sie machen sich mit den Einzelheiten des Militärlebens vertraut, mit Dingen, die längst aufgegeben und fast vergessen waren. Mit Eifer und Hoffnung warten sie auf die mächtigen Waffen, die der Anome vorbereitet; beflügelt durch sein majestätisches Beispiel werden sie die wilden Banden zersprengen und sie wie jaulende, verbrühte Ahulphs in die Flucht schlagen.«

»Sie warten also auf meine ›mächtigen Waffen‹, auf mein ›majestätisches Beispiel‹«, murmelte Etzwane. Wenn ihn diese Menschen wirklich gekannt hätten – einen verwirrten Musiker ohne Erfahrung oder Talent –, wären sie weniger überschwenglich. Sein Blick fiel auf eine Notiz, die in Grau und Ultramarinblau gehalten war. Etzwane las:

»Gestern abend spielte der Druithine Dystar im Silbersamarsanda. Sein Mahl war bezahlt, ehe er es bestellte, und zahlreiche anonyme Geschenke wurden ihm, der sich ganz desinteressiert gab, aufgedrängt. Wie üblich belohnte er seine

Zuhörer mit erstaunlichen Hurusthra* und berichtete von Orten, die nur wenigen Privilegierten vergönnt sind. Es heißt, daß Dystar heute vielleicht wieder im Silbersamarsanda auftritt.«

Etzwane las die Notiz ein zweites- und ein drittesmal. In letzter Zeit hatte er gar nicht mehr an Musik gedacht; nun überkam ihn plötzlich eine große Sehnsucht: Was hatte er sich angetan? Mußte er sein ganzes Leben in solch sterilen Verhältnissen zubringen? Luxus, gekühlter Wein, Gartenwohnungen – was war das im Vergleich zu dem Leben, das er mit Frolitz und den Rosaschwarztiefblauen Grünen erlebt hatte?

Etzwane legte die Zeitung fort. Im Gegensatz zu Finnerack hatte er Glück gehabt. Er drehte sich um und musterte Finnerack, fragte sich, was hinter der düster verkrampften Stirn vor sich gehen mochte. »Finnerack!« rief Etzwane. »Hast du die Nachrichten gelesen?« Er reichte Finnerack die Zeitung, der die Seite mit undeutbarem Stirnrunzeln überflog. »Was sind das für mächtige Waffen, die der Anome vorbereitet?« fragte er schließlich.

»Soviel ich weiß, gibt es diese Waffen nicht.«

»Wie willst du ohne Waffen die Rogushkoi besiegen?«

»Die Technisten sind bereits an der Arbeit«, sagte Etzwane. »Wenn die Waffen schließlich kommen, werden die Männer bewaffnet. Wenn nicht, müssen sie mit Bolzenwaffen, Pfeil und Bogen, Dexaxgranaten, Bomben und Lanzen kämpfen.«

»Die Entscheidung zum Kampf ist sehr spät gefallen.«

»Das weiß ich. Der frühere Anome weigerte sich, die Rogushkoi anzugreifen, und will jetzt nicht mal seine Gründe dafür darlegen.«

Finnerack zeigte endlich einen Hauch von Interesse. »Er ist also gar nicht tot?«

»Nein. Er wurde abgesetzt, und ein anderer nahm seine Stelle ein.«

»Wer hat diese bemerkenswerte Tat vollbracht?«

Etzwane sah keinen Grund, die Information für sich zubehalten. »Hast du schon mal von der Erde gehört?«

---

* *Hurusthra:* Im übertragenen Sinne musikalische Panoramen und Einsichten.

»Ja. Das ist doch die Heimatwelt der Menschen.«

»Auf der Erde gibt es eine Organisation, die sich das Historische Institut nennt; dieses Institut hat Durdane nicht vergessen. Ich begegnete zufällig einem Mann namens Ifness, einem Angehörigen des Instituts. Er war nach Durdane gekommen, um unsere Welt zu studieren. Gemeinsam stellten wir die Identität des Mannes ohne Gesicht fest und drängten ihn zu Schritten gegen die Rogushkoi. Da er sich weigerte, setzten wir ihn ab und haben nun selbst neue Maßnahmen eingeleitet.«

Finnerack musterte Etzwane mit schimmernden Augen. »Ein Erdenbürger ist Anome von Shant?«

»Ich wünschte, es wäre so«, sagte Etzwane. »Leider hat er abgelehnt ... Der Anome ist ein anderer. Ich helfe ihm und brauchte selbst einen Helfer, vielleicht dich – wenn du den Willen hast, Shant zu dienen.«

»Shant hat mir bisher nur Schlimmes angetan«, sagte Finnerack. »Ich muß nun für mich leben.«

Etzwane wurde ungeduldig. »Deine Bitterkeit ist verständlich, aber solltest du nicht weniger kurzsichtig sein? Wenn du mit mir zusammenarbeitest, kannst du anderen Opfern helfen. Wenn du es nicht tust, bist du schließlich nicht besser als Hillen und weitaus schlimmer als das gewöhnliche Volk, das du so verachtest. Wer hier in Maschein wüßte etwa von Lager 3? Niemand!«

Finnerack zuckte die Achseln und starrte reglos auf den Jardeen hinaus, in dem sich das violette Abendlicht spiegelte.

Schließlich fuhr Etzwane fort und versuchte seine Stimme ruhig klingen zu lassen: »Heute abend essen wir im Silbersamarsanda, wo wir einen großen Druithine hören.«

»Und was ist das?«

Etzwane drehte sich verblüfft um. Nichts hätte ihm das Ausmaß der Entbehrungen Finneracks deutlicher machen können. Etzwanes Tonfall wurde freundlicher: »Ein Druithine ist ein Musiker, der allein durch das Land zieht. Er spielt die Gastaing oder die Khitan oder sogar die Darabence, und seine Musik ist gewöhnlich sehr anspruchsvoll.«

»Ich kann eine Musiknote nicht von der anderen unterscheiden«, sagte Finnerack gleichgültig.

Etzwane unterdrückte ein Gefühl der Ungeduld, das ihm neu war. »Dann kannst du wenigstens dein Mahl genießen; die Maseacher sind berühmt für ihre guten Restaurants.«

Das Silbersamarsanda erhob sich hoch über dem Jardeen, hinter einer Reihe hoher Zypressen; ein weitläufiges, weißgekalktes Gebäude mit einem breiten, verwinkelten Dach aus moosüberwachsenen Fliesen. Neben dem Eingang hingen fünf farbige Laternen übereinander: dunkelgrün und rauchrot, und unten, etwas seitlich versetzt, eine kleine gelbe Lampe, und all dies bedeutete: *Übergehe nie das Wunder des bewußten Seins, das zu schnell zu Ende geht.*

Durch zwei hohe Holztüren traten Etzwane und Finnerack ins Foyer, wo ein kleiner Junge jedem Gast eine Phiole Graswein und ein Stück kandierten Fisch überreichte, zum Zeichen der Gastfreundschaft. Ein lächelndes Mädchen in der blauen Faltenkleidung einer maseachischen Mänade trat herbei und schnitt jedem jungen Mann ein Stück Haar ab und betupfte ihr Kinn mit Yorbanewachs; ein hübsches Überbleibsel der alten Zeit, in der die Maseacher maßlose Feste gefeiert hatten.

Etzwane und Finnerack betraten den hohen Saal, der noch fast leer war, und setzten sich dicht neben der Musikerbank an einen Tisch. Ein Teller mit bitteren, scharfriechenden Salzpastillen wurde ihnen vorgesetzt. Etzwane dachte auch daran, Finnerack zu beeindrucken, als er das traditionelle Mahl der fünfundvierzig Gänge bestellte und die Bedienung anwies, Dystar das beste Gericht zu servieren, falls der Druithine kam.

Das Essen kam – ein Gericht nach dem anderen, wobei sich Finnerack zunächst über die geringen Mengen aufregte, die er für kümmerlich hielt, bis ihn Etzwane daran erinnerte, daß er bisher erst zwölf von den insgesamt fünfundvierzig Gerichten gekostet habe.

Ein Gang nach dem anderen wurde nach den exakten Vorschriften eines vor viertausend Jahren verstorbenen Gastronomen aufgetragen. Eine Speisenart gegen die nächste, ein Aroma gegen das andere gesetzt, jeder Bissen nach alter ritueller Regel auf Schale, Teller oder Brett angeordnet. Mit jedem Gericht kam ein besonderes Getränk – Wein, Essenz, Gewürzflüssigkeit oder Bier. Finneracks Klagen ließen nach; er wirkte bald fasziniert, vielleicht auch resigniert ... Beim achtundzwanzigsten Gericht erschien Dystar am Eingang: ein großer, hagerer Mann mit sympathischen Zügen. Er war in graue Hosen und eine weite grauschwarze Tunika gekleidet. Er schaute einen Moment lang durch den Saal, wandte sich dann um und machte eine kritische Bemerkung zu Shobin dem Wirt, der hinter ihm stand. Einen Augenblick lang dachte Etzwane, daß Dystar wieder gehen würde, doch Shobin machte sich sofort daran, Dystars Klage zu beheben: Die Lichter in den gebogenen Fensternischen nahe der Musikerbank brannten zu hell; Dystar mochte keine grelle Beleuchtung. Shobin dämpfte persönlich das Licht; daraufhin trat Dystar vor; seine Laune war noch nicht gebessert. Er trug eine Khitan und eine Darabence mit einem Fingerbrett aus grünem Jade; die Instrumente legte er auf die Bank und setzte sich dann an einen Tisch, der nur zwei Meter von Etzwane und Finnerack entfernt war. Etzwane hatte diesen Mann schon einmal gesehen und hatte dessen Gelassenheit, Kraft und Sicherheit bewundert.

Die Bedienung vermeldete, daß sein Mahl bezahlt sei, woraufhin Dystar gleichgültig nickte. Etzwane musterte ihn aus den Augenwinkeln und versuchte sich die Gedanken des Mannes vorzustellen. Dort saß sein Vater – eine Hälfte seines Ich. Vielleicht mußte er sich ihm offenbaren. Aber Dystar mochte ein Dutzend Söhne haben, hier und dort in Shant. Die Enthüllung irritierte ihn vielleicht nur.

Die Bedienung brachte Dystar einen Leeksalat in Öl, eine Brotkruste, eine dunkle Fleischwurst, Kräuter und einen Krug Wein – ein bescheidenes Mahl. Dystar war des guten Essens überdrüssig, dachte Etzwane – Reichtum war ihm nichts Neues, ebensowenig wie die Aufmerksamkeit schöner Frauen.

Und immer neue Gänge wurden serviert. Finnerack, der vielleicht zum erstenmal in seinem Leben einen guten Wein vorgesetzt bekam, war merklich gelockerter geworden und musterte seine Umgebung nun schon unbefangener.

Dystar aß sein Mahl zur Hälfte, schob den Rest fort und

lehnte sich zurück, die Finger um den Stiel seines Weinkruges gelegt. Sein Blick glitt über Etzwanes Gesicht hin; mit leichtem Stirnrunzeln schaute er noch einmal herüber, als beunruhigte ihn eine undeutliche Erinnerung ... Dann nahm er seine Khitan und betrachtete sie einen Augenblick lang, als sei er überrascht, ein so unförmiges und kompliziertes Instrument in seinen Händen zu halten. Er berührte sie kurz hier und dort mit leichtem Griff, brachte all die unglaublichen Teile in Übereinstimmung, legte sie dann fort, um nach der Darabence zu greifen. Auf diesem Instrument spielte er eine leise Tonleiter, stimmte es nach, schlug dann eine fröhliche kleine Melodie an, zuerst in einfacher Harmonie, dann mit doppelter, schließlich mit dreifacher Stimme – eine Virtuosität, die er ohne Mühe oder gar Interesse bewältigte. Er legte die Darabence fort und beugte sich über seinen Wein.

Die Tische in der Nähe waren nun dicht besetzt; ein kritisches und feinfühliges Publikum hatte sich eingefunden, um Aufklärung zu finden.

Etzwane und Finnerack betrachteten ihr neununddreißigstes Gericht: Mark des Marrowbaums, geschnetzelt, überbakken, gesalzen, in hellgrünem Sirup, mit einer purpurnen Geleekugel verziert, mit Maroes und Ernice gewürzt, nur ein Hauch von Süße. Der Wein dazu war leicht und durchsichtig und schmeckte nach Sonnenlicht und Luft. Finnerack sah Etzwane zweifelnd an. »In meinem ganzen Leben habe ich noch nicht soviel gegessen. Doch mein Appetit hält an.«

»Wir müssen die fünfundvierzig Gerichte schaffen«, sagte Etzwane. »Sonst darf man hier theoretisch unser Geld nicht annehmen – in dem hübschen Irrglauben, daß die Köche die Gerichte falsch zubereitet oder die Kellner sie falsch serviert haben. Essen müssen wir.«

»Wenn das so ist – dafür bin ich der rechte Mann.«

Dystar begann seine Khitan zu spielen – eine leise Tonfolge ohne erkennbares Muster, doch je länger er spielte, desto mehr begann das Ohr die schöne Zusammengehörigkeit der Töne zu erahnen. Bisher hatte er nichts gespielt, was Etzwane nicht auch vortragen konnte. Nun schlug Dystar einige leise, seltsame Akkorde an, begann dann die Melodie aufzunehmen, die von den Akkorden wie von klagenden

Meeresglocken begleitet wurde. Etzwane fragte sich, wie sich Dystars Talent zusammensetzen mochte. Ein Teil ergab sich aus seiner Gelassenheit und Schlichtheit, ein Teil aus der Tiefe seines Wesens, ein Teil auch aus einer Loslösung, die ihn gegenüber seinen Zuhörern gleichgültig machte, schließlich zum Teil aus seiner handwerklichen Geschicklichkeit, die ihm einfach alles ermöglichte – er konnte jeder Laune nachgehen. Etzwane spürte so etwas wie Neid; denn er mied oft Passagen, deren Auflösung er nicht vorhersehen konnte, kannte er doch nur zu gut den krassen Unterschied zwischen Musiktreue und Fiasko ...

Die Musik endete ohne spürbaren Akzent, ohne Heraushebung, und die Seeglocken verhallten im Nebel. Dystar legte das Instrument weg. Er nahm seinen Weinkrug zur Hand und blickte im Saal herum; dann, als fiele ihm plötzlich etwas ein, hob er die Khitan wieder hoch und probierte eine Tonfolge aus. Er spielte sie mit einer Änderung der Harmonie noch einmal durch, und sofort wurde eine zuckende, exzentrische Melodie daraus. Er wechselte in eine andere Tonart; mühelos spielte Dystar die erste und zweite Stimme in trokkenem Gegeneinander. Einen Augenblick lang schien er sich für die Musik zu interessieren und neigte den Kopf über den Hals der Khitan. Dann verlangsamte er das Tempo, die Doppelmelodie wurde zu einer einzigen – wie zwei farbige Bilder, die sich zu einem einzigen Bild mit Tiefenschärfe vereinigten ...

Der letzte der fünfundvierzig Gänge wurde serviert – süßsauer Gekühltes in purpurnen Lackschalen, dazu winzige Krüge Tausendjahrnektar.

Finnerack kostete das Gekühlte und probierte vom Nektar. Sein braunes Gesicht wirkte nun weniger hager; das verrückte, blaue Leuchten war aus seinen Augen verschwunden. Plötzlich fragte er Etzwane: »Wieviel müssen wir eigentlich für das Essen bezahlen?«

»Weiß ich nicht ... wohl zweihundert Florin.«

»Im Lager 3 konnte mancher in einem ganzen Jahr seinen Kontrakt nicht um zweihundert Florin vermindern.« Finnerack schien eher nachdenklich als aufgebracht zu sein.

»Das System ist überholt«, sagte Etzwane. »Der Anome

wird das ändern. Es wird keine solchen Lager mehr geben und auch keine Angwin-Kreuzungen mehr.«

Finnerack musterte ihn abschätzend. »Du scheinst dir der Absichten des Anomes sehr sicher zu sein.«

Mangels einer passenden Antwort ignorierte Etzwane die Bemerkung. Er winkte die Bedienung herbei und ließ sich eine hohe irdene Flasche bringen, samtig angestaubt, aus der er einen kühlen hellen Wein einschenkte, weich wie Wasser.

Etzwane trank; Finnerack folgte vorsichtig seinem Beispiel.

Schließlich antwortete Etzwane indirekt auf Finneracks Bemerkung: »Der neue Anome ist meiner Meinung nach kein Mensch, der sich an Traditionen klammert. Wenn die Rogushkoi erst vernichtet sind, wird es durchgreifende Veränderungen geben.«

»Bah!« sagte Finnerack. »Die Rogushkoi sind kein großes Problem; der Anome braucht nur sämtliche Energien Shants gegen sie zu mobilisieren.«

Etzwane lachte leise. »Welche Energien? Shant ist hilflos wie ein Baby. Der letzte Anome hat der Gefahr den Rücken gekehrt. Das ist alles sehr rätselhaft, denn er ist kein übelwollender oder dummer Mann.«

»Gar kein Rätsel«, sagte Finnerack. »Ihm lag mehr an seiner Ruhe.«

»Das könnte stimmen«, sagte Etzwane, »gäbe es da nicht noch andere Fragen: zum Beispiel die Rogushkoi selbst.«

»Wieder kein Problem: sie sind ein Produkt palasedranischer Bösartigkeit.«

»Hm ... wer hat Hillen von meinem Kommen unterrichtet? Wer hat Befehl gegeben, mich zu töten?«

»Gibt es da noch Zweifel? Die Magnaten des Ballon-Wegs!«

»Durchaus denkbar. Aber es gibt da noch andere Rätsel, die sich weniger einfach erklären lassen.« Etzwane dachte an den selbstmörderischen Angriff des Wohltäters Garstang und die seltsamen Wunden an seinem toten Körper, als habe ihn eine Ratte angefressen.

Jemand ließ sich an ihrem Tisch nieder. Es war Dystar. »Ich habe mir dein Gesicht angesehen«, sagte er zu Etzwane. »Es ist ein Gesicht, das ich aus ferner Vergangenheit kenne.«

Etzwane brachte seine Gedanken in die Gegenwart zurück. »Ich habe dich in Brassei spielen hören; dort hast du mich vielleicht bemerkt.«

Dystar betrachtete Etzwanes Halsreif, um die Herkunftszeichen zu entziffern. »Bastern – ein seltsamer Kanton.«

»Die Chiliten verehren Galexis nicht mehr«, sagte Etzwane. »Bastern ist heute weniger seltsam als früher.« Dystar trug das Rosa-Mattblau von Shkoriy. Er fragte: »Trinkst du Wein mit uns?«

Dystar neigte höflich den Kopf. Etzwane gab der Bedienung ein Zeichen, die sofort einen neuen Kelch brachte: eierschalendünn, zinngrau, schimmernd poliert. Etzwane schenkte ein, und Dystar hob einen Finger. »Das genügt ... ich habe keine rechte Freude mehr an Essen und Wein. Ein angeborener Fehler, nehme ich an.«

Finnerack stieß ein lautes Lachen aus; Dystar musterte ihn neugierig. Etzwane sagte: »Mein Freund hat viele Jahre in einem Arbeitslager für Aufsässige schuften müssen und hat schwere Zeiten hinter sich. Auch ihm steht nicht der Sinn nach gutem Essen oder Wein – doch aus genau entgegengesetzten Gründen.«

Dystar lächelte; sein Gesicht war eine Winterlandschaft, auf die plötzlich ein Sonnenstrahl fällt. »Ich habe nichts gegen das Übermaß. Mich erfüllt etwas, das ich eine Aversion gegen gekaufte Freuden nennen möchte.«

»Ich aber bin froh, daß so etwas zum Verkauf steht«, knurrte Finnerack. »Ich fände sonst wenig Freude am Leben.«

Etzwane warf einen traurigen Blick auf die teure Flasche Wein. »Wie gibst du denn dein Geld aus?«

»Auf törichte Weise«, sagte Dystar. »Letztes Jahr habe ich in Shkoriy Land gekauft – ein hochgelegenes Tal mit Obstgarten, Teich und einem Haus, wo ich meinen Lebensabend verbringen wollte ... Die Torheit der Vorsorge.«

Finnerack kostete den Wein, setzte den Kelch ab und blickte durch den Saal.

Etzwane begann sich unbehaglich zu fühlen. Hundertmal hatte er sich das Zusammentreffen mit Dystar vorgestellt, stets unter dramatischen Begleitumständen. Jetzt saßen sie am selben Tisch, und der große Augenblick verging in Mittelmäßigkeit. Was konnte er denn sagen? »Dystar? Du bist mein Vater; in meinem Gesicht erkennst du das deine!« Unsinn. Verzweifelt sagte Etzwane: »In Brassei war deine Stimmung besser als heute; ich weiß noch, daß du mit Schwung gespielt hast.«

Dystar warf ihm einen schnellen prüfenden Blick zu. »Ist das so offenkundig? Heute abend bin ich unfruchtbar; die Ereignisse haben mich abgelenkt.«

»Die Probleme in Shkoriy?«

Dystar schwieg einen Moment lang und nickte schließlich. »Die Wilden haben mein Tal erobert, in dem ich mich oft und gern aufhielt, wo sich nichts veränderte.« Er lächelte. »Eine melancholische Stimmung fördert bei mir die Musik; in wirklich tragischen Momenten bin ich nur bedrückt ... Doch mir eilt ohnehin der Ruf voraus, daß ich nur nach Laune spiele. Trotzdem sind hier zweihundert Leute gekommen, um mir zuzuhören, und ich möchte sie nicht enttäuschen.«

Finnerack, der jetzt betrunken war und den Mund zu einem schiefen Lächeln verzogen hatte, schaltete sich ein. »Mein Freund Etzwane behauptete, ein Musiker zu sein; du solltest ihn in Dienst nehmen.«

»›Etzwane‹? Der große Musiker aus dem alten Azume?« fragte Dystar. »Weißt du davon?«

Etzwane nickte. »Meine Mutter war Dirne am Rhododendron-Weg des Klosters. Ich wurde namenlos geboren und nahm aus freier Entscheidung den Namen ›Gastel Etzwane‹ an.«

Dystar überlegte einen Moment lang, vielleicht von seiner eigenen Erinnerung an den Rhododendron-Weg erfüllt. Es war zu lange her, dachte Etzwane; er würde sich an nichts erinnern.

»Ich muß weiterspielen.« Dystar kehrte zu seiner Bank zurück, nahm die Darabence und spielte eine trivial wirkende Melodienfolge, wie man sie in den Tanzsälen Morningshores hören mochte. Als Etzwane gerade das Interesse zu verlieren begann, änderte Dystar die Einstellung seines Klangventils, und schuf eine völlig neue Tonbasis – dieselben Melodien, derselbe Rhythmus, doch nun lag darin eine aufreibende Botschaft von groben Neuerungen und spöttischem Lachen, von Dachdämonen und Sturmvögeln. Dystar dämpfte die schrillen Töne, schloß die Ventile, spielte langsamer. Seine Musik bestätigte die Zerbrechlichkeit aller angenehmen und schönen Dinge und den Triumph der Dunkelheit und endete mit einem düster anmutenden, schrillen Akkord ... Eine Pause, dann eine plötzliche Tonfolge, die andeuten wollte, daß die Dinge vielleicht ja doch ganz anders waren.

Dystar pausierte einen Moment. Er schlug einige Laute an, spielte dann eine komplizierte Antiphonie, perlende Tonfolgen, die über einer ruhigen Melodie dahinhuschten. Sein Gesichtsausdruck war gespannt, seine Hände bewegten sich mühelos. Etzwane glaubte zu spüren, daß die Musik der Berechnung und nicht dem Gefühl entsprang. Finnerack wurden die Lider schwer; er hatte zuviel gegessen und getrunken. Etzwane rief die Bedienung und bezahlte die Rechnung; dann verließen er und Finnerack das Silbersamarsanda und kehrten zur Flußinsel-Schänke zurück.

Dort trat Etzwane in den stillen Garten hinaus und blickte zum Sternhaufen der Skiafarilla empor, hinter dem nach den alten Legenden die Erde lag ... Als er ins Wohnzimmer zurückkehrte, hatte sich Finnerack schon auf seine Couch gelegt. Etzwane nahm einen Schreibstift zur Hand und schrieb einen wohlüberlegten Text auf eine Karte, die er mit dem Siegel des Anome versah.

Er rief einen Jungen: »Bring diese Nachricht in das Silbersamarsanda und übergib sie persönlich dem Druithine Dystar, niemandem sonst. Gib Antwort auf keine Frage; übergib den Brief und geh weiter. Hast du mich verstanden?«

»Ja.« Der Junge nahm den Umschlag und ging, und bald legte sich auch Etzwane nieder ... Was Das Mahl der fünfundvierzig Gänge anging, so glaubte er nicht, daß er je wieder so reichlich essen würde.

6

Von Zweifeln und Unsicherheit getrieben, beschloß Etzwane, die Kantone des äußeren Westens auszulassen und sofort nach Garwiy zurückzukehren. Er war schon länger als beabsichtigt unterwegs gewesen; in Garwiy geschahen die Dinge schneller als sonstwo in Shant.

Es gab wegen widriger Winde und ungeeignetem Terrain keine Ballon-Weg-Verbindung zwischen Maschein und Brassei, doch der Jardeen-Fluß erfüllte fast die gleichen Dienste. Etzwane wartete nicht auf das fahrplanmäßige Flußboot, sondern charterte eine schnelle Pinasse mit zwei Dreieckssegeln und einer zehnköpfigen Mannschaft für die Ruder oder Schleppseile, sofern das nötig sein sollte.

Zuerst ging es in großem Bogen nach Osten durch die sylvanischen Vorberge von Lor Ault, dann nach Norden durch das Metheltal, links und rechts von gewaltigen Bergen flankiert. In Griave in Fairlea stießen sie auf die große Kammroute des Ballon-Wegs und erfuhren, daß alle Ballons nach Norden wegen Sturmfronten an der Sualle Verspätung hatten. Sie fuhren zur Brassei-Kreuzung weiter und bestiegen dort den Ballon *Aramaad.* Die Suallestürme hatten nachgelassen; die Shellflower-Winde sorgten für ein gutes Tempo, und die *Aramaad* sirrte mit stetigen sechzig Meilen in der Stunde auf der Schiene nach Norden. Am Spätnachmittag glitten sie ins Tal der Stille, durch die Jardeenpforte und senkten sich fünf Minuten danach zur Garwiy-Station hinab.

Bei Sonnenuntergang war Garwiy am eindrucksvollsten, wenn das Licht der drei tiefstehenden Sonnen das Glas der hohen Türme durchdrang und Farbe im Überfluß schuf. Aus allen Richtungen kam der Fluß der satten Farben, hoch und tief, in und auf den reinen Glasblöcken, durch Kuppeln, Kugeln, Vorsprünge und Ornamente, zwischen den Balustraden hoher Balkone, den geschwungenen Bögen und Bastionen, den Kristallschnörkeln und prismatischen Säulen – reines Purpur, das die Sinne bezauberte, klare Grüntöne, die dunkel und schwer wirkten; wassergrün, blattgrün, smaragdgrün; dunkle und helle Blaus, ultramarin, kobaltblau und die mittleren Blautönungen; Reflexion und Nachhall von Scharlachrot, innere Lichtschatten, die keinen Namen hatten; auf vielen Oberflächen der Glanz der Zeit: eingeätzte metallische Filme. Als Etzwane und Finnerack langsam nach Osten schwebten, gingen die Sonnen unter; die Farben bewölkten sich mit Perlmuttschein und erstarben schnell. Etzwane dachte: Über all diese alte Größe herrsche ich. Ich kann jeder Laune nachgeben; ich kann nehmen, ich kann geben; ich kann erbauen oder niederreißen ... Er lächelte, er vermochte diese Vorstellung nicht zu akzeptieren; sie war künstlich und unwirklich.

Finnerack mußte zum erstenmal in Garwiy sein; Etzwane fragte sich, wie er reagieren mochte. Finnerack gab sich zumindest sichtlich unbeeindruckt. Er hatte einen einzigen, allesumfassenden Blick auf die Stadt geworfen und sich danach mehr für das Stadtvolk interessiert, das die Kavaleski-Avenue bevölkerte.

An einem Kiosk erstand Etzwane eine Zeitung. Die Farben schwarz, ocker oder braun erregten sofort seine Aufmerksamkeit. Er las:

»Aus Marestiy schlimme Kunde! Die Miliz und eine Horde Rogushkoi sind im Kampf aufeinandergestoßen. Die wilden Eindringlinge, die in Shkoriy schon großen Schaden angerichtet haben, ein Kanton, der nun völlig unter Rogushkoi-Herrschaft zu stehen scheint, entsandten eine Erkundungsgruppe nach Norden. An der Grenze verwehrte eine marestische Truppe den Fremden kühn den Durchgang, und der Kampf entbrannte. Obwohl zahlenmäßig weit unterlegen, drangen die roten Monstren weiter vor. Die Marestiyer verschossen Pfeile, womit sie eine gewisse Anzahl von Feinden töteten oder wenigstens verletzten; die Gegner drängten rücksichtslos weiter vor. Die marestische Miliz schlug eine flexible Taktik ein und zog sich in den Wald zurück, wo ihre Pfeile und Feuerbrände die Rogushkoi aufhielten. Die verräterischen Wilden verwendeten die Brandpfeile, um den Wald anzustecken, und die Miliz wurde wieder ins Freie getrieben. Hier wartete bereits eine andere Horde; die Miliz ging in die Falle und erlitt schwere Verluste, doch die Überlebenden haben sich Rache geschworen, sobald ihnen der Anome die nötige Kampfkraft verschafft. Alle sind sicher, daß die abscheulichen Wesen besiegt und vertrieben werden.«

Etzwane zeigte Finnerack die Meldung, der jedoch ein geradezu verächtliches Desinteresse zeigte. Etzwanes Aufmerksamkeit war inzwischen auf einen Kasten gelenkt worden, der mit dem Hellblau und Purpur eines Kommentars umrandet war:

»Hier werden die Anmerkungen Mialambre:Octagons

wiedergegeben, des angesehenen Obersten Richters von Wale: ›Die Jahre während und unmittelbar nach dem Vierten Palasedranischen Krieg waren entscheidend; in dieser Zeit wurde die Seele des Helden Viana Paizifiume geschmiedet. Er ist zu Recht der Schöpfer des modernen Shant genannt worden. Der Hundertjährige Krieg ergab sich zweifellos aus seiner Politik; trotz aller Schrecken scheint dieses Jahrhundert jetzt nur noch ein milder Schatten der Geschichte zu sein. Paizifiume schuf die fürchterliche Macht des Anome und als sein logisches Hilfsmittel den codierten Halsreif. Dies ist ein System, das in seiner Einfachheit schön ist – unnachgiebige Härte im Gleichgewicht gegen Verantwortung, Wirtschaftlichkeit und Tüchtigkeit – und das im wesentlichen zum Vorteil Shants gewirkt hat. Die Anome sind durchaus tüchtig gewesen; sie haben all ihre Verpflichtungen eingehalten – gegenüber den Kantonen, denen sie ihre traditionellen Stilrichtungen ließen; gegenüber den Patriziern, denen sie keine willkürlichen Beschränkungen auferlegten; gegenüber der Öffentlichkeit, der sie nichts Unmögliches abverlangten. Die bisherigen Kantonskriege und Plünderungen sind fast aus der Erinnerung getilgt und wären im augenblicklichen Stadium undenkbar.

Kritische Geister werden dennoch Fehler im System feststellen. Die Gerechtigkeit, eine menschliche Erfindung, ist so vielschichtig wie die Rasse selbst und hat von Kanton zu Kanton ein anderes Gesicht. Der Reisende muß sich in acht nehmen, damit er nicht gegen eine örtlich begrenzte Vorschrift verstößt. Ich führe hier das Beispiel jener unglücklichen Wanderer an, die im Kanton Havios beim Passieren eines Schreins nicht das Zeichen des Himmels, Magens und der Erde machten, zu ihrem Schaden; so auch die Jungfrauen, die so unvorsichtig waren, den Kanton Shalloran ohne Zertifikat zu betreten. Auch das Kontraktsystem hat Nachteile. Dennoch, wenn man alles in die Waagschale wirft, haben wir doch viele friedliche Jahrhunderte genießen dürfen.

Wäre das Studium der menschlichen Beziehungen eine Wissenschaft, ließe sich vielleicht ein Grundsatz wie folgt finden: *Jede soziale Anordnung schafft eine Ungleichheit der Vorteile. Weiter: Jede Erneuerung, die diese Ungleichheiten ausgleichen soll, wie altruistisch sie im Entwurf auch ist, bewirkt nur die Schaffung neuer und anderer Ungleichheiten.*

Ich führe dies hier an, weil die große Anstrengung, die Shant nun abverlangt ist, zweifellos unser Leben auf noch unvorstellbare Weise ändern wird.‹«

Etzwane schlug noch einmal den Namen des Verfassers nach. Mialambre:Octagon aus Wale ... Finnerack fragte etwas unwillig: »Wie lange willst du hier noch auf der Straße lesen?«

Etzwane winkte einen vorbeifahrenden Wagen herbei. »Zum Sershan-Palast.«

Nach einiger Zeit sagte Finnerack: »Wir werden verfolgt.«

Etzwane sah ihn überrascht an. »Bist du sicher?«

»Als du die Zeitung kauftest, trat ein Mann in blauem Cape zur Seite. Während deiner Lektüre hatte er uns den Rücken zugedreht. Als wir weitergingen, tat er dasselbe. Jetzt folgt uns ein Wagen.«

»Interessant«, sagte Etzwane.

Der Wagen bog links von der Kavaleski-Avenue auf die Parade der Chama Reyans ab. Ein Wagen, der in einigem Abstand hinter ihnen fuhr, wechselte ebenfalls die Richtung.

»Interessant«, sagte Etzwane erneut.

Eine Zeitlang rollten sie auf der Paradestraße entlang, bogen dann in die Metempe ein, eine Marmorstraße, die das zentrale Garwiy mit den drei Terrassen des Ushkadel verband. Similaxbäume hoben sich vor dem Himmel ab und warfen blaue Schatten auf die hellen Steine. Weiter hinten folgte unauffällig der andere Wagen.

Eine Straße zweigte links ab, von Spitzbäumen und Similax gesäumt. Etzwane rief dem Fahrer zu: »Hier abbiegen!«

Der Fahrer tätschelte den Hals des langbeinigen Pacers, und sofort schwang der Wagen nach links. »Halt«, sagte Etzwane und sprang ins Freie. »Nun fahr langsam weiter.«

Der Wagen verschwand; die Pacer gingen im Schritt. Etzwane lief zur Kreuzung zurück.

Stille, bis auf das Rascheln der Spitzblätter, dann das Klirren eines näherkommenden Fahrzeugs. Das Geräusch wurde lauter; der Wagen erreichte die Kreuzung. Ein Gesicht tauchte auf, starrte gespannt in die Nebenstraße. Etzwane trat vor; der Mann warf ihm einen verblüfften Blick zu, gab seinem Fahrer einen hastigen Befehl. Der Wagen fuhr auf der Metempe davon.

Etzwane kehrte zu Finnerack zurück, der ihm einen schiefen Blick zuwarf, in dem eine Reihe von Gefühlen zum Ausdruck kam: Ablehnung, Rechtfertigung, finsteres Amüsement und – eine unvorstellbare Mischung – Neugier und Gleichgültigkeit. Etzwane, der seine Beobachtungen zunächst für sich behalten wollte, sagte sich, daß er Finnerack schon weitgehend einweihen mußte, wenn seine Pläne einen Sinn haben sollten. »Der Oberste Diskriminator der Stadt neigt zu Intrigen. Das vermute ich wenigstens. Wenn ich getötet werde, kommt er als erster in Betracht.«

Finnerack knurrte etwas vor sich hin. Etzwane blickte nach hinten; niemand schien ihnen zu folgen.

Der Wagen bog auf den Mittelweg ein, als die grünen Straßenlaternen angingen. Sie fuhren den ganzen Bogen des Ushkadel entlang, vorbei an den Palästen der Ästheten, und erreichten schließlich das Portal der Sershans. Eine massive Glaskugel schimmerte hellblau und violett* vor dem Haus. Etzwane und Finnerack stiegen aus; der Wagen entschwand in der Dämmerung.

Etzwane durchquerte den Innenhof, lässig gefolgt von Finnerack. Etzwane lauschte; aus dem Innern des Gebäudes drangen die fast unmerklichen Laute, die von Routine und ruhigem Tagesablauf zeugten. War das nicht das Scharren der neuen Fibern eines Holzhorns? Etzwane verzog das Gesicht; er hatte eigentlich keine Ader für Intrige, Zwänge, große Pläne. Was für ein unvorstellbarer Umstand, daß er, Gastel Etzwane, zum Oberherrn Shants geworden war! Trotzdem immer noch besser er als Finnerack – so signalisierte ihm wenigstens sein Unterbewußtsein.

Etzwane verdrängte die dumpfe Vorahnung. Er führte

---

* In Shant wurde keine Farbe willkürlich benutzt. Eine grüne Torlampe bedeutete eine Feier und hieß in Verbindung mit purpurnen oder dunkelroten Lüstern alle Eintreffenden willkommen. Graugold zeugte von Trauer; violett deutete auf Formalität und auf die Beschränkung der Empfangsbereitschaft auf enge Freunde hin; blau oder blau mit violett bedeutete Zurückgezogenheit. Ein weißer Schein verkündete rituelle Anlässe.

Finnerack zum Eingang, wo ihm ein Diener auf sein Zeichen hin öffnete.

Etzwane und Finnerack traten in den Empfangssaal, in eine zauberhafte Umgebung aus Vitrangemälden, auf denen sich Nymphen in idyllischen Landschaften tummelten. Zögernd trat Aganthe vor. Er wirkte erschöpft und ein wenig ungepflegt, als hätten die Ereignisse seine Moral untergraben; er musterte Etzwane mit einem Hoffnungsstrahl in den Augen. Etzwane fragte: »Ist alles gut verlaufen?«

»Nein«, erwiderte Aganthe nachdrücklich. »Der alte Sershan-Palast ist noch nie so mißbraucht worden. Die Musiker spielen wilde Stücke im Perlen-Salon; die Kinder schwimmen im Gartenbrunnen; die Männer haben ihre Wagen auf dem Paradeweg aufgestellt. Sie hängen Wäscheleinen zwischen den Namensbäumen auf; sie verstreuen Abfall ohne Rücksicht. Lord Sajarano ...« Aganthes Redefluß stockte.

»Na?« fragte Etzwane. »Was ist mit Lord Sajarano?«

»Wieder muß ich offen sprechen, wie du es verlangst. Ich habe oft angenommen, daß Lord Sajarano vielleicht an einer Nervenkrankheit leidet, und mich über sein seltsames Verhalten gewundert. Nun habe ich Lord Sajarano seit einiger Zeit nicht mehr gesehen und fürchte eine Tragödie.«

»Bring mich zu dem Musiker Frolitz«, sagte Etzwane.

»Du findest ihn im Großen Salon.«

Frolitz trank Wildrose-Wein aus einem großen Silberkelch und beobachtete düster drei Kinder der Truppe, die sich um den Besitz einer handgemalten Geographie von West-Caraz stritten. Als er Etzwane und Finnerack erblickte, wischte er sich den Mund und stand auf: »Wo bist du so lange gewesen?«

»Ich habe den ganzen Süden bereist«, erwiderte Etzwane mit der altgewohnten Schüchternheit. »Natürlich in aller Eile. Ich hoffe, die Ruhe ist euch bekommen?«

»So etwas ist sinnlos«, erwiderte Frolitz heftig. »Die Truppe rostet.«

»Was ist mit Sajarano?« fragte Etzwane. »Hat er euch Schwierigkeiten gemacht?«

»Absolut nicht; er ist sogar verschwunden. Wir haben uns sehr gewundert.«

Etzwane ließ sich in einen Stuhl sinken. »Wie und wann ist er verschwunden?«

»Vor fünf Tagen. Aus seinem Turm. Die Treppe war bewacht; er benahm sich nicht verwirrter als sonst. Als man ihm das Abendessen bringen wollte, stand das Fenster offen. Er war verschwunden wie ein Eirmelrath*.«

Die drei suchten sofort Sajaranos Privatgemächer auf. Etzwane blickte aus dem Fenster. Unter ihm breiteten sich Moosbänke aus. »Keine Spuren!« erklärte Frolitz. »Kein Vogel ist auf dem Moos gelandet!«

Eine schmale Treppe verband den Turm mit den unteren Stockwerken. »Und hier saß Mielke, saß auf diesen Stufen und besprach sich mit einem Zimmermädchen. Gewiß – sie waren nicht darauf gefaßt, daß Sajarano fliehen wollte; doch schien die Chance gering zu sein.«

»Hatte Sajarano ein Seil im Zimmer? Hätte er die Vorhänge oder das Bettzeug zerreißen können?«

»Auch wenn er an einem Seil hinabgeklettert wäre, hätte er das Moos aufgewühlt. Das Bettzeug war heil.« Frolitz sprang auf. Er breitete mit bebenden Fingern die Arme aus und fragte: »Wie ist er also verschwunden? Ich habe ja schon viele Rätsel erlebt, aber so etwas noch nicht.«

Wortlos zog Etzwane sein Kontrollgerät aus der Tasche. Er gab Sajaranos Code ein und drückte den roten Suchknopf; das Instrument surrte sofort. Er schwang das Gerät im Bogen herum; das Piepsen wurde leiser, verstummte dann. »Wie Sajarano auch geflohen ist – er hat keine große Entfernung zurückgelegt«, sagte Etzwane. »Er scheint oben im Ushkadel zu sein.«

Begleitet von Finnerack und Frolitz, marschierte Etzwane in die Nacht hinaus. Sie durchquerten den Ziergarten und erklommen eine Alabastertreppe. Die Skiafarilla warf ihr weißes Licht über die Landschaft und wies ihnen den Weg. Sie erreichten einen Pavillon aus glattem weißen Glas, in dem die sershanschen Privatfeiern stattfanden, und schoben sich durch einen dichten Hain aus Similaxbäumen, Zypressen und Elfenbeinbäumen, bis sie den Oberen Weg erreich-

---

* *Eirmelrath:* ein böser Geist des Kantons Grünstein.

ten. Das Suchgerät führte sie nicht nach rechts oder links, sondern geradeaus in den dunklen Wald oberhalb des Hohen Weges.

Frolitz begann zu murren. »Nach Talent und Neigung bin ich Musiker, kein Waldläufer oder Pfadfinder.«

»Ich bin kein Musiker«, sagte Finnerack und starrte in den Wald hinein. »Trotzdem halte ich es für ratsam, nur mit Laternen und Waffen weiterzugehen.«

Frolitz reagierte heftig auf die Unterstellung Finneracks. »Ein Musiker kennt keine Furcht! Manchmal erkennt er nur die Realität; ist das Angst? Du sprichst wie ein Mann, der mit dem Kopf über den Wolken schwebt.«

»Finnerack ist kein Musiker«, sagte Etzwane. »Das haben wir nun festgestellt. Trotzdem wollen wir Lampen und Waffen holen.«

Eine halbe Stunde später kehrten sie zum Hohen Weg zurück, mit Glaslaternen und antiken Schwertern aus geschmiedetem Eisenkorn bewaffnet. Etzwane hatte auch die Energiepistole mitgebracht, die Ifness ihm gegeben hatte.

Sajarano von Sershan hatte sich nicht von der Stelle gerührt. Dreihundert Meter vom Waldrand entfernt, hoch im Ushkadel, fanden sie seine Leiche, auf einem Bett aus weißem und grauem Farnkraut liegend.

Die drei schwangen nervös ihre Laternen; die Strahlen zuckten durch die Schatten zwischen den Büschen. Nacheinander wandten sie sich der Gestalt zu ihren Füßen zu. Sajarano, der schon zu Lebzeiten nicht imposant gewirkt hatte, sah nun wie ein zwergenhaftes Kind aus, die dünnen Beine gerade ausgestreckt, den Rücken wie im Schmerz gekrümmt, die zarte Dichterstirn in das Farnkraut gedrückt. Sein violettes Samtjackett war zerknittert, die knochige Brust lag entblößt, und darin klaffte eine tiefe Wunde.

Etzwane hatte schon einmal eine solche Wunde gesehen, im Körper des Wohltäters Garstang, am Tag nach dessen Tod.

»Das ist kein guter Anblick«, meinte Frolitz.

Finnerack knurrte, als wollte er andeuten, er habe weitaus Schlimmeres gesehen.

»Vielleicht sind die Ahulphs hier gewesen«, murmelte Etzwane. »Sie kommen womöglich zurück.« Wieder ließ er den Strahl seiner Laterne über die Büsche wandern. »Am besten begraben wir ihn.«

Mit Schwerterklingen und Händen kratzten sie ein flaches Grab in den Waldboden, und bald darauf war von Sajarano von Sershan, einstiger Anome Shants, nichts mehr zu sehen.

Die drei wanderten zum Hohen Weg zurück, wo sie wie auf ein Zeichen hin noch einmal hügelaufwärts blickten. Dann kehrten sie zum Sershan-Palast zurück.

Frolitz blieb vor den großen Glastüren stehen. »Gastel Etzwane«, sagte er. »Ich will von diesem Palast nichts mehr wissen. Wir haben das beste Essen und die besten Liköre genossen; wir besitzen nun die schönsten Instrumente in Shant. Doch wollen wir uns nichts vormachen: wir sind Musiker, keine Ästheten, und es wird Zeit, daß wir abreisen.«

»Eure Arbeit ist getan«, stimmte Etzwane zu. »Am besten kehrt ihr in euer altes Leben zurück.«

»Was ist mit dir?« fragte Frolitz. »Verläßt du die Truppe? Wo finde ich Ersatz? Muß ich deinen Part etwa mit übernehmen?«

»Ich stehe im Kampf gegen die Rogushkoi«, sagte Etzwane, »eine Situation, die wichtiger ist als eine gute Balance in der Truppe.«

»Können die anderen nicht die Roghushkoi töten?« knurrte Frolitz. »Warum müssen die Musiker Shants in die vorderste Linie treten?«

»Wenn die Rogushkoi fort sind, komme ich zur Truppe zurück, und dann spielen wir weiter, bis die Ahulphs von den Hügeln kommen. Bis dahin ...«

»Ich will nichts davon hören«, sagte Frolitz. »Töte Rogushkoi am Tage, wenn es dir gefällt. Aber am Abend ist dein Platz bei der Truppe!«

Etzwane lachte leise, halb überzeugt, daß Frolitz' Vorschlag vernünftig war. »Ihr kehrt zurück zu Fontenay?«

»Auf der Stelle. Was hält dich noch hier?«

Etzwane blickte auf den Palast, in dem Sajaranos Persönlichkeit jeden Raum erfüllte. »Geh voraus zu Fontenay«, sagte Etzwane. »Finnerack und ich kommen bald nach.«

»Das nenne ich ein vernünftiges Wort!« nickte Frolitz. »Es ist noch nicht zu spät für ein paar gute Melodien!« Trotz seiner vorherigen Erklärungen marschierte er nun in den Palast, um seine Truppe zusammenzurufen.

Finnerack sagte trocken: »Ein Mann fliegt von einem hohen Turm und wird mit einem Loch in der Brust gefunden, als habe ein Ahulph ihn mit einem Bohrer gekostet. Sieht das Leben in Garwiy so aus?«

»Dies alles geht über meinen Verstand«, sagte Etzwane. »Obwohl ich schon einmal so etwas gesehen habe.«

»Das mag ja sein ... Jetzt bist du also Anome ... ohne Konkurrenz oder Qualifikation.«

Etzwane warf Finnerack einen kalten Blick zu. »Warum sagst du das? Ich bin nicht der Anome.«

Finnerack lachte heiser. »Warum hat der Anome Sajaranos Tod nicht schon vor fünf Tagen entdeckt? Immerhin ist dies ein schwerwiegender Vorfall. Warum hast du dich nicht mit dem Anome in Verbindung gesetzt? Wenn es ihn gäbe, würdest du an nichts anderes denken; statt dessen streitest du dich mit Frolitz herum und gedenkst Musik zu machen. Daß Gastel Etzwane wahrscheinlich Anome ist, kommt mir schon seltsam genug vor, aber daß er es nicht sein sollte, kommt nicht mehr in Frage.«

»Ich bin nicht Anome«, sagte Etzwane. »Ich bin ein verzweifelter Notbehelf, ein Mann, der gegen seine eigenen Fehler ankämpft. Der Anome ist tot; hier klafft eine Lücke. Ich muß die Illusion erwecken, als sei alles in Ordnung. Eine Weile mag mir das gelingen; die Kantone verwalten sich selbst. Aber die Arbeit des Anome häuft sich an: Petitionen bleiben unbeantwortet, Köpfe werden nicht genommen, Verbrechen bleiben ungesühnt; früher oder später stößt ein schlauer Mann wie Aun Sharah auf die Wahrheit. Inzwischen bin ich gezwungen, Shant nach besten Kräften gegen die Rogushkoi zu mobilisieren.«

Finnerack grunzte zynisch. »Und wer soll dann Anome sein? Der Erdenmensch Ifness?«

»Der ist zur Erde zurückgekehrt. Ich habe zwei Männer im Auge: Dystar, den Druithine, und Mialambre:Octagon. Beide sind vielleicht geeignet.«

»Hm ... Und wie passe ich in deine Pläne?«

»Du mußt mir den Rücken freihalten. Ich will nicht so sterben wie Sajarano.«

»Wer hat ihn umgebracht?«

Etzwane starrte in die Dunkelheit. »Das weiß ich nicht. Viele seltsame Dinge geschehen in Shant.«

Finnerack entblößte die Zähne zu einem verkniffenen Grinsen. »Ich will auch nicht sterben. Du bittest mich, deine Risiken zu teilen, die offenbar groß sind.«

»Das ist wahr. Aber haben wir nicht beide ein Motiv? Wir beide wünschen uns Frieden und Gerechtigkeit in Shant.«

Wieder knurrte Finnerack vor sich hin; Etzwane hatte nichts mehr zu sagen. Die beiden Männer gingen in den Palast und riefen Aganthe herbei. »Herr Frolitz und seine Truppe verlassen den Palast«, sagte Etzwane. »Sie kommen nicht zurück, du kannst also das Haus in Ordnung bringen.«

Aganthes Gesicht hellte sich auf. »Das ist wirklich eine gute Nachricht! Aber was ist mit Lord Sajarano! Er ist nicht im Palast. Das ist ein Grund zur Sorge.«

»Lord Sajarano ist auf Reisen«, sagte Etzwane. »Verschließ sorgfältig den Palast; sorg dafür, daß niemand eindringen kann. Ich treffe in Kürze weitere Maßnahmen.«

»Ich lebe für deine Befehle.«

Als sie den Palast verließen, fuhr Frolitz mit seiner Truppe bereits ab; Räder knirschten, und die Männer warfen sich scherzhafte Bemerkungen zu.

Etzwane und Finnerack gingen langsam die Koronakhe-Treppe hinab. Die Skiafarilla war hinter dem Ushkadel untergegangen, dafür waren Gorcula der Drachenfisch und Alasen und Diandas am Himmel erschienen. Finnerack begann sich immer wieder umzublicken, und Etzwane ließ sich von seiner Unruhe anstecken. »Hast du etwas gesehen?«

»Nein.«

Etzwane ging schneller; sie erreichten die bleiche Fläche des Marmione-Platzes; hier verharrten sie im Schatten neben dem Brunnen. Niemand folgte ihnen. Beruhigt bogen sie in die Galias-Avenue ein und erreichten schließlich Fontenays Schänke am Ufer des Jardeen.

Sie saßen in einer Ecke des Gastraumes und verzehrten ein Abendbrot aus gekochten Muscheln, Brot und Ale. Sich in dem vertrauten Raum umsehend, berichtete Etzwane von seinen Abenteuern nach seiner Flucht von der Angwin-Kreuzung. Er beschrieb den Überfall der Rogushkoi auf Bashon und die nachfolgenden Ereignisse; er sprach von seiner Partnerschaft mit Ifness, dem zurückhaltenden und vielseitigen Mitglied des Historischen Instituts. In diesem Raum hatte Etzwane die zauberhafte Jurjin kennengelernt, die nun wie Sajarano und Garstang tot war. »All diese Ereignisse haben etwas Rätselhaftes. Ich bin fasziniert und verwirrt; zugleich fürchte ich eine schreckliche Wahrheit.«

Finnerack rieb sich das Kinn. »Ich teile deine Faszination nicht, doch riskiere ich die volle Macht dieser Wahrheit.«

Etzwane empfand eine Anflug von Ärger. »Nun kennst du die Umstände; wie lautet deine Entscheidung?«

Finnerack trank sein Ale und setzte schwungvoll den Krug hin; die entschiedenste Geste, die Etzwane bisher bei ihm bemerkt hatte. »Ich mache mit, und zwar aus folgendem Grund: um meiner eigenen Ziele willen.«

»Ehe wir weiterreden: was sind das für Ziele?«

»Das weißt du doch. In Garwiy und überall in Shant wohnen reiche Männer in Palästen. Sie erwarben ihren Reichtum, indem sie mich und andere um unser Leben betrogen. Sie müssen Entschädigung zahlen. Es soll sie teuer zu stehen kommen – zahlen müssen sie, ehe ich sterbe!«

Etzwane sagte tonlos: »Deine Ziele sind verständlich. Doch mußt du sie im Augenblick außer acht lassen, damit sie die wichtigen Dinge nicht stören.«

»Die Rogushkoi sind unser vordringlicher Gegner«, sagte Finnerack. »Wir werden sie nach Palasedra zurücktreiben und es dann den Magnaten mit gleicher Waffe heimzahlen.«

»Soviel kann ich dir nicht versprechen«, sagte Etzwane. »Faire Wiedergutmachung, ja. Abstellung von Übelständen, ja. Rache – nein.«

»Die Vergangenheit läßt sich nicht auslöschen«, sagte Finnerack grimmig.

Etzwane verfolgte das Thema nicht weiter. Er mußte zunächst mit Finnerack zurechtkommen. Was die Zukunft bringen mochte, wußte er nicht. Notfalls würde er rücksichtslos vorgehen. Er griff in die Tasche. »Ich gebe dir nun das Instrument, das ich dem Wohltäter Garstang abgenommen habe. Und so gibt man den Code eines Halsreifs ein.« Etzwane führte die Handgriffe vor. »Und denk daran! Hier der kritische Vorgang. Du mußt zuerst auf ›grau‹ drücken, um die Selbstvernichtungszelle außer Kraft zu setzen. ›Rot‹ gilt für die Suche, ›gelb‹ bringt den Tod.«

Finnerack untersuchte das Gerät. »Und das soll ich behalten?«

»Bis ich dich bitte, es mir zurückzugeben.«

Finnerack musterte Etzwane mit schiefem Grinsen. »Wenn ich nun machthungrig wäre? Ich brauche nur den Code deines Halsreifs einzugeben und auf den gelben Knopf zu drükken. Dann wäre Jerd Finnerack Anome.«

Etzwane zuckte die Achseln. »Ich vertraue auf deine Loyalität.« Er hielt es für sinnlos, zu erklären, daß sein Halsreif anstelle des Dexax ein Warngerät enthielt.

Finnerack betrachtete stirnrunzelnd das Suchgerät. »Wenn ich das annehme, lasse ich mich auf deine Pläne ein.«

»Richtig.«

»Im Augenblick führt unser Lebensweg in dieselbe Richtung.«

Etzwane erkannte, daß er mehr nicht erwarten durfte. »Der Mann, dem ich am meisten mißtraue«, sagte er, »ist der Oberste Diskriminator. Er allein wußte von meinem Interesse an Lager 3.«

»Was ist mit den Angestellten des Ballon-Wegs? Sie haben auch davon gewußt, und vielleicht wurde von ihrer Seite aus gehandelt.«

»Das ist unwahrscheinlich«, sagte Etzwane. »Im Zuge ihrer Arbeit stellen die Diskriminatoren oft solche Ermittlungen an. Warum sollte für den Ballon-Weg Jerd Finnerack ein besonderer Mann sein? Nur Aun Sharah konnte dich mit mir in Verbindung bringen. Ich werde ihm morgen die Flügel beschneiden ... Endlich, da ist ja auch Frolitz.«

Frolitz entdeckte sie sofort und kam an den Tisch. »Ihr seid gekommen; meine Worte waren weise!«

»Ich will mit dem Sershan-Palast nichts mehr zu tun haben; darin stimme ich dir zu!«

»Sehr umsichtig. Und da kommt auch schon die Truppe, wie eine Horde Dockarbeiter. Etzwane, auf die Plattform!«

Als er das vertraute Kommando hörte, erhob sich Etzwane automatisch, ließ sich dann wieder auf seinen Stuhl sinken. »Meine Hände sind steif; ich kann nicht spielen.«

»Komm, komm!« sagte Frolitz aufgebracht. »Das weiß ich besser. Öle deine Gelenke mit der Guizol; Cune kann die Tringelot spielen, ich nehme die Khitan.«

»Um ehrlich zu sein, steht mir heute nicht der Sinn nach Musik.«

Frolitz wandte sich angewidert ab. »Dann hör wenigstens zu. Im letzten Moment habe ich mehrere Passagen geändert; paß gut auf.«

Etzwane lehnte sich zurück. Von der Plattform kam der geliebte Lärm von Instrumenten, die gestimmt wurden; dann ertönten Frolitz' Anweisungen und ein oder zwei Antworten, Frolitz nickte, ließ den Ellbogen zucken, und wieder erstand das vertraute Wunder: aus Chaos wurde Musik.

7

Etzwane und Finnerack frühstückten in einem Café am Gesellschaftsplatz. Finnerack hatte sich von Etzwane Geld geben lassen und war einkaufen gegangen: nun trug er schwarze Stiefel und ein flottes schwarzes Cape mit einem steifen, altmodisch runden Kragen. Etzwane überlegte, ob Finneracks neue Aufmachung einen Wechsel seiner Ansichten signalisierte, oder ob sie nur den alten Zustand unterstrich.

Etzwane richtete seine Gedanken wieder auf die Probleme der Gegenwart. »Heute haben wir viel zu tun. Erstens: Wir besuchen Aun Sharah, dessen Büro hier am Platz liegt. Er ist sicher sehr nachdenklich geworden; er hat wahrscheinlich viele Pläne geschmiedet und sie – hoffentlich – alle wieder verworfen. Er weiß, daß wir wieder in Garwiy sind, vermutlich auch, daß wir gerade hier sitzen. Vielleicht geht er sogar kühn zum Angriff über und kommt hierher zu uns.«

Sie blickten über den Platz, entdeckten jedoch keine Spur von Aun Sharah.

Etzwane sagte: »Stell deinen Sender auf seinen Code ein.« Er zählte Aun Sharahs Reiffarben auf. »Zuerst den grauen Knopf berühren, das darfst du nie vergessen ... Gut. Jetzt sind wir gewappnet.«

Sie überquerten den Platz, betraten das Jurisdiktional und erklommen die Stufen zu den Räumen der Diskriminatoren.

Wie schon einmal begrüßte Aun Sharah seinen Gast bereits im Vorzimmer. Er trug einen engen dunkelblauen Anzug mit dazu passenden Tuchschuhen, und ein schimmernder Saphir an einer kurzen Silberkette zierte sein linkes Ohr. Er schlug einen vertraulichen Tonfall an. »Ich habe euch erwartet. Dies ist Jerd Finnerack, nehme ich an?«

Sie betraten Aun Sharahs Büro. Etzwane fragte: »Wie lange bist du schon zurück?«

»Fünf Tage.« Aun Sharah berichtete von seiner Reise; er hatte in den Kantonen ähnliche Erfahrungen gemacht wie Etzwane – die Palette reichte von dumpfer Apathie bis zu ernsthaften Anstrengungen.

»Meine Feststellungen sind identisch«, sagte Etzwane. »Und das entspricht etwa unseren Erwartungen. Ein Vorfall im Kanton Glaiy macht mir jedoch Sorgen. Als ich im Lager 3 eintraf, wußte der Oberaufseher, ein gewisser Shirge Hillen, schon vorher von meinem Besuch und empfing mich ausgesprochen feindselig. Wie ist ein solches Verhalten zu erklären?«

Aun Sharah blickte nachdenklich über den Platz. »Wahrscheinlich haben meine Erkundigungen beim Ballon-Weg überall die Alarmglocken läuten lassen. Die Leute sind sehr empfindlich, was ihre Arbeitspolitik angeht.«

»Offenbar gibt es keine andere Erklärung«, sagte Etzwane und sah zu Finnerack hinüber, der sein Schweigen nicht brach. Etzwane lehnte sich zurück. »Der Anome meint, daß er nun drastische Veränderungen vornehmen muß. Er kann ein friedliches Shant regieren; die Energien eines Landes im Kriegszustand übersteigen jedoch seine Kontrollmöglichkeiten; gewisse Vollmachten müssen delegiert werden. Er meint, daß ein Mann von deinen Fähigkeiten auf einem solchen Posten vergeudet ist.«

Aun Sharah lächelte. »Ich bin ein Mann mit beschränkten Fähigkeiten in einer beschränkten Position; dies ist mein Platz. Ich habe keinen Ehrgeiz.«

Etzwane schüttelte den Kopf. »Man soll sich selbst nie unterschätzen, der Anome tut das jedenfalls nicht.«

Ziemlich kurzangebunden fragte Aun Sharah: »Was hast du vor?«

Etzwane überlegte einen Augenblick lang. »Ich möchte, daß du die Materialien Shants verwaltest – die Metalle, Fasern, Glas- und Holzvorräte. Dies ist offenkundig eine komplizierte Aufgabe, und ich empfehle, daß du dir Zeit dazu nimmst – drei oder vier Tage, vielleicht sogar eine Woche –, um dich mit der neuen Arbeit vertraut zu machen.«

Aun Sharah hob fragend die Augenbrauen. »Du wünschst, daß ich diesen Posten verlasse?«

»Genau. Ab sofort bist du nicht mehr Oberster Diskriminator, sondern Leiter der Materialbeschaffung. Geh nach Hause, überleg dir deine neuen Pflichten. Studiere die Kantone Shants und ihre Produkte, bring in Erfahrung, welche Waren knapp sind und welche nicht. Inzwischen ziehe ich in dein Büro; ich habe nämlich keines.«

Aun Sharah fragte ungläubig: »Du willst, daß ich gehe – sofort?«

»Ja. Warum nicht?«

»Aber – meine persönlichen Akten ...«

»›Persönlich‹? Dinge, die nichts mit dem Amt des Obersten Diskriminators zu tun haben?«

Aun Sharahs Lächeln verzerrte sich etwas. »Persönliche Dinge, Notizen ... Dies alles kommt so plötzlich.«

»Notwendigerweise. Die Ereignisse entwickeln sich mit Tempo; ich habe keine Zeit für Formalitäten. Wo ist die Liste mit dem Personal der Diskriminatoren?«

»Dort im Schrank.«

»Sind darin auch deine inoffiziellen Agenten enthalten?«

»Nicht alle.«

»Du hast also eine ergänzende Liste?«

Aun Sharah zögerte, griff dann in die Tasche und zog ein Notizbuch heraus. Er blätterte es auf, runzelte die Stirn, riß vorsichtig eine Seite heraus und legte sie auf den Tisch. Etzwane überflog eine Liste mit einem Dutzend Namen, jeweils gefolgt von einem Codesymbol. »Womit sind diese Personen befaßt?«

»Es handelt sich um inoffizielle Spezialisten. Könnte man sagen. Dieser Mann unterrichtet mich über Gifte, dieser über ungesetzliche Kontrakte; diese beiden über Angelegenheiten der Ästheten, bei denen es überraschenderweise manchmal zu Verbrechen kommt. Und diese drei sind Hehler.«

»Und was ist mit diesem Mann?«

»Ein Ahulph-Besitzer – zum Spurensuchen.«

»Und der hier?«

»Das gleiche – die anderen auch.«

»Alle besitzen Ahulphs?«

»Darüber habe ich keine genauen Informationen. Vielleicht besorgen sich einige die Ahulphs auf anderem Wege.«

»Aber alle sind Spurensucher?«

»Das nehme ich wenigstens an.«

»Wir haben also keine anderen Spione oder Spurensucher?«

»Du hast jetzt die gesamte Liste«, sagte Aun Sharah knapp. »Ich nehme nun einige persönliche Dinge an mich.« Er zerrte eine Schublade seines Tisches auf und nahm ein graues Buch, eine Pfeil-Pistole, eine dekorative Eisenkette mit einem Eisenmedaillon und einige andere Gegenstände heraus. Etzwane und Finnerack beobachteten ihn ruhig. Zum erstenmal ergriff Finnerack das Wort: »Das Buch ist Privatbesitz?«

»Ja. Vertrauliche Informationen.«

»Vertraulich gegenüber dem Anome?«

»Es sei denn, er würde sich für mein Privatleben interessieren.«

Finnerack schwieg.

Aun Sharah ging zur Tür und drehte sich dort um. »Die Veränderungen, die du hier vornimmst – sind sie der Wille des Anome oder der deine?«

»Sie sind die des neuen Anome. Sajarano von Sershan ist tot.«

Aun Sharah lachte kurz auf. »Ich hatte auch kaum angenommen, daß er diese Sache überleben würde.«

»Er starb auf eine Weise, die mir und dem neuen Anome rätselhaft ist«, sagte Etzwane gelassen. »Shant ist heutzutage ein seltsames Land.«

Aun Sharahs Gesicht nahm einen nachdenklichen Ausdruck an. Er öffnete den Mund, überlegte es sich dann jedoch anders und schwieg. Mit heftiger Bewegung wandte er sich ab und verließ das Büro.

Etzwane und Finnerack machten sich sofort an die Durchsuchung der Schränke und Regale. Sie prüften die Liste und wunderten sich über die seltsamen Symbole, die Aun Sharah hinter vielen Namen verzeichnet hatte. Sie fanden detailgetreue Karten für jeden Kanton Shants und für die Städte Garwiy, Maschein, Brassei, Ilwiy, Carbado, Whearn, Ferghez und Oswiy. Register verzeichneten alle wichtigen Männer jedes Kantons, mit Verweisen auf ein Hauptarchiv und weitere Symbole Aun Sharahs; ebenso gab es detaillierte Studien über die Ästheten Garwiys, wiederum mit einer Anzahl geheimnisvoller Vermerke.

»Nicht weiter wichtig«, sagte Etzwane. »Aun Sharahs Notizen sind in einem Jahr überholt. Sie beziehen sich auf das alte Shant; wir haben kein Interesse an Geheimnissen und Skandalen. Auf jeden Fall möchte ich die Diskriminatoren neu organisieren.«

»Und wie?«

»Sie fungieren zur Zeit als Zivil- und Kantonspolizei; sie sammeln auch Informationen in ganz Shant. Ich möchte diese letzte Funktion abtrennen und eine neue landesweite Organisation schaffen, die dem Anome detaillierte Informationen über ganz Shant beschafft.«

»Eine interessante Vorstellung. Ich würde so eine Organisation gern leiten.«

Etzwane lachte innerlich. Finnerack war manchmal so leicht zu durchschauen. »Unser erstes Problem ist die Identität der Männer, die uns gestern abend gefolgt sind. Ich möchte, daß du zunächst diese Suche organisierst. Mach dich mit den Diskriminatoren bekannt, setze eine Personalbesprechung an. Teile allen mit, daß Aun Sharah nicht mehr Oberster Diskriminator ist und bald alle Anordnungen nun von mir ausgehen. Ich möchte mir so bald wie möglich alle Agenten ansehen, auch die offiziellen und inoffiziellen Spurensucher. Ich würde den Mann sofort wiedererkennen.«

Finnerack zögerte. »Das ist ja alles gut und schön – aber wie soll ich vorgehen?«

Etzwane überlegte einen Augenblick. Auf Aun Sharahs Tisch befand sich eine Reihe Knöpfe. Etzwane drückte auf den obersten Knopf. Sofort betrat ein Schreiber das Zimmer, ein rundlicher, diensteifriger Mann, kaum älter als Etzwane.

Etzwane sagte: »Der bisherige Oberste Diskriminator ist auf Befehl des Anome nicht mehr im Amt. Von nun an nimmst du deine Befehle nur noch von mir und von Jerd Finnerack entgegen, der hier neben mir steht. Verstanden?«

»Ja.«

»Wie heißt du?«

»Ich heiße Thiruble Archenway und habe den Status eines Leutnantschreibers.«

»Dieser oberste Knopf ist für dich. Was bedeuten die anderen Knöpfe?«

Archenway erklärte die Funktion der verschiedenen Leitungen, während sich Etzwane Notizen machte. »Ich habe mehrere Aufträge für dich, die sofort erledigt werden müssen«, sagte Etzwane. »Erstens machst du Jerd Finnerack überall im Amt bekannt. Er wird gewisse Arrangements treffen. Dann möchte ich, daß du auf Anordnung des Anome so schnell wir möglich drei Männer zu uns bestellst. Erstens: Ferulfio, den Obersten Elektriker. Zweitens: den Technisten Doneis. Drittens: Mialambre:Octagon, Oberster Richter von Wale.«

»Ich eile.« Thiruble Archenway verbeugte sich vor Finnerack. »Wenn du bitte hier entlang ...«

»Moment noch«, sagte Etzwane.

Archenway fuhr herum. »Ja?«

»Was sind normalerweise deine Aufgaben?«

»Ich erledige Aufträge, wie du sie mir eben gegeben hast. Ich überwache den Terminkalender des Obersten Diskriminators, treffe Vereinbarungen, prüfe die Post, überbringe Nachrichten.«

»Ich betone nochmals, daß Aun Sharah mit den Diskriminatoren nichts mehr zu tun hat. Ich möchte, daß aus diesem Büro keine Informationen, keine Hinweise oder Andeutungen weitergegeben werden, auch nicht durch müßiges Geschwätz mit Außenstehenden. Vielleicht solltest du ein entsprechendes Rundschreiben erlassen.«

»Wie du befiehlst.«

Ferulfio, der Oberste Elektriker, war ein dünner bleicher Mann mit beweglichen Augen. »Ferulfio«, sagte Etzwane, »du hast den Ruf, ein verschlossener, diskreter Mann zu sein.«

»Stimmt.«

»Du und ich – wir gehen jetzt zum Sershan-Palast; ich werde dich in ein Zimmer führen, das die Funkgeräte des ehemaligen Anome enthält. Du wirst die Geräte in dieses Büro bringen und dort an der Wand installieren.«

»Wie du befiehlst.«

Etzwane, dem Aun Sharahs Schreibtisch nicht gefiel, ließ das Möbelstück entfernen. Er ließ zwei grüne Lederdiwane bringen, ebenso zwei Stühle aus purpurnem Holz, die mit blauem Leder bespannt waren, dazu einen langen Tisch, auf den ein schlankes hübsches Archivmädchen, das Etzwane verstohlene Blicke zuwarf, einen Strauß Irutiane und Amaryllis stellte.

Archenway betrat das Büro und sah sich um. »Sehr angenehm; eine hübsche Einrichtung. Du brauchst auch einen neuen Teppich. Ich will mal überlegen ...« Er schritt auf und ab. »Ein Blumenteppich, vielleicht einen Teppich aus der Vierten Legende, violett und korallenrot? Wäre aber ein wenig zu definitiv, zu eng; immerhin möchte man ja seine Stimmungen selbst finden. Dann lieber einen Aubrey-Konzentrischen, die durchweg schön sind. Kenner halten sie für schlecht proportioniert, doch ich finde ihre Verzerrung hübsch und amüsant ... Vielleicht wäre aber ein Burazhesq am besten, dunkelgrau, thracide*, dunkelbraun.«

---

* *Thracide:* ein dunkles, intensives Karminrot.

»Einverstanden«, sagte Etzwane. »Bestell einen solchen Teppich. Wir alle wollen in angenehmer Umgebung arbeiten.«

»Genau das meine ich auch!« rief Archenway. »Ich muß leider vermelden, daß mein Büro in diesem Punkt sehr unzulänglich ist. Ich könnte viel besser nach vorn hinaus arbeiten, in einem größeren und helleren Raum.«

»Stehen solche Büros nicht leer?«

»Im Augenblick nicht«, räumte Archenway ein. »Ich kann natürlich Veränderungen empfehlen. Ja, wenn du gestattest, bereite ich eine Aufstellung längst fälliger Veränderungen vor.«

»Alles zu seiner Zeit«, sagte Etzwane. »Wir können ja nicht alles auf einmal tun.«

»Ich wäre dankbar, wenn du die Angelegenheit im Auge behältst«, sagte Archenway. »Ich sitze jetzt im Halbdunkel; jedesmal, wenn die Tür aufgeht, trifft sie mich am Bein, und die Farben sind trotz aller Mühen bedrückend ... Übrigens erwartet der Technist Doneis deine Aufmerksamkeit.«

Etzwane fuhr erstaunt herum. »Du läßt Doneis warten, während du hier über Teppiche und deine Bürosorgen plauderst? Preise dich glücklich, wenn du heute abend überhaupt noch ein Büro hast!«

Verwirrt eilte Archenway aus dem Zimmer und geleitete den hageren, dürren Doneis herein. Etzwane führte den Technisten zu einem Diwan und setzte sich ihm gegenüber. »Du hast noch keinen Bericht vorgelegt«, sagte er. »Ich bin begierig zu erfahren, was erreicht worden ist.«

Doneis entspannte sich nicht; er saß aufrecht da. »Ich habe keinen Bericht eingereicht, weil wir nichts Berichtenswertes erreicht haben. Du brauchst mich nicht an die Eilbedürftigkeit zu erinnern; ich begreife das durchaus. Wir tun unser Bestes.«

»Hast du mir überhaupt nichts zu sagen?« fragte Etzwane. »Wie sehen eure Probleme aus? Braucht ihr Geld? Mehr Personal? Gibt es Ärger mit der Arbeitsmoral? Fehlt es dir an Autorität?«

Doneis hob die Augenbrauen. »Wir brauchen kein Geld und auch kein weiteres Personal, es sei denn, du könntest uns fünf hochintelligente Erfinder zur Verfügung stellen. Zunächst gab es disziplinarische Probleme; wir sind es nicht gewöhnt, zusammenzuarbeiten. Damit steht es nun besser. Wir haben einen Weg eingeschlagen, der vielleicht zu Ergebnissen führt. Interessierst du dich für Einzelheiten?«

»Natürlich!«

»Es gibt da eine längst bekannte Gruppe von Substanzen«, sagte Doneis, »die als extrem dichtes weißes Material in wachsähnlichem und doch faserigem Zustand aus der Retorte kommen. Wir nennen diese Substanzen Halcoide. Sie weisen eine seltsame Eigenschaft auf. Wenn ein Stromstoß sie durchfließt, werden sie mit einer spürbaren Umfangserweiterung zu einem durchsichtigen kristallinen Stoff. Im Falle des Halcoids 4 beträgt diese Zunahme fast ein Sechstel. Dies scheint auf den ersten Blick nicht viel zu sein, doch die Veränderung tritt sofort und mit unwiderstehlicher Gewalt ein; ja, wird Halcoid 4 nicht unter Druck verändert, beschleunigt sich seine Oberfläche dermaßen, daß sie eigentlich explodiert. Ein Mitglied unserer Gruppe hat kürzlich ein Halcoid 4 erzeugt, dessen Fibern parallel verlaufen, und diese Substanz nennen wir Halcoid 41. Auf eine elektrische Ladung hin expandiert 41 nur in Längsrichtung, wobei sich die Abschlußflächen mit einer bemerkenswerten Geschwindigkeit bewegen, die auf halbem Wege etwa ein Viertel der Lichtgeschwindigkeit erreicht. Nun ist uns der Gedanke gekommen, daß sich aus Halcoid 41 vielleicht Projekte machen lassen. Wir sind im Teststadium, aber ich kann nicht einmal von vorläufigen Ergebnissen sprechen.«

Etzwane war beeindruckt. »Welche anderen Forschungen sind eingeleitet worden?«

»Wir stellen Pfeile mit Dexaxspitzen her, die beim Aufschlag explodieren; das ist kompliziert und nicht ungefährlich. Wir wollen diese Waffen vervollkommnen, da sie sich auf mittlere Entfernungen gut einsetzen lassen. Ich habe wenig mehr zu berichten; im Grunde haben wir eben erst mit der Arbeit begonnen. Unsere Vorahnen wollten eine Lichtquelle schaffen, die so stark war, daß der Gegner geblendet wird; doch diese Pläne sind offenbar verlorengegangen; unsere Energiespeicher sind zwar ausdauernd, bringen jedoch nur geringe Spannungen.«

Etzwane zog die Energiepistole aus der Tasche, die er von

Ifness erhalten hatte. »Hier ist eine Waffe von der Erde. Könntet ihr hieraus etwas lernen?«

Doneis musterte die Waffe. »Die handwerkliche Verarbeitung übersteigt unsere Möglichkeiten. Ich glaube nicht, daß wir mehr erfahren könnten als eine Bestätigung unserer Rückständigkeit. Natürlich haben wir auch keine solchen Metalle, obwohl wir mit unseren Gläsern und Kristallen zu arbeiten verstehen.« Widerstrebend gab er Etzwane die Pistole zurück. »Und nun zu einem anderen Thema: der militärischen Kommunikation. Hier reichen unsere Fähigkeiten durchaus – wir wissen elektrische Ströme zu variieren, wir stellen zu Tausenden codierte Halsreife her. Aber die Probleme sind trotzdem groß. Um militärische Geräte herzustellen, müssen wir die Kapazitäten und Arbeiter übernehmen, die zur Zeit Halsreife produzieren. Wenn wir den Reiffabriken die besten Leute fortnehmen, besteht die Gefahr, daß fehlerhafte Reife hergestellt werden, was tragische Folgen haben könnte.«

»Liegen denn nicht genügend Reife auf Lager?«

»Nein; das ist unpraktisch. Wir verwenden die Codezeichen Verstorbener bei den neuen Reifen, um die Kompliziertheit des Codes in Grenzen zu halten. Täten wir das nicht, müßten wir den Code bald auf neun, zehn oder sogar elf Farben erweitern, und das wäre sehr umständlich und störend.«

Etzwane überdachte das Problem. »Gibt es keine andere und weniger wichtige Industrie, aus der sich Arbeiter abziehen lassen?«

»Nein.«

»Dann bleibt uns nur eine Möglichkeit. Halsreife nützen Toten nichts. Produziert die Funkgeräte. Die Jugend muß auf ihre Reife warten, bis die Rogushkoi vernichtet sind.«

»So sehe auch ich die Sache«, sagte Doneis.

»Noch etwas«, sagte Etzwane. »Aun Sharah ist Leiter der Materialbeschaffung für ganz Shant geworden. Was immer du brauchst – du mußt dich jetzt an ihn wenden.«

Doneis war gegangen, Etzwane lehnte sich auf dem Diwan zurück und dachte nach. Einmal angenommen, der Krieg dauerte zehn Jahre – dann bekamen die aufwachsenden Kinder zehn Jahre lang keine Halsreife. Somit waren sie fast so alt wie er, ehe sie die Verantwortung eines Erwachsenen übernahmen. Würden sie ihre ungezügelte Freiheit freiwillig aufgeben? Oder würde eine Generation von Rowdies die komplizierte Struktur Shants belasten? ... Etzwane drückte Thiruble Archenways Rufknopf ... und klingelte ein zweitesmal. Daraufhin trat das Mädchen ein, das den Blumenstrauß gebracht hatte. »Wo ist Archenway?«

»Er ist unterwegs, um seinen Nachmittagswein zu trinken. Er kommt bald zurück. Übrigens«, fügte sie schüchtern hinzu, »sitzt ein vornehmer Herr im Vorraum, und es kann sein, daß er mit dem Obersten Diskriminator sprechen will. Archenway hat keine Anweisungen hinterlassen.«

»Sei so gut und führe ihn herein. Wie heißt du?«

»Ich bin Dashan aus dem Hause Szandales, eine Schreiberin in Archenways Büro.«

»Wie lange arbeitest du schon in dieser Position?«

»Seit drei Monaten.«

»Wenn ich von nun an die Klingel betätige, kommst du. Thiruble Archenway ist zu unaufmerksam.«

»Ich will dir gern nach besten Kräften helfen.«

Als sie das Zimmer verließ, warf sie Etzwane einen ganz kurzen Blick zu, der alles, aber auch nichts bedeuten konnte.

Dashan von Szandales klopfte an die Tür und blickte schüchtern durch den Spalt: »Der ehrenwerte Mialambre:Octagon, Richter von Wale.«

Etzwane sprang auf, und Mialambre eilte ins Zimmer: ein kleiner, stämmiger, wenn auch etwas schmalbrüstiger Mann in nüchterner grauweißer Kleidung. Sein vornehmer Kopf war von einem steifen weißen Haarkranz umgeben; sein Blick war stechend und irgendwie drohend; er machte einen wenig zugänglichen Eindruck.

Dashan von Szandales wartete an der Tür. Etzwane sagte: »Bringe uns bitte Erfrischungen.« Er wandte sich an Mialambre:Octagon und fuhr fort: »Bitte setz dich. Ich habe dich nicht so schnell erwartet; es tut mir leid, daß ich dich so lange warten ließ.«

»Du bist Oberster Diskriminator?« Mialambres Stimme war leise und rauh; er musterte Etzwane eingehend.

»Im Moment gibt es keinen Obersten Diskriminator. Ich bin Gastel Etzwane, bevollmächtigter Adjutant des Anome. Wenn du mit mir sprichst, sprichst du praktisch auch mit dem Anome.«

Mialambres Blick wurde womöglich noch stechender. Wahrscheinlich war er das als Richter so gewohnt – jedenfalls gab er sich keine Mühe, ein Gespräch in Gang zu bringen, sondern erwartete stumm Etzwanes Äußerungen.

»Gestern hat der Anome deine Ausführungen im *Spektrum* gelesen«, begann Etzwane. »Er war sehr beeindruckt von der Tiefe und Klarheit deiner Ansichten.«

Die Tür ging auf; Dashan rollte einen Tisch mit einem Topf Tee, frischem Gebäck, kandierten Meeresfrüchten und einer hellgrünen Blume in einer blauen Vase herein. Leise wandte sie sich an Etzwane: »Archenway ist bleich vor Wut.«

»Ich rede später mit ihm. Bitte bediene unseren geschätzten Gast.«

Dashan schenkte Tee ein und verließ hastig das Büro.

»Ich will offen sprechen«, sagte Etzwane. »Ein neuer Anome hat die Herrschaft über Shant angetreten.«

Mialambre nickte grimmig, als hätten gewisse Vermutungen ihre Bestätigung gefunden. »Wie ist dieses Ereignis eingetreten?«

»Wieder ganz frei gesprochen – nicht ohne Zwang. Eine Gruppe von Leuten zeigte sich besorgt über die passive Politik des alten Anome. Eine Veränderung wurde – bewirkt; wir gedenken das Land nun zu verteidigen.«

»Und wahrlich nicht zu früh. Was willst du von mir?«

»Rat, Unterstützung.«

Mialambre:Octagon preßte die Lippen zusammen. »Ich möchte zunächst deine Vorstellungen hören, ehe ich mich für eine solche Bindung erklären kann.«

»Wir haben keine bestimmten Ansichten«, sagte Etzwane. »Der Krieg muß Veränderungen bringen, und wir wollen diese Neuerungen in die richtigen Bahnen lenken. Die Zustände in Shker, Burazhesq, Dithibel und Cape lassen sich durchaus verbessern.«

»Damit bewegst du dich auf unsicherem Boden«, erklärte Mialambre. »Die bewährte und traditionsreiche Grundlage Shants ist die lockere föderative Bindung. Eine allgemeingültige Doktrin würde diese Situation ändern, und nicht unbedingt zum Vorteil.«

»Das verstehe ich wohl«, sagte Etzwane. »Natürlich gibt es Probleme; wir brauchen eben fähige Männer, sie zu lösen.«

»Hmm. Wie viele solche Männer hast du schon angeworben?«

Etzwane kostete seinen Tee. »Sie sind jedenfalls noch nicht zahlreicher als die Probleme.«

Mialambre nickte verständnisvoll. »Ich erkläre mein Einverständnis unter Vorbehalt. Die Aufgabe ist interessant.«

»Das freut mich zu hören«, sagte Etzwane. »Mein vorläufiges Hauptquartier befindet sich in Fontenays Schänke. Ich bitte dich, mich dorthin zu begleiten, und wir besprechen uns dann ausführlicher.«

»Fontenays Schänke?« In Mialambres Stimme schwang mehr Ratlosigkeit mit als Ablehnung. »Ist das nicht eine Taverne am Flußufer?«

»Ja.«

»Wie du willst.« Mialambre runzelte die Stirn. »Ich muß zum Schluß noch eine praktische Frage aufwerfen. In Wale lebt meine Familie, die sieben Köpfe zählt, vom Einkommen eines Juristen, das nicht groß ist. Um ehrlich zu sein, ich brauche Geld, um meine Schulden zu bezahlen, damit mir der Sheriff keinen Kontrakt auferlegt.«

»Dein Gehalt wird angemessen sein«, sagte Etzwane. »Auch darüber sprechen wir heute abend.«

Etzwane fand Finnerack an einem Tisch im Zentralarchiv, wo er sich von zwei hochstehenden Diskriminatoren berichten ließ. Jeder bemühte sich um seine Aufmerksamkeit; jeder deutete auf andere Dokumente. Finnerack lauschte mit grimmiger Geduld und entließ die beiden mit einer Handbewegung, als er Etzwane sah; sie zogen sich möglichst würdevoll zurück. Finnerack sagte: »Aun Sharah scheint flexibel und nicht sehr anspruchsvoll gewesen zu sein. Diese beiden waren sein zweiter und sein dritter Mann. Ich werde sie in der Abteilung für Urbane Ermittlung einsetzen.«

Etzwane hob überrascht die Augenbrauen. Offenbar hatte sich Finnerack die Aufgabe zugedacht, die Abteilung umzuorganisieren – eine Tätigkeit, die seine Befugnisse überstieg. Finnerack berichtete in allen Einzelheiten über seine Ansichten. Etzwane hörte zu – mehr an Finneracks Beurteilung als am eigentlichen Thema interessiert. Finneracks Methoden waren fast naiv direkt und mußten in dieser Form das komplizierte Volk Garwiys beeindrucken, das Einfachheit als Würde und Schweigen als Talent betrachtete. Etzwane begann zu lächeln. Die Diskriminatoren waren eine typisch garwiysche Einrichtung; kompliziert, raffiniert, willkürlich – eine Situation, die Finnerack offenbar als persönliche Beleidigung auffaßte. Etzwane, ein Musiker, beneidete Finnerack fast um seine brutale Geradlinigkeit.

Finnerack beendete seinen Vortrag. »Als nächstes wolltest du die Namensliste durchgehen.«

»Ja«, sagte Etzwane. »Wenn ich jemanden erkenne, wird Aun Sharahs Offenheit im anderen Licht dastehen.«

»Noch schlimmer – er wird verdächtig«, sagte Finnerack und nahm eine seiner Listen zur Hand. »Wenn du willst, können wir gleich anfangen.«

Doch keiner der Diskriminatoren ähnelte dem falkengesichtigen Mann, den Etzwane durch das Wagenfenster gesehen hatte.

Die Sonnen waren weit über den Himmel gerollt. Etzwane und Finnerack überquerten den Gesellschaftsplatz und suchten ein Café auf, wo sie Verbenatee tranken und die Garwiyer vorbeischlendern sahen; und niemand, der die beiden jungen Männer anschaute – der eine klein und dunkel, der andere hager, mit sonnenverbranntem Gesicht, blondem Haar und türkisschimmernden Augen –, hätte geahnt, daß sie die Geschicke Shants leiteten. Etzwane nahm ein Exemplar des *Spektrums* zur Hand. Ein ockerfarbener Artikel erregte seine Aufmerksamkeit. Er las:

»Über Funk kommt aus Marestiy die Nachricht über einen Kampf zwischen der neuorganisierten Miliz und einer Horde Rogushkoi. Die wilden Invasoren, die bereits im Kanton Shkoriy großen Schaden anrichteten, schickten eine Gruppe nach Norden. In der Grenzstadt Gasmal verlegte ihnen eine Truppe den Weg und forderte den Rückzug. Die roten Ungeheuer ignorierten die gesetzmäßige Aufforderung, und es kam zum Kampf. Die Verteidiger Marestiys verschossen Pfeile und schleuderten Steine, von denen viele den Feind behinderten und ihn so weit aufbrachten, daß es zu einer ›Stampede wilder roter Ungeheuer‹ kam, wie ein Augenzeuge berichtet. Ein solches unbeherrschtes Verhalten wird natürlich sinnlos sein gegen die mächtigen Waffen, die vom Anome geschmiedet werden; in Anbetracht dieser Sachlage folgt die Miliz von Marestiy einer flexiblen Taktik. Die abschließenden Ereignisse und das Ergebnis der Auseinandersetzung sind noch nicht bekannt.«

»Die Kreaturen dringen weiter vor«, sagte Etzwane bedrückt. »Auch diejenigen, die zum Meer geflüchtet sind, müssen nun wieder fürchten.«

8

In der blauen Dämmerung wanderten Etzwane und Finnerack im Licht farbiger Straßenlaternen zu Fontenays Schänke. An einem Tisch im Hintergrund verzehrten Frolitz und die Truppe ein Abendessen, das aus dicken weißen Bohnen und Käse bestand; Etzwane und Finnerack aßen gleich mit.

Frolitz war schlechter Laune. »Gastel Etzwanes Hände sind müde. Da ihm seine anderen Aktivitäten wichtiger sind als das Wohlergehen der Truppe, will ich nicht verlangen, daß er ein Instrument spielt. Wenn er Lust hat, kann er die Histels klappern, oder von Zeit zu Zeit mit den Fingern schnipsen.«

Etzwane hielt sich zurück. Als die Treppe nach dem Essen ihre Instrumente hervorholte, stieg er zu den Männern auf die Plattform. Frolitz gab sich erstaunt. »Was soll denn das? Der große Gastel Etzwane ehrt uns mit seiner Gegenwart? Wir sind zutiefst dankbar. Wärst du so freundlich, dein Holzhorn zu nehmen? Heute spiele ich die Khitan.«

Etzwane blies in das vertraute alte Mundstück, betastete die Silberknöpfe, auf die er früher einmal so stolz gewesen war ... Seltsam, wie anders er heute empfand! Die Hände gehörten nicht ihm; die Finger bewegten sich aus eigenem Antrieb über die Knöpfe, doch der Blickwinkel war weiter, die Perspektiven tiefer; und er spielte mit einer fast unmerklichen Verzögerung in der Spannung des Rhythmus'.

In der Pause kehrte Frolitz aufgeregt zu seinen Männern zurück. »Seht ihr den Mann dort in der Ecke – könnt ihr raten, wer dort schweigend sitzt, ohne Instrument? Der Druithine Dystar!« Die Truppe blickte zu der ruhigen Silhouette hinüber, und jeder einzelne fragte sich, wie seine Musik in den Ohren des großen Druithine geklungen haben mochte. Frolitz sagte: »Ich habe ihn gefragt, was er hier wolle; er erwiderte, er sei auf Verlangen des Anome gekommen. Ich fragte ihn, ob er mit der Truppe spielen wolle. Er sagte, ja, es wäre ihm ein Vergnügen, unser Spiel hätte ihn in die Stimmung gebracht. Er machte also mit. Etzwane, du spielst die Gastaing; ich nehme das Holzhorn.«

Fordyce, der neben Etzwane stand, murmelte: »Endlich spielst du mit deinem Vater. Und er weiß es noch immer nicht?«

»Nein.« Etzwane nahm die Gastaing zur Hand; ein Instrument, das tiefere Tonlagen spielte als die Khitan, mit einer grellen Resonanz, die ständig gedämpft werden mußte, wenn die Harmonie nicht leiden sollte. Im Gegensatz zu vielen Musikern mochte Etzwane die Gastaing und die beunruhigenden Feinwirkungen, die sich mit raffiniertem Neigen und Gleiten des Dämpfers erzielen ließen.

Die Truppe nahm ihre Instrumente und stand wartend auf der Plattform – der Respekt, der einem Musiker von Dystars Qualitäten üblicherweise erwiesen wurde. Frolitz stieg wieder hinab und kehrte zu Dystar zurück; die beiden kamen zusammen zur Plattform. Dystar verbeugte sich vor den Musikern, und sein Blick ruhte kurz und nachdenklich auf Etzwane. Er nahm Frolitz' Khitan, schlug einen Akkord an, beugte den Hals des Instruments, probierte den Kratzkasten aus. Im Einklang mit seinen Vorrechten begann er ein Lied, eine angenehme Melodie, die täuschend einfach war.

Frolitz und Mielke, der die Trompete spielte, lieferten die

Grundnoten und achteten darauf, der Harmonie nicht in den Weg zu kommen, während die Guizol und die Gastaing unauffällige Akzente setzten ... Die Musik nahm ihren Fortgang; die erste Melodie endete; eine Übung, mit der jeder Spieler seine musikalische Umgebung erkundete ... Dystar setzte sich bequem hin und trank aus dem Weinkelch, den man neben ihm hingestellt hatte. Er nickte Frolitz zu, der nun seinerseits ein Thema in das Mundstück seines Holzhorns blies – ein abgehacktes, kratzendes, sarkastisches Stück, das so gar nicht der fließenden Klarheit des Instruments entsprach, unterstrichen von Dystars harten, langsamen Bewegungen auf dem Kratzkasten. Schon war das Stück wieder in Bewegung: eine melancholisch-langsame Polyphonie, in der jedes Instrument der Truppe deutlich zu hören war. Dystar spielte ruhig, und seine Findigkeit schuf ständig neue Einsichten in die Musik. Die Melodie stockte und brach ab, auf eine Weise, die alle vorausgeahnt hatten; Dystar spielte nun eine verblüffende Partie, begann in den oberen Tönen, arbeitete sich durch eine erstaunliche Mischung von Akkorden abwärts, nur hier und dort von einer Gastaingresonanz gestützt, hinab durch die oberen und mittleren Register, zurück und vorwärts, wie ein fallendes Blatt, hierher und dorthin, dann in die tieferen Tonlagen – und er endete schließlich mit einem gutturalen Ellbogenschlag gegen den Kratzkasten. Auf dem Holzhorn blies Frolitz ein bebendes Intervall in der tieferen Lage, das leiser wurde und schließlich im Widerhall der Gastaing erstarb.

Nach allgemeiner Sitte legte Dystar nun sein Instrument fort und begab sich an einen seitlich stehenden Tisch. Die Truppe blieb einen Augenblick lang schweigend sitzen, und Frolitz überlegte. Mit einem boshaften Zucken seiner Lippen reichte er Etzwane die Khitan. »Wir spielen jetzt etwas Langsames, Ruhiges ... wie heißt dieses Abendstück aus Morningshore? *Zitrinilla* ... Dritte Tonart. Alle aufpassen beim Abbruch nach dem zweiten Durchlauf. Etzwane: Takt und Thema ...«

Etzwane krümmte die Khitan, stellte den Kratzkasten nach. Der hinterlistige Frolitz hatte ihn in eine Situation gebracht, die einem vernünftigen Musiker widerstreben mußte:

die Khitan zu spielen, nachdem Dystar eine seiner brillantesten Improvisationen geliefert hatte. Etzwane zögerte einen Augenblick lang und überdachte die Melodie. Er schlug einen Akkord an und spielte das Thema in einem etwas geringeren Tempo als normal.

Das Thema war traurig und melancholisch und endete. Frolitz blies einige Töne, die eine Variation in neuem Rhythmus anzeigten. Etzwane spielte plötzlich allein, etwas, das er eigentlich hatte vermeiden wollen: er mußte sich nun gegen Dystar behaupten ... Er spielte langsame Akkorde, die er schnell dämpfte, und schuf damit ein Muster aus Tönen und abruptem Schweigen, das ihn dann selbst interessierte und das er in einer Umkehrung erneut aufgriff. Der Versuchung zur Ausschmückung widerstehend, spielte er ein schlichtes, feierliches Stück. Die Truppe lieferte die Grundtöne, die bald zu einem breiten Thema wurden, das sich wie eine Woge über die Khitan erhob und dann zurückströmte. Etzwane spielte einige grelle disharmonische Akkorde und eine weiche Auflösung; die Musik war zu Ende. Dystar stand auf und rief alle an seinen Tisch. »Ohne jede Frage«, sagte er, »seid ihr die beste Truppe in ganz Shant. Alle sind gut, alle setzen Sensitivität und Kraft ein. Gastel Etzwane spielt, wie ich es mir in seinem Alter nur hätte erträumen können; er hat offenbar eine große Lebenserfahrung.«

»Er ist ein widerspenstiger Mann«, sagte Frolitz. »Er hat eine große Zukunft als Rosaschwarztiefblauer Grüner vor sich und gibt sich statt dessen mit Ästheten und Eirmelraths und anderen Dingen ab, die ihn eigentlich nichts angehen. Mein Rat verpufft ins Leere.«

Etzwane sagte leise: »Frolitz meint den Krieg gegen die Rogushkoi, der mich beschäftigt.«

Frolitz warf ergeben die Arme hoch. »Da hörst du die Worte – aus seinem eigenen Munde!«

Dystar nickte ernst. »Da hast du wirklich Grund zur Sorge.« Er wandte sich an Etzwane. »Ich sprach in Maschein mit dir und deinem Freund, der dort hinten steht. Unmittelbar darauf erhielt ich den Befehl des Anome, mich hier in Fontenays Schänke einzufinden. Besteht zwischen diesen Ereignissen ein Zusammenhang?«

Frolitz musterte Etzwane anklagend. »Dystar auch! Muß denn jeder Musiker in Shant gegen diese Wilden antreten, ehe du dich zufriedengibst? Wir verhauen sie mit unseren Tringolets, scheuchen sie mit Guizols zurück ... Ein verrückter Plan!« Er gab seiner Truppe ein Zeichen und kehrte zur Plattform zurück.

»Frolitz' Bemerkungen gehen an der Sache vorbei«, sagte Etzwane. »Ich bin tatsächlich in den Kampf gegen die Rogushkoi verwickelt, aber auf dieser Basis ...« Er erklärte seine Situation, wie er sie schon Finnerack auseinandergesetzt hatte. »Ich brauche die Unterstützung der klügsten Männer in Shant, und aus diesem Grund bat ich dich, nach Garwiy zu kommen.«

Dystar schien nicht verwirrt oder beeindruckt, sondern eher amüsiert zu sein. »Na dann: ich bin hier.«

Eine Gestalt erschien am Tisch. Etzwane blickte in das ausdruckslose Gesicht Mialambre:Octagons. »Deine Politik verwirrt mich«, stellte Mialambre fest. »Du sagst, ich soll mich in einer Schänke einfinden, um Politik mit dir zu diskutieren, und da sehe ich dich mit den Schänkemusikern trinken. Ist denn die ganze Sache ein Scherz?«

»Keinesfalls«, sagte Etzwane. »Dies ist Dystar, ein bekannter Druithine und wie du ein Mann der Weisheit. Dystar, vor dir steht Mialambre:Octagon – kein Musiker, doch ein Jurist und Philosoph von höchstem Rang, dessen Hilfe ich ebenfalls erbeten habe.«

Mialambre nahm langsam am Tisch Platz. Etzwane blickte von einem zum anderen; Dystar war ruhig und zurückhaltend, mehr Beobachter als Teilnehmer; Mialambre scharfsinnig, anspruchsvoll, mißtrauisch, eine Person, die jede Tatsache mit anderen Tatsachen durch ein System verknüpfte, das auf dem Ethos Wales beruhte. Die beiden hatten nur ihre Integrität gemein; jeder würde den anderen unverständlich finden; doch wenn einer zum Anome gemacht würde, müßte er den anderen beherrschen. Welcher? Einer der beiden? ... Etzwane drehte sich um und gab Finnerack ein Zeichen, der sich wachsam im Hintergrund gehalten hatte.

Finnerack hatte einen schwarzen Umhang angelegt, der an den Hand- und Fußgelenken eng anlag. Ausdruckslos trat er an den Tisch. »Jerd Finnerack«, sagte Etzwane, »ist trotz seines düsteren Aussehens ein fähiger und rechtschaffener Mann. Er neigt zu energischen Maßnahmen. Wir sind eine uneinheitliche Gruppe, doch unsere Probleme sind vielschichtig und verlangen unterschiedliche Handhabung.«

»Das ist ja alles ganz schön und gut«, sagte Mialambre. »Trotzdem finde ich die Situation ungewöhnlich und unsere Umgebung unpassend. Du nimmst dich der Angelegenheiten Shants weitaus unformeller an, als die Ältesten unserer Dörfer ihre lokalen Probleme erörtern.«

»Warum auch nicht?« fragte Etzwane. »Die Regierung Shants war und ist ein einzelner Mann – der Anome; was wäre weniger formell als das? Die Regierung liegt im Anome; wenn er heute abend hier säße, wäre hier auch die Regierung.«

»Das System ist flexibel«, räumte Mialambre ein. »Wie es in Krisenzeiten funktioniert, bleibt abzuwarten.«

»Das System hängt von den Männern ab, die es leiten«, sagte Etzwane. »Also von uns. Wir haben viel zu tun. Ich will euch sagen, was bisher getan wurde: Wir haben in zweiundsechzig Kantonen Milizen aufgestellt.«

»In jenen Kantonen, die noch nicht erobert wurden«, bemerkte Finnerack.

»Die Technisten Garwiys entwerfen Waffen; das Volk von Shant erkennt endlich, daß die Rogushkoi vertrieben werden müssen. Auf der negativen Seite muß angemerkt werden, daß es eine Organisation zur Steuerung solcher Mühen noch gar nicht gibt. Shant ist ein gewaltiges Ungeheuer mit zweiundsechzig Armen und ohne Kopf. Das Wesen ist hilflos; es tastet in zweiundsechzig Richtungen herum, wäre jedoch kein Gegner für den Ahulph, der sich in seine Weichteile verbissen hat.«

Auf der Plattform hatte Frolitz die Truppe ein gedämpftes Notturno beginnen lassen, das er nur anstimmte, wenn er sich unbehaglich fühlte.

Mialambre sagte: »Unsere Fehler sind real. Zweitausend Jahre haben viele Veränderungen gebracht. Viana Paizifiume bekämpfte die Palasedraner mit einer mutigen, sogar wilden Armee. Die Soldaten trugen keine Halsreife; die Disziplin muß also ein großes Problem gewesen sein. Trotzdem wurden die Palasedraner schwer angeschlagen.«

»Das waren noch Männer, damals«, sagte Finnerack. »Die Menschen lebten wie Männer, kämpften wie Männer und starben notfalls wie Männer. Sie schlugen keine ›flexible Taktik‹ ein.«

Mialambre nickte düster. »Im Shant von heute finden wir so etwas nicht mehr.«

»Und doch«, sagte Etzwane nachdenklich, »waren sie nur Menschen, nicht mehr und nicht weniger als wir.«

»Das stimmt nicht«, sagte Mialambre. »Die Menschen damals waren rauh und ungeschliffen, niemandem als sich selbst verantwortlich. Sie waren also viel unabhängiger und somit ›mehr‹ als wir. Heute ist den Leuten so etwas nicht erlaubt; sie verlassen sich auf die Gerechtigkeit des Anomes und nicht mehr auf ihre eigene Kraft. Sie sind gehorsam und gesetzestreu; hier war das alte Volk ›weniger‹ als wir. Also haben wir verloren und dafür etwas hinzugewonnen.«

»Doch die Errungenschaften sind bedeutungslos«, entgegnete Finnerack, »wenn die Rogushkoi Shant erobern.«

»Dazu kommt es nicht«, erklärte Etzwane. »Unsere Milizen müssen und werden sie zurückschlagen!«

Finnerack stieß sein hartes Lachen aus. »Wie sollen die Milizen das schaffen? Können denn Kinder gegen Riesen kämpfen? Ein einzelner Mann bewohnt Shant: der Anome. Er selbst kann nicht kämpfen; er muß seine Kinder in den Kampf schicken. Die Kinder haben Angst; sie verlassen sich auf den einzelnen Mann, und das Ergebnis steht jetzt schon fest. Niederlage! Katastrophe! Tod!«

Schweigen trat ein, und nur die langsame, traurige Musik des Notturnos waren zu hören.

»Ich meine, du stellst deine Ansichten übertrieben dar«, sagte Mialambre vorsichtig. »Sicher ist doch Shant nicht völlig ohne Krieger; irgendwo müssen mutige Männer leben, die ihr Heim verteidigen, die Angriffe und Eroberungen durchführen können.«

»Einige solcher Männer habe ich gekannt«, sagte Finnerack. »Sie arbeiteten mit mir im Lager 3. Sie hatten keine

Angst vor Schmerz, Tod oder dem Mann ohne Gesicht; was konnte er Schlimmeres tun, als was sie täglich erlebten? Da hattest du deine Krieger! Männer ohne Angst vor dem Halsreif! Diese Männer waren frei, könnt ihr mir das glauben? Gebt mir eine Miliz aus solchen freien Kämpfern, dann besiege ich die Rogushkoi im Nu!«

»Leider gibt es das Lager 3 nicht mehr«, sagte Etzwane. »Und wir können doch nicht Männer quälen, bis sie ihre Todesangst verlieren.«

»Gibt es denn keinen besseren Weg, einen Menschen zu befreien?« rief Finnerack heftig. »Ich könnte dir sofort einen Weg aufzeigen!«

Mialambre war verwirrt; Dystar wußte nicht, was hier geschah; nur Etzwane kannte Finneracks Absicht. Zweifellos meinte er seinen Halsreif, den er als Instrument seines Leidens ansah.

Die Gruppe dachte schweigend über Finneracks Worte nach. Nach einiger Zeit fragte Etzwane mit nüchterner Stimme: »Wenn euch allen die Halsreife abgenommen würden – was dann?«

Finneracks Gesicht blieb reglos; er antwortete nicht.

Dystar sagte: »Ohne meinen Halsreif wäre ich verrückt vor Freude.«

Mialambre schien sowohl über den Gedanken als auch über Dystars Antwort verblüfft zu sein. »Wie ist das möglich? Der Reif ist dein Wesen, deine Berufung, das Signal deiner Verantwortung gegenüber der Gesellschaft!«

»Ich sehe keine solche Verantwortung«, sagte Dystar. »Verantwortung ist die Schuld von Menschen, die nehmen. Ich nehme nicht, ich gebe. Deshalb ist meine Verantwortung erloschen.«

»So doch nicht!« rief Mialambre aus. »Das ist ein egoistischer Irrtum! Jeder Mensch, der in Shant lebt, steht tief in der Schuld von Millionen – gegenüber den Menschen ringsum, die eine menschliche Umgebung schaffen, gegenüber den toten Helden, die ihm seine Gedanken vererbten, seine Sprache, seine Musik eingaben; gegenüber den Technisten, die die Raumschiffe bauten, welche ihn nach Durdane brachten. Die Vergangenheit ist ein kostbares Gewebe, jeder Mensch ein neuer Faden in dem endlosen Muster; ein Faden, der für sich allein ohne Bedeutung oder Wert ist.«

Dystar nickte. »Das stimmt, in diesem Punkt habe ich mich geirrt. Dennoch ist mir der Halsreif unwillkommen; er zwingt mich zu einem Leben, das ich lieber aus freien Stücken führen würde.«

»Wenn du der Anome wärst«, fragte Etzwane. »Wie sähe in dieser Hinsicht deine Politik aus?«

»Es gäbe keine Halsreife mehr. Die Menschen würden ohne Angst leben können, in Freiheit.«

»Freiheit?« rief Mialambre mit unerwarteter Heftigkeit. »Ich bin frei. Ich tue, was mir gefällt – im Rahmen der Gesetze. Den Dieben und Mördern geht diese Freiheit ab; sie dürfen nicht rauben oder töten. Der Halsreif des ehrlichen Mannes ist sein Schutz gegen solche ›Freiheit‹.«

Wieder nickte Dystar zu den Ausführungen des Juristen. »Doch bin ich ohne Reif geboren worden. Als mir der Zunftmeister in Sanhredin den Reif umlegte, legte er mir damit ein Gewicht auf die Seele, das mich seither nicht verlassen hat.«

»Diese Last *ist* vorhanden«, sagte Mialambre. »Doch wie sieht die Alternative aus? Ungesetzlichkeit und Chaos. Wie könnte man unsere Ordnung schützen? Durch ein Polizeikorps? Durch Spione? Gefängnisse? Folterungen? Hypnose? Rauschgifte? Menschen ohne Zügel sind wie Ahulphs. Ich erkläre hiermit, daß der Fehler nicht im Halsreif liegt, sondern in der menschlichen Natur, die den Halsreif erst notwendig macht.«

Finnerack sagte ungerührt: »Deine Bemerkungen beruhen auf einer Annahme.«

»Und die wäre?«

»Du gehst von dem Altruismus und dem gesunden Menschenverstand des Anome aus.«

»Genau!« rief Mialambre. »Zweitausend Jahre lang haben wir diesen Zustand gehabt.«

»Die Magnaten werden dir zustimmen. Im Lager 3 waren wir vom Gegenteil überzeugt; und wir haben recht, nicht du. Welcher gerechte Mann könnte zulassen, daß es ein solches Lager gibt?«

Mialambre ließ sich nicht zurückweisen. »Lager 3 war ein

Furunkel, Dreck unter dem Teppich. Kein System ohne Fehler. Der Anome steht nur hinter den Kantonsgesetzen; er schafft keine eigenen Gesetze. Die Menschen im Kanton Glaiy sind gefühllos; vielleicht wurde Lager 3 deshalb dort angesiedelt. Wäre ich Anome – würde ich Glaiy neue Gesetze aufzwingen? Ein Dilemma für jeden denkenden Menschen.«

Etzwane sagte ruhig: »Der Streit geht an der Hauptfrage vorbei und wird zunehmend akademisch; jedenfalls im Augenblick. Die Rogushkoi machen Anstalten, uns zu vernichten. Es wird also bald keine Halsreife, keinen Anome und keine Menschen mehr geben, wenn wir nicht wirksam kämpfen. Dabei haben wir bis heute nicht sehr gut abgeschnitten.«

»Der Anome ist der einzige freie Mensch in Shant«, sagte Finnerack. »Als freier Mann würde auch ich kämpfen; eine Armee freier Kämpfer könnte die Rogushkoi schlagen.«

Mialambre sagte: »Der Gedanke ist in mehr als einer Hinsicht unrealistisch. Zum einen sind die bisher nicht mit einem Reif versehenen Kinder noch viel zu jung.«

»Warum sollen wir warten?« fragte Finnerack. »Wir brauchen unseren Kriegern die Reife nur abzunehmen!«

Mialambre lachte leise. »Das ist unmöglich. Zum Glück. Wir hätten den Hundertjährigen Krieg umsonst durchgemacht. Die Reife haben den Frieden bewahrt. Der Zwang des Halsreifs ist heilsam; ich erinnere euch nur an das Chaos in Caraz.«

»Auch wenn dadurch alle Männlichkeit verlorengeht?« fragte Finnerack. »Stellst du dir eine ewige Zukunft ruhigsten Friedens vor? Siehst du nicht? Das Pendel schwingt zurück. Die Halsreife müssen verschwinden.«

Dystar fragte: »Wie soll das geschehen?«

Finnerack deutete mit dem Daumen auf Etzwane. »Ein Erdenmann hat es ihm gezeigt. Er ist ein freier Mann; er kann tun, was er will.«

»Gastel Etzwane«, sagte Dystar, »dann nimm mir diesen Halsreif ab.«

Etzwane traf seine Entscheidung als Ergebnis eines indirekten und emotionalen Vorgangs. »Ich werde euch die Halsreife abnehmen. Ihr werdet freie Menschen sein wie ich. Finnerack wird eine Armee aus freien Kämpfern führen. Die

Kinder erhalten keine Halsreife mehr – und wenn auch nur aus diesem Grund: die Reifhersteller müssen vordringlich Funkgeräte für die neuen Milizen liefern.«

Milambre sagte niedergeschlagen: »Zum Besseren oder Schlimmeren – Shant tritt in eine neue Phase der Unruhe ein.«

»Zum Besseren oder Schlimmeren«, sagte Etzwane, »die Unruhe ist bereits da. Die Macht des Anome läßt nach; er kann die Zuckungen nicht mehr kontrollieren. Mialambre und Dystar, ihr müßt zusammenarbeiten. Mialambre wird mit einigen Helfern, die er selbst bestimmt, Shant bereisen und dabei die schlimmsten Fehler ausmerzen – die Lager, die Bashon-Tempel, die Kontrakthändler, das Kontraktsystem überhaupt. Dabei werden sich Konflikte nicht vermeiden lassen. Dystar – nur ein großer Musiker vermag zu tun, was ich nun von dir erbitte. Allein oder mit Begleitern, die du erwählst, wirst du durch das Land reisen und den Menschen mit dem Wort und durch die Kraft der Musik von ihrem gemeinsamen Erbe berichten, von der Einheit, die wir finden müssen, wenn uns die Rogushkoi nicht in das Beljamar treiben sollen. Die Einzelheiten dieser Maßnahmen – die richtigstellen und einigen sollen, die Gerechtigkeit und ein Gemeinsamkeitsgefühl schaffen müssen – überlasse ich eurer Ausarbeitung. Jetzt gehen wir in meine Räume, wo ihr alle freie Menschen werdet wie ich.«

9

Tage vergingen. Etzwane belegte eine Zimmerflucht in der vierten Etage des Roseale Hrindiana an der Ostseite des Gesellschaftsplatzes, drei Minuten vom Jurisdiktional entfernt. Finnerack zog zunächst zu ihm, nahm jedoch zwei Tage später eine weniger luxuriöse Wohnung in den Pagane-Türmen auf der anderen Seite des Platzes. Die Freuden des Reichtums faszinierten Finnerack nicht; er aß bescheiden und einfach, er trank keinen Wein und keinen sonstigen Alkohol; seine Garderobe bestand aus vier ziemlich einfachen Kleidungsstücken, die ausnahmslos in Schwarz gehalten waren.

Frolitz hatte seine Truppe ohne Vorankündigung nach Purpurfarn geführt; Mialambre:Octagon hatte einen Stab von Beratern zusammengerufen, wenn er auch noch nicht alle düsteren Vorahnungen in bezug auf die Veränderungen überwunden hatte, die er über Shant bringen sollte.

Etzwane wandte ein: »Unser Ziel ist nicht die Einheitlichkeit; wir beseitigen nur solche Institutionen, die die Hilflosen unterdrücken: groteske Theologien, das Kontraktsystem, die Altersheime in Cape. Wo der Anome zuvor das Gesetz durchsetzte, wird er nun zu einer Person, an die man sich um Hilfe wenden kann.«

»Wenn die Halsreife nicht mehr verwendet werden, verändert sich auch zwangsweise die Funktion des Anome«, stellte Mialambre trocken fest. »Die Zukunft liegt im dunkeln.«

Dystar war allein losgezogen, ohne mitzuteilen, was er plante.

Mialambre:Octagon oder Dystar? Beide waren für das Amt des Anome geeignet; jeder hatte Schwächen, wo der andere seine Stärken sah. Etzwane wünschte eine schnelle Entscheidung treffen und sich von der Last befreien zu können; ihm selbst lag nichts an Autorität.

Inzwischen organisierte Finnerack die Diskriminatoren mit brutalem Schwung. Bequeme alte Arbeitsmethoden wurden aufgegeben; Faulenzer wie Thiruble Archenway wurden entlassen, Abteilungen und Büros zusammengelegt. Dem neuen Geheimdienst galt Finneracks besonderes Interesse – eine Situation, die Etzwane zuweilen mit Unbehagen erfüllte. Wenn er mit Finnerack in seinem Büro diskutierte, musterte Etzwane die hagere Gestalt, das verbitterte Gesicht, die verkniffenen Mundwinkel, die blitzenden blauen Augen, und fragte sich, was die Zukunft bringen mochte. Finnerack trug keinen Halsreif; Etzwanes Macht reichte nun nur noch so weit, wie Finnerack sie hinzunehmen bereit war.

Dashan von Szandales kam mit einem Tablett voller Erfrischungen ins Zimmer. Finnerack, dem plötzlich einer seiner Befehle einfiel, stellte ihr eine Frage: »Die Männer, die ich herbestellt habe – sind sie hier?«

»Ja.« Dashans Stimme klang gepreßt. Sie mochte Finnerack nicht und fühlte sich ausschließlich Etzwane unterstellt.

Finnerack, den solche Dinge nicht kümmerten, gab ihr einen Befehl. »Dann laß sie ins hintere Büro führen; wir sind in fünf Minuten dort.«

Dashan entschwebte. Etzwane blickte ihr mit traurigem Lächeln nach. Finnerack ließ sich schwer lenken. Es wäre Zeitverschwendung, ihn zu größerer Feinfühligkeit zu ermahnen. Etzwane fragte: »Was sind das für Männer?«

»Die letzten Agenten von der Liste. Die übrigen hast du nun gesehen.«

Etzwane hatte Aun Sharah fast vergessen, der in seiner jetzigen Position beruhigend weit von den Quellen der Macht entfernt war.

Die beiden traten ins hintere Büro. Vierzehn Männer warteten hier: Spurensucher und Spione, die auf Aun Sharahs persönlicher Liste verzeichnet waren. Etzwane ging von Mann zu Mann und versuchte sich an das Gesicht zu erinnern, das er durch das Wagenfenster gesehen hatte: eine vorspringende, gerade Nase, ein kantiges Kinn, weit auseinanderstehende graue Augen.

Vor ihm stand ein solcher Mann. Etzwane fragte: »Dein Name, bitte?«

»Ich heiße Ian Carle.«

Zu den anderen sagte Etzwane: »Vielen Dank. Das war alles.« Und er wandte sich an Carle: »Komm doch bitte in mein Büro.«

Er ging voraus, gefolgt von Carle und Finnerack. Etzwane deutete auf einen Diwan, und Carle setzte sich stumm.

Etzwane fragte: »Bist du schon in diesem Büro gewesen?«

Carle starrte Etzwane fünf Sekunden lang offen an, dann sagte er: »Ja.«

Etzwane fuhr fort: »Ich möchte einige Einzelheiten über deine frühere Arbeit erfahren. Meine Autorität kommt direkt vom Anome; ich könnte dir eine Vollmacht zeigen, wenn du darauf bestehst. Bei meinen Fragen geht es nicht um dein persönliches Verhalten.«

Ian Carle nickte bedächtig.

»Vor kurzer Zeit«, begann Etzwane«, »hattest du Anweisung, der Ankunft des Ballons *Aramaad* an der Garwiy-Station beizuwohnen, dort einen gewissen Mann zu identifizieren – nämlich mich – und ihm an seinen Bestimmungsort zu folgen. Stimmt das?«

Carle zögerte nur zwei Sekunden. »Ja.«

»Wer hat dir diese Anweisungen gegeben?«

Carle sagte ruhig: »Der damalige Oberste Diskriminator Aun Sharah.«

»Hat er dir nähere Einzelheiten oder einen Grund für den Auftrag genannt?«

»Nein. Das entsprach nicht seinen Gewohnheiten.«

»Wie lautete dein Auftrag genau?«

»Ich sollte dem bezeichneten Manne folgen und feststellen, mit wem er sich traf; wenn ich dabei einen großen, weißhaarigen Mann unbestimmten Alters entdeckte, sollte ich Gastel Etzwane verlassen und dem Weißhaarigen folgen. Natürlich mußte ich alle ergänzenden Informationen feststellen, die von Interesse sein konnten.«

»Und wie lautete dein Bericht?«

»Ich informierte Aun Sharah, daß mich das Subjekt, offenbar mißtrauisch geworden, mühelos entdeckt und versucht hatte, direkten Kontakt aufzunehmen, dem ich aus dem Weg ging.«

»Was für Anweisungen gab dir Aun Sharah daraufhin?«

»Er sagte mir, ich solle mich in der Nähe des Sershan-Palastes postieren, doch immer unauffällig. Ich solle das ursprüngliche Subjekt ignorieren, doch auf den großen weißhaarigen Mann achten.«

Etzwane setzte sich auf den Diwan und sah zu Finnerack hinüber, der mit auf dem Rücken verschränkten Armen dastand und Ian Carle eindringlich musterte. Etzwane war verwirrt. Die Informationen standen nun zur Verfügung; Aun Sharahs Aktivitäten waren klar. Was sah oder spürte Finnerack, das er, Etzwane, verpaßt hatte?

Etzwane fragte: »Welche weiteren Meldungen hast du Aun Sharah erstattet?«

»Keine. Als ich mit meinen Informationen eintraf, war Aun Sharah nicht mehr Oberster Diskriminator.«

»Informationen?« Etzwane runzelte die Stirn. »Was für Informationen wolltest du bei dieser Gelegenheit vermelden?«

»Eine allgemeine Beobachtung. Ich sah, wie ein grauhaariger Mann mittlerer Größe den Sershan-Palast verließ – dieser Mann hätte die fragliche Person sein können. Ich folgte ihm bis zu Fontenays Schänke, wo ich ihn als Frolitz, einen Musiker, identifizierte. Daraufhin kehrte ich über die Galias-Avenue zurück und kam dabei an dir und diesem Herrn nahe dem Brunnen vorbei. Als ich in den Mittelweg einbog, begegnete mir ein großer weißhaariger Mann, der nach Osten ging. Er winkte einen Wagen herbei und sagte dem Fahrer, er wolle zum Prunk von Gebractya. Ich folgte ihm so schnell wie möglich, fand ihn jedoch nicht.«

»Hast du seither den Weißhaarigen oder Aun Sharah wiedergesehen?«

»Keinen von beiden.«

Aus irgendeiner Quelle hatte Aun Sharah also eine Beschreibung von Ifness erhalten, für den er sich sehr interessierte. Ifness war aber zur Erde zurückgekehrt; bei dem weißhaarigen Mann, dem Carle gefolgt war, handelte es sich also vermutlich um einen Ästheten aus einem der Paläste am Mittelweg.

Etzwane fragte: »Wie war der große weißhaarige Mann angezogen?«

»Er trug einen grauen Umhang und eine weite graue Kappe.«

So kleidete sich auch Ifness gern. Etzwane fragte weiter: »War er ein Ästhet?«

»Ich glaube nicht; er ging eher wie ein Mann aus einem der äußeren Kantone.«

Etzwane versuchte sich an ein besonderes Merkmal zu erinnern, mit dem sich Ifness identifizieren ließ. »Kannst du sein Gesicht beschreiben?«

»Nicht in den Einzelheiten.«

»Wenn du ihn wiedersiehst, mußt du dich sofort mit mir in Verbindung setzen.«

»Wie du befiehlst.« Ian Carle zog sich zurück.

Finnerack sagte sarkastisch: »Da hast du also Aun Sharah, den Leiter der Materialbeschaffung! Ich meine, wir sollten ihn noch heute nacht in der Sualle ertränken.«

Zu Finneracks schlimmsten Fehlern gehörten Unbeherrschtheit und übertriebene Reaktionen, sagte sich Etzwane, was den Umgang mit ihm zu einem ständigen Kampf um Milde werden ließ. »Er hat doch nur getan, was du und ich an seiner Stelle auch getan hätten«, sagte Etzwane knapp. »Er hat Informationen gesammelt.«

»Oh? Und was ist mit der Nachricht an Shirge Hillen im Lager 3?«

»Das ist ihm noch nicht nachgewiesen worden.«

»Pah. Als Junge habe ich auf dem Johannisbeerfeld meines Vaters gearbeitet. Sobald ich ein Unkraut fand, zog ich es heraus. Ich sah es mir nicht lange an oder hoffte, daß es ein Beerenbusch würde. Ich vertilgte das Unkraut sofort.«

»Aber du hast dich zuerst vergewissert, daß es Unkraut war.«

Finnerack zuckte die Achseln und verließ das Zimmer. Dashan von Szandales trat ein und blickte dabei Finnerack erschaudernd nach. »Dieser Mann macht mir angst. Trägt er immer schwarz?«

»Er ist ein Mensch, für den die schicksalhafte Düsterkeit der schwarzen Farbe erfunden wurde.« Etzwane zog das Mädchen zu sich auf den Schoß. Sie blieb einen Augenblick reglos sitzen und sprang dann wieder auf. »Du bist ein Wüstling! Was würde meine Mutter sagen?«

»Ich bin nur daran interessiert, was die Tochter sagt.«

»Die Tochter sagt, daß ein Mann aus den Wildgebieten einen Käfig mit wilden Tieren gebracht hat, die dich im Frachtlager erwarten.«

Der Aufseher der Stationsmannschaft von Conseil hatte seine jungen Rogushkoi nach Garwiy gebracht. Er sagte: »Seit unserem Gespräch ist ein Monat vergangen. Damals haben dir meine kleinen Freunde gefallen; was sagst du nun?«

Die jungen Kreaturen, die Etzwane in Conseil gesehen hatte, waren um dreißig Zentimeter gewachsen. Sie starrten durch die Holzstäbe ihres Käfigs. »Engel waren sie zwar nie«, erklärte der Mann, »aber jetzt sind sie fast schon Ungeheuer. Das Tier rechts ist Musel, neben ihm Erxter.«

Die beiden Rogushkoi starrten Etzwane feindselig an. »Wenn du den Finger durch die Gitterstäbe steckst, bist du ihn los«, sagte der Aufseher freudig. »Bösartig wie die Sünde, nichts dagegen zu machen. Zuerst wollte ich sie gut behandeln und mich damit vielleicht bei ihnen einschmeicheln. Ich habe ihnen leckere Kleinigkeiten gegeben, ihnen etwas vorgepfiffen und gezwitschert und wollte gutes Benehmen mit Bier belohnen. Aber sinnlos. Jeder griff mich voller Wut an, sobald ich ihm nur eine Gelegenheit gab. Dann wollte ich der Sache auf den Grund gehen. Ich trennte die beiden und umschmeichelte Erxter weiter. Den anderen, den armen Musel, ließ ich darben. Wenn er nach mir schlug, schlug ich zurück. Wenn er nach meiner Hand schnappte, stieß ich ihn mit einer Stange; er hat so manche verdiente Prügel einstecken müssen. Inzwischen erhielt Erxter die besten Bissen und durfte im Schatten schlafen. Und als der Versuch vorbei war – gab es da Unterschiede in ihrer Wildheit? Nicht die Spur! Sie waren unverändert.«

»Hmm.« Etzwane wich zurück, als die beiden Rogushkoi an die Gitterstäbe kamen. »Sprechen sie; kennen sie Worte?«

»Nichts. Wenn sie mich verstehen, lassen sie es sich nicht anmerken. Sie gehorchen nicht, tun nicht die kleinste Aufgabe, die man ihnen zuweist, weder aus Liebe noch aus Hunger. Sie verschlingen jeden Brocken, den ich ihnen zuwerfe, aber sie hungern lieber, als einen Hebel zu ziehen, der ihnen Fleisch verschafft! Also, ihr Ungeheuer!« Er schlug gegen den Käfig. »Ihr möchtet mich wohl zerfleischen, was?« Er wandte sich wieder an Etzwane. »Die kleinen Scheusale können aber schon genau zwischen Mann und Frau unterscheiden! Du müßtest mal sehen, wie sie sich aufführen, wenn eine Frau vorbeigeht. Dabei sind sie noch so jung. Es ist irgendwie – ungehörig.«

Etzwane fragte: »Woran erkennen sie eine Frau?«

Der Aufseher starrte ihn ratlos an. »Ja, wie erkennt man denn eine Frau?«

»Wenn zum Beispiel ein Mann in Frauenkleidern oder eine Frau in Männersachen vorbeigeht, was dann?«

Der Aufseher schüttelte den Kopf; er wunderte sich über Etzwanes Raffinesse. »Das übersteigt meine Kenntnisse.«

»Wir werden es erfahren«, sagte Etzwane.

Überall in Shant wurden Plakate angeschlagen, in dunkelblauer, roter und weißer Schrift:

Für den Kampf gegen die Rogushkoi ist ein besonderes Korps gebildet worden:

DIE FREIEN KÄMPFER.

Es trägt keine Halsreife. Wenn du mutig bist, wenn du deinen Reif verlieren möchtest, wenn du für Shant kämpfen willst:

TRITT DEN FREIEN KÄMPFERN BEI!

Das Korps steht für die Elite. Meldungen im Amt in Garwiy.

10

Aus den Hwan-Bergen stürmten die Rogushkoi, zum erstenmal spürbar unter geordneter Führung, worüber sich alle verwunderten. Wer hatte die roten Wilden gedrillt? Und noch rätselhafter die Frage, woher sie ihre massiven Krummschwerter hatten, die aus einem Dutzend seltener, ungeheuer wertvoller Metalle geschmiedet waren. Wie die Antwort auch lauten mochte – die Rogushkoi stießen jedenfalls in gleichmäßigem Tempo nach Norden vor: vier Kompanien von je etwa zweihundert Kriegern. Sie drangen in Ferriy ein und schlugen die Eisenzüchter in die Flucht. Ohne sich um die Eisentröge mit den kostbaren neuen Kulturen zu kümmern, stürmten die Rogushkoi weiter nach Cansume. An der Grenze wartete die Miliz dieses Kantons, eine der stärksten in Shant, mit dexaxbewehrten Lanzen. Die Rogushkoi rückten in unheimlicher Ruhe an, die Krummschwerter erhoben. Auf der freien Ebene blieb den Männern aus Cansume nichts anderes übrig, als sich zurückzuziehen; aus unmittelbarer Nähe geschleuderte Krummschwerter zerfetzten ihre Körper. Sie wichen in das nahegelegene Dorf Brandvade zurück.

Um die Rogushkoi anzulocken, schob die Miliz eine Gruppe erschreckter Frauen nach vorn und die Rogushkoi ignorierten sofort das Brüllen ihrer Anführer und ließen sich zu einem Angriff verleiten. Sie erstürmten das Dorf, wo sie zwischen den Steinhütten ihre Waffen nicht werfen konnten. Lanzenspitzen durchdrangen rote Hornhaut, Dexax explodierte, und innerhalb weniger Minuten waren fünfzig Rogushkoi tot.

Die Offiziere der Ungeheuer schafften indes schnell wieder Ordnung; die Gruppen zogen sich zurück und marschierten in Richtung Waxone weiter, der Hauptstadt Cansumes. Unterwegs legten Gruppen der Miliz Hinterhalte, aus denen sie Rohrpfeile verschossen, deren Wirkung aber minimal war. Die Rogushkoi erreichten die Melonenfelder, die Waxone umgaben, und verhielten hier, denn nun sahen sie sich der gewaltigsten Armee gegenüber, die Shant bisher auf die Beine gebracht hatte. Ein ganzes Milizregiment war aufgeboten, verstärkt durch vierhundert freie Kämpfer auf Pacern. Die freien Kämpfer trugen eine Uniform, die der Aufmachung der pandamonischen Palastwache nachempfunden war: hellblaue Hosen mit einem purpurnen Streifen an den Hosenbeinen, dazu ein dunkelblaues Hemd mit purpurnem Besatz, Helme aus zementierten Glasfasern. Sie waren mit dexaxbewehrten Lanzen, Handgranaten und kurzen schweren Glasholzschwertern bewaffnet, die mit Eisenkorn verstärkt waren. Die Miliz schwang Äxte, Granaten und rechteckige Schilder aus Leder und Holz; sie hatte Anweisung, auf die Rogushkoi vorzurücken, und sich und die Kavallerie vor den Krummschwertern der Rogushkoi zu schützen. Auf eine Entfernung von fünfzehn Metern sollten sie ihre Granaten werfen und dann die Reihen öffnen, damit die freien Kämpfer angreifen konnten.

Die Rogushkoi standen an einem Ende des Melonenfelds und starrten auf die Schilde der Miliz. Die vier Kommandanten der Rogushkoi hielten sich abseits; sie unterschieden sich von den normalen Kriegern durch schwarze lederne Halsbänder, an denen ein Kettenhemd hing. Sie wirkten älter als die übrigen; ihre Haut leuchtete matter und dunkler, unter ihrem Kinn ragten Haut- oder Muskeltaschen hervor. Sie beobachteten die vorrückende Miliz in milder Verwirrung, stießen dann einige rauhe Laute aus, und die vier Kompanien setzten sich geruhsam in Bewegung. Die Miliz ließ ein seltsam schrilles Geräusch hören, und die Schilde bebten. Die freien Kämpfer brüllten heiser, und die Miliz beruhigte sich wieder. Hundert Meter vor den Gegnern blieben die Rogushkoi stehen, senkten ihre Krummschwerter und schwangen sie mit kraftvollen Bewegungen hinter sich. In dieser Position boten sie einen angsteinflößenden Anblick. Die Linie der Miliz kam ins Wanken; einige schleuderten im Reflex ihre Granaten, die auf halbem Wege zwischen den Linien explodierten.

Von hinten bliesen die etwas isolierten Cansume-Offiziere zum Angriff; die Reihe der Schilde bewegte sich schrittweise vorwärts. Die Rogushkoi stürmten nun ihrerseits los, und weitere Granaten wurden sinnlos geworfen. Die linke Flanke löste sich auf und ließ die freien Kämpfer ungeschützt. Sie zögerten nur eine halbe Sekunde und griffen dann an, stürzten sich in den Hagel aus Krummschwertern, die Mann und Pacer niederstreckten, ehe sie fünf Meter zurückgelegt hatten. Trotzdem warfen sie sterbend noch Granaten, und Rogushkoi verschwanden in Stichflammen und Staubwolken.

Die übrige Front rückte langsamer vor, hielt aber zusammen. Ein Horn blies zum Angriff; die nun demoralisierte Miliz bewegte sich uneinheitlich, brach zu früh auseinander; wieder wichen die Schilde zur Seite aus und gaben die freien Kämpfer den Wurfwaffen schutzlos preis. Die Überlebenden griffen dennoch an; Lanzen bohrten sich in kupferfarbene Brüste. Explosionen, Staub, Dämpfe, Gestank, ein wildes Durcheinander. Knüppel dröhnten dumpf; Fratzengesichter verzerrten sich düster und brüllten auf; Granaten flogen über die Schlachtlinien, brachten Lärm und Staubwolken und ein Durcheinander von abgerissenen Armen und Beinen. Ein schrecklicher Lärm brandete auf; Hörnerklang, das Bellen und Knurren der Rogushkoi, das laute Brüllen verwundeter Pacer, die entsetzlichen Schreie schwerverletzter Menschen ... Der Staub legte sich. Mehr als die Hälfte der Rogushkoi waren tot – und alle freien Kämpfer. Die Miliz von Cansume floh nach Waxone, und die Rogushkoi rückten langsam weiter vor, änderten dann die Richtung und wandten sich nach Ferriy.

Finnerack gab mit gepreßter Stimme seinen Kampfbericht. »Dort lagen die besten Kämpfer Shants in einem See aus schwarzem Blut! Sie weigerten sich, zurückzuweichen, bis es zu spät war; voller Stolz ritten sie in den Tod. Die Freiheit hatten sie sich verdient – doch wozu?«

Etzwane überraschte die Intensität, mit der Finnerack litt. »Wir wissen nun, daß unsere Männer so mutig sind wie die Kämpfer der alten Zeiten«, sagte er. »Das wird bald in ganz Shant bekannt sein.«

Finnerack schien ihn nicht gehört zu haben. Er schritt auf und ab und ballte immer wieder die Fäuste. »Die Miliz hat versagt. Diese Männer waren Verräter. Könnte ich über sie richten, müßten sie nun Weidenruten schneiden!«

Etzwane schwieg; er zog es vor, Finneracks Gefühle nicht auf sich selbst zu lenken. Finnerack würde nie über andere richten dürfen.

»Wir können diese Wesen nicht im Nahkampf besiegen«, fuhr Finnerack fort. »Wie steht es mit unseren Technisten? Wo sind ihre Waffen?«

»Setz dich und nimm dich zusammen«, sagte Etzwane. »Ich will dir von unseren Waffen berichten. Die Technisten müssen mit gewaltigen Kräften fertig werden, die schwer zu lenken sind. Ein winziges Stück Substanz bewegt sich mit gewaltiger Geschwindigkeit und bewirkt deshalb einen sehr großen Rückstoß. Damit wir den Stoff in einer Handwaffe verwenden können, müssen die Geschosse sehr dünn sein, und um den Rückstoß auszugleichen, wird nach hinten hin Ballast abgestoßen. Bei ihrer Ausdehnung erreichen die Projektile die absolute Kälte, sonst würden sie sich sofort selbst vernichten; so treiben sie einen Schwall heißer Luft vor sich her, der die Wirkung erhöht. Ich habe Schußversuche mit Kanonen gesehen; bis auf eine Meile sind diese Waffen tödlich. Auf größere Entfernung löst sich das Projektil auf.

Die Waffen, die ich gesehen habe, sind keineswegs leicht oder kompakt, was an dem notwendigen Ballast liegt. Vielleicht lassen sich kleinere Waffen bauen; das muß sich erst herausstellen. Die großen Waffen sind technisch denkbar, aber sie müssen an einem Baum oder einem großen Stein oder an Pfählen abgesichert werden und sind deshalb nicht überall verwendbar. Trotzdem können wir einen Fortschritt verzeichnen.

Außerdem stellen wir sehr raffinierte Glaspfeile her. Die Spitzen enthalten ein Elektret, das beim Auftreffen einen Stromstoß hervorruft, der seinerseits eine verletzende oder tödliche Dexaxladung zur Explosion bringt. Das Problem bei dieser Waffe ist angeblich die Qualitätskontrolle.

Schließlich produzieren wir Raketenwaffen; sehr einfache und billige Waffen. Die Röhre besteht aus zementierter Glasfiber, das Projektil ist entweder mit einem Steinzylinder oder einer auftreffzündenden Dexaxladung armiert. Es handelt sich um eine Nahkampfwaffe; die Genauigkeit ist nicht besonders gut.

Alles in allem haben wir Grund zu Optimismus.«

Finnerack rührte sich nicht. Er unterschied sich inzwischen so sehr von dem ungepflegten braunen Wesen auf Lager 3, wie sich dieser Mann von dem Jerd Finnerack der Angwin-Kreuzung unterschieden hatte. Er hatte zugenommen und gab sich aufrechter. Sein Haar, das keine sonnengebleichte Kappe mehr bildete, umgab seinen Kopf in goldbronzenen Locken; sein Gesicht zeigte harte Züge, und der wilde Glanz seiner Augen war zu einem kalten blauen Glitzern geworden. Finnerack war ein Mann ohne Wärme, Humor, Rücksichtnahme und mit sehr wenigen gesellschaftlichen Tugenden; er trug ausschließlich das Schwarz der Unversöhnlichkeit und Katastrophe, eine Eigenheit, die ihm den Spitznamen ›Schwarzer Finnerack‹ eingebracht hatte.

Finneracks Energie war grenzenlos. Er hatte die Diskriminatoren neu organisiert, ohne sich um die alten Handhabungen oder Statuten zu kümmern, und hatte dabei weniger Widerwillen als Verblüffung und Ehrfurcht erweckt. Der Geheimdienst wurde zu seinem Werk; in jeder Stadt Shants gründete er Gruppen, die mit Garwiy Funkkontakt hielten. Die freien Kämpfer machte er womöglich noch mehr zu seiner Sache und zog eine entsprechende Uniform (allerdings schwarz und nicht hellblau) allen anderen Kleidungsstücken vor.

Die freien Kämpfer waren in Shant sofort auf großen Widerhall gestoßen. Hunderte von Männern kamen nach Garwiy, Männer aller Alters- und Bildungsstufen, und ihre Zahl war schließlich so groß, daß Etzwane ihnen nicht mehr persönlich die Halsreife abnehmen konnte. Er brachte Ifness' Gerät zu Doneis, der eine Gruppe Elektroniktechnisten zusammenrief. Vorsichtig nahmen sie den Apparat auseinander und betrachteten die fremden Bauteile, die präzise Bauweise, die unerschöpflichen Energiezellen. Eine solche Maschine, überlegten sie, spürte Elektronenbewegungen auf und gab magnetische Impulse ab, um diese Ströme zu unterbinden.

Nach zahlreichen Versuchen vermochten die Technisten Ifness' Maschine in der Funktion nachzubauen, wenn auch nicht so kompakt. Fünf solcher Apparate wurden im Keller des Jurisdiktional aufgestellt, und Gruppen von Funktionären arbeiteten Tag und Nacht und nahmen den neuen Mitgliedern des Korps der freien Kämpfer die Halsreife ab. Finnerack selbst entschied über die Anträge; Männer, die er ablehnte, erhoben oft lautstarke Proteste, auf die Finnerack eine Standardantwort hatte: »Bring mir den Kopf eines Rogushkoi und seinen Krummsäbel, dann mache ich dich zu einem freien Kämpfer.« Etwa einmal in der Woche kehrte einer der Abgelehnten verächtlich nach Garwiy zurück und warf ihm einen Kopf und ein Krummschwert hin, woraufhin Finnerack kommentarlos Kopf und Waffe in einer Rutsche verschwinden ließ und den Mann in das Korps aufnahm. Wie viele einen Rogushkoikopf bringen wollten und es nicht schafften, wußte niemand.

Finnerack verausgabte sich derart, daß sich Etzwane zuweilen mehr wie ein Zuschauer als ein Teilhaber an den großen Ereignissen vorkam. Diese Situation spiegelte womöglich sein eigenes Führungstalent wider, sagte er sich. Solange sich die Ereignisse in der gewünschten Richtung entwickelten, konnte er sich nicht beklagen. Wenn Etzwane Fragen stellte, antwortete ihm Finnerack klar und deutlich, wenn auch kurz angebunden; er schien Etzwanes Interesse weder zu begrüßen noch etwas dagegen zu haben – eine Tatsache, die Etzwanes Unbehagen womöglich noch steigerte. Hielt Finnerack ihn etwa für unnütz, für einen Mann, der von den Ereignissen überholt und mattgesetzt worden war?

Mialambre:Octagon hatte seine Gerechtigkeitsfinder in die

Kantone geführt; Etzwane erfuhr von seiner Tätigkeit aus hereinkommenden Geheimberichten.

Die Nachrichten über Dystar waren weniger klar. Ab und zu traf eine Meldung aus einem fernen Ort ein, immer mit demselben Tenor: Dystar war gekommen, hatte unvorstellbar schön gespielt, hatte alle entzückt, die ihn hörten, und war weitergezogen.

Finnerack war plötzlich verschwunden. In seinen Gemächern im Pagane-Turm, im Jurisdiktional, im Lager der freien Kämpfer war er nicht zu finden.

Drei Tage vergingen, ehe er zurückkehrte. Etzwanes Fragen beantwortete er zunächst ausweichend, erklärte dann, daß er ›sich mal im Lande umgesehen und sich ausgeruht‹ habe.

Etzwane stellte keine weiteren Fragen, war jedoch nicht befriedigt. Hatte Finnerack eine Frau kennengelernt? Etzwane hielt das für unwahrscheinlich. Sein Verhalten war uncharakteristisch. Finnerack machte sich mit dem alten Schwung an die Arbeit, doch Etzwane hatte den Eindruck, als wäre er sich seiner Sache nicht mehr so sicher, als habe er etwas erfahren, das ihn verwirrte oder aufwühlte.

Etzwane wollte über Finneracks Tätigkeiten Bescheid wissen, hätte sich dazu aber an den Geheimdienst wenden müssen, was nicht nur unpassend, sondern auch töricht gewesen wäre … Mußte er sich also ein zweites, unabhängiges Kontrollsystem schaffen, um selbst informiert zu sein? Lächerlich!

Am Tag nach Finneracks Rückkehr besuchte Etzwane die Werkstätten der Technisten am Jardeenufer, Doneis führte ihn an den Arbeitsbänken entlang, auf denen die neuen Waffen produziert wurden. »Projektile aus reinem Halcoid 41 haben sich als unpraktisch erwiesen«, sagte er. »Sie dehnen sich zu rasch aus und bewirken einen unglaublichen Rückstoß. Wir haben dreitausend Variationen durchprobiert und verwenden nun eine Substanz, die sich etwa nur zu einem Zehntel der 41-Geschwindigkeit ausdehnt. Entsprechend braucht die Waffe nur einen dreißigpfündigen Ballast. Außerdem ist Halcoid-Prax härter und bietet weniger Luftwiderstand. Das neue Geschoß ist trotzdem kaum größer als eine Nadel ... Hier wird der Abzugshebel in den Schaft eingepaßt ... Das sind die elastischen Bänder, die verhindern, daß der Ballast nach hinten davonfliegt ... Das Elektret wird hier eingebaut; der Ballast dagegen befindet sich hier. Das ist unser Schießstand, wo die Zieleinrichtung angebracht wird. Die Waffe hat eine extrem flache Geschoßbahn auf der gesamten Schußweite, die gut eine Meile beträgt. Willst du sie mal ausprobieren?«

Etzwane nahm die Waffe, legte sie an die Schulter. Ein gelber Punkt im optischen Zielsucher kennzeichnete das Zielgebiet.

»Schieb das Magazin in diesen Rahmen, wirf den Hebel herum. Wenn du den Auslöser betätigst, trifft der Ballast auf das Elektret und bewirkt einen Impuls, der das Geschoß anregt. Mach dich auf den Rückstoß gefaßt; achte darauf, daß du einen sicheren Stand hast.«

Etzwane starrte durch die Linse und richtete den gelben Punkt auf das Glasziel ein. Er drückte den gelben Knopf und spürte sofort eine Erschütterung, die ihn nach hinten schleuderte. Unten, am anderen Ende der Bahn, flammte um das zerschmetterte Ziel ein weißes Feuer auf.

Etzwane legte die Waffe beiseite. »Wie viele könnt ihr herstellen?«

»Heute bekommen wir nur zwanzig fertig, aber wir können diese Zahl schnell verdreifachen. Das Hauptproblem ist der Ballast. Wir haben Metall aus ganz Shant angefordert, doch es trifft nur in sehr kleinen Mengen ein. Der Leiter der Materialbeschaffung informiert mich, daß er das Metall, aber keine Transportmöglichkeiten hat. Der Transportleiter sagt mir das Gegenteil. Ich weiß nicht, wem ich glauben soll. Jedenfalls bekommen wir unser Metall nicht.«

»Ich kümmere mich darum«, versicherte Etzwane. »Du bekommst das Metall auf schnellstem Wege. Inzwischen habe ich noch ein anderes Problem für die Technisten: Zwei junge Rogushkoi, zwischen sechs Monaten und einem Jahr alt, merken bereits, wenn eine Frau in der Nähe ist. Ich bin der Meinung, wir sollten feststellen, wie und warum sie so angeregt werden, welche Vorgänge da ablaufen. Kurzum, geschieht das Erkennen visuell, durch Geruch oder gar telepathisch – oder wie sonst?«

»Ich verstehe. Das Problem ist sehr wichtig; ich werde unsere Biologen sofort darauf ansetzen.«

Etzwane sprach zunächst mit dem Ästheten Brise, dem Transportleiter, dann mit Aun Sharah. Wie Doneis schon berichtet hatte, gab jeder dem anderen die Schuld dafür, daß keine großen Metallmengen nach Garwiy gelangten. Etzwane befaßte sich mit den Einzelheiten und kam zu dem Schluß, daß das Problem die Prioritäten betraf. Aun Sharah hatte die verfügbaren Schiffe abgezogen, um Nahrungsmittel in die von Flüchtlingen überlaufenen Küstenkantone zu schaffen.

»Das Wohlergehen der Bevölkerung ist natürlich wichtig«, sagte Etzwane zu Aun Sharah. »Doch in erster Linie müssen wir mit den Rogushkoi fertig werden – und dazu brauchen wir Metall in Garwiy.«

»Das verstehe ich alles«, erwiderte Aun Sharah verärgert. Seine selbstgefällige Lässigkeit war verschwunden, sein Gesicht wirkte nicht mehr ganz so glatt. »Ich tue mein Bestes; und vergiß bitte nicht – dies ist nicht mein erwählter Posten.«

»Trifft das nicht für uns alle zu? Ich bin Musiker, Mialambre ist Jurist, Brise ist Ästhet, Finnerack ein Weidenrutenschneider. Wir alle haben Glück, daß wir so vielseitig sind.«

»Das mag stimmen«, gab Aun Sharah zu. »Wie ich höre, hast du meine Diskriminatoren ziemlich umgekrempelt.«

»Allerdings. Überall in Shant gibt es Veränderungen – ich hoffe, nicht zum Schlimmeren.«

Die Rogushkoi stürmten durch das nördliche und nordöstliche Shant, bewegten sich ungehindert in Cansume, im größten Teil Marestiys und in weiten Landstrichen von Faible und Purpurstein. Dreimal versuchten sie den Maure zu durchschwimmen, um nach Grünstein zu kommen; doch jedesmal legte die örtliche Miliz in Fischerbooten ab und bombardierte die Invasoren mit Dexaxgranaten. Im Wasser waren die Rogushkoi hilflos; nun lernten die Menschen die Freude genießen, einen bisher unbesiegbaren Feind zu vernichten. Die Erfolge waren jedoch nicht wirklich greifbar, denn die Rogushkoi schienen ihre Verluste und die menschliche Freude darüber gar nicht wahrzunehmen; sie marschierten dreißig Meilen flußabwärts nach Opalsand, wo die Maure nur knapp einen Meter tief war, und strömten hier in großer Zahl ans andere Ufer. Offenbar gedachten sie Grünstein, Cape, Galwand und Glirris zu überrennen und die Überlebenden den Rogushkoistreitkräften entgegenzutreiben, die sich bereits in Anzume aufhielten. So hätten sie Millionen Menschen vernichten und Millionen von Frauen gefangennehmen können, und ganz Nordost-Shant wäre in ihrer Gewalt gewesen – eine Katastrophe unvorstellbaren Ausmaßes.

Etzwane besprach sich mit Finnerack, Brise und San-Sein, dem offiziellen Befehlshaber der freien Kämpfer. Annähernd zweitausend freie Kämpfer waren nun mit Halcoidwaffen ausgestattet – ein Korps, das Finnerack durch Fairlea in die Vorberge von Sable schicken wollte, um Seamus und Bastern zu halten und die Rogushkoi zu überfallen, sobald sie aus dem Hwan kamen. Der Nordosten, erklärte er, müßte aufgegeben werden; er sah keinen Sinn in verzweifelten Aktionen, die von vornherein zum Scheitern verurteilt waren. Zum erstenmal stellte sich Etzwane bei einer wesentlichen Entscheidung gegen Finnerack; für Etzwane bedeutete ein Zurückweichen im Nordosten den Verrat von Millionen Menschen; dieser Gedanke war ihm unvorstellbar. Finnerack ließ sich nicht überzeugen. »Millionen müssen sterben; der Krieg ist bitter, fordert Opfer von uns. Wenn wir gewinnen wollen, müssen wir uns mit dem Gedanken an den Tod anfreunden und in Begriffen großer Strategie denken – es darf keine Serie kleiner, hysterischer Verzweiflungstaten geben.«

»Im Prinzip magst du recht haben«, sagte Etzwane. »Andererseits können wir uns nicht durch derartige abstrakte Entscheidungen binden lassen. – Brise. Welche Schiffe liegen gerade in der Shellflowerbucht?«

»Kleinere Fahrzeuge, die Flotte der Steinbrecher, ein paar Handelsschiffe, Fischerboote – die meisten im Hafen von Seacastle.«

Etzwane breitete seine Karten aus. »Die Rogushkoi marschieren durch das Mauretal nach Norden. Die Miliz wird sie mit Granaten und Landminen aufzuhalten versuchen. Wenn wir unsere Truppen nachts landen, hier am Dorf Thran, können sie diesen Kamm über Maurmouth besetzen. Wenn dann die Rogushkoi auftauchen, nehmen wir uns ihrer an.«

San-Sein betrachtete die Karte. »Der Plan ist gut.«

Finnerack knurrte etwas und drehte sich halb auf seinem Stuhl um.

Etzwane sagte zu San-Sein: »Bring deine Leute nach Seacastle, schifft euch auf den Booten ein, die Brise zur Verfügung stellt, und segelt sofort nach Osten.«

»Wir tun unser Bestes; aber haben wir genug Zeit?«

»Die Miliz muß drei Tage lang durchhalten, mit List oder Taktik den Vormarsch verlangsamen. Bei dreitägigem gutem Wind erreicht ihr dann den Hafen von Thran.«

Zweiundvierzig Pinassen und Trawler, je dreißig freie Kämpfer an Bord, fuhren los, um den Nordosten zu entsetzen. San-Sein führte selbst das Kommando. Drei Tage lang hielt sich der gute Wind; in der dritten Nacht erstarb er zu San-Seins Ärger, der während der Dunkelheit in den Hafen hatte eindringen wollen. Bei Anbruch der Morgendämmerung lag die Flotte noch eine halbe Meile vor der Küste, und ein Überraschungsangriff war illusorisch geworden. San-Sein verfluchte die Flaute und betrachtete die nahe Küste durch ein Teleskop – und erstarrte plötzlich entsetzt. Das Okular offenbarte ihm eine unheimliche Bewegung, die dem bloßen Auge verborgen blieb. Rogushkoi drängten sich in den Häusern an der Hafenfront Thrans. Die Miliz hatte nicht durchgehalten! Die Rogushkoi waren zum Meer durchgestoßen und hatten ihrerseits einen Hinterhalt gelegt.

Eine leichte Brise kam auf. Das Wasser wurde unruhig. San-Sein rief seine Schiffe zusammen und gab neue Befehle.

Mit dem auffrischenden Wind fuhr die Flotte in den Hafen; doch anstatt am Kai festzumachen oder zu ankern, lief sie auf dem Strand auf. Die freien Kämpfer gingen an Land und bildeten eine Kampflinie; langsam drangen sie auf die Hafengebäude vor, in deren Fenstern nun die Fratzen der Rogushkoi zu sehen waren.

Die Ungeheuer quollen wie Ameisen aus einem zerstörten Ameisenhügel und griffen die Küste an. Sie wurden von tausend glühenden Geschossen empfangen und vernichtet.

Über das Funkgerät des Geheimdienstes meldete San-Sein den Sieg. »Wir haben keinen einzigen Mann verloren und sechshundert Rogushkoi getötet. Ebenso viele haben sich nach Marmouth und in das Mauretal zurückgezogen. Es gibt keinen Zweifel mehr; mit den Waffen können wir die Wesen jagen, als wären sie verkrüppelte Ahulphs. Aber das ist nicht alles. Wir hatten Erfolg – aber nur durch Glück. Hätten wir wie geplant über Nacht in Thran angelegt, könnte ich jetzt keinen Sieg vermelden. Die Rogushkoi wußten von unserem Angriff! Sie waren informiert! Wer hat uns verraten?«

Etzwane fragte: »Wer wußte von dem Plan?«

»Nur vier – die Männer, die ihn besprochen haben.«

Etzwane dachte nach; Finnerack starrte stirnrunzelnd auf die Karte.

»Ich kümmere mich um die Angelegenheit«, sagte Etzwane. »Aber zunächst haben wir den Nordosten gerettet; ein Grund zur Freude. Verfolgt diese Wesen, jagt sie, aber seid vorsichtig. Nehmt euch vor Hinterhalten und schmalen Durchgängen in acht. Endlich sieht die Zukunft wieder rosiger aus.«

Finnerack schnaubte durch die Nase. »Gastel Etzwane, du bist ein Optimist, der nur wenige Zentimeter weit sieht. Die Rogushkoi sind geschickt worden, um uns zu vernichten; glaubst du, daß ihre Hintermänner – und damit meine ich die Palasedraner – so leicht aufgeben? Die Zukunft bringt uns nur neuen Ärger.«

»Das werden wir sehen«, sagte Etzwane lächelnd. »Ich muß gestehen, daß mich noch niemand einen Optimisten genannt hat.«

Während er den Bericht an Brise weitergab, erkundigte sich Etzwane zugleich nach einer möglichen undichten Stelle in der Informationskette. Brise war verwirrt und entrüstet. »Willst du damit fragen, ob ich jemanden über den Angriff informiert habe? Hältst du mich für einen Narren? Die Antwort lautet entschieden nein!«

»Die Frage war eine reine Formalität«, sagte Etzwane. »Um

das Thema zu erledigen – zwischen dir und dem Büro der Materialbeschaffung hat es darüber keine Erörterung gegeben?«

Brise zögerte einen Moment lang und sagte dann vorsichtig: »Von einem Überfall war nicht die Rede.«

Etzwane achtete auf die leichteste Betonung. »Ich verstehe. Worum drehte sich denn eure Diskussion?«

»Eine unwichtige Sache. Der Leiter der Materialbeschaffung wollte Schiffe nach Oswiy schicken – genau am Tag des Angriffs. Ich lehnte das ab und schlug ihm scherzhaft vor, er sollte seine Sendung statt dessen von Maurmouth abgehen lassen.« Brise zögerte. »Vielleicht läßt sich das weit hergeholt als Indiskretion bezeichnen, hätte ich nicht gerade mit dem Leiter der Materialbeschaffung persönlich gesprochen.«

»Genau«, sagte Etzwane. »Trotzdem solltest du künftig mit niemandem über diese Dinge scherzen.«

Finnerack wandte sich am nächsten Tag an Etzwane: »Was ist mit Brise?«

Etzwane hatte sich die Antwort bereits überlegt. Es hätte seiner Integrität nicht entsprochen, jetzt Ausflüchte zu machen. »Brise behauptet, nichts gesagt zu haben. Doch er hat eine scherzhafte Bemerkung gegenüber Aun Sharah gemacht, daß er seine Frachtschiffe in Maurmouth bereitstellen möchte.«

Finnerack knurrte tief in der Kehle. »Ah! Jetzt wissen wir's endlich!«

»Anscheinend. Ich muß mir überlegen, was wir tun sollen.«

Finnerack hob ungläubig die blonden Augenbrauen. »Was wir tun sollen? Gibt es da noch Zweifel?«

»Allerdings. Nehmen wir einmal an, Aun Sharah ist wie Sajarano für einen Sieg der Rogushkoi, dann interessiert uns folgende Frage: ›Warum?‹ Sowohl Sajarano als auch Aun Sharah sind Bürger Shants, hier geboren und aufgewachsen. Was trennt sie von den übrigen? Die Gier nach Macht oder Reichtum? In Sajaranos Fall ist das unmöglich; was hätte er sich noch wünschen können? Haben die Palasedraner die beiden mit einem Rauschgift gefügig gemacht? Haben sie eine telepathische Möglichkeit gefunden, Gehorsam zu erzwingen? Wir müssen die Frage klären, ehe solche Methoden auf dich oder mich angewandt werden. Warum sollten wir immun sein?«

Finnerack setzte sein schiefes, zorniges Lächeln auf. »Diese Frage ist mir schon oft durch den Kopf gegangen, besonders, wenn du unsere Feinde schonend behandelst.«

»Ich schone niemanden, dessen kannst du versichert sein«, sagte Etzwane. »Aber ich muß umsichtig vorgehen.«

»Und wie steht es mit der Bestrafung?« fragte Finnerack. »Aun Sharah hat den Tod von zwölfhundert freien Kämpfern geplant! Soll er wegen deiner Nachsicht straffrei ausgehen?«

»Seine Schuld ist noch nicht bewiesen. Aun Sharah nur auf Verdacht hin oder aus Wut zu töten, könnte nichts nützen. Wir müssen seine Motive kennenlernen.«

»Und was ist mit den freien Kämpfern?« entgegnete Finnerack hitzig. »Müssen sie ihr Leben so für nichts und wieder nichts aufs Spiel setzen? Ich bin für sie verantwortlich, und ich muß sie vor Verrätern schützen.«

»Finnerack, du bist nicht den freien Kämpfern, sondern der zentralen Autorität in Shant verantwortlich, und das bin ich. Du darfst es nicht zulassen, daß deine Energie und deine Emotionen den Verstand überrennen. Ich möchte das einmal klarstellen: Wenn du das Gefühl hast, an einem solchen in die Zukunft gerichteten Plan nicht mitwirken zu können, solltest du dich von der Regierung lösen und dir eine andere Beschäftigung suchen.« Etzwane begegnete Finneracks eisblauem Blick. »Ich behaupte nicht, daß ich unfehlbar bin«, fuhr er fort. »Im Hinblick auf Aun Sharah stimme ich dir zu – er ist wahrscheinlich schuldig. Doch ist es lebenswichtig, daß wir den Grund für sein Handeln erfahren.«

Finnerack sagte: »Dieses Wissen ist kein Menschenleben wert.«

»Woher willst du das wissen?« fragte Etzwane. »Wir kennen den Grund nicht, wie kannst du ihn also einschätzen?«

»Ich habe jetzt keine Zeit für solche Dinge«, knurrte Finnerack. »Die freien Kämpfer nehmen meine Zeit in Anspruch.«

Das war die Gelegenheit, auf die Etzwane gehofft hatte.

»Ich bin deiner Meinung – du hast zuviel zu tun. Ich werde also einem anderen die Aufsicht über den Geheimdienst übertragen und dir bei den freien Kämpfern helfen.«

Finneracks Grinsen hatte etwas Wölfisches. »Ich brauche keine Hilfe bei den Kämpfern.«

Etzwane ignorierte seinen Einwand. »Inzwischen beobachten wir Aun Sharah eingehend und geben ihm keine Chance mehr, uns zu schaden.«

Finnerack war gegangen. Etzwane dachte nach. Die Entwicklung schien eine Wendung ins Positive zu nehmen. Die neuen Waffen waren wirkungsvoll; Mialambre und Dystar trugen jeder auf seine Weise zu der neuen Nation bei, die Shant werden mußte. In seiner Leidenschaft und Widerspenstigkeit war Finnerack das dringlichste Problem; er ließ sich nicht leicht lenken oder auch nur beeinflussen ... Etzwane lachte sarkastisch auf. Als er sich zu Anfang in seiner Einsamkeit nach einem loyalen und verläßlichen Helfershelfer gesehnt hatte, war ihm das Bild des ruhigen blonden Jungen von der Angwin-Kreuzung in den Sinn gekommen. Der Finnerack, den Etzwane schließlich angeworben hatte, war für seine Zwecke völlig ungeeignet; er war stur, wankelmütig, streitsüchtig, starrköpfig, verstohlen, Stimmungen unterworfen, unflexibel, rachsüchtig, engstirnig, pessimistisch, wenig hilfsbereit, vielleicht auch nicht vertrauenswürdig oder loyal. Doch Finnerack hatte bei den freien Kämpfern und im Geheimdienst ausgezeichnete Arbeit geleistet, was jedoch nicht der Hauptpunkt war. Etzwanes ursprüngliche Angst hatte sich zerstreut. Was aus ihm auch werden mochte – der Krieg gegen die Rogushkoi hatte nun endlich ein eigenes Bewegungsmoment gewonnen. Der neue Shant war eine unwiderrufliche Realität. In zwanzig Jahren würden Halsreife Museumsstücke sein, zum Besseren oder Schlechteren, und der Anome würde eine andere Art von Macht ausüben. (Wer dann wohl Anome sein mochte? Mialambre:Octagon? Dystar? San-Sein?)

Etzwane trat ans Fenster und blickte über den Gesellschaftsplatz. Es wurde Abend. Heute mußte er sich seine Taktik gegenüber Aun Sharah zurechtlegen.

Er verließ das Büro und ging über den Platz. Die Garwiyer Bürger hatten inzwischen von dem großen Sieg am Maurmouth erfahren; Etzwane hörte Bruchstücke begeisterter Gespräche. Unwillkürlich mußte er an Finneracks düstere Prophezeiung denken – vielleicht hatte er sogar recht. Das Schlimmste stand Shant womöglich noch bevor.

Etzwane suchte seine Wohnung im Roseale Hrindiana auf, wo er baden, essen und Berichte lesen wollte und sich vielleicht ein bißchen mit Dashan von Szandeles abgeben konnte ... Er öffnete die Tür. Die Zimmer waren dunkel. Ungewöhnlich! Wer hatte die Lampen ausgedreht? Er trat ein und berührte den Lichtschalter. Doch es blieb dunkel. Etzwane wurde schwindlig. Ein seltsamer saurer Duft lag in der Luft. Er taumelte zu einem Diwan, doch dann kam ihm zu Bewußtsein, daß es vielleicht besser war, sich nicht zu entspannen, und wollte zur Tür zurück. Doch seine Sinne versagten. Er versuchte sich zur Tür zu tasten; er spürte den Türriegel ... Eine Hand nahm ihn am Arm und zerrte ihn, dem bereits die Knie weich wurden, wieder ins Zimmer zurück.

Hier war alles falsch, dachte Etzwane. Ihm war seltsam unwohl, und er fühlte sich zerschlagen, als hätten ihn Alpträume heimgesucht. Er richtete sich auf und fühlte sich unerklärlich schwach; vielleicht hatte er wirklich geträumt; die Dunkelheit, die Gefühllosigkeit, die Hand auf seinem Arm, dann ... Stimmen.

Etzwane stand auf und blickte in die Gärten des Hrindiana. Es war früher Morgen, etwa die Zeit, da er normalerweise aufstand. Er ging ins Badezimmer und starrte verwundert auf das ausgemergelte Gesicht im Spiegel. Sein Bart war ein dunkler Stoppelwald; seine Pupillen starrten ihn groß und dunkel an. Er badete, wusch sich, zog sich an und ging in den Garten hinunter, wo er frühstückte. Dabei stellte er fest, daß er gewaltigen Hunger und Durst hatte ... Seltsam. Neben seinem Frühstück lag ein Exemplar der Morgenzeitung. Zufällig blickte er auf das Datum. Shristtag? Gestern war doch Zaeltag gewesen; heute war Ettatag ... Shristtag? Irgend etwas stimmte hier nicht ...

Langsam ging er zum Jurisdiktional. Dashan begrüßte ihn

aufgeregt. »Wo bist du gewesen? Wir alle waren ganz hilflos vor Sorge!«

»Ich war fort«, sagte Etzwane. »Irgendwo.«

»Drei Tage lang? Du hättest mir etwas sagen müssen«, schalt ihn Dashan.

Auch Finnerack war drei Tage lang fort gewesen, überlegte Etzwane. Seltsam.

11

In Garwiy hing ein neues Gefühl in der Luft: Hoffnung und Hochgefühl, vermischt mit Melancholie über das Ende einer langen, friedlichen Ära. Kinder erhielten keine Halsreife mehr, und es war allgemein bekannt, daß sich verdienstvolle Personen nach dem Krieg ihren Reif entfernen lassen konnten. Wie stand es dann aber mit Gesetz und Ordnung? Wer würde für die Einhaltung des Friedens sorgen, wenn der Anome das letzte Handwerkszeug seiner Macht verlor? Trotz aller Hochstimmung machte sich überall eine gewisse Unsicherheit bemerkbar. Etzwane dachte stundenlang über die neue Lage nach. Er hatte das Gefühl, dem neuen Anome eine große Last an Problemen zu hinterlassen.

Dystar kehrte nach Garwiy zurück und ließ sich bei Etzwane melden. »Nach bestem Vermögen habe ich deinen Auftrag ausgeführt. Meine Aufgabe ist erfüllt. Das Volk von Shant ist geeint; die Ereignisse haben es zusammengeführt.«

Etzwane erkannte plötzlich, daß seine Unentschlossenheit etwas Künstliches gewesen war. Der Anome von Shant mußte ein Mann mit der breitesten Grundlage sein, der tiefsten Phantasie. »Dystar«, sagte Etzwane, »deine Aufgabe ist erfüllt, doch eine andere wartet auf dich, die nur du erfüllen kannst.«

»Das bezweifle ich«, sagte Dystar. »Was ist das für eine Aufgabe?«

»Du bist nun Anome von Shant.«

»Was? ... Unsinn, ich bin Dystar.«

Etzwane ärgerte sich über Dystars Verdruß. Er sagte förmlich: »Meine Hoffnungen gelten allein Shant. Irgend jemand muß Anome sein; ich dachte, ich müßte den Besten wählen.«

Dystar, der nun etwas amüsiert zu sein schien, sagte leise: »Ich habe weder Lust noch Talent zu solchen Dingen. Wer bin ich denn, daß ich über den Diebstahl eines Bullen richten oder die Steuern für Kerzen festsetzen sollte? Wenn ich Macht hätte, wären meine Taten wild und ruinös; Türme über den Wolken, meilenlange Vergnügungsbarken, mit denen Musiker die Inseln des Baljamars besuchen könnten, Expeditionen zu den Verlorenen Königreichen von Caraz. Nein, Gastel Etzwane, diese Vision übersteigt deinen Sinn für das Praktische, wie das oft bei einem Musiker der Fall ist. Setz den weisen Mialambre als Anome ein – oder noch besser, laß die Stelle unbesetzt; was für Vorteile kann ein Anome genießen, wenn es keine Halsreife mehr zum Explodieren gibt?«

»Das ist ja alles schön und gut«, sagte Etzwane mürrisch, »aber – um auf die Praxis zurückzukommen, die mir ja offenbar so sehr fehlt – wer soll dann herrschen? Wer gibt die Befehle? Wer mißt die Strafen zu?«

Dystar hatte das Interesse an dem Thema verloren. »Das sind Aufgaben für Spezialisten, für Leute, die sich für solche Dinge interessieren ... Was mich angeht, ich muß nun wieder fort, vielleicht nach Shkoriy. Ich kann keine Musik mehr spielen; ich bin fertig.«

Etzwane beugte sich erschrocken vor. »Das kann ich nicht glauben! Wo liegt der Grund?«

Dystar lächelte und zuckte die Achseln. »Ich bin dem Halsreif entkommen; ich habe die Wonnen der Freiheit kennengelernt, zu meiner großen Melancholie.«

»Hmm ... Aber reise nicht nach Shkoriy, um düsteren Gedanken nachzuhängen; was wäre sinnloser? Setz dich mit Frolitz in Verbindung, tritt seiner Truppe bei; dort liegt das Heilmittel gegen die Melancholie, das kann ich dir garantieren.«

»Du hast recht«, sagte Dystar nach langem Schweigen. »Das werde ich tun. Ich danke dir für deinen weisen Rat.«

Zwei Sekunden lang lag Etzwane das Geheimnis auf der Zunge, doch dann sagte er nur: »Ich wünschte, ich könnte dich begleiten.« Sicher würde an einem lustigen Abend in einer fernen Schänke die Truppe Wein trinken und sich angeregt unterhalten, und Mielke oder Cune oder sogar Frolitz würden Dystar seine Beziehung zu Etzwane offenbaren, ihm sagen, daß Etzwane das Kind war, das er mit der Klosterdirne am Rhododendronweg in Bashon zeugte.

Dystar war seines Weges gegangen. Als reine Gedankenübung entwarf Etzwane eine theoretische Regierung, die Shant so gut dienen konnte wie ein kluger und entschlossener Anome. Er begann sich immer mehr für seine Konstruktion zu interessieren; er verfeinerte und änderte das Modell und fand schließlich eine anscheinend praktikable Lösung.

Er entwarf zwei zusammenwirkende Regierungsorgane. Das erste, ein Patrizierrat, umfaßte die Direktoren für Transport, Handel und Wirtschaft, für Kommunikation, Gesetz und Ordnung, Militär, einen Ästheten aus Garwiy, einen Musiker, einen Wissenschaftler, einen Historiker, zwei allgemein bedeutende Persönlichkeiten und zwei Personen, die von dem zweiten Rat gewählt wurden. Der Patrizierrat sollte sich aus sich selbst heraus erneuern, indem er seine Mitglieder selbst bestimmte oder mit Zweidrittelmehrheit entließ. Einer aus der Gruppe sollte der Erste von Shant werden, für eine Amtszeit von drei Jahren oder bis er von einer Zweidrittelmehrheit abgewählt wurde.

In einer zweiten Körperschaft, dem Kantonsrat, sollten Vertreter aus jedem der zweiundsechzig Kantone und zusätzliche Delegierte aus den Städten Garwiy, Brassei, Maschein, Oswiy, Ilwiy und Whearn Sitz und Stimme haben.

Der Kantonsrat sollte dem Patrizierrat Gesetze und Maßnahmen vorschlagen und vermochte seinerseits ein Mitglied des Patrizierrats durch Zweidrittelmehrheit auszuschließen. Ein separates Richterkolleg sollte jedem Bürger Shants Gleichheit vor dem Gericht garantieren. Der Direktor für Gesetz und Ordnung, der im Patrizierrat saß, sollte aus dem Kreis der Juristen gewählt werden.

Etzwane rief Mialambre:Octagon, Doneis, San-Sein, Brise und Finnerack zusammen und präsentierte ihnen seine Vorschläge. Alle waren der Meinung, daß das System zumindest einen Versuch wert war, nur Finnerack erhob ernsthafte Einwände. »Du übersiehst etwas: überall in Shant leben die großen Magnaten, die sich durch den Schmerz anderer ein leichtes Leben verschafft haben. Sollte nicht eine Entschädigungsregelung in das neue System aufgenommen werden?«

»Das ist ja wohl mehr ein Problem der Rechtsfindung«, sagte Etzwane.

Finnerack kam in Fahrt. »Warum sollten außerdem viele für eine Handvoll Brot schuften, während langfingrige Schlemmer das Mahl der Fünfundvierzig Gänge genießen? Die guten Dinge müßten aufgeteilt werden; wir sollten das neue System auf einer Basis der Gleichheit beginnen.«

Mialambre erwiderte: »Deine Gefühle sind großzügig und sprechen für dich. Ich kann jedoch nur sagen, daß solche drastischen Umverteilungen schon öfter versucht worden sind und nur zu Chaos und Tyrannei geführt haben. Dies ist die Lehre der Geschichte, nach der wir uns nun richten müssen.«

Daraufhin äußerte sich Finnerack nicht mehr.

Sieben Kompanien freier Kämpfer, verstärkt durch die nun begeisterte Miliz, griffen die Rogushkoi an vier breiten Fronten an. Die Rogushkoi, die sofort ihre Taktik ihrer entstandenen Unterlegenheit anpaßten, rückten bei Nacht weiter, versteckten sich tagsüber in Wäldern und unzugänglichen Gebieten, griffen überraschend an, dabei immer noch Frauen suchend, ohne manchmal das eigene Risiko zu bedenken. Widerwillig gaben sie die Küste frei und wichen zögernd durch die Kantone Marestiy und Faible zurück.

Etzwane erhielt einen Bericht von Doneis, dem Direktor für Technischen Fortschritt. »Die jungen Rogushkoi sind eingehend untersucht worden. Es handelt sich um höchst seltsame Wesen, und ihre Menschenähnlichkeit ist schwer verständlich. Trotzdem brauchen sie menschliche Frauen als Brutstätte für ihre Nachkommen. In welcher Umgebung hätten sie sich so entwickeln können?«

»In Palasedra – so wird jedenfalls angenommen.«

»Möglich. Die Palasedraner beschäftigen sich seit Jahrtausenden mit der Zucht von Kriegern. Seeleute aus Caraz haben behauptet, die Wesen gesehen zu haben. Ein großes Mysterium.«

»Hast du erfahren, wie die Rogushkoi Frauen identifizieren?«

»Das war kein Problem. Ein für menschliche Nasen nicht wahrnehmbarer Duft lockt sie an. Sie wittern das so sicher, wie die Ahulph ihre Beute ausmachen; sie fangen den leichtesten Hauch auf und überrennen dann jedes Hindernis, um Befriedigung zu finden.«

Das Korps der freien Kämpfer war nun auf über fünftausend angewachsen. Finnerack war zurückhaltender und zielbewußter denn je; in ihm schien Wut zu schwelen wie ein Feuer in einem Herd. Um Finneracks Macht zu beschneiden, unterteilte Etzwane die Führung. Der Schwarze Finnerack wurde Kommandant der Strategie; San-Sein Kommandant des Aufmarschs, entsprechend gab es Kammandanten für Logistik, Rekrutierung und Ausbildung und Waffenbeschaffung.

Finnerack protestierte wütend gegen die Neuregelung. »Du machst die Situation noch umständlicher! Anstelle eines Anome gibst du uns hundert Politiker; einen verantwortlichen und tüchtigen Kommandanten ersetzt du durch ein fünfköpfiges Komitee. Ist das vernünftig? Ich frage mich nach deinen Motiven.«

»Ganz einfach«, sagte Etzwane. »Ein Anome vermag Sahnt nicht mehr zu lenken; hundert Männer werden gebraucht. Der Krieg, die Armeen Shants, ihre Strategie, Taktik und Ziele sind gleichfalls zu groß für die Kontrolle eines einzelnen.«

Finnerack nahm seinen schwarzen Hut ab und warf ihn in eine Ecke. »Du unterschätzt mich.«

»Das ist ganz bestimmt nicht der Fall«, sagte Etzwane.

Die beiden musterten sich einen Moment lang unfreundlich. Etzwane sagte: »Setz dich einen Augenblick; ich möchte dich etwas fragen.«

Finnerack ging zu einem Diwan, lehnte sich zurück, streckte seine Stiefel über den Burazhesq-Teppich. »Was willst du wissen?«

»Vor kurzer Zeit warst du drei Tage lang verschwunden. Bei deiner Rückkehr hast du nicht berichtet, wo du warst. Was ist in diesen drei Tagen geschehen?«

Finnerack knurrte mißmutig vor sich hin. »Unwichtig.«

»Das glaube ich nicht«, sagte Etzwane. »Vor kurzer Zeit bin

ich in meine Wohnung gegangen und wurde durch eine Art Gas betäubt – das nehme ich jedenfalls an. Erst drei Tage später wachte ich wieder auf, ohne zu wissen, was inzwischen geschehen war. War das bei dir auch so?«

»Mehr oder weniger ja«, antwortete Finnerack zögernd.

»Hast du Folgen dieses Zwischenfalls festgestellt? Fühlst du dich irgendwie anders?«

Wieder zögerte Finnerack, ehe er antwortete. »Natürlich nicht. Fühlst du dich denn anders?«

»Nein. Ganz und gar nicht.«

Finnerack war wieder gegangen; noch immer wußte Etzwane nicht, was im Kopf dieses Mannes vorging. Finnerack hatte keine offenkundigen Schwächen: er hatte es nicht auf Bequemlichkeit, Reichtum, Alkohol, hübsche Frauen oder ein angenehmes Leben abgesehen, er hatte eher etwas Zelotenhaftes an sich. Etzwane konnte das von sich nicht gerade behaupten, wenn er auch die Gefahren der Selbstzufriedenheit kannte und so nüchtern wie möglich zu leben versuchte. Dashan von Szandales war durch ihre oder seine Initiative – Etzwane wußte diese Frage nicht klar zu beantworten – seine Geliebte geworden. Diese Situation gefiel Etzwane wegen der Bequemlichkeit. Zu gegebener Zeit würde sich die Lage zweifellos ändern, wenn er etwa wieder Musiker wurde.

San-Sein, der Kommandant des Aufmarsches, kam eines Morgens mit einer Schriftrolle in Etzwanes Büro. »Wir haben hier eine vielversprechende Gelegenheit«, sagte er. »Die Rogushkoi fliehen; sie kehren zum Hwan zurück. Eine Horde bewegt sich durch Ascalon und Seamus nach Süden, eine zweite hat sich von Ferriy nach Bastern zurückgezogen, und dieser Trupp hat von Cansume Südmarestiy erreicht und nähert sich Bundoran. Siehst du die Richtung?«

»Wenn sie auf dieser Route in die Wildgebiete zurück wollen, müssen sie durch das Mirktal.«

»Genau. Hier nun mein Plan, den ich bereits mit Finnerack geklärt und diskutiert habe. Wie wär's, wenn wir die Gruppe von hinten bedrängen, ausreichend, um ihre Aufmerksamkeit zu fesseln, doch dann am Mirkpaß einen Hinterhalt legen? Denk an den Ballon-Weg und die vorherrschenden

Winde. Wenn wir in Oswiy vierzig Ballons mit Kriegern beladen, sie aus der Schiene klinken und frei fliegen lassen, erreichen sie den Merkpaß in sechs Stunden. Die Windwächter brauchten nur zu laden, die Truppen abzusetzen und könnten dann nach Süden weiterfliegen, bis sie die große Kammroute erreichen.«

Etzwane überlegte. »Die Idee hört sich gut an. Aber was ist mit den Winden? Ich bin in Bashon geboren und erinnere mich, daß sie mal aus dieser, mal aus der anderen Richtung kamen. Hast du mit den Meteorologen gesprochen?«

»Noch nicht. Aber hier auf der Karte sind Windpfeile eingezeichnet.«

»Das Vorhaben ist viel zu riskant. Wenn wir nun eine Flaute erwischen? Und die gibt es oft um diese Jahreszeit. Da säßen vierzig Ballons mit Kämpfern in den Wildgebieten fest. Wir brauchen Gleiter.« Etzwane erinnerte sich plötzlich an die Konstrukteure des Kantons Whearn. Er überlegte einen Augenblick lang und beugte sich über die Karte. »Mirkpaß ist die offenkundige Route. Wenn die Rogushkoi nun von dem Hinterhalt erführen? Dann könnten sie bei Bashon abbiegen und nach Westen ziehen, vorbei an Kozan, ehe sie sich nach Süden ins Wildgebiet wenden. Wir können mühelos Truppen nach Kozan schaffen; der Ballon-Weg führt nur zwanzig Meilen entfernt vorbei. Hier an den Kozan-Klippen müssen wir unseren Hinterhalt legen.«

»Aber wie unterrichten wir die Rogushkoi über den Hinterhalt am Mirk, damit sie abbiegen?«

»Überlaß das mir. Ich kenne da eine raffinierte Methode. Wenn sie klappt, in Ordnung. Wenn nicht, sind wir nicht schlimmer dran als jetzt. Du erhältst die folgenden Anweisungen: Du wirst niemandem anvertrauen, daß der Hinterhalt im Mirktal gestrichen ist. Das bleibt ein Geheimnis zwischen uns beiden. Stell deine Truppen in Oswiy bereit; belade die Ballons, doch laß sie nicht frei treiben, sondern schicke sie über den Ballon-Weg nach Süden. In Seamus steigt ihr aus, marschiert zu den Kozan-Klippen und bereitet den Hinterhalt vor.«

San-Sein war gegangen; der Plan lief. Wieder einmal sollte Brise die Nachricht an Aun Sharah weitergeben.

Etzwane ging zum Telefon und rief den Funker der Informationsorganisation an. »Setz dich mit Pelmonte im Kanton Whearn in Verbindung. Der Verantwortliche soll ans Mikrophon kommen. Dann verständige mich.«

Eine Stunde später vernahm Etzwane die Stimme des Verantwortlichen von Whearn. Etzwane sagte: »Weißt du noch, daß Gastel Etzwane, der Adjutant des Anome, vor mehreren Monaten durch Whearn kam?«

»O ja.«

»Damals empfahl ich den Bau von Gleitern. Welche Fortschritte habt ihr in dieser Richtung erzielt?«

»Wir haben getan, was uns befohlen war. Wir haben gute Gleiter gebaut. Nachdem ein Dutzend fertiggestellt war, wir aber von dir nichts mehr hörten, haben wir den Bau etwas gedrosselt.«

»Macht mit höchstem Tempo weiter. Ich schicke Männer, die die Gleiter abholen.«

»Willst du Flieger schicken?«

»Wir haben keine.«

»Dann müssen sie ausgebildet werden. Wähle eine Gruppe der besten Männer aus und schick sie nach Pelmonte. Zu gegebener Zeit werden sie dann die Gleiter fliegen können.«

»Das soll geschehen. Dank Männern wie dir sind die Rogushkoi auf der Flucht. Wir haben in den letzten Monaten viel Boden gewonnen.«

12

Brise sagte zu Etzwane über das Telefon: »Ich habe deine Anweisungen befolgt. Aun Sharah weiß Bescheid über den Hinterhalt im Mirktal. Das war eine Aufgabe, die ich ungern erfüllt habe.«

»Aber sie mußte getan werden. Jetzt können wir nur noch abwarten.«

Etzwane erhielt stündlich Bericht. Eine Rogushkoi-Truppe aus vier Abteilungen, die Überreste der Streitmacht, die einmal Nordost-Shant in Angst und Schrecken versetzt hatte, marschierte nach Süden durch das Mirktal, von einer unbekannten Anzahl gefangener Frauen begleitet. Berittene freie Kämpfer bedrängten die Flanken und die Nachhut der Rogushkoi und erlitten bei Gegenangriffen manchen Verlust; der Weg der Rogushkoi war mit Leichen gepflastert.

Die Horde näherte sich Bashon, wo der verlassene Tempel bereits zu verfallen begann.

Im Rhododendron-Weg verhielt der Trupp. Sechs Häuptlinge, die an ihren Kettenhemden zu erkennen waren, besprachen sich und starrten durch das Mirktal in Richtung Hwan. Doch sie waren nicht unentschlossen; sie schlugen im Rhododendron-Weg die westliche Richtung ein und trotteten unter den großen schwarzen Bäumen dahin. Als er die Meldung erhielt, dachte Etzwane an einen kleinen Jungen namens Mur, der unter diesen Bäumen im weißen Staub am Wegrand gespielt hatte. Am Ende des Rhododendron-Weges, das offene Land vor sich, diskutierten die Anführer der Rogushkoi erneut. Ein Befehl wurde weitergegeben, und die Rogushkoi verließen die Hauptstraße und begaben sich nach Süden in die Vorberge des Hwan. Über ihnen ragten die Kozan-Klippen auf, eine Erhebung aus grauem Kalkstein, die voller Höhlen und Tunnel war.

Die Rogushkoi näherten sich der Formation. Im Westen erschien eine Kompanie freier Kämpfer; von Osten schloß die Kavallerie auf, die die Nachhut der Rogushkoi bedrängt hatte. Die Rogushkoi trabten auf das Hwan-Gebirge zu und kamen dabei dicht an den Kozan-Klippen vorbei. Aus den Höhlen und Spalten zischten plötzlich Energieblitze. Von Osten näherte sich die Kavallerie der freien Kämpfer, ebenso von Westen.

Purpurne, grüne, hellblaue und weiße Plakate verkündeten die neue Regierung Shants:

> Die freien Kämpfer haben unser Land befreit. Hierüber freuen wir uns und feiern die Einheit Shants. Der Anome hat in seiner Großmut den Weg für eine offene und verantwortliche Regierungsform aufgezeigt, die aus einem Purpurnen Patrizierhaus und einem Grünen Kantonshaus

bestehen soll. Schon sind drei Manifeste beschlossen worden:

– Es soll keine Halsreife mehr geben.

– Das Kontraktprogramm wird abgeändert.

– Religionsgruppen dürfen keine Verbrechen mehr begehen.

Die Purpurnen Patrizier verkünden folgendes:

Darunter stand eine Liste der ernannten Direktoren und ihrer Funktionen. Gastel Etzwane, ein Direktor zur besonderen Verwendung, wurde zum Leitenden Direktor erklärt. Der zweite Direktor zur besonderen Verwendung war Jerd Finnerack. San-Sein fungierte als Direktor für Militärfragen.

Aun Sharah bewohnte das oberste Stockwerk eines alten blauweißen Glasgebäudes abseits des Gesellschaftsplatzes, fast am Fuße des Ushkadel. Sein Büro war sehr groß und fast exzentrisch leer. Die hohe Nordwand bestand nahezu völlig aus klaren Fensterscheiben. Der Arbeitstisch befand sich in der Mitte des Zimmers; Aun Sharah blickte nach Norden durch das gewaltige Fenster. Als Etzwane und Finnerack eintraten, nickte er höflich und stand auf. Fünf Sekunden lang herrschte Stille; die drei standen sich in dem großen kahlen Zimmer gegenüber wie bedeutende Spieler auf einer Bühne.

Etzwane sagte förmlich: »Aun Sharah, wir sind zu der Überzeugung gekommen, daß du den Interessen Shants zuwiderhandelst.«

Aun Sharah lächelte, als habe Etzwane ihm ein Kompliment gemacht. »Es ist nicht leicht, es jedem recht zu machen.«

Finnerack trat einen Schritt vor, wich dann aber zurück, ohne etwas zu sagen.

Etzwane, den Aun Sharahs freundliches Verhalten etwas aus dem Konzept brachte, fuhr fort: »Über deine Handlungen sind wir uns im klaren. Doch verwirren uns noch deine Motive. Du hast die Ziele der Rogushkoi gefördert – aber wo lag da dein Gewinn, wie hast du damit dir selbst gedient?«

Aun Sharah, der noch immer lächelte – auf eine seltsame Art, wie Etzwane fand –, fragte: »Ist das alles denn schon bewiesen?«

»Mehrfach sogar. Du bist seit mehreren Monaten beobachtet worden. Du hast Shirge Hillen im Lager 3 dazu angestiftet, mich anzugreifen; du hast mich bespitzeln lassen. Als Leiter der Materialbeschaffung hast du in mehreren Fällen gegen unsere Interessen gehandelt, indem du Arbeit in unwichtige Projekte investiertest. In Thran in Grünstein wurde dein Hinterhalt gegen die freien Kämpfer für dich zur Niederlage – doch nur durch Zufall. Der Kampf an den Konzan-Klippen hat uns einen klaren Beweis geliefert. Du nahmst an, daß der Mirkpaß bewacht werden sollte, woraufhin die Rogushkoi auswichen und vernichtet wurden. Deine Schuld steht fest. Nur deine Motive machen uns noch zu schaffen.«

Wieder standen die drei stumm in der Mitte des riesigen kahlen Zimmers.

»Bitte setzt euch«, sagte Aun Sharah leise. »Ihr habt mir hier einen derartigen Unsinn aufgetischt, daß mein Geist verwirrt worden ist und ich mich schwach fühle.«

Etzwane und Finnerack blieben stehen; Aun Sharah setzte sich und nahm Schreibstift und Papier zu Hand. »Bitte wiederholt eure Anschuldigungen.«

Etzwane gehorchte, und Aun Sharah erstellte eine Liste. »Fünf Punkte; viel Wind um nichts. Aber so mancher Mann ist um geringerer Anklagen willen vernichtet worden.«

Etzwane begann unsicher zu werden. »Du streitest die Anschuldigungen also ab?«

Aun Sharah setzte sein seltsames Lächeln auf. »Ich will lieber fragen, ob ihr eine der Anschuldigungen beweisen könnt.«

»O doch«, sagte Finnerack.

»Also gut«, sagte Aun Sharah. »Wir wollen die Liste Punkt für Punkt durchgehen – doch zuerst möchte ich, daß wir den Juristen Mialambre:Octagon hinzuziehen, der die Beweise prüft, und dazu auch den Transportleiter Brise.«

»Dagegen habe ich nichts«, sagte Etzwane. »Gehen wir in mein Büro.«

In sein altes Büro zurückgekehrt, hieß Aun Sharah die anderen Platz nehmen, als seien sie Untergebene, die er zu einer Konferenz gerufen hatte. Er wandte sich an Mialambre: »Vor knapp einer halben Stunde betraten Gastel Etzwane und der Schwarze Finnerack mein Büro, um eine Liste von fünf Anschuldigungen vorzubringen, die so ungeheuerlich sind, daß ich an ihrem Verstand zweifeln muß. Es handelt sich um folgende Anklagen.« Aun Sharah las die Liste vor.

»Die erste Anschuldigung, ich hätte Shirge Hillen über Etzwanes Kommen unterrichtet, ist nur eine unbegründete Vermutung, um so bösartiger, als Etzwane keinen Versuch gemacht hat, eine Alternativlösung auch nur zu finden. Ich schlug vor, er möchte in den Büros des Ballon-Wegs Erkundigungen einziehen; dies hat er nicht getan. Ich habe daraufhin selbst ein paar unauffällige Fragen gestellt und erfuhr nach zwanzig Minuten, daß ein gewisser Parway Harth tatsächlich eine zweideutige Meldung abgesetzt hat, die Shirge Hillen durchaus als Anweisung verstehen konnte, Gastel Etzwane zu töten. Ich kann dies dreifach beweisen: durch Parway Harth, durch einen Untergebenen, der die Nachricht zum Funkraum des Ballon-Wegs brachte und durch die Akten in diesem Funkbüro.

Zweitens: die Anschuldigungen, ich hätte Gastel Etzwane bespitzelt. Dies bezieht sich auf eine Überwachung, die von einem meiner Spurensucher durchgeführt wurde: ein Zeichen beiläufigen Interesses. Ich leugne diese Tat nicht; ich behaupte aber, daß sie zu trivial ist, um irgendwie von Bedeutung zu sein.

Drittens: als Leiter der Materialbeschaffung hätte ich mehrfach die Kriegsleistung Shants gemindert. In Hunderten von Fällen habe ich die Kriegsführung gefördert. Ich habe mich bei Gastel Etzwane beschwert, daß meine Fähigkeiten auf anderem Gebiete lägen; doch er ignorierte stur meine Äußerung. Wenn hierdurch die Versorgung Schaden erlitten hat, ist das allein seine Schuld. Ich habe mein Bestes getan.

Viertens und fünftens: ich hätte einen Hinterhalt in Thran arrangiert und einen unserer Pläne im Mirktal verraten. Vor einigen Tagen trat ich in das Büro von Direktor Brise. Auf höchst seltsame und verlegene Weise gab er mir einen Wink mit dem Zaunpfahl, man plane einen Hinterhalt im Mirktal. Ich bin ein mißtrauischer Mann und kenne mich mit Intrigen aus. Ich ahnte sofort ein Komplott und sagte das Brise auch auf den Kopf zu; ich bestand darauf, daß er mich keinen Moment allein ließ, Tag und Nacht; er müsse sich vergewissern, daß ich keine Informationen weitergebe. Ich überzeugte ihn, daß dies seine Pflicht gegenüber Shant sei, daß wir nämlich den wahren Verräter finden müßten, wenn unser Plan dem Gegner bekannt würde. Um dies zu ermöglichen, müßten wir meine Unschuld über jeden Zweifel beweisen. Brise ist ein vernünftiger und ehrenwerter Mann; er stimmte meiner Analyse der Lage zu. Ich frage dich jetzt, Brise: habe ich in der fraglichen Zeit irgend jemanden von den Plänen unterrichtet?«

»Nein«, sagte Brise knapp. »Du hast zwei Tage lang in deinem Büro gesessen, in meiner wie auch in der Gesellschaft meiner zuverlässigen Partner. Du hast mit niemandem gesprochen und keinen Hinterhalt verraten.«

»Wir erhielten die Nachricht von der Schlacht bei Kozan«, fuhr Aun Sharah fort. »Brise gestand mir danach, daß er sich schuldig daran fühle, daß der Verdacht überhaupt auf mich gefallen sei. Er berichtete von seinem Gespräch mit Gastel Etzwane.

Ich weiß nun, daß ich mit dem Hinterhalt in Thran wegen einer Frage und einer Antwort in Verbindung gebracht werde. Ich forderte von Brise Boote in Oswiy; er sagte, nein, ich müsse meine Waren nach Maurmouth schicken. Auf dieser Basis wird meine Schuld an dem Thranüberfall angenommen. Der Gedanke ist zwar absurd, doch immerhin möglich, wenn es nicht eine andere Tatsache gäbe, die Gastel Etzwane nicht kennt. Fragen und Antworten dieser Art sind in tausend Variationen zu einem Witz zwischen Brise und mir geworden: Ich bitte ihn um Transportmöglichkeiten an einem Ort, er erwidert, das sei unmöglich, ich müsse meine Fracht von einem anderen Ort aus verschiffen. Brise, stimmt das?«

»Ja«, sagte Brise mit gequälter Stimme. »Dieses Hin und Her gibt es bis zu fünfmal am Tag. Aun Sharah hätte aus meiner Bemerkung über Oswiy und Thran nichts Ungewöhnliches schließen können. Ich habe zu Gastel Etzwane davon gesprochen, weil er den Wortlaut des Gesprächs hören wollte; ich habe aber versäumt, meine Worte in die richtige Perspektive zu rücken.«

Aun Sharah wandte sich an Etzwane. »Hast du sonst noch etwas vorzubringen?«

Etzwane lachte gequält. »Nichts. Offenbar bin ich unfähig, Menschen und Dinge vernünftig zu beurteilen. Ich entschuldige mich bei dir und will dich nach besten Kräften entschädigen. Ich muß mich ernsthaft mit dem Gedanken befassen, das Purpurne Haus zu verlassen.«

Mialambre:Octagon sagte mürrisch: »Also, soweit braucht die Sache nun wirklich nicht zu gehen; jetzt ist nicht der Moment für extravagante Schritte.«

»Außer in einer Hinsicht«, sagte Sharah. »Du hast von Entschädigung gesprochen. Wenn du das ernst meinst, laß mich an meinen alten Posten zurückkehren; gib mir meine Diskriminatoren wieder.«

»Was mich betrifft«, sagte Etzwane, »gehören sie dir – soweit davon noch etwas übrig ist. Finnerack hat die Organisation völlig umgekrempelt.«

Die Rogushkoi waren in die Wildgebiete zurückgedrängt worden, und eine Zeitlang kamen die Scharmützel zum Erliegen. Finnerack gab Etzwane seine Einschätzung der Lage. »Sie befinden sich dort in einer uneinnehmbaren Festung. Unser Bewegungsradius beträgt zwanzig Meilen; hinter dieser Grenze vermehren sich die Rogushkoi; sie bewaffnen sich neu und entwerfen vermutlich eine neue Strategie.«

Etzwane sagte nachdenklich: »Wir haben Tausende von Krummsäbeln erobert; sie bestehen aus einer Legierung, die in Shant unbekannt ist. Woher kommen diese Waffen? Metalle sind rar auf Durdane. Betreiben die Rogushkoi tief im Hwan-Gebirge Schmelzöfen? Ein großes Rätsel.«

Finnerack nickte gleichgültig. »Unsere Strategie ist jetzt klar. Wir müssen unsere gesamte Streitmacht mobilisieren, um nach und nach den Hwan zu besetzen. Das ist eine mühsame und komplizierte Sache, aber gibt es eine andere Methode?«

»Wahrscheinlich nicht«, sagte Etzwane.

»Und dann zurück nach Palasedra mit den Ungeheuern! Sollen die Palasedraner doch sehen, wie sie damit fertigwerden!«

»Dabei nehmen wir nur an, daß die Palasedraner dafür verantwortlich sind, bewiesen ist noch nichts.«

Finnerack starrte ihn verblüfft an. »Wer sonst?«

»Wer sonst als Aun Sharah? Ich habe meine Lektion geschluckt!«

13

Im Sommer war es an den Fronten ruhig; eine Periode des Friedens, die sich bis in den milden Herbst erstreckte. Shant behob die angerichteten Schäden, betrauerte die Toten und die entführten Frauen, verstärkte seine Streitmacht. Die freien Kämpfer, deren Zahl und Organisation ständig wuchsen, teilten sich in regionale Divisionen auf, wobei die kantonale Miliz Versorgungs- und Unterstützungsaufgaben übernahm. Waffen kamen aus den Fabriken in Shranke; die Krummschwerter der Rogushkoi wurden eingeschmolzen und zu Ballast für die Energiewaffen umgearbeitet.

Gleiter trafen aus Whearn ein, Doppeldecker, leichte Gebilde aus Holz, Glasfiber und Stoff, die in den Aufwind katapultiert wurden. Ein besonderes Korps der freien Kämpfer wurde zu Fliegern ausgebildet. Das Training war zunächst improvisiert und erbarmungslos; wer überlebte, bildete schließlich die anderen aus. Durch den Zwang der Umstände wurden die Flieger zu einer fähigen und wie Pech und Schwefel zusammenhaltenden Kampftruppe und boten stolze Demonstrationen tollkühnen Muts und Elans.

Zur Bewaffnung der Gleiter lieferten die Technisten eine wirkungsvolle neue Waffe, eine vereinfachte Version der Halcoidkanone ohne Ballast. Das Projektil bestand aus zwei Teilen: Halcoid in Verbindung mit Metall; der Lauf war an beiden Seiten offen. Beim Abschuß strebte das Halcoid nach vorn, das Metall wurde nach hinten ausgeworfen; so wirkte die Waffe in beiden Richtungen und hob den Rückstoß und die Notwendigkeit eines Ballasts auf. Von einem Gleiter abgefeuert, verpuffte das nach hinten ausgeworfene Ballastgeschoß meistens harmlos; am Boden waren diese Waffen jedoch sehr gefährlich.

Besonders Finnerack war sofort von den Gleitern fasziniert; er ließ sich zum Flieger ausbilden und gab kurz darauf – was Etzwane gar nicht mehr überraschte – sein Kommando über die freien Kämpfer auf, um von nun an die Flieger zu führen.

Im Herbst begann die Infanterie in das Hwan-Gebirge vorzurücken, drang von Cansume, Haghead und Lor-Asphen aus nach Westen vor und eroberte die Gebirgs-Kantone Surrume und Shkoriy zurück. Eine zweite Streitmacht zog unterstützt von Kavallerie in südlicher Richtung durch Bastern, Seamus und Bundoran in die eigentlichen Wildgebiete. Andere Kompanien traten im Osten und Süden an und drangen, von Shade und Sable ausgehend, in die Gegend um den Miskberg vor – und hier leisteten die Rogushkoi erbitterten Widerstand. Sie standen längst auf verlorenem Posten. Trainierte Ahulphs kundschafteten ihre Lager aus, die dann bombardiert oder mit Halcoidfeuer belegt wurden.

Bei anderen Gelegenheiten wurden die Rogushkoi mit ›weiblicher Essenz‹, einem Duftstoff, auf den sie sehr ansprachen, in einen Hinterhalt gelockt. Ein anderesmal besprühten Gleiter ein Rogushkoi-Lager mit einer Lösung ›weiblicher Essenz‹ – und die Folgen waren fürchterlich. Die Rogushkoi, verwirrt durch die einander widersprechenden Anreize von Nase und Auge, wurden übertrieben streitsüchtig; nach kurzer Zeit fielen sie übereinander her und bearbeiteten sich mit Knüppeln, bis fast alle tot waren; ab sofort bewaffneten sich die Gleiter für ihre Flüge nicht mehr mit Dexax, sondern mit Kanistern ›weiblicher Essenz‹.

Ahulphs, die etwas verspätet als Spione eingesetzt wurden, erkundeten den Verlauf der Rogushkoi-Versorgungslinie. Sie führte vom Großen Salzmorast in die Sümpfe des Kantons Skher und zog sich dann durch einen dichten Regenbaum- und Schirmdabawald in die Stöhnenden Berge und in den Hwan.

Das Militärkommando entsandte eine Abteilung, die diese Linie am Waldrand abschneiden sollte. Finnerack drängte auf krassere Maßnahmen. »Ist das kein Beweis? Die Palasedraner sind für die Rogushkoi verantwortlich. Der Salzmorast ist für unsere Flieger kein Hindernis; warum sollen sie nicht einen Löffel ihrer eigenen Medizin zu schmecken bekommen?«

Die Kommandanten blickten stirnrunzelnd auf ihre Karten; gegen solche heftigen Überzeugungen hatten sie keine Argumente. Finnerack, der sich nach dem Fiasko mit Aun Sharah etwas zurückgehalten hatte, kam durch seine neue Rolle als Flieger wieder in Schwung. Er trug nun eine Fliegeruniform aus gutem schwarzen Tuch, flotter geschnitten, als es eigentlich üblich war. Den Fliegern von Shant galten Finneracks wirkliche Neigungen, dachte Etzwane – nie zuvor war er so lebhaft und energiegeladen gewesen. Macht und Freiheit des Fliegens berauschten ihn förmlich; er wanderte wie ein neuer Mensch durch die Welt, er fühlte sich in jeder Fiber allen normalen Menschen überlegen, die nicht die Freuden des Fliegens erleben konnten – der geräuschlose Flug über die Hügel, auf und nieder, kreisend, herabstoßend wie ein Falke, um eine marschierende Truppe zu vernichten ... Längst hatte sich Etzwanes Angst zerstreut, Finnerack könne die freien Kämpfer gegen die Regierung richten. Zu viele Sicherungen waren nun eingebaut, und im Rückblick machte sich Etzwane klar, daß er vielleicht sogar zu vorsichtig gewesen war. Finnerack interessierte sich nicht für die Quellen der Macht; er schien es zufrieden zu sein, seine Feinde zu vernichten. Für Finnerack war eine Welt ohne Feinde sicherlich sehr langweilig, dachte Etzwane und antwortete Finnerack mit ruhiger Stimme: »Wir wollen die Palasedraner aus drei guten Gründen nicht bestrafen. Erstens sind wir mit den Rogushkoi noch nicht fertig. Zweitens ist die Verantwortung der Palasedraner noch gar nicht bewiesen. Drittens wäre es schlechte Politik, uns in einen endlosen Krieg mit den Palasedranern zu stürzen. Sie sind ein kampfstarkes Volk, das jeden erhaltenen Schlag doppelt zurückzahlt – wie Shant jahrtausendelang schon hat erfahren müssen. Wenn die Rogushkoi nun ein Versehen, ein Fehler wären? Oder die Arbeit einer Splittergruppe? Wir dürfen Shant nicht so leichtfertig in einen Krieg führen. Was wissen wir schon von Palasedra? Nichts. Dieses Land ist für uns ein Buch mit sieben Siegeln.«

»Wir wissen genug«, sagte Finnerack. »Palasedra hat eine Reihe wilder Soldatenungeheuer gezüchtet – das erfahren wir von Seeleuten aus Caraz. Wir stellen fest, daß die Spur der Rogushkoi in Richtung Palasedra durch den Salzmorast führt. Das sind doch unwiderlegbare Tatsachen.«

»Gewiß. Aber es sind nicht alle Tatsachen. Wir brauchen mehr. Ich schicke einen Gesandten nach Chemaoue.«

Finnerack lachte bitter und drehte sich halb auf seinem Stuhl herum, den ledernen Sturzhelm der Flieger schief auf dem blonden Schopf.

Etzwane sagte: »Wir brauchen uns dabei weder schwach noch grob zu geben; diese Wahl müssen wir nicht treffen. Wir müssen die Rogushkoi aus unserem Land vertreiben und werden unterdessen feststellen, welche Absichten die Palasedraner haben. Nur Toren handeln, ehe sie nachgedacht haben – das habe ich erfahren müssen.«

Finnerack musterte Etzwane; seine blauen Augen waren zusammengekniffen, und in ihnen schien sich das Sonnenlicht wie auf Gletschereis zu spiegeln. Dann zuckte er die Achseln und lehnte sich in seinem Sitz zurück wie ein Mensch, der mit sich im reinen ist.

Die Rogushkoi zogen sich weiter zurück. Die freien Kämpfer, die von Shad, Sable, Seamus und Bastern aus in den Hwan vorstießen, fanden plötzlich keinen Widerstand mehr. Gleiterpatrouillen und Kundschafterflüge mit ungeschienten Ballons lieferten ähnliche Berichte: Dutzende von Rogushkoi-Truppen zogen nach Süden. Sie marschierten meistens bei Nacht und suchten während des Tages Deckung. Dennoch griffen die Gleiter sie aus der Luft an, überschütteten sie mit Halcoidgeschossen oder warfen Dexaxbomben. Die ›weibliche Essenz‹ hatte ihre anfängliche Wirkung verloren; die Rogushkoi waren nach dem Abwurf der Kanister zwar immer noch aufgestört und erregt, stürzten sich jedoch nicht mehr in selbstmörderische Kämpfe.

Die Flieger hatten den Gipfel ihres Ruhms erreicht. Die blauweißen Uniformen erweckten überall große Bewunderung; für einen Flieger von Shant war nichts zu gut.

Auch Finnerack hatte seinen Zenit erreicht. Etzwane beobachtete ihn bei seiner Arbeit als Erster Flieger und fand es immer schwieriger, in diesem Mann noch den freundlichen, gutmütigen Jungen von der Angwin-Kreuzung wiederzuerkennen. Dieser Junge schien im Lager 3 gestorben zu sein ... Und was war aus dem anderen kleinen Jungen geworden, der von der Angwin-Kreuzung aus dem Dienst des Ballon-Weges geflohen war? Etzwane schaute in den Spiegel und sah ein bleiches, ausgemergeltes Gesicht mit einem zusammengepreßten schmalen Mund ... Er hatte ein volles Leben gelebt. Während sich Finnerack wohl am Gipfel seiner Karriere wähnte, hielt Etzwane seine Arbeit für getan. Er hätte sich am liebsten von allem gelöst – und was hätte er getan? Wollte er wieder als Musiker durchs Land ziehen? Shant kam ihm plötzlich zu klein, zu beschränkt vor. Palasedra war ein feindliches Land, Caraz ein Rätsel, Durdane groß. Etzwane dachte plötzlich an Ifness und an den Planeten Erde.

Die Rogushkoi, von ihren brüllenden Häuptlingen geführt, trotteten aus den Wildgebieten durch den Kanton Shker und in den Großen Salzmorast. Die freien Kämpfer, die an den Flanken angriffen, schlugen gewaltige Lücken in die Reihen, ebenso wie die Flieger, die immer wieder herabstießen und Pfeile heißer Luft verschossen.

Die Reihen der Rogushkoi lichteten sich, die letzten Grüppchen versickerten. Die freien Kämpfer durchstöberten den Hwan und fanden nur da und dort einen kranken jungen Rogushkoi oder Gruppen halbverhungerter Frauen – die Rogushkoi waren fort.

Shant hatte seine Invasoren vertrieben. Die Rogushkoi hatten sich in den Großen Salzmorast zurückgezogen, einen Landstrich voller schwarzer Sümpfe, rostfarbener Teiche und gelegentlicher Inseln, auf denen Korallenbäume wuchsen, während andere Inseln ihre kahlen Sandrücken in die Luft erhoben, auf denen nur hellgrünes Schilf, Schlangengras und schwarzes Limberblatt wuchsen.

Im Salzmorast schienen sich die Rogushkoi sicher zu fühlen; sie wateten mühelos durch die Sumpfzonen. Die freien Kämpfer verfolgten sie, bis der Boden zu weich wurde, und zogen sich dann widerstrebend zurück. Die Flieger kannten solche Grenzen nicht. Die Schwarzen Sümpfe, die hellsandigen Erhebungen, die Wälder aus Korallenbäumen, die Brisen, die vom Blauen wie vom Purpurnen Ozean herüberwehten – all dies erzeugte aufsteigende und fallende Luftströmungen; das Sonnenlicht schimmerte zwischen Wolkenformationen hinab; die Gleiter schwebten lautlos dahin und gehorchten dem leisesten Kommando, sie verfolgten nicht mehr, sondern frönten ihrer Rache.

Immer weiter zogen sich die Rogushkoi in den Salzmorast zurück, attackiert von den gnadenlosen Gleitern. Etzwane sah sich genötigt, Finnerack zur Vorsicht zu mahnen. »Auf keinen Fall darfst du fremdes Hoheitsgebiet verletzen. Mach mit den Rogushkoi, was du willst, jag sie im Salzmorast hin und her, doch unter keinen Umständen darfst du die Palasedraner provozieren.«

Finnerack grinste hart. »Die Grenzen liegen wo? In der Mitte des Salzmorasts? Zeig mir die genaue Linie.«

»Soweit ich weiß, gibt es keine festgelegte Grenze. Der Salzmorast ist wie ein Meer. Wenn du dich der Südküste des Morasts zu weit näherst, könnten die Palasedraner von einer Verletzung ihrer Grenzen sprechen.«

»Morast ist Morast«, sagte Finnerack. »Ich verstehe die Aufregung der Palasedraner, bemitleide sie aber nicht.«

»Das steht hier nicht zur Diskussion«, sagte Etzwane geduldig. »Deine Befehle lauten: du wirst deine Gleiter nicht bis in Sichtweite der Palasedraner vorstoßen lassen!«

Finnerack hob aufgebracht die Arme. Etzwane spürte zum erstenmal den unverhüllten Haß dieses Mannes, und ein seltsamer Widerwille erfüllte ihn plötzlich. Finnerack war ein guter Hasser. Als Etzwane sich ihm im Lager 3 zu erkennen gab, hatte Finnerack von seinem Haß gegenüber dem Jungen gesprochen, der ihm Schaden zugefügt hatte – doch war das inzwischen nicht wiedergutgemacht worden? Etzwane atmete tief ein. Er konnte nichts mehr ändern.

Finnerack sagte leise und mit drohender Stimme: »Gibst du mir noch immer Befehle, Gastel Etzwane?«

»Ja – durch Vollmacht des Purpurnen Hauses. Dienst du Shant – oder hast du nur deine persönlichen Leidenschaften im Sinn?«

Finnerack starrte sein Gegenüber zehn Sekunden lang an, machte dann kehrt und ging.

Der Gesandte kehrte von seiner Mission aus Chemaoue zurück, brachte jedoch keine guten Nachrichten. »Ich vermochte keine Verbindung zu den Adler-Herzögen aufzunehmen. Sie sind stolz und lassen niemanden an sich heran. Ich vermag ihre Absichten nicht zu ergründen. Ich erhielt eine Nachricht, daß sie sich nicht mit Sklaven abgeben könnten; wenn wir etwas erreichen wollten, müßten wir den Anome schicken. Ich erwiderte, Shant stehe nicht mehr unter der Führung des Anome, und ich sei ein Gesandter des Purpurnen und des Grünen Hauses, doch sie schienen nicht darauf zu achten.«

Etzwane unterhielt sich unter vier Augen mit Aun Sharah, der wieder in sein Büro am Gesellschaftsplatz gezogen war.

»Ich habe beide Vorfälle eingehend untersucht«, sagte Aun Sharah. »Im Hinblick auf die beiden Hinterhalte sind die grundlegenden Tatsachen klar. Vier Personen wußten von dem Thran-Unternehmen: du, San-Sein, Finnerack und Brise. Du und San-Sein – ihr wußtet von dem Bluff an den Kozan-Klippen, der Erfolg hatte; ihr scheidet also aus. Brise hat zweifellos geahnt, daß der Hinterhalt im Mirktal Unsinn war; vielleicht hat er den Hinterhalt an den Kozan-Klippen erraten. Er kann also auch ausgeschieden werden. Demnach müssen wir Finnerack als den Verräter betrachten.«

Etzwane schwieg einen Augenblick lang und sagte dann: »Etwas Ähnliches habe ich mir auch schon überlegt. Von der Logik her stimmt alles; die Schlußfolgerung ist jedoch absurd. Wie kann der eifrigste Krieger Shants ein Verräter sein?«

»Das weiß ich nicht«, sagte Aun Sharah. »Ich kehrte in dieses Büro zurück und veränderte gewisse Arrangements nach meinem Geschmack, wie du siehst. Dabei entdeckte ich eine große Zahl von Abhöreinrichtungen. Ich nahm mir die Freiheit heraus, deine Zimmer im Hrindiana abzusuchen, die ebenfalls abgehört wurden. Natürlich hatte Finnerack ohne weiteres Gelegenheit, so etwas anzubringen.«

»Unglaublich«, murmelte Etzwane. »Hast du den Endpunkt des Systems gefunden?«

»Die Mikrophone speisen einen Sender, der ständig auf Kurzwelle sendet.«

»Die Abhörgeräte, die Funkgeräte – stammen sie aus Shant?«

»Es sind Standardgeräte der Diskriminatoren.«

»Hmm ... Zunächst wollen wir abwarten und weiter die Augen offenhalten. Ich möchte nicht wieder voreilige Anschuldigungen erheben.«

Aun Sharah lächelte nachdenklich. »Und nun zur zweiten Nachforschung: Da war sehr wenig zu erfahren. Finnerack war drei Tage lang verschwunden – Punktum. Zwei Männer aus dem Kanton Partha bewohnten die Wohnung neben der seinen. Sie verschwanden etwa einen Tag nach Finneracks Rückkehr. Ich ließ mir Beschreibungen geben und habe das Gefühl, daß sie nicht aus Partha waren, was ihre Halsreife auch behaupten mochten; sie hatten nämlich keinen Türfetisch angebracht und trugen ständig Blau.

Natürlich erkundigte ich mich auch im Roseale Hrindiana. Zwei ähnliche Männer gewohnten vor deinem Erlebnis die Zimmer über dir. Dann verschwanden sie, ohne die Verwaltung des Hrindiana zu verständigen.«

»Ich bin bestürzt«, sagte Etzwane. »Und habe auch große Angst ... Ich fragte Finnerack, ob er sich anders fühle. Er hat das verneint. Und ich fühle mich auch nicht verändert.«

Aun Sharah musterte Etzwane von der Seite und machte eine seiner anmutigen Bewegungen. »Ich kann dir nicht mehr sagen. Natürlich suche ich nach den Parthanern, und Finnerack wird unauffällig beobachtet. Vielleicht ergibt sich doch noch etwas.«

Die Flieger Shants drängten die Rogushkoi immer tiefer in den Morast und ließen ihnen keinen Moment Ruhe. Die Rogushkoi zogen immer weiter nach Süden – hatten sie ein Ziel? Oder wollten sie nur den Fliegern Shants entkommen? Niemand konnte das beantworten, doch bald war der nördliche Teil des Morasts so rogushkoifrei wie ganz Shant.

In den strahlenden Farben des Sieges veröffentlichten die Zeitungen Garwiys eine Proklamation des Purpurnen und des Grünen Hauses:

»Der Krieg dürfte nun zu Ende sein, obwohl die Flieger

noch immer die unzähligen schlimmen Taten der Rogushkoi rächen. Es ist unmöglich, mit diesen Ungeheuern Mitleid zu empfinden.

Doch müssen wir unseren Feldzug nun beenden. Die glorreichen Taten der freien Kämpfer und der Flieger Shants werden in der Geschichte unseres Volkes weiterleben. Alle tüchtigen Männer müssen ihre Energien nun auf den Wiederaufbau Shants richten. DER KRIEG IST ZU ENDE!«

Finnerack kam spät zu einer Versammlung des Purpurnen Hauses. Er betrat den Saal und ging mit langsamen Schritten zu seinem Platz an dem marmornen Tisch.

Etzwane hatte das Wort. »Unser großer Kampf ist vorbei, und ich meine, daß auch meine Verantwortung vorbei ist. Unter diesen Umständen ...«

Finnerack unterbrach ihn: »Einen Moment noch – damit du nicht unter falschen Vorzeichen zurücktrittst. Ich habe eben Nachrichten aus Shker erhalten. Die Flieger Shants, die im südlichen Bereich der großen Salzmorasts operieren, sind heute früh auf einen großen Trupp Rogushkoi gestoßen, der in Eilmärschen auf die palasedranische Küste zuhält. Wir griffen an und näherten uns Palasedra. Unsere Manöver wurden beobachtet, und es kann sein, daß uns die Bewegungen der Rogushkoi provozieren sollten, die technisch eine Verletzung von Hoheitsgebieten bedeutet.« Finnerack schwieg einen Augenblick lang. »Und dazu kam es dann. Unsere Gleiter wurden durch schwarze palasedranische Gleiter abgefangen, die mit großer Geschicklichkeit gesteuert wurden. Beim ersten Zusammenstoß vernichteten sie vier shantsche Gleiter, ohne selbst Verluste zu erleiden. Beim zweiten Angriff änderten wir unsere Taktik und schossen zwei feindliche Gleiter ab, wobei wir zwei weitere verloren. Neue Berichte habe ich noch nicht erhalten.«

Mialambre brach das Schweigen. »Aber du hattest ausdrücklich Anweisung, eine Annäherung an Palasedra zu vermeiden!«

»Unser wichtigstes Ziel ist die Vernichtung des Gegners«, sagte Finnerack barsch. »Wo er sich dabei aufhält, ist unerheblich!«

»Das magst du glauben. Ich nicht. Müssen wir denn nur wegen deiner Uneinsichtigkeit in einen neuen palasedranischen Krieg schlittern?«

»Wir führen längst einen palasedranischen Krieg«, sagte Finnerack herablassend. »Die Rogushkoi sind nicht aus dem Nichts gekommen.«

»Das ist deine Meinung! Wer hat dir das Recht gegeben, für ganz Shant zu handeln?«

»Ein Mensch tut, was seine innerste Seele verlangt.« Finnerack deutete mit einer Kopfbewegung auf Etzwane. »Wer hat ihm das Recht gegeben, die Macht des Anome an sich zu reißen? Er hatte nicht mehr Recht als ich.«

»Der Unterschied ist aber da!« gab Mialambre zurück. »Ein Mann sieht ein Haus brennen. Er weckt die Bewohner und löscht den Brand. Ein anderer zündet das ganze Dorf an, um den Brandstifter zu bestrafen. Der eine Mann ist ein Held, der andere ein Verrückter.«

San-Sein schaltete sich ein: »Schwarzer Finnerack, dein Mut ist über jeden Zweifel erhaben. Leider ist dein Eifer übertrieben. Tollkühnheit engt unsere Handlungsfreiheit ein. Gib folgende Befehle sofort an die Flieger Shants weiter: Sie sollen unverzüglich auf unser Gebiet zurückkehren! Keine weiteren Vorstöße in den Großen Salzmorast, wenn sie nicht ausdrücklich angeordnet werden!«

Finnerack nahm seinen Helm ab und warf ihn auf den Marmortisch. »Ich kann diese Befehle nicht geben. Sie sind nicht realistisch. Wenn die Flieger Shants angegriffen werden, schlagen sie unbarmherzig zurück!«

»Müssen wir jetzt die freien Kämpfer losschicken, um unsere Flieger zu zügeln!« brüllte San-Sein aufgebracht. »Wenn sie noch einmal angreifen, nehmen wir ihnen die Gleiter fort und reißen ihnen die Uniformen vom Leibe! Wir, das Purpurne Haus von Shant, haben die Macht!«

Ein Helfer eilte in den Saal. »Aus der Stadt Chemaoue in Palasedra kommt eine starke Funkmeldung: der Kanzler verlangt Stimme und Ohr des Anome.«

Der ganze Patrizierrat lauschte auf die Worte des palasedranischen Kanzlers, der sich in einer seltsam akzentuierten alten Sprache äußerte. »Ich bin Kanzler der hundert Herrscher. Ich will mit dem Anome sprechen.«

Etzwane ergriff das Wort: »Die Herrschaft des Anome ist vorbei. Du sprichst mit dem Patrizierrat; sag, was du zu sagen hast.«

»Dann frage ich euch: Warum greift ihr uns nach zweitausend Jahren des Friedens an? Haben euch nicht vier Kriege und vier Niederlagen Vorsicht gelehrt?«

»Die Angriffe waren gegen die Rogushkoi gerichtet. Wir treiben sie dorthin zurück, woher sie kamen.«

Im Gerät knisterte es, während sich der Kanzler die Antwort überlegte. Schließlich sagte er: »Sie kommen nicht von uns. Ihr habt sie aus dem Morast nach Palasedra getrieben; ist das kein offensiver Akt? Ihr habt eure Gleiter in unser Land geschickt; ist das keine Verletzung unserer Souveränität?«

»Nicht, wenn ihr die Rogushkoi zu uns geschickt habt, wovon wir überzeugt sind.«

»Wir haben nichts dergleichen getan. Glaubt ihr das? Schickt Gesandte nach Palasedra, überzeugt euch. Dies ist unser großzügiges Angebot. Ihr habt unverantwortlich gehandelt. Wenn ihr die Wahrheit nicht erkennen wollt, müssen wir euch für gehässig und dumm halten – und dann kommt es unvermeidlich wieder zum Krieg.«

»Wir sind weder gehässig noch dumm«, gab Etzwane zurück. »Es ist nur vernünftig, daß wir unsere Differenzen besprechen und auszugleichen versuchen; wir begrüßen diese Gelegenheit, besonders, wenn ihr beweisen könnt, daß ihr mit unseren Problemen nicht zu tun habt.«

»Schickt eure Gesandten«, sagte der Kanzler. »Fliegt sie in einem Gleiter in die Hafenstadt Kaoime; dort geschieht ihnen nichts, dort werden sie von unserer Eskorte gebührend empfangen.«

14

Palasedra erstreckte sich unterhalb Shants wie eine knochige, dreifingrige Hand, deren Armgelenk von dem Großen Salzmorast gebildet wurde, in den tiefen rauhen Süden Durdanes hinein. Die Gebirgsketten Palasedras bildeten die Knochen dieser Hand. Sie ragten in nackten Gipfeln auf, und an den Hängen klebten die einsamen Burgen der Adler-Herzöge. Die Wälder Palasedras erstreckten sich bis weit hinab in die seewärts gerichteten wasserreichen Täler. Riesige Loutranos mit geraden schwarzen Stämmen trugen lächerlich kleine Wipfel aus gelbem Laub. Um die Stämme erstreckte sich ein dunkelgrünes Gewirr aus Similax und Wachskraut, das seinerseits Haine aus Gohovany, Argoven und Jajuy überragte. Die Städte Palasedras bewachten die Flußmündungen an den Küsten. Große Steingebäude mit schrägen Dächern kauerten sich zusammen; das eine erwuchs aus dem nächsten wie Kristalle auf einem Felsen. Palasedra! Ein seltsames, düsteres Land, in dem sich jeder Mann für nobel hielt und nur die Macht einer Ehre anerkannte, die jedermann hinnahm, die jedoch von niemandem durchgesetzt wurde; ein Land, in dem keine Tür verschlossen, kein Fenster verriegelt war, in dem jeder Mann eine Zitadelle war, stolz und uneinnehmbar wie die Burg eines Adler-Herzogs.

In Kaoime landete der Gleiter auf einem schmalen Strand. Vier Männer stiegen aus den Sätteln des Fluggeräts. Der erste war der Flieger, bei den drei Passagieren handelte es sich um Etzwane, Mialambre und Finnerack, der sich zum Mitflug erst bereitgefunden hatte, als sein Mut, sein Urteilsvermögen und seine Intelligenz in Frage gestellt worden waren – woraufhin Finnerack erklärte, er wolle notfalls auch das Wildland Caraz erkunden.

Die schmucklosen, nüchternen Häuser Kaoimes blickten auf den Strand herab. Drei Männer in enganliegenden schwarzen Anzügen und hohen schwarzen Hüten traten vor. Ihre Bewegungen waren förmlich und geziert.

Es waren die ersten Palasedraner, die Etzwane zu Gesicht bekam, und er musterte sie interessiert. Sie gehörten einer Rasse an, die sich von der seinen unterschied. Ihre Haut, bleich wie Pergament, schimmerte in bestimmtem Licht leicht bläulich. Ihr Gesicht war lang, dünn und vorgewölbt, Stirn und Kinn leicht fliehend, die Nase extrem ausgeprägt, was den Gesichtern etwas Raubvogelhaftes gab. Einer der Männer sprach mit gedämpfter, gutturaler Stimme, wobei er die Worte tief im Hals artikulierte. Aus diesem Grund und weil er einen unbekannten, seltsam akzentuierten Dialekt verwendete, waren seine Worte fast unverständlich. »Ihr seid die Gesandten von Shant?«

»Ja.«

»Ihr tragt keine Halsreife; dann habt ihr also wirklich das Joch eures Tyrannen abgeworfen?«

Mialambre holte schon zu einer weitschweifigen Antwort aus, doch Etzwane sagte schnell: »Ja, wir haben unseren Regierungsstil geändert.«

»In diesem Fall begrüße ich euch in meiner amtlichen Eigenschaft. Wir fliegen sofort nach Chemaoue. Folgt mir zum Himmelslift.«

Sie erklommen eine Plattform aus geflochtenen Weidenruten. Ein Endloskabel zog das schwankende Gebilde in die Höhe – zwischen Argoven hinauf, durch ein Loch in dem dunkelgrünen Laubdach und in die luftigen Passagen zwischen den Loutranos, schließlich in das lavendelfarbene Licht der drei Sonnen. Eine Plattform stand auf dünnen Pfosten am Rande einer gewaltigen Klippe; hier stiegen sie ab. Ein Gleiter erwartete sie – ein kompliziertes Gebilde aus Verstrebungen, Schnüren und Tragflächen mit einer Weidenkabine, die unter den Fledermaussegeln hing.

Ein Palasedraner und die drei Gesandten von Shant betraten die Kabine. Am anderen Ende des Plateaus warf eine Gruppe riesiger Männer, die nur undeutlich zu erkennen waren, einen Korb voller Steine in den Abgrund. Ein Kabel beschleunigte den Gleiter; mit weicher Bewegung stieß er in den Himmel und schwang sich hoch in die Luft.

Der Palasedraner blieb schweigsam, doch Etzwane fragte schließlich: »Weißt du, warum wir hier sind?«

Der Palasedraner erwiderte: »Ich erspüre kein genaues Wissen. Deine Gedanken finden bei mir keine Entsprechung.«

»Ah«, sagte Mialambre. »Du wurdest also geschickt, um unsere Gedanken zu lesen?«

»Ich wurde geschickt, um euch höflich nach Chemaoue zu geleiten.«

»Wer ist Kanzler? Einer der Adler-Herzöge?«

»Nein. Wir haben nun fünf Kasten und nicht mehr vier. Die Adler-Herzöge befassen sich mit der Ehre.«

»Wir wissen leider wenig über Palasedra und seine Sitten«, sagte Etzwane. »Wenn der Kanzler nicht selbst Adler-Herzog ist – wie regiert er sie dann?«

»Der Kanzler regiert niemanden. Er handelt nur für sich selbst.«

»Aber er spricht für Palasedra.«

»Wenn er euch nun auf eine unangenehme Handlungsweise festlegt?«

»Er weiß, was von ihm erwartet wird. So richten wir unser Leben ein – wir tun, was von uns erwartet wird. Wenn wir versagen, tragen unsere Gönner die Last. Ist das nicht richtig?« Er berührte sein Hutband, an dem ein Dutzend heraldische Zeichen befestigt war. »Diese Leute haben mich gefördert. Sie haben mir ihr Vertrauen geschenkt. Zwei sind Adler-Herzöge ... Seht dort, die Burg von Herzog Ain Palaeio.«

Das Gebäude erhob sich auf einem Bergsattel zwischen zwei Schluchten; ein ausuferndes Bauwerk, das vor dem Felshintergrund fast unsichtbar war. Links und rechts erhoben sich schwarze Zypressen. Graugrüne Steinblumen wuchsen wie Girlanden an den Grundmauern ... Die Burg huschte vorbei und verschwand aus dem Blickfeld.

Der Gleiter schwebte auf seinem Weg nach Süden dahin, erklomm Turbulenzen, rutschte Hänge aus Luft hinab. Die Berge flachten ab; die Loutranos verschwanden, Similax und Argoven wurden von Henkerbäumen, dunklen Eichen und gelegentlichen Zypressenhainen abgelöst.

Der Nachmittag ging seinem Ende entgegen; der Wind erstarb. Als die Sonnen hinter die westlichen Berge rollten, schwebte der Gleiter sanft auf eine ferne bleifarbene Wasserfläche zu und landete schließlich in der Dämmerung vor Chemaoue.

Ein großrädriges Fahrzeug aus hellem, gebeiztem Holz erwartete sie. Bei den Zugtieren handelte es sich um nackte Männer mit mächtigen Beinen und muskelbepackten Brustkörben, gut zwei Meter groß, mit seltsam rötlicher Haut. Ihre kleinen glatten Köpfe waren haarlos, die groben Züge ausdruckslos. Finnerack, der während der Reise kaum gesprochen hatte und der seltsam unruhig zu sein schien – er sah sich ständig um, fast sehnsuchtsvoll –, warf nun Etzwane einen sarkastischen Blick zu, und nickte, als habe er eine Bestätigung seiner Theorien gefunden.

Mialambre wandte sich an den Palasedraner: »Diese Wesen sind die Arbeit eurer Menschenmacher?«

»Ja – obwohl der Vorgang nicht so ist, wie ihr ihn euch vorstellt.«

»Ich habe keine Vorstellung; ich bin Jurist.«

»Sind Juristen denn nie irrational? Besonders die Juristen Shants?«

»Warum ausgerechnet die Juristen Shants?«

»Euer Land ist reich; ihr könnt euch Unvernunft leisten.«

»Aber nein!« erklärte Mialambre. »Indem du das sagst, machst du all deine Worte suspekt.«

»Unwichtig.«

Der Wagen rollte durch die Abenddämmerung. Etzwane blickte auf die orangefarbenen Rücken und fragte: »Die Menschenmacher setzen ihre Arbeit in Palasedra fort?«

»Wir sind unvollkommen.«

»Was ist mit den Wesen, die sich hier abmühen? Werden sie vollkommener gemacht?«

»Sie sind gut genug. Sie entstammen schlechtem Material; sollen wir den nützliches Fleisch verschwenden? Sollten wir die Kretins töten und empfindsamen Menschen solche Arbeit zumuten?« Die Lippen des Palasedraners verzogen sich zu einem säuerlichen Lächeln. »Dann könnten wir ja gleich alle unsere Kretins in die oberen Kasten aufnehmen.«

»Ehe wir uns zu einem Festbankett niedersetzen«, sagte Mialambre, »eine Frage: verwendet ihr diese Wesen auch als Nahrung?«

»Es gibt kein Festbankett.«

Der Wagen ratterte über die Esplanade, hielt dann vor einer Schänke. Der Palasedraner machte eine Handbewegung. »Hier könnt ihr euch eine Weile ausruhen.«

Etzwane starrte den Palasedraner herablassend an. »Ihr bringt die Gesandten Shants in einer Hafenschänke unter?«

»Wo sonst? Möchtest du auf der Esplanade spazierengehen? Oder sollten wir dich zur Burg des Herzogs Shaian bringen?«

»Wir sind ja nicht kleinlich«, erklärte Mialambre. »Aber

wenn wir eure Gesandten in Shant empfingen, würden wir sie in einem großartigen Palast beherbergen.«

»Du triffst präzise den Unterschied zwischen unseren Nationen.«

Etzwane stieg aus dem Wagen. »Kommt«, sagte er knapp. »Wir sind ja nicht aus zeremoniellen Gründen hier.«

Die drei betraten die Schänke. Eine einfache Holztür führte in einen schmalen Raum, der mit gebeiztem Holz ausgekleidet war. An einer Wand flackerten gelbe Lampen; darunter befanden sich Tische und Stühle.

Ein alter Mann mit einem weißen Turban über dem Kopf trat vor. »Ihr wünscht?«

»Ein Essen und Unterkunft für die Nacht. Wir sind Gesandte Shants.«

»Ich bereite ein Zimmer. Setzt euch; ihr werdet bedient.«

Der einzige andere Gast, ein hagerer Mann in einem grauen Umhang, hatte einen Teller mit Fisch vor sich stehen. Etzwane erstarrte, die Kopfhaltung des Mannes kam ihm bekannt vor. Der Gast blickte ihn an, nickte und wandte sich wieder seinem Fisch zu.

Etzwane blieb einen Moment lang unentschlossen stehen und trat dann an den Tisch des Mannes. »Ich dachte, du wärst zur Erde zurückgekehrt.«

»So lauteten die Befehle des Instituts«, sagte Ifness. »Doch ich habe Einwände erhoben und bin nun mit neuem Auftrag hier. Es freut mich zu berichten, daß ich nicht aus dem Institut ausgeschlossen wurde.«

»Das ist eine gute Nachricht«, sagte Etzwane. »Dürfen wir uns zu dir setzen?«

»Gewiß.«

Die drei nahmen Platz. Etzwane stellte vor: »Diese Männer sind Patrizier Shants: Mialambre:Octagon und Jerd Finnerack. Dieser Herr« – er deutete auf Ifness – »ist ein Erdenbewohner und Angehöriger des Historischen Instituts. Er heißt Ifness.«

»Freut mich, Sie kennenzulernen«, sagte Ifness. »Ich habe einen interessanten Aufenthalt in Durdane hinter mir.«

»Warum hast du mir nicht gesagt, daß du hier bist?« fragte Etzwane. »Du hast einen großen Anteil an der Entwicklung.«

Ifness machte eine gleichgültige Handbewegung. »Dein Vorgehen gegen die Krise war ausreichend, aber nur von lokalem Interesse. Das sollte es auch bleiben. Ist es nicht besser, daß die Feinde Shants Shant fürchten und nicht die Erde?«

»Diese Frage hat viele Seiten«, sagte Etzwane. »Was machst du hier in Palasedra?«

»Ich studiere die Gesellschaft, deren Struktur außerordentlich interessant ist. Die Palasedraner wagten sich nämlich an thromorphologische Experimente, die nirgendwo auf allen von Menschenabkömmlingen bewohnten Welten eine Entsprechung haben. Als sparsames Volk führen sie – wenn man es so ausdrücken darf – menschliche Abfallprodukte nützlichen Funktionen zu. Ein außerordentliches und bisher einmaliges Phänomen. Die unschlagbare Findigkeit des menschlichen Geistes ist immer wieder ein Wunder. Sie scheint tatsächlich kein Tabu zu respektieren. In einem rauhen, herben Land wie diesem haben die Palasedraner ein philosophisches System entwickelt, durch das sie Freude an dieser Rauheit haben.«

Etzwane kannte Ifness' Neigung zu wortreichen Ausflüchten. »In Garwiy konnte ich nicht feststellen, daß du zur Einfachheit neigtest.«

»Richtig beobachtet«, sagte Ifness. »Als Gelehrter vermag ich meine persönlichen Neigungen zu übertragen.«

Einige Sekunden lang versuchte Etzwane Ifness' Worte zu ergründen, dann sagte er: »Du scheinst dich über unsere Gegenwart hier in Palasedra nicht zu wundern.«

»Einer Person, die ihre Neugier verbirgt, werden Informationen aufgedrängt – das habe ich immer wieder erfahren.«

»Wußtest du, daß die Rogushkoi auf palasedranischem Boden Zuflucht gesucht haben? Daß unsere Flieger und die Schwarzen Drachen Palasedras aufeinandergestoßen sind?«

»Eine interessante Information«, erklärte Ifness und antwortete nicht direkt auf die Frage: »Ich frage mich, wie die Palasedraner mit den Rogushkoi fertigwerden.«

Finnerack schnaubte durch die Nase. »Bezweifelst du, daß uns die Palasedraner die Rogushkoi geschickt haben?«

»Allerdings, wenn auch nur aus soziopsychologischen Gründen. Denk an die Adler-Herzöge, die in großem Stil leben: sind dies Männer, die verstohlen die Eingeweide eines Gegners benagen? Nein, das glaube ich nicht.«

Finnerack sagte kurz angebunden: »Du kannst hier theoretisieren, soviel du willst. Ich glaube, was mir meine Instinkte sagen.«

Das Abendessen wurde gebracht: in Essig gedämpfter Salzfisch, grobes Brot, eine Auswahl Meeresfrüchte. »Die Palasedraner haben kein Gefühl für die Gastronomie«, stellte Ifness fest. »Sie essen, um ihren Hunger zu stillen. Freude würden ein Palasedraner als einen Sieg über Widrigkeiten definieren, als die Bestätigung des Ich über die Umwelt. Die Palasedraner schwimmen morgens auf den Sonnenaufgang zu. Wenn ein Sturm tobt, erklimmen sie eine Felsspitze. Die Adler-Herzöge bauen ihre Türme selbst – mit Steinen, die sie zuvor persönlich gebrochen haben. Einige suchen ihre Nahrung mit eigenen Händen zusammen; und ein Gericht ist ihnen so recht wie das andere. Die Palasedraner kennen auch keine Musik; und sie schmücken sich nur mit den Emblemen ihrer Gönner. Sie sind weder höflich noch großzügig, doch sie sind zu stolz, um mißtrauisch zu sein.« Ifness schwieg und musterte Mialambre und Etzwane und ließ den Blick schließlich auf Finnerack ruhen. »Der Kanzler wird bald eintreffen. Ich glaube nicht, daß er viel Sympathie für eure Probleme aufbringt. Wenn ihr nichts dagegen habt, möchte ich eurer Runde als – sagen wir: Beobachter beitreten. Ich habe mich bereits als Reisender aus Shant vorgestellt.«

»Wie du willst«, sagte Etzwane über Finneracks ablehnendes Knurren hinweg.

Mialambre sagte: »Erzähl uns von dem Planeten Erde, der Heimat unserer perversen Vorfahren.«

Ifness schürzte die Lippen. »Die Erde läßt sich nicht in knappen Worten beschreiben. Wir sind vielleicht überzivilisiert, doch unser Ehrgeiz ist geschrumpft. Unsere Lehren verbreiten sich in den äußeren Welten; irgendein Wunder führt dazu, daß wir noch immer Abenteuer hervorbringen. Das von Menschen besiedelte Universum dehnt sich ständig aus, und hier liegt, wenn überhaupt, das grundlegende Wesen der Erde. Sie ist die Heimatwelt, die Quelle, der alles entsprungen ist.«

»Unsere Vorfahren verließen die Erde vor mehr als neuntausend Jahren«, sagte Mialambre. »Sie machten eine gewaltige Reise durch das Weltall nach Durdane, wo sie auf ewig isoliert zu bleiben hofften. Vielleicht sind wir von den anderen Erdenwelten gar nicht mehr so weit entfernt.«

»Genau«, sagte Ifness. »Durdane liegt noch immer außerhalb des menschlichen Einflußbereichs, doch nicht mehr weit ... Da ist der Kanzler. Er kommt, um Staatsgeschäfte in einer Hafenschänke zu erledigen – und vielleicht ist dieses System so gut wie jedes andere.«

Der Kanzler stand an der Tür, unterhielt sich mit jemandem auf der Straße; dann drehte er sich um und blickte in den Schankraum – ein großer, hagerer Mann mit grauem Haarschopf und einer gewaltig hervorspringenden Nase. Er trug den üblichen schwarzen Umhang, doch anstelle eines Huts den weißen zum Turban gewundenen Schal eines Arbeiters.

Etzwane, Finnerack und Mialambre erhoben sich; Ifness blieb sitzen und starrte zu Boden, als habe er plötzlich zu träumen begonnen.

Der Kanzler näherte sich dem Tisch. »Bitte setzt euch. Unsere Aufgabe ist einfach. Eure Flieger sind in Palasedra eingedrungen; die Schwarzen Drachen haben sie zurückgetrieben. Ihr behauptet, ihr seid bei uns eingefallen, um die Rogushkoi zu vernichten; die, so behauptet ihr ferner, Beauftragte Palasedras seien. Ich sage: Die Rogushkoi sind auf palasedranischem Boden, und die Palasedraner werden sich um sie kümmern. Ich sage: Die Rogushkoi sind keine Beauftragten Palasedras. Ich sage: Die Entsendung von Fliegern nach Palasedra war eine unüberlegte, törichte Tat – so unüberlegt und töricht, daß wir uns bisher nur aus reiner Verblüffung zurückgehalten haben.«

Ifness bewegte zustimmend die Hand und machte eine salbungsvolle Bemerkung, die offenbar ins Leere gerichtet war: »Ein weiterer Aspekt menschlichen Verhaltens, unsere Feinde zu verwirren und abzuschrecken: mit anderen Worten, unvorhersehbare Großmut.«

Der Kanzler blickte ihn stirnrunzelnd an; in Ifness' Zustimmung lag nicht ganz die bescheidene Dankbarkeit, die er vielleicht erwartet hatte. Er fuhr in schärferem Tonfall fort: »Ich sage: Wir werden eure Taten mißachten, da offenbar keine amtliche und auf weitere Ziele gerichtete böse Absicht vorliegt. In Zukunft müßt ihr eure Flieger aber an der kürzeren Leine führen. Das ist eine Stellungnahme. Ich höre nun eure Antwort.«

Mialambre räusperte sich. »Unsere Gegenwart hier spricht für sich selbst. Wir hoffen, ruhige und angenehme Beziehungen zwischen unseren Ländern zu fördern, zum gegenseitigen Wohl. Unwissen führt zu Mißtrauen; es ist nicht überraschend, daß einige von uns in den Rogushkoi eine neuerliche Bedrohung durch die Palasedraner sahen.«

Finnerack sagte mit kalter Stimme: »Die freien Kämpfer und die Flieger Shants haben die Rogushkoi geschlagen, die daraufhin zielstrebig nach Palasedra flohen. Du behauptest, daß die Rogushkoi nicht zu euch gehören. Aber du hast nicht die Verantwortung für ihre Existenz abgestritten, die Verantwortung der Palasedraner, die schamlos Menschen für bestimmte Aufgaben züchten, als wären sie Vieh. Wenn dies stimmt, bleiben die Rogushkoi eine palasedranische Verantwortung. Sie haben in Shant großen Schaden angerichtet, Tausende von Menschen getötet und zahllose Frauen geschändet. Wir verlangen dafür Entschädigung.«

Der Kanzler wich zurück; solche energischen Äußerungen hatte er nicht erwartet – und das gleiche galt für Etzwane und Mialambre. Ifness nickte. »Finneracks Forderungen sind durchaus berechtigt, wenn den Palasedranern wirklich eine Schuld an der Existenz der Rogushkoi zukommt. Wir haben noch keine palasedranische Äußerung gehört, die eine solche Verantwortung eingesteht oder leugnet.«

Die buschigen Augenbrauen des Kanzlers rückten über der mächtigen Nase zusammen. Er wandte sich an Ifness. »Ich bin mir nicht über deinen Status in dieser Runde im klaren.«

»Ich bin unabhängiger Berater«, sagte Ifness. »Gastel Etzwane wird für mich sprechen, obwohl ich offiziell weder Shant noch Palasedra vertrete.«

Der Kanzler sagte: »Das alles ist mir egal. Um unsere Position klarzustellen – die Palasedraner lehnen jede Verantwortung für die Rogushkoi ab, jede!«

Finnerack sagte heftig: »Warum ziehen sie sich dann nach Palasedra zurück? Woher sind sie gekommen, wenn nicht aus eurem Land?«

Der Kanzler sagte gemessen: »Nach unseren letzten Geheimnissen ergibt sich folgendes: es handelt sich um Wesen, die von dem Planeten Erde hierhergeschickt wurden. Ein Raumschiff ließ sie im Engh frei, einem abgelegenen Tal unweit des Salzmorasts.« Etzwane starrte Ifness entsetzt an, der ausdruckslos auf die gegenüberliegende Wand blickte. Finnerack lachte laut auf. Der Kanzler fuhr fort: »Soviel haben wir von den Ahulphs aus der Umgegend erfahren. Die Rogushkoi kehren nun ins Engh-Tal zurück. Sie werden ihr Ziel nicht erreichen, da bereits ein Trupp palasedranischer Krieger unterwegs ist, um sie zu vernichten. Morgen sehe ich mir den Kampf an und hole weitere Informationen ein; wenn ihr wollt, könnt ihr mich begleiten.«

15

Der Kanzler legte eine Karte auf den Tisch und deutete in die Dämmerung hinaus. »Dort liegt das Engh-Tal. Von hier sieht es mehr wie eine Schlucht aus; die Berge umschließen dort eine große Wiese, wie hier auf der Karte zu erkennen ist.« Der Kanzler deutete mit dickem Fingernagel auf das Pergament. »Der Gleiter hat uns hier abgesetzt; wir stehen nun hier und schauen in das Tal des Zek-Flusses. Die Truppen warten dort in dem Wald; sie werden bald vorrücken.«

»Und die Rogushkoi?« fragte Etzwane.

»Die Hauptgruppe hat den Salzmorast verlassen und nähert sich. Die Vorhut hat bereits das Engh erreicht, doch wir haben uns nicht sehen lassen.« Er blickte zum grauen Himmel empor. »Kein guter Wind für die Schwarzen Drachen; unsere Aufklärung ist nicht komplett. Bisher weiß ich noch nichts von den Angriffsplänen.«

Die drei Sonnen rollten über den Horizont; violettes Licht durchflutete das Tal; der Zek bekam bunte Glanzlichter aufgesetzt. Finnerack deutete nach Norden. »Da kommt die Vorhut. Warum greift ihr sie nicht von der Flanke an?«

»Ich bin nicht der Befehlshaber«, sagte der Kanzler. »Ich kann keine Meinung äußern ... Duckt euch, damit wir nicht gesehen werden.«

Kundschafter der Rogushkoi trotteten das Tal herauf; in der Ferne näherte sich eine dunkle Masse wie eine Flutwelle.

Ein Gerät am Gürtel des Kanzlers surrte. Er hielt es sich ans Ohr, hob den Kopf und suchte den Himmel ab. Dann befestigte er das Gerät wieder an seinem Gürtel.

Die Rogushkoi näherten sich mit langen Sätzen; ihre Gesichter blieben dabei starr und ausdruckslos. Seitab trotteten die Häuptlinge, die an ihren Kettenhemden zu erkennen waren.

Das Gürtelradio des Kanzlers meldete sich wieder; er lauschte aufmerksam und sagte dann: »Keine Änderung des Plans.«

Er hängte das Funkgerät wieder ein und starrte einen Moment lang stumm in das Flußtal hinab. »Gestern nacht ist das Raumschiff in das Engh-Tal zurückgekehrt. Es wartet jetzt dort – mit Absichten, die nur vermutet werden können.«

Mialambre wandte sich sarkastisch an Ifness: »Hast du eine Erklärung dafür?«

»Ja«, sagte Ifness und wandte sich an den Kanzler: »Wie sieht das Schiff aus? Sind Menschen herausgekommen? Was für Zeichen trägt es, wenn überhaupt welche?«

»Wie ich höre, handelt es sich um eine große runde Scheibe. Die Luken sind geöffnet und heruntergeklappt. Sie bilden Rampen zwischen Boden und Raumschiff. Niemand ist herausgekommen. Unsere Truppen beginnen nun Scharmützel mit der Nachhut der Rogushkoi.«

Unregelmäßige Explosionen waren in der Ferne zu hören. Die Häuptlinge der Rogushkoi fuhren herum, gaben dann schnelle Befehle; stöhnend und grollend teilten sich die Rogushkoi und bildeten Kampflinien. Dadurch wurde die Länge ihres Zuges erkennbar. Erwachsene Krieger marschierten vorn und hinten; in der Mitte befanden sich die Jungen und etwa einhundert verwirrte, völlig ausgezehrte Frauen.

Aus dem Wald tönte nun ein Hornsignal; die palasedranischen Truppen rückten vor.

Etzwane war verwirrt. Er hatte riesige Gestalten erwartet, wie er sie am Katapult gesehen hatte, die den Rogushkoi körperlich gewachsen waren; dabei waren die palasedranischen Soldaten nicht einmal so groß wie er, sondern nur unvorstellbar breit in den Schultern, mit mächtigen Brustkörben und Armen, die fast bis zum Boden reichten. Die Köpfe saßen tief zwischen den Schultern, die Augen starrten aus schwarzen Helmschlitzen und schienen in zwei Richtungen zugleich blicken zu können. Die Soldaten trugen ockerfarbene Hosen, Fiberepauletten und Beinschienen; bewaffnet waren sie mit Säbeln, kurzstieligen Äxten und kleinen Schilden und Pfeilpistolen.

Die Palasedraner trotteten vor. Die Rogushkoi stockten verwirrt. Die Häuptlinge brüllten Befehle, die Formationen bildeten sich neu. Nun blieben die Palasedraner stehen, und die beiden Armeen standen sich auf hundert Meter Entfernung gegenüber.

»Eine seltsame Konfrontation, kann man wohl sagen«, bemerkte Ifness nachdenklich. »Jede Lösung des Problems bietet Vorteile ... Riesen gegen Zwerge. Die Waffen scheinen mir gleich stark zu sein. Taktik und Beweglichkeit werden vermutlich die Entscheidung bringen.«

Die Anführer der Rogushkoi gaben brüllend ihre Befehle; die Rogushkoi ließen ihre Jungen und die Frauen im Stich und trabten auf das Engh-Tal zu. Die Palasedraner eilten im spitzen Winkel auf sie zu – und so trafen die Armeen dann aufeinander, nicht frontal, sondern in seitlichem Scharmützel, wobei die Rogushkoi wild um sich hackten und die Palasedraner hin und her hüpften, zuschlugen, den Rogushkoi Pfeile in die Augen schossen und, wenn sich die Gelegenheit bot, die Beine eines Kriegers umfingen, woraufhin die mächtige braune Gestalt zu Boden ging. Die Krummsäbel forderten ihrerseits Tribut; überall lagen Arme, Beine, Köpfe und Rümpfe verstreut, rotes Blut vermischte sich mit schwarzem.

Die Schlacht erreichte den Eingang des Engh-Tals, und hier sprang eine zweite palasedranische Armee zwischen den

Steinen hervor. Die Rogushkoi drängten weiter, versuchten mit brutaler Gewalt den Durchgang zum Engh-Tal zu erzwingen. Im Tal hinter ihnen blieben die Frauen und die Jung-Rogushkoi zurück. Die Frauen wurden hysterisch, nahmen fortgeworfene Waffen an sich, hieben auf die herumhüpfenden Jungwesen ein und kreischten dabei vor wahnsinniger Freude.

Die Krieger der Rogushkoi hatten nun das Engh-Tal erreicht, doch hier hatten auch die Palasedraner eine größere Bewegungsfreiheit und vermochten gezielter anzugreifen.

Finnerack, gefolgt von Etzwane und Mialambre und dem Kanzler, erklomm eine niedrige bewaldete Erhebung und starrte in das Tal, ein unebenes, flaches Gebiet, etwa eine halbe Meile lang, von Büschen und blauem Felskraut bewachsen. In der Mitte ruhte das Raumschiff; eine abgeflachte Halbkugel aus braunem Metall, etwa sechzig Meter im Durchmesser.

Etzwane wandte sich an Ifness: »Was für ein Raumschiff ist das?«

»Ich weiß es nicht.« Ifness nahm seine Kamera zur Hand und machte einige Aufnahmen.

An drei Stellen klaffte die Außenhülle auf. In den Öffnungen erschienen Wesen, die Etzwane für Andromorphe oder Menschen hielt; er konnte sie im Schatten nicht deutlich erkennen.

Im Engh tobte die Schlacht weiter; die Rogushkoi drangen schrittweise zum Raumschiff vor, die gepanzerten Häuptlinge in der Mitte, die Reihen so formiert, daß die Anführer vor den angreifenden Palasedranern geschützt waren.

Finnerack stieß ein gequältes Stöhnen aus und eilte den Hügel hinab. »Finnerack!« rief Etzwane. »Wohin willst du?«

Finnerack kümmerte sich nicht um ihn, sondern begann zu laufen. Etzwane folgte ihm. »Finnerack! Komm zurück! Bist du verrückt geworden?«

Finnerack rannte nun, so schnell er konnte, er winkte dem Raumschiff zu. Seine Augen waren weit aufgerissen, doch er schien nichts mehr zu sehen; er stolperte, und Etzwane holte ihn ein. Er umklammerte Finneracks Hüfte, zerrte ihn an sich. »Was machst du da? Bist du durchgedreht?«

Finnerack stöhnte, trat nach ihm, wehrte sich, stieß Etzwane die Ellbogen ins Gesicht.

Ifness trat vor und schlug zweimal hart zu; Finnerack sank betäubt zu Boden.

»Schnell, oder man tötet uns vom Schiff aus«, sagte Ifness.

Mialambre und Ifness nahmen Finneracks Arme, Etzwane seine Beine; so schleppten sie ihn in die Deckung der Bäume. Ifness benutzte Finneracks Kleidung, um ihm Fuß- und Handgelenke zusammenzubinden.

Im Engh wichen die Palasedraner vor dem Raumschiff zurück. Die überlebenden Rogushkoi-Häuptlinge marschierten die Rampen hinauf, gefolgt von etwa hundert Kriegern. Dann klappten die Luken zu. Wie ein Leuchtkäfer begann das Schiff silbern zu schimmern. Begleitet von einem unangenehm schrillen Laut erhob es sich in den Himmel und war wenige Sekunden später verschwunden.

Die verbleibenden Rogushkoi rückten langsam an die Stelle vor, wo das Raumschiff gewartet hatte; hier bildeten sie einen Kreis und verharrten. Ihre Anführer waren fort; von der kupfernen Horde, die Shant fast besiegt hätte, waren weniger als tausend Mann übriggeblieben.

Die Palasedraner bildeten nun zwei Angriffslinien links und rechts von den Rogushkoi und warteten in aller Ruhe auf weitere Befehle. Zehn Minuten lang musterten sich die Armeen nüchtern, ohne jede Feindseligkeit; dann zogen sich die Palasedraner zum Rand des Engh zurück und erklommen den Hang. Die Rogushkoi verharrten in der Mitte des Tals.

Der Kanzler gab den Männern aus Shant ein Zeichen. »Wir wenden nun unsere ursprüngliche Strategie an. Die Rogushkoi sind im Engh eingeschlossen und können nicht fliehen. Sogar euer blauäugiger Verrückter muß nun zugeben, daß die Rogushkoi Wesen von einer anderen Welt sind.«

Ifness sagte: »Hieran kann kein Zweifel bestehen. Der Zweck der Invasion bleibt aber im dunkeln. Wenn eine konventionelle Eroberung geplant war, warum wurden dann die Rogushkoi nur mit Krummschwertern ausgerüstet? Wesen, die Raumschiffe besitzen, können gewiß bessere Waffen liefern. Auf den ersten Blick erscheint das alles unverständlich.«

»Offenbar hat man uns unterschätzt«, sagte der Kanzler. »Oder man wollte uns auf die Probe stellen. Wenn das zutrifft, haben wir diesen Wesen eine Lektion erteilt.«

»Durchaus denkbar«, sagte Ifness. »Trotzdem bleiben noch viele Fragen offen. Einige Rogushkoi-Anführer sind getötet worden. Ich schlage vor, daß du die Leichen in eines eurer medizinischen Laboratorien bringen und dort Untersuchungen durchführen läßt, an denen ich gern teilnehmen würde.«

Der Kanzler machte eine knappe Handbewegung: »Diese Mühe ist doch überflüssig.«

Ifness führte den Palasedraner zur Seite und sprach ruhig auf ihn ein; danach gewährte ihm der Kanzler widerstrebend seine Bitte.

16

Mürrisch und apathisch marschierte Finnerack durch das Tal. Mehrmals wollte Etzwane mit ihm sprechen; doch jedesmal hielt er sich bedrückt zurück. Mialambre, der weniger sensibel war, fragte: »Weißt du denn nicht, daß deine Tat, ob nun verrückt oder nicht, uns alle in Gefahr gebracht hat?«

Finnerack antwortete nicht; Etzwane fragte sich, ob er die Worte überhaupt gehört hatte.

Ifness sagte mit ernster Stimme: »Wir alle geben manchmal seltsamen Eingebungen nach.«

Finnerack schwieg.

Etzwane hatte damit gerechnet, daß er nun wieder über den Großen Salzmorast geflogen wurde; doch der schwarze Gleiter brachte sie nach Chemaoue, wo der von Andromorphen gezogene Wagen sie wieder zu der finsteren Hafenschänke brachte. Die Zimmer waren ebenso kahl wie der Schankraum, mit Steinbänken, auf denen nur dünne, unangenehm säuerlich riechende Matratzen lagen. Durch das offene Fenster drangen der kühle, salzige Seewind und das Glucksen des Wassers an der Hafenmole herein.

Etzwane verbrachte eine unangenehme Nacht, in der er nicht das Gefühl hatte, richtig zu schlafen. Grauviolettes Licht drang schließlich durch das hohe Fenster. Etzwane stand auf, wusch sich das Gesicht mit kaltem Wasser und ging in den Schankraum hinunter, wo ihm bald Mialambre Gesellschaft leistete. Ifness und Finnerack erschienen nicht. Als Etzwane in ihren Zimmern nachschaute, fand er sie leer.

Zur Mittagsstunde kehrte Ifness in die Schänke zurück. Etzwanes erkundigte sich besorgt nach Finnerack. Ifness erwiderte vorsichtig: »Finnerack hat, wie du dich erinnerst, eine seltsame Leichtfertigkeit an den Tag gelegt. Gestern abend verließ er die Schänke und marschierte an der Küste entlang. Ich hatte so etwas schon geahnt und verlangt, daß man ihn beobachtet. Deshalb wurde er gestern abend festgenommen. Ich habe den ganzen Vormittag bei den palasedranischen Behörden zugebracht, und sie haben wohl die Ursache für Finneracks seltsames Verhalten gefunden.«

Der Zorn, den Etzwane schon früher auf den schweigsamen Ifness gehabt hatte, kehrte zurück. »Was haben sie herausgefunden – und wie?«

»Du kommst am besten mit und siehst es dir selbst an.«

Ifness sagte tonlos: »Die Palasedraner sind jetzt überzeugt, daß das Raumschiff nicht von der Erde kommt. Natürlich hätte ich ihnen das auch sagen können – aber dabei hätte ich meine Tarnung aufgeben müssen.«

Mialambre fragte aufgebracht: »Woher kommt das Raumschiff dann?«

»Das möchte ich so begierig erfahren wie du – überhaupt bin ich nur deswegen auf Durdane. Da die meisten von Menschenabkömmlingen besiedelten Welten hinter der Skiafarilla liegen, kommt das Raumschiff vermutlich aus der entgegengesetzten Richtung, aus dem Zentrum der Galaxis. Es gehört einer mir völlig unbekannten Bauart an.«

»Du hast die Palasedraner darüber informiert?«

»O nein. Ihre Meinung hat sich durch die Ereignisse von heute früh gebildet. Die Roguhskoi-Häuptlinge trugen einen Schutzpanzer, wie du dich erinnerst; das machte mich stutzig ... Hier sind die Labors.«

Etzwane spürte einen Hauch von Entsetzen. »Und hierher wurde Finnerack gebracht?«

»Das schien durchaus vernünftig.«

Sie betraten ein Gebäude aus schwarzen Steinen, in dem es scharf nach Chemikalien roch. Ifness bog entschlossen in einen Seitenkorridor ein und betrat einen großen Raum, der durch Oberlichter erhellt wurde. Tanks und Tröge standen links und rechts, in der Mitte einige Tische. Am gegenüberliegenden Ende musterten vier Palasedraner in grauen Kitteln einen toten Rogushkoi. Ifness nickte. »Sie beginnen eine neue Obduktion ... Könnte interessant für dich werden.«

Etzwane und Mialambre lehnten sich an die Wand. Die Palasedraner arbeiteten ohne Hast, legten die massige Gestalt zurecht ... Etzwane sah sich im Labor um. Zwei große braune Insekten oder Schalentiere bewegten sich in Glaskrügen. In mehreren Glastanks schwammen Organe, Schimmelgewächse und Fungus, ein Schwarm kleiner weißer Würmer, ein Dutzend Gebilde, für die er keinen Namen hatte ... Die Palasedraner öffneten mit einer luftgetriebenen Kreissäge die gewaltige Brust ... Fünf Minuten lang arbeiteten sie sehr geschickt. Etzwane war von einer fast unerträglichen Spannung erfüllt und wandte sich ab. Ifness ließ dagegen keinen Blick von den Vorgängen. »Paß auf.«

Vorsichtig, doch mit sicheren Bewegungen zogen die Palasedraner einen weißen Gewebesack aus der Brust, der die Größe zweier geballter Fäuste hatte. Zwei dicke, herabhängende Tentakel oder Nerven schienen in den Hals hinaufzuführen. Vorsichtig schnitten die Palasedraner Kanäle in das dunkle Fleisch, durch Knochen und Knorpel, um die Gebilde heil herauszulösen. Nun lag das gesamte Organ auf dem Tisch, das plötzlich ein zuckendes Eigenleben gewann. Der weiße Sack brach auf; aus der Hülle kroch ein schimmerndes braunes Wesen, eine Mischung zwischen einer Spinne und einer Krabbe. Die Palasedraner stülpten sofort eine Flasche darüber und stellten es auf das Regal neben seine beiden Artgenossen.

»Hier siehst du euren wahren Feind«, sagte Ifness. »Sajarano von Sershan gebrauchte in unserem Gespräch das Wort ›Asutra‹. Die Intelligenz dieser Wesen scheint einer sehr hohen Ordnung anzugehören.«

In einer Mischung von Entsetzen und Faszination starrte Etzwane in die Flasche. Das Wesen war knotig und verwikkelt wie ein kleines braunes Gehirn; acht vielgliedrige Beine ragten aus der Unterseite des Körpers, und jedes endete in drei kräftigen kleinen Palpen. Die langen Fibern und Nerven ragten an einem Ende durch eine Gruppe von Sinnesorganen.

»Nach meiner kurzen Bekanntschaft mit den Asutra«, sagte Ifness, »halte ich diese Wesen für Parasiten, oder besser ausgedrückt: für die steuernde Hälfte einer Symbiose, obwohl ich sicher bin, daß sie in ihrer einheimischen Umgebung weder Wesen wie die Rogushkoi noch Menschen als Wirte benutzen.«

Etzwane vermochte seine Stimme kaum unter Kontrolle zu halten: »Du hast diese Wesen schon vorher gekannt?«

»Ein einzelnes Exemplar – jenes, das ich aus Sajarano entfernte.«

Ein Dutzend Fragen schoß Etzwane durch den Kopf, schlimme Verdächtigungen, die er nicht zu formulieren wußte und die er lieber gar nicht bestätigt sehen wollte. Er schlug sich Sajarano von Sershan und seine entstellte Leiche aus dem Sinn, und blickte von einer Flasche zur anderen, und obwohl er keine Augen oder visuelle Organe erkennen konnte, hatte er das Gefühl, angestarrt zu werden.

»Diese Wesen sind hoch entwickelt und äußerst spezialisiert«, fuhr Ifness fort. »Doch entwickeln sie wie der Mensch eine überraschende Zähigkeit und können zweifellos auch ohne ihre Wirte fortbestehen.«

Etzwane fragte: »Und was ist mit Finnerack?« – obwohl er die Antwort bereits wußte.

»Dies«, sagte Ifness und klopfte gegen eine der Flaschen, »war der Asutra, der Jerd Finneracks Körper bewohnte.«

»Er selbst ist tot?«

»Er selbst ist tot. Wie könnte er noch leben?«

Ifness sagte mit gelangweilter Stimme: »Du bestehst nachdrücklich darauf, daß ich dir Informationen über Dinge gebe, die dich entweder nichts angehen, oder die du dir selbst beschaffen könntest. Ich will dir in diesem Fall jedoch nachgeben und vielleicht die Qual deiner Verwunderung mildern.

Wie du weißt, wurde ich durch das Historische Institut

vom Planeten Durdane abgerufen. Die Vertreter dieses Instituts waren der Ansicht, ich hätte unverantwortlich gehandelt. Ich setzte jedoch meine Meinung durch; ich konnte andere von meinem Standpunkt überzeugen und wurde mit einem neuen Auftrag wieder nach Durdane geschickt.

Ich kehrte sofort nach Garwiy zurück, wo ich mich überzeugen konnte, daß du entschlossen und energisch gehandelt hattest. Kurz, die Bürger Shants reagierten unter der richtigen Führung auf die äußere Gefahr mit normaler menschlicher Findigkeit.«

»Aber warum die Rogushkoi? Warum mußten sie Shant angreifen? Ist das nicht außergewöhnlich?«

»Durchaus nicht. Durdane ist eine isolierte Menschenwelt, auf der diskret Versuche mit einer menschlichen Bevölkerung gemacht werden konnten. Die Asutra scheinen einen Kontakt zwischen ihrem Reich und den Erdenwelten vorauszusehen; vielleicht haben sie in dieser Hinsicht schon unangenehme Erfahrungen machen müssen.

Denk daran – sie sind Parasiten; sie wollen ihre Ziele durch Stellvertreter erreichen. Zuerst versuchen sie es also mit der Zucht eines genetisch raffiniert konstruierten menschenähnlichen Wesens, das unsere Frauen begatten kann und sie dadurch steril macht; im Grunde eine biologische Waffe, die auch der Mensch schon bei Insektenplagen eingesetzt hat.

Die erstaunlichste Schöpfung der Asutra sind die Rogushkoi. Sicher haben Hunderte, vielleicht Tausende von Männern und Frauen in den Laboratorien der Asutra dahinvegetieren und zu Untersuchungszwecken ihr Leben lassen müssen: ein Gedanke, der einem wirklich zu schaffen machen kann. Die Asutra müssen ihre Schöpfungen für passable Kopien von Menschen gehalten haben, was natürlich nicht zutrifft; der geschulte menschliche Blick erkennt sie sofort als Ungeheuer, doch biologisch erfüllen sie ihre Funktion.

Um dem Versuch Gewicht zu geben, mußten die Rogushkoi eine Zeitlang ungestört bleiben; deshalb bekam der Anome einen Bewacher eingepflanzt, und seinen Wohltätern ging es nicht anders. Durch ein noch nicht erforschtes Steuerungssystem können die Asutra das gesamte Verhalten ihrer Wirte lenken. Sajarano beklagte sich über seine ›innerste Seele‹, über ›die Stimme seiner Seele‹. Ich erinnere mich, daß auch Finnerack von seinem Gewissen sprach. Zweifellos lernten die Asutra den Umgang mit den Menschen in ihren Laboratorien.

Als Waffen waren die Rogushkoi fehlerhaft; der Grundentwurf war schlecht. Nachdem die künstliche Passivität des Anome vorbei war, reagierten die Bürger Shants mit gewohnter menschlicher Energie. Zweifellos hätten die Asutra Waffen liefern und Shant unterdrücken können, aber das war nicht ihre Absicht; sie gedachten ihre indirekten Methoden auszuprobieren und zu vervollkommnen.

Einmal angenommen, die Menschen konnten dazu gebracht werden, einander zu vernichten? Dieser Plan, den ich vermute – ich bewege mich hier auf unsicherem Boden –, führte dazu, daß auch Finnerack einen Kontrolleur eingepflanzt bekam. So wurde seine Widerspenstigkeit verstärkt; er war gezwungen, die Palasedraner herauszufordern – eine Tat, die seinen eigenen Instinkten nicht völlig zuwiderlief.

Auch dieses zweite Experiment schlug fehl; obwohl es im Prinzip vernünftiger war. Es war jedoch unzureichend vorbereitet; vermutlich handelte es sich nur um eine hastige Improvisation.«

»Das ist ja alles schön und gut«, sagte Mialambre stirnrunzelnd, »aber warum ist Finnerack mißbraucht worden und nicht etwa Gastel Etzwane, dessen Einfluß stets größer gewesen ist?«

»Im Verlauf seiner Karriere schien Finnerack zu großen Taten bestimmt«, sagte Ifness. »Er leitete den Geheimdienst und befehligte außerdem die freien Kämpfer. Sein Stern war im Aufsteigen begriffen, und so kam er eher in Frage.«

»Richtig«, sagte Mialambre. »Ich vermag sogar den genauen Zeitpunkt dieser Änderung zu bestimmen. Einmal verschwand er drei Tage lang ...« Seine Stimme erstarb, sein Blick richtete sich entsetzt auf Etzwane.

Eine beklemmende Stille trat ein.

Langsam legte Etzwane die geballten Fäuste auf den Tisch. »So muß es denn sein. Die Asutra haben mich auch verändert.«

»Interessant!« bemerkte Ifness. »Hörst du seltsame Stimmen, hast du unangenehme Schmerzen, ein ständiges Gefühl der Unzufriedenheit und des Unbehagens? Das waren nämlich die Gefühle, die Sajarano schließlich zum Selbstmord trieben.«

»Davon spüre ich nichts. Trotzdem wurde ich betäubt wie Finnerack. Dieselben Parthaner waren in der Nähe. Ich bin zum Tode verurteilt, doch ich sterbe in der Gewißheit, daß ich meine Ziele erreicht habe. Gehen wir ins Labor und machen wir dem Spiel ein Ende.«

Ifness hob beruhigend die Hand. »Die Lage ist nicht so schlimm. Ich hatte schon vermutet, daß man auch dich operieren wollte, und hielt mich bereit, den Versuch zu vereiteln. Ja, ich bewohnte dazu im Hrindiana sogar die Wohnung dir gegenüber! Der Anschlag ging fehl; die Parthaner starben, der Asutra wurde in einem Glas zur Erde gebracht, und du bist drei Tage später müde und verwundert wieder aufgewacht – doch es war nichts mit dir geschehen.«

Etzwane lehnte sich mit tiefem Aufatmen in seinem Stuhl zurück. Er war kreidebleich.

Ifness fuhr fort: »In Shant haben die Asutra eine kleine, aber wichtige Niederlage erlitten. Ihre Experimente haben ihnen die Aufmerksamkeit eingetragen, die sie vermeiden wollten, dank der Wachsamkeit des Historischen Instituts. Was haben wir gelernt? Daß die Asutra feindliche Beziehungen zur menschlichen Rasse erwarten oder sich darauf vorbereiten. Vielleicht ist eine Konfrontation zwischen zwei expandierenden Weltensystemen nicht mehr zu vermeiden ... Da kommt der Kanzler, sicher um zu melden, daß der Gleiter bereitsteht. Was mich angeht, ich habe genug Salzfisch gegessen – und wenn ihr gestattet, begleite ich euch nach Shant ...«

Der dritte Roman

Die Asutra

DIE ASUTRA
erschien ursprünglich als HEYNE-BUCH Nr. 06/3480
Titel der amerikanischen Originalausgabe
THE ASUTRA
Deutsche Übersetzung:
Thomas Schlück

1

Die Rogushkoi und die sie beherrschenden Asutra waren aus Shant vertrieben worden. Am Boden durch die freien Kämpfer bedrängt, aus der Luft von den Fliegern Shants angegriffen, waren die Rogushkoi nach Süden zurückgewichen und durch den großen Salzmorast nach Palasedra geflohen. In einem öden Tal war die Horde vernichtet worden, wobei nur eine Handvoll Häuptlinge in einem seltsamen rotbronzenen Raumschiff hatte fliehen können – und damit war die Invasion Shants zu Ende gewesen.

Gastel Etzwane bereitete der Sieg nur kurze Freude, die schnell einer düsteren und nachdenklichen Stimmung wich. Er wurde sich plötzlich einer Aversion gegen die Verantwortung bewußt, gegen öffentliche Tätigkeiten jeder Art; er fragte sich, wie er den Feldzug überhaupt hatte leiten können. Bei seiner Rückkehr nach Garwiy zog er sich mit fast beleidigender Schroffheit aus dem Purpurnen Rat zurück; er wollte wieder Gastel Etzwane der Musiker sein, mehr nicht. Sofort besserte sich seine Stimmung; er fühlte sich frei und ausgeglichen. Zwei Tage lang hielt die gute Laune an und verging dann angesichts des *Was jetzt?*, auf das sich keine natürliche oder leichte Antwort fand.

An einem dunstigen Herbstmorgen, als sich die drei Sonnen mit milchig-weißen, rosafarbenen und blauen Nimbuswolken verhüllten, wanderte Etzwane über die Galias-Avenue. Bandbäume wehten ihm ihre purpurnen und grauen Streifen um den Kopf; neben ihm strömte der Jardeenfluß auf seinem Weg zur Sualle dahin. Die Galias-Avenue war bevölkert, doch niemand achtete auf den jungen Mann, der noch vor kurzem das Leben Shants bestimmt hatte. Als Anome hatte sich Etzwane natürlich sehr zurückhalten müssen; er war ohnehin kein auffälliger Mensch. Er äußerte sich mit knappen Bewegungen und leiser Stimme – und dies gab ihm eine nüchterne Art, wie sie eigentlich seinem Alter nicht entsprach. Wenn Etzwane in den Spiegel blickte, spürte er oft eine Diskrepanz zwischen seinem Äußeren, das düster, sogar ein wenig grimmig war, und dem, was er als sein wahres Ich empfand; ein Wesen voller Zweifel, von Leidenschaften gepackt, durch irrationale Neigungen hierhin und dorthin gerissen – ein Gemüt, das sehr leicht Charme und Schönheit erlag und sich immer wieder nach dem Unerreichbaren sehnte. Dieses disparate Bild hatte Etzwane von sich selbst. Nur wenn er Musik spielte, hatte er das Gefühl, daß die unpassenden Teile seines Ichs zusammenflossen.

Was nun?

Er hatte die Antwort für selbstverständlich gehalten: Er wollte zu Frolitz und den Rosaschwarztiefblauen Grünen zurückkehren. Doch inzwischen war er sich dessen nicht mehr so sicher. Er blieb stehen und sah zu, wie abgebrochene Baumbänder auf dem Fluß dahintrieben. In seinem Kopf tönte ganz leise die altvertraute Musik, ein Windhauch, der aus seiner Jugend herüberwehte.

Er kehrte dem Fluß den Rücken, setzte seinen Weg auf der Avenue fort und erreichte ein dreistöckiges Gebäude aus schwarzem und graugrünem Glas mit dicken Fensterlinsen, die sich über die Straße wölbten: Fontenays Schänke, die Etzwane an Ifness denken ließ, Erdenbürger und Forschungsmitglied des Historischen Instituts. Nach der Vernichtung der Rogushkoi waren er und Ifness mit dem Ballon quer durch Shant nach Garwiy geflogen. Ifness hatte eine Flasche mit einem Asutra bei sich, der aus der Leiche eines Rogushkoi-Häuptlings entfernt worden war. Das Wesen ähnelte einem riesigen Insekt – zwanzig Zentimeter lang und zehn Zentimeter breit: wie eine Kreuzung aus Ameise und Tarantel, mit völlig Unbekanntem angereichert. Sechs Arme, von denen jeder in drei Fühlern endete, gingen von dem Torso aus. An einem Ende schützten Kanten aus purpurbraunem Chitin den optischen Apparat: drei ölschwarze Kugeln in flachen, haargeschützten Höhlungen. Darunter zitterten Nahrungsaufnehmer und eine Gruppe von Eßwerkzeugen. Während der Reise hatte Ifness ab und zu gegen das Glas geschlagen, worauf der Asutra nur mit einem Zucken seiner Augenorgane reagierte. Etzwane fand das Wesen unangenehm; irgendwo in dem schimmernden Leib fanden komplizierte Vorgänge statt: logische Schlußfolgerungen oder etwas Ähnliches, Haß oder ein entsprechendes Gefühl.

Ifness weigerte sich, Vermutungen über die Natur des

Asutra anzustellen. »Es ist sinnlos, herumzurätseln. Die Tatsachen, soweit wir sie kennen, sind zweideutig.«

»Die Asutra haben versucht, das Volk von Shant zu vernichten«, erwiderte Etzwane. »Ist das nicht bedeutsam?«

Ifness zuckte nur die Achseln und blickte über die purpurnen Weiten des Kantons Shade. Sie segelten gerade dicht an einem nördlichen Wind und ruckelten und rasten dahin, während der Windwächter der *Conseil*, einem bekanntermaßen launischen Ballon, das letzte abverlangte.

Etzwane versuchte es mit einer anderen Frage. »Du hast den Asutra untersucht, den du Sajarano abgenommen hast: Was kam dabei heraus?«

Ifness antwortete ruhig: »Der Metabolismus des Asutra ist ungewöhnlich und entzieht sich meiner Analyse. Nach den Eßwerkzeugen scheint er von Natur aus eine parasitäre Lebensform zu sein. Ich habe bisher kein Organ zur Kommunikation entdecken können, vielleicht benutzen die Wesen aber eine Methode, die für meinen Verstand zu hoch ist. Sie gehen gern mit Papier und Bleistift um und zeichnen hübsche geometrische Muster, die manchmal sehr kompliziert sind, aber offensichtlich nichts bedeuten. Sie stellen sich bei der Lösung von Problemen sehr klug an und scheinen dabei geduldig und methodisch vorzugehen.«

»Woher weißt du das alles?« fragte Etzwane.

»Ich habe mir einige Versuche zurechtgelegt. Es kommt nur darauf an, den richtigen Anreiz zu bieten.«

»Zum Beispiel?«

»Die Möglichkeit der Freiheit. Das Vermeiden von Unbehagen.«

Etwas angewidert überdachte Etzwane das Problem. Schließlich fragte er: »Was hast du nun vor? Kehrst du zur Erde zurück?«

Infess blickte zum lavendelfarbenen Himmel auf, als peile er ein fernes Ziel an. »Ich hoffe meine Forschungen fortzusetzen; dabei habe ich viel zu gewinnen und wenig zu verlieren. Doch ist es ziemlich sicher, daß man mich offiziell davon abzuhalten versucht. Dasconetta, nominell mein Vorgesetzter, hat nichts zu gewinnen und viel zu verlieren.«

Seltsam, überlegte Etzwane; wurden die Dinge auf der

Erde immer so gehandhabt? Das Historische Institut auferlegte seinen Angehörigen eine starre Disziplin und eine totale Loslösung von den Vorgängen auf der untersuchten Welt. Soviel hatte er über Ifness, seine Herkunft und seine Arbeit schon herausbekommen. Alles in allem war das sehr wenig.

Die Reise nahm ihren Fortgang. Ifness las in *Die Königreiche von Alt-Caraz,* während Etzwane in nachdenkliches und beharrliches Schweigen versank. Die *Conseil* sirrte die Schiene entlang, die Kantone Erevan, Maiy, Conduce, Jardeen, Wildrose glitten vorbei und verschwanden im Herbstnebel. Die Jardeenpforte öffnete sich vor ihnen, zu beiden Seiten stieg der Ushkadel auf, die *Conseil* wehte durch das Tal des Schweigens und zur Südstation im Schatten der gewaltigen Türme Garwiys.

Die Stationsmannschaft hievte die *Conseil* zur Plattform hinab; Ifness stieg aus und entfernte sich mit höflichem Nikken über den Platz.

Wütend sah Etzwane die schmale Gestalt in der Menschenmenge verschwinden. Ifness wollte offenbar jede Verbindung abbrechen. Als er nun – zwei Tage danach – die Galias-Avenue entlangblickte, mußte Etzwane wieder an Ifness denken. Er überquerte die Straße und betrat Fontenays Schänke.

Im Schankraum war es ruhig; einige Gestalten saßen da und dort im Schatten und betrachteten nachdenklich ihre Krüge. Etzwane ging zum Tresen, wo er von Fontenay persönlich erwartet wurde. »Na bitte – Etzwane der Musiker! Wenn du und deine Khitan ein Plätzchen suchen – tut mir leid. Herr Hesselrode und seine Rotmalveweißen stehen auf der Plattform. Nimm's nicht übel; du gehörst zu den Besten. Trink ein Glas Wildrosen-Ale, auf meine Rechnung.«

Etzwane hob den Krug. »Besten Dank.« Er trank. Das frühere Leben war gar nicht so übel gewesen. Er sah sich in der Schänke um. Dort stand die flache Plattform, auf der er so oft gespielt, der Tisch, an dem er die hübsche Jurjin von Xhiallinen kennengelernt, die Nische, in der Ifness auf den Mann ohne Gesicht gewartet hatte. In jedem Winkel lauerten Erinnerungen, die ihm nun ganz unwirklich vorkamen; die Welt war vernünftig und normal geworden ... In der entferntesten Ecke saß ein großer weißhaariger Mann, dessen Alter kaum zu schätzen war, und machte Eintragungen in ein Notizbuch. Blaues Licht von einem der hohen Dachfenster umspielte ihn; der Mann hob einen Kelch an die Lippen und trank. Etzwane wandte sich an Fontenay. »Der Mann in der Nische dort – wer ist das?«

Fontenay blickte durch den Raum. »Ist das nicht der alte Ifness? Er bewohnt mein großes Apartment. Ein seltsamer Typ, ernst und zurückhaltend, doch sein Geld ist in Ordnung. Wenn ich mich nicht irre, kommt er aus dem Kanton Cape.«

»Ich glaube, ich kenne den Herrn.« Etzwane nahm seinen Krug und ging durch den Schankraum. Ifness verfolgte seine Annäherung aus den Augenwinkeln. Mit langsamer Bewegung schloß er sein Notizbuch und nippte von seinem Eiswasser. Etzwane grüßte ihn höflich und nahm Platz; hätte er auf eine Aufforderung gewartet, hätte Ifness ihn vielleicht stehen lassen. »Ich bin kurz entschlossen vorbeigekommen, um mal an unsere gemeinsamen Abenteuer erinnert zu werden«, sagte Etzwane. »Und nun stelle ich fest, daß du den gleichen Erinnerungen nachhängst.«

Ifness' Lippen zuckten. »Du bist sentimental. Ich bin hier, weil ich hier gut wohnen und normalerweise ohne Unterbrechung arbeiten kann. Was ist mit dir? Hast du keine offiziellen Pflichten?«

»Keine mehr«, sagte Etzwane. »Ich habe meine Verbindung zu den Purpurnen völlig gelöst.«

»Du hast dir deine Freiheit verdient«, sagte Ifness etwas hochnäsig. »Ich wünsche dir viel Freude dabei. Und jetzt ...« Mit entschlossener Bewegung rückte er sein Notizbuch zurecht, als wollte er damit andeuten, daß er das Gespräch als beendet betrachte.

»Ich will nicht faulenzen«, sagte Etzwane. »Mir kam nur der Gedanke, daß ich vielleicht mit dir zusammenarbeiten könnte.«

Ifness zog die Augenbrauen hoch. »Wie darf ich das verstehen?«

»Ganz einfach«, sagte Etzwane. »Du bist ein Angehöriger

des Historischen Instituts; du hast Forschungsaufträge über Durdane und andere Welten; meine Hilfe könnte dir nützen. Wir haben doch schon mal zusammengearbeitet – warum nicht wieder?«

Ifness antwortete kurz angebunden: »Das ist unpraktisch. Die Arbeit ist weitgehend auf mich abgestimmt und führt mich von Zeit zu Zeit auf andere Planeten, was natürlich ...«

Etzwane hob die Hand. »Genau das will ich ja«, erklärte er, obwohl er diesen Gedanken noch nie so klar formuliert hatte. »Ich kenne Shant gut; ich bin auch in Palasedra gewesen, und Caraz ist eine Wüste; ich bin begierig, andere Welten kennenzulernen.«

»Das ist eine ganz natürliche Sehnsucht«, sagte Ifness. »Trotzdem mußt du dich nach etwas anderem umsehen.«

Etzwane trank nachdenklich von seinem Ale. Ifness beobachtete ihn starr von der Seite. Etzwane fragte schließlich: »Du beschäftigst dich noch immer mit den Asutra?«

»Ja.«

»Meinst du, daß sie mit Shant noch nicht fertig sind?«

»Ich habe überhaupt keine Meinung«, sagte Ifness vorsichtig. »Die Asutra haben eine biologische Waffe gegen die Einwohner Shants ausprobiert. Die Waffe – die Rogushkoi – hat versagt, weil sie ungeschickt eingesetzt wurde, aber auf jeden Fall hat sie ihren Zweck erfüllt; die Asutra haben nun bessere Kenntnisse. Ihnen stehen wie zuvor viele Möglichkeiten offen. Sie können ihre Experimente mit anderen Waffen fortsetzen. Andererseits kommen sie vielleicht zu dem Entschluß, die menschlichen Bewohner Durdanes ganz auszulöschen.«

Dazu wußte Etzwane nichts zu sagen. Er leerte seinen Krug und bestellte sich trotz Ifness' Mißfallen ein neues Getränk. »Versuchst du dich noch immer mit den Asutra in Verbindung zu setzen?«

»Sie sind alle tot.«

»Und du hast keine Fortschritte gemacht?«

»Willst du weitere Exemplare einfangen?«

Ifness schenkte ihm ein kühles Lächeln. »Meine Ziele sind bescheidener, als du annimmst. Ich sorge mich in erster Linie um meinen Status beim Institut; ich will meine gewohnten

Privilegien weiter genießen. Deine Interessen und die meinen berühren sich nur in wenigen Punkten.«

Etzwane runzelte die Stirn und trommelte mit den Fingern auf der Tischplatte herum. »Du hättest es lieber, wenn die Asutra Durdane nicht zerstörten?«

»Als abstraktes Ideal würde ich dem zustimmen.«

»Die Situation ist aber alles andere als abstrakt«, entgegnete Etzwane. »Die Rogushkoi haben Tausende von Menschen getötet! Wenn sie hier Sieger geblieben wären, hätten sie vielleicht auch die Erdenwelten angegriffen.«

»Diese These ist etwas mit Vorsicht zu genießen«, sagte Ifness. »Ich habe sie als Möglichkeit weitergegeben. Meine Kollegen jedoch neigen zu anderen Ansichten.«

»Was für Zweifel kann es da geben?« wollte Etzwane wissen. »Die Rogushkoi sind oder waren eine Angriffsmacht.«

»So sieht es aus – aber gegen wen? Gegen die Erdenwelten? Lächerlich – wie könnten diese Wesen gegen die Waffen der Zivilisation ankämpfen?« Ifness machte eine abrupte Handbewegung: »Und jetzt entschuldige mich bitte; ein gewisser Dasconetta verbessert auf meine Kosten seinen Status, und ich muß mich mit dem Problem beschäftigen. Es hat mich gefreut, dich mal wiederzusehen ...«

Etzwane beugte sich vor. »Hast du die Heimatwelt der Asutra feststellen können?«

Ifness schüttelte ungeduldig den Kopf. »Da hätte ich die Wahl zwischen zwanzigtausend Welten, wahrscheinlich liegt sie zum Zentrum der Galaxis hin.«

»Müßten wir diese Welt nicht finden, um sie eingehend zu studieren?«

»Ja, ja – natürlich.« Ifness öffnete mit ungeduldiger Bewegung sein Heft.

Etzwane stand auf. »Ich wünsche dir Erfolg in deinem Kampf um den Status.«

»Danke.«

Etzwane ging durch den Schankraum, trank einen weiteren Krug Ale und starrte düster zu Ifness hinüber, der mit ernster Miene an seinem Eiswasser nippte und Eintragungen in seinem Buch machte.

Schließlich verließ Etzwane Fontenays Schänke und setzte

seinen Weg am Jardeen fort. Er bedachte eine Möglichkeit, auf die wohl nicht einmal Ifness gekommen war ... Er bog in die Avenue der Purpurnen Gorgonen ab, wo er einen Wagen zum Gesellschaftsplatz nahm. Er stieg am Jurisdiktional aus und suchte im Obergeschoß die Büros des Geheimdienstes auf. Leiter war Aun Sharah, ein gutaussehender, kluger, zurückhaltender Mann, der die Vorliebe des Ästheten für eine unauffällige Eleganz hatte. An diesem Tag trug er eine glatte graue Robe über einem mitternachtsblauen hautengen Anzug; ein Saphir baumelte an seinem linken Ohr. Er begrüßte Etzwane freundlich, doch mit einer vorsichtigen Ehrerbietung, die von früheren Differenzen zeugte. »Wie ich höre, bist du wieder ein ganz gewöhnlicher Bürger«, sagte Aun Sharah. »Die Metamorphose kam sehr schnell. Ist es eine vollständige Veränderung?«

»Absolut. Ich bin jetzt ein anderer Mensch«, sagte Etzwane. »Wenn ich so über das letzte Jahr nachdenke, wundere ich mich über mich selbst.«

»Du hast viele Leute überrascht«, sagte Aun Sharah trokken. »So auch mich.« Er lehnte sich in seinem Stuhl zurück. »Was jetzt? Wieder zurück zur Musik?«

»Noch nicht. Ich bin irgendwie wurzellos und unruhig und interessiere mich neuerdings für Caraz.«

»Das ist ein umfangreiches Thema«, sagte Aun Sharah auf seine zurückhaltende Art. »Aber du hast ja noch dein ganzes Leben vor dir.«

»Mein Interesse ist nicht ganz so umfassend«, sagte Etzwane. »Ich stelle mir nur die Frage, ob die Rogushkoi auch in Caraz aufgetaucht sind.«

Aun Sharah musterte sein Gegenüber nachdenklich. »Deine Zeit als einfacher Bürger war aber sehr kurz!«

Etzwane überging die Bemerkung. »Hier sind meine Überlegungen. Die Rogushkoi wurden in Shant versuchsweise eingesetzt und geschlagen. Das wissen wir. Aber wie steht es in Caraz? Vielleicht sind sie ursprünglich in Caraz aufgestellt worden, vielleicht bildet sich dort eine neue Horde. Ich könnte ein Dutzend Möglichkeiten anführen, einschließlich der Chance, daß noch überhaupt nichts geschehen ist.«

»Das ist wahr«, sagte Aun Sharah. »Unsere Ermittlungen

beschränken sich im wesentlichen auf winzige Details. Doch was könnten wir tun? Wir schaffen ja kaum die Arbeit, die uns übertragen worden ist.«

»In Caraz kommt jede Neuigkeit die Flüsse herab. In den Häfen an der Küste hören die Seeleute von Ereignissen, die sich im Landesinneren ereignen. Wenn du nun deine Männer zu den Docks und in die Hafentavernen schickst, um einmal festzustellen, was es in Caraz Neues gibt?«

»Der Gedanke hat etwas für sich«, sagte Aun Sharah. »Ich werde einen entsprechenden Befehl geben. Drei Tage müßten genügen, wenigstens für eine vorläufige Erkundung.«

2

Der hagere, dunkelhaarige, schüchterne Junge, der den Namen Gastel Etzwane* gewählt hatte, war zu einem hohlwangigen jungen Mann mit durchdringendem Blick herangewachsen. Wenn Etzwane Musik spielte, hoben sich seine Mundwinkel und verliehen seinen sonst düsteren Zügen etwas Poetisch-Melancholisches; ansonsten war er ungewöhnlich ruhig und beherrscht. Etzwane hatte keine Freunde außer dem alten Musiker Frolitz, der ihn für verrückt hielt ...

Am Tag nach seinem Besuch im Jurisdiktional erhielt er eine Nachricht von Aun Sharah. »Die Ermittlung hat sofort eine Information ergeben, die dich bestimmt interessiert. Bitte sprich bei uns vor, sowie es dir paßt.«

Etzwane eilte sofort zum Jurisdiktional.

Aun Sharah führte ihn in eine der Kuppelkammern im sechsten Stockwerk. Vier fußdicke Himmelslinsen aus wassergrünem Glas ließen das lavendelfarbene Sonnenlicht weicher erscheinen und betonte die Farben des Teppichs aus dem Kanton Glirris. Das Zimmer enthielt nur einen einzigen

---

* Bei den Chiliten des Tempels Bashon erwählte sich jeder Reine Junge einen Namen, der seine Hoffnungen für die Zukunft enthielt. Gastel war ein heldenhafter Flieger aus ferner Vergangenheit gewesen, Etzwane ein legendärer Musiker. Der Name hatte Etzwanes Seelenvater Osso schockiert und aufgebracht.

Tisch von etwa sechs Metern Durchmesser, auf dem sich eine riesige Konturenkarte des Kontinents befand. Etzwane trat näher und erkannte eine überraschend genaue Darstellung Caraz'. Die Berge waren aus dem hellen Bernstein des Kantons Faible geschnitzt, mit eingelegtem Quarz, das Schnee und Eis anzeigte. Silberfäden und Bänder waren die Flüsse; die Ebenen waren graupurpurner Schiefer; verschiedene Tuchbespannungen stellten Wälder und Sümpfe dar. Die Kontinente Shant und Palasedra lagen jenseits seiner Ostküste, dazwischen leuchtete wie ein Saphir der Grüne Ozean, die Sualle.

Aun Sharah ging langsam an der Nordkante des Tisches entlang. »Gestern abend«, sagte er, »brachte ein hiesiger Diskriminator* einen Seemann aus den Hyrmont-Docks mit. Dieser Mann hatte etwas wirklich Seltsames zu erzählen – eine Geschichte, die er von einem Barkenschiffer in Erbol gehört hatte – hier an der Mündung des Keba-Flusses.« Aun Sharah legte den Finger auf die Reliefkarte. »Der Barkenschiffer hatte eine Ladung Schwefel aus dieser Gegend hier flußabwärts geschafft ...« Aun Sharah berührte eine Stelle, die zweitausend Meilen weit im Landinneren lag. »Die Gegend dort heißt Burnoun. Etwa hier liegt eine Siedlung, Shillinsk geheißen; sie ist nicht eingezeichnet ... In Shillinsk sprach der Barkenschiffer mit Nomaden aus dem Westen, jenseits dieser Berge, der Kuzi Kaza ...«

Etzwane kehrte mit einem Wagen zu Fontenays Schänke zurück und stieß auf Ifness, der eben das Haus verlassen wollte. Ifness nickte ihm geistesabwesend zu und wäre weitergegangen, wenn ihn Etzwane nicht aufgehalten hätte. »Einen Augenblick.«

Ifness blieb stirnrunzelnd stehen. »Was willst du?«

»Du hast von einem gewissen Dasconetta gesprochen. Besitzt dieser Mann Autorität?«

---

* Diskriminator: In der shantschen Sprache *avistoi* – wörtlich: ›netter Diskriminator‹. Die *avistoi* waren ursprünglich Inspektoren der Ästheten von Garwiy und übernahmen allmählich die Funktion einer Kantonspolizei. Etzwane und Aun Sharah hatten die Pflichten der *avistoi* noch weiter ausgedehnt.

Ifness musterte Etzwane mit schiefem Blick. »Er hat eine verantwortliche Stellung.«

»Wie kann ich mich mit Dasconetta in Verbindung setzen?«

Ifness überlegte. »Theoretisch gibt es mehrere Methoden. Praktisch gesehen müßtest du es schon über mich versuchen.«

»Gut. Dann sei so gut und bring mich mit Dasconetta zusammen.«

Ifness lachte leise. »So einfach stehen die Dinge denn doch nicht. Ich schlage vor, du schreibst einen kurzen Bericht über dein Anliegen. Diesen Bericht gibst du mir. Zu gegebener Zeit komme ich mit Dasconetta zusammen; und dabei kann ich dann deine Nachricht vielleicht weitergeben – vorausgesetzt natürlich, daß ich sie weder unpassend noch unwichtig finde.«

»Das ist ja alles ganz schön«, sagte Etzwane. »Aber die Sache ist dringend. Er wird dir bestimmt jede Verzögerung übel ankreiden.«

»Ich bezweifle, daß du Dasconettas Reaktionen vorhersagen kannst«, antwortete Ifness herablassend. »Der Mann gibt sich gern rätselhaft.«

»Trotzdem meine ich, daß er sich mit meinem Problem ernsthaft befassen würde«, sagte Etzwane. »Besonders wenn er um sein Prestige besorgt ist. Gibt es denn keine Möglichkeit, direkt mit ihm in Verbindung zu treten?«

Ifness machte eine resignierte Handbewegung. »Also gut, wie lautet dein Anliegen? Wenn die Sache wichtig ist, kann ich dir vielleicht einen Rat geben.«

»Das weiß ich«, sagte Etzwane. »Aber du bist mit deinen Forschungen beschäftigt; du hast selbst gesagt, du könntest nicht mit mir zusammenarbeiten, dazu fehlte dir die Vollmacht, und du hast darüber hinaus angedeutet, daß ohnehin alles an Dasconetta weiterzugeben ist. Also wäre es nur natürlich, daß ich mein Anliegen direkt mit Dasconetta bespreche.«

»Du hast meine Bemerkung mißverstanden«, sagte Ifness brüsk, und seine Stimme wurde ein wenig schrill. »Ich habe gesagt, daß ich bei meiner Arbeit keine Verwendung für dich habe, daß du mich nicht auf einer Reise durch die Erdenwelten begleiten könntest. Ich habe nicht gesagt, meine Vollmacht reiche nicht aus oder ich wäre in irgendeiner Hinsicht auf Dasconetta angewiesen – außer in rein verwaltungstechnischer Hinsicht. Ich muß mir dein Anliegen anhören, da dies meine Funktion ist. Also – was hat dich so aufgeschreckt?«

»Mir ist ein Bericht aus Caraz zu Ohren gekommen. Er mag nur ein Gerücht sein, aber ich meine, daß man sich darum kümmern sollte. Zu diesem Zweck brauche ich ein schnelles Fahrzeug, das mir Dasconetta bestimmt zur Verfügung stellen kann.«

»Aha! Vielleicht. Und worum geht es bei dem Gerücht?«

Etzwane fuhr leise fort: »In Caraz sind Rogushkoi aufgetaucht, und zwar in erheblicher Menge.«

Ifness nickte kurz. »Weiter.«

»Die Rogushkoi haben gegen eine menschliche Armee gekämpft, die Energiewaffen benutzt haben soll. Anscheinend wurden die Rogushkoi geschlagen, aber dieser Teil der Nachricht ist sehr ungewiß.«

»Woher kommen diese Informationen?«

»Von einem Seemann, der die Geschichte von einem Barkenschiffer in Caraz gehört hat.«

»Wo soll das passiert sein?«

»Ist das nicht unwichtig?« fragte Etzwane. »Ich erbitte nur ein geeignetes Fahrzeug, mit dem ich der Sache nachgehen kann.«

Ifness sprach sanft, als habe er ein bockiges Kind vor sich. »Die Situation ist komplizierter, als du annimmst. Wenn du diese Bitte Dasconetta oder einem anderen Mitglied des Koordinationskomitees mitteilst, würde die Sache sofort an mich zurückgegeben, mit einem kurzen Vermerk über meine Zuständigkeit. Außerdem kennst du ja die Vorschriften für alle Angehörigen des Instituts: Wir mischen uns grundsätzlich niemals in die Ereignisse vor Ort ein. Ich habe diese Vorschrift natürlich schon übertreten; doch bisher habe ich meine Handlungsweise begründen können. Wenn ich es zulassen würde, daß du Dasconetta diese bemerkenswerte Bitte vorträgst, würde man mich oben nicht nur für verantwortungslos, sondern auch für töricht halten. Ich kann dir nicht helfen. Ich gebe zu, das Gerücht ist bedeutsam, und wie meine persönlichen Ansichten auch sein mögen, ich darf es nicht übergehen. Gehen wir in die Schänke. Ich muß alle Informationen von dir haben.«

Eine Stunde lang dauerte das Gespräch; Etzwane blieb höflich, aber bestimmt, Ifness ruhig und unnachgiebig wie ein Glasklotz. Unter keinen Umständen wollte er auch nur versuchen, Etzwane das gewünschte Fahrzeug zu besorgen.

»Dann«, sagte Etzwane, »muß ich mir ein weniger gutes Transportmittel suchen.«

Diese Bemerkung überraschte Ifness. »Hast du ernsthaft vor, nach Caraz zu fahren? Eine solche Reise könnte zwei bis drei Jahre dauern – wenn du sie überlebst!«

»Das alles habe ich bedacht«, erwiderte Etzwane. »Natürlich werde ich nicht zu Fuß durch Caraz ziehen. Ich gedenke zu fliegen.«

»Mit einem Ballon? Oder einem Gleiter?« Ifness hob die Augenbrauen. »Über die Wildnis von Caraz?«

»Vor vielen Jahren haben die Menschen in Shant noch ein Kombinationsfahrzeug gebaut, den sogenannten Weitgleiter. Leitwerk und Tragflächenansätze waren mit Gas gefüllt, die Tragflächen lang und flexibel. Ein solches Flugzeug ist schwer genug, um zu gleiten, aber auch so leicht, daß es von einem Windhauch in der Luft gehalten wird.«

Ifness spielte mit einem silbernen Schmuckstück herum. »Und sobald du landest?«

»Bin ich angreifbar, aber nicht hilflos. Ein Mann kann ohne fremde Hilfe mit einem gewöhnlichen Gleiter aufsteigen; er muß nur auf günstigen Wind warten. Der Weitgleiter steigt schon bei leichter Brise auf. Ich gebe allerdings zu, daß der Flug ein Risiko ist.«

»Ein Risiko? – Er ist Selbstmord!«

Etzwane nickte ernst. »Ich hätte natürlich lieber ein energiegetriebenes Fahrzeug, wie es mir Dasconetta zur Verfügung stellen könnte.«

Ifness fingerte mißmutig an seinem Schmuckstück herum. »Komm morgen wieder. Ich sorge für den Lufttransport. Aber du mußt meinen Befehlen aufs Wort gehorchen.«

Die Bürger Shants kümmerten sich wenig um die Angelegenheiten anderer Kantone; Caraz war für sie so weit entfernt wie die Skiafarilla* und bei weitem nicht so augenfällig. Etzwane, ein Musiker, hatte so ziemlich alle Kantone Shants bereist und war schon etwas aufgeschlossener; doch auch für ihn war Caraz nur ein fernes Reich aus windumtostem Ödland, schroffen Bergen und unvorstellbar tiefen Schluchten. Die Flüsse von Caraz strömten durch riesige Ebenen und waren zu breit, als daß man von einem Ufer zum anderen hätte blicken können. Der Planet Durdane war vor neuntausend Jahren von Flüchtlingen besiedelt worden, von Abtrünnigen, deren übelste Missetäter nach Caraz geflohen waren, um sich dort in der Weite des riesigen Kontinents zu verlieren. Ihre Abkommen hausten nach wie vor in der Einsamkeit.

Gegen Mittag kehrte Etzwane in Fontenays Schänke zurück, fand jedoch keine Spur von Ifness. Eine Stunde verstrich, dann eine zweite. Etzwane ging nach draußen und blickte links und rechts die Avenue entlang. Er beherrschte sich. Ärger über Ifness war sinnlos. Dann konnte man ebensogut auf die drei Sonnen wütend sein.

Endlich erschien Ifness; er kam von der Sualle her die Galias-Avenue herauf. Sein Gesicht trug einen nachdenklichen Zug; es hatte im ersten Augenblick den Anschein, als wollte er an Etzwane vorbeischlendern, doch dann blieb er stehen. »Du wolltest Dasconetta kennenlernen«, sagte er. »Also bitte. Warte hier. Es dauert nicht lange.«

Er trat in die Schänke. Etzwane blickte zum Himmel auf, an dem sich eine Wolkenbank vor die Sonnen schob; Zwielicht senkte sich über die Stadt. Etzwane runzelte die Stirn und erschauderte.

Er trat in die Taverne. Ifness kehrte zurück, in einen schwarzen Umhang gekleidet, der sich bei jedem Schritt dramatisch bauschte. »Komm«, sagte er und wandte sich zum Gehen.

Etzwane dachte an seine Würde und rührte sich nicht. »Wohin?«

---

* *Skiafarilla:* Eine Wolke aus zweitausend herrlichen Sternen, die den sommerlichen Nachthimmel Shants erhellte. Die Erdenwelten lagen jenseits dieses Sternhaufens.

Mit blitzenden Augen fuhr Ifness herum. Er sprach mit ruhiger Stimme. »Bei einem gemeinsamen Unternehmen muß jede Partei wissen, was sie von der anderen zu halten hat. Von mir kannst du Informationen erwarten, die den Erfordernissen des Augenblicks entsprechen; ich werde dich nicht mit zu vielen Einzelheiten belasten. Von dir erwarte ich Wachsamkeit, Diskretion und Vernunft. Wir fliegen jetzt in den Kanton Wildrose.«

Etzwane glaubte, wenigstens einen kleinen Punkt gewonnen zu haben und folgte Ifness schweigend zur Ballonweg-Station.

Der Ballon *Karmoune* zerrte an den Leinen; kaum hatten Ifness und Etzwane die Gondel betreten, hakte die Bodenmannschaft den Judasschlitten aus; der Ballon schwang sich empor. Der Windwächter legte den Ballon schräg in die steife Brise; die *Karmoune* strebte mit sirrendem Schlitten nach Süden.

Sie flogen durch die Jardeenpforte und sahen bald die hübschen Täler des Kantons Wildrose unter sich liegen. Schon nach kurzem Flug erreichten sie die Stadt Jamilo. Die *Karmoune* zeigte einen orangefarbenen Semaphor; die Bodenmannschaft fing den Laufschlitten ein und zog den Judasschlitten zum Depot zurück, wodurch die *Karmoune* zur Landerampe hinabgezogen wurde. Ifness und Etzwane stiegen aus; Ifness winkte einen Wagen herbei. Er gab dem Fahrer einen kurzen Befehl; die beiden stiegen ein, und die Pacer* eilten die Straße hinab.

Eine halbe Stunde lang folgten sie dem Jardeental. Dabei passierten sie zahlreiche Landsitze der garwiyschen Ästheten**, erreichten dann einen Obsthain aus Erdbeerbäumen, in dem ein altes Landhaus stand. Ifness sagte gemessen: »Dir

---

* Pacer: Zugtiere, Nachkommen der Rinder, die von den ersten Siedlern nach Durdane gebracht wurden. Pferde, die ebenfalls mitgebracht worden waren, starben an Drüsenfieber oder wurden von den halbintelligenten einheimischen Ahulphs aus unerfindlichen Gründen unnachsichtig gejagt und getötet.

** Der Bau der Glasstadt Garwiy stand unter dem Einfluß der Ästhetischen Gesellschaft, die mit der Zeit zu einer Kaste des Erbadels wurde, den Ästheten.

werden vielleicht Fragen gestellt. Ich kann dir nicht sagen, wie du antworten sollst; aber fasse dich kurz und teile keine Informationen mit, ohne danach gefragt worden zu sein.«

»Ich habe nichts zu verbergen«, sagte Etzwane knapp. »Wenn ich gefragt werde, antworte ich nach bestem Vermögen.«

Ifness schwieg.

Der Wagen hielt im Schatten eines altmodischen Beobachtungsturms. Die beiden Männer stiegen aus; Ifness führte seinen Begleiter durch einen verwilderten Garten und über einen mit hellgrauem Marmor ausgelegten Hof in die Haupthalle des Gebäudes. Dort blieb er stehen. Kein Laut war zu hören; das Haus schien leer zu sein. Es roch nach Staub, trokkenem Holz und alter, verwitterter Farbe. Durch das hohe Fenster fiel ein lavendelfarbener Lichtstrahl schräg auf das verblaßte Porträt eines Kindes in der wunderlichen Kleidung vergangener Zeiten. Am Ende des Saals erschien ein Mann. Er blieb einen Augenblick lang stehen und sah herüber, machte dann einen Schritt in ihre Richtung. Ohne sich um Etzwane zu kümmern, wandte er sich in einer fließenden, rhythmischen Sprache an Ifness, und Ifness antwortete kurz. Die beiden entfernten sich und verschwanden durch eine Tür. Etzwane folgte ihnen langsam in einen großen, zwölfekkigen Raum, der in braunem Holz getäfelt war und durch sechs Oberlichter aus staubigem Purpurglas erhellt wurde. Etzwane betrachtete den Mann voller Interesse. War dies Dasconetta, der wie ein Gespenst in diesem alten Haus wohnt? Seltsam, aber nicht unmöglich. Er war ein kräftiger Mann mittlerer Größe mit abrupten, aber beherrschten Bewegungen. Dichtes Haar bildete auf seiner hohen, gewölbten Stirn eine Spitze und schwang sich dann von den Schläfen nach hinten. Nase und Kinn waren bleich, der Mund fast lippenlos. Nach einem kurzen Blick aus schwarzen Augen kümmerte er sich nicht weiter um Etzwane.

Ifness und er unterhielten sich leise – Ifness berichtete, der andere erwiderte etwas. Etzwane setzte sich auf eine Camphorholzbank und verfolgte das Gespräch. Die beiden Männer waren keine Freunde, das wurde deutlich. Ifness war weniger in der Defensive als vorsichtig; Dasconetta hörte aufmerksam zu, als vergliche er jedes Wort mit einem vorher erhaltenen Bericht. Einmal wandte sich Ifness halb in Etzwanes Richtung, als suche er eine Bestätigung oder eine besondere Information; Dasconetta hielt ihn mit einem knappen Zuruf zurück.

Ifness stellte eine Forderung, die Dasconetta ablehnte. Ifness beharrte, und jetzt tat Dasconetta etwas Seltsames; er griff hinter sich und brachte plötzlich ein viereckiges, fünfzig Zentimeter langes Kontrollpult zum Vorschein, das aus tausend blitzenden weißen und grauen Gebilden bestand. Ifness sagte einige Worte, auf die Dasconetta antwortete. Beide untersuchten dann die Lichter, die schwarz, grau und weiß aufblitzten. Dasconetta wandte sich mit amüsiertem Lächeln an Ifness. Das Gespräch dauerte noch etwa fünf Minuten; dann gab Dasconetta offensichtlich seine Entscheidung bekannt. Ifness wandte sich ab und verließ das Zimmer. Etzwane folgte ihm.

Ifness kehrte stumm zum Wagen zurück. Etzwane bezwang seine Unruhe und fragte: »Was hast du erfahren?«

»Nichts Neues. Das entscheidende Gremium stimmt meinen Plänen nicht zu.«

Etzwane blickte zu dem alten Haus zurück und fragte sich, warum Dasconetta sein Hauptquartier ausgerechnet hier aufgeschlagen hatte. Er fragte: »Was tun wir also?«

»In welcher Beziehung?«

»Na, wegen des Fahrzeugs, das uns nach Caraz bringen soll.«

Ifness winkte ab und sagte: »Das ist nicht meine vordringliche Sorge. Die Transportfrage ist notfalls zu lösen.«

Etzwane bezwang sich und bemühte sich um einen ruhigen Ton. »Was war denn eben deine ›vordringliche Sorge‹?«

»Ich habe eine Untersuchung durch andere Stellen als das Historische Institut vorgeschlagen. Dasconetta und seine Clique wollen aber keinen Einfluß auf Durdane riskieren. Wie du gesehen hast, war Dasconetta in der Lage, eine Abstimmung in diesem Sinne zu manipulieren.«

»Was ist mit diesem Dasconetta? Wohnt er ständig hier in Wildrose?«

Ifness schmunzelte amüsiert. »Dasconetta ist weit weg von

hier, jenseits der Skiafarilla. Du hast nur eine Projektion von ihm gesehen; er sprach mit der meinen. Eine wissenschaftliche Methode macht das möglich.«

Etzwane blickte zum alten Haus zurück. »Und wer lebt dort?«

»Niemand. Das Gebäude ist mit einem ähnlichen Haus auf der Welt Glantzen V verbunden.«

Sie bestiegen den Wagen, der sofort den Rückweg nach Jamilo antrat.

Etzwane sagte: »Dein Verhalten ist unverständlich. Warum hast du angedeutet, daß du uns nicht nach Caraz bringen könntest?«

»Eine solche Andeutung habe ich nie gemacht«, sagte Ifness. »Da hast du eine falsche Schlußfolgerung gezogen, für die ich nicht verantwortlich bin. Jedenfalls ist die Lage komplizierter, als du glaubst, und du mußt dich auf – eine gewisse Spitzfindigkeit einstellen.«

»Spitzfindigkeit oder Täuschung?« wollte Etzwane wissen. »Die Wirkung ist doch fast dieselbe.«

Ifness hob die Hand. »Ich will dir die Lage erklären, wenn auch nur, um die Flut deines Tadels etwas einzudämmen ... Ich habe mich nicht mit Dasconetta in Verbindung gesetzt, um ihn zu veranlassen, mir ein Transportmittel zur Verfügung zu stellen, sondern um ihn dazu zu provozieren, einen falschen Weg einzuschlagen. Er hat nun die falsche Entscheidung getroffen und außerdem eine Abstimmung herbeigeführt, die er durch unvollständige und subjektive Informationen beeinflußt hat. Nun ist der Weg frei für eine Demonstration, die ihm den Boden unter den Füßen wegzieht. Wenn ich jetzt eine Ermittlung durchführe, handle ich außerhalb der Standardregeln, was Dasconetta in eine Zwickmühle bringt. In der Folge muß er sich um so mehr auf eine offensichtlich falsche Politik festlegen oder eine beschämende Kehrtwendung machen.«

Etzwane knurrte skeptisch vor sich hin. »Hat Dasconetta dies nicht alles bedacht?«

»Ich glaube nicht. Er hätte sonst kaum nach einer Abstimmung verlangt und sich so stur gestellt. Er ist sich seiner Sache sicher, die auf den Vorschriften des Instituts ruht; er bildet sich ein, ich ärgere mich und bin gebunden. Dabei trifft genau das Gegenteil zu; er hat uns einige angenehme Aussichten beschert.«

Etzwane vermochte Ifness' Begeisterung nicht zu teilen. »Doch nur, wenn unsere Expedition wichtige Ergebnisse bringt.«

Ifness zuckte die Achseln. »Wenn die Gerüchte nicht stimmen, stehe ich nicht schlechter da als jetzt, bis auf den Schandfleck der Abstimmung, den Dasconetta ohnehin geplant hat.«

»Ich verstehe. Warum hast du mich zu dieser Begegnung mitgenommen?«

»Ich hatte gehofft, daß Dasconetta einige Fragen an dich richten würde, um ihn noch mehr in Verlegenheit zu bringen. Klugerweise ist er nicht darauf eingegangen.«

»Hm.« Etzwane war nicht geschmeichelt von der Rolle, die Ifness für ihn vorgesehen hatte. »Was hast du also jetzt vor?«

»Ich gedenke die Ereignisse zu studieren, die angeblich in Caraz stattgefunden haben. Die Sache verwirrt mich: Warum sollten die Asutra ihre Rogushkoi noch einmal ausprobieren? Sie haben versagt. Sie sind in ihrer Konzeption falsch; warum sie ein zweites Mal niederringen lassen? Wer sind die Menschen, die bei dem besagten Gefecht Energiewaffen verwendet haben sollen? Bestimmt keine Palasedraner, bestimmt auch keine Männer aus Shant. Das ist mein Rätsel; ich gebe zu, daß mich das quält. Also sag mir jetzt – wo soll der Kampf stattgefunden haben? Es ist klar, daß wir bei dieser Ermittlung zusammenarbeiten.«

»Bei der Siedlung Shillinsk, am Keba-Fluß.«

»Ich werde heute abend meine Unterlagen durchsehen. Morgen fliegen wir ab. Wir dürfen nicht länger zögern.«

Etzwane wurde schweigsam. Plötzlich wurde ihm die Lage in ihrer ganzen Realität bewußt; er spürte Sorge und seltsame Vorahnungen. Nachdenklich sagte er: »Ich werde bereit sein.«

Später suchte Etzwane noch einmal Aun Sharah auf, der keine Überraschung bekundete, als er von Etzwanes Plänen hörte. »Ich kann noch eine Kleinigkeit anmerken – nein, zwei

Kleinigkeiten. Die erste ist negativ – wir haben mit Seeleuten von anderen Küsten Caraz' gesprochen. Niemand weiß dort von Rogushkoi. Der zweite Punkt ist ein ziemlich vager Bericht über Raumschiffe, die angeblich in der Orgai-Gegend westlich der Kuzi-Kaza gesichtet worden seien – vielleicht aber auch nicht. Mehr besagt der Bericht nicht. Ich wünsche dir viel Glück und werde begierig deine Rückkehr erwarten. Ich begreife dein Motiv, wüßte aber nicht, ob es mich bewegen könnte, nach Caraz zu reisen.«

Etzwane lachte sarkastisch. »Ich habe im Augenblick nichts Besseres vor.«

3

Etzwane traf frühzeitig in Fontenays Schänke ein. Er trug einen Anzug aus grauem Harttuch, eine wasserabstoßende Jacke, die ihn vor dem Nebel und der Feuchtigkeit Caraz' schützen sollte, und knöchelhohe Stiefel aus Chumpaleder*. In seinem Beutel trug er die Energiepistole, die Ifness ihm vor langer Zeit gegeben hatte.

Ifness war nicht im Haus. Wieder wanderte Etzwane unruhig die Avenue auf und ab. Eine Stunde verging; dann hielt ein Wagen neben ihm. Der Fahrer gab ihm ein Zeichen. »Bist du Gastel Etzwane? Bitte komm mit.«

Etzwane musterte mißtrauisch den Mann. »Wohin?«

»An einen Ort nördlich der Stadt; so lauten meine Anweisungen.«

»Wer hat sie dir gegeben?«

»Ein gewisser Ifness.«

Etzwane bestieg den Wagen. Das Fahrzeug folgte dem Jardeen nach Norden in Richtung Mündung, wo die Sualle beginnt. Die Stadt blieb zurück; sie folgten einer Uferstraße durch eine unansehnliche Gegend, die von Abfallhalden gebildet wurde, mit häßlichen Schuppen und Lagerhäusern und einigen verkommenen Hütten. Vor einem alten Gebäude aus Schiefersteinen hielt der Wagen. Der Fahrer gab

* Chumpa: ein großes einheimisches Tier, das den Ahulphs ähnelt, aber weit weniger intelligent und besonders bösartig ist.

ihm ein Zeichen, und Etzwane stieg aus. Der Wagen fuhr zur Stadt zurück.

Etzwane klopfte an die Tür des Hauses, ohne eine Reaktion auszulösen. Er ging um das Gebäude herum, wo sich am Fuß eines Felshanges ein Bootshaus über das Wasser lehnte. Etzwane folgte einem Pfad den Hang hinab und warf einen Blick in das Bootshaus, wo Ifness Pakete in ein Segelboot lud.

Etzwane fragte sich, ob Ifness den Verstand verloren hatte. In einem solchen Boot über den Grünen Ozean zu segeln – um die Nordküste Caraz' herum nach Erbol und von dort den Keba-Fluß hinauf nach Burnoun war zumindest unpraktisch, schon allein wegen der Länge der Reise.

Ifness schien seine Gedanken zu erraten. Mit nüchterner Stimme bemerkte er: »Wegen unseres Anliegens können wir nicht großartig in einer Luftjacht über Caraz herumkurven. Bist du zur Abfahrt bereit? Wenn ja, steig ins Boot.«

»Ich bin bereit.« Etzwane ging an Bord. Ifness warf die Leinen los und lenkte das Fahrzeug auf die Sualle zu. »Sei doch so gut und setz das Segel.«

Etzwane hievte den Segelbaum hoch; das Tuch bauschte sich, und das Boot bewegte sich auf das Wasser hinaus. Etzwane setzte sich vorsichtig auf eine Bank und betrachtete die zurückbleibende Küste. Er blickte in die Kabine und auf die Pakete, die Ifness an Bord gebracht hatte, und fragte sich, was sie enthielten. Nahrungsmittel und Wasser? Ausreichend für drei Tage, höchstens eine Woche. Etzwane zuckte die Achseln und blickte über die Sualle. Das Licht der Sonnen spiegelte sich auf zehn Millionen Wellen in dreißig Millionen rosafarbenen, blauen und weißen Funken. Achtern erhoben sich die herrlichen Glasformationen Garwiys; ihre Farben wirkten in der Ferne schon gedämpft. Vielleicht sah er die Glastürme dieser Stadt nie wieder.

Eine Stunde lang segelte das Boot auf die Sualle hinaus, bis die Küste verschwommen hinter ihnen lag und keine anderen Boote mehr zu erkennen waren.

Dann sagte Ifness kurz: »Du kannst jetzt das Segel reffen und den Mast umlegen.«

Etzwane gehorchte. Inzwischen holte Ifness einige durchsichtige Gebilde hervor, die er zu einer Art Windschutzscheibe um das Cockpit zusammensetzte. Etzwane beobachtete ihn stumm. Ifness suchte ein letztes Mal den Horizont ab und hob dann eine kleine Klappe an. Etzwane bemerkte ein schwarzes Kontrollpult, einen Satz weißer, roter und blauer Knöpfe. Ifness nahm eine Einstellung vor. Das Boot hob sich tropfend in die Luft und stieg dann steil in den Himmel empor. Ifness berührte wieder die Knöpfe; das Boot kurvte nach Westen und schwebte hoch über die triste Ebene Fenesqs hinweg. Ifness sagte beiläufig: »Ein Boot ist das unauffälligste Gefährt; niemand achtet darauf, auch in Caraz nicht.«

»Ein raffiniertes Ding«, bemerkte Etzwane.

Ifness nickte desinteressiert. »Ich habe keine genauen Karten, und wir müssen über den Daumen gepeilt navigieren. Die Landkarten, die es in Shant gibt, sind sehr ungenau. Wir folgen also der Carazküste bis zur Mündung des Keba-Flusses, etwa zweitausend Meilen weit. Dann können wir den Keba in südlicher Richtung abfliegen, ohne daß wir uns verirren.«

Etzwane erinnerte sich an die große Karte im Jurisdiktional. In der Gegend von Shillinsk waren ihm mehrere Flüsse aufgefallen: der Panjorek, der Blaue Zura, der Schwarze Zura, der Usak, der Bobol. Hätten sie eine Abkürzung über Land versucht, wäre das Risiko groß gewesen, auf dem falschen Fluß zu landen. Er wandte seine Aufmerksamkeit wieder dem Flachland des Kantons Fenesq zu und verfolgte die Kanäle und Wasserwege, die sternförmig von den vier Fenstädten ausgingen.

Die Kantonsgrenze erschien in der Ferne, eine Reihe schwarzer Alyptusbäume; dahinter erstreckten sich die Sümpfe und Moore des Kantons Gitanesq.

Ifness, der in der Kabine hockte, kochte einen Topf Tee. Die beiden ließen sich im Schutz der Windschutzscheibe nieder, während der Wind über ihren Köpfen dahinpfiff, tranken Tee und aßen Nußkuchen aus einem der Pakete, die Ifness an Bord geschafft hatte. Etzwane hatte den Eindruck, daß Ifness ganz entspannt und zufrieden war. Trotzdem hätte sich Etzwane nicht getraut, ein Gespräch in Gang zu bringen, wenn Ifness nicht selbst das Wort ergriffen hätte: »Also, wir sind glatt und ohne Störung losgekommen.«

»Hast du Widerstand erwartet?«

»Eigentlich nicht. Ich glaube nicht, daß die Asutra Agenten in Shant haben; das Land dürfte für sie nicht weiter interessant sein. Dasconetta kann natürlich eine Information an die Monitoren des Instituts gegeben haben, doch ich glaube, wir waren zu schnell für sie.«

»Deine Beziehung zu Dasconetta scheint mir recht gespannt zu sein.«

Ifness nickte. »In einer Organisation wie dem Institut erringt man Status, wenn man Urteilsvermögen demonstriert, das dem der Kollegen überlegen ist, besonders bei solchen, die für fähig gehalten werden. Ich habe Dasconetta so klar mattgesetzt, daß ich mir Sorgen zu machen beginne: Was hat er vor? Wie kann er mir einen Strich durch die Rechnung machen, ohne meinen Standpunkt zu unterstreichen? Eine gefährliche und komplizierte Sache.«

Etzwane blickte Ifness stirnrunzelnd von der Seite an. Die Ansichten dieses Mannes fand er wie üblich unverständlich. »Dasconetta interessiert mich weniger als unsere Arbeit in Caraz, die vielleicht nicht so kompliziert, aber auf jeden Fall ebenso gefährlich ist. Dasconetta ist schließlich kein Ritualmörder oder Kannibale.«

»Naja, solche Taten hat man ihm jedenfalls nicht nachgewiesen«, sagte Ifness mit leichtem Lächeln. »Also, vielleicht hast du recht. Ich muß mich auf Caraz konzentrieren. Nach Kreposkin* ist das Gebiet des mittleren Keba ziemlich ruhig; besonders nördlich der Urt-Unna-Vorberge. Shillinsk liegt anscheinend in diesem Gebiet. Er erwähnt Flußpiraten und einen Stamm, die Sorukh. Auf den Flußinseln leben die degenerierten Gorioni, die sogar von den Sklavenhändlern ignoriert werden.«

Unter ihnen tauchten nun die Hurra-Berge auf, und wo die Klippen des Tages die Wogen des Grünen Ozeans zurückwarfen, endete der Kontinent Shant. Eine Stunde lang flogen sie über einer leeren Wasserfläche dahin, dann erschien am Horizont ein dunkler Streifen: Caraz. Etzwane geriet in Bewegung, Ifness setzte sich mit dem Rücken zum Wind und

* Kreposkin: *Die Königreiche von Alt-Caraz.*

brütete über seinem Notizbuch. Etzwane fragte: »Wie gedenkst du unsere Unternehmungen durchzuführen?«

Ifness schloß das Buch und blickte über den Bordrand und suchte den Himmel ab, ehe er antwortete: »Ich habe keine besonderen Pläne. Wir wollen ein Rätsel lösen. Dazu müssen wir zunächst Fakten sammeln und daraus unsere Schlußfolgerungen ziehen. Im Augenblick wissen wir zuwenig. Die Rogushkoi sind offenbar als antimenschliche Waffe entwikkelt worden. Die Asutra, die diese Wesen steuern, sind eine parasitäre Rasse, oder, vornehmer ausgedrückt, leben in Symbiose mit ihren Wirten. Die Rogushkoi haben in Shant versagt. Warum finden wir sie nun in Caraz? Sollen sie dort Gebiete erobern? Eine Kolonie bewachen? Bodenschätze erschließen? Im Augenblick können wir nur Fragen stellen.«

Caraz beherrschte den westlichen Horizont. Ifness drehte das Boot einen oder zwei Strich nach Norden und schwenkte allmählich auf die Küstenlinie ein. Am Spätnachmittag erschien eine Schlickwüste unter dem Flugzeug, von unruhigen Brandungswellen gesäumt. Ifness berichtigte den Kurs. Die ganze Nacht hindurch trieb das Boot mit halber Geschwindigkeit an der Küste entlang und folgte der phosphoreszierenden Brandungsgischt. Die erste Morgendämmerung enthüllte die Masse des Comranus-Kaps vor ihnen, und Ifness erklärte Kreposkins Karte für wertlos. »Eigentlich informiert er uns nur, daß es ein Comranus-Kap gibt, daß es sich irgendwo an der Carazküste befindet. Wir müssen also seine Karten mit Skepsis benutzen.«

Den ganzen Vormittag folgte das Boot der Küste, die nach dem Comranus-Kap nach Osten ausgeschwenkt war, an einer Folge geduckter Vorsprünge vorbei, die durch Wattenmeere getrennt waren. Gegen Mittag überflogen sie eine Halbinsel aus kahlem Gestein, die sich mehr als fünfzig Meilen weit nach Norden erstreckte und auf Kreposkins Karte gar nicht verzeichnet war; dann kehrte das Meer zurück. Ifness ließ das Boot an Höhe verlieren, bis es nur noch tausend Fuß über dem Strand dahinschwebte.

Im Laufe des Nachmittags überquerten sie die Mündung eines breiten Flusses, des Gevers, der aus dem Geverman-

Becken kam, in dem ganz Shant Platz gehabt hätte. Ein Dorf aus hundert Steinhütten befand sich auf der windgeschützten Seite eines Hügels; ein Dutzend kleiner Boote dümpelte vor Anker. Es war die erste Siedlung, die sie auf Caraz sahen.

Kreposkins Karte veranlaßte Ifness schließlich, das Boot binnenwärts nach Westen zu steuern, über eine dichtbewaldete Wildnis hinweg, die sich nach Norden erstreckte, soweit das Auge reichte: die Mirv-Halbinsel. Hundert Meilen zogen vorüber. Aus einer fast unsichtbaren Lichtung stieg ein dünner Rauchfaden empor. Etzwane erblickte drei Blockhütten und starrte zehn Minuten lang darauf; er fragte sich, was für Männer und Frauen dort ihr einsames Leben fristen mochten.

Weitere hundert Meilen zogen vorüber, und sie erreichten die gegenüberliegende Küste der Mirv-Halbinsel, wodurch Kreposkin in diesem Falle bestätigt wurde. Wieder flogen sie über Wasser. Vor ihnen schnitt die Mündung des Hietze-Flusses tief ins Land: ein zwanzig Meilen breites Delta, das voller hoher Inseln war, jedes ein Miniatur-Märchenland aus herrlichen Bäumen und grünen Wiesen. Auf einer der Inseln war ein graues Steinschloß, an einer anderen hatte ein Segelschiff festgemacht.

Am Spätnachmittag rollten Wolken von Norden heran, blaues Zwielicht fiel über das Land. Ifness verlangsamte den Flug des Boots und landete es nach einigem Zögern in einer kleinen geschützten Bucht. Als die Blitze über den Himmel zu zucken begannen, zurrten Etzwane und Ifness die Planen über dem Cockpit fest, und während der Regen auf den Schutz trommelte, tranken sie Tee und aßen Brot und Fleisch. Etzwane fragte: »Wenn die Asutra Durdane mit Raumschiffen und mächtigen Waffen angriffen – was würden die Völker der Erdenwelten tun? Würden sie Kriegsschiffe schicken, um uns zu schützen?«

Ifness lehnte sich gegen die Ruderbank. »Das ist eine Frage, die man nicht so ohne weiteres beantworten kann. Das Koordinierungskomitee ist sehr konservativ; die Welten haben ihre eigenen Sorgen. Die Pan-Humanitäre Liga hat keinen Einfluß mehr, wenn sie ihn je besessen hat. Durdane ist fern und vergessen, die Skiafarilla liegt dazwischen. Es zählt nicht zu den Erdenwelten. Die Koordination könnte vielleicht einen Antrag stellen, je nachdem wie der Bericht vom Historischen Institut ausfällt, das einiges Prestige genießt. Dasconetta versucht in einer Absicht, die ich schon erwähnte, die Situation herunterzuspielen. Er will nicht zugeben, daß die Asutra die ersten technologisch begabten nichtmenschlichen Wesen darstellen, auf die wir gestoßen sind – ein sehr wichtiger Umstand!«

»Seltsam! Die Tatsachen sprechen doch für sich.«

»Das ist richtig. Doch es steht mehr auf dem Spiel, als du vielleicht vermutest. Dasconetta und seine Clique sind für Vorsicht und eine weitere Prüfung: zu gegebener Zeit wollen sie die Ergebnisse als ihre eigenen verkünden, dabei würde ich nicht erwähnt werden. Dieser Plan muß torpediert werden.«

Etzwane, der sich so seine Gedanken über Ifness machte, warf einen Blick ins Freie. Nur noch wenige Tropfen fielen vom Himmel, die Blitze zuckten fern am östlichen Horizont über der Mirv-Halbinsel. Etzwane lauschte, hörte jedoch kein Geräusch. Auch Ifness kam heraus und sah sich um.

»Wir könnten weiterfliegen, aber ich weiß nicht genau, wie der Keba und die anderen Flüsse verlaufen. Es ist schlimm mit Kreposkin – man kann ihn nicht völlig abtun, sich aber auch nicht auf ihn verlassen. Am besten warten wir auf den Morgen.« Er starrte in die Nacht. »Laut Kreposkin liegt weiter unten an der Küste Suserane, eine Stadt, die vor etwa sechstausend Jahren von den Shelm Fyrids erbaut wurde ... Schon damals war Caraz ein wildes und weites Land. Wie viele Feinde auch in der Schlacht fielen – es kamen immer neue. Irgendein Kriegerstamm hat Suserane vernichtet; jetzt ist nichts mehr übrig: nur die Einflüsse, die Kreposkin *esmerisch* nennt.«

»Das Wort ist mir unbekannt.«

»Es entstammt einem altcarazischen Dialekt und meint die Atmosphäre eines Orts: die unsichtbaren Geister, die verhallten Geräusche – Ruhm, Musik, Tragödie, Freude, Leid und Greuel – Dinge, die nach Kreposkins Auffassung niemals ganz vergehen.«

Etzwane blickte durch die Dunkelheit in die Richtung, in

der die alte Stadt liegen mußte; wenn es hier ›esmerische‹ Einflüsse gab, wirkten sie in der Nacht nur schwach. Etzwane kehrte in das Boot zurück und versuchte in der schmalen Steuerbordkoje zu schlafen.

Der Morgenhimmel war klar. Die blaue Sonne Ezeletta erschien am Horizont und entzündete die erste blaue Dämmerung, dann schob sich die rosa Sonne Sasetta seitlich am Himmel empor, schließlich gefolgt von der weißen Zael. Nach einem Frühstück aus Tee und Trockenfrüchten und einem kurzen Blick auf die Überreste des alten Suserane ließ Ifness das Boot aufsteigen. Bleiern schimmerte eine riesige Flußmündung in der Landmasse Caraz'. Ifness bestimmte den Fluß als den Usak. Gegen Mittag überflogen sie den Bobol und erreichten im Verlauf des Nachmittags die Kebamündung, die Ifness anhand der Kreidefelsen an der Westküste und des Handelspostens Erbol identifizierte, der fünf Meilen tief im Binnenland lag.

Ifness änderte den Kurs und steuerte nun nach Süden über den Wasserlauf, der hier vierzig Meilen breit war. Der Fluß schien sich etwas zur Rechten zu neigen und schwenkte vor dem Horizont majestätisch wieder nach links. Drei Barken, die von hier oben winzig aussahen, schwebten auf dem Wasser; zwei mühten sich mit prallen Segeln flußaufwärts, eine dritte ließ sich mit der Strömung in den Ozean treiben.

»Von jetzt an nützen uns die Karten kaum noch etwas«, sagte Ifness. »Kreposkin erwähnte keine Siedlungen am mittleren Keba, obwohl er von den Sorukhs spricht – von einem Volk, das keinem Kampf aus dem Wege geht.«

Etzwane musterte Kreposkins ungenaue Karten. »Zweitausend Meilen am Fluß entlang, zur Burnoun-Gegend – das wäre etwa hier, in der Ebene der Blauen Blumen.«

Ifness interessierte sich nicht für Etzwanes Ansichten. »Die Karten sind zu ungenau«, sagte er verächtlich. »Wir legen eine gewisse Entfernung zurück, dann sehen wir uns unten um.« Er schloß das Buch und hing eigenen Gedanken nach.

Etzwane lächelte bitter. Er war inzwischen an Ifness' Eigenarten gewöhnt und ärgerte sich nicht mehr darüber. Er ging zum Bug und blickte über die gewaltigen Purpurwälder, die im hellblauen Dunst verschwanden, über die fleckig-grünen Sümpfe und den mächtigen Streifen des Keba, der die Landschaft beherrschte. Er war in das wilde Caraz gekommen, weil er Alltäglichkeit und Fadheit fürchtete. Und was war mit Ifness? Was hatte den wählerischen Ifness bewogen, dieses Abenteuer zu suchen? Etzwane wollte sich schon danach erkundigen, hielt die Frage jedoch zurück; Ifness würde ihm eine nichtssagende Antwort geben, die Etzwane nicht weiterhalf.

Etzwane wandte sich um und blickte nach Süden, blickte über das weitere Caraz, das so viele Geheimnisse barg.

Das Boot flog die ganze Nacht hindurch und hielt den Kurs anhand der schimmernden Spiegelung der Skiafarilla auf dem Fluß. Gegen Mittag ließ Ifness das Boot an Höhe verlieren und steuerte es auf den Fluß zu, der hier immer noch etwa zehn Meilen breit war, wenn auch sehr unregelmäßig, mal schmaler, mal weiter, von einer Vielzahl bewaldeter Inseln besprenkelt.

»Achte auf Siedlungen oder, was noch besser wäre, auf ein Flußboot«, sagte Ifness. »Wir müssen uns dort unten informieren.«

»Wie willst du die Leute verstehen? Die Carazer sprechen doch einen ganz unverständlichen Dialekt.«

»Wir werden's schon schaffen«, sagte Ifness von oben herab. »Die Burnoun-Gegend und das Keba-Becken haben dieselbe Sprache. Die Menschen hier sprechen einen Dialekt, der sich von der Sprache Shants ableitet.«

Etzwane blickte den anderen ungläubig an. »Wie ist das möglich? Shant ist fern!«

»Die Ursache ist der Dritte Palasedranische Krieg. Die Kantone Maseach, Gorgach und Partha haben damals mit den Adlerherzögen zusammengearbeitet, und viele Menschen, die die Rache der Pandamons fürchteten, flohen aus Shant. Sie zogen den Keba flußaufwärts und zwangen den Sorukhs ihre Sprache auf, von denen sie aber schließlich versklavt wurden. Die Geschichte Caraz' ist ganz und gar nicht erfreulich.« Ifness beugte sich über die Reling und deutete auf eine Gruppe von Hütten am Flußufer, die hinter einer Umfriedung aus hohen Binsen kaum zu sehen waren. »Ein Dorf, wo wir Informationen sammeln können – auch wenn sie nur negativ sind.« Er überlegte. »Wir bedienen uns einer harmlosen Täuschung, die uns die Aufgabe erleichtert. Diese Menschen sind sehr abergläubisch und haben sicher Spaß an einer Bestätigung ihrer Überzeugungen.« Er verstellte eine Kontrollscheibe; das Boot verlangsamte die Fahrt und hing reglos in der Luft. »Wir wollen den Mast aufstellen und das Segel setzen – und dann müssen wir uns ein wenig verkleiden.«

Das Boot schwebte mit gebauschtem Segel vom Himmel herab, Etzwane saß am Ruder und tat, als steuere er das Fahrzeug. Er und Ifness trugen weiße Turbane und gaben sich allwissend. Das Boot landete auf der Ebene vor den Hütten, auf der nach dem Unwetter vor zwei Tagen noch viele Pfützen schimmerten. Ein halbes Dutzend Männer beobachtete sie wie erstarrt; eine Anzahl schlampiger Frauen starrte aus den Türöffnungen; nackte Kinder, die im Schlamm herumkrochen, flohen wimmernd in den Schutz der Gebäude. Ifness stieg aus dem Boot und verstreute eine Handvoll blauer und grüner Glaskugeln auf dem Boden. Dann deutete er auf einen stämmigen älteren Mann, der am Boden festgewachsen zu sein schien. »Komm bitte her«, sagte Ifness in einem primitiven Dialekt, den Etzwane kaum verstehen konnte. »Wir sind wohltätige Zauberer und wollen euch nichts Böses antun; wir suchen Informationen über eure Feinde.«

Das Kinn des Alten zitterte, sein schmutziger Bart geriet in Bewegung; er raffte seine zerfetzte Leinentunika am Bauch zusammen und wagte einige Schritte in unsere Richtung. »Was für Informationen wollt ihr? Wir sind einfache Muscheltaucher; außer dem Fluß kennen wir nichts.«

»Wie dem auch sei«, erwiderte Ifness. »Ihr seht jedenfalls, was ringsum vorgeht, und ich sehe dort hinten einen Schuppen für Handelsware.«

»Ja, wir treiben bescheidenen Handel mit Muschelkuchen, Muschelwein und zerstampfter Muschelschale. Aber wenn ihr Beute oder kostbare Dinge sucht, müßt ihr woanders suchen. Sogar die Sklavenhändler kümmern sich nicht um uns.«

»Wir suchen Informationen über einen Stamm von Kriegern; große rothäutige Dämonen, die Männer töten und gern mit den Frauen kopulieren. Sie werden Rogushkoi genannt. Hast du von solchen Leuten gehört?«

»Sie haben uns noch nicht gestört, dem Heiligen Eel sei Dank! Die Händler berichten von Scharmützeln und einem gewaltigen Kampf – doch etwas anderes habe ich noch nicht gehört, und niemand hat bisher den Namen ›Rogushkoi‹ genannt.«

»Wo war dieser Kampf?«

Der Muscheltaucher deutete nach Süden. »Die Gebiete der Sorukhs sind noch weit; zehn Tage mit dem Segelboot bis zur Ebene der Blauen Blumen, obwohl euch das Zauberboot wahrscheinlich in der Hälfte der Zeit dorthin bringt ... Ist es euch erlaubt, den Zauber zu lehren, der euer Fahrzeug antreibt? Es wäre ein wunderbarer Vorteil für mich.«

»Solche Fragen bleiben besser ungestellt«, sagte Ifness. »Wir fliegen zur Ebene der Blauen Blumen.«

»Möge Eel eure Reise beschleunigen.«

Ifness kehrte ins Boot zurück und gab Etzwane ein Zeichen. Etzwane bewegte das Ruder und setzte das Segel, während Ifness die Kontrollen bediente. Das Schiff erhob sich, der Wind fing sich im Segel; das Boot schwebte über den Fluß davon. Die Männer liefen zum Ufer hinab und starrten ihm nach, gefolgt von den Kindern und Frauen aus den Hütten. Ifness lachte leise. »Jetzt haben wir einen Tag ihres Lebens denkwürdig gemacht – und dabei zugleich ein Dutzend Vorschriften des Instituts gebrochen.«

»Eine zehntägige Reise«, sagte Etzwane nachdenklich. »Die Barken legen zwei bis drei Meilen in der Stunde zurück; fünfzig Meilen am Tag, mehr oder weniger. Eine zehntägige Fahrt wären also fünfhundert Meilen.«

»Und genauso ungenau sind Kreposkins Karten!« Im Cockpit hob Ifness den Arm, um den Leuten am Fluß ein letztes Lebewohl zuzuwinken. Ein Hain aus Wasserholzbäumen entzog das Dorf den Blicken, und Ifness sagte über die Schulter: »Nimm das Segel herunter und leg den Mast um.«

Etzwane gehorchte schweigend und fand, daß Ifness an seiner Rolle als fliegender Zauberer offenbar Spaß hatte. Das Boot zog weiter nach Süden. Almacks säumten nun das Ufer, ihre silbernen Stämme und Blätter schimmerten grünlich in der Brise. Links und rechts verschwand die große Ebene im grauen Dunst der Ferne, und stets erstreckte sich der gewaltige Keba vor dem Bug.

Der Nachmittag verging, und die Ufer blieben kahl und ohne Leben, was Ifness mit unwilligem Gemurmel quittierte. Die Sonne ging unter, Zwielicht senkte sich über das Land. Ifness balancierte vorsichtig auf dem Vorderdeck herum und starrte in die Dunkelheit hinab. Endlich erschien ein Gewirr flackernder roter Punkte am Flußufer. Ifness ließ das Boot nach unten sinken; die Funken wurden zu einem Dutzend lodernder Lagerfeuer, zu einem unregelmäßigen Kreis arrangiert, der etwa zwanzig Meter im Durchmesser hatte.

»Mast aufstellen«, befahl Ifness. »Und Segel setzen!«

Etzwane betrachtete nachdenklich die Feuerstellen und die Gestalten, die in dem Lichtkreis arbeiteten. Im Hintergrund machte er große Karren mit krummen Zweimeterrädern und Lederplanen aus; sie hatten hier eine Gruppe Nomaden vor sich, die wahrscheinlich unleidlicher und nervöser waren als die Muscheltaucher. Etzwane musterte zweifelnd seinen Begleiter, der sich wie eine Statue aufgebaut hatte. Also gut, er wollte Ifness bei seinen verrückten Scherzen unterstützen, auch wenn es gefährlich wurde. Er richtete den Mast auf, hievte das große viereckige Segel hoch und rückte seinen Turban zurecht.

Das Boot hielt auf den Feuerkreis zu. Ifness rief hinab: »Vorsicht da unten! Tretet zur Seite!«

Die Männer blickten auf und sprangen fluchend zurück. Ein alter Mann stolperte und schüttete einen Wasserkessel über eine Gruppe von Frauen aus, die wütend aufkreischten.

Das Boot landete; mit strenger Miene hob Ifness die Hand. »Ruhe! Wir sind nur zwei Zauberer aus der Nacht. Habt ihr je Zaubertaten gesehen? Wo ist der Häuptling des Klans?«

Niemand antwortete. Die Männer, die weite weiße Hemden, ausgebeulte schwarze Hosen und schwarze Stiefel trugen, hielten sich im Hintergrund; sie wußten nicht, ob sie fliehen oder angreifen sollten. Die Frauen, die in weite, buntgemusterte Kleider gehüllt waren, wehklagten und rollten ihre Augen.

»Wer ist hier der Häuptling?« brüllte Ifness. »Kann er mich nicht hören? Kann er nicht vortreten?«

Ein riesiger schwarzhaariger Mann mit dunklem Schnurrbart trat langsam vor. »Ich bin Rastipol, Häuptling der Ripchiks. Was willst du von mir?«

»Warum seid ihr hier und kämpft nicht gegen die Rogushkoi?«

»Rogushkoi?« Rastipol blinzelte. »Wer ist das? Wir kämpfen im Augenblick gegen niemanden.«

»Die Rogushkoi sind Dämonenkrieger. Sie sind nur halbmenschlich, obwohl sie sich für unsere Frauen begeistern.«

»Ich habe von ihnen gehört. Sie bekämpfen die Sorukhs; das geht uns nichts an. Wir sind keine Sorukhs; wir gehören zur Rasse der Melch.«

»Und wenn die Sorukhs vernichtet werden – was dann?«

Rastipol kratzte sich am Kinn. »Darüber habe ich noch nicht nachgedacht.«

»Wo haben die Kämpfe bisher stattgefunden?«

»Irgendwo im Süden auf der Ebene der Blauen Blumen – nehme ich jedenfalls an.«

»Wie weit ist das?«

»Vier Tage weit im Süden liegt die Stadt Shillinsk, am Rand der Ebene. Kannst du das nicht durch deinen Zauber erfahren?«

Ifness wandte sich mit erhobenem Zeigefinger an Etzwane. »Verwandele Rastipol in einen kranken Ahulph.«

»Nein, nein!« rief Rastipol. »Du verkennst mich. Ich will dir nichts Böses.«

Ifness nickte geistesabwesend. »Achte auf deine Zunge; du gestattest ihr gefährliche Freiheiten.« Er gab Etzwane ein Zeichen. »Weiter.«

Etzwane bewegte die Ruderpinne und machte eine Geste zum Segel hin, während Ifness an seinen Knöpfen drehte. Das Boot hob sich in den Nachthimmel; sein Kiel schimmerte im Feuerschein. Die Ripchiks starrten ihm schweigend und ehrfürchtig nach.

In der Nacht trieb das Boot langsam weiter nach Süden. Etzwane schlief in einer der schmalen Kojen; er wußte nicht, ob

Ifness seinem Beispiel folgte. Am Morgen erwachte er zähneklappernd vor Kälte und in verkrampfter Stellung und trat in das Cockpit, wo Ifness gerade über die Reling starrte. Nebel verhüllte die Landschaft unter ihnen; das Boot schwebte einsam zwischen den grauen Schwaden und dem lavendelfarbenen Himmel.

Eine Stunde lang saßen die beiden in düsterem Schweigen nebeneinander und tranken Tee. Endlich rollten die drei Sonnen am Himmel empor; der Dunst begann sich aufzulösen und gab den Blick frei auf das hügelige Land und den Fluß. Unten machte der Keba eine gewaltige Schleife nach Westen, während von Osten ein Nebenfluß sich näherte – der Shill. Am Westufer ragten drei Docks in den Keba und kennzeichneten eine Siedlung aus fünfzig oder sechzig Hütten und einem halben Dutzend größerer Gebäude. Ifness sagte zufrieden: »Endlich Shillinsk! Es existiert also wirklich!« Er ließ das Boot auf dem Wasser niedergehen. Etzwane richtete den Mast auf und setzte Segel, und das Boot glitt über das Wasser auf die Hafenanlagen zu. Ifness steuerte die Kaitreppe an; Etzwane sprang mit einem Tau an Land, während ihm Ifness langsamer folgte. Etzwane ließ das Tau aus, und das Boot trieb flußabwärts und fand seinen Platz zwischen einem Dutzend Fischerjollen, wobei es sich kaum von den einheimischen Booten unterschied. Ifness und Etzwane betraten die Stadt Shillinsk.

4

Die Hütten und Schuppen Shillinsks bestanden aus grauen Steinen, die an einer nahegelegenen Felsformation gebrochen und zwischen Treibholzbalken lose aufgeschichtet worden waren. Gleich am Hafen erhob sich eine Herberge, ein recht eindrucksvolles Gebäude mit zwei Obergeschossen. Das lavendelfarbene Sonnenlicht schimmerte auf grauen Steinen und schwarzem Holz; die Schatten waren seltsam grün; sie hatten die Farbe von altem Wasser in einem Faß.

Der Ort wirkte sehr ruhig, fast schläfrig. Außer dem Klatschen der Wellen am Ufer war kein Geräusch zu hören. Zwei Frauen gingen langsam den Flußweg entlang; sie trugen weite schwarze Hosen, purpurne Blusen und rostfarbene Kopftücher. Drei Barken lagen an den Docks; eine war leer und zwei zum Teil beladen. Mehrere Barkenschiffer hielten auf die Taverne zu; Ifness und Etzwane folgten ihnen in einigem Abstand.

Die Barkenschiffer schoben sich durch die Holztür, gefolgt von Ifness und Etzwane, und betraten einen Schankraum der Herberge, der weitaus gemütlicher war, als man von außen hatte erkennen können. Ein gewaltiges Kohlenfeuer prasselte in einem riesigen Kamin; die Wände waren sauber verputzt und gekalkt und trugen geschnitzte Holzgirlanden und Rosetten. Eine Gruppe von Schiffern saß vor dem Feuer und aß einen Eintopf aus Fisch und Rotwurzeln. In einer Ecke hockten halb im Schatten zwei Männer aus dem Ort über ihren Holzkrügen. Der Feuerschein hob ihre kantigen Gesichter hervor; sie sprachen wenig und sahen sich mißtrauisch zu den Barkenschiffern um. Einer trug einen buschigen schwarzen Schnurrbart, der andere einen Kinnbart und einen großen kupfernen Nasenring. Fasziniert beobachtete ihn Etzwane, wie er mit dem Ring gegen den Rand des Kruges schlug und dann trank. Die beiden trugen die Kleidung der Sorukhs: schwarze Hosen und weite Hemden voller aufgestickter Fetischzeichen; an den Hüften hingen Krummsäbel aus dem Weißmetall *Ghisim*, einer Mischung aus Silber, Platin, Zinn und Kupfer, nach einem geheimen Rezept geschmiedet und gehärtet.

Ifness und Etzwane setzten sich an einen Tisch in der Nähe des Feuers. Der Wirt, ein kahlköpfiger Mann mit verkrüppeltem Bein und unangenehmem Blick, humpelte herbei und fragte nach ihren Wünschen. Ifness bestellte eine Unterkunft und das beste Mahl, das erhältlich wäre. Der Wirt sagte, er könne Muschelsuppe, Kräuter und süße Käfer anbieten, dazu gegrilltes Fleisch mit Wasserkresse, Brot, Blaublumenmarmelade und Vervaintee – eine Mahlzeit, die Ifness nicht erwartet hatte und mit der er sich einverstanden erklärte.

»Zuerst müssen wir über die Bezahlung sprechen«, sagte der Wirt. »Was habt ihr einzutauschen?«

Ifness holte eines seiner Glasjuwelen aus der Tasche. »Dies.«

Der Wirt winkte verächtlich ab. »Wofür hältst du mich? Das ist doch einfaches Glas! Ein Kinderspielzeug.«

»O wirklich?« fragte Ifness. »Was hat es für eine Farbe?«

»Es sieht wie trockenes Gras aus, wie Flußwasser.«

»Schau!« Ifness schloß die Hand über dem Gebilde und öffnete sie wieder. »Welche Farbe siehst du jetzt?«

»Hellrot!«

»Und jetzt?« Ifness setzte den Stein der Wärme des Feuers aus, und er schimmerte grün wie ein Smaragd. »Nimm das Juwel mit ins Dunkle und sag mir, was du siehst.«

Der Wirt ging in eine Kammer und kehrte bald zurück. »Es schimmert blau und schickt bunte Strahlen aus.«

»Es ist ein Sternenstein«, sagte Ifness. »So ein Juwel wird zuweilen in der Mitte von Meteoriten gefunden. Das Stück ist eigentlich zu kostbar für Nahrung und Unterkunft, aber wir haben nichts anderes.«

»Dann muß es wohl genügen«, sagte der Wirt herablassend. »Wie lange bleibt eure Barke in Shillinsk?«

»Mehrere Tage – bis wir unsere Geschäfte erledigt haben. Wir handeln mit exotischen Waren – und im Augenblick brauchen wir die Halsknochen toter Rogushkoi, die medizinisch von Nutzen sind.«

»Rogushkoi? Was ist denn das?«

»Ihr habt sicher einen anderen Namen dafür. Ich meine die rothäutigen, halbmenschlichen Krieger, die in letzter Zeit die Ebene der Blauen Blumen heimgesucht haben.«

»Ah! Wir nennen sie die ›Roten Teufel‹. Sie sind also doch zu etwas nütze?«

»Das behaupte ich nicht; ich handle nur mit ihren Knochen. Wer wäre hier der geeignete Partner für ein solches Geschäft?«

Der Wirt stimmte ein rauhes Gelächter an, das er schnell unterdrückte, und wandte sich an die beiden Sorukhs, die das Gespräch verfolgt hatten.

»In dieser Gegend«, sagte der Wirt, »kommen Knochen so häufig vor, daß sie wertlos sind, und ein Menschenleben hat kaum einen größeren Preis. Seht euch dieses Bein an, das meine Mutter entstellt hat, um mich vor den Sklavenhändlern zu schützen. Damals waren es die Esche aus den Murdbergen jenseits des Shill. Heute sind die Esche verschwunden, und die Hulkas betreiben das Geschäft nicht besser oder übler als zuvor. Wende niemals einem Hulka den Rücken zu – denn sonst hast du prompt eine Kette um den Hals. Im letzten Jahr sind allein vier Leute aus Shillinsk gefangen worden. Hulka oder Rote Teufel – wer ist schlimmer? Such's dir aus.«

Der schnurrbärtige Sorukh ergriff plötzlich das Wort. »Die Roten Teufel sind ausgelöscht – nur ihre Knochen sind übrig – und die gehören uns.«

»Richtig«, erklärte der zweite Sorukh, dem beim Sprechen der Nasenring gegen die Lippe stieß. »Wir kennen den therapeutischen Wert der Knochen dieser Wesen und gedenken einen guten Gewinn daraus zu schlagen.«

»Das ist ja alles gut und schön«, sagte Ifness, »aber warum meint ihr, die Roten Teufel wären ausgelöscht?«

»Das ist hier auf der Ebene allgemein bekannt.«

»Und wer hat das erreicht?«

Der Sorukh zupfte sich am Bart. »Vielleicht die Hulkas oder eine Bande aus den Kuzi-Kaza. Anscheinend war auf beiden Seiten Zauberei im Spiel.«

»Die Hulkas haben aber keine Ahnung von Zauberei«, bemerkte der Wirt. »Sie sind ganz normale Sklavenhändler. Die Stämme jenseits der Kuzi-Kaza sind wild, doch auch von denen habe ich nie gehört, daß sie Zauberkräfte hätten.«

Der beringte Sorukh machte plötzlich eine heftige Handbewegung. »Das ist doch alles unwichtig.« Er wandte sich an Ifness. »Willst du die Knochen kaufen? Sonst bringen wir sie woanders hin.«

»Ich will sie mir natürlich ansehen«, sagte Ifness. »Besichtigen wir sie – dann können wir konkreter verhandeln.«

Die Sorukh fuhren schockiert auf. »Das ist absurd – und fast schon beleidigend! Glaubt ihr, wir schleppen die Ware auf dem Rücken herum wie Tcharkfrauen? Wir sind ein stolzes Volk und wehren uns gegen jede Beleidigung!«

»Ich wollte euch nicht beleidigen«, sagte Ifness begütigend. »Ich habe nur den Wunsch geäußert, die Ware zu sehen. Wo bewahrt ihr sie auf?«

»Fassen wir uns kurz«, sagte der bärtige Sorukh. »Die Knochen bleiben auf dem Schlachtfeld – das nehme ich jedenfalls an. Ihr kauft für eine angemessene Summe unsere Interessen daran – und dann könnt ihr mit den Knochen machen, was ihr wollt.«

Ifness überlegte. »Diese Abwicklung ist kaum vorteilhaft für mich. Wenn die Knochen nun in schlechtem Zustand sind? Oder sich nicht transportieren lassen? Entweder bringt ihr die Knochen her oder führt uns hin, damit ich ihren Wert taxieren kann.«

Die Stimmung der Sorukhs verschlechterte sich. Sie steckten die Köpfe zusammen und berieten sich leise. Ifness und Etzwane machten sich über das Essen her, das der Wirt inzwischen servierte. Etzwane blickte zu den Sorukhs hinüber und sagte: »Sie überlegen, wie sie uns am schnellsten umbringen können, um sich zu bereichern.«

Ifness nickte. »Sie sind auch verwirrt, weil wir gar nicht nervös sind; sie haben Angst vor einem Trick. Doch unseren Köder werden sie nicht fahren lassen.«

Die Sorukhs kamen zu einer Entscheidung und sahen ungeduldig herüber, bis Etzwane und Ifness ihr Mahl beendet hatten, woraufhin sie an den Nebentisch rückten. Sie stanken, als hätten sie die Knochen in der Tasche. Ifness rutschte auf seinem Sitz herum und musterte die beiden mit hochgerecktem Kopf. Der bärtige Sorukh bemühte sich um ein freundliches Lächeln. »Die Sache läßt sich zum gegenseitigen Vorteil arrangieren. Du bist bereit, die Knochen zu besichtigen und auf der Stelle für sie zu bezahlen?«

»O nein«, sagte Ifness. »Ich werde mir die Knochen ansehen, und euch sagen, ob sie den Transport nach Shillinsk wert sind.«

Das Lächeln des Sorukhs erstarrte und verschwand. Ifness fuhr fort: »Könnt ihr Transportmittel zur Verfügung stellen? Einen bequemen Wagen, von Pacern gezogen?«

Der beringte Sorukh schnaubte verächtlich durch die Nase. »Unmöglich«, sagte sein Gefährte. »In den Kuzi-Kaza würde der Wagen nicht lange halten.«

»Gut. Dann brauchen wir also Reitpacer.«

Die Sorukhs runzelten die Stirn und begannen sich wieder zu beraten. Der Beringte war unwillig und mürrisch, der Bärtige drängte ihn – und setzte seinen Willen schließlich durch.

Die beiden wandten sich wieder an Ifness und Etzwane. »Wann seid ihr bereit?« fragte der Bärtige.

»Morgen – so früh wie möglich.«

»Bei Sonnenaufgang sind wir fertig. Aber noch etwas – ihr müßt Miete für die Pacer bezahlen.«

»Das ist doch lächerlich!« erwiderte Ifness. »Ich weiß ja gar nicht mal, ob es die Knochen wirklich gibt! Und da erwartet ihr, daß ich Miete zahle für etwas, das sich als sinnlos erweisen könnte? Auf keinen Fall; ich bin doch nicht von gestern!«

Der beringte Sorukh wollte wütend aufbrausen, doch der andere hielt ihn zurück. »Ihr werdet die Knochen sehen, und die Pacermiete wird bei unseren abschließenden Verhandlungen berücksichtigt.«

»Das gefällt mir schon eher«, sagte Ifness. »Bei unserer Rückkehr nach Shillinsk verabreden wir einen Inklusivpreis.«

»Wir reiten bei Sonnenaufgang los; seid bereit.« Die beiden Sorukhs verließen die Schänke; Ifness genoß einen Schluck heißen Vervaintee aus seiner Holzschale.

Etzwane fragte: »Willst du auf einem Pacer über die Ebene reiten? Warum fliegen wir nicht mit dem Boot?«

Ifness zog die Augenbrauen in die Höhe. »Ist das nicht klar? Ein Boot auf einer Ebene ist sehr auffällig. Wir hätten keine Bewegungsfreiheit mehr; wir könnten das Boot nicht verlassen.«

»Wenn wir das Boot in Shillinsk lassen, sehen wir es nie wieder«, knurrte Etzwane.

»Ich werde Vorsorge treffen.« Ifness überlegte einen Augenblick, ging dann durch das Zimmer und sprach mit dem Wirt. Er kehrte zurück und setzte sich wieder an den Tisch. »Der Wirt meint, daß wir unsere zehn Schatzkisten an Bord des Bootes lassen können, ohne Sorge um unseren Besitz zu haben. Er übernimmt die volle Verantwortung – dadurch vermindert sich unser Risiko.« Ifness starrte einen Augenblick lang nachdenklich in die Flammen des Kaminfeuers. »Trotzdem werde ich eine Warnanlage installieren, um alle Diebe abzuschrecken, die seiner Wachsamkeit vielleicht entgehen.«

Etzwane, der wenig Lust hatte, über die Ebene der Blauen

Blumen zu reiten – noch dazu in Begleitung der Sorukhs –, sagte mürrisch: »Anstelle eines Flugboots hättest du dir einen Flugwagen oder zwei Flugpacer ausdenken sollen.«

»Deine Ideen haben etwas für sich«, sagte Ifness herablassend.

Als Nachtlager für die Gäste standen Kisten voller Stroh zur Verfügung, die sich in einer Reihe kleiner Kammern im Obergeschoß befanden. Etzwane konnte von seinem Zimmer aus den Hafen überschauen. Das Stroh war jedoch nicht frisch, und in der Nacht raschelte es verdächtig darin; außerdem hatte der letzte Gast in diesem Zimmer in eine Ecke uriniert. Um Mitternacht ging Etzwane, durch ein Geräusch geweckt, zum Fenster. Er bemerkte eine Bewegung am Kai, in der Gegend, wo ihr Boot angebunden war. Das Licht der Sterne war zu schwach, doch Etzwane glaubte eine Unregelmäßigkeit im Gang der Gestalt festzustellen. Der Mann stieg in ein kleines Dingi und ruderte leise zu ihrem Boot hinaus. Er legte die Ruder an, machte sein Fahrzeug fest und stieg an Bord, wo er sofort von tanzenden blauen Flammen umringt wurde, während Funken von seinen Haaren zur Takelage übersprangen. Der Mann tanzte über das Deck und stürzte mehr zufällig als absichtlich über Bord. Gleich darauf zerrte er sich ermattet an Bord seines Dingis und ruderte zum Kai zurück.

Bei Sonnenaufgang erhob sich Etzwane von seinem Strohlager und ging in den Waschraum der ersten Etage, wo er auf Ifness stieß. Etzwane berichtete von den Ereignissen der Nacht, die Ifness ohne große Überraschung aufnahm. »Ich werde mich darum kümmern.«

Zum Frühstück servierte ihnen der Wirt Tee und Brot. Sein Humpeln war noch ausgeprägter als am Abend zuvor, und er starrte Ifness wütend an, als er die Teller auf den Tisch knallte.

Ifness sagte streng: »Das ist wirklich ein spartanisches Mahl; bist du so erschöpft von deinem Ausflug, daß du uns kein gutes Frühstück bieten kannst?«

Der Wirt wollte aufbrausen, doch Ifness unterbrach ihn schroff. »Weißt du, warum du jetzt hier bist, anstatt zur Musik von blauen Flammen zu tanzen? Weil ich Wert auf ein anständiges Frühstück lege. Muß ich noch mehr sagen?«

»Ich habe genug gehört«, brummte der Wirt. Er humpelte in die Küche und kehrte gleich darauf mit einem Kessel voller gekochtem Fisch, einem Tablett mit Haferkuchen und Aal-Gelee zurück. »Reicht das für deinen Appetit? Wenn nicht, kann ich euch noch guten gekochten Ermink und einen Sack Käse vorsetzen.«

»Wir haben genug«, sagte Ifness. »Denk daran, wenn ich bei meiner Rückkehr auch nur ein Stück meines Boots in Unordnung finde, tanzt du wieder im Takt der blauen Musik.«

»Ihr versteht meinen Eifer falsch«, erklärte der Wirt. »Ich bin doch nur zu dem Boot hinausgerudert, weil ich verdächtigen Lärm gehört hatte.«

»Lassen wir die Sache auf sich beruhen«, sagte Ifness gleichgültig, »solange wir uns nur richtig verstehen.«

Die beiden Sorukhs blickten durch die Tür herein. »Seid ihr fertig? Die Pacer warten.«

Etzwane und Ifness traten in den kühlen Morgen hinaus. Vier Pacer zerrten nervös an ihren Zügeln und schwenkten die gekrümmten Hörner. Etzwane betrachtete die Tiere, die eindeutig von guter Rasse waren, mit langen Beinen und breitem Torso. Sie waren mit Steppensätteln aus Chumpaleder versehen, wie die Nomaden sie benutzten, mit Taschen für Nahrung und einem kleinen Gestell, auf dem man ein Zelt, Decken und Nachtstiefel festschnallen konnte. Die Sorukhs weigerten sich, solche Dinge für Ifness und Etzwane zur Verfügung zu stellen. Drohungen und Versprechungen hatten keine Wirkung, und Ifness mußte sich von einem seiner bunten Edelsteine trennen, ehe die erforderlichen Lebensmittel und die Ausrüstung herbeigeschafft wurden.

Bevor sie aufbrachen, erfragte Ifness noch die Namen der beiden Sorukhs. Beide gehörten dem Glockenvogel-Fetisch des Varskklans an; der Bärtige hieß Gulshe, der beringte Mann Srenka. Ifness schrieb die Namen mit blauer Tinte auf einen Pergamentstreifen und fügte einige rosafarbene und gelbe Zeichen hinzu, während die Sorukhs ihn unruhig betrachteten. »Warum tust du das?« fragte Srenka.

»Ich treffe eine ganz einfache Vorsichtsmaßnahme«, sagte

Ifness. »Ich habe meine Edelsteine in einem Versteck zurückgelassen und trage nun keine wertvollen Dinge mehr bei mir; durchsucht mich ruhig. Ich habe einen Fluch auf eure Namen ausgesprochen, den ich zu gegebener Zeit wieder aufhebe. Solltet ihr Pläne haben, uns zu ermorden und zu berauben, wäre dies äußerst unklug. Sie sollten schleunigst aufgegeben werden!«

Gulshe und Srenka sahen sich stirnrunzelnd an; diese Wendung der Dinge gefiel ihnen sichtlich nicht. »Reiten wir endlich los?« fragte Ifness.

Die vier stiegen auf und ritten auf die Ebene der Blauen Blumen hinaus.

Der Keba mit seinen Uferalmacks blieb zurück und war bald den Blicken entschwunden. Nach allen Seiten erstreckte sich die Ebene in weiten flachen Wellen und verlor sich im sonnigen lavendelfarbenen Dunst. Purpurnes Moos bedeckte den Boden; unzählige Büsche zeigten Blüten, die der Ebene auf allen Seiten ein helles Meerblau verliehen. Im Süden erschien verschwommen ein Gebirgszug.

Die vier Männer ritten den ganzen Tag und schlugen bei Einbruch der Nacht ihr Lager in einer flachen Senke neben einem morastigen Wasserloch auf. Sie saßen am Feuer, und es herrschte eine Atmosphäre wachsamer Freundlichkeit. Es stellte sich heraus, daß Gulshe noch vor zwei Monaten mit einer Bande der Rogushkoi aneinandergeraten war. »Sie kamen aus den Orgai-Bergen herab, ganz in der Nähe von Shagfe, wo die Hulka ein Sklavendepot unterhalten. Die Roten Teufel hatten das Depot schon zweimal überfallen, alle Männer getötet und die Frauen entführt. Hozman Rauhkehle, der Agent, versuchte seinen Besitz zu schützen. Für jede Hand eines Roten Teufels, die wir ihm brachten, bot er uns ein halbes Pfund Eisen. Ich und zwei Dutzend andere zogen los, um reich zu werden, doch wir erreichten nichts. Die Teufel ignorieren Pfeile und sind im Nahkampf zehn normale Männer wert. Wir kehrten ohne Trophäen nach Shagfe zurück. Ich ritt nach Shillinsk weiter und habe nichts von der großen Schlacht mitbekommen, bei der die Roten Teufel vernichtet wurden.«

Ifness fragte beiläufig: »Soll das heißen, die Hulka haben

die Roten Teufel niedergekämpft? Wie ist das möglich, wenn jeder Teufel zehn Kämpfer aufwiegt?«

Gulshe spukte in die Flammen, ohne zu antworten. Srenka beugte sich vor und schob einen Holzscheit in die Glut, während sein Nasenring im Feuerschein schimmerte. »Angeblich wurden Zauberwaffen eingesetzt.«

»Von den Hulka? Woher sollten die wohl Zauberwaffen haben?«

»Die Krieger, die die Roten Teufel vernichtet haben, waren keine Hulkas.«

»Interessant! Wer waren sie dann?«

»Ich weiß nichts darüber; ich war in Shillinsk.«

Ifness beharrte nicht weiter auf der Frage. Etzwane stand auf, stieg zur Kante der Erhebung empor und sah sich um. Dunkelheit umgab ihn. Er lauschte, doch es war nichts zu hören. Die Nacht war angenehm; es schienen sich keine Chumpa oder Ahulphs in der Gegend herumzutreiben. Die beiden Sorukhs waren da schon gefährlicher. Ifness war der gleiche Gedanke gekommen; er richtete sich auf und kniete vor dem Feuer nieder. Er entfachte die Flammen, hielt dann links und rechts die Hände neben das Feuer und ließ die Flammen hin und her springen, was die Sorukhs verblüfft beobachteten. »Was machst du da?« fragte Gulshe ehrfürchtig.

»Ich bringe einen kleinen Zauber an – zu meinem Schutz. Ich habe dem Feuergeist eingegeben, in die Leber all jener einzudringen, die mir übel wollen.«

Srenka zog an seinem Nasenring. »Bist du wirklich ein Zauberer?«

Ifness lachte. »Zweifelst du daran? Streck die Hand aus.«

Srenka hob vorsichtig den Arm. Ifness deutete auf seine Finger, und ein knisternder blauer Funke sprang auf Srenkas Hand über. Srenka stieß einen schrillen Schrei aus und zuckte entsetzt zurück. Gulshe sprang auf und verschwand hastig vom Feuer.

»Das ist noch gar nichts«, sagte Ifness. »Nur eine Kleinigkeit. Du lebst noch, nicht wahr? Also, jetzt können wir alle ruhig schlafen, wissen wir doch, daß uns der Zauber schützt.«

Etzwane breitete seine Decke aus und legte sich hin. Nach einigem Widerstreben bereiteten sich auch Gulshe und Srenka ihr Lager – ein wenig abseits, in der Nähe der angebundenen Pacer. Ifness ließ sich Zeit und starrte noch eine halbe Stunde lang in das ersterbende Feuer. Schließlich machte auch er sich sein Lager. Eine halbe Stunde lang beobachtete Etzwane das Funkeln von Gulshes und Srenkas Augen in ihren Kapuzen; dann überkam ihn der Schlaf.

Der zweite Tag war wie der erste. Am Nachmittag des dritten Tages erreichten sie die Vorberge der Kuzi-Kaza. Gulshe und Srenka berieten sich und suchten nach Orientierungszeichen. Bei Anbruch der Dämmerung waren sie in einem öden Hochland aus Kalksteinklippen und Felsnadeln. Das Lager wurde neben einem Tümpel mit dunklem, spiegelglattem Wasser aufgeschlagen. »Wir sind jetzt im Gebiet der Hulkas«, sagte Gulshe zu Ifness. »Wenn wir entdeckt werden, liegt unsere einzige Chance in der Flucht – in vier verschiedenen Richtungen –, es sei denn, deine Zauberkräfte könnten uns helfen.«

»Wir werden nach den Umständen handeln«, sagte Ifness. »Wo sind die Knochen der Roten Teufel?«

»Nicht mehr weit; hinter der Erhebung dort. Spürt ihr nicht die Gegenwart von so vielen Toten?« fragte Srenka erstaunt.

Ifness erwiderte angemessen: »Ein Intellekt, der sich selbst im Griff hat, muß leider auf jene Empfänglichkeit verzichten, die die primitive Mentalität auszeichnet. Dies ist ein evolutionärer Schritt, den ich im großen und ganzen recht gern getan habe.«

Srenka fingerte an seinem Nasenring herum und wußte nicht, ob Ifness sich über ihn lustig machte. Er blickte seinen Gefährten an, und die beiden zuckten verwirrt die Achseln, gingen dann zu ihren Decken, wo sie noch eine halbe Stunde miteinander berieten. Srenka schien auf eine Aktion zu drängen, wogegen sich Gulshe wehrte; Srenka knurrte kehlig, Gulshe machte einen begütigenden Kompromißvorschlag, woraufhin beide ruhig wurden. Etzwane suchte seine Lagerstatt auf, konnte aber nicht schlafen – aus Gründen, die er nicht verstand. Vielleicht ist meine Mentalität primitiv und leichtgläubig, überlegte er. Spürte er die Nähe der vielen Toten?

In der Nacht erwachte er mehrmals und lauschte in die Stille – einmal hörte er das leise Klagen von Ahulphs. Ein andermal wehte ein merkwürdiges Heulen über die Steinwüste und jagte Etzwane einen Schauder über den Rücken; es war ein Laut, den er nicht zu ergründen vermochte. Er merkte nicht, daß er wieder einschlief, doch als er das nächstemal erwachte, schimmerte der Himmel schon lavendelfarben in Erwartung der drei Sonnen.

Nach einem kargen Frühstück aus Trockenfrüchten und Tee machten sich die vier Reisenden wieder auf den Weg, wobei sie durch eine Reihe von Kalksteinschluchten kamen und schließlich ein weiteres Hochplateau erreichten. Sie ritten durch einen Wald aus Galgenbäumen und folgten dann einem öden Tal. Eine hundert Meter hohe Spitze ragte vor ihnen auf, die die Überreste eines uralten Schlosses trug. Gulshe und Srenka zügelten ihre Tiere, um den Weg vor sich abzusuchen. »Ist das Schloß bewohnt?«

»Wer kann das wissen?« knurrte Gulshe. »Es gibt genügend solcher Orte voller Räuber und Mörder – ein Reisender muß sich vorsehen!«

Srenka streckte einen krummen Finger aus. »Lyrevögel fliegen über den Ruinen; da haben wir wohl nichts zu befürchten.«

»Wie weit ist es noch bis zum Schlachtfeld?« fragte Ifness.

»Eine Stunde etwa noch, am Fuß des Berges dort ... Kommt, wir wollen uns beeilen. Lyrevögel oder nicht – ich mißtraue diesen alten Banditennestern.«

Die vier ritten in leichtem Trab weiter, doch in den Burgruinen lauerten keine Gefahren, und die Lyrevögel beschrieben ungestört ihre Kreise am Himmel.

Sie verließen den Paß. Gulshe deutete auf den großen Berg, der sich wie ein wütendes Untier über der Ebene erhob. »Von dort sind die Roten Teufel auf ihrem Weg nach Shagfe gekommen – dort, weit im Norden, sieht man die Häuser von Shagfe. Die Männer griffen früh am Morgen an – aus Stellungen, die sie in der Nacht eingenommen hatten, und die

Roten Teufel wurden eingekreist. Der Kampf dauerte zwei Stunden, und alle Roten Teufel – auch die geraubten Frauen und Jungwesen – starben; und die Bande, die sie vernichtet hatte, marschierte nach Süden und wurde nicht mehr gesehen. Ein großes Rätsel ... Da! Der Ort, wo die Roten Teufel gelagert haben. Hier hat die Schlacht getobt. Ah! Riecht ihr es?«

»Was ist mit den Knochen?« fragte Srenka mit schiefem Grinsen. »Erfüllen sie deine Erwartungen?«

Ifness ritt über das Schlachtfeld. Überall lagen die Leichen der Rogushkoi, ein Chaos aus verdrehten Gliedern und deformierten Körpern. Die Verwesung war weit fortgeschritten; Ahulphs hatten sich an dem dunklen Fleisch laben wollen und waren daran gestorben; sie lagen zusammengekrümmt als pelzige Kugeln überall am Hang.

Ifness ritt einen großen Kreis ab und betrachtete aufmerksam die Toten. Dabei hielt er manchmal an, um die eine oder andere Leiche eingehend zu studieren. Etzwane hatte seinen Pacer etwas abseits gezügelt, wo er die Sorukhs beobachten konnte. Ifness kam zurück und verhielt sein Tier neben Etzwane. »Was hältst du davon?«

»Ich bin verwirrt – wie du«, erwiderte Etzwane, dem der Aasgeruch den Atem verschlug.

Ifness hob mißbilligend die Augenbrauen und musterte seinen Begleiter von der Seite. »Warum sollte ich verwirrt sein?«

»Wegen der Wunden, die nicht von Schwertern oder Morgensternen stammen.«

»Hmm. Was ist dir sonst noch aufgefallen?«

Etzwane hob den Arm. »Der da drüben mit dem Kettenhemd scheint ein Häuptling gewesen zu sein. Der Asutra, den er im Körper trug, wurde vernichtet. Weiter drüben ist mir ein anderer toter Häuptling mit einer ähnlichen Wunde aufgefallen. Die Männer, die die Rogushkoi töteten, wußten wie wir von den Asutra.«

Ifness nickte. »Es hat jedenfalls den Anschein.«

Die Sorukhs näherten sich mit schiefem Lächeln. »Also, was ist mit den Knochen?« fragte Srenka. »Was ist mit all den schönen Knochen?«

»Sie sind offensichtlich nicht in verkaufbarem Zustand«, sagte Ifness. »Ich kann kein verbindliches Angebot machen, wenn ihr sie nicht reinigt und trocknet, sie in Standardballen verpackt und zum Hafen von Shillinsk bringt.«

Gulshe zerrte wütend an seinem Bart; Srenka beherrschte sich weniger gut. »Solchen Betrug habe ich befürchtet!« rief er zornentbrannt. »Wir haben keine Garantie; wir haben sinnlos Zeit und Material aufgewendet – ich bin jedenfalls nicht bereit, die Sache so enden zu lassen!«

Ifness sagte kühl: »Bei unserer Rückkehr nach Shillinsk werde ich dich und deinen Begleiter großzügig entschädigen; wie du schon sagst, habt ihr euer Bestes getan. Doch ich kann kein Feld voller Leichen kaufen, nur um eure Habgier zu befriedigen. Ihr müßt euch dafür einen anderen Kunden suchen.«

Srenkas Gesicht verzog sich zu einer wütenden Grimasse, seine unteren Eckzähne schlugen sich um den Nasenring. Gulshe versuchte ihn mit einer Bewegung zurückzuhalten. »Der Einwand ist vernünftig. Unser Freund kann sich verständlicherweise nicht mit einer Ware belasten, die in solchem Zustand ist. Ich bin sicher, daß wir ein Arrangement finden, das für beide Seiten vorteilhaft ist. In einem Jahr liegen die Knochen bloß da und sind gut getrocknet – oder wir könnten Sklaven mieten, um die Skelette vollends zu säubern. Aber zunächst wollen wir diesen entsetzlichen Ort verlassen; ich habe so ein seltsames Gefühl.«

»Dann also nach Shagfe«, knurrte Srenka. »In Shagfe will ich einen Krug von Babas Kellergebräu genießen!«

»Einen Augenblick noch«, sagte Ifness und suchte die Hänge mit den Blicken ab. »Ich interessiere mich für die Bande, die die Roten Teufel vernichtet hat. Wohin ist sie nach dem Sieg verschwunden?«

»Den gleichen Weg zurück, den sie gekommen war«, sagte Srenka wütend. »Wohin sonst?«

»Die Leute haben Shagfe also nicht aufgesucht?«

»Da kannst du dich selber erkundigen!«

Etzwane sagte: »Vielleicht kann man sie mit Ahulphs aufspüren.«

»Der Kampf ist einen Monat her – damit ist es vorbei«, sagte Ifness. »Es würde wahrscheinlich zu nichts führen.«

»In Shagfe werden wir mehr erfahren«, sagte Gulshe.

»Also reiten wir nach Shagfe«, sagte Srenka. »Ich habe Lust auf Babas Kellergebräu.«

Ifness schaute nachdenklich nach Shagfe hinüber. Gulshe und Srenka ritten bereits den Hang hinab. Dann zügelten sie ihre Tiere und blickten zurück. »Kommt! Der Tag dauert nicht ewig; dort unten liegt Shagfe!«

»Also gut«, sagte Ifness. »Besuchen wir Shagfe.«

Shagfe, eine schäbige Siedlung, schmorte im lavendelfarbenen Sonnenlicht. Schiefe Lehmhütten säumten eine staubige Straße; dahinter erhoben sich einige Lederzelte. Ein ausgedehntes Lehmgebäude mit Flachdach beherrschte das Städtchen; Schänke und Alkoholladen. Eine klappernde Windmühle pumpte Wasser in einen Tank, der sich in eine Tränke ergoß; davor hockte eine Gruppe Ahulphs, die zum Trinken gekommen waren. Sie hatten Felskristalle mitgebracht und diese bereits gegen gelbe Tuchstücke eingetauscht, die sie sich keck um ihre Gehörvorsprünge banden.

Als die vier die Stadt erreichten, kamen sie an den Sklavengehegen vorbei, an einem Komplex aus drei Schuppen und drei eingezäunten Höfen, in denen etwa zwanzig Männer und ebenso viele Frauen und mehrere Dutzend schwarzäugiger Kinder eingesperrt waren. Ifness zügelte seinen Pacer und wandte sich an Gulshe. »Wer sind diese Gefangenen – Leute aus der Gegend?«

Gulshe musterte die Sklaven ohne Interesse. »Anscheinend Fremde, wahrscheinlich überflüssige Leute, die von dem Anführer ihres Klans verkauft wurden. Vielleicht sind sie auch bei Überfällen jenseits der Berge erbeutet worden. Oder sie wurden von Privatleuten gefangen und verkauft.« Gulshe stieß ein seltsam gepreßtes Kichern aus. »Kurz – sie haben sich nicht helfen können. Es gibt in dieser Gegend niemand, der uns etwas verbietet – und jeder muß sich um seine eigene Haut kümmern.«

»So ein Leben ist häßlich«, sagte Etzwane angewidert.

Gulshe starrte ihn verständnislos an und wandte sich an

Ifness, als wollte er Etzwanes Geisteszustand anzweifeln. Ifness lächelte grimmig: »Wer kauft die Sklaven?«

Gulshe zuckte die Achseln. »Hozman Rauhkehle nimmt alle und bezahlt dafür ein gutes Gewicht an Metall.«

»Du kennst dich in dieser Beziehung gut aus«, sagte Etzwane mürrisch.

Srenka erwiderte: »Und warum auch nicht? Neidest du uns dieses Einkommen? Vielleicht ist jetzt der richtige Augenblick für eine Einigung zwischen uns.«

»Ja«, sagte Gulshe. »Jetzt ist es soweit.« Er zog ein schweres Messer aus poliertem schwarzen Glas. »Gegen mein Messer nützt eure Zauberei nichts. Ich könnte jeden von euch wie eine Melone aufschlitzen. Steigt von den Pacern und wendet euch den Gehegen zu.«

Ifness frage mit leiser Stimme: »Soll ich das so verstehen, daß ihr uns etwas antun wollt?«

»Wir sind Kaufleute«, erklärte Srenka triumphierend. »Wir leben vom Gewinn. Wenn wir keine Knochen verkaufen können, verkaufen wir Sklaven, und deshalb haben wir euch nach Shagfe gebracht. Auch ich kenne mich mit dem Wurfmesser aus. Steigt ab!«

»Es ist beschämend, direkt vor den Sklavengehegen gefangen zu werden«, sagte Ifness vorwurfsvoll. »Ihr zeigt wirklich wenig Rücksicht – und schon aus dem Grund weigern wir uns.«

Srenka lachte laut auf. Gulshe entblößte eine Reihe gelber Zähne unter seinem Schnurrbart. »Steigt ab, aber fix!«

Etzwane sagte leise: »Habt ihr den Fluch vergessen, der in Shillinsk über euch ausgesprochen wurde?«

»Wir leben schon mit vielen solchen Verwünschungen – was kann uns da eine mehr schaden?« Gulshe hob das Messer. »Steigt ab!«

Ifness zuckte die Achseln. »Also, wenn wir denn müssen ... Das Geschick spielt uns manchmal seltsame Streiche.« Er stieg gemächlich ab und legte die Hand auf den Hinterteil des Pacers. Das Tier brüllte auf vor Schmerz und sprang Gulshes Reittier an, das zu Boden ging und Gulshe mitriß. Srenka warf sein Messer nach Etzwane, der sich hatte zu Boden fallen lassen; die Klinge zischte einige Zentimeter über seiner

Schulter durch die Luft. Ifness packte Srenkas Nasenring. Srenka stieß ein Zischen aus, das ein Schrei geworden wäre, wenn er ihn hätte artikulieren können. »Halt ihn am Ring fest«, sagte Ifness zu Etzwane. »Er muß Gehorsam lernen!« Daraufhin sprang Ifness zu der Stelle, an der Gulshe fluchend wieder auf die Beine zu kommen versuchte. Ifness legte ihm kameradschaftlich eine Hand auf die Schulter. Gulshe zuckte zurück und sank wieder zu Boden. »Ich fürchte, ich muß dir dein Messer abnehmen«, sagte Ifness. »Du wirst es nicht mehr brauchen.«

Etzwane und Ifness setzten ihren Weg zur Schänke fort, wobei sie die reiterlosen Tiere am Zügel führten.

Ifness sagte: »Sechs Unzen Silber für zwei arbeitsfähige Burschen ist nicht allzuviel. Vielleicht hat man uns hereingelegt. Aber wie dem auch sei – Gulshe und Srenka werden den großen Vorteil genießen, den Sklavenhandel auch mal von der anderen Seite kennenzulernen. Ich wünschte mir fast ... aber nein. Es ist unschön, in diesem Zusammenhang an meinen Kollegen Dasconetta zu denken. Fast bedaure ich es, daß wir uns von Gulshe und Srenka trennen mußten. Sie waren so malerisch als Begleiter.«

Etzwane blickte über die Schulter zu den Sklavengehegen zurück. Hätte Ifness' Batterieladung nicht geholfen, stünde er jetzt dort und starrte zwischen den Weidenruten der Einzäunung hindurch. Doch schließlich waren das Risiken, die er in Garwiy erwogen hatte; er hatte sich für ein Leben der Gefahr entschieden und gegen ein Leben der Geborgenheit, Musik und Ruhe ... Ifness sagte, fast mehr zu sich als zu Etzwane: »Ich bedaure nur, daß wir von den beiden nicht mehr erfahren haben ... Naja, hier ist die Schänke. Im Vergleich dazu kommt einem die Taverne in Shillinsk wie ein luxuriöser Palast vor. Wir werden uns weder als Zauberer noch als Forscher vorstellen, auch nicht als Knochenhändler. Die angesehenste Betätigung in Shagfe ist der Sklavenhandel – also ist dies ab sofort unser Beruf.«

Vor der Schänke blieben sie stehen und betrachteten die Siedlung ringsum. Der Nachmittag war warm und sonnig; Kleinkinder krochen im Schmutz herum; die älteren Kinder spielten zwischen den Zelten Sklavenüberfall; sie sprangen mit Seilen herum und zerrten ihre Gefangenen fort. An der Tränke unter der Windmühle hockten drei kleine schwarzhaarige Frauen mit Lederhosen und Strohhüten und stritten sich mit den Ahulphs. Die Frauen schlugen mit Stöcken gegen die langen, empfindlichen Beine der halbintelligenten Zweibeiner, sobald sie zu trinken versuchten; die Ahulphs ihrerseits bespritzten sie mit Schlamm und kreischten unwillig. An der Straße saßen einige alte Frauen in formlosen Strohumhängen und boten allerlei Dinge zum Verkauf an – Haufen einer dunkelroten und undefinierbaren Nahrung. Streifen von Trockenfleisch, weiche blauschwarze Fingerwurzeln in Körben voller nassem Moos, dicke Grünkäfer, die auf Stöcke gespießt waren, Zucker, gebratene Vögel, Cardamons und Salzkrusten. Über dieser Szene der gewaltige helle Himmel, auf allen Seiten die gewaltige heiße Ebene; weit im Osten eine Gruppe von Reitern, nur als vibrierende schwarze Punkte sichtbar, darüber eine dünne lavendelfarbene Staubwolke … Ifness und Etzwane näherten sich der Schänke und traten durch ein Loch in der Lehmmauer ein. Der Schankraum lag im Halbdämmer und roch modrig. Im Regal hinter dem Tresen standen drei Fässer; ein paar Bänke und Stühle, auf denen ein halbes Dutzend Männer vor irdenen Krügen mit saurem Wein oder Krügen des berühmten Kellergebräus von Shagfe hockten. Die Gespräche verstummten; die Männer starrten Ifness und Etzwane reglos an. Die einzige Beleuchtung war das purpurne Tageslicht, das durch die Türöffnung hereindrang. Ifness und Etzwane sahen sich in dem Raum um, während sich ihre Augen an das dämmrige Licht gewöhnten.

Ein kleiner Mann mit nacktem Oberkörper und langem weißen Haar kam herbei. Er trug Kniestiefel und eine Lederschürze und war offenbar der Wirt – Baba nannte er sich. Er erkundigte sich nach den Wünschen der Fremden – in einem rauhen Dialekt, den Etzwane mehr durch Intuition als mit dem Verstand erfaßte.

Ifness antwortete in einer ziemlich guten Nachahmung der Sprache. »Was für Unterkunft kannst du uns bieten?«

»Die beste, die es in Shagfe gibt«, erwiderte Baba der Wirt.

»Das kann euch jeder bestätigen. Entspringt eure Frage nur der Neugier?«

»Nein«, erwiderte Ifness. »Du darfst uns das Beste zeigen, was du zu bieten hast.«

»Ganz einfach«, sagte Baba. »Hier entlang, bitte.« Er führte sie durch einen übelriechenden Korridor an einer armselig eingerichteten Küche vorbei, in der ein großer Kessel über einem Feuer summte, in einen kahlen Hof, der von einem überhängenden Dach gesäumt war. »Sucht euch eine Stelle aus. Der Regen kommt meistens von Süden, also ist die Südnische die trockenste.«

Ifness nickte ernst. »Die Unterkunft ist angemessen. Was ist mit den Pacern?«

»Ich werde sie in meinen Stall nehmen und ihnen Heu zu fressen geben, vorausgesetzt, du kannst mich angemessen bezahlen. Wie lange wollt ihr bleiben?«

»Einen oder zwei Tage – vielleicht sogar länger, je nachdem, wie lange wir zur Abwicklung unseres Geschäfts brauchen. Wir sind Sklavenhändler und haben den Auftrag, ein Dutzend kräftiger Roter Teufel zu kaufen, die auf der Galeere eines Fürsten an der Ostküste rudern sollen. Wie wir aber hören, sind die Roten Teufel alle getötet worden, was für uns eine traurige Nachricht ist.«

»Euer Unglück ist mein Vorteil, denn sie waren auf dem Marsch nach Shagfe und hätten wahrscheinlich meine Schänke zerstört.«

»Vielleicht haben die Sieger Gefangene gemacht?«

»Das glaube ich nicht, doch drüben im Schankraum sitzt Fabrache, der glückliche kleine Überlebende. Er behauptet, er hätte die Schlacht beobachtet – und wer könnte an seinen Worten zweifeln? Wenn du ihm ein paar Krüge Kellergebräu spendierst, wird sich seine Zunge frei für euch regen.«

»Ein guter Gedanke. Nun, was die Kosten für Unterkunft und Nahrung für uns und unsere Pacer angeht ...«

Bei der Feilscherei zeigte sich Ifness unnachgiebig, um nicht von vornherein als weichherzig zu gelten. Nach fünf Minuten wurden zwei Unzen Silber als Gegenwert für Nahrung und Unterkunft für fünf Tage festgesetzt.

»Also gut«, sagte Ifness. »Obwohl ich mich wie üblich

durch einen geschickten Redner zu närrischen Ausgaben habe verleiten lassen! Jetzt wollen wir mit Fabrache sprechen, dem glücklichen kleinen Überlebenden. Wie ist er nur zu diesem ungewöhnlichen Namen gekommen?«

»Es ist mehr ein Name aus seiner Kindheit. Damals hat seine Mutter ihn dreimal ertränken wollen, und jedesmal hat er sich wieder durch den Schlamm hochgewühlt. Angewidert gab sie es auf und verlieh ihm den Namen. Er wuchs zu einem Mann ohne Angst heran. Er meint, wenn Gott Gaspard seinen Tod wünschte, hätte er die anderen Gelegenheiten nicht verstreichen lassen ...«

Baba ging voran in den Schankraum. Er rief: »Hier seht ihr vor euch den edlen Ifness und Etzwane, die nach Shagfe gekommen sind, um Sklaven zu kaufen.«

Ein Mann, der in einer Ecke saß, stöhnte verzweifelt auf. »Jetzt treten sie schon mit Hozman Rauhkehle in Wettbewerb und treiben die Preise noch höher!«

»Hozman Rauhkehle hat kein Interesse an Roten Teufeln, welche diese beiden Händler suchen.« Baba wandte sich an einen großen hageren Mann mit langem, traurigem Gesicht und einem Bart, der wie ein schwarzer Eiszapfen von seinem Kinn herabhing. »Fabrache, wie stehen die Dinge hier? Wie viele Rote Teufel haben überlebt?«

Fabrache antwortete mit der Vorsicht eines eigensinnigen Mannes. »Im Mirkilbezirk sind die Roten Teufel ausgemerzt – also in der Gegend von Shagfe. Ich habe mit Männern der Tchark-Rasse von der anderen Seite der Kuzi-Kaza gesprochen; sie sagten, die Banden der Roten Teufel hätten sich zu einer einzigen Horde vereinigt, die dann nach Norden marschiert wäre. Zwei Tage später habe ich gesehen, wie eine Armee von Zauberern diese Horde vernichtete. Jeder einzelne Rote Teufel wurde getötet und dann noch einmal getötet; ein erstaunlicher Anblick, den ich in meinem ganzen Leben nicht vergessen werde.«

»Die Armee der Zauberer hat keine Gefangenen gemacht?« fragte Ifness.

»Nein. Sie vernichteten die Roten Teufel und marschierten nach Osten davon. Ich bin dann zum Schlachtfeld hinuntergegangen, um vielleicht noch Metall zu finden, aber die

Ahulphs waren schneller, und es war keine Unze mehr zu finden. Aber das ist noch nicht alles. Als ich nach Shagfe zurückkehrte, sah ich, wie sich ein riesiges Schiff in die Luft erhob, leicht wie eine Feder. Es verschwand in den Wolken.«

»Eine wundersame Vision!« rief Ifness. »Wirt! Gib diesem Mann einen Krug mit Kellergebräu!«

Etzwane fragte: »War das Schiff rund wie eine Scheibe und kupferfarben?«

Fabrache, der glückliche kleine Überlebende, verneinte. »Eher wie eine große schwarze Kugel. Die Kupferscheiben, von denen du sprichst, wurden bei der großen Schlacht der Raumschiffe gesehen; dort kämpften die Scheiben und die schwarzen Kugeln gegeneinander.«

Ifness nickte ernst und warf Etzwane einen warnenden Blick zu. »Wir haben von diesem Kampf gehört. Acht Kupferschiffe gingen auf sechs schwarze Kugeln los – an einem Ort, dessen Namen ich vergessen habe.«

Die Anwesenden beeilten sich, ihn richtigzustellen. »Deine Informationen stimmen nicht! Vier schwarze Kugeln griffen zwei Kupferscheiben an, und die Kupferscheiben wurden dabei zersprengt.«

»Ich frage mich, ob wir denselben Kampf meinen«, sagte Ifness nachdenklich. »Wann hat denn eure Schlacht stattgefunden?«

»Erst vor zwei Tagen; seither haben wir kaum ein anderes Gesprächsthema. So etwas hat es im Mirkil-Distrikt noch nicht gegeben.«

»Und wo war das Ereignis?« wollte Ifness wissen.

»Drüben in den Orgai-Bergen«, erwiderte Fabrache. »Am Thrie-Orai – so wird berichtet. Ich selbst bin nicht dort gewesen.«

»Muß man sich mal vorstellen – so dicht bei Shagfe!« rief Baba. »Kaum zwei Tagesritte mit einem guten Pacer!«

»Wir reisen in diese Richtung«, sagte Ifness. »Da würde ich mir den Ort gern ansehen.« Er wandte sich an den glücklichen kleinen Überlebenden. »Würdest du unser Führer sein wollen?«

Fabrache zupfte unschlüssig an seinem Bart und blickte einen seiner Begleiter von der Seite an. »Was hört man vom

Gogurskklan? Haben sie ihren Zug nach Westen schon gemacht?«

»Du brauchst keine Angst vor den Gogursks zu haben«, sagte sein Freund. »Dieses Jahr wandern sie nach Süden zum Urman-See, um Krabben zu fangen. Die Orgai sind völlig sicher – natürlich bis auf die Beutezüge von Hozman Rauhkehle.«

Draußen erklangen das Knirschen von Leder und laute Stimmen. Der Wirt blickte durch die Türöffnung und sagte über die Schulter: »Kash Blauwurm.«

Daraufhin erhoben sich hastig zwei Männer und verschwanden im hinteren Korridor. Ein dritter rief: »Fabrache, was ist mit dir? Hast du nicht Hozman vier Blauwurm-Mädchen verkauft?«

»Ich diskutiere meine Geschäfte nicht in der Öffentlichkeit«, sagte der glückliche kleine Überlebende. »Jedenfalls war das letztes Jahr.«

Die Stammesangehörigen betraten den Raum. Nachdem sie sich umgesehen hatten, verteilten sie sich an mehreren Tischen und klopften fordernd auf die Platten. Es waren neun stämmige, rundgesichtige Männer mit Bartkränzen und weiten Lederhosen, schwarzen Stiefeln voller schimmernder Glasperlen, Hemden aus hellgrüner Jute, und Kopfschmuck aus getrockneten Samenkapseln, die zur Form eines Spitzhelms zusammengenäht waren. Etzwane hielt sie für die rauhbeinigste Truppe, die er je gesehen hatte, und schauderte innerlich vor dem unangenehmen Geruch zurück, den die Männer in die Schänke brachten.

Der älteste der Kash schüttelte seine Kopfklappern und rief mit dröhnender Stimme: »Wo ist der Mann, der zu gutem Preis Sklaven kauft?«

Fabrache erwiderte leise: »Er ist nicht da.«

Baba fragte vorsichtig: »Ihr habt Sklaven zu verkaufen?«

»Allerdings – alle Anwesenden hier – außer dem Wirt! Bitte betrachtet euch als unsere Gefangenen.«

Fabrache stieß einen empörten Schrei aus. »Das ist nicht erlaubt: Man hat doch das Recht, in Shagfe ungestört sein Bier zu trinken!«

»Außerdem«, erklärte Baba, »lasse ich so etwas nicht zu.

Was soll aus meinem Geschäft werden? Ihr müßt eure Drohung zurückziehen.«

Der alte Kash grinste und rasselte mit seinen Samenkapseln. »Also gut; wegen der allgemeinen Proteste wollen wir unsere Interessen hintenanstellen. Trotzdem müssen wir mit Hozman Rauhkehle sprechen. Er hat dem Kashklan übel mitgespielt; wohin verkauft er so viele unserer Angehörigen?«

»Schon viele haben diese Frage gestellt, ohne eine Antwort zu bekommen«, erwiderte Baba. »Hozman Rauhkehle ist im Augenblick nicht in Shagfe, und ich weiß nichts von seinen Plänen.«

Der alte Blauwurm machte eine resignierte Handbewegung. »Dann wollen wir dein Kellergebräu trinken und uns an deinen Kochkünsten laben, die sich schon mit ihrem Duft bemerkbar machen.«

»Das ist alles schön und gut – aber werdet ihr zahlen?«

»Wir haben Säcke mit Safadöl mit.«

Baba sagte: »Holt das Öl herein, während ich ein neues Faß Kellergebräu öffne!«

Der Abend verging ohne Blutvergießen. Ifness und Etzwane hielten sich abseits und beobachteten, wie die stämmigen Gestalten vor dem Feuer hin und her taumelten. Etzwane versuchte zu bestimmen, inwieweit sich diese brüllenden Burschen von der durchschnittlichen Bevölkerung Shants unterschieden: Intensität, Schwung, die Konzentration aller Sinne auf den Augenblick – solche Eigenschaften charakterisierten die Carazer. Die trivialsten Dinge lösten übertriebene Reaktionen aus. Brüllendes Gelächter ließ die Brust schmerzen; Wut kam wild und plötzlich, Schmerz war so intensiv, daß es fast unerträglich schien. Jedem Aspekt des Seins begegneten die Klansleute mit einer klaren Vorstellung und ließen nichts unbemerkt durchgehen. Solche gefühlsmäßigen Ausschweifungen ließen wenig Zeit für die Meditation, überlegte Etzwane. Wie konnte je ein Blauwurm-Hulka Musiker werden, wenn ihm von Geburt an die Geduld abging? Wildes Getanze um das Lagerfeuer, Kämpfe und Morde – dies war mehr der barbarische Stil ... Etzwane und Ifness zogen sich bald zurück. Sie rollten unter dem vorspringenden Hofdach ihre Decken aus und legten sich nieder. Eine Zeitlang lauschte Etzwane auf den gedämpften Lärm, der aus dem Schankraum drang. Er wollte Ifness nach seinen Theorien über den Kampf zwischen den Raumschiffen am Thrie-Orgai befragen, doch er hatte keine Lust, eine sarkastische oder vieldeutige Antwort zu hören ... Wenn die Asutra und ihre Wirte die Kupferscheiben bemannt hatten – welche Rasse hatte dann die schwarzen Raumkugeln gebaut? Und welche Rasse mit Zauberwaffen hatte die Rogushkoi vernichtet? Warum waren Menschen, Rogushkoi, Kupferscheiben und schwarze Raumschiffe in Caraz zusammengekommen, um miteinander zu kämpfen? ... Etzwane stellte Ifness eine vorsichtige Frage:

»Baut irgendeine Erdenwelt Raumschiffe, die wie schwarze Kugeln aussehen?«

Die Frage war präzise; Ifness konnte nichts daran aussetzen. Er antwortete mit ruhiger Stimme: »Meines Wissens nicht.« Und er fügte hinzu: »Ich bin genauso ratlos wie du. Es hat den Anschein, als hätten die Asutra irgendwo zwischen den Sternen Feinde. Vielleicht menschliche Feinde.«

»Diese Möglichkeit allein rechtfertigt deinen Widerstand gegen Dasconetta.«

»So sieht es jedenfalls aus.«

Die Blauwurm-Kashs zogen es vor, unter freiem Himmel neben ihren Pacern zu schlafen; Etzwane und Ifness verbrachten also eine ungestörte Nacht.

Im kühlen malvenfarbenen Licht des Morgens brachte Baba Krüge mit heißem Kellergebräu, auf dem Käsestücke schwammen. »Wenn ihr zum Thrie-Orgai reisen wollt, müßt ihr früh weiterziehen. Ihr hättet die Wildwüste am Nachmittag hinter euch und könntet die Nacht in einem Baum am Vurush verbringen.«

»Ein guter Rat«, sagte Ifness. »Bereite uns ein Frühstück aus gebratenem Fleisch und Brot und schicke einen Jungen los, der Fabrache wecken soll. Dazu trinken wir lieber Kräutertee anstelle dieses ausgezeichneten, aber zu nahrhaften Getränks.«

»Fabrache ist schon hier«, sagte der Wirt. »Er will verschwinden, solange die Blauwürmer noch schwere Köpfe haben. Euer Frühstück ist schon bereit. Es besteht aus Haferbrei und Hummerpaste, wie bei allen anderen Gästen auch. Ich brate euch keine Extrawürste. Was den Tee angeht, so kann ich euch ein paar Pfefferstauden auskochen, wenn dies eurem Geschmack entspricht.«

Ifness stimmte resigniert zu. »Bring unsere Pacer nach vorn; wir reiten so bald wie möglich ab.«

5

Die Blauwurm-Kashs wurden munter, als Ifness, Etzwane und Fabrache abritten. Einer der Männer knurrte etwas; ein anderer richtete sich halb auf, um ihnen nachzublicken, doch niemand hatte Lust, sich anzustrengen.

Von Shagfe aus ritten die drei nach Westen über die Wildwüste, eine Alkaliebene, die sich bis zum Horizont erstreckte. Die Oberfläche war eine harte, knochenweiße Kruste, auf der weicher, ätzender Sand lag. Über die Wüste marschierte ein Dutzend Windhosen; sie schwankten hin und her wie die Tänzer einer Pavane, eilten zum Horizont und kehrten wieder zurück, einige groß und majestätisch vor dem schimmernden Himmel, andere dicht am Boden, würdelos dahinzuckend und dann und wann zu unansehnlichen Staubwolken zusammensinkend. Eine Zeitlang hielt Fabrache nach hinten Ausschau, doch als die Ansammlung von Hütten in der staubigen Ferne verschwand und keine schwarzen Reiter auftauchten, wurde er zuversichtlicher. Er sah Ifness von der Seite an und sagte vorsichtig: »Wir haben gestern abend keine formelle Vereinbarung getroffen – aber ich nehme doch an, daß wir als Verbündete reisen und daß keine Gruppe die Unterdrückung der anderen anstrebt.«

Ifness erwiderte freimütig: »Wir haben kein besonderes Interesse an der Sklaverei. Bei unserer Ankunft in Shagfe haben wir zwei ausgezeichnete Sorukhs verkauft, aber um ehrlich zu sein – das Leben als Sklavenhändler ist gefährlich und ohne Ertrag, zumindest im Mirkil-Distrikt.«

»Das Gebiet ist schon ziemlich ausgeblutet«, versicherte Fabrache. »Seit Hozman Rauhkehle hier arbeitet, hat sich die Bevölkerung halbiert. In der Schänke von Shagfe haben wir früher stets fremde Gesichter gesehen und viele verschiedene Trachten aus nah und fern. Jeder Hulkaklan hatte zwischen drei und sieben Fetischgruppen, außerdem kamen Sorukhs aus dem Shillinsk-Bezirk, Schaufelköpfe und Alulas vom Nior-See und viele Leute von der anderen Seite der Kuzi-Kaza. Ein kleiner Sklavenhändler wie ich konnte sich ganz gut über Wasser halten und sich sogar ein oder zwei Mädchen leisten. Das alles hat Hozman Rauhkehle zerstört. Jetzt müssen wir uns abmühen, um überhaupt zu leben.«

»Wo verkauft Hozman Rauhkehle seine Ware?«

»Hozman weiß seine Geheimnisse zu hüten«, sagte Fabrache verächtlich. »Eines Tages treibt er es zu weit. Die Welt wird unerträglich; in meiner Jugend war das noch nicht so. Überleg doch mal! Raumschiffe bekämpfen sich! Rote Teufel morden und rauben! Hozman Rauhkehle und seine inflationären Preise! Wenn er uns dann vernichtet und den Mirkil-Distrikt entvölkert hat, zieht er weiter.«

»Ich würde Hozman gern kennenlernen«, sagte Ifness. »Er muß interessante Geschichten zu erzählen haben.«

»Im Gegenteil – er ist so schweigsam wie ein Chumpa.«

»Das werden wir sehen.«

Als der Tag fortschritt, beruhigte sich die Luft allmählich, und die Windhosen verschwanden; die drei Reiter hatten nur noch unter der brütenden Hitze zu leiden. Im Verlauf des Nachmittags tauchten vor ihnen die ersten Hänge der Orgai-Berge auf, und die Wildwüste lag hinter ihnen. Als die drei Sonnen hinter den Bergen verschwanden, ritten die Männer über einen Hügel und sahen vor sich den breiten Vurush, der hinter dem Thrie-Orgai hervorkam und nach Norden im Dunst verschwand. Ein Hain aus knorrigen Eiben stand am Flußufer, und diese Stelle wählte Fabrache zum Nachtlager, obwohl überall auch Chumpaspuren zu sehen waren.

»An den Chumpa kommen wir nicht vorbei, wo wir auch lagern«, sagte Fabrache. »Drei Männer mit Fackeln können sie notfalls auf Abstand halten.«

»Dann müssen wir also Wachen aufstellen?«

»O nein«, erwiderte Fabrache. »Die Pacer passen schon auf. Außerdem lassen wir das Feuer brennen.«

Er band die Pacer an einem Baum fest und legte am Ufer ein Feuer an. Während Ifness und Etzwane einen Haufen harziger Eibenäste zusammentrugen, fing Fabrache ein Dutzend Schlammkrabben, die er tötete, aufknackte, säuberte und briet, während er zugleich auf heißen flachen Steinen kleine Kuchen buk. »Du bist sehr tüchtig«, sagte Ifness. »Es ist eine Freude, dir bei der Arbeit zuzusehen.«

Fabrache schüttelte mürrisch den Kopf. »Etwas anderes kenne ich nicht; eine Geschicklichkeit, die das harte Leben mich gelehrt hat. Dein Kompliment macht mir keine Freude.«

»Du hast doch gewiß andere Talente?«

»Ja. Ich gelte als guter Friseur. Im Spaß ahme ich zuweilen die Liebesriten der Ahulphs nach. Aber das sind bescheidene Errungenschaften; zehn Jahre nach meinem Tod werde ich vergessen sein – eins mit der Erde von Caraz. Trotzdem halte ich mich für einen glücklichen Menschen, mehr als die meisten anderen. Ich habe mich oft gefragt, warum es mir vergönnt war, das Leben von Kyril Fabrache zu führen.«

»Solche Gedanken sind uns allen schon mal gekommen«, sagte Ifness. »Aber solange man nicht von einer Religion der Reinkarnation überzeugt ist, erscheint die Frage müßig.« Er stand auf und sah sich um. »Ich nehme an, die Roten Teufel sind noch nicht so weit nach Westen vorgedrungen?«

Doch Fabrache war offenbar unangenehm berührt von Ifness' Gleichgültigkeit gegenüber seiner Suche nach der inneren Wahrheit und antwortete nur knapp: »Sie haben nicht mal Shagfe erreicht.« Dann ging er, um die Pacer zu versorgen.

Ifness musterte die Masse der Orgai-Berge im Norden, wo die Spitze des Thrie-Orgai in den letzten Strahlen der untergehenden Sonnen aufblitzte. »Dann scheint der Kampf der Raumschiffe mit der Ausrottung der Rogushkoi nicht unmittelbar etwas zu tun zu haben«, sagte er nachdenklich. »Die Ereignisse stehen natürlich in Verbindung, daran besteht kein Zweifel ... Morgen dürfte es interessant werden.« Er machte eine seiner seltenen Gesten. »Wenn ich ein Raumschiff oder einen Außerirdischen vorweisen könnte, wäre ich gerettet. Dasconetta wäre grau vor Wut, auch jetzt schon beißt er sich ständig auf den Knöcheln herum ... Wir können nur hoffen, daß es die Raumschiffe wirklich gibt, daß sie mehr als nur Erfindungen dieser Leute sind.«

Etzwane, den Ifness' Sorgen irgendwie ärgerten, sagte: »Ich sehe keinen Nutzen in einem Raumschiffwrack; die sind doch im System der Erdenwelten häufig anzutreffen.«

»Richtig«, sagte Ifness, noch immer beseelt von seiner triumphalen Vision. »Aber sie sind Produkte menschlichen Wissens – doch dorthin führen viele Wege.«

»Pah!« knurrte Etzwane. »Eisen ist Eisen, Glas ist Glas – und das gilt hier ebenso wie am Ende des Universums.«

»Wieder richtig. Die elementaren Grundzüge sind allen bekannt. Doch für das Wissen gibt es keine Grenzen. Jede Aufstellung angeblich letzter Werte unterliegt neuer Prüfung und kann nach neuen Begriffen analysiert werden. Die nachfolgenden Schichten des Wissens sind zahllos. Jene Bereiche, die uns vertraut sind, entstammen der Ebene unter oder über uns. Es ist vorstellbar, daß ganz selbständige Wissensphasen existieren; dabei muß man an das Gebiet der Parapsychologie denken. Das Grundgesetz des Kosmos lautet so: In der Unendlichkeit existiert alles Mögliche tatsächlich. Um es konkret zu sagen – die Technologie, die ein fremdes Raumschiff antreibt, könnte sich von der Erde beträchtlich unterscheiden, und eine solche Technologie ist natürlich von gewaltigem Interesse, wenn auch nur philosophisch.« Ifness starrte ins Feuer. »Ich muß auch anmerken, daß ein vertieftes Wissen nicht unbedingt ein Vorteil ist und gefährlich sein kann.«

»Warum bist du dann so begierig, dieses Wissen weiterzugeben?« fragte Etzwane.

Ifness lachte leise. »Erstens ist das eine normale menschliche Neigung. Zweitens ist die Gruppe, zu der ich gehöre – und aus der Dasconetta natürlich ausgeschlossen wurde – durchaus in der Lage, die gefährlichsten Geheimnisse zu wahren. Drittens kann ich meinen persönlichen Vorteil nicht übergehen. Wenn ich dem Historischen Institut ein fremdes Raumschiff liefere, auch wenn es nur ein Wrack ist, steigt mein Prestige erheblich.«

Etzwane wandte sich ab, um sein Bett zu machen, und sagte sich, daß von Ifness' drei Gründen der dritte wohl der überzeugendste war.

Die Nacht verging ohne Zwischenfall. Dreimal erwachte Etzwane. Einmal hörte er aus der Ferne den grollenden Ruf eines Chumpa und noch leiser die Antwortrufe eines Ahulphstammes, doch das Lager am Fluß blieb ungestört.

Fabrache erwachte noch vor Beginn der Dämmerung. Er entfachte das Feuer und bereitete ein Frühstück aus Tee und Haferbrei, den er mit Pfefferfleisch versetzte.

Kurz nach Sonnenaufgang bestiegen die drei ihre Pacer und folgten dem Ufer des Vurush nach Süden. So kamen sie langsam in die Orgai-Berge.

Kurz vor der Mittagsstunde zügelte Fabrache plötzlich seinen Pacer. Er neigte den Kopf, als lauschte er, und sah sich vorsichtig nach allen Seiten um.

»Was ist los?« fragte Ifness.

Fabrache schwieg. Er deutete durch eine Felslücke in eine mit Felsbrocken übersäte Schlucht, die vor ihnen lag. »Hier haben die schwarzen Kugeln die Scheibenschiffe entdeckt; hier hat der Kampf stattgefunden.« Er stellte sich in den Steigbügeln auf, suchte die Höhen mit den Blicken ab und musterte den Himmel.

»Du hast eine unangenehme Vorahnung«, sagte Etzwane leise.

Fabrache zupfte nervös an seinem Bart. »Dieses Tal hat ein wunderbares Ereignis erlebt; es kribbelt noch in der Luft ... Und vielleicht mehr.« Unruhig drehte er seinen hageren Körper im Sattel hin und her und ließ die Augen rollen. »Ich spüre einen seltsamen Druck.«

Etzwane suchte das Tal ab. Rechts und links befanden sich scharfe Einschnitte im Sandstein; die Oberflächen lagen gleißend im weißvioletten Sonnenlicht, die tiefen Schatten schimmerten flaschengrün. Sein Auge wurde von einer hastigen Bewegung abgelenkt; kaum dreißig Meter entfernt hockte ein großer Ahulph und schien zu überlegen, ob er einen Stein werfen sollte oder nicht. Etzwane sagte: »Vielleicht spürst du den Blick des Ahulphs dort drüben.«

Fabrache fuhr herum; er ärgerte sich, daß Etzwane das Wesen als erster gesehen hatte. Der Ahulph, ein blauschwarzes Männchen von einer Abart, die Etzwane unbekannt war, schüttelte unruhig die Ohren und wollte sich entfernen. Fabrache rief ihm im De-da-Dialekt nach. Der Ahulph blieb stehen. Fabrache sprach weiter, und mit den typischen übertriebenen Bewegungen der hochstehenden Ahulphs hüpfte das Wesen von dem Felsvorsprung herab. Höflich strömte es einen Duft der Geselligkeit* aus und kam geduckt näher. Fabrache stieg von seinem Pacer und bedeutete Etzwane und Ifness, es ihm nachzumachen. Er warf dem Ahulph ein Stück kalten Kornkuchen zu und äußerte sich wieder in der Deda-Sprache. Der Ahulph nickte und antwortete ausführlich.

Fabrache wandte sich schließlich an Ifness und Etzwane. »Der Ahulph hat den Kampf beobachtet. Er hat mir den Ablauf der Ereignisse beschrieben. Zwei kupferne Scheiben sind am Ende des Tals gelandet und dort fast eine Woche geblieben. Gestalten stiegen aus und wanderten herum. Sie standen auf zwei Füßen, strömten jedoch einen nichtmenschlichen Geruch aus. Auf ihr Aussehen hat der Ahulph nicht geachtet. Die Fremden haben während ihres Aufenthalts nichts getan und kamen nur bei Morgengrauen und kurz vor Sonnenuntergang ins Freie. Vor drei Tagen erschienen gegen Mittag hoch am Himmel vier schwarze Kugeln. Die Scheibenschiffe wurden überrascht. Die schwarzen Kugeln schickten Blitze herab, ließen beide Scheibenschiffe explodieren und verschwanden dann so plötzlich, wie sie gekommen waren. Die Ahulphs haben die Wrackteile beobachtet, ohne sich jedoch näher heranzuwagen. Gestern ist ein großes Scheibenschiff vom Himmel herabgekommen. Nachdem es eine

* Die höherentwickelten Ahulphs verfügen über vier Gerüche, die Geselligkeit, Feindseligkeit und zwei Abstufungen der Erregung signalisieren, die dem Menschen unbekannt ist. Die unzähligen Rassen niederer Ahulphs sondern nur Feindseligkeit und einen Anziehungsduft ab. Die Mentalität des Ahulphs scheint zuweilen der menschlichen zu ähneln, doch die Ähnlichkeit ist irreführend. Versuche, mit den Ahulphs auf der Basis menschlicher Vernunft zu verkehren, enden meistens frustrierend. Zum Beispiel ist der Ahulph nicht in der Lage zu begreifen, wenn man ihm anbietet für Lohn zu arbeiten, so detailliert man ihm das Problem auch erklärt, obwohl man ihn zu gewissen einfachen Tätigkeiten abrichten kann. Er arbeitet nur unter Zwang, nicht aber gegen Entlohnung.

Stunde über dem Tal geschwebt hatte, hob es das Wrack an, das am wenigsten gelitten hatte, und schleppte es fort. Die Überreste des zweiten Schiffs sind noch da.«

»Interessant«, murmelte Ifness. »Wirf dem Wesen noch ein Stück Kornkuchen hin. Ich möchte mir unbedingt das Wrack ansehen.«

Fabrache kratzte sich das Kinn. »Ich muß gestehen, daß ich eine Bedrückung verspüre, die der der Ahulphs ähnelt. Das Tal enthält eine unheimliche Aura, der ich mich nicht entgegenstellen möchte.«

»Entschuldige dich nicht«, sagte Ifness. »Du bist nicht umsonst als der glückliche kleine Überlebende bekannt. Willst du hier mit dem Ahulph auf uns warten?«

»Ja«, sagte Fabrache.

Ifness und Etzwane ritten in das Tal hinab. Eine Meile legten sie zurück, und links und rechts erhob sich der Sandstein in bizarren Formationen. Das Tal weitete sich zu einer sandigen Ebene, und hier fanden sie das Wrack des zweiten Schiffes. Die Außenhülle war an einem Dutzend Stellen aufgerissen und verbogen; eine ganze Sektion fehlte. Aus den Rissen ragten verdrehte Metallteile, und zähe Flüssigkeiten waren ins Freie gesickert. Oben war das Metall explodiert, und winzige Bruchstücke lagen überall im Sand.

Ifness pfiff ärgerlich durch die Zähne. Er nahm seine Kamera und fotografierte das Wrack. »Ich hatte zwar nicht viel mehr erwartet; doch ich bin trotzdem enttäuscht. Was für eine Trophäe, wenn das Schiff einigermaßen erhalten gewesen wäre! Eine neue Kosmologie, nichts weniger, die sich mit der unseren vergleichen ließe! Eine Tragödie, daß das Schiff so zugerichtet wurde!«

Etzwane überraschte Ifness' Vehemenz; ein solcher Ausbruch war ungewöhnlich für ihn. Sie traten näher, und das Wrack übte eine unheimliche Faszination aus, es hatte eine seltsame, traurige Majestät. Ifness stieg von seinem Pacer, nahm ein Metallstück auf, wog es in der Hand, warf es fort. Er ging zu dem Schiff, starrte ins Innere und schüttelte angewidert den Kopf. »Alles Interessante ist entweder aufgelöst, zerdrückt oder zerschmolzen worden – hier können wir nichts mehr erfahren!«

»Hast du bemerkt, daß ein Teil des Schiffs fehlt?« fragte Etzwane. »Sieh mal in die Spalte dort – da ist es.«

Ifness folgte Etzwanes Blick. »Dieses Schiff ist als erstes angegriffen worden – vielleicht mit einer Sprengladung; dann wurde es nochmals getroffen mit einer Energie, die den Schmelzvorgang ausgelöst hat.« Er marschierte auf die Vertiefung zu, die etwa fünfzig Meter entfernt war und in der sich eine dreieckige Sektion des Schiffs verklemmt hatte. Die Außenhülle, die verzogen und verbeult, doch wie durch ein Wunder intakt war, hatte sich wie ein großer Bronzesiegel über den schmalen Spalt gelegt.

Die beiden kletterten die Felsen hinauf, bis sie neben dem zerknitterten Metall standen. Ifness zerrte an einem abgebrochenen Metallrand. Etzwane half ihm; mit großer Anstrengung vermochten die beiden das Blech zur Seite zu biegen und schufen so eine Öffnung in der Schiffshülle. Ein widerlicher Gestank schlug ihnen entgegen, ein Verwesungsgeruch, der sich von allem unterschied, was Etzwane bisher erlebt hatte ... Er erstarrte und hob die Hand. »Hör mal.«

Von unten ertönte ein leises Kratzen, das einige Sekunden lang anhielt.

»Da scheint noch etwas zu leben.« Etzwane starrte in die Dunkelheit hinab. Die Aussicht, das zerstörte Schiff zu betreten, behagte ihm gar nicht.

Doch Ifness hatte keine Bedenken. Aus seinem Gürtelbeutel nahm er einen Gegenstand, den Etzwane nie zuvor gesehen hatte: einen durchsichtigen Würfel von etwa einem Zentimeter Kantenlänge. Plötzlich verströmte dieses Gebilde ein grelles Licht, das Ifness in das düstere Innere leuchten ließ. Etwa einen Meter unter ihnen zog sich eine zerbrochene Bank durch einen Raum, der eine Art Lager zu sein schien; ein wirres Durcheinander von Gegenständen, die von Regalen geschleudert worden waren, bedeckte die gegenüberliegende Wand. Ifness kletterte auf die Bank hinab und sprang zu Boden. Etzwane warf einen letzten sehnsüchtigen Blick ins Tal und folgte ihm. Ifness betrachtete die aufgehäuften Gegenstände und hob die Hand. »Ein Toter.« Etzwane beugte sich vor. Das tote Wesen lag auf dem Rücken, und war gegen die Wand gedrückt worden. »Ein menschenähnlicher Zweifüßler«, stellte Ifness fest. »Doch kein Mensch, nicht einmal humanoid, abgesehen von den Beinen, den Armen und dem Kopf. Das Ding riecht sogar anders als eine menschliche Leiche.«

»Schlimmer«, murmelte Etzwane. Er beugte sich vor und betrachtete das tote Wesen, das außer einigen Gurten, die drei Beutel hielten, nackt war – zwei Beutel an den Hüften und ein dritter Beutel im Nacken. Die Haut, wie purpurschwarzes Pergament, schien hart wie altes Leder zu sein. Der Kopf wies einige parallele Knochenvorsprünge auf, die an der Oberkante eines ringförmigen Knochenwulsts begannen, welcher schützend um das einzige Auge verlief, und sich über die Schädeldecke zogen. Eine mundähnliche Öffnung war am Halsansatz zu sehen. Eine Fläche mit kleinen Borsten schien die Hörorgane zu enthalten.

Ifness bemerkte etwas, das Etzwane entgangen war. Er griff nach einem röhrenförmigen Gebilde und stieß damit zu. Im Schatten am Nacken des toten Wesens bewegte sich plötzlich etwas, doch Ifness war schneller; die Spitze traf einen kleinen schwarzen Gegenstand. Ifness löste den Körper von der Wand und schlug noch einmal nach dem kleinen sechsbeinigen Wesen, das sich in dem Beutel am Nacken des Toten befunden hatte.

»Asutra?« fragte Etzwane.

Ifness nickte. »Asutra und Wirt.«

Etzwane betrachtete noch einmal das zweibeinige Wesen. »Es ähnelt den Rogushkoi – dieselbe harte Haut, entfernt die Form des Kopfs und Hände und Füße.«

»Die Ähnlichkeit ist mir auch aufgefallen«, sagte Ifness. »Vielleicht ist das eine verwandte Linie oder der Grundstock, aus dem die Rogushkoi entwickelt wurden.« Er sprach leise, und seine Augen zuckten unruhig hin und her. Etzwane hatte ihn noch nie so aufgeregt erlebt. »Jetzt vorsichtig weiter«, sagte Ifness.

Mit lautlosen Schritten näherte er sich der Zwischenwand und richtete das Licht durch eine Öffnung.

Sie blickten in einen sechs Meter langen Flur, dessen Wände verbogen waren. Am anderen Ende sickerte durch die Risse schwaches Tageslicht herein.

Ifness ging leise den Flur entlang und erreichte den abschließenden Raum – dabei hielt er den Lichtwürfel in einer Hand und in der anderen eine Energiepistole.

Der Raum war leer. Etzwane konnte sich seine Funktion nicht recht erklären. Eine Bank zog sich an drei Wänden entlang; darüber hingen Schränke voller Glas- und Metallgegenstände, die Etzwane nicht kannte. Die Außenhülle des Schiffs und eine Wand preßten sich gegen zerschmettertes Felsgestein, das die vierte Wand bildete. Ifness sah sich lauernd um wie ein Falke. Er legte den Kopf auf die Seite und lauschte; Etzwane folgte seinem Beispiel. Die Luft war schwer und stickig. Etzwane fragte ziemlich leise: »Was ist das für ein Raum?«

Ifness schüttelte kurz den Kopf. »Erdenweltschiffe sind anders gebaut ... Ich begreife das alles nicht.«

»Schau mal hier«, sagte Etzwane. »Weitere Asutra.« Ein Glasbecken am Ende der Bank enthielt eine trübe Flüssigkeit, in der drei Dutzend dunkle Ellipsoide schwammen.

Ifness untersuchte den Tank. Eine Röhre führte an einer Seite hinein; von dieser Röhre führten Leitungen zu den Asutra. »Sie scheinen kataleptisch zu sein«, sagte Ifness. »Vielleicht nehmen sie in der Flüssigkeit Energie oder Informationen auf, vielleicht unterhalten sie sich damit.« Er überlegte einen Augenblick lang und sagte dann: »Mehr können wir nicht tun. Die Angelegenheit ist zu bedeutend, als daß wir allein entscheiden könnten, was zu tun ist. Unser Fund ist überwältigend.« Er hielt inne und sah sich um. »Hier haben wir genug Material, um zehntausend Analytiker zu beschäftigen, um das ganze Institut in Erstaunen zu versetzen. Wir kehren sofort nach Shillinsk zurück. Vom Boot aus kann ich Dasconetta Bescheid geben und ein Bergungsschiff anfordern.«

»Irgend etwas an Bord lebt noch«, sagte Etzwane. »Wir können es nicht sterben lassen.« Wie um seine Bemerkung zu unterstreichen, ertönte hinter der zerknitterten Wand gegenüber dem Flur ein Kratzen.

»Eine kitzlige Sache«, murmelte Ifness. »Wenn uns nun plötzlich zwanzig Rogushkoi entgegenstürzen? ... Andererseits läßt sich vielleicht von einem Wirt, der nicht unter Asutraeinfluß steht, Nützliches erfahren. Also gut, schauen wir nach. Aber vorsichtig!«

Er ging zu der Stelle, wo die Wand gegen das Felsgestein gepreßt war. In der Mitte und unten gab es keine Berührung; hier gähnten unregelmäßige Öffnungen, etwa kopfgroß, durch die Luft zirkulieren konnte. Etzwane starrte durch die mittlere Öffnung. Im ersten Augenblick sah er gar nichts, dann erschien plötzlich ein runder Gegenstand vor seinen Augen, etwa so groß wie eine Münze, und warf einen perlmuttartigen rosa und grünen Schimmer. Etzwane zuckte zurück, von einem seltsamen Beben seiner Nerven überwältigt. Er riß sich zusammen und sagte leise: »Es ist eins der Wirtwesen. Ich habe ihm ins Auge geschaut.«

Ifness knurrte kurz vor sich hin. »Wenn es lebt, ist es sterblich – und dann haben wir keinen Grund zur Panik.«

Etzwane verkniff sich eine Erwiderung, nahm eine Metallstange und begann das Gestein zu bearbeiten. Ifness hielt sich im Hintergrund; ein rätselhafter Ausdruck stand auf seinem Gesicht.

Das Gestein, das durch den Aufprall des Schiffs zerschmettert worden war, ließ sich in großen Brocken lösen. Etzwane arbeitete mit wütender Entschlossenheit, als wollte er sich von etwas ablenken. Die mittlere Öffnung erweiterte sich. Etzwane kümmerte sich nicht darum und trieb die Stange ergrimmt in den Fels ... Schließlich hob Ifness die Hand. »Es reicht.« Er trat vor, ließ sein Licht durch das Loch blitzen. Es enthüllte eine dunkle kauernde Gestalt. »Komm heraus«, sagte Ifness und machte eine heranwinkende Geste, wobei er seine Hand anleuchtete.

Zuerst herrschte Schweigen. Dann zog sich das Wesen langsam, doch ohne zu zögern durch die Öffnung. Wie der Tote trug es keine Kleidung – außer dem Geschirr und den drei Beuteln, von denen einer einen Asutra enthielt. Ifness wandte sich an Etzwane. »Geh voran nach draußen. Ich werde das Wesen anweisen, dir zu folgen.«

Etzwane wandte sich zum Gehen. Ifness trat vor, berührte den Arm des Wesens und wies ihm den Weg.

Das Wesen folgte Etzwane durch den Korridor in den Raum, der zur Außenwelt führte.

Etzwane stieg auf die Bank und steckte den Kopf hinaus ins Tageslicht. Noch nie war ihm die Luft so klar und süß vorgekommen. Und eine Meile über ihm schwebte ein gewaltiges Scheibenschiff am Himmel, langsam um seine vertikale Achse rotierend. Die drei Sonnen verursachten dreifarbige Reflexe auf der kupferbraunen Außenhülle. Vier weitere kleinere Schiffe schwebten über der Erscheinung.

Etzwane starrte verblüfft hinauf. Das große Scheibenschiff senkte sich langsam herab. Hastig teilte er Ifness seine Beobachtung mit.

»Beeil dich!« befahl Ifness. »Hilf dem Wesen hinauf und halte es am Geschirr fest.«

Etzwane kletterte ins Freie und blieb abwartend stehen. Von unten schob sich der purpurschwarze Kopf mit den Knochenvorsprüngen herauf. Dann kamen die Schultern mit dem Beutel, der den Asutra enthielt. Einer plötzlichen Eingebung folgend, packte Etzwane den Beutel und zerrte ihn von dem schwarzen Körper fort. Ein Nervensstrang zwischen Nacken und Beutel streckte sich, das Wesen schrie gellend auf vor Schmerz und löste seinen Griff um die Kante des Lochs. Es wäre nach unten gefallen, wenn Etzwane es nicht mit einem Arm um den Nacken gepackt hätte. Mit der anderen Hand zog er den Dolch aus dem Gürtel und durchtrennte den Nerv; der Asutra löste sich zuckend. Etzwane schleuderte ihn angewidert von sich und zerrte dann das dunkelhäutige Wesen vollends herauf. Ifness folgte hastig. »Was ist los?«

»Ich habe den Asutra gelöst. Da verschwindet er. Halt mal den Wirt fest; ich werde ihn töten.«

Ifness runzelte unwillig die Stirn, doch er gehorchte. Das schwarze Wesen wollte Etzwane folgen, aber Ifness klammerte sich an seinem Geschirr fest. Etzwane folgte dem dahinhuschenden Insektenwesen, packte einen Stein, hob ihn in die Höhe und ließ ihn auf den Asutra niedersausen.

Ifness hatte das plötzlich erstarrte Wesen inzwischen in eine Felsspalte gedrängt, damit es von dem landenden Raumschiff nicht mehr gesehen werden konnte. Etzwane holte eilig die Pacer und ging ebenfalls in Deckung.

»Warum hast du den Asutra getötet?« fragte Ifness eisig.

»Jetzt haben wir nur noch die leere Hülle, die kaum die Mühe wert ist.«

Etzwane sagte trocken: »Das weiß ich auch. Ich habe aber das landende Schiff bemerkt und weiß, daß die Asutra sich mit ihren Genossen telepathisch verständigen. So haben wir hoffentlich eine bessere Chance, ihnen zu entkommen.«

»Die telepathischen Fähigkeiten der Asutra sind noch nicht bewiesen«, knurrte Ifness. Er blickte die Schlucht entlang. »Der Weg scheint frei zu sein. Wir müssen uns aber beeilen. Es wäre denkbar, daß Fabrache nicht mehr lange wartet.«

6

Die enge, gewundene Schlucht war von Felsbrocken übersät; ein Aufsitzen war unmöglich. Etzwane ging voraus und führte die Pacer am Zügel. Ihm folgte das dunkelhäutige Wesen, dessen unirdische Glieder in fremdartigem Rhythmus pendelten und zuckten. Die Nachhut bildete Ifness, der sehr nachdenklich schien.

Als das zerklüftete Gebiet hinter ihnen lag, schwenkten sie nach Süden ab und kehrten zu der Stelle zurück, an der sie Fabrache zurückgelassen hatten. Sie fanden ihn an einen Felsen gelehnt, von dem aus er das Tal überschauen konnte, in dem nun keine Raumschiffe mehr zu sehen waren – auch kein Wrack mehr. Fabrache fuhr mit erschrecktem Aufschrei zusammen, denn sie hatten sich lautlos genähert. Ifness hob beruhigend die Hand. »Wie du siehst«, sagte er, »haben wir einen Überlebenden der Schlacht gefunden. Hast du ein solches Wesen schon mal gesehen?«

»Niemals!« rief Fabrache. »Und ich freue mich auch nicht über euren Fund. Wo willst du das Wesen verkaufen? Wer würde so eine schreckliche Kreatur kaufen wollen?«

Ifness lachte leise, was er selten tat. »Das Wesen hat seinen Wert als Kuriosität, als Sammlerobjekt, wenn man so will. Ich mache mir keine Sorgen um unseren Profit. Aber was war drüben im Tal los?«

Fabrache trat verwundert einen Schritt zurück. »Was? Habt ihr die Ereignisse nicht aus nächster Nähe mitbekommen?«

»Wir waren hinter dem Berg in Deckung«, erklärte Ifness. »Wären wir geblieben, hätte man uns vielleicht bemerkt – und was daraus geworden wäre, weiß ich nicht.«

»Verstehe. – Also, die Vorgänge übersteigen jedenfalls meinen Verstand. Ein großes Schiff kam herab, packte das Wrack und hob es hoch, als wäre es federleicht.«

»Wurde nur ein Teil aufgenommen?« fragte Ifness. »Oder etwa zwei?«

»Zwei. Das Schiff kam ein zweites Mal herab, und ich dachte schon, es wäre um euch geschehen.« Fabrache schüttelte den Kopf. »Was habt ihr nun vor?«

»Wir reisen so schnell wie möglich nach Shagfe zurück. Aber zuerst gib ihm etwas Wasser. Er war mehrere Tage lang eingeschlossen.«

Fabrache gehorchte mit schiefem Lächeln. Ohne zu zögern schüttete das Wesen den Inhalt des Bechers in die Mundöffnung am Hals, drei weitere Becher folgten. Ifness bot dem Fremden einen Kuchen aus geliertem Fleisch an, den er ablehnte; die Trockenfrüchte dagegen nahm er hastig und ließ sie in seinem Schlund verschwinden. Ifness bot ihm gestampften Samen an, aus denen Fabrache sein Brot machte, dazu Salz und Fett, doch diese Dinge wollte das Wesen nicht.

Die Lasten wurden neu verteilt, und das dunkelhäutige Wesen wurde auf das Packtier gehoben, das bei dem unbekannten Geruch des Fremden zunächst zu zittern und zu bocken begann und schließlich mit steifen Beinen und geblähten Nüstern lostrottete.

Die vier folgten dem Vurushtal und ritten den Weg zurück, den sie gekommen waren. So legten sie am Nachmittag viele Meilen zurück. Der Fremde ritt willenlos dahin, ohne sich für die Landschaft zu interessieren, ohne sich im Sattel zu bewegen. Sein Auge starrte blicklos geradeaus. Etzwane wandte sich an Ifness: »Glaubst du, das Wesen ist in einem Schockzustand? Oder ist es etwa nur halbintelligent?«

»Im Augenblick können wir das nicht ergründen. Bald hoffe ich mehr zu erfahren.«

»Vielleicht könnte es als Dolmetscher zwischen Menschen und Asutra fungieren.«

Ifness runzelte die Stirn, ein Zeichen, daß ihm dieser Gedanke noch nicht gekommen war. »Das ist natürlich eine Möglichkeit.« Er blickte zu Fabrache hinüber, der seinen Pacer auf sie zu gelenkt hatte. »Was ist los?«

Fabrache deutete nach Osten, wo die Hänge der Orgai-Berge in die Ebene übergingen. »Eine Gruppe Reiter – sechs oder acht.«

Ifness richtete sich im Sattel auf und blickte in die Ferne. »Sie reiten mit großer Geschwindigkeit in unsere Richtung.«

»Am besten, wir hauen ab«, meinte Fabrache. »In diesem Land ist Freundlichkeit unter Fremden nicht selbstverständlich.« Er spornte seinen Pacer an, und die anderen folgten, wobei Etzwane sich um den Pacer kümmerte, der den Fremden trug.

So trabten sie das Tal hinab, wobei Ifness angewidert die Stirn runzelte. Der Fremde ritt in starrer Haltung und umklammerte krampfhaft die nach hinten geschwungenen Hörner seines Reittiers. Etzwane hatte das Gefühl, daß sie auf den ersten beiden Meilen etwas Abstand gewannen, dann eine Zeitlang den Vorsprung hielten, während die Verfolger schließlich wieder aufholten. Fabrache, dessen lange Gestalt grotesk über den Hals seines Tieres gekrümmt war und dessen Bart im Wind flatterte, verlangte seinem Pacer das Äußerste ab. Er brüllte über die Schulter: »Das ist Hozman Rauhkehle mit seiner Sklavenjägerhorde! Reitet um eure Freiheit!«

Die Pacer ermüdeten schnell. Immer wieder stolperten sie und verloren den Rhythmus des Galopps. Die verfolgenden Tiere waren auch nicht mehr frisch und wurden ebenfalls langsamer. Die Sonnen standen tief im Westen, und die Berge warfen drei Schatten in die Ebene des Vurush. Fabrache schätzte die Entfernung zu den Verfolgern ab und maß sie gegen die Höhe der Sonne. Dann rief er verzweifelt: »Vor Sonnenuntergang sind wir versklavt – und dann erfahren wir Hozmans Geheimnis!«

Ifness deutete nach vorn. »Dort, am Ufer, ein Wagenlager!«

Fabrache starrte hinüber und stieß einen Schrei der Hoffnung aus. »Wir können es noch rechtzeitig schaffen und um Schutz bitten ... Wir haben Glück, wenn die Leute da vorn keine Kannibalen sind.«

Gleich darauf rief er: »Es sind die Alula – ich erkenne ihre Wagen. Sie sind gastfreundlich – wir sind in Sicherheit!«

Am Flußufer waren etwa fünfzig Wagen mit zwei Meter hohen krummen Rädern zu einem großen Viereck zusammengefahren, wobei die Räder und herabgelassenen Seitenflanken einen soliden Zaun bildeten. Die einzige Öffnung wies zum Fluß hinab. Die Sklavenjäger, die auf ihren hustenden und stolpernden Pacern noch etwa dreihundert Meter zurücklagen, gaben die Jagd auf und schwenkten zum Fluß ab.

Fabrache führte die Gruppe um die Wagenburg herum und hielt vor der Öffnung. Vier Männer sprangen geduckt in Angriffshaltung vor. Sie trugen Wamse aus schwarzen Chumpalederstreifen und Helme aus schwarzem Leder und waren mit riesigen Armbrüsten bewaffnet. »Wenn ihr zu der Gruppe da hinten gehört und irgendeinen Trick versucht, zieht schleunigst weiter. Wir wollen mit euch nichts zu tun haben.«

Fabrache sprang von seinem Pacer und trat vor. »Senkt eure Waffen! Wir sind Reisende aus den Orgai-Bergen und auf der Flucht vor Hozman Rauhkehle! Wir erbitten euren Schutz für die Nacht!«

»Das ist alles gut und schön – aber was ist das für ein gräßliches einäugiges Wesen? Wir haben so allerlei Geschichten gehört – ist das ein Roter Teufel?«

»Nichts dergleichen! Die Roten Teufel sind alle tot, vor kurzem wurden sie bei einer Schlacht getötet. Dies ist der einzige Überlebende aus einem abgestürzten Raumschiff.«

»Dann tötet ihn doch auch! Warum sollen wir Feinde von anderen Welten durchfüttern?«

Nun schaltete sich Ifness ein und sagte höflich, aber bestimmt: »Gestattet mir eine Bemerkung. Die Angelegenheit ist doch etwas kompliziert. Ich gedenke die Sprache dieser Kreatur zu erlernen, wenn sie überhaupt sprechen kann. Und dieses Wissen wird uns helfen, unsere Feinde zu besiegen.«

»Das muß Karazan entscheiden. Bleibt, wo ihr seid!«

Gleich darauf trat ein riesiger Mann vor, der selbst Fabrache noch um gut einen Kopf überragte. Sein Gesicht war nicht weniger eindrucksvoll als sein Körperbau; scharfe Augen blitzten unter einer mächtigen Stirn, ein kurzer Bart bedeckte Wangen und Kinn. Er erfaßte die Lage innerhalb einer Sekunde, wandte sich dann verächtlich an seine Wächter. »Wo liegt hier das Problem? Seit wann haben die Alula drei Männer und ein Monstrum zu fürchten? Laßt sie ein!« Stirnrunzelnd blickte er zum Flußufer hinunter, wo Hozman Rauhkehle und seine Gruppe ihre Pacer tränkten und ausruhen ließen, und kehrte dann ins Lager zurück. Die Krieger senkten ihre Waffen und traten ein paar Schritte zurück. »Kommt ins Lager. Bringt eure Pacer ins Gehege. Bettet euch, wo ihr wollt – nur nicht bei unseren Frauen.«

»Unsere Dankbarkeit ist euch gewiß«, erklärte Fabrache. »Aber bedenkt, dort hinten lauert Hozman Rauhkehle, der Sklavenhändler; heute sollte sich niemand aus dem Lager entfernen, oder er würde nie mehr gesehen.«

Etzwane interessierte sich sehr für das Lager und für die Faszination des barbarischen Glanzes, die nach allgemeiner shantischer Auffassung für die carazischen Stämme typisch war. Die grünen, rosa- und magentafarbenen Zelte waren mit herrlichen Sternenschwärmen und Sonnen bestickt. Die gebogenen Zeltstangen erhoben sich bis zu acht Fuß über den Boden und wiesen vier verschiedene Fetische auf – geflügelte Skorpione, Wiskwiesel, Königsfische und Pelikane aus dem Nior-See. Die Männer im Lager trugen Hosen aus gegerbtem Ahulphleder, schimmernde schwarze Stiefel und bestickte Westen über losen weißen Hemden. Verheiratete Frauen hatten purpurne und grüne Tücher um den Kopf geschlungen; ihre langen Kleider hatten die verschiedensten Farben; die Mädchen dagegen liefen wie die Männer in Hosen und Stiefeln herum. Vor jedem Zelt brodelte ein Kessel über dem Feuer, und der angenehme Geruch nach Fleisch und Gewürzen zog durch das Lager. Vor dem Zeremonienwagen saßen die Ältesten des Stammes und reichten eine Lederflasche mit Kornschnaps herum. In ihrer Nähe saßen vier Männer, die sich mit goldenen Perlschnüren geschmückt hatten und auf Saiteninstrumenten spielten.

Niemand schenkte den Neuankömmlingen mehr als einen beiläufigen Blick; die Gruppe suchte sich einen freien Platz, sattelte die Pacer ab und rollte die Decken auf. Der Fremde sah dabei ohne erkennbares Interesse zu. Fabrache wagte es nicht, am Fluß nach Fischen oder Muscheln zu suchen, und bereitete ein bescheidenes Mahl aus Brei und Trockenfleisch; der Fremde trank Wasser und schob sich ohne Begeisterung eine Handvoll Brei in den Mund. Immer mehr Lagerkinder wagten sich heran und beobachteten mit aufgerissenen Augen das fremdartige Wesen. Schließlich wagte ein Junge die schüchterne Frage: »Ist das Wesen zahm?«

»Sieht so aus«, sagte Etzwane. »Es ist in einem Raumschiff nach Durdane gekommen; auf jeden Fall ist es also zivilisiert.«

»Ist es dein Sklave?« fragte ein anderer.

»Eigentlich nicht. Wir haben es aus einem Raumschiffwrack gerettet, und jetzt wollen wir lernen, wie man mit ihm spricht.«

»Kann es zaubern?«

»Soviel ich weiß, nicht.«

»Tanzt es?« fragte ein Mädchen. »Bringt es doch zur Musik hinüber, und dann sehen wir zu, was es macht.«

»Es tanzt nicht und spielt auch keine Musik«, sagte Etzwane.

»Was für ein langweiliges Wesen!«

Eine Frau kam herbei, schalt die Kinder und schickte sie fort, und die Gruppe war wieder allein.

Fabrache wandte sich an Ifness. »Wie willst du das Wesen während der Nacht bei uns halten? Müssen wir darauf aufpassen?«

»Ich glaube nicht«, sagte Ifness. »Vielleicht hielte es sich dann für einen Gefangenen und würde zu fliehen versuchen. Es weiß, daß wir seine Nahrungsquelle sind und es schützen, und ich glaube, daß es freiwillig bei uns bleibt. Trotzdem wollen wir unauffällig aufpassen.« Ifness drehte sich zu dem Wesen um und bemühte sich um eine notdürftige Verständigung: Zuerst legte er einen Kiesel hin, dann zwei, dann drei und sagte dabei: »Eins ... zwei ... drei ...« und bedeutete dem Fremden, es ihm nachzumachen – doch die Übung führte zu nichts. Als nächstes richtete Ifness die Aufmerksamkeit des Wesens auf den Himmel, an dem klar und hell die Sterne leuchteten. Ifness deutete fragend hierhin und dorthin und nahm sogar den harten Finger des Wesens und richtete ihn auf den Himmel. »Entweder ist er äußerst intelligent oder äußerst dumm«, brummte Ifness.

Vom großen Mittelfeuer tönte nun Musik herüber, und Etzwane ging hinüber, um sich die Tänze anzuschauen. Die Jünglinge und Mädchen stellten sich in Reihen auf und hüpften und tobten und drehten einander im Kreis herum. Die Musik kam Etzwane unkompliziert, ja fast ein wenig naiv vor, doch sie war so lebhaft und geradeheraus wie das Tanzen. Einige Mädchen waren sehr hübsch, stellte er fest, und offenbar gar nicht schüchtern ... Er erwog den Gedanken, etwas Musik zu machen, und ging sogar soweit, eins der herumliegenden Instrumente zu untersuchen. Es war von bizarrer Konstruktion. Er ließ den Finger über die Saiten gleiten, doch die Bünde standen seltsam weit auseinander, und das Instrument war mit althergebrachten Methoden nicht zu stimmen. Er schlug einige Akkorde an, wobei er seine übliche Fingerhaltung anwendete. Das Ergebnis war seltsam, doch nicht unangenehm. Ein Mädchen tauchte lächelnd vor ihm auf: »Spielst du?«

»Ja, aber das Instrument kenne ich nicht.«

»Welche Rasse und welchen Fetisch hast du?«

»Ich bin ein Bürger Shants, ich wurde als Chilite im Kanton Bastern geboren.«

Das Mädchen schüttelte verwundert den Kopf. »Das muß ein fernes Land sein. Ich habe noch nie davon gehört. Bist du ein Sklavenjäger?«

»Nein. Mein Freund und ich sind gekommen, um uns die seltsamen Raumschiffe anzusehen.«

Das Mädchen war hübsch und aufgeweckt und hatte eine wunderbare Figur. Etzwane sehnte sich plötzlich danach, Musik zu machen, und beugte sich über das Instrument, um seine Harmonien zu ergründen. Er stimmte die Saiten um und fand heraus, daß er das Instrument spielen konnte, wenn er die unübliche kudarische Tonart verwendete. Vorsichtig spielte er einige Passagen und versuchte mit einigem Erfolg der Musik zu folgen.

»Komm«, sagte das Mädchen. Sie führte ihn zu den anderen Musikern und brachte ihm die Lederflasche, aus der alle getrunken hatten. Etzwane nahm einen vorsichtigen Schluck; der beißende Alkohol nahm ihm fast den Atem. Lachend reichte er die Flasche zurück. »Lach noch einmal!« befahl das Mädchen. »Musiker dürfen nicht ernst sein, auch wenn ihre Stimmung traurig ist; in ihren Augen müssen immer farbige Lichter blitzen!«

Einer der Musiker starrte zuerst das Mädchen, dann Etzwane an, der sich größere Zurückhaltung auferlegte. Er spielte versuchsweise einige Akkorde und schloß sich dann mit steigender Zuversicht der Musik an. Das Thema war einfach und wurde beharrlich wiederholt, doch jedesmal mit kleinen Änderungen – ein Rhythmus wurde gedehnt, eine Note verfärbt, eine kleine Betonung hier und dort angefügt. Die Musiker schienen im Wettstreit zu stehen, wer die feinsten Variationen brachte, und dabei wurde die Musik zunehmend intensiver und bezwingender, und die Tänzer wirbelten umeinander, ließen die Arme zucken, traten aus und stampften im Feuerschein ... Etzwane begann sich zu fragen, wann und wie die Musik wohl aufhören würde. Die anderen kannten sicher das Signal; sie würden ihn hereinzulegen versuchen, so daß er sich, wenn er allein weiterspielte, lächerlich machte: ein alter Scherz, der schon manchem Femden gespielt worden war. Alle wußten, wann das Lied zu Ende war; ein Seitenblick, ein angehobener Ellbogen, ein Zischen, eine leichte Positionsveränderung ... Das Signal kam; Etzwane spürte es. Wie erwartet, brach die Musik abrupt ab. Etzwane schwenkte sofort in eine Variation in einer anderen Tonart über, in eine pulsierende Passage, die noch zwingender war als das erste Thema, und kurz darauf fielen die Musiker, einige grinsend, andere achselzuckend, wieder in die Musik ein ... Etzwane lachte und beugte sich über das Instrument, das ihm nun schon vertraut geworden war, und begann Passagen und Ausschmückungen zu spielen. Endlich war das Stück zu Ende. Das Mädchen setzte sich neben Etzwane und reichte ihm die Flasche. Etzwane trank und fragte: »Wie heißt du?«

»Ich bin Rune aus dem Pelikanfetisch. Und wer bist du?«

»Ich heiße Gastel Etzwane. In Shant bezeichnen wir uns

nicht nach dem Klan oder Fetisch, sondern nennen nur unseren Kanton. Und früher gaben wir die Farben unserer Halsreife an, die wir nun nicht mehr tragen.«

»In anderen Ländern gibt es eben andere Sitten«, sagte das Mädchen. »Manchmal ist das etwas verwirrend. Jenseits der Orgai-Berge und am Botgarsk-Fluß leben die Shada, die einem Mädchen die Ohren abschneiden, wenn es nur mit einem Mann spricht. Ist das auch in Shant üblich?«

»Ganz und gar nicht«, sagte Etzwane. »Darfst du bei den Alula mit Fremden sprechen?«

»Ja, in solchen Dingen folgen wir unseren Neigungen – und warum auch nicht?« Sie neigte den Kopf und musterte Etzwane offen. »Du entstammst einer Rasse, die dünner und lebhafter ist als wir. Du hast etwas an dir, das wir die Aura eines Aersk* nennen.«

Die Schmeichelei gefiel Etzwane. Das Mädchen war offenbar sehr aufgeschlossen und wollte seinen Horizont erweitern, indem es mit einem fremden jungen Mann flirtete. Etzwane, der von Natur aus vorsichtig war, ließ sich diesmal gern auf das Gespräch ein. Er fragte: »Der Musiker dort drüben – ist er nicht dein Verlobter?«

»Galgar, das Wiskwiesel? Sehe ich wie ein Mädchen aus, das sich mit einem Mann wie Galgar einläßt?«

»Natürlich nicht. Man merkt ja, daß er beim Spielen kaum den Rhythmus halten kann, was auf eine unzulängliche Persönlichkeit schließen läßt.«

»Du bist erstaunlich hellhörig«, sagte Rune und rückte näher. Etzwane roch den Baumbalsam, den sie als Duftmittel verwendete. Sie fragte mit leiser Stimme: »Gefällt dir meine Kappe?«

»Ja natürlich«, versicherte Etzwane, den die Sprunghaftigkeit des Mädchens verwirrte. »Obwohl sie dir anscheinend gleich vom Kopf fällt.«

Ifness hatte sich auch ans Feuer gesetzt. Er hob nun mahnend den Finger, und Etzwane ging zu ihm. »Ich möchte dich zur Vorsicht mahnen«, sagte Ifness.

---

* Aersk: Nicht zu übersetzen. Ungefähr: ein furchtloser Edelmann der Berge, der vor allem die Weite, das Sonnenlicht und die Stürme braucht.

»Überflüssig; ich schaue sowieso in alle Richtungen zugleich.«

»Trotzdem, trotzdem. Denk daran, daß wir in einem Alul-Lager den hiesigen Gesetzen unterworfen sind. Fabrache hat mir erzählt, daß die Alulfrauen ganz leicht eine eheliche Verbindung erzwingen können. Du siehst doch, daß bestimmte Mädchen ihre Kappe schief tragen. Wenn ein Mann eine solche Kappe abnimmt oder sie nur gerade rückt, gilt das als intime Handlung, und wenn das Mädchen einen Aufstand darum macht, müssen die beiden heiraten.«

Etzwane blickte durch den dunkler werdenden Feuerschein zu Rune hinüber. »Die Kappe sitzt tatsächlich nicht fest ... Eine interessante Sitte.« Langsam kehrte er zu dem Mädchen zurück. Sie fragte: »Was hat dir die seltsame Person gesagt?«

Etzwane suchte nach einer passenden Antwort. »Er hat mein Interesse für dich bemerkt und mir gesagt, ich solle mich nicht kompromittieren oder dich beleidigen, indem ich etwa deine Kleidung berühre.«

Rune lächelte und warf Ifness einen verächtlichen Blick zu. »Was für ein alter Spielverderber! Aber er braucht keine Angst zu haben. Meine drei besten Freundinnen haben sich verabredet, ihre Liebsten am Fluß zu treffen, und ich wollte mitgehen, obwohl ich keinen Freund habe und mich einsam fühlen werde«, sagte sie und lächelte einladend.

»Ich rate euch, diesen Ausflug ein andermal zu machen«, sagte Etzwane. »Hozman Rauhkehle schleicht in der Gegend herum; er ist der gefährlichste Sklavenjäger in ganz Caraz.«

»Pff. Meinst du die paar Banditen, die hinter euch her waren? Die sind nach Norden fortgeritten! Sie würden es nicht wagen, den Alula so etwas anzutun.«

Etzwane schüttelte skeptisch den Kopf. »Wenn du einsam bist, komm doch und unterhalte dich mit mir dort hinter dem Wagen, wo ich meine Decke ausgebreitet habe.«

Rune trat mit erhobenen Augenbrauen einen Schritt zurück. »An solch plumpen Liebesspielen bin ich nicht interessiert. Wenn ich mir vorstelle, daß ich dich für einen *Aersk* gehalten habe!« Sie rückte ihre Kappe auf dem Kopf zurecht und stapfte davon. Etzwane blickte ihr achselzuckend nach und ging zu seiner Lagerstatt. Eine Zeitlang beobachtete er den Fremden, der reglos im Schatten saß.

Etzwane verspürte ein Widerstreben, sich in der Nähe dieses unbekannten Wesens schlafen zu legen; schließlich kannten sie es kaum, wußten so gut wie nichts über seinen Charakter. Doch schließlich fielen ihm die Augen zu. Nach einiger Zeit fuhr er erschrocken hoch, doch das Wesen saß unverändert da, und Etzwane schlief wieder ein.

Eine Stunde vor Sonnenaufgang weckte ihn lautes Wutgebrüll. Er sprang auf und sah eine Gruppe von bewaffneten Alulkriegern aus den Zelten stürzen. Sie unterhielten sich aufgeregt, dann eilten alle zu ihren Pacern, und gleich darauf hörte Etzwane Hufschlag, der sich entfernte. Fabrache war losgezogen, um Informationen einzuholen, und kehrte nun kopfschüttelnd zurück. »Genau, wie ich gesagt habe – niemand wollte auf meine Warnung hören. Gestern nacht sind vier Mädchen unten am Fluß spazierengegangen und nicht zurückgekehrt. Das ist Hozman Rauhkehles Werk. Der Ausritt der Alula ist zwecklos, denn wer von Hozman gefangen wurde, verschwindet auf Nimmerwiedersehen.«

Die Reiter kehrten niedergeschlagen zurück; sie hatten erfolglos nach Spuren gesucht und besaßen keine Ahulphs, die die Fährte der Sklavenjäger hätten aufnehmen können. Anführer der Suchgruppe war Karazan. Er schwang sich aus dem Sattel und marschierte durch das Lager auf Ifness zu. »Sag mir, wo die Sklavenjäger zu finden sind – wir wollen entweder unser Fleisch und Blut zurückgewinnen oder den Kerl mit bloßen Händen in der Luft zerreißen!«

Ifness deutete auf Fabrache. »Mein Freund hier, ebenfalls ein Sklavenhändler, kann darüber vielleicht mehr Einzelheiten mitteilen als ich.«

Fabrache zerrte vielsagend an seinem Bart. »Über Hozman Rauhkehle weiß ich nichts – weder über seine Rasse noch über seinen Klan oder seinen Fetisch. Nur zwei Tatsachen kann ich euch mitteilen. Erstens ist er oft in Shagfe anzutreffen, wo er an der Sammelstation Sklaven verkauft – und zweitens: Wer von Hozman gefangen wird, bleibt für immer verschwunden.«

»Das wollen wir doch mal sehen«, sagte Karazan. »Wo liegt dieses Shagfe?«

»Eine Tagesreise im Osten.«

»Wir reiten sofort nach Shagfe! Holt die Pacer!«

»Wir wollen auch dorthin reiten! Wir reiten mit.«

»Beeilt euch«, sagte der Alula. »Wir reiten nicht zum Spaß!«

Achtzehn Pacer trabten über die Steppe. Ihre Reiter saßen weit vorgebeugt in den Sätteln, ihre Umhänge flatterten im Wind. In der Ferne tauchte Shagfe auf – ein grauschwarzer Fleck vor dem violettgrauen Hintergrund aus Hügeln und Dunst.

Gegen Sonnenuntergang galoppierten die Reiter in den Ort und zügelten ihre Tiere inmitten aufwirbelnder Staubwolken vor der Schänke.

Baba starrte durch die Türöffnung; als er das unbekannte Wesen erblickte, hob er fragend die hellen Augenbrauen. Die Alula stiegen ab und stürmten ins Haus, gefolgt von Ifness, Etzwane und der stummen schwarzen Kreatur.

In der Schänke saßen die Kash Blauwurm, betrunken und schlechtgelaunt. Als sie ihre Stammesfeinde erblickten, steckten sie die Köpfe zusammen und unterhielten sich leise. Fabrache sagte zu Baba: »Meine Freunde hier haben ein Geschäft mit Hozman Rauhkehle vor. War er heute schon hier?«

Baba sagte mürrisch: »Ich rede nicht über die Angelegenheiten meiner Kunden. Ich bin doch kein ...«

Karazan trat vor und beugte sich über Baba. »Beantworte die Frage!«

»Ich habe Hozman seit heute früh nicht gesehen«, knurrte der Wirt.

»Aha, was heißt das? Heute früh!«

»Es stimmt! Mit diesen beiden Händen servierte ich ihm das Frühstück, während die Sonnen über den Horizont stiegen.«

»Wie ist das möglich?« fragte Kazaran drohend. »Er wurde bei Sonnenuntergang am Vurush gesehen, wo der Fluß die Orgai-Berge verläßt. Um Mitternacht war er noch dort. Wie hätte er hier im Morgengrauen frühstücken können?«

Der Wirt überlegte. »Mit einem guten Angospacer ist das möglich.«

»Und – was für einen Pacer hat er heute früh geritten?«

»Einen einfachen Jerzy.«

»Vielleicht hat er das Tier gewechselt«, warf Ifness ein.

Der Alula schnaubte verächtlich durch die Nase. Er wandte sich an Fabrache. »Kannst du bestätigen, daß dich Hozman in den Orgai-Bergen verfolgt hat?«

»Ganz sicher! Habe ich nicht Hozman Rauhkehle oft genug gesehen – bei seiner Bande und allein?«

Im Rücken der Männer ertönte eine Stimme. »Ich höre meinen Namen – ich hoffe, in angenehmem Zusammenhang.«

Alle fuhren herum. Hozman Rauhkehle stand in der Türöffnung. Er trat vor – ein bleicher Mann, mittelgroß und hager. Ein schwarzer Umhang verdeckte seine Kleidung – bis auf das braune Tuch, das er sich um den Hals geschlungen hatte.

Der Alula sagte: »Am Vurush hast du gestern nacht vier von unseren Stammesangehörigen gefangen. Wir wollen sie zurückhaben. Die Alula sind nicht für die Sklavengehege bestimmt; das werden wir jedem Sklavenjäger in Caraz klarmachen.«

Hozman Rauhkehle lachte und winkte unbeeindruckt ab. »Bist du nicht voreilig? Du beschuldigst mich ohne Beweis.«

Karazan trat langsam vor. »Hozman – deine Zeit ist abgelaufen!«

Hastig mischte sich der Wirt ein. »Aber nicht in der Schänke! Das ist Gesetz in Shagfe!«

Der Alula schob ihn mit einer Bewegung seines mächtigen Arms zur Seite. »Wo sind deine Leute?«

»Also, ich bitte dich!« sagte Hozman schnell. »Du kannst mir doch nicht jedes Verschwinden im Mirkil-Distrikt zur Last legen! Am Vurush-Fluß in den Orgai? Gestern nacht? Ein ziemlich weiter Weg für einen Mann, der in Shagfe gefrühstückt hat.«

»Aber nicht unmöglich.«

Hozman schüttelte lächelnd den Kopf. »Wenn ich so ausdauernde und schnelle Pacer besäße, würde ich dann Sklaven verkaufen? Ich würde Pacer züchten und ein Vermögen verdienen. Was deine Leute angeht – in den Orgai-Bergen treiben sich viele Chumpa herum; dort wird die tragische Wahrheit zu suchen sein.«

Karazan brachte vor Wut kein Wort heraus; er konnte in Hozmans Verteidigung keine Lücke finden. Hozman erblickte das schwarze dunkelhäutige Wesen an der Tür und zuckte verblüfft zusammen. »Was macht dieser Ka hier? Ist er jetzt euer Verbündeter?«

Ifness sagte leise: »Ich habe ihn am Thrie-Orgai gefangengenommen – etwa in der Gegend, wo du gestern nachmittag auf uns gestoßen bist.«

Hozman wandte sich von dem Wesen ab, das er einen »Ka« genannt hatte; doch sein Blick blieb auf die Kreatur gerichtet. Er schlug einen scherzhaften Ton an: »Eine neue Stimme, eine neue Anschuldigung. Wenn Worte Klingen wären, läge der arme Hozman schon in tausend Stücke zerhackt am Boden.«

»Dazu kommt es ohnehin bald«, sagte Karazan drohend, »es sei denn, er gibt die vier Alulamädchen heraus, die er gestohlen hat.«

Hozman überlegte, wobei sein Blick zwischen Ifness und dem Ka hin und her wanderte. Schließlich sagte er zu Karazan: »Ich habe einige Chumpa als Agenten eingesetzt«, sagte er ölig. »Vielleicht haben die eure Alulamädchen gefangen. Wenn das so ist, werdet ihr dann vier gegen zwei eintauschen?«

»Was meinst du – ›vier gegen zwei‹?« knurrte Karazan.

»Für eure vier Mädchen nehme ich diesen weißhaarigen Mann und den Ka.«

»Ich lehne den Vorschlag ab«, fuhr Ifness dazwischen. »Du mußt schon ein besseres Angebot machen.«

»Also gut, der Ka allein. Überlegt doch mal! Ein wildes Wesen, das nicht von dieser Welt ist, gegen vier hübsche Mädchen.«

»Ein bemerkenswertes Angebot!« sagte Ifness. »Warum willst du das Wesen haben?«

»Ich habe Kundschaft für eine solche Kuriosität.« Hozman trat höflich zur Seite, um zwei Neuankömmlinge in den Schankraum zu lassen; betrunkene Kash Blauwurm, denen das Haar wirr in die Stirn hing. Der erste stieß Hozman an. »Tritt zur Seite, Reptil. Du hast uns allen Armut und Schande gebracht – mußt du jetzt auch noch im Weg herumstehen?«

Mit verächtlichem Lächeln gab Hozman den Durchgang frei. Der Kash Blauwurm blieb stehen und schob lauernd den Kopf vor. »Machst du dich etwa über mich lustig? Findest du mich lächerlich?«

Baba drängte sich vor. »Bitte keinen Kampf hier – nicht im Schankraum!«

Der Kash holte zu einem mächtigen Rückhandschlag aus und streckte Hozman nieder. Daraufhin zog Baba einen Knüppel und trieb die beiden Kash mit erstaunlicher Geschicklichkeit aus der Schänke. Ifness streckte besorgt die Hand aus, um Hozman auf die Beine zu helfen. Er blickte Etzwane an. »Dein Messer bitte; wir wollen ein Geschwür aufbrechen.«

Etzwane sprang vor; Ifness streifte Hozmans braunes Halstuch zur Seite; Etzwane schnitt die Gurte des kleinen Traggeschirrs durch, während Hozman gurgelnd vor Schmerzen am Boden strampelte und um sich schlug. Der Wirt verfolgte die Szene verblüfft, ohne seinen Knüppel landen zu können. Mit gerümpfter Nase hob Ifness angewidert den Asutra an, ein abgeflachtes Wesen, das schwarze und braune Streifen hatte. Etzwane durchtrennte den Nerv, und Hozman stieß den entsetzlichsten Schrei aus, der je in der Schänke zu Shagfe ertönt war. Der Asutra huschte auf die Türöffnung zu.

Plötzlich drängte sich jemand knurrend zwischen Ifness und Etzwane hindurch – der Ka! Etzwane hob das Messer, zum Stich bereit, doch der Ka war bereits hinter dem Asutra durch die Tür verschwunden und eilte über den Hof. Ifness nahm die Verfolgung auf, und Etzwane schloß sich hastig an. Draußen stießen sie auf eine makabre Szene, die in dem aufwirbelnden Staub kaum zu erkennen war. Der Ka, aus dessen Füßen sich scharfe Krallen geschoben hatten, stampfte auf dem Asutra herum und riß ihn förmlich in Stücke.

Ifness steckte seine Energiepistole ein und beobachtete das Geschehen mit ernstem Gesicht. Etzwane sagte verblüfft! »Es haßt den Asutra noch mehr als wir.«

»Eine seltsame Vorstellung«, bemerkte Ifness.

Aus der Schänke tönten neue Schreie und die dumpfen Laute einer Prügelei. Die Hände vor den Kopf haltend, eilte Hozman in den Hof, dicht gefolgt von den Alula. Ifness bewegte sich mit ungewöhnlicher Schnelligkeit, stellte sich den Verfolgern in den Weg und hielt sie auf. »Seid ihr völlig von Sinnen? Wenn ihr diesen Mann tötet, erfahren wir nichts mehr.«

»Was gibt es da noch zu erfahren?« brüllte Karazan. »Er hat unsere Töchter in die Sklaverei verkauft; er sagt, wir sehen sie nie wieder.«

»Warum fragen wir nicht mal nach Einzelheiten?« Ifness wandte sich an Etzwane, der Hozman festgehalten hatte. »Du hast uns viel zu erzählen.«

»Was kann ich euch schon erzählen?« fragte Hozman. »Warum sollte ich mich selbst belasten? Die Kerle werden mich ohnehin wie Kannibalen zerreißen – was sie ja auch sind.«

»Trotzdem bin ich neugierig. Erzähl deine Geschichte.«

»Sie ist wie ein Traum«, murmelte Hozman. »Ich ritt durch die Luft wie ein Gespenst, ich sprach mit Ungeheuern; ich bin ein Wesen, das lebt und zugleich tot ist.«

»Zunächst«, sagte Ifness, »mußt du uns erzählen, wo die Mädchen sind, die du gestern entführt hast.«

Hozman hob den Arm in einer verzweifelten Geste, die auf eine Verwirrung seiner Gedanken hindeutete. »Jenseits des Himmels! Sie sind für immer fort. Niemand kehrt zurück, wenn sich erst der Wagen herabgesenkt hat!«

»Ah, ich verstehe. Sie sind in ein Flugzeug gebracht worden.«

»Sie sind nicht mehr auf Durdane.«

»Und wann senkt sich der Wagen herab?«

Hozman blickte verstohlen nach links und rechts, seine Lippen waren zusammengepreßt. Ifness sagte heftig: »Keine Lügengeschichten! Die Alula warten darauf, dich zu foltern, und wir dürfen sie nicht reizen.«

Hozman lachte heiser. »Was bedeutet mir Folter! Ich weiß ohnehin, daß ich in Schmerzen sterben werde, das hat mir mein Hexenonkel prophezeit. Tötet mich nach Belieben, mir ist alles egal!«

»Wie lange hast du den Asutra schon getragen?«

»Das ist so lange her, daß ich mein altes Leben ganz vergessen habe ... Seit wann? Zehn Jahre, zwanzig Jahre? Sie schauten in mein Zelt, zwei Männer in schwarzer Kleidung; sie waren keine Carazer, sie stammten überhaupt nicht von Durdane. Ich stand auf und ging ihnen voller Angst entgegen, und sie gaben mir den Mentor.« Hozman betastete mit zitternden Fingern seinen Nacken. Er schielte aus den Augenwinkeln zu den Alula hinüber, die die Szene aufmerksam verfolgten, die Hände auf die Griffe ihrer Krummsäbel gelegt.

»Wo sind die vier Mädchen, die du uns gestohlen hast?« fragte Karazan drohend.

»Sie sind auf eine ferne Welt gebracht worden. Wollt ihr wissen, welches Schicksal sie dort erwartet? – Ich weiß es nicht. Der Mentor hat mir nichts verraten.«

Ifness gab Karazan ein Zeichen und fragte leise: »Der Mentor konnte mit dir sprechen?«

Hozmans Augen starrten blicklos ins Leere. Worte sprudelten über seine Lippen. »Das ist ein Zustand, den man nicht beschreiben kann. Als ich das Wesen an mir entdeckte, wurde ich fast verrückt vor Ekel – doch nur einen Augenblick lang. Das Wesen tat etwas, und mich durchströmte Freude. Der öde Balchsumpf schien herrliche Düfte zu verströmen, und ich war ein neuer Mensch. In jenem Augenblick gab es nichts, was ich nicht hätte erreichen können!« Hozman hob die Arme. »Die Stimmung hielt mehrere Minuten lang an, und dann kehrten die Schwarzgekleideten zurück und machten mich auf meine Pflichten aufmerksam. Ich gehorchte, denn ich lernte die Strafe für Ungehorsam schnell kennen; der Mentor konnte mich mit Wonnen belohnen oder mit Schmerz strafen. Der Mentor wurde meine Seele und stand mir bald näher als meine eigenen Hände und Füße, denn seine Nerven gingen in meine Nerven über. Er sorgte für mein Wohlergehen und zwang mich nie, bei Regen oder Kälte zu arbeiten. Auch habe ich nie Hunger gelitten, denn meine Arbeit wurde mit gutem Gold und Kupfer und manchmal sogar mit Stahl belohnt.«

»Und was hattest du für Pflichten?« fragte Ifness.

Wieder sprudelte ein Wortschwall aus Hozman heraus, als hätte sich das alles seit langem in ihm aufgestaut, als müßte er sich von einem ungeheuren Druck befreien. »Die waren ganz einfach. Ich kaufte erstklassige Sklaven, so viele wie möglich. Ich arbeitete als Sklavenjäger und habe dabei ganz Caraz abgesucht, vom Azurfluß im Osten bis zum mächtigen Dulgov im Westen, und im Süden bis zum Thruska-Gebirge. Tausende von Sklaven habe ich ins All geschickt!«

»Wie hast du das gemacht?«

»Nachts, wenn niemand in der Nähe war und der Mentor mich auf jede Gefahr aufmerksam machen konnte. Ich rief den kleinen Wagen herab und brachte die Sklaven an Bord, die ich zuerst betäubte; manchmal waren es nur einer oder zwei, meist aber ein Dutzend oder mehr. Wenn ich wollte, brachte mich der Wagen blitzschnell an einen anderen Ort – so gestern nacht aus den Orgai-Bergen nach Shagfe.«

»Und wohin bringt der Wagen die Sklaven?«

Hozman deutete zum Himmel. »Dort oben hängt unsichtbar ein großes Schiff, in dem die Sklaven ruhen. Wenn das Schiff voll ist, fliegt es zur Welt der Mentoren, die irgendwo in den Windungen der Schlange Histhorbo liegt. Das habe ich zufällig in einer Sternennacht erfahren, als ich meinem Mentor viele Fragen stellte, die er mit Ja oder Nein beantwortete. Warum er so viele Sklaven brauchte? Weil die bisher unterworfenen Wesen unzureichend oder weniger gut geeignet waren und weil er einen mächtigen Feind fürchtete, der irgendwo zwischen den Sternen lauert.« Hozman schwieg. Die Alula waren nähergerückt; sie musterten ihn jetzt weniger feindselig, eher voller Staunen über das seltsame Schicksal, das er durchgemacht hatte.

Ifness fragte beiläufig: »Und wie rufst du den kleinen Wagen herab?«

Hozman fuhr sich mit der Zunge über die Lippen und blickte auf die Ebene hinaus. Ifness sagte leise: »Du wirst nie wieder den Asutra tragen, der deinem Geist solche Wonnen bereitet hat. Du bist nun zu uns übrigen zurückgekehrt, und wir sehen die Asutra als unsere Feinde an.«

Hozman sagte leise: »In meinem Beutel trage ich einen Kasten mit einem kleinen Knopf. Wenn ich den Wagen brauche, gehe ich nachts ins Freie, drücke auf den Knopf und halte ihn fest, bis der Wagen herabkommt.«

»Wer steuert den Wagen?«

»Der Apparat arbeitet nach einem geheimnisvollen eigenen Willen.«

»Gib mir den Kasten mit dem Knopf.«

Hozman zog langsam das Kästchen heraus, das Ifness einsteckte. Dann nickte er Etzwane zu, der Hozman von Kopf bis Fuß absuchte und dabei drei kleine Kupferbrocken und einen herrlichen Stahldolch mit einem Glasgriff fand.

Hozman verfolgte diesen Vorgang und fragte: »Was werdet ihr jetzt mit mir tun?«

Ifness wandte sich an Karazan, der den Kopf schüttelte. »Hozman ist kein Mann, an dem man sich rächen kann. Er ist eine Marionette, ein Spielzeug.«

»Du hast eine gerechte Entscheidung getroffen«, sagte Ifness. »In diesem Land der Sklaverei war sein einziges Verbrechen der Übereifer.«

»Aber was nun?« wollte Karazan wissen. »Wir haben unsere Töchter nicht zurückbekommen. Dieser Mann muß den Wagen herabrufen, den wir erobern und bis zur Freilassung der Mädchen besetzen wollen!«

»Es ist niemand an Bord des Wagens, mit dem du verhandeln könntest«, sagte Hozman. Doch dann fügte er hinzu: »Du könntest aber im Wagen mit aufsteigen und deine Forderungen direkt stellen.«

Karazan stieß ein leises Grunzen aus und starrte finster in den purpurnen Abendhimmel empor, ein Riese in weißem Hemd und schwarzen Hosen. Auch Etzwane hob den Kopf und dachte an Rune, die sich zwischen kriechenden Asutra befand ...

Ifness wandte sich an Hozman: »Bist du je mit zu diesem Schiff aufgestiegen?«

»Nein«, sagte Hozman heftig. »Davor hatte ich große Angst. Zuweilen kam ein graues Zwergwesen mit seinem Mentor herab; dann habe ich stundenlang in der Nacht gewartet, während sich die beiden Mentoren anzischten. Dann wußte ich, daß das Schiff voll war und in nächster Zeit keine Sklaven benötigt wurden.«

»Wann ist das zum letztenmal der Fall gewesen?«

»Das ist jetzt einige Zeit her; ich weiß es nicht mehr genau. Ich bin wenig zum Nachdenken gekommen.«

Ifness überlegte. Karazan sagte: »Wir machen folgendes: Wir rufen den Wagen herab, steigen selbst ein, vernichten unsere Feinde und befreien unsere Leute. Wir brauchen nur bis zum Einbruch der Dunkelheit zu warten.«

»Diese Taktik liegt auf der Hand«, sagte Ifness. »Wenn sie Erfolg hat, mag sie uns wertvolle Vorteile bringen – nicht zuletzt das Schiff selbst. Aber es wirft auch Probleme auf. Vor allen Dingen das der Rückkehr. Es mag sein, daß du das Schiff in deine Gewalt bringst, aber was nützt das, wenn du zugleich dort oben gestrandet bist? Ein solches Unternehmen ist gefährlich. Ich bin dagegen.«

Karazan schnaubte verächtlich und suchte wieder den Himmel ab, als versuchte er einen gefahrlosen Weg zu diesem Depotschiff zu finden. Hozman, der eine Gelegenheit sah, sich unauffällig davonzumachen, setzte sich in Bewegung. Er ging um die Schänke herum zu seinem Pacer und stieß dort auf einen Blauwurm, der eben seine Satteltaschen durchsuchte. Hozman stieß einen unartikulierten Wutschrei aus und sprang dem Mann auf den breiten Rücken. Ein zweiter Blauwurm, der auf der anderen Seite des Pacers stand, schlug Hozman mit der Faust ins Gesicht; der Sklavenhändler taumelte gegen die Hauswand. Die Blauwurm setzten ihr Werk fort. Die Alula sahen ihnen angewidert zu, halb entschlossen, sich dazwischenzuwerfen, doch Karazan rief sie zurück. »Sollen sich die Schakale ruhig gegenseitig zerfleischen; das geht uns nichts an.«

»Ihr nennt uns Schakale?« fragte einer der Kash. »Das ist eine Beleidigung!«

»Nur für Wesen, die keine Schakale sind«, erwiderte Karazan trocken. »Ihr braucht also nicht beleidigt zu sein.«

Die Kash, die erheblich in der Minderzahl waren, wollten es im Grunde nicht auf einen Kampf ankommen lassen und wandten sich wieder den Satteltaschen zu. Karazan drehte ihnen den Rücken zu und drohte mit der Faust zum Himmel.

Unruhig sagte Etzwane zu Ifness: »Nehmen wir doch einmal an, wir erobern das Schiff wirklich. Könnten wir es nicht landen?«

»Ich könnte es wahrscheinlich nicht. Und ich habe auch keine Lust zu einem Versuch – das steht fest.«

Etzwane starrte Ifness feindselig an. »Aber wir müssen doch etwas tun! Dort oben hängen hundert, vielleicht zweihundert Menschen und warten darauf, daß die Asutra sie an einen unbekannten Ort bringen – und wir sind die einzigen, die ihnen helfen können.«

Ifness lachte. »Du scheinst meine Fähigkeiten zu überschätzen. Ich vermute, da sind einige verführerische Blicke nicht ohne Wirkung geblieben, und jetzt willst du eine mutige Tat vollbringen, wie groß die Schwierigkeiten auch sein mögen.«

Etzwane hielt die Worte zurück, die ihm im ersten Zorn über die Zunge wollten ... warum erwartete er plötzlich von Ifness eine altruistische Haltung? Vom Augenblick ihres ersten Zusammentreffens hatte sich Ifness beharrlich geweigert, etwas anderes als seine eigenen Sorgen gelten zu lassen. Er war schon immer der kühle Rechner gewesen, der nur auf seine Karriere bedacht war. Nicht zum erstenmal musterte Etzwane den anderen mit Verachtung und Mißtrauen. Ihre Beziehung, die niemals eng gewesen war, hatte eine neue Phase der Entfremdung erreicht. Doch er sagte ruhig: »Könntest du in Shillinks nicht Dasconetta Bescheid geben und für diese dringende Aufgabe ein Erdenschiff anfordern?«

»Ja«, sagte Ifness sarkastisch. »Und Dasconetta würde die Anordnung wahrscheinlich sogar weitergeben und damit einen Erfolg an seine Fahnen heften, der eigentlich mir zusteht.«

»Wie lange dauert es, bis ein solches Schiff in Shagfe ist?«

»Das kann ich nicht abschätzen.«

»Einen Tag? Drei Tage? Zwei Wochen? Einen Monat?«

»Es muß eine ganze Reihe von Faktoren berücksichtigt werden. Bei günstigen Verhältnissen könnte ein Schiff in zwei Wochen hier sein.«

Karazan, der von den Dingen, die hier besprochen wurden, nur die Zeitspanne begriff, rief: »Dann ist das Schiff vielleicht längst fort – mitsamt den Menschen, denen auf einer fernen Welt ein schreckliches Schicksal bevorsteht.«

»Eine tragische Situation«, räumte Ifness ein. »Aber ich kann keinen Ausweg aufzeigen.«

»Und wie wäre dieser Vorschlag?« fragte Etzwane. »Du reitest so schnell wie möglich nach Shillinks und verlangst dort die Hilfe Dasconettas. Ich rufe den Wagen herab und steige mit den Alula auf, um das Depotschiff zu erobern. Wenn möglich, kehren wir nach Durdane zurück, wenn nicht, erwarten wir deine Rückkehr.«

Ifness überlegte einen Augenblick lang, ehe er antwortete. »Dieser Plan hat eine verrückte Logik und wäre vielleicht sogar erfolgreich. Ich weiß eine Taktik, mit der sich Dasconettas Störfeuer aufdecken läßt, was einen meiner bisherigen Einwände aufhebt ... Es bleiben jedoch noch zahlreiche Ungewißheiten; wir haben es hier mit einer völlig unbekannten Situation zu tun.«

»Das verstehe ich schon«, sagte Etzwane ungeduldig. »Aber die Alula werden auf jeden Fall aufsteigen, und hier ...« – er klopfte sich auf die Tasche mit der Energiepistole – »... liegt ihre größte Erfolgschance. Da ich das weiß, wie könnte ich mich von der Aktion ausschließen?«

Ifness zuckte die Achseln. »Ich persönlich kann mir solche verrückten Gefühle nicht leisten; ich wäre schon lange tot. Aber wenn du ein fremdes Raumschiff auf Durdane landest oder es bis zu meiner Ankunft im Orbit festhältst, will ich deine altruistischen Motive und deinen Mut gern beklatschen. Ich betone jedoch, daß ich zwar deine Angelegenheiten im Auge behalten werde, aber für nichts garantieren kann – ich empfehle dir also, am Boden zu bleiben.«

Etzwane lachte bitter auf. »Ich begreife dich durchaus. Auf jeden Fall geht es um Menschenleben, ob wir nun aufsteigen oder nicht. Am besten machst du dich sofort auf den Weg nach Shillinsk. Es kommt auf jede Minute an.«

Ifness runzelte die Stirn. »Heute abend noch? Der Weg ist weit ... Nun ja, Babas Schänke bietet keine große Bequemlichkeit. Also gut, der Ka und ich, wir reiten mit Fabrache als Führer nach Shillinsk. Wir brechen sofort auf.«

7

Die Sonnen waren vor drei Stunden hinter den fernen Orgai-Bergen untergegangen, und der letzte purpurne Schimmer war am Himmel erloschen. Auf der Ebene warteten achtzehn Alulakrieger; bei ihnen waren Etzwane und Hozman.

»Hier ist die Stelle, an der ich immer gewartet habe«, sagte Hozman. »Und dies ist auch die übliche Zeit. Ich ging so vor: Ich drücke den Knopf. Nach zwanzig Minuten halte ich nach einem grünen Licht über mir Ausschau. Dann lasse ich den Knopf los, und der Wagen landet. Meine Sklaven stehen in ordentlicher Reihe neben mir. Sie sind von Drogen halb betäubt und gehorsam und spüren nichts – so als träumten sie. Die Tür geht auf, und ein hellblaues Licht strömt heraus. Ich trete vor und winke dabei den Sklaven zu. Wenn der Wagen einen Mentor enthält, erscheint er auf der Schwelle, und dann muß ich warten, während die Mentoren miteinander sprechen. Sobald die Sklaven im Wagen sind und das Gespräch zu Ende ist, schließe ich die Tür, und der Wagen steigt auf. Mehr ist nicht zu berichten.«

»Sehr gut. Drück auf den Knopf.«

Hozman gehorchte. »Wie oft ich das schon getan habe!« sagte er leise. »Und zuweilen habe ich mich gefragt, wohin sie wohl gebracht wurden und wie ihr weiteres Leben verlaufen ist. Und wenn der Wagen dann fort war, schaute ich in den Himmel und betrachtete die Sterne ... Aber das ist vorbei. Ich bringe eure Pacer nach Shagfe und verkaufe sie an Baba, und dann kehre ich in das Land zurück, in dem ich geboren wurde. Stellt euch dicht hintereinander auf. Ihr müßt benommen und kraftlos wirken.«

Die Männer bildeten eine Reihe und warteten. Es war eine ruhige Nacht. Fünf Meilen weiter nördlich lag Shagfe, doch die Feuerstellen und Öllampen waren nicht zu sehen. Langsam verstrichen die Minuten; noch nie war Etzwane eine Viertelstunde so lang vorgekommen. Jede Sekunde dehnte sich und wich widerstrebend in die Vergangenheit.

Hozman hob die Hand. »Das grüne Licht ... Jetzt kommt das Fahrzeug. Ich lasse den Knopf los. Haltet euch bereit, aber schlaff und reglos; bewegt euch nicht ...«

In der Luft ertönte ein leises Seufzen und Summen; ein dunkler Umriß bewegte sich vor den Sternen und landete fünfzig oder sechzig Meter entfernt. Langsam öffnete sich eine Luke, die Öffnung verbreitete einen hellblauen Schimmer. »Kommt«, murmelte Hozman. »Hintereinander, dicht zusammen ... Dort ist der Mentor. Ihr müßt fix sein – aber nicht hasten.«

Etzwane blieb am Eingang stehen. Das blaue Licht wies ihm im Innern den Weg. Auf einem Vorsprung neben einer Reihe farbiger Lichter ruhte ein Asutra. Einen Augenblick lang sahen sich Etzwane und der Asutra an, dann schien der Fremde die Gefahr zu spüren, zischte auf und hastete rückwärts auf einen kleinen Durchgang zu. Etzwane schwang seine Klinge und trennte den Unterleib des Insekts ab. Angewidert fegte er die zuckenden Teile auf den Boden, wo sie unter den Stiefeln der Alula zertrampelt wurden.

Hozman lachte schrill auf. »Ich bin noch nicht ganz frei vom Einfluß dieser Wesen; ich habe seine Gefühle gespürt. Es war sehr wütend.«

Karazan drängte sich herein, und das Schiff schien zu klein zu sein für seine riesige Gestalt. »Los, erledigen wir die Sache, solange wir noch in Fahrt sind! Gastel Etzwane. Kennst du dich mit diesen Zapfen und Pflöcken und blinkenden Geisterlampen aus?«

»Nein.«

»Dann komm – wir müssen tun, was wir tun müssen.«

Etzwane trat als letzter ein. Er zögerte, von dem Gefühl übermannt, daß sie voreilig handelten. »Aber nur so können wir Erfolg haben«, sagte er ohne Überzeugung. Er blickte in Hozmans Gesicht und bemerkte überrascht einen seltsam lebhaften und eifrigen Ausdruck, als könnte sich Hozman kaum davon zurückhalten, ein Freudengeheul anzustimmen.

Dies ist seine Rache, dachte Etzwane beklommen – an uns und zugleich an den Asutra. Er wird sich jetzt an ganz Durdane für das Entsetzen rächen, das ihn sein Leben lang beherrscht hat ... Ich sollte ihn wohl am besten gleich umbringen ... Etzwane blieb in der Tür stehen. Hozman wartete neben dem Fahrzeug, während im Schiffsinnern die Alula wegen der Enge langsam unruhig wurden. Einer plötzlichen Eingebung folgend, sprang Etzwane noch einmal ins Freie, und zerrte Hozmans Arm nach vorn, den dieser hinter den Rücken hielt. In der Hand hielt er ein weißes Stoffstück. Etzwane hob langsam den Blick und sah Hozman ins Gesicht. Der andere fuhr sich nervös mit der Zunge über die Lippen.

»So also wolltest du das Zeichen für unseren Untergang geben«, sagte Etzwane.

»Nein, nein«, stammelte Hozman. »Dies ist mein Taschentuch. Eine Angewohnheit, mehr nicht. Ich wische mir die schwitzenden Handflächen.«

»Ich verstehe durchaus, warum sie schwitzen«, nickte Etzwane.

Karazan eilte herbei. Er erfaßte die Situation mit einem Blick und starrte Hozman wütend an. »Für diese Tat kannst du keinen Mentor verantwortlich machen, keine böse Macht, die dich dazu gezwungen hat.« Er zog sein mächtiges Krummschwert. »Hozman, knie nieder und neige den Kopf – dein Leben ist verwirkt.«

»Einen Augenblick«, schaltete sich Etzwane ein. »Wie schließt man die Tür?«

»Das mußt du schon selbst ergründen«, sagte Hozman. Er versuchte zu fliehen, doch Karazan sprang vor und packte ihn am Kragen seines Umhangs.

Hozman begann mit hysterischer, tränenerstickter Stimme um Gnade zu winseln. »Viel haben wir nicht besprochen! Ich kann euch sagen, wie ihr am Leben bleibt – aber wenn ihr mir nicht die Freiheit garantiert, sage ich nichts; ihr könnt mich ruhig umbringen, aber ihr werdet euch noch oft an mein Lachen erinnern, während ihr auf einer fernen Welt als Sklaven schuftet.« Er warf den Kopf zurück und stieß ein schrilles Hohngelächter aus. »Und ihr werdet wissen, daß ich glücklich gestorben bin, denn ich habe meine Feinde vernichtet.«

Etzwane sagte: »Wir wollen dein elendes Leben nicht. Wir hoffen vielmehr unser Leben zu retten – und dein Verrat ist die schlimmste Gefahr für uns.«

»Ich will auch jetzt ganz ehrlich sein: Ich tausche mein Leben gegen das eure!«

»Nehmt ihn ins Schiff!« sagte Etzwane. »Wenn wir überleben, überlebt er auch, und wenn wir zurückkommen, prügeln wir ihn durch.«

»Nein, nein, nein!« kreischte Hozman. Karazan brachte ihn mit einigen Faustschlägen zum Schweigen.

»Ich würde dieses Ungeziefer lieber töten«, sagte Karazan. »Hinein mit dir!« Er warf Hozman in den Flugwagen. Etzwane betrachtete die Tür und studierte ihren Mechanismus. Er fragte Hozman: »Was jetzt? Mache ich die Tür zu und ziehe diesen Hebel herab?«

»Ja«, sagte Hozman niedergeschlagen. »Der Wagen wird Durdane dann aus eigenem Antrieb verlassen.«

»Dann macht euch fertig; wir starten.«

Etzwane schloß die Tür. Sofort begann der Boden gegen die Füße der Männer zu drücken. Die Alula hielten entsetzt den Atem an, und Hozman wimmerte. Nach einiger Zeit der Beschleunigung ließ der Druck nach. Im blauen Licht verschwammen die Gesichter und schienen eine neue Dimension zu gewinnen. Etzwane musterte die Alula und fühlte sich beschämt angesichts des Muts und der Entschlossenheit dieser Männer; im Gegensatz zu ihm hatten sie keine Ahnung von Ifness' Fähigkeiten. Dann wandte sich Etzwane wieder an Hozman: »Weißt du, was unsere Chancen vergrößern könnte?«

»Nichts Bestimmtes«, sagte Hozman. »Es geht um euer allgemeines Verhalten, wie ihr euch benehmen müßt, um nicht sofort entdeckt zu werden.«

»Also, wie müssen wir uns verhalten?«

»Ihr müßt so gehen – mit schlaffen Armen, leerem Blick und eingeknickten Beinen, so als könnten sie kaum eure Körper tragen.« Er machte es ihnen vor.

Eine Viertelstunde lang hielt die Beschleunigung an, dann ließ sie nach. Hozman sagte nervös: »Ich weiß nichts über die Zustände an Bord – aber ihr müßt schnell und entschlossen vorgehen und aus der Überraschung das Beste machen.«

»Die Asutra befinden sich bei ihren Wirten?«

»Ich nehme es jedenfalls an.«

»Zu deinem eigenen Besten rate ich dir, gut zu kämpfen«, sagte Etzwane.

Hozman schwieg. Ein Augenblick verging. Der Wagen berührte einen festen Gegenstand und glitt mit einer abrupten Bewegung in eine Halterung. Die Männer spannten die Muskeln an. Die Tür ging auf. Sie blickten in einen leeren Korridor. Von einer Kontrolltafel ertönte eine Stimme: »Tretet hintereinander heraus und entkleidet euch völlig; ihr werdet mit einer erfrischenden Dusche gereinigt.«

»Tut, als wärt ihr zu betäubt, um den Befehl zu begreifen«, zischte Hozman.

Etzwane trat in den Korridor und ging ihn mit gemessenen Schritten entlang bis zum Ende, wo ihm eine Tür den Weg versperrte. Die Alula folgten ihm und führten Hozman in ihrer Mitte. Wieder sagte die Stimme: »Zieht euch aus, ihr müßt euch völlig ausziehen!«

Etzwane tat, als wollte er gehorchen, dann ließ er wie erschöpft die Arme herabfallen und sank gegen die Wand. Aus dem Lautsprecher tönte ein leises Zischen und ein unwilliges Murmeln. Aus Öffnungen in der Decke sprühte eine ätzende Flüssigkeit herab, die die Männer bis auf die Haut durchnäßte ... Die Duschen wurden abgestellt; die Tür am Gangende öffnete sich. Etzwane taumelte in eine große runde Kammer. Hier wartete ein halbes Dutzend zweibeiniger Wesen, die eine schuppenartige graue Haut, eine gedrungene Gestalt und ein amphibienhaftes Aussehen hatten. Fünf Augen ragten wie kleine Milchglaskuppeln aus den eckigen Köpfen; die Füße waren graugrüne muskulöse Flossen. Jedes der Wesen trug einen Asutra im Nacken. Etzwane brauchte gar kein Signal zu geben. Die in den Alula aufgestaute Energie brach sich Bahn; sie stürmten los, und nach knapp fünf Sekunden lagen die grauen Wirtwesen in graugrünen Blutlachen am Boden, und die Asutra waren zertreten und zerhackt. Etzwane sah sich vorsichtig im Raum um, die Energiewaffe schußbereit erhoben. Doch keine weiteren grauen Wesen erschienen. Er lief mit leisen Schritten zum Ende der Kammer, wo schmale Korridore in zwei Richtungen führten. Er lauschte, doch außer einem leisen, pulsierenden Summen war nichts zu hören. Die Hälfte der Alula folgte Karazan nach links; Etzwane führte die übrigen nach rechts. Die schmalen, niedrigen Korridore waren auf die Größenverhältnisse der Asutra abgestimmt; Etzwane fragte sich, wie es Karazan ergehen mochte. Er erreichte eine schmale Rampe, an deren oberem Ende die Sterne schimmerten. Er kletterte so schnell er konnte hinauf und stürmte in eine Kontrollkuppel. Eine niedrige Bank zog sich um den Raum; auf der einen Seite befand sich ein Dutzend kleiner Tanks mit verschiedenfarbigen Flüssigkeiten. Die andere Seite wurde von einer niedrigen Konsole eingenommen, die offenbar Kontrollen enthielt. Auf der gepolsterten Bank neben den Instrumenten lagen drei Asutra. Bei Etzwanes Eindringen drückten sie sich erschrokken zischend gegen die durchsichtige Kuppel. Ein Wesen brachte einen kleinen schwarzen Mechanismus zum Vorschein, der lavendelfarbenes Feuer in Etzwanes Richtung spuckte. Doch dieser hatte sich schon zur Seite geworfen, und das Feuer traf den Alula hinter ihm. Etzwane wollte seine Energiepistole nicht einsetzen; er durfte die Kuppel nicht beschädigen. So sprang er vor und eilte geduckt und im Zickzack durch den Kontrollraum. Einer der Asutra huschte in einen kleinen Durchgang, der kaum dreißig Zentimeter Durchmesser hatte. Etzwane zerschmetterte das zweite Wesen mit der flachen Klinge. Das dritte drückte sich zischend und pfeifend um die Kontrollen herum. Etzwane packte es und warf es in die Mitte des runden Raums, wo die Alula es zertrampelten. Der Mann, der von dem Energiestrahl getroffen worden war, lag am Boden und starrte keuchend durch die flache Kuppel auf die Sterne. Er starb, und niemand konnte ihm helfen. Etzwane ließ zwei Männer als Wächter zurück; sie starrten ihn mürrisch an und protestierten, weil er es wagte, ihnen Befehle zu geben, Etzwane überging ihre Einwände. »Paßt gut auf; stellt euch nicht so hin, daß ein Asutra aus diesem Schacht auf euch schießen kann. Verstopft die Öffnung. Seht euch vor!« Er verließ den Raum und machte sich auf die Suche nach Karazan.

Eine Rampe führte in einen zentralen Laderaum; hier lagen die betäubten Gefangenen aus Caraz auf Regalen, die wie die Speichen eines Rads angeordnet waren. Karazan hatte einen der amphibienhaften Wärter getötet; zwei weitere standen ergeben vor ihm. Keiner der drei trug Asutra. Alles in allem waren hier zweihundert Männer, Frauen und Kinder wie Holzscheite aufgestapelt, und Karazan hatte sich in der Mitte aufgestellt und starrte stirnrunzelnd von den grauen Wirtwesen zu den Gefangenen und zurück – und vielleicht zum erstenmal in seinem Leben wußte er nicht, was er tun sollte.

»Den Leuten geht es so ganz gut«, sagte Etzwane. »Lassen wir sie schlafen. Etwas anderes ist viel wichtiger. Die Asutra haben hier kleine Gänge, in denen sich zumindest einer verkrochen hat. Wir müssen das Schiff durchsuchen und uns dabei sehr vorsehen, denn sie haben Energiewaffen; sie haben schon einen von ihren Männern getötet. Unsere beste Chance liegt darin, die Durchgänge zu verstopfen, wo immer wir sie finden, bis wir uns im Schiff genau auskennen.«

Karazan sagte unbehaglich: »Es ist kleiner, als ich erwartet habe; kein angenehmer Ort.«

»Die Asutra haben das Schiff nach ihren Maßstäben konstruiert. Wenn wir Glück haben, sind wir bald wieder heil unten. Doch zunächst können wir nur abwarten und hoffen, daß die Asutra keine Hilfe herbeirufen können.«

Karazan blinzelte nervös. »Wie wäre das möglich?«

»Die fortgeschrittenen Rassen unterhalten sich durch den leeren Raum, wobei sie die Energie von Blitzen verwenden.«

»Ungeheuerlich«, murmelte Karazan kopfschüttelnd und sah sich mißtrauisch in dem Laderaum um. »Warum geben sie sich aber solche Mühe, Sklaven zu bekommen? Sie haben doch die Krötenwesen, die schwarzen Ungeheuer, die wie dein Gefangener aussehen, die Roten Teufel – und womöglich noch viele andere Helfer!«

»Bei den Asutra ist nichts gewiß«, sagte Etzwane. »Man kann nur Vermutungen anstellen. Vielleicht hat jeder ihrer Wirte eine besondere Funktion. Vielleicht brauchen sie eine Vielzahl verschiedener Wirte für verschiedene Zwecke.«

»Wie dem auch sei«, knurrte Karazan. »Wir müssen sie aus ihren Verstecken locken.« Er gab seinen Männern Befehle und schickte sie jeweils zu zweit los. Er bezeichnete sich selbst als zu groß für die Suche. Er führte statt dessen die grauhäutigen Wesen in die Beobachtungskuppel und versuchte sie dazu zu bringen, das Schiff nach Durdane zu steuern – doch erfolglos. Etzwane machte sich an die Untersuchung des Zubringerwagens, der noch in seiner Halterung ruhte, entdeckte aber kein Gerät, mit dem er hätte gesteuert werden können. Dann suchte er nach Nahrung und Wasser, die er in Bottichen und Tanks unter dem Sklavenraum fand. Die Luft im Schiff schien frisch zu sein; irgendwo an Bord arbeitete eine automatische Lufterneuerungsanlage, und Etzwane hoffte, daß die Asutra, wenn sich überhaupt noch überlebende Exemplare an Bord befanden, nicht auf den Gedanken kamen, die Eindringlinge ersticken zu lassen. Was würde er an ihrer Stelle tun? Wenn ein Ablösungsschiff von der Heimatwelt fällig wäre, würde er nichts unternehmen und das Problem von außen lösen lassen ... Paarweise kamen die Alulkrieger zurück und erstatteten Bericht. Sie hatten das Antriebssystem, die Energiegeneratoren und das Lufteinigungssystem gefunden. Sie hatten einen Asutra überrascht und getötet, der im Nacken seines Wirtes ritt, doch das war die einzige Begegnung; an einem Dutzend Stellen hatten sie Asutrapassagen verstopft. Etzwane, der nun nichts Besseres zu tun hatte, begann eine vorsichtige Erkundung des Schiffs und versuchte die Position des Asutraverstecks auszumachen.

Stundenlang durchstöberte er das Schiff, schätzte Entfernungen und Rauminhalte ab und kam schließlich zu dem Schluß, daß das Versteck der Asutra unmittelbar unter der Kontrollkuppel liegen mußte – etwa drei Meter durchmessend und anderthalb Meter hoch. Etzwane und Karazan untersuchten das Äußere dieses Gemachs und überlegten, wie sie dort hineingelangen konnten. Die Wände wiesen keine Ritzen auf und bestanden aus einem Material, das Etzwane nicht bekannt war – es handelte sich weder um Glas noch um Metall. Etzwane kam zu dem Schluß, daß der gesuchte Raum die Privatunterkunft der Asutra sein mußte, und fragte sich, wie lange diese Wesen wohl ohne Nahrung auskommen mochten – wenn sie nicht vorsichtshalber Nahrungsmittel im Versteck deponiert hatten.

Licht drang durch die Luken des Schiffs. Durdane war eine große schwarzpurpurne Scheibe, von Sternen umgeben, mit einem pulsierenden magentaroten Lichtschein im Osten. Die blaue Etta schwang sich über den Rand, dann kam die rosa Sasetta und schließlich der weiße Schimmer Zaels – und die dunstige Oberfläche Durdanes wurde von Licht übergossen.

Das Schiff schwebte über Caraz – in einer Entfernung, die Etzwane auf etwa zweihundert Meilen schätzte. Direkt unter ihnen lag sicher Shagfe, das zu klein war, um von hier aus erkennbar zu sein. Von Süden nach Norden erstreckten sich die Flüsse von Caraz – gewaltige silberpurpurne Schlangen, die auf zerknittertem Samt zu liegen schienen. Im fernen Südwesten waren der Nior-See und eine Kette kleinerer Seen auszumachen. Etzwane stellte Vermutungen über die Kraft an, die das Depotschiff an Ort und Stelle hielt, und wie lange es dauern mochte, zur Oberfläche hinabzustürzen, falls die Asutra die Energie abschalteten. Etzwane kniff die Augen zusammen, als er sich die letzten Sekunden des Sturzes ausmalte ... Doch die Asutra hatten nichts zu gewinnen, wenn sie ihr Schiff vernichteten. Etzwane dachte über die seltsamen Übereinstimmungen zwischen Menschen, Asutra, Rogushkoi und Ka nach. Alle brauchten Nahrung und Schutz, alle benutzten das Licht, um sich in räumlichen Dimensionen zurechtzufinden ... Bei allen diente zur Verständigung nicht das Licht oder der Tastsinn oder die Nase, sondern der Schall – aus einfachen und universalen Gründen. Schall füllte und durchdrang den Raum; Schall ließ sich mit minimaler Energie erzeugen, Schall war unendlich flexibel. Das Studium und der Vergleich intelligenter Lebensformen mußte eine faszinierende Arbeit sein, überlegte Etzwane ... Er suchte den Himmel in allen Richtungen ab, doch er sah nur tiefschwarze Leere und glitzernde Sterne. Es war noch viel zu früh, nach Ifness und seinem Erdenschiff Ausschau zu halten. Doch nicht zu früh, die Annäherung eines Asutra-Schiffes zu fürchten. Das Depotschiff selbst war ein gedrungener Zylinder, alle sechs Meter mit breiten Kegeln besetzt. Die Außenhaut, stellte Etzwane fest, bestand nicht aus dem Kupfer jener Schiffe, die er bisher gesehen hatte, sondern war ein mattes Grauschwarz, auf dem rote, dunkelblaue und grüne Flecke ölig schimmerten. Noch einmal musterte Etzwane die Kontrollen. Kein Zweifel, daß sie im Prinzip den Kontrollen eines Erdenschiffs ähnelten, und er vermutete, daß Ifness, wäre ihm die Gelegenheit geboten worden, die Funktionen der seltsamen kleinen Hebel, Knöpfe und Tanks voll von grauem Gelee ergründet hätte. Von unten stieg Karazan herauf. Die Klaustrophobie hatte ihn unruhig und reizbar gemacht; nur in der Beobachtungskuppel, die den Blick freigab auf die Sterne, konnte er sich entspannen.

»Ich komme nicht durch die Wand. Unsere Messer und Knüppel helfen uns nicht weiter, und die Werkzeuge der Asutra begreife ich nicht.«

»Ich wüßte nicht, wie sie uns gefährlich werden sollten«, sagte Etzwane nachdenklich, »vorausgesetzt, daß wir wirklich alle Durchgänge versperrt haben.«

»Ich stimme dir voll und ganz zu«, sagte Karazan. »Es gefällt mir nur nicht, hier mitten in der Luft zu hängen wie ein Vogel in einem Käfig. Wenn wir uns den Wesen verständlich machen könnten, ließe sich bestimmt etwas arrangieren. Warum versuchst du es nicht noch einmal mit diesen Krötenwesen? Wir haben ja nichts Besseres zu tun.«

Sie gingen in den Sklavenraum hinunter, wo apathisch die Krötenwesen hockten. Etzwane führte eins der Wesen in die Beobachtungskuppel, zeigte auf die Kontrollen und auf die Planetenoberfläche und wollte damit anregen, daß man doch das Schiff hinabsteuern könnte – aber es war sinnlos; das grauhäutige Wesen starrte nur hierhin und dorthin, und die Klappen an seinen Atemöffnungen hoben und senkten sich im Rhythmus unergründlicher Emotionen.

Etzwane ging so weit, das Wesen auf die Kontrollen zuzuschieben; doch es erstarrte und sonderte aus Drüsen an seiner Rückgraterhebung einen übelriechenden Schleim ab. Etzwane gab seine Bemühungen auf.

Etzwane starrte auf Durdane hinab, das nun in voller Pracht unter ihm lag. Der Nior-See hatte sich unter einem Wirbel von Zirruswolken versteckt; die Oberfläche unmittelbar unter dem Schiff war ebenfalls verdeckt.

Etzwane dachte an die Rogushkoi und die Greuel, die diese Ungeheuer in Shant angerichtet hatten. Wie er bisher wahrscheinlich zu Recht vermutet hatte, waren die Rogushkoi eine Versuchswaffe, die für den Gebrauch gegen die Erdenwelten bestimmt gewesen war. Inzwischen schien es wahrscheinlicher, daß die Asutra die Wesen aus den schwarzen Kugelschiffen im Sinn hatten ... Stirnrunzelnd blickte Etzwane auf Durdane hinab. Er stellte sich im Geist all die Fragen, die ihn früher schon einmal verwirrt hatten. Warum gaben sich die Asutra mit menschlichen Sklaven ab, wenn die Ka ebenso kräftig und beweglich waren? Warum hatte der Ka Hozmans Asutra mit solcher Heftigkeit getötet? Wie konnten die Asutra hoffen, die Rogushkoi gegen eine technisch so fortgeschrittene Rasse wie die Menschen zu führen? Und noch etwas: Als der Ka im Raumschiffwrack gefangen gewesen war – warum war der Asutra da nicht geflohen, was ihm keine Mühe bereitet hätte? Seltsam! Vielleicht fand er später einige Antworten auf diese Fragen.

Der Tag verging. Die Männer aßen die Trockenfleischrationen, die sie mitgebracht hatten, und probierten vorsichtig den Haferkuchen der Asutra, der geschmacklos, aber nicht übel war. Je eher Ifness mit einem Rettungsschiff kam, desto besser. Und er würde kommen, dessen war sich Etzwane sicher. Noch bei keinem Unternehmen hatte Ifness versagt; er war ein zu berechnender Mensch, um einen Fehlschlag zu riskieren ...

Etzwane ging zu den Sklaven hinab und musterte die bleichen, reglosen Gesichter. Er fand Rune und blieb mehrere Minuten lang vor ihr stehen und betrachtete das glatte schöne Gesicht. Er berührte ihren Hals und tastete nach dem Puls, wurde jedoch durch das heftige Pochen seines eigenen Herzens abgelenkt. Es wäre wirklich schön gewesen, mit Rune allein über die Ebenen von Caraz zu streifen. Widerstrebend wandte er sich ab. Er wanderte im Schiff herum und bestaunte die präzise Verarbeitung und das technische Wissen, das in dieses Fahrzeug geflossen war. Was für ein Wunder ein Raumschiff war – es konnte denkende Wesen mühelos über unglaubliche Entfernungen transportieren!

Etzwane kehrte schließlich in die Kuppel zurück und starrte in hilfloser Faszination auf die Kontrollen ... Die Sonnen gingen unter; die Nacht verhüllte die Welt unter ihnen.

Die Dunkelheit verging; der Tag kehrte zurück und warf sein Licht auf Hozman Rauhkehle, der mit dem Gesicht nach unten hinter den Sklavenregalen lag; eine Schnur zog sich eng um seinen Hals, und die Zunge hing ihm aus dem Mund. Karazan knurrte zwar mißbilligend, machte jedoch keinen Versuch, die Mörder ausfindig zu machen.

Der Tag nahm seinen Fortgang. Zweifel und Unsicherheit hielten im Schiff Einzug. Der Schwung der Eroberung war vorbei; die Alula waren entmutigt. Etzwane pfiff in den engen Gang, um mit den Asutra zu verhandeln, doch diese rührten sich nicht. Er fragte sich, ob die Asutra etwa doch alle tot wären. Er hatte einen im Gang verschwinden sehen; doch danach war ein Asutra, im Nacken eines Krötenwesens sitzend, getötet worden; es hätte derselbe sein können.

Tag um Tag verging. Durdane zeigte täglich ein anderes Wolkenmuster; ansonsten blieb die Szene unverändert. Etzwane versicherte den Alula, das Ausbleiben von Zwischenfällen sei ein gutes Omen, doch Karazan gab zurück: »Ich verstehe dich nicht. Wenn nun Ifness auf dem Weg nach Shillinsk umgekommen ist? Oder wenn er sich vielleicht mit seinen Kollegen nicht hat in Verbindung setzen können? Oder nehmen wir einmal an, sie haben sich geweigert, auf ihn zu hören? Was dann?«

Etzwane versuchte Ifness' seltsame Persönlichkeit zu erklären, doch Karazan unterbrach ihn mit ungeduldiger Handbewegung. »Er ist ein Mensch, und nichts ist gewiß!«

In diesem Augenblick stieß einer der Wächter, die Tag und Nacht in der Beobachtungskuppel Ausschau hielten, einen Schrei aus. »Etwas bewegt sich am Himmel!«

Mit klopfendem Herzen sprang Etzwane auf. Es war zu früh, viel zu früh, als daß Ifness schon hier sein konnte. Er starrte durch die Kuppel auf die Stelle, die ihm der Ausguck bezeichnete. Hoch über ihm bewegte sich ein bronzenes Scheibenschiff gemächlich über den Himmel, und das Sonnenlicht spiegelte sich auf seiner Außenhülle.

»Ein Schiff der Asutra«, flüsterte Etzwane.

Karazan sagte stockend: »Wir haben nur eine Möglichkeit – den Kampf. Noch ist die Überraschung unser Verbündeter, denn sie erwarten sicher nicht, daß das Schiff in Feindeshand ist.«

Etzwane blickte auf die Konsole. Lichter blitzten und flakkerten – er wußte nicht, welche Zeichen sie gaben. Wenn das Scheibenschiff Kontakt aufzunehmen versuchte und keine

Antwort erhielt, würde es sich vorsichtig nähern. So günstig war es um die Überraschung nicht bestellt, wie Karazan annahm.

Die Scheibe kurvte nach Norden, legte sich schräg und stoppte eine Meile entfernt. Dann leuchtete sie plötzlich grün auf und verschwand. Der Himmel war leer.

»Was soll denn das?« murmelte Karazan. »Das ist Zauberei!«

Etzwane schüttelte den Kopf. »Ich kann nur sagen, daß mir das Verschwinden des Schiffs lieber ist als sein Hierbleiben.«

»Es hat unsere Gegenwart erkannt und will uns nun überraschen«, knurrte Karazan. »Aber wir werden aufpassen!«

Den Rest des Tages verbrachten die Männer dicht gedrängt in der Beobachtungskuppel; nur die Patrouillen, die durch das Schiff streiften, mußten ihren Dienst versehen. Das Bronzeschiff tauchte aber nicht wieder auf, und mit der Zeit ließ die Spannung etwas nach.

Langsam vergingen vier Tage. Die Alula wurden schweigsam, und die Patrouillengänger verloren ihren Schwung. Etzwane beklagte sich darüber bei Karazan, der ihm mit einem unverständlichen Murmeln antwortete.

»Wenn die Disziplin nachläßt, bekommen wir Ärger«, bemerkte Etzwane. »Wir müssen die Moral der Truppe stärken. Schließlich hat jeder Bescheid gewußt, ehe er Durdane verließ.«

Karazan antwortete nicht, doch kurze Zeit später rief er seine Männer zusammen und gab neue Befehle aus. »Wir sind Alula«, sagte er. »Wir sind für unseren Mut berühmt. Und diese Eigenschaft müssen wir nun beweisen. Schließlich haben wir im Grunde nur gegen die Langeweile und die Enge zu kämpfen. Die Lage könnte schlimmer sein.«

Die Alula hörten in verdrossenem Schweigen zu und versahen anschließend ihre Pflichten wieder etwas eifriger.

Am späten Nachmittag trat ein Ereignis ein, das die Lage grundlegend änderte. Etzwane, der nach Osten über die graue blaue Weite starrte, bemerkte eine schwarze Kugel, die reglos in einer schwer abzuschätzenden Entfernung am Himmel stand. Etzwane starrte zehn Minuten lang hinüber, während die schwarze Kugel reglos verhielt. Einer Eingebung folgend, ging er hinüber zur Kontrollanlage und betrachtete die blitzenden Lampen, die zum Teil die Farbe gewechselt hatten. Karazan betrat die Kuppel, und Etzwane deutete auf die schwarze Kugel. Karazan fragte wehmütig: »Könnte das das Erdenschiff sein?«

»Noch nicht. Ifness hat gesagt, es dauert mindestens zwei Wochen; soviel Zeit ist noch nicht vergangen.«

»Was für ein Schiff ist es dann? Noch ein Asutraschiff?«

»Ich habe dir doch von der Schlacht am Thrie-Orgai erzählt«, erwiderte Etzwane. »Ich halte es für ein Schiff der Asutra-Gegner, für ein Schiff jenes rätselhaften anderen Volks.«

»Da sich die Kugel nähert«, bemerkte Karazan, »wird das Rätsel wohl bald gelöst sein.«

Das schwarze Schiff kurvte elegant heran, passierte das Depotschiff in einer Meile Entfernung, verlangsamte die Fahrt und stoppte. Genau an der Stelle, an der sie verschwunden war, tauchte plötzlich die Bronzescheibe wieder auf. Einen Augenblick lang hing sie reglos da, dann feuerte sie zwei Projektile ab. Die schwarze Kugel reagierte augenblicklich und antwortete mit anderen Geschossen; auf halbem Wege zwischen den Schiffen brach eine lautlose Lichthölle los, die den Himmel zu verschlingen schien. Hätte das Material der Beobachtungskuppel nicht den Ansturm des Lichtes verschluckt, wären Etzwane und Karazan geblendet worden.

Die Bronzescheibe hatte nur vier Energiestrahlen auf die schwarze Kugel gerichtet, die rot zu glühen begann und dann brannte; offenbar hatte ihr Schutzsystem versagt. Als Gegenschlag schickte sie einen purpurnen Flammenstrahl aus, der das Scheibenschiff wie eine Fackel einhüllte und dann erstarb. Die schwarze Kugel rollte wie ein toter Fisch herum. Die Scheibe feuerte ein weiteres Geschoß ab, das in der klaffenden Außenhülle des Kugelschiffs verschwand. Das schwarze Raumschiff explodierte, und Etzwane glaubte schwarze Bruchstücke von einem Kern aus dem glühenden Material fortfliegen zu sehen, dazwischen wirbelnde Körper. Wrackteile prallten dröhnend gegen das Depotschiff.

Dann schimmerte der Himmel wieder klar und leer. Von

der schwarzen Kugel war nichts übriggeblieben; die Bronzescheibe war wieder verschwunden.

Etzwane sagte mit gepreßter Stimme: »Das Scheibenschiff liegt auf der Lauer! Das Depot ist ein Köder. Die Asutra wissen, daß wir hier sind und warten darauf, daß unsere Schiffe eintreffen!«

Etzwane und Karazan suchten den Himmel ab. Die Rettung von vier Mädchen aus Hozman Rauhkehles Klauen hatte zu einer Situation geführt, die das Vorstellungsvermögen aller Beteiligten überstieg. Etzwane hatte wirklich nicht vorgehabt, an einem Raumkrieg teilzunehmen, und Karazan und die Alula hatten keine Vorstellung von dem psychologischen Druck gehabt, dem sie ausgesetzt sein würden.

Nichts rührte sich am Himmel; die Sonnen gingen hinter Millionen von magentafarbenen Wolkenfedern unter. Rasch brach die Nacht herein; die Dämmerung huschte wie ein trauriger schwacher Schimmer über die Oberfläche Durdanes.

In der Nacht wurden die Patrouillen zu Etzwanes Ärger weniger streng gehandhabt. Er wurde bei Karazan vorstellig und wies ihn darauf hin, daß die Lage unverändert ernst sei, doch Karazan reagierte mit einer ärgerlichen Handbewegung und schob Etzwane und seine kleinlichen Ängste beiseite. Karazan und die Alula waren völlig demoralisiert, redete sich Etzwane ärgerlich ein – sie hätten nun wohl einen Angriff und sogar Gefangenschaft und Sklaverei willkommen geheißen – weil ihnen das einen greifbaren Gegner beschert hätte. Es war sinnlos, sie zu drängen; sie hörten nicht mehr auf ihn.

Die Nacht verging, gefolgt von weiteren Tagen und Nächten. Die Alula hockten in der Beobachtungskuppel beieinander und starrten ins Leere hinaus. Die Zeit rückte heran, da man mit Ifness' Ankunft rechnen konnte; doch es glaubte niemand mehr an Ifness oder das Erdenschiff; die einzige Wirklichkeit war dieser Himmelskäfig und das leere Panorama der Unendlichkeit.

Etzwane hatte ein Dutzend Pläne geschmiedet, wie er Ifness vor dem lauernden Schiff warnen wollte, wenn er eintraf, hatte sie jedoch alle verworfen, weil keiner realisierbar war. Schließlich verlor auch Etzwane das Zeitgefühl. Die

Alula fielen ihm längst auf die Nerven, doch Apathie war stärker als Feindseligkeit, und die Männer erduldeten einander in stummer gegenseitiger Verachtung.

Doch plötzlich veränderte sich die Atmosphäre des Wartens, eine Vorahnung drohender Gefahr überfiel sie. Die Männer murmelten unruhig und hielten von der Beobachtungskuppel Ausschau. Jeder wußte, daß etwas bevorstand, etwas, das bald eintreten würde – und so geschah es auch. Das bronzene Scheibenschiff tauchte wieder auf.

Die Männer an Bord des Depots stießen Flüche aus oder stöhnten auf vor Verzweiflung. Etzwane suchte ein letztesmal fieberhaft den Himmel ab und flehte die Erdenschiffe herbei. Wo blieb Ifness?

Doch bis auf das bronzene Scheibenschiff war der Himmel leer. Es manövrierte in einer Kreisbahn rund um das Depotschiff, hielt schließlich inne und kam langsam näher. Es wuchs zu enormer Größe heran und verdeckte bald den ganzen Himmel. Die Schiffshüllen berührten sich; das Depotschiff ruckte und erbebte. Aus der Gegend der Eintrittsschleuse erklang ein dumpfes Pulsieren. Karazan wandte sich an Etzwane: »Sie kommen an Bord. Du hast deine Energiewaffe; wirst du kämpfen?«

Etzwane schüttelte mutlos den Kopf. »Wenn wir tot sind, nützen wir niemandem mehr, am wenigsten uns selbst.«

Karazan schnaubte verächtlich durch die Nase. »Also sollen wir uns ergeben? Man wird uns entführen und zu Sklaven machen.«

»Damit müssen wir rechnen«, erwiderte Etzwane. »Es ist mir auf jeden Fall lieber als der Tod. Wir können nur hoffen, daß die Erdenwelten die Lage richtig einschätzen und zu unseren Gunsten einschreiten.«

Karazan lachte spöttisch und ballte die mächtigen Fäuste; doch noch immer war er unentschlossen. Die Geräusche von unten zeigten an, daß Wesen das Schiff betraten. Karazan sagte zu seinen Kriegern: »Wehrt euch nicht. Wir sind nicht stark genug. Wir müssen die Scham erdulden.«

Zwei schwarze Ka eilten in die Kuppel; jeder trug einen Asutra im Nacken. Sie ignorierten die Männer, schoben sie nur zur Seite und hasteten zu den Kontrollen. Ein Wesen bewegte mit sicherer Hand die seltsamen kleinen Hebel. Tief im Innern des Schiffs heulte plötzlich eine Maschine auf. Das Bild außerhalb der Kuppel wurde undeutlich, verdunkelte sich dann; bald war nichts mehr zu sehen. Ein dritter Ka erschien am Eingang des Kuppelraums. Er deutete mit Gesten an, daß die Alula und Etzwane den Kontrollraum verlassen wollten. Mit finsterer Miene und gesenktem Kopf ging Karazan durch den Eingang über die Rampe in den Sklavenraum. Etzwane und die anderen folgten ihm.

8

Die Alula hockten in den Gängen zwischen den Sklavenregalen. Sie wurden von den Ka ignoriert, die, einen Asutra im Nacken, ihren Pflichten nachgingen.

Das Depotschiff war in Bewegung. Die Männer spürten keine Vibration und auch kein Schwanken – doch sie wußten trotzdem Bescheid, so als wirke die Veränderung winziger Masseteilchen auf einen empfindlichen Teil ihres Gehirns ein.

Die Zeit verstrich unendlich langsam. Waren die Stunden zuvor durch Unsicherheit und Nervosität gedehnt worden, hatte nun eine schreckliche Melancholie dieselbe Wirkung.

Etzwane klammerte sich an die Hoffnung, daß Ifness auf der Ebene der Blauen Blumen nicht getötet worden war und daß seine Eitelkeit ihn zwingen würde, den Entführten zu helfen. Die Alula hatten jede Hoffnung aufgegeben und versanken in Apathie. Etzwane blickte quer durch die Kammer zu der Nische hinüber, in der Rune lag. Er sah den Umriß ihrer Schläfe und ihres Wangenknochens und empfand plötzlich tiefe Zuneigung für das Mädchen. Er hatte in ihren Augen tapfer erscheinen wollen – und hatte deswegen seine Freiheit riskiert und verloren. Jedenfalls dachte Ifness so. War diese Annahme berechtigt? Etzwane seufzte resigniert. Seine Motive waren kompliziert; er selbst vermochte sie nicht völlig zu ergründen.

Karazan richtete sich auf. Zehn Sekunden lang blieb er reglos stehen, dann reckte er die mächtigen Arme und ließ die

Muskeln spielen. Etzwane wurde nervös; Karazans Gesicht war seltsam starr. Die Alula verfolgten die Szene interessiert, doch ohne etwas zu unternehmen. Etzwane sprang auf und stieß einen lauten Ruf aus. Karazan reagierte nicht. Etzwane schüttelte ihn an der Schulter, und Karazan drehte langsam den Kopf. Einer murmelte Etzwane zu: »Laß ihn. Er ist auf der Todessuche.«

Ein zweiter sagte: »Es ist gefährlich, einen Mann in diesem Zustand zu belästigen; schließlich ist seine Lösung vielleicht die beste.«

»Nein!« rief Etzwane. »Tote nützen niemandem mehr! Karazan!« Er rüttelte an seiner mächtigen Schulter. »Hör zu! Hörst du mich? Wenn du jemals den Nior-See wiedersehen willst, mußt du mir zuhören!«

Einer der Alula fragte nervös: »Glaubst du das wirklich?«

»Wenn du Ifness kennen würdest, hättest du keine Zweifel. Der Mann gibt sich nicht mit einer Niederlage zufrieden!«

»Mag schon sein«, sagte der Alula, »aber was kann uns das nützen, wenn wir auf einem fernen Stern sind?«

Aus Karazans Kehle drang ein tiefer Laut, gefolgt von den Worten: »Wie will er uns finden?«

»Ich weiß es nicht«, räumte Etzwane ein. »Aber ich werde die Hoffnung nicht aufgeben.«

Karazan sagte mit dumpfer Stimme: »Es ist töricht, von Hoffnungen zu sprechen. Du hast mich sinnlos zurückgehalten.«

»Wer ein mutiger Mann ist, hofft«, sagte Etzwane. »Die Todessuche ist der einfachere Ausweg.«

Karazan antwortete nicht. Er nahm wieder Platz und legte sich schließlich hin und schlief. Die anderen Alula unterhielten sich murmelnd und bedachten Etzwane mit kühlen Blikken, als gefiele ihnen seine Einmischung bei Karazans »Todessuche« nicht ... Etzwane ging an seinen gewohnten Platz und schlief bald ein.

Die Alula waren feindselig geworden. Sie ignorierten Etzwane bewußt und sprachen so leise, daß er sie nicht mehr verstehen konnte. Nur Karazan gab sich nicht feindselig; er saß allein und wirbelte eine beschwerte Schnur um den Finger.

Als Etzwane beim nächstenmal erwachte, sah er drei Alula vor sich stehen: den Schwarzen Hulanik, Fairo den Hübschen und Ganim Dornenzweig. Ganim hielt eine Schnur in der Hand. Etzwane richtete sich auf, die Energiepistole griffbereit. Er erinnerte sich an Hozman Rauhkehle und seine hervortretende Zunge. Die Alula entfernten sich mit ausdruckslosen Gesichtern.

Etzwane überlegte einen Augenblick lang und ging dann zu Karazan. »Drei von deinen Leuten wollten mich eben umbringen.«

Karanzan nickte bedächtig und ließ seine Schnur kreisen.

»Welchen Grund haben sie dazu?«

Anscheinend wollte ihm Karazan nicht antworten. Doch er überwand sich schließlich und sagte: »Es gibt keinen besonderen Grund. Sie wollen jemanden umbringen und haben dich ausgesucht. Es ist für sie eine Art Spiel.«

»Diese Art Spiel spiele ich aber nicht mit!« schrie Etzwane wutentbrannt. »Sie können mit jemandem aus eurer Gruppe spielen. Gib ihnen den Befehl, mich in Ruhe zu lassen!«

Karazan zuckte lethargisch die Achseln. »Das würde wenig nützen.«

»Dir wohl nicht. Aber mir!«

Karazan zuckte die Achseln.

Etzwane überdachte die Situation. Solange er wach war, blieb er am Leben. Wenn er einschlief, würde er sterben – vielleicht nicht beim ersten- oder zweitenmal. Die Alula würden mit ihm spielen, ihm den Nerv zu rauben versuchen. Warum? Aus keinem besonderen Grund. Ein Spiel, der bösartige Sport eines barbarischen Stammes. Grausamkeit? Etzwane war der Außenseiter, ein Nicht-Alula, der ebensowenig Status hatte wie ein Chumpa, der als Köder gefangen worden ist. Er wurde zur Zielscheibe ihres ohnmächtigen Zorns, der aus ihrer Frustration erwuchs.

Er hatte mehrere Möglichkeiten. Er konnte seine Quälgeister erschießen und den Ärger ein für allemal beenden. Eine Lösung, die ihn nicht ganz befriedigte. Selbst wenn die Asutra die Waffe nicht beschlagnahmten, würde das Spiel nur noch wilder weitergehen, indem dann alle darauf warteten, daß er einschlief. Die beste Verteidigung war der Angriff, überlegte Etzwane. Er stand auf und ging durch den Raum, als wollte er zur Toilette. Sein Blick fiel auf die leblose Gestalt Runes; sie kam ihm plötzlich weniger anziehend vor, denn schließlich war sie ja eine Alul-Barbarin und wahrscheinlich nicht besser als ihre Stammesgenossen ... Etzwane bog in den Raum ab, der die Beutel mit Haferkuchen und die Wassertanks enthielt; an der Tür blieb er stehen und betrachtete die Gruppe. Die Alula erwiderten seinen Blick. Mit grimmigem Lächeln zog Etzwane eine Proviantkiste heran und setzte sich. Die Alula beobachteten ihn wachsam, doch ausdruckslos. Etzwane stand noch einmal auf. Er nahm eine Scheibe Haferkuchen und einen Krug Wasser, setzte sich und begann zu essen und zu trinken. Er sah, daß sich mehrere Alul unwillkürlich mit der Zunge über die Lippen fuhren und dann wie auf Befehl die Köpfe abwandten und sich ostentativ zum Schlafen hinlegten.

Karazan blickte forschend herüber. Etzwane ignorierte ihn.

Er überlegte und wich in die Schatten zurück, wo er etwas besser geschützt war vor einem Wurfmesser, mit dem er bei den Alula rechnen mußte, und errichtete eine Barrikade aus Proviantkisten, aus deren Schutz er beobachten konnte, ohne selbst gesehen zu werden.

Er begann müde zu werden. Seine Lider sanken herab. Er schreckte hoch und sah einen der Alula heranschleichen.

»Noch einen Schritt, und du bist ein toter Mann«, sagte Etzwane leise.

Der Alula erstarrte. »Warum verweigerst du mir Wasser? Ich habe bei dem Spiel nicht mitgemacht.«

»Du hast aber auch nichts unternommen, um die drei zurückzuhalten. Also wirst du in ihrer Gesellschaft hungern und dursten – bis sie tot sind.«

»Das ist nicht fair! Du kennst unsere Sitten nicht!«

»Ich lege hier jetzt die Sitten fest. Sobald Fairo der Hübsche, Ganim Dornenzweig und der Schwarze Hulanik tot sind, darfst du trinken.«

Der durstige Alula wandte sich zögernd ab.

»Eine üble Sache«, sagte Karazan, der nähergekommen war.

»Du hättest sie aufhalten können«, sagte Etzwane. »Doch du hast dich entschlossen, nichts zu tun.«

Karazan blickte in den Raum mit den Vorräten; einen Augenblick lang schien er seine alte Tatkraft zurückgewonnen zu haben. Dann ließ er die Schultern hängen und sagte: »Es stimmt; ich habe keine Anweisungen gegeben. Warum sollte ich mich über deinen Tod aufregen, wenn wir doch alle zum Untergang verurteilt sind?«

»Ich jedenfalls sorge mich sehr um meinen Tod«, sagte Etzwane. »Und jetzt bestimme ich die Spielregeln, und Fairo, Ganim und Hulanik sind die Opfer.«

Karazan sah die drei Benannten an; die übrigen folgten seinem Blick. Die drei Männer schnitten trotzige Grimassen und sahen sich düster um.

Karazan sagte beruhigend: »Vergessen wir die Sache; sie ist überflüssig und unvernünftig.«

»Warum hast du das nicht gesagt, als ich angegriffen wurde?« fragte Etzwane wütend. »Ihr bekommt erst wieder zu essen und zu trinken, wenn die drei tot sind.«

Karazan setzte sich. Die Zeit verging. Zuerst gaben sich die Alula sichtlich mit ihren drei Stammesgenossen solidarisch, aber dann bildeten sich andere Gruppen, die sich flüsternd unterhielten. Bald saßen die drei isoliert zwischen den Regalen, und ihre Glasmesser blitzten in der Dunkelheit.

Wieder übermannte Etzwane der Schlaf. Er erwachte mit dem Gefühl einer drohenden Gefahr. Es war still in der Kammer. Etzwane hockte sich auf die Knie und wich tiefer in die Schatten zurück. An den Blicken der Alula erkannte er, daß jemand außerhalb von Etzwanes Blickfeld an der Wand entlang auf den Vorratsraum zuschlich. Wer?

Karazan saß nicht mehr an seinem Platz!

Ein fürchterliches Gebrüll; eine riesige Gestalt füllte die Türöffnung. Mehr überrascht als nüchtern überlegend, betätigte Etzwane den Abzug. Er sah ein sternförmiges Licht aufblitzen, als die Energie in einem riesigen Gesicht explodierte. Der Mann war auf der Stelle tot. Sein Körper taumelte gegen die Wand und stürzte auf den Rücken.

Etzwane trat vorsichtig aus seinem Versteck; entsetztes Schweigen herrschte. Er blickte auf die Leiche hinab und fragte sich, was Karazan hatte erreichen wollen – denn er war ja unbewaffnet gewesen. Er hatte Karazan als einen großherzigen Mann kennengelernt – einfach, direkt und gutmütig. Karazan hatte ein besseres Schicksal verdient. Etzwane blickte in die stummen, bleichen Gesichter. »Hieran seid ihr schuld. Ihr habt Boshaftigkeit geduldet, und jetzt habt ihr euren großen Anführer verloren.«

Unter den Alula entstand Unruhe. Blicke wurden getauscht. Die Veränderung kam so schnell, daß sie kaum faßbar war – von lähmendem Entsetzen zu blinder sinnloser Wut. Etzwane taumelte an die Wand. Ein paar Alula sprangen vor, Glasmesser blitzten, und nach wenigen Sekunden war alles vorbei. Fairo, Ganim Dornenzweig und der Schwarze Hulanik lagen in ihrem Blut, und zwei weitere Männer waren ihnen in den Tod gefolgt.

Etzwane sagte: »Schnell, ehe die Asutra kommen! Zerrt die Toten zwischen die Regale!«

Etzwane öffnete einen Mehlsack und bestreute das Blut. Nach fünf Minuten war die Ordnung im Sklavenraum wiederhergestellt. Einige Minuten später gingen drei Ka mit Asutra im Nacken durch die Kammer, doch sie blieben nicht stehen. Sie hatten nichts bemerkt.

Nachdem die Alula ihren Hunger und Durst gestillt hatten, verfielen sie in einen Zustand emotionaler Erschöpfung. Etzwane, der dem unberechenbaren Alul-Temperament mißtraute, kam zu dem Schluß, daß Wachsamkeit nur neue Feindseligkeit hervorrief, und schlief ein, wobei er allerdings so vorsichtig war, seine Energiepistole mit einer Schnur am Gürtel zu befestigen.

Er blieb ungestört. Als er endlich erwachte, spürte er, daß sich das Schiff nicht mehr bewegte.

9

Die Luft im Sklavenraum war abgestanden; das bläuliche Licht hatte zwar an Helligkeit verloren, war aber bedrückender denn je. Von oben waren Schritte zu hören und Rufe in der nasalen melodischen Ka-Sprache. Etzwane richtete sich auf und ging zur Rampe, um zu lauschen. Auch die Alula gerieten in Bewegung und sahen sich unsicher um; sie hatten nur noch wenig Ähnlichkeit mit den stolzen Kriegern, die Etzwane vor langer Zeit an einer Biegung des Vurushflusses kennengelernt hatte.

Ein Knirschen, dann ein Zischen, schließlich ein Klappern von Sperrhaken: Ein Stück Wand glitt zurück, und graues Licht strömte in den Raum.

Etzwane drängte sich an den Alula vorbei und starrte durch die Öffnung hinaus. Bestürzt wich er zurück; das Durcheinander seltsamer Formen und Farben sagte ihm zunächst nichts. Doch einmal blickte er mit zusammengekniffenen Augen hinaus und versuchte die fremdartige Szene, die er sah, zu deuten. Plötzlich erkannte er, daß es eine Landschaft war. Er sah steile Zuckerhuthügel, die von einer glänzend schwarzen, dunkelgrünen und braunen Vegetationsschicht überzogen waren. Über allem lag ein dunkelgrauer Himmel, darunter Türme schwarzer Wolken und Regenschleier. An den unteren Hängen zogen sich unregelmäßige Gebäude hin, die aus groben Brocken eines milchig-weißen Materials errichtet waren. Noch weiter unten bildeten diese Gebäude einen dichten Komplex. Die meisten bestanden aus den hellen Brocken; andere wiederum aus schwarzer Schlakke. Scheinbar sinnlos wanden sich Wege in Kurven und Steigungen zwischen den Häusern hindurch. Einige Wege waren glatt und breit, auf ihnen fuhren Fahrzeuge – käfigähnliche Wagen, Fahrzeuge, die Käfern mit erhobenen Flügeln ähnelten, kleinere eidechsenähnliche Gefährte, die wenige Zentimeter über der Oberfläche dahinzuckten. Da und dort ragten große schwarze Rechtecke wie Schilder auf, doch sie wiesen keine Zeichen auf und hatten keinen erkennbaren Zweck. Etzwane überlegte, ob die Augen der Ka und der Asutra in diesem gleichförmigen Grau Farben zu erkennen vermochten, die ihm verborgen blieben. Unmittelbar im Vordergrund war eine flache, mit Steinen gepflasterte Fläche, von einem geflochtenen Bronzezaun umgeben. Etzwane, der instinktiv auf Farben achtete und sie interpretierte – schließlich war die Kultur Shants ganz nach Farben ausgerichtet –, konnte keine zweckdienliche Farbverwendung feststellen. Irgendwo in dem Durcheinander aus Größen, Formen und Proportionen mußte eine Symbolik stecken – eine technische Zivilisation war ohne Abstraktion unmöglich.

Die Bewohner dieser Welt waren offenbar Ka, die von Asutra beherrscht wurden. Graue Krötenwesen waren nicht zu sehen, auch keine Menschen – bis auf einen.

In den Sklavenraum trat eine große hagere Person, die einen formlosen Umhang aus grobem Tuch trug. Widerborstiges graues Haar türmte sich wie ein Fuder Heu über dem faltigen grauen Gesicht auf; das Kinn war lang und bartlos. Etzwane erkannte, daß es sich um eine Frau handelte, die sich in ihrem Aussehen und Verhalten bemerkenswert geschlechtslos gab. Sie rief mit Stentorstimme: »Wer wach ist, folgt mir hinaus! Und fix, beeilt euch! Das müßt ihr als erstes lernen: wartet nicht auf eine Wiederholung des Befehls!« Die Frau sprach einen kaum verständlichen Dialekt; sie schien sehr unduldsam und mißgelaunt zu sein. Sie eilte die Rampe hinab. Etzwane folgte ihr vorsichtig, froh, aus dem unangenehmen Sklavenraum herauszukommen – und fort von den alptraumhaften Erinnerungen.

Die Gruppe erreichte die gepflasterte Fläche unter dem großen schwarzen Depotschiff. Auf einem Laufsteg darüber standen vier Ka, die wie riesige schwarze Statuen aufragten. Sie trugen Asutra im Nacken.

Die Frau führte sie an den Eingang eines eingezäunten Durchgangs. »Wartet hier; ich wecke jetzt die Schläfer.«

Eine Stunde verging. Die Männer lehnten niedergeschlagen und stumm an den Zäunen. Etzwane klammerte sich verzweifelt an seine Hoffnung und vermochte wenigstens ein melancholisches Interesse an seiner Umgebung aufzubringen. Aus verschiedenen Richtungen ertönte das gedämpfte Flöten der Ka, vermischt mit dem summenden Verkehrslärm auf der Straße, die unmittelbar an den Zaun vorbeiführte. Etzwane beobachtete die achträdrigen, in Segmente unterteilten Wagen. Wer lenkte sie? Er sah keine Passagierkabinen, sondern nur vorn jeweils eine kleine Kuppel, und darin eine kleine dunkle Masse: Asutra! Die Frau kehrte aus dem Depotschiff zurück, gefolgt von der Gruppe Menschen, die auf den Regalen gelegen hatte. Die Gestalten taumelten schlaftrunken dahin und sahen sich verblüfft und mit wachsendem Entsetzen um. Etzwane bemerkte Srenka und dann auch Gulshe; die beiden Krieger schlichen niedergeschlagen dahin wie die anderen. Gulshes Blick wanderte über Etzwanes Gesicht; er ließ nicht erkennen, ob er ihn erkannt hatte. Ganz am Ende kam Rune, und auch sie blickte ohne Interesse über Etzwane hinweg.

»Halt!« rief die Frau an der Spitze. »Wir warten hier auf die Fahrzeuge. Ich will euch aber zuvor einiges sagen. Euer altes Leben ist vorbei, und zwar unwiederbringlich. Ihr seid hier auf Kahei – und ihr seid wie neugeborene Kinder, denen ein zweites Leben bevorsteht. Ihr werdet niemals mehr Hunger oder Durst leiden oder ohne Obdach sein, das Leben ist also erträglich. Alle Männer und jüngeren Frauen werden militärisch ausgebildet, um im Großen Krieg mitzukämpfen. Es ist sinnlos, einzuwenden, ihr hättet keinen Anteil an dem Streit und möchtet nicht gegen euresgleichen kämpfen; die Tatsachen sind nun mal so, und ihr tut, was verlangt wird.

Verschwendet keine Zeit auf Kummer oder Heimweh; ihr seht eure Heimatwelt ohnehin nicht wieder.«

In ein Fahrzeug eingepfercht, vermochte Etzwane kaum etwas von der Landschaft zu sehen. Die Straße führte eine Weile an den Hügeln entlang und bog dann auf eine Ebene ab. Da und dort erhob sich eine Gruppe unförmiger grauer Türme in den Himmel; eine samtene Schicht aus dunkelrotem, dunkelgrünem oder violettschwarzem Moos bedeckte den Boden.

Das Fahrzeug hielt; die Sklaven traten in einen asphaltierten Hof, der auf drei Seiten von Gebäuden aus weißen Steinbrocken gesäumt war. Im Norden erstreckten sich flache Hügel, die von einer riesigen Felsformation aus verwittertem Basalt überragt wurde. Im Osten erstreckte sich ein ausgedehntes schwarzes Heidegebiet, das am Horizont in das Zwielicht des Himmels überging. Am Rand der Anlage ruhte ein bronzenes Scheibenschiff, dessen Luken geöffnet waren; zu den Öffnungen führten Rampen hinauf. Etzwane glaubte das Schiff zu erkennen, das die Rogushkoi-Häuptlinge aus dem Engh-Tal in Palasedra gerettet hatte.

Die Sklaven wurden zu einer Baracke geführt. Unterwegs kamen sie an einer langen Reihe Gehege vorbei, aus denen es entsetzlich stank. Man sah Menschenwesen verschiedener Abarten. Etzwane bemerkte ein Dutzend Rogushkoi. Eine andere Gruppe ähnelte den Ka. In einem Gehege hockte ein halbes Dutzend hagerer Wesen mit Ka-Körpern und der grotesken Kopie eines Menschenkopfes. Hinter den Gehegen verlief ein langes niedriges Bauwerk; vermutlich das Labor, in dem diese biologischen Anomalien geschaffen wurden. Nach jahrelangen Vermutungen wußte Etzwane nun, woher die Rogushkoi kamen.

Männer und Frauen wurden getrennt; dann wurden jeweils achtköpfige Gruppen gebildet. Jeder Gruppe wurde ein Korporal zugeteilt, der aus einem Kader erfahrener Gefangener stammte. Zu Etzwanes Gruppe stieß ein alter Mann, eine dünne, ausgemergelte Gestalt mit faltiger Haut, die an uralte Baumrinde erinnerte. Doch das Äußere täuschte: Er war kräftig und sehr agil.

»Ich heiße Polovits«, verkündete der Alte. »Die erste Lektion, die ihr lernen müßt, die ihr euch einpauken müßt, ist Gehorsam – unverzüglicher und absoluter Gehorsam, weil ihr keine zweite Chance bekommt. Die Herren treffen die Entscheidungen. Sie strafen nicht, sie vernichten. Ein Krieg ist im Gange; sie kämpfen gegen einen starken Gegner und können es sich nicht leisten, Milde walten zu lassen. Ich sage es euch noch einmal: Jede Anweisung ist sofort und genauestens zu befolgen, oder ihr erlebt keinen weiteren Befehl mehr. In den nächsten vier Tagen werdet ihr sehen, daß meine Worte zutreffen. Den ersten Monat überlebt etwa ein Drittel der Neuen nicht; wenn euch das Leben lieb ist, müßt ihr jeden Befehl sofort befolgen.

Die Regeln des Lagers sind ganz einfach. Ihr dürft nicht miteinander kämpfen. Ich werde Streitereien schlichten, und mein Urteil ist endgültig. Ihr dürft weder singen noch schreien. Ihr dürft euren Geschlechtstrieb nicht ohne vorherige Genehmigung befriedigen. Ihr müßt euch sauberhalten; Unordnung wird nicht geduldet.

Es gibt zwei Wege zum Ziel: erstens mit Eifer. Ein solcher

Mann kann Korporal werden. Zweitens durch Kommunikation. Wenn ihr das Große Lied lernt, erringt ihr damit wertvolle Privilegien, denn nur wenige Menschen können mit den Ka singen. Es ist schwer – wie jene, die es versuchen wollen, bald feststellen werden, aber der Kampf in vorderster Front ist schlimmer.«

Etzwane sagte: »Ich habe eine Frage. Gegen wen müssen wir kämpfen?«

»Stell keine überflüssigen Fragen«, sagte Polovits heftig. »Das ist eine sinnlose Angewohnheit und zeigt Unausgewogenheit. Seht mich an. Ich habe nie Fragen gestellt und habe viele Jahre auf Kahei überlebt. Ich wurde während der Zweiten Sklavenzüge als Kind aus dem Shauzade-Distrikt mitgenommen. Ich sah, wie die Roten Krieger geschaffen wurden, und es war eine schwere Zeit. Wie viele von uns leben noch? Ich könnte ihre Namen im Handumdrehen aufzählen. *Warum* haben wir überlebt?« Polovits starrte in die Gesichter seiner Zöglinge. »Warum *wollten* wir überleben?« Polovits Gesicht zeigte Triumph. »Weil wir Menschen sind! Das Schicksal hat uns nur dieses eine Leben geschenkt, und wir nutzen es nach besten Kräften! Ich möchte euch dasselbe empfehlen: müht euch nach besten Kräften, hier durchzukommen. Alles andere ist sinnlos.«

»Du hast mich vor überflüssigen Fragen gewarnt«, sagte Etzwane. »Dann möchte ich eine Frage stellen, die nicht sinnlos ist: Werden uns irgendwelche Anreize geboten? Gibt es eine Hoffnung für uns, Durdane als freie Menschen wiederzusehen?«

Polovits' Stimme wurde heiser: »Euer einziger Anreiz ist das Weiterleben! Und Hoffnung – was ist schon Hoffnung? Auf Durdane gibt es keine Hoffnung; der Tod holt jeden, so wie er auch hier kommt. Und Freiheit? Die steht euch hier und jetzt offen. Seht ihr die Hügel dort? Sie sind leer. Der Weg ist frei; geht und seid frei! Niemand wird euch aufhalten! Doch ehe ihr geht, gebt acht: Die einzige Nahrung da draußen ist Kraut und Gewürm, das einzige Wasser ist der Nebel. Wenn ihr von den Gräsern eßt, bläht sich euch der Leib, und um Wasser fleht ihr vergebens. Diese Freiheit gehört euch!«

Etzwane stellte keine Fragen mehr. Polovits zog den Umhang enger um seine schmalen Schultern. »Wir essen jetzt. Dann beginnen wir mit dem Training.«

Zum Essen stellte sich die Gruppe an einen langen Trog, der lauwarmen Brei mit zerhackten Stengeln eines harten Gemüses und Gewürze enthielt. Nach dem Essen mußten die Männer Leibesübungen machen und wurden dann zu einem der niedrigen eidechsenartigen Fahrzeuge geführt.

»Uns ist die Aufgabe eines ›heimlichen Angriffs‹ übertragen worden«, erklärte Polovits. »Dies sind die Angriffswagen. Sie bewegen sich auf Vibrationskissen und erreichen eine hohe Geschwindigkeit. Jeder Mann der Gruppe wird seinen Wagen bekommen, und er muß ihn sorgfältig pflegen. Der Wagen ist eine gefährliche und wertvolle Waffe.«

»Ich möchte eine Frage stellen«, sagte Etzwane, »aber ich bin nicht sicher, ob du sie für ›überflüssig‹ hältst oder nicht. Ich möchte nicht wegen bloßer Neugier getötet werden.«

Polovits musterte ihn mit starrem Blick. »Neugier *ist* eine überflüssige Angewohnheit.«

Etzwane hielt den Mund. Polovits nickte kurz und wandte sich wieder dem Kampfwagen zu. »Der Fahrer liegt flach drin, die Arme vor sich. Er blickt in ein Prisma, das ihm ein ausreichendes Sichtfeld liefert. Mit Armen und Beinen steuert er das Fahrzeug, mit dem Kinn löst er seine Torpedos oder den Feuerkeil aus.«

Polovits erklärte die Kontrollen, führte dann die Gruppe zu einer Anlage mit Simulationseinrichtungen. Drei Stunden lang trainierten die Männer an den Kontrollen; dann gab es eine Ruhepause; es folgte eine zweistündige Demonstration von Wartungsverfahren, die jeder Mann seinem Fahrzeug angedeihen lassen mußte.

Der Himmel wurde dunkel; mit der Dämmerung begann ein leichter Regen. Die Gruppe marschierte zur Baracke. Jetzt enthielt der Trog eine dünne süße Suppe, die die Männer mit Bechern auslöffelten. Dann sagte Polovits: »Wer von euch möchte das Große Lied lernen?«

»Worauf kommt es dabei an?«

Polovits kam zu dem Schluß, daß die Frage berechtigt war. »Das Große Lied erzählt in symbolischen Rhythmen und Sequenzen die Geschichte Kaheis. Die Ka unterhalten sich, indem sie symbolische Themen singen, und ihr müßt mit einer Doppelflöte dasselbe tun. Die Sprache ist logisch, flexibel und ausdrucksreich, doch äußerst schwierig zu lernen.«

»Ich möchte das Große Lied lernen«, sagte Etzwane.

Polovits schenkte ihm ein hartes Grinsen. »Das habe ich erwartet.« Und Etzwane kam zu dem Schluß, daß er Polovits nicht mochte, und daß das auf Gegenseitigkeit beruhte. Um so mehr mußte er sich verstellen. Er mußte arbeiten und sich unterwerfen; er mußte das Programm mit offenkundigem Eifer bewältigen.

Polovits schien Etzwanes Gedanken zu erraten und machte eine seltsame Bemerkung: »So oder so bin ich's zufrieden.«

Die erste Zeit verstrich ohne Zwischenfälle. Die Sonne – oder Sonnen? – blieb unsichtbar; das graue Zwielicht war bedrükkend und erzeugte Niedergeschlagenheit und Lethargie. Das tägliche Pensum umfaßte Leibesübungen, Trainingsstunden mit dem Kampfwagen und Arbeitseinsätze, die die Nahrungszubereitung, das Sortieren von Ores oder das Zurechtschneiden und Polieren von Sumpfholz betreffen konnten. Sauberkeit war oberstes Gebot. Ganze Gruppen säuberten die Baracken und trimmten die Landschaft. Etzwane fragte sich, ob dieser Ordnungsfimmel von den Asutra oder den Ka ausging. Wahrscheinlich standen die Ka dahinter; es war nicht anzunehmen, daß die Asutra die Persönlichkeit der Ka mehr geändert hatten als sie etwa Sajarano von Sershan oder Jurjin oder Jerd Finnerack oder Hozman Rauhkehle verändert hatten. Die Asutra bestimmten die Politik und überwachten die Entwicklung; ansonsten schienen sie sich aus dem Leben und den Gewohnheiten ihrer Wirte herauszuhalten.

Überall waren Asutra zu sehen. Etwa die Hälfte der Ka trug einen Asutra; Fahrzeuge wurden von Asutra gelenkt, und Polovits sprach voller Ehrfurcht von Asutra-gesteuerten Flugzeugen. Diese Funktionen schienen eine etwas plebejische Tätigkeit für die Asutra zu sein, sagte sich Etzwane, und schien darauf hinzudeuten, daß die Asutra – wie die Ka, Menschen, Ahulphs und Chumpa – in Kategorien und Kasten unterteilt waren. Am Ende jedes Tages gab es eine Stunde der Hygiene, der sexuellen Betätigung, die auf dem Boden eines Schuppens zwischen den Schuppen der Frauen und der Männer gestattet wurde, und der allgemeinen Erholung. Der Abendregen, der stets um die gleiche Zeit einsetzte, sobald das Licht vom Himmel verschwunden war, beendete diese Freiheiten, und die Sklaven gingen in ihre Baraken, wo sie auf Haufen von getrocknetem Moos schliefen. Wie Polovits angekündigt hatte, hielten keine Wächter oder Zäune die Sklaven von der Flucht in die Berge ab. Etzwane erfuhr, daß nur sehr selten ein Sklave die Freiheit wählte. Oft wurde so ein Flüchtling nie wiedergesehen; ebensooft kehrte er nach drei oder vier Tagen des Hungerns und Dürstens ins Lager zurück und fügte sich dankbar wieder in die Routine ein. Einem Gerücht zufolge war auch Polovits einmal in die Hügel geflohen und bei seiner Rückkehr der eifrigste Sklave im Lager geworden.

Etzwane war Zeuge, wie zwei Männer getötet wurden. Der erste, ein rundlicher Mann, hatte etwas gegen Leibesübungen und versuchte seinen Korporal zu überlisten. Der zweite war Srenka, der plötzlich durchdrehte. In beiden Fällen wurden die Opfer festgebunden, und ein Ka verbrannte sie mit einem Energiestrahl.

Das Große Lied Kaheis entwickelte sich zum besonderen Hobby für Etzwane. Seine Lehrerin war Kretzel, eine untersetzte alte Frau mit einem Gesicht, das sich unter Hunderten von Falten versteckte. Ihr Gedächtnis war phänomenal, ihr Wesen aufgeschlossen, und sie war stets bereit, Etzwane mit Gerüchten und Anekdoten zu unterhalten. Bei ihrem Unterricht verwendete sie ein Gerät, welches das Scharren, Krächzen und Trillern des Großen Liedes in klassischer Form wiedergab. Kretzel ahmte dann die Töne auf einer Doppelflöte nach und übersetzte ihre Bedeutung in Worte. Sie betonte, daß das Lied nur in zweiter Linie Musik sei; daß es vordringlich den grundlegenden semantischen Anhalt für die Kommunikation und das begriffliche Denken der Ka liefere.

Das Lied bestand aus vierzehntausend Strophen, von denen jede zwischen neununddreißig und siebenundvierzig Versen hatte.

»Was du lernen wirst«, sagte Kretzel, »ist der einfache Erste Stil. Der Zweite wendet schon Obertöne, Triller und Echos an; der Dritte verändert die Harmonien und kehrt Passagen zum besseren Verständnis um; der Vierte kombiniert den Zweiten Stil mit Themaverlängerungen und Variationen, der Fünfte deutet eher an, als daß er ausführt. Ich kenne nur den Ersten Stil, und den auch nur oberflächlich. Die Ka gebrauchen Abkürzungen, Symbole, Metaphern, Doppel- und Dreifachthemen. Die Sprache ist überaus kompliziert.«

Kretzel war weitaus weniger streng als Polovits. Sie berichtete ohne Scheu alles, was sie wußte. Sangen und begriffen die Asutra das Lied? Kretzel zog gleichgültig die Schultern hoch. »Warum sich damit belasten? Mit diesen Wesen sprecht ihr ja doch nie. Aber sie kennen das Lied. Sie wissen alles, und sie haben in Kahei viele Neuerungen eingeführt.«

Ermutigt durch die Beredsamkeit der Frau, stellte Etzwane zwei weitere Fragen: »Wie lange sind sie schon hier? Und woher sind sie gekommen?«

»All dies steht in den letzten siebenhundert Strophen, welche die Tragödie verzeichnen, die über Kahei hereinbrach. Dieses Land, die Nordwüste, hat viele schreckliche Schlachten erlebt. Aber jetzt müssen wir arbeiten, sonst halten uns die Ka für faul.«

Etzwane schnitzte sich eine Doppelflöte, und sobald er seine Aversion gegen die Musikintervalle der Ka überwunden hatte, die er für unnatürlich und mißtönend hielt, spielte er die erste Strophe des Großen Liedes mit einer Geschicklichkeit, die die alte Frau verblüffte. »Deine Gewandtheit ist bemerkenswert. Aber du mußt sehr exakt spielen. Ja, meine alten Ohren hören noch gut. Du neigst zum Ausschmücken und Verfälschen, so wie du's gekannt hast. Das ist falsch! Durch so etwas wird das Große Lied nur unverständlich!«

Sexuelle Betätigung zwischen den Sklaven wurde gefördert, doch die Paare durften nicht ständig zusammenbleiben. Etzwane sah von Zeit zu Zeit Rune im anderen Gehege, in dem die Frauen ihre militärischen Übungen abhielten, und während der freiwilligen Leibesübungen ging er eines Tages zu ihr. Sie hatte etwas von ihrer Sorglosigkeit und nonchalanten

Anmut verloren und betrachtete ihn ohne Freundlichkeit. Etzwane spürte, daß sie ihn nicht wiedererkannte.

»Ich bin Gastel Etzwane«, sagte er. »Erinnerst du dich an das Lager am Vurush-Fluß, wo ich Musik gespielt habe und du mich dazu verleiten wolltest, dir die Kappe vom Kopf zu schlagen?«

Runes Gesicht blieb ausdruckslos. »Was willst du?«

»Geschlechtlicher Verkehr ist nicht verboten. Wenn du Lust hast, wende ich mich an den Korporal und bitte ihn, daß wir ...«

Sie unterbrach ihn mit einer Handbewegung. »Ich habe aber keine Lust. Glaubst du, ich möchte in dieser Hölle ein Kind zur Welt bringen? Geh, treib's mit einer der alten Frauen und setze keine armen Seelen mehr in die Welt.«

Etzwane versuchte ihr zuzureden, doch Runes Gesicht verhärtete sich. Schließlich machte sie kehrt und marschierte davon. Mißmutig kehrte Etzwane zu seinen Turnübungen zurück.

Die Zeit verging mit einer Monotonie ohnegleichen. Sie schien hier langsamer zu fließen. Er schätzte, daß die Tage hier vier oder fünf Stunden länger waren als auf Shant – eine Situation, die seinen natürlichen Lebensrhythmus störte und ihn abwechselnd mürrisch und reizbar machte. Er lernte die ersten zwölf Strophen des Großen Liedes – sowohl die Melodie als auch die damit verbundene Bedeutung. Er begann die grundlegende Kommunikation zu üben, indem er Passagen auswählte und neu zusammenfügte. Seine Geschicklichkeit wurde durch die fast unkontrollierbare Neigung aufgewogen, Noten und Phrasen zu variieren, hier zu verzögern, dort etwas auszuweiten, Schmucknoten und Triller anzufügen, bis die alte Kretzel entsetzt die Hände hochwarf und ihn anschrie: »Die Sequenz geht so und *nur so*«, und sie spielte sie ihm vor. »Nicht mehr und nicht weniger – diese Strophe gibt das Bild einer vergeblichen Suche nach Krebsen am Sumpfrand im Morgenregen wieder. Du bringst aber willkürlich Elemente aus anderen Strophen hinzu und schaffst so ein Mischmasch von Ideen. Jede Note muß genau stimmen, sie darf weder zuwenig noch zu stark geblasen werden. Sonst singst du Unsinn!«

Etzwane bezwang seine Finger und spielte die Themen, wie Kretzel sie ihm vorgemacht hatte. »Gut!« rief sie. »Jetzt wenden wir uns der nächsten Strophe zu, in der Proto-Ka, der Hisna, die Schlammebene durchquert und von sirrenden Insekten belästigt wird.«

Etzwane fühlte sich in Kretzels Gesellschaft viel wohler, als wenn er sich die kleinlichen Ermahnungen Polovits' anhören mußte, und er hätte am liebsten seine gesamte Zeit mit der Arbeit an dem Großen Lied verbracht, wenn sie einverstanden gewesen wäre. »Solcher Eifer ist verschwendet«, sagte Kretzel. »Ich kenne die Strophen. Ich kann sie einigermaßen im Ersten Stil singen. Mehr kann ich dir nicht beibringen. Und würdest du hundert Jahre alt, könntest du vielleicht zum Zweiten Stil aufsteigen, doch du würdest nie das wahre Gefühl kennenlernen, denn du bist kein Ka. Und dann gibt es noch den Dritten, Vierten und Fünften Stil, und dann die Abkürzungen und anderen Formen, die konvergierenden und divergierenden Harmonien, die Antiakkorde, die Pausen, das Zischen und die Verzögerungen. Das Leben ist zu kurz; warum sollte man sich anstrengen?«

Etzwane beschloß, trotzdem nach besten Kräften zu lernen. Was konnte er mit seiner Zeit Besseres anfangen? Er fand Polovits jeden Tag widerlicher, und seine einzige Zuflucht war Kretzel – oder die Freiheit in den Bergen. Nach Polovit's Auskunft bot die Wildnis weder Nahrung noch Wasser, und Kretzel war derselben Meinung. Seine beste Chance, Polovits zu entgehen, lag bei dem Großen Lied. Was war mit Ifness? An diesen Namen dachte Etzwane nur selten. Sein früheres Leben war vage geworden; am Tage wich es zurück und verlor an Konturen. Es wurde mehr und mehr zu einem Traum, der allmählich verblaßte. Früher oder später würde Ifness auftauchen; früher oder später würde die Rettung kommen – das redete sich Etzwane ein. Doch von Tag zu Tag wurde diese Vorstellung abstrakter.

Eines Nachmittags hatte Kretzel keine Lust zur Arbeit. Sie klagte über ihren entzündeten Gaumen und warf die Flöte auf ein Regal. »Sollen sie mich doch umbringen – was macht das schon? Ich bin zu alt zum Kämpfen; ich kenne das Lied, also schieben sie meinen Tod hinaus, und mir ist das egal;

meine Knochen werden nicht in der Erde Durdanes liegen. Du bist noch jung; du hast noch Hoffnungen. Doch eine Hoffnung nach der anderen wird verschwinden, und schließlich ist nur noch die nackte Tatsache des Lebens übrig. Dann entdeckst du die transzendenten Werte des Lebens. Wir haben viel durchgemacht, wir haben grausame Zeiten hinter uns. Als ich jung war, züchteten sie hier ihre Kupferkrieger und bildeten sie aus, um menschliche Frauen zu besamen – was das sollte, verstand ich nicht.«

Etzwane sagte: »Aber ich weiß es. Die Rogushkoi wurden nach Durdane geschickt. Sie verwüsteten Shant und mehrere große Bezirke in Caraz. Ist das nicht seltsam? Die Asutra vernichten das Volk von Durdane und fangen gleichzeitig Menschen ein, um sie als Sklavenkrieger gegen ihre Feinde einzusetzen.«

»Das ist nur so ein Versuch«, sagte Kretzel weise. »Die Roten Krieger haben versagt, jetzt schmieden sie eine neue Waffe für ihren Krieg.« Sie sah sich um. »Nimm deine Flöte und spiel das Lied. Polovits wartet nur auf eine Nachlässigkeit. Nimm dich vor Polovits in acht – er ist grausam, er tötet gern.« Sie griff nach ihrem Instrument. »Ah, mein armer gequälter Gaumen! Dies ist die neunzehnte Strophe. Sah und Aianu gebrauchen Rahofibern, um Seile zu drehen, und sie graben Korallennüsse mit Schwarzholzstöcken aus. Du wirst das Thema für Schwarzholz und für Rahofibern am rauhen Kratzton erkennen, wie es allgemein üblich ist. Aber du mußt die Vibration mit dem kleinen Finger sauber spielen, sonst betrifft das Thema den ›Besuch an einem Ort, von dem aus man den Sumpf in der Ferne sehen kann‹, aus Strophe 9635.«

Etzwane spielte die Flöte, wobei er Polovits aus den Augenwinkeln beobachtete. Der alte Mann lauschte einen Augenblick lang, warf Etzwane einen undurchdringlichen Blick zu und ging seines Wegs.

Bei den Leibesübungen explodierte Polovits plötzlich: »Fix, fix! Ist dir körperliche Bewegung so verhaßt, daß du die Hand nicht an den Boden bekommst? Keine Angst, ich passe auf, und dein Leben ist so zart wie ein Mottenkokon. Warum stehst du wie ein Pfosten da?«

»Ich erwarte neue Befehle, Korporal Polovits.«

»Dein Typ ist der schlimmste, immer mit einer glatten Erwiderung auf der Zunge, die nur eben keine Beleidigung ist! Gib dich keinen Siegesträumen hin, mein Liedvirtuose, du entgehst deinem Schicksal nicht! Das garantiere ich dir! Also: Hundert Hochsprünge für deine Gesundheit; aber rasch, elegant die Hacken geschwungen!«

Ruhig und gemessen befolgte Etzwane den Befehl, gab sich aber Mühe. Polovits sah ihm grimmig zu, konnte jedoch nichts gegen seinen Einsatz sagen. Schließlich machte er kehrt und entfernte sich. Lächelnd kehrte Etzwane in Kretzels kleines Büro zurück und übte die neunzehn Strophen, die er bereits beherrschte, und lernte außerdem mit der Wiedergabemaschine die Melodien für Strophen zwanzig und einundzwanzig. Die semantische Bedeutung dieser Strophen wollte er sich später einprägen. Etzwane nahm sich in acht, doch Polovits ließ nicht locker. Etzwane war bald mit seiner Geduld am Ende und beschloß, von sich aus etwas zu unternehmen. Doch ein unheimlicher sechster Sinn schien Polovits zu lenken, der Etzwane anfuhr: »Ein Dutzend Männer hat versucht, mich hereinzulegen, und dreimal darfst du raten, wo die Kerle jetzt liegen! Im großen Loch! Ich kenne Tricks, von denen du noch nie gehört hast! Ich warte nur auf den ersten Ungehorsam, dann erfährst du, wie töricht dein Stolz auf dieser traurigen Welt ist!«

Etzwane blieb nichts anderes übrig, als sich zu verstellen. Höflich sagte er: »Es tut mir leid, Korporal, wenn ich mich nicht richtig verhalten habe; ich möchte nicht unangenehm auffallen. Dabei brauche ich wohl nicht zu betonen, daß ich nicht freiwillig hier bin.«

»Du verschwendest meine Zeit mit deinen Scherzen!« brüllte Polovits. »Ich will nichts mehr davon hören!« Er stapfte davon, und Etzwane machte sich daran, das Lied zu üben.

Kretzel wunderte sich über seinen mangelnden Eifer, und Etzwane erklärte ihr, daß Polovits es auf sein Leben abgesehen hätte. Kretzel lachte schrill. »Der miese kleine Streber; er ist nicht mal den Furz eines Ahulphs wert! Der tut dir nichts, weil er Angst hat, bei einer Lüge erwischt zu werden. Hältst du die Ka für Narren? Komm, ich lehre dich Strophe 2023, in der die Holzschneider einen Steinroller töten, weil er ihr Moos zerstört hat. Dann brauchst du daraus nur den elften Vers zu spielen, sobald Polovits den kleinen Finger hebt. Und noch besser! Sag dem alten Polovits, daß du die Strophe der Offenen Untersuchung einstudierst und daß du sein Verhalten für unangemessen hältst. An die Arbeit! Polovits ist nicht soviel wert wie der Furz eines Pacers.«

»Gastel Etzwane«, sagte Polovits während der morgendlichen Leibesübungen. »Du bewegst dich mit der Anmut eines schwangeren Grampus. Ich kann diese Kniebeugen nicht anerkennen. Hat deine wohlbekannte musikalische Virtuosität dir die Konzentration geraubt? Antworte! – Ich bewerte dein Schweigen als Unverschämtheit! Wie lange muß ich deine Frechheit noch ertragen?«

»Nicht lange«, sagte Etzwane. »Dort drüben geht ein Wächter. Ruf ihn. Zufällig habe ich hier meine Flöte, und ich werde die Strophe der Offenen Inspektion spielen, dann widerfährt uns Gerechtigkeit!«

In Polovits' Augen erschien ein roter Schimmer. Er öffnete langsam den Mund, ließ ihn dann entschlossen zuschnappen, fuhr herum und machte Anstalten, den Ka zu rufen. Er tat, als hielte er sich mit großer Anstrengung zurück. »Was soll's? Er bringt dich und die Hälfte dieser schwerfälligen Kretins ins Loch – und was habe ich davon? Ich müßte nur mit einer neuen Gruppe wieder von vorn anfangen. Wir verschwenden nur Zeit. Weiter mit den Übungen!« Polovits sprach seltsam nachdenklich und wich Etzwanes Blicken aus.

Kretzel fragte Etzwane: »Wie geht es jetzt mit Polovits?«

»Er ist wie verwandelt«, sagte Etzwane. »Keine Tiraden mehr, auch seine Anfälle sind vorbei, er ist jetzt so schüchtern wie ein Grashüpfer, und seine Übungen sind fast ein Vergnügen.«

Kretzel antwortete nicht, und Etzwane nahm wieder einmal die Flöte zur Hand. Er sah eine Träne über Kretzels faltige Wange rinnen und senkte das Instrument. »Ist etwas Schlimmes geschehen?«

Kretzel wischte sich übers Gesicht. »Ich denke niemals an zu Hause; ich wäre längst tot, wenn ich der Heimat nachgetrauert hätte. Doch ein Wort hat die Erinnerung geweckt und sie wieder lebendig gemacht, und ich dachte an die Wiesen über dem Elshuka-Teich, wo meine Familie Siedlungsland hatte. Das Gras stand hoch, und als kleines Mädchen habe ich lange Tunnels durch das Gras gebaut und Vögel beim Nestbau überrascht ... Eines Tages baute ich einen langen Tunnel – und als ich nach oben durchstieß, blickte ich in das Gesicht von Molsk, dem Menschenfänger. Er brachte mich in einem Sack fort, und ich habe den Elshuka-Teich nie wiedergesehen ... Mein Leben ist bald vorbei. Meine Knochen werden sich mit dieser sauren schwarzen Erde vermischen, wo ich doch viel lieber zu Hause im Licht unserer Sonnen sterben würde!«

Etzwane blies eine bedächtige Melodie auf der Flöte. »Waren schon viele Sklaven auf Kahei, als du herkamst?«

»Wir gehörten zu den ersten. Man verwendete uns, um die Rogushkoi zu züchten. Sie sind aus unserem Samen. Ich entging dem Schlimmsten, indem ich das Lied lernte. Doch bis auf einige wenige sind die anderen inzwischen tot. Auch der alte Polovits war damals schon dabei.«

»Und in all den Jahren ist niemand geflohen?«

»Geflohen? Wohin denn? Diese Welt ist ein unentrinnbares Gefängnis!«

»Es würde mir Spaß machen, großen Schaden anzurichten, wenn ich nur könnte.«

Kretzel zuckte gleichgültig die Achseln. »Dazu hatte ich auch einmal Lust, früher – aber jetzt ... Ich habe zu oft das Große Lied gespielt. Ich komme mir fast schon wie ein Ka vor.«

Etzwane erinnerte sich an den Zwischenfall in Shagfe, als der Ka Hozman Rauhkehles Asutra vernichtete. Was hatte solche Gewalttätigkeit ausgelöst? Wenn alle Ka auf Kahei den gleichen Impuls empfänden, gäbe es bald keine Asutra mehr. Etzwane erkannte, wie wenig er eigentlich über die Ka, über ihr Leben und ihr inneres Wesen wußte. Er befragte Kretzel, die sofort ärgerlich reagierte und ihm riet, sich auf das Große Lied zu konzentrieren.

Etzwane sagte: »Ich kenne nun zweiundzwanzig Strophen; gut vierzehntausend muß ich noch lernen; ich bin ja ein alter Mann, ehe meine Fragen beantwortet sind.«

»Und ich werde tot sein«, erwiderte Kretzel heftig. »Also, achte auf das Instrument, vergiß das doppelte Trillern am Ende der zweiten Sequenz nicht. Dies ist üblich und bedeutet eine ›vehemente Aussage‹. Die Ka sind ein mutiges und verzweifeltes Volk; ihre Geschichte ist eine Folge tragischer Auseinandersetzungen, und der Doppeltriller drückt diese Stimmung aus, die Herausforderung, die dem Schicksal entgegengestellt wird.«

Polovits, der wilde alte Kämpfer, hatte sich überraschend zu einem sauertöpfischen Eigenbrötler gewandelt, der sich kaum noch um die Kampfübungen kümmerte. Die Spannung, die seine frühere Feindseligkeit erzeugt hatte, war verschwunden; die Übungszeiten wurden gähnend langweilig.

Diese Stimmung griff für Etzwane auf jeden Aspekt seines Daseins über; er begann sich seltsam losgelöst zu fühlen, er glaubte fast auf zwei Ebenen zu leben, auf einer inneren und einer äußeren, und sein Geist zog sich auf einen subjektiven Punkt in der Mitte zurück und beobachtete ohne Interesse oder Anteilnahme die Tätigkeit seines Körpers.

Was war dieses Große Lied? Jeden Tag suchte Etzwane die alte Frau auf. Er spielte Strophe um Strophe und prägte sich ihre Bedeutung ein, doch das Projekt hatte so entmutigend riesige Dimensionen, daß es ihm sinnlos vorkam weiterzumachen. Er konnte die vierzehntausend Strophen lernen und eine zweite Kretzel werden ... Etzwane begann sich zu ereifern; er ärgerte sich über seine Passivität. »Ich habe die Rogushkoi geschlagen. Ich habe meine Energie und meinen Intellekt eingesetzt! Ich habe mich nicht ergeben! Dieselben Kräfte muß ich jetzt einsetzen, um dem Schicksal *meine* Bedingungen aufzuzwingen!«

Dies redete er sich immer wieder ein, und im Geiste erfrischt begann er Revolten, Sabotageakte, ein Guerillaunternehmen, eine Aktion mit Geiselnahme, eine Eroberung des bronzenen Scheibenschiffs am Rande des Lagers zu planen und dachte sich Signale aus, um sich mit Ifness in Verbindung zu setzen ... Doch jeder Plan scheiterte an demselben Aspekt: Sämtliche Vorhaben waren nicht in die Tat umzusetzen. Frustriert dachte er daran, eine Gruppe Gleichgesinnter zusammenzusuchen, stieß dabei jedoch auf einen entmutigenden Mangel an Einsatzbereitschaft. Außer bei einer Person, einem hageren, mürrischen Mann aus dem Saprovno-Distrikt, der Shapan hieß – wie das Gewächs mit zarten Ästen und Dornen mit Widerhaken, das auf Durdane wuchs. Shapan schien sich für Etzwanes Ansichten zu interessieren, und Etzwane glaubte schon einen Verbündeten gefunden zu haben, als Kretzel den Mann eines Tages beiläufig als den bekanntesten Denunzianten des Lagers bezeichnete. »Er hat schon Dutzende in den Tod geschickt. Er verführt sie zu ungesetzlichem Verhalten, und meldet sie dann bei den Ka – und ich wüßte nicht, aus welchem anderen Grund als aus perverser Lust, denn er hat davon keineswegs profitiert.«

Etzwane war zuerst wütend, dann ärgerte er sich über sich selbst und seine Leichtgläubigkeit, schließlich stellte er sich apathisch. Shapan schien begierig, neue Pläne zu schmieden, doch Etzwane schützte Ratlosigkeit vor.

Gongschläge weckten die Sklaven, während die Dunkelheit noch feucht und schwer über dem Lager lag. Flötentöne erschallten und hastige Schritte; offenbar war ein Katastrophenfall eingetreten. Von der unförmigen Kuppel über der Garage klang ein auf- und abschwellender Heulton: Generalalarm. Die Sklaven kleideten sich rasch an, eilten hinaus und stellten fest, daß ein Transportschiff im Übungshof gelandet war.

Aus dem Schiff hastete ein Dutzend Ka mit Asutra im Nakken. Etzwane spürte ihre Nervosität. Die Singsangsprache der Ka, im grundlegenden ›Ersten Stil‹ gehalten, tönte über den Hof. Wieder erklang der auf- und abschwellende Alarmton; die Korporale eilten vor und ordneten ihre Gruppen; wer an den Waffen ausgebildet worden war, wurde zum Transportschiff und in einen langen, düsteren Laderaum geführt. Der Boden war schmutzig; in der heißen Luft hing ein widerlicher Gestank. Die Sklaven standen dicht zusammengedrängt, Schulter an Schulter, und der Geruch der schwitzenden Körper war Übelkeit erregend.

Das Schiff ruckte und setzte sich in Bewegung; die Sklaven hielten sich an Verstrebungen fest, stemmten sich gegen die Wände oder gegeneinander; zum Umfallen war kein Platz. Einigen wurde schlecht, und sie übergaben sich, andere brüllten vor Wut und Panik, wurden jedoch mit Schlägen schnell zum Schweigen gebracht.

Etwa zwei Stunden lang flog das Schiff, dann landete es mit heftigem Ruck. Die Maschinen verstummten. Da die Frischluft so nahe war, begannen die Sklaven durchzudrehen, trommelten gegen die Wände und brüllten: »Raus! Raus! Raus ...!«

Die Luke ging auf und ließ einen kalten Windhauch herein. Unwillkürlich wichen die Sklaven zurück. Eine Stimme rief: »Alle in geordneten Reihen nach draußen. Die Gefahr ist nahe. Es ist soweit!«

Mit eingezogenen Köpfen traten die Sklaven in die windige Dunkelheit hinaus. Rechts blinkte ein schwaches Licht; eine Stimme rief: »Marschiert geradeaus, auf das Licht zu. Geht in einer Reihe; nicht vom Weg abweichen!«

Die Sklaven setzten sich in Bewegung; ohne es wirklich zu wollen, marschierten sie über eine weiche, schwammige Fläche auf das Licht zu. Der Wind blies ihnen ins Gesicht und trieb einen kalten Nieselregen vor sich her. Etzwane kam sich wie in einem Alptraum vor, aus dem er gleich erwachen mußte.

Die Gruppe hielt vor einem niedrigen Gebäude. Nach zwei Minuten ging es weiter, eine Rampe hinab in einen großen unterirdischen Raum, der nur schwach erleuchtet war. Durchnäßt und fröstelnd drängten sich die Sklavenkrieger zusammen. Am anderen Ende des Saals ertönte die melodische Stimme eines Ka; das Wesen stieg auf ein Podest, gefolgt von einem alten, gebeugten Mann, der ungewöhnlich lange Arme und Beine hatte.

Der Ka blies einige Flötentöne im Ersten Stil; und der alte Mann sagte: »Ich übersetze euch die Bedeutung. Der Feind ist in einem Raumschiff gekommen. Er hat seine Forts errichtet, und wieder einmal will er Kahei erobern. Die klugen Helfer werden sie töten.« Er hielt inne, um dem Ka zuzuhören, und Etzwane fragte sich, wer diese »klugen Helfer« waren. Die Asutra? Der alte Mann fuhr fort: »Die Ka werden kämpfen, und ihr werdet gemeinsam mit den Ka kämpfen, die eure Herren sind. So werdet ihr in das Große Lied eingehen.«

Der alte Mann lauschte, doch der Ka hatte nichts mehr zu sagen, und der Greis fuhr allein fort: »Jetzt seht euch um, seht fest in das Gesicht eures Nachbarn, denn schlimme Ereignisse stehen bevor, und mancher von uns wird das Morgen nicht erleben. Und die Toten – wie wird man sich ihrer erinnern? Nicht bei Namen oder von Angesicht, sondern durch ihren Mut. Eine neue Strophe des Großen Lieds wird berichten, wie sie in ihre Echsenwagen stiegen und über die dunkle Ebene fuhren, um sich gegen den Feind zu stellen.«

Wieder sprach der Ka; der alte Mann hörte zu und übersetzte: »Die Taktik ist einfach. In den Echsenwagen seid ihr namenlose Vernichter, die Essenz unserer Verzweiflung. Die Gegner sollen euch fürchten! Was bleibt euch außer wildem Angriff? Wenn ihr fahrt, dann nur vorwärts! Der Feind hält das Nordmoor; seine Forts kontrollieren den Himmel. Wir aber greifen vom Boden aus an ...«

Etzwane rief in der Dunkelheit: »Wer ist dieser ›Feind‹? Er ist menschlich wie wir. Sollen Menschen für die Asutra andere Menschen töten?«

Der alte Mann hob den Kopf. Der Ka sagte etwas; der alte Mann spielte ein paar Töne auf seiner Doppelflöte und rief den Kriegern zu: »Ich weiß nichts, also stellt keine Fragen; ich kann euch nicht antworten. Der Feind ist der Feind, welche Gestalt er auch annimmt. Ich sage folgendes: Viel Glück euch allen. Es ist schlimm, so fern von Durdane zu sterben, aber wenn wir schon sterben müssen, warum also nicht in tapferem Kampf?«

Eine heisere Stimme rief spöttisch: »Ja, tapfer werden wir sterben, und du alter Trottel kannst dem Ka versichern, daß sie uns nicht umsonst hierhergebracht haben.«

Am Ende des Raums flammte ein rotes Licht auf. »Folgt dem Licht! Vorwärts!«

Die Männer setzten sich wieder in Bewegung, die vorderen wichen zurück; keiner wollte der erste sein. Die Ka flöteten;

der alte Mann rief: »In den Durchgang! Geht dorthin, wo die Lampe aufleuchtet!«

Die Männer strömten in einen weißgestrichenen Tunnel und durch ein schmales Portal am Ende; hier wurde jeder der Sklaven von zwei Ka festgehalten, während ihm ein dritter eine Röhre in den Mund stieß und eine beißende Flüssigkeit einflößte.

Hustend, fluchend und spuckend stolperten die Männer auf einen gepflasterten Hof; wo das wäßrige graue Licht der Dämmerung sie umgab. Links und rechts standen Reihen von Echsenwagen. Die Männer zögerten, und ihre Korporäle griffen zu und schoben sie auf ihre Wagen zu.

»Hinein mit dir«, sagte Plovits leise zu Etzwane. »Fahr nach Norden, über die Erhebung. Die Torpedorohre sind bestückt; beschieße die Forts, vernichte den Feind.«

Etzwane ließ sich in den Wagen gleiten; über ihm knallte das Verdeck zu. Er berührte das Fahrpedal; der Wagen grollte und zischte und glitt über die gepflasterte Fläche auf die Bergheide hinaus.

Raffiniert gebaut und gefährlich waren die Echsenwagen: knapp sechzig Zentimeter hoch, elastisch, wendig und dicht am Boden liegend, an dessen Unebenheiten sie sich anpassen konnten. Am Heck befand sich die Energieeinheit. Etzwane hatte keine Ahnung von der Fahrkapazität des Wagens, denn im Trainingslager waren sie selten fahrend erprobt worden. Drei Torpedorohre wiesen direkt nach vorn; die gerippte Oberfläche stützte eine flache Energiekanone auf einem Drehgestell. Die Wagen bewegten sich auf Kompressionspolstern und konnten bei günstigen Geländebedingungen blitzschnell dahinrasen, wie eine Eidechse.

Etzwane fuhr nordwärts einen Hang hinauf, der von dunkelpurpurnen Moospolstern bedeckt war. Links und rechts glitten andere Echsenwagen dahin, teils vor, teils hinter ihm. Das Mittel, das ihm eingegeben worden war, begann zu wirken: Etzwane spürte ein überschäumendes Hochgefühl, er kam sich stark und unverletzbar vor.

Er erreichte den Kamm der Erhebung und zog den Geschwindigkeitshebel zurück. Aber der Wagen reagierte nicht. Doch das war egal – so redete ihm sein drogenbetäubter Geist ein; immer mit vollem Tempo voran. Man hatte ihn also hereingelegt! Diese bittere Erkenntnis unterdrückte den künstlich aufgeputschten Elan. Plötzlich erfüllte ihn Wut. Es genügte nicht, daß man ihn gegen »Feinde« schickte, die er gar nicht kannte! Man hatte auch dafür gesorgt, daß er in aller Eile in den Tod raste!

Ein weites Tal erstreckte sich vor ihm. Zwei Meilen entfernt sah er einen kleinen See und in dessen Nähe drei schwarze Raumschiffe. See und Raumschiffe waren von einem Ring aus zwanzig gedrungenen schwarzen Kegeln umgeben; offensichtlich handelte es sich dabei um die Forts, die sie angreifen sollten.

Die Echsenwagen rollten heran, hundertundvierzig an der Zahl, und keiner konnte gestoppt werden. Einer der Wagen vor Etzwane schwang in großer Wende herum und fuhr in die Richtung zurück, aus der er gekommen war, und der Mann am Steuer gestikulierte und zeigte nach vorn. In seiner Wut brauchte Etzwane keinen weiteren Anstoß; er wendete seinen Wagen ebenfalls und fuhr zum Stützpunkt zurück. Dabei brüllte er in wilder Freude durch die Belüftungsschlitze. Einer nach dem anderen folgten die Wagen dem Beispiel; sie kamen vom Kurs ab und rasten zurück. Auf dem Kamm über ihnen warteten vier bewegliche Forts mit Beobachtern; diese Forts glitten nun mit blitzenden roten Lichtern herab. Etzwane richtete seine Torpedozielanlage auf. Er drückte den Auslöser, und eins der Forts wirbelte wie ein springender Fisch in die Höhe und landete krachend auf der Seite. Die anderen Forts eröffneten das Feuer; drei Echsenwagen zerschmolzen auf der Stelle, doch gleichzeitig wurden die Forts getroffen und vernichtet. Aus zwei Wracks kletterten Ka und liefen mit großen Schritten über das Moor; die Echsenwagen folgten ihnen, kreisten sie ein und überfuhren sie.

Etzwane schwenkte den Arm und brüllte aus den Entlüftungsschlitzen: »Zum Stützpunkt! Zum Stützpunkt!«

Die Echsenwagen rasten über die Hügelkuppe; augenblicklich spien die Unterstände rote Strahlen. »Verteilt euch!« brüllte Etzwane. Er gab Zeichen mit den Händen, doch niemand kümmerte sich darum. Er richtete sein Torpedorohr und feuerte; eine der Befestigungen ging in Flammen auf. Die restlichen Anlagen sandten Energielanzen aus, die die Echsenwagen bei der ersten Berührung zerschmelzen ließen, doch andere Torpedos fanden ihr Ziel. Nach fünf Sekunden war die Hälfte der Echsenwagen vernichtet, doch die Waffen schwiegen, und die verbleibenden Wagen rasten ungehindert zur Station zurück. Einige feuerten ihre restlichen Torpedos in die unterirdische Garage; daraufhin explodierte der gesamte Hügel. Gras, Beton, zerrissene Leiber, Bruchstücke verschiedener Geräte wurden hoch in die Luft gewirbelt und regneten herab.

Der Stützpunkt war ein riesiger Krater, aber das Problem war nun das Stoppen der Echsenwagen. Etzwane experimentierte an den verschiedenen Hebeln herum, doch vergeblich. Er stieß die Einstiegluke auf, um an die Energieeinheit heranzukommen und sie von außen abzuschalten. Der Motor verstummte, und der Wagen kam zum Stillsand. Etzwane sprang hinaus und stand auf dem schwarzen Moos der Heide. Wenn er jetzt getötet worden wäre, wäre er einen begeisterten Tod gestorben.

»Wir sind frei!« schrie er. »Wir sind frei!«

Die anderen Männer stoppten ihre Wagen wie Etzwane und stiegen aus. Von den hundertvierzig Fahrzeugen waren noch sechsundsiebzig übrig. Die Wirkung der Droge hatte noch nicht nachgelassen; die Gesichter waren aufgeregt gerötet, die Augen blitzten, und die Persönlichkeit der Männer schien plötzlich konzentrierter, ausgeprägter zu sein. Die Durdaner lachten und stapften herum und berichteten von ihren Abenteuern: »Endlich frei, unser Leben ist zwar keinen Pfifferling mehr wert ... Also los! Über die Hügel! Sollen sie uns doch folgen, wenn sie's wagen! ... Nahrung? Natürlich gibt es Nahrung! Wir holen sie uns von den Ka! ... Rache? Sie werden unseren Triumph nicht hinnehmen. Sie werden vom Himmel herabfallen, um uns zu zerfleischen ...«

Etzwane schaltete sich ein: »Einen Augenblick, hört mir mal zu. Jenseits des Hügels stehen die schwarzen Raumschiffe. Die Besatzung sind wahrscheinlich Menschen wie wir – von einer unbekannten Welt. Warum fahren wir nicht hinüber, begrüßen sie wie Freunde und vertrauen auf ihre Freundlichkeit? Wir haben nichts zu verlieren.«

Ein stämmiger Mann mit schwarzem Bart, den Etzwane als Korba kannte, wiegte zweifelnd den Kopf und fragte: »Woher weißt du, daß da Menschen wie wir an Bord sind?«

»Ich habe einmal gesehen, wie ein ähnliches Schiff vernichtet wurde«, erwiderte Etzwane. »Die Körper von Menschen wurden herausgeschleudert. Auf jeden Fall müssen wir uns dort umsehen; wir haben nichts zu verlieren.«

»Stimmt«, sagte Korba.

»Noch etwas«, sagte Etzwane. »Es ist wichtig, daß wir als Gruppe handeln, nicht als Bande von Wilden. Wir brauchen einen Anführer, der unsere Taten koordiniert. Wie wär's mit Korba? Korba, willst du unser Anführer sein?«

Korba zupfte sich am Bart. »Nein – nicht ich. Du hast die Notwendigkeit erkannt, du bist der Richtige dafür. Wie heißt du denn?«

»Ich bin Gastel Etzwane. Ich übernehme die Verantwortung, wenn niemand Einwände erhebt.«

Niemand meldete sich.

»Gut«, sagte Etzwane. »Zunächst werden wir die Wagen reparieren, damit wir sie wieder normal manövrieren können.«

»Brauchen wir denn die Wagen?« fragte ein aufgebrachter alter Mann. Er hieß Sul und war als streitsüchtig bekannt. »Warum gehen wir nicht zu Fuß und lassen diese verdammten Kisten stehen? Ich möchte keine davon mehr anrühren.«

»Das wäre unklug. Wir müssen vielleicht weite Strecken zurücklegen, um Nahrung zu finden«, entgegnete Etzwane. »Wir kennen das Land nicht; die Wüste kann sich tausend Meilen weit erstrecken. Mit den Wagen haben wir eine größere Überlebenschance, außerdem sind die Wagen mit Waffen ausgerüstet. Mit den Fahrzeugen sind wir gefährliche Kämpfer, ohne sie eine hilflose Meute hungernder Flüchtlinge.«

»Richtig«, sagte Korba. »Wenn es zum Schlimmsten kommt, woran kein Zweifel bestehen kann, wollen wir dafür sorgen, daß uns die anderen wenigstens nicht so schnell vergessen. Denen verpasse ich einen Denkzettel, daß sie noch einige Strophen an ihr Lied stricken können.«

Die Maschinenverkleidungen wurden abgehoben und die

Klammern von der Geschwindigkeitskontrolle genommen. Etzwane hob die Hand. »Hört mal!« Hinter dem Hügel ertönte ein leises an- und abschwellendes Heulen, ein unheimliches Geräusch, das den Männern durch Mark und Bein ging.

»Ein Signal?«

»Wahrscheinlich eine Warnung!«

»Sie wissen, daß wir hier sind; sie warten auf uns!«

»Auf jeden Fall fahren wir los«, sagte Etzwane. »Ich fahre an der Spitze. Wir halten am Kamm der Erhebung.« Er stieg in seinen Wagen, zog die Luke zu und fuhr los; die Wagen glitteen wie eine Horde schwarzer Rieseneidechsen über das dunkle Moos.

Der Hügel stieg vor ihnen an, flachte sich dann ab, und die Wagen hielten; die Männer stiegen aus. Vor ihnen erstreckte sich das Tal mit dem See, den Raumschiffen und den Befestigungstürmen. Am Ufer des Sees arbeitete eine Gruppe von zwanzig Menschen. Die Entfernung war zu groß, um die Art ihrer Tätigkeit zu erkennen, doch ihre Bewegungen hatten etwas Nervöses. Etzwane wurde unruhig; irgend etwas stand bevor.

Von den Raumschiffen tönte wieder ein Heulton herüber; die Männer am See fuhren herum, blieben einige Sekunden wie erstarrt stehen und rannten dann zu den Schiffen zurück.

Korba stieß plötzlich einen Ruf des Erstaunens aus; er deutete nach Süden, wo sich verschwommen einige größere Berge abzeichneten. Hinter diesen Bergen erschienen drei kupferfarbene Scheibenschiffe. Die ersten beiden waren von gewöhnlicher Bauweise; das dritte, ein gewaltiges Gebilde, trieb wie ein Kupfermond über den Horizont. Die beiden kleineren schossen mit bedrohlicher Zielstrebigkeit heran; das große Schiff näherte sich langsamer und im Tiefflug. Die konischen Forts rings um den See begannen knisternde weiße Lichtstrahlen zu speien, die sich auf eins der kleinen Schiffe konzentrierten. Es hüllte sich in einen blauen Schimmer, schoß in den Himmel hinauf und war nach wenigen Sekunden nicht mehr zu sehen. Das zweite richtete einen purpurnen Energiestrahl auf eins der schwarzen Schiffe. Die

Forts strahlten unablässig, doch mit wenig Erfolg. Das schwarze Schiff glühte rot, dann weiß auf und sank plötzlich zu einer geschmolzenen Masse zusammen. Darauf verschwand die Bronzescheibe blitzschnell und anscheinend unbeschädigt hinter einer Erhebung. Die große Scheibe landete ganz in der Nähe auf dem Moos; Luken sprangen auf und Rampen senkten sich herab. Echsenwagen rasten ins Freie – zwanzig, vierzig, sechzig, hundert. Sie glitten auf die Forts zu, schwarze Pfeile, die über das Moos glitten, fast unsichtbar und ohne ein Ziel zu bieten. Die Forts zogen sich schützend enger um die Kugelschiffe zusammen. Die Echsenwagen huschten den dunklen Mooshang hinab und kamen in Torpedoschußweite. Die Forts versprühten fächerförmig weiße Energie, und die vorderen Echsenwagen wurden zerschmettert und hoch in die Luft geschleudert. Doch die nächsten feuerten ihre Torpedos ab, und ein Fort nach dem anderen explodierte. Die Echsenwagen schossen nun ihre Torpedos auf die schwarzen Kugelschiffe, doch ohne Wirkung; wo sie aufprallten, erschienen nur sprühende rote Lichtpunkte. Die beiden bronzenen Scheibenschiffe, das große und das kleine, stiegen auf und richteten dicke purpurrote Strahlen auf die schwarzen Kugeln. Am Himmel traf nun Hilfe ein. Acht lange, schmale silberweiße Schiffe von komplizierter Bauweise senkten sich herab und hingen über den schwarzen Kugeln. Die Luft knisterte und vibrierte; die purpurnen Lichtbalken verblaßten zu einem rauchigen Braungelb, wurden schwächer und erstarben, als wäre ihre Energiequelle erschöpft. Die schwarzen Kugelschiffe hoben sich in die Luft und stiegen in den Himmel. Sie wurden zu dunklen Punkten vor den grauen Wolken, rasten hindurch und waren verschwunden. Die silberweißen Schiffe verharrten drei Minuten lang reglos und verschwanden dann ebenfalls in den Wolken.

Die Echsenwagen kehrten zu dem großen Scheibenschiff zurück. Sie rollten die Rampen hinauf und verschwanden im Innern. Fünf Minuten später stiegen beide kupfernen Scheibenschiffe auf und entfernten sich über den südlichen Hügeln.

Die Landschaft war leer bis auf die Männer, die auf der Heide standen und das unwirkliche Schauspiel beobachtet hatten. Nur die explodierten Forts und das zerschmolzene schwarze Schiff zeugten noch von dem Kampf, der sich innerhalb weniger Minuten hier abgespielt hatte.

Die Männer stiegen in die Echsenwagen und fuhren vorsichtig zum See hinab. Die Forts waren ein Gewirr aus zerschmettertem und geschmolzenem Metall; die eingesunkene schwarze Kugel strahlte so viel Hitze aus, daß man sich ihr nicht nähern konnte. Sie gingen zum Ufer hinab. Ein unangenehmer Geruch schlug ihnen entgegen, der immer stärker wurde. »Ob es nun stinkt oder nicht, ich habe Durst«, sagte Korba. Er beugte sich vor und schöpfte eine Handvoll Wasser, zuckte dann aber angewidert zurück. »Pfui Teufel! Was Wasser ist ja voller Viecher!«

Etzwane beugte sich über den Teich. Im Wasser wirbelten unzählige insektenartige Wesen durcheinander, die meisten winzig klein, einige davon aber bereits handgroß. Aus den graurosa Körpern wuchsen sechs kleine Beine, die jeweils in drei winzigen Fingern endeten. An einem Ende starrten schwarze Augenpunkte aus behaarten Höhlungen. Etzwane richtete sich angewidert auf. Von diesem Wasser wollte er nicht trinken. »Asutra«, sagte er. »Millionen von Asutra.«

Er suchte den Himmel ab. Schwarze Wolken trieben rasch unter der ewigen Wolkendecke dahin, es begann zu regnen. Etzwane erschauderte. »Ein übler Ort; je eher wir hier fortkommen, desto besser.«

Einer der Männer sagte zweifelnd: »Wir haben aber kein Wasser und keine Nahrung. Sollten wir nicht ...«

»Die Asutra?« Etzwane verzog angeekelt das Gesicht. »So hungrig werde ich nie sein. Auf jeden Fall sind es Organismen, die wahrscheinlich giftig für uns wären.« Er wandte sich ab. »Die Raumschiffe kommen vielleicht zurück; bis dahin sollten wir hier verschwunden sein. Wir haben Glück gehabt, daß wir nicht gesehen wurden.«

»Das ist ja alles gut und schön«, klagte der alte Sul, »aber wo wenden wir uns hin? Wir sind zum Tode verurteilt; warum sollen wir uns jetzt beeilen?«

»Ich hätte ein Ziel vorzuschlagen. Im Süden liegt das Lager am Sumpf; der nächste Ort, wo es Nahrung und Wasser gibt.«

Die Männer sahen ihn zweifelnd und ratlos an. Korba fragte mürrisch. »Du willst, daß wir ins Lager zurückkehren, obwohl wir endlich frei sind?«

Ein anderer knurrte: »Eher esse ich Asutra und trinke von ihrer Pisse hier! Ich bin als Graudorn aus der Bagot-Rasse geboren und war lange genug Sklave. Lieber verhungere ich.«

»Ich meine ja nicht, daß wir uns ergeben sollen«, erwiderte Etzwane. »Habt ihr die Waffen vergessen, die wir bei uns haben? Wir nehmen uns, was wir brauchen, und werden dabei ein paar alte Rechnungen begleichen. Wir folgen der Küste nach Süden, bis wir das Lager finden, dann sehen wir weiter.«

»Es ist weit«, murmelte jemand.

Etzwane sagte: »Wir sind im Transportschiff zwei Stunden lang geflogen. Für die Rückkehr müssen wir zwei oder drei, vielleicht vier Tage lang fahren – mehr nicht.«

»Richtig«, erklärte Korba. »Wir werden vielleicht durch die Blitze der Asutra getötet, doch keiner von uns rechnet mit einem langen Leben!«

»Dann in die Wagen«, sagte Etzwane. »Wir fahren nach Süden.«

Sie umrundeten den See und das qualmende Kugelschiff und fuhren dann über die schwarze Heide, wo schimmernde Spuren den Weg anzeigten, auf dem sie gekommen waren. Sie glitten den Hang hinab und an dem zerstörten Stützpunkt vorbei. Irgendwo unter den Trümmern lag Polovits, das Gesicht in den Staub gedrückt, sagte sich Etzwane grimmig. Seine Tyrannei hatte ein Ende. Etzwane spürte plötzlich so etwas wie Mitleid mit dem alten Mann, in das sich Wut über das Unrecht mischte, das ihm und der menschlichen Rasse angetan wurde. Er blickte zu den Echsenwagen zurück; er und seine Gefährten waren schon so gut wie tot, doch vor dem Ende wollten sie dem Gegner noch schwere Wunden reißen.

Der Sumpf lag in der Nähe; eine endlose morastige Fläche, auf der grünschimmernder Schaum stand. Die Wagen wandten sich nach Süden und fuhren am Rand des Moors entlang. Wolken hingen tief herab; in der Ferne verschwammen Boden, Sumpf und Himmel ohne sichtbare Trennungslinie.

Die Wagen schossen nach Süden, ein unheimlicher Zug; die Männer warfen keinen Blick zurück. Am Nachmittag erreichten sie einen trüben schwarzen See; sie tranken, obwohl das Wasser bitter schmeckte, und füllten die Behälter in ihren Wagen. Dann überquerten sie einen Flußlauf am Rande des Sumpfes und setzten ihren Weg fort.

Der Himmel wurde dunkler; der Abendregen begann zu fallen und wurde sofort von dem Moos aufgesaugt. Die Wagen fuhren weiter durch die Dämmerung, bald hüllte sie die Dunkelheit ein. Etzwane ließ die Kolonne halten, und die Männer wanderten herum und jammerten über ihre Muskelkater und knurrenden Mägen. Sie reckten sich und humpelten zwischen den Wagen hin und her und fluchten mit heiseren Stimmen vor sich hin. Einige, die die Trennungslinie zwischen dem schimmernden Sumpf und der matten Schwärze der Heide deutlich auszumachen glaubten, wollten weiterfahren. »Je eher wir das Lager erreichen, desto eher lösen wir das Problem: essen oder getötet werden.«

»Ich habe auch Hunger«, sagte Etzwane, »aber die Dunkelheit ist zu gefährlich. Wir haben kein Licht und können nicht zusammenbleiben. Wenn nun jemand erschöpft ist und einschläft? Ob wir nun Hunger haben oder nicht – wir müssen bis zum Morgen warten.«

»Am Tag kann man uns aber von Flugzeugen aus sehen«, wandte einer der Männer ein.

»Wir fahren los, sobald die Dämmerung kommt«, sagte Etzwane. »Es wäre töricht, bei Dunkelheit zu fahren. Es ist besser, wir versuchen ein wenig zu schlafen.« Er gab sich keine Mühe mit weiteren Erklärungen und ging zum Ufer hinab. Die Fläche des Sumpfs schimmerte blau in Linien und Kreisen, und diese Formen bewegten sich langsam hin und her und bildeten unentwegt neue Muster. Gespenstische Lichter flackerten zwischen den Pflanzen und bewegten sich schimmernd über die freien Stellen. Zu Etzwanes Füßen hastete etwas über den Schlamm; an den Umrissen erkannte er ein großes flaches Insekt, das auf einem Dutzend Beinen über den Morast lief. Er blickte näher hin. Ein Asutra? Nein, etwas anderes, doch vielleicht waren die Asutra in einem ähnlichen Sumpf entstanden. Vielleicht sogar auf Kahei, obwohl die ersten Strophen des Großen Liedes keine Asutra erwähnten.

Einige Männer aus der Gruppe kamen zum Ufer, betrachteten die Lichter und lauschten in die unheimliche Stille. In einiger Entfernung entzündete jemand mit getrocknetem Moos und Holzstücken ein kleines Feuer. Etzwane sah, daß mehrere Männer Insekten gefangen hatten und sie nun rösten und essen wollten. Etzwane zuckte ergeben die Achseln. Seine Autorität in dieser Gruppe stand auf schwachen Füßen.

Die Nacht verging nur langsam. Etzwane versuchte sich in seinem Wagen zum Schlafen auszustrecken, stieg aber wieder aus, setzte sich ins Moos und lehnte sich an sein Fahrzeug. Ein kalter Wind ging, so daß er sich auch hier nicht wohl fühlte. Er schlummerte trotzdem ein ... Merkwürdige Laute weckten ihn. Er erhob sich und ging an den Wagen entlang. Drei Männer lagen am Boden, hielten sich den Leib und würgten qualvoll. Etzwane blieb einen Augenblick lang stehen und kehrte dann zu seinem Wagen zurück. Er konnte keinen Trost oder Hilfe spenden; das Unheil bedrückte die ganze Gruppe. Sie würden die Sterbenden zurücklassen müssen ...

Nieselregen setzte ein. Etzwane legte sich wieder in seinen Wagen. Das Stöhnen der Vergifteten wurde leiser und verstummte schließlich.

Endlich kam die Dämmerung. Die drei Männer lagen tot auf dem schwammigen schwarzen Boden. Es waren die drei, die Insekten gegessen hatten. Ohne Kommentar ging Etzwane zu seinem Wagen, und die Kolonne fuhr weiter nach Süden.

Die Ebene schien endlos; die Männer steuerten ihre Wagen wie im Halbschlaf. Gegen Mittag erreichten sie einen weiteren Wasserlauf und stillten ihren Durst. Die Pflanzen am Ufer hatten wachsähnliche Früchte, die einige Männer vorsichtig untersuchten. Etzwane schwieg, und die Hungrigen wandten sich widerstrebend ab.

Korba starrte nach Süden. Er deutete auf einen Schatten am Horizont, der eine Wolke oder ein hoher Berg sein konnte. »Nördlich vom Lager war ein hoher Berg«, sagte er. »Vielleicht ist es der dort.«

»Unser Weg ist bestimmt noch weit«, sagte Etzwane. »Das Schiff, das uns nach Norden brachte, ist sicher mit großer Geschwindigkeit geflogen, denn sie hatten es eilig. Ich nehme an, daß wir noch zwei Tagesreisen vor uns haben – oder mehr.«

»Wenn unsere Kraft reicht.«

»Wir halten bestimmt durch, solange uns die Wagen nicht im Stich lassen. Meine Hauptsorge ist, daß die Wagen ihre Energie bald verbraucht haben werden. Sie wurden nicht für derartige Entfernungen konstruiert.«

Korba und die anderen blickten auf die langen schwarzen Fahrzeuge. »Fahren wir weiter«, sagte einer der Männer. »Wenigstens sehen wir heute noch die Gegend jenseits des Bergs, und wenn wir Glück haben, hat Korba doch recht.«

»Ich hoffe es auch«, sagte Etzwane. »Trotzdem – macht euch auf eine Enttäuschung gefaßt.«

Die Kolonne setzte ihren Weg über den gewellten schwarzen Moosteppich fort. Nichts rührte sich, sie sahen keine Siedlung, keinen Pfosten, keinen Wegstein.

Ein kurzes Unwetter überraschte sie; schwarze Wolken wirbelten vorüber; ein Windstoß wehte von Westen heran. Der Sturm war nach einer halben Stunde vorüber und hinterließ eine frische, saubere Atmosphäre. Der Schatten im Süden war eindeutig ein Berg von erheblicher Größe.

Gegen Abend erreichte die Kolonne den Kamm, der einen Ausblick auf das Panorama gestattete. So weit das Auge reichte, erstreckte sich eine leere schwarze Hochfläche.

Die Gruppe hielt; die Männer stiegen aus und starrten enttäuscht auf die Einöde. Etzwane sagte knapp: »Unser Weg ist noch weit.« Er setzte sich wieder in sein Fahrzeug und lenkte es hügelabwärts.

In Gedanken hatte er sich einen Plan zurechtgelegt, und als die Dunkelheit sie zum Halten zwang, erklärte er ihn den anderen. »Erinnert ihr euch an das Scheibenschiff, das beim Lager wartet? Ich glaube, es ist ein Raumfahrzeug; jedenfalls ist es ein Objekt von großem Wert. Wenn das Schiff sich noch dort befindet, schlage ich vor, daß wir es erobern und unsere Rückkehr nach Durdane erzwingen.«

»Ist denn das zu schaffen?« fragte Korba. »Werden uns die anderen nicht aufspüren und ihre Torpedos einsetzen?«

»Ich habe im Lager nie besonders große Wachsamkeit bemerkt«, sagte Etzwane. »Wir müssen es versuchen, denn es hilft uns niemand, wenn wir die Sache nicht selbst in die Hand nehmen.«

Einer der Alula sagte: »Ich hatte das ganz vergessen – es ist soviel geschehen. Vor langer Zeit hast du uns ja von dem Planeten Erde und von einem gewissen Ifness erzählt.«

»Es war ein Märchen«, sagte Etzwane. »Auch ich habe das alles vergessen ... Eine seltsame Vorstellung. Für die Leute auf der Erde wären wir wahrscheinlich wie Wesen aus einem Alptraum. Aber wir bedeuten ihnen weniger als ein Lichthauch im Sumpf dahinten. Ich fürchte, daß ich die Erde niemals zu Gesicht bekomme.«

»Ich würde mich freuen, das gute alte Caraz wiederzusehen«, sagte der Alula. »Ich würde mich für einen unvorstellbaren Glückspilz halten und nie wieder klagen.«

Einer der Männer knurrte: »Ich gäbe mich schon mit einem Brocken Fleisch zufrieden!«

Nacheinander, widerstrebend, die Wärme der Gruppe zu verlassen, kehrten die Männer zu ihren Fahrzeugen zurück und verbrachten eine zweite unbequeme Nacht.

Als die Dämmerung das Land erkennbar machte, waren sie wieder unterwegs. Etzwane hatte den Eindruck, daß sein Wagen nicht mehr so beweglich war; er fragte sich, wie viele Meilen er noch fahren konnte. Wie weit war das Lager noch? Mindestens einen Tag, höchstens drei bis vier Tage.

Das Moos erstreckte sich flach und feucht vor ihnen und war fast eins mit dem Sumpf. Mehrmals kamen die Wagen an grauen Schlammlöchern vorbei. An einer dieser Stelle hielt die Kolonne, und die Männer vertraten sich die Beine. Der Schlamm warf gewaltige Blasen auf, wobei merkwürdig seufzende Geräusche entstanden. Am Ufer hatten sich Kolonien brauner Würmer und schneller schwarzer Kugeln angesiedelt, die beim geringsten Geräusch im Schlamm verschwanden; eine Tatsache, die Etzwane verblüffte, schien es doch weit und breit keinen natürlichen Feind zu geben, vor dem sich diese Kreaturen schützen mußten. Etzwane suchte den

Himmel ab; es gab keine Vögel, keine fliegenden Reptilien, auch keine geflügelten Insekten. Was konnte es sein? Am Rand des schwarzen Moors, ein Stück von dem Schlammloch entfernt, entdeckte er kleine Höhlen, in denen Abdrücke kleiner dreifingriger Füße verschwanden. Stirnrunzelnd untersuchte Etzwane die Fährte. Im Moos bewegte sich eine kleine purpurschwarze Gestalt und verschwand in einem Versteck: ein Asutra, der noch nicht ausgewachsen war! Etzwane fuhr angewidert zurück. Wenn Rassen aus so unterschiedlichen Umgebungen hervorgingen wie der Mensch und die Asutra – konnte es da überhaupt Verständigung oder Sympathie geben? Etzwane hielt das für unmöglich. Toleranz, die von gegenseitigem Widerwillen bestimmt war – vielleicht; Zusammenarbeit nie.

Die Kolonne fuhr weiter, und jetzt begann einer der Wagen zu stocken und hob und senkte sich auf seinen stützenden Energiekissen. Schließlich sank das Fahrzeug ins Moor und rührte sich nicht mehr. Etzwane ließ den Fahrer auf dem Wagen Platz nehmen, der noch am frischesten wirkte, und die Gruppe fuhr weiter.

Im Laufe des Nachmittags gaben zwei weitere Wagen ihren Geist auf; es war klar, daß die anderen Maschinen nur noch wenige Stunden funktionieren würden. Vor ihnen stieg ein weiterer schwarzer Hügel auf, der aber niedriger zu sein schien als die Erhebung, die man nördlich des Lagers gesehen hatte. Wenn es sich um einen anderen Berg handelte, mochten sie das Lager nie erreichen, denn keiner der Männer hatte die Energie, dreißig, vierzig oder fünfzig Meilen zu Fuß bei diesem Boden zurückzulegen.

Sie fuhren jetzt etwas dichter am Sumpf, um die Steigungen zu vermeiden – doch auch hier endete der Berg mit einem steilen Hang, den sie mühsam überwinden mußten.

Langsam näherten sich die Echsenwagen dem Kamm. Etzwane fuhr als erster über die Anhöhe, und die Landschaft des Südens erschloß sich seinen Blicken ... Unten lag das Lager, kaum fünf Meilen entfernt! Ein heiseres Jubeln entrang sich fünfzig trockenen Kehlen. »Wir sind da!«

Etzwane kroch erschöpft aus seinem Wagen. »Halt, ihr Narren! Habt ihr unseren Plan vergessen?«

»Warum sollen wir warten?« krächzte Sul. »Seht doch! Kein Raumschiff ist da; es ist fort! Selbst wenn es noch da wäre, wäre dein Plan absurd! Wir sind völlig ausgehungert. Wir wollen essen; alles andere ist bedeutungslos. Los, hinab zum Lager!«

»Halt!« rief Etzwane. »Wir haben zuviel gelitten, um jetzt unser Leben einfach fortzuwerfen! Dort steht kein Raumschiff, nun gut! Aber wir müssen das Lager in unsere Gewalt bringen – und das bedeutet, daß wir die Ka überrumpeln müssen. Wir warten bis zum Einbruch der Dämmerung. Ihr müßt euren Appetit bis dahin zügeln.«

»Ich habe nicht die weite Strecke zurückgelegt, um noch mehr zu leiden!« erklärte Sul.

»Leide oder stirb!« knurrte Korba. »Wenn das Lager in unserer Hand ist, kannst du fressen, bis es dich zerreißt. Jetzt müssen wir uns als Menschen erweisen, nicht als Sklaven!«

Sul schwieg. Bleich lehnte er sich an seinen Wagen und murmelte mit zusammengepreßten Lippen vor sich hin.

Das Lager wirkte seltsam ausgestorben. Einige Frauen gingen ihren Pflichten nach. Ein Ka trat kurz aus einer der hinteren Baracken. Er wanderte ziellos hin und her und verschwand wieder. Kleine Gruppen übten auf dem Hof; die Garage war dunkel.

Korba flüsterte: »Das Lager ist wie ausgestorben. Niemand kann uns aufhalten.«

»Ich bin mißtrauisch«, sagte Etzwane. »Die Ruhe ist unnatürlich. Es könnte eine Falle sein.«

»Glaubst du, man erwartet uns?«

»Ich weiß nicht, was ich glauben soll. Wir müssen auf jeden Fall bis zum Abend warten, auch wenn das Lager bis auf drei Ka und ein Dutzend alter Frauen leer ist – sie dürfen auch keinen Notruf absenden.«

Korba knurrte.

»Es wird schon dunkel«, sagte Etzwane. »In einer Stunde verhüllt die Dunkelheit unseren Vorstoß.«

Die Gruppe wartete und zeigte hier und dort auf Einzelheiten des Lagers, an die man sich erinnerte. Lampen flackerten auf, und Etzwane wandte sich an Korba: »Bist du soweit?«

»Ja.«

»Denk daran, ich greife die Baracken der Ka von der Seite an; du dringst von vorn in das Lager ein und kämpfst jeden Widerstand nieder.«

»Der Plan ist klar.«

Etzwane fuhr mit der Hälfte der Wagen den Hügel hinab, die dunklen Fahrzeuge waren auf dem dunklen Moos kaum auszumachen. Korba wartete fünf Minuten und fuhr dann ebenfalls ins Tal und näherte sich dem Lager über das alte Trainingsgebiet. Etzwanes Gruppe, deren Wagen mit letzter Kraft über das Moos ruckelten und holperten, fuhren zur Rückseite des unregelmäßig geformten weißen Gebäudes, das die Ka als Unterkunft benutzten.

Die Männer stürzten hinein und überrumpelten die sieben Ka, die sie in dem großen Raum fanden. In ihrer Verblüffung oder vielleicht Apathie wehrten sich die Ka nur schwach, sie wurden überwältigt und gefesselt. Die Männer, die auf einen Verzweiflungskampf gefaßt gewesen waren und kaum Widerstand erlebten, waren frustriert und begannen die Ka mit Fußtritten zu mißhandeln. Etzwane fuhr wütend dazwischen. »Was tut ihr da? Sie sind Opfer wie wir! Tötet die Asutra. Den Ka darf nichts geschehen! Das wäre sinnlos!«

Daraufhin lösten die Männer die Asutra von den Nacken der Ka und zertrampelten sie, während die Ka entsetzt aufstöhnten.

Etzwane traf auf Korba, der seine Männer bereits in die Garage, in das Versorgungsgebäude und den Kommunikationsraum geschickt hatte, wo insgesamt vier Ka entdeckt worden waren. Drei von ihnen hatte man in sinnlosem Haß erschlagen. Die Männer stießen auf keinen Widerstand; sie hatten das Lager fast ohne Anstrengung in ihre Gewalt gebracht. Nun begannen einige auf die Spannung zu reagieren; ihnen wurde übel. Sie sanken in die Knie und wurden von einem quälenden Brechreiz überwältigt. Etzwane, der schon ein seltsames Klingen in den Ohren vernahm, befahl den Lagerfrauen, sofort ein leichtes warmes Essen zu servieren.

Die Männer aßen und tranken langsam und wunderten sich dabei immer wieder, daß der Kampf um das Lager so einfach gewesen war. Die Situation war unglaublich.

Nach dem Essen empfand Etzwane seine Müdigkeit noch

stärker, aber er zwang sich eisern, auf den Beinen zu bleiben. Die alte Kretzel stand in der Nähe, und er rief sie herbei. »Was ist aus den Ka geworden? Wir hatten doch mindestens fünfzig im Lager! Jetzt sind es nur noch zehn oder weniger!«

Kretzel sagte niedergeschlagen: »Sie sind mit dem Schiff abgeflogen – vor zwei Tagen, sehr aufgeregt. Große Ereignisse stehen bevor – zum Besseren oder Schlechteren.«

»Wann kommt wieder ein Schiff?« fragte er.

»Das haben sie uns nicht gesagt.«

»Fragen wir die Ka.«

Sie gingen zu den Baracken, in denen die Gefangenen untergebracht waren. Die zehn Männer, die Etzwane als Wächter zurückgelassen hatte, schliefen, und die Ka bemühten sich verzweifelt, ihre Fesseln zu lösen. Etzwane weckte die Schlafenden mit Fußtritten. »Wacht ihr so über eure Sicherheit? Jeder einzelne von euch sieht und hört nichts mehr! Noch eine Minute, und ihr hättet für immer tot sein können!«

Der alte Sul, der ebenfalls zu den Wächtern gehört hatte, antwortete mürrisch: »Du selbst hast diese Wesen als Opfer bezeichnet; sie müßten doch dankbar sein für ihre Befreiung.«

»Das ist genau das Argument, das ich ihnen vorhalten will«, sagte Etzwane. »Bis dahin sind wir für sie Wilde, die sie angegriffen und gefesselt haben.«

»Bah!« knurrte Sul. »Man kann mit dir nicht logisch reden; du kennst dich mit Worten besser aus.«

Etzwane sagte: »Sorgt dafür, daß die Fesseln gut sitzen.« Er wandte sich an Kretzel: »Sag den Ka, daß wir ihnen nichts antun wollen, daß wir die Asutra als unsere gemeinsamen Feinde betrachten.«

Kretzel starrte Etzwane verwirrt an, als finde sie seine Worte seltsam und töricht. »Warum sagst du ihnen das?«

»Damit sie uns helfen oder uns wenigstens nicht behindern.«

Sie schüttelte den Kopf. »Ich will ihnen gern etwas vorsingen, aber sie werden sich nicht darum kümmern. Du begreifst die Ka nicht.« Sie nahm ihre Doppelflöte und spielte einige Passagen. Die Ka hörten ihr zu, ohne eine Reaktion zu zeigen. Sie antworteten nicht, stießen jedoch nach kurzem

Schweigen tremolierende Laute aus, die wie das Lachen junger Eulen klangen.

Etzwane sah sich zweifelnd um. »Was sagen sie?«

Kretzel zuckte die Achseln. »Sie unterhalten sich miteinander im ›übertragenen Stil‹, den ich nicht verstehe. Jedenfalls glaube ich nicht, daß sie dich begreifen.«

»Frag sie, wann das Schiff zurückkehrt.«

Kretzel lachte, gehorchte aber. Die Ka sahen sie ausdruckslos an. Einer trillerte eine kurze Phrase, dann schwiegen alle. Etzwane sah Kretzel fragend an.

»Sie singen aus der ›peinlichen Farce‹. Sie läßt sich vielleicht als Spott übersetzen: ›Was für ein Interesse könnte das für dich haben?‹«

»Ich verstehe«, sagte Etzwane. »Sie haben keinen Sinn fürs Praktische.«

»O doch«, sagte Kretzel. »Nur geht die Situation über ihren Verstand. Erinnerst du dich an die Ahulphs von Durdane?«

»O ja. Nur zu gut.«

»Für die Ka sind Menschen wie Ahulphs: unergründlich, halbintelligent, seltsamen Eingebungen folgend. Sie können dich nicht ernst nehmen.«

Etzwane knurrte: »Wiederhole die Frage. Sag ihnen, daß wir sie freilassen, sobald das Schiff kommt.«

Kretzel spielte auf ihrer Flöte. Sie erhielt eine knappe Antwort. »Das Schiff kehrt in einigen Tagen zurück – mit einer neuen Ladung Sklaven.«

10

Die meuternden Sklaven hatten sich Nahrung, Unterkunft und eine Ruhepause verschafft, die natürlich nur befristet sein konnte, wie alle erkannten. Ein gewisser Joro meinte, die Gruppe müsse Vorräte in den Hügeln verstecken und zu überleben versuchen, bis sie es wagen konnte, einen neuen Überfall zu machen. »So gewinnen wir mehrere Monate, und wer weiß, was dann passiert? Vielleicht kommt sogar dieses Rettungsschiff von der Erde.«

Etzwane lachte bitter. »Ich weiß jetzt, was ich seit meiner

Geburt hätte wissen müssen; daß man als Sklave stirbt, wenn man sich nicht selbst hilft. Diese Tatsache ist unumstößlich. Niemand wird uns retten. Wenn wir hierbleiben, besteht die Wahrscheinlichkeit, daß wir in Kürze umgebracht werden. Verstecken wir uns im Wildland, haben wir ein oder zwei schlimme Monate in feuchter Kleidung vor uns; und dann kommen wir ebenfalls um. Wenn wir uns an den ursprünglichen Plan halten, erringen wir bestenfalls einen großen Vorteil, und schlimmstenfalls sterben wir im Kampf, wobei wir unserem Gegner noch einen möglichst großen Schaden zufügen.«

»Die Chancen, die wir ›bestenfalls‹ haben, sind gering«, knurrte Sul. »Ich bin müde und habe genug von solchen visionären Spinnereien.«

»Tu, was du für das Beste hältst«, sagte Etzwane höflich. »Wenn du willst, zieh in die Heide hinaus. Der Weg steht dir frei.«

Korba sagte kurz: »Wer gehen will, soll sofort verschwinden. Wir anderen haben viel zu tun, und die Zeit dafür ist vielleicht nur sehr kurz.«

Doch Sul und Joro blieben im Lager.

Rune setzte sich neben Etzwane. »Erinnerst du dich an mich? Ich bin das Alulmädchen, das sich einmal mit dir angefreundet hat. Ich frage mich, ob du noch gern an mich denkst. Aber ich bin mager geworden und habe Falten im Gesicht, als wäre ich alt. Was meinst du?«

Etzwane, der mit hundert Sorgen beschäftigt war, blickte über den Hof und versuchte sich eine unverbindliche Antwort einfallen zu lassen. Er erwiderte kurz angebunden: »Auf dieser Welt ist ein hübsches Mädchen ein Sonderfall.«

»Ah! Wie sehr wünschte ich, ein Sonderfall zu sein! Vor langer Zeit, als die Männer mir meine kleine Kappe vom Kopf stießen, war ich glücklich, auch wenn ich Ärger vorschützte. Aber wenn ich jetzt nackt über den Hof tanzte, wer würde mich ansehen?«

»Du würdest noch immer Aufmerksamkeit erregen«, versicherte Etzwane, »besonders, wenn du gut tanzt.«

»Du verspottest mich«, sagte Rune traurig. »Warum kannst

du mir nicht etwas Trost schenken – eine Berührung oder ein Lächeln? Ich fühle mich schon ganz alt und häßlich.«

»Ich möchte zwar nicht, daß du dich so fühlst«, sagte Etzwane. »Aber jetzt entschuldige mich bitte; ich muß mich um unsere Vorbereitungen kümmern.«

Zwei Tage vergingen, und die Spannung nahm stündlich zu. Am Morgen des dritten Tages glitt ein Scheibenschiff von Süden her an der Küste herauf und verhielt über dem Lager. Niemand brauchte Alarm zu schlagen; die Männer waren bereits auf ihren Posten.

Das Schiff verharrte; es hing auf seinem summenden, vibrierenden Energiekissen. Etzwane, der in der Garage lauerte, starrte hinauf, und kalter Schweiß bedeckte seinen Körper. Er fragte sich, welcher Teil des komplizierten Plans fehlschlagen würde.

Aus dem Schiff tönte ein leises Summen, das nach kurzer Pause vom Hügel zurückgegeben wurde.

Das Geräusch erstarb, das Schiff rührte sich nicht. Etzwane hielt den Atem an, bis ihm die Lungen weh taten.

Die Scheibe setzte sich wieder in Bewegung und senkte sich langsam auf die Landefläche herab. Etzwane atmete erleichtert auf und beugte sich vor. Jetzt war der kritische Augenblick gekommen.

Das Schiff berührte den Boden, der unter dem gewaltigen Gewicht sichtlich nachgab. Eine Minute verging, noch eine Minute. Etzwane fragte sich, ob die Besatzung etwas Verdächtiges bemerkt hatte, vielleicht das Fehlen einer Formalität ... Die Luke öffnete sich; eine Rampe glitt herab. Zwei Ka, Asutra wie zwei kleine schwarze Jockeys im Nacken, traten heraus. Unten an der Rampe blieben sie stehen und schauten über den Hof. Zwei weitere Ka kamen ins Freie, und die vier standen am Schiff, als warteten sie auf etwas.

Zwei Fahrzeuge setzten sich vom Lagergebäude aus in Bewegung; das übliche Verfahren bei der Ankunft eines Schiffs. Sie fuhren einen Bogen, um dicht an die Rampe heranzukommen. Etzwane und drei Männer traten aus der Garage, um mit vorgetäuschter Gelassenheit auf das Schiff zuzugehen. Aus anderen Ecken des Hofes kamen weitere kleine Gruppen langsam auf das Schiff zu.

Der erste Wagen hielt; die Männer stiegen ab, warfen sich überraschend auf die Ka und fesselten sie; es sollte nur im Notfall getötet werden, damit sie nicht ein Schiff eroberten, das sie dann nicht navigieren konnten. Während die Gruppe am Fuße der Rampe kämpfte, rannten Etzwane und zwei Dutzend Männer die Schräge hinauf und verschwanden im Schiff.

Das Raumschiff hatte eine Besatzung aus vierzehn Ka und mehreren Dutzend Asutra, von denen einige in Trögen lagen, wie Etzwane und Ifness sie im Wrack am Thrie-Orgai gesehen hatten. Bis auf das Gerangel am Fuß der Rampe leisteten die Ka und Asutra keinen Widerstand. Die Ka schienen vor Überraschung wie gelähmt zu sein, vielleicht waren sie auch nur apathisch; es war unmöglich, ihre Emotionen zu ergründen. Die Asutra waren noch fremdartiger. Wieder spürten die Rebellen die Frustration der hochgepeitschten Spannung, der Angriff mit dem Mut der Verzweiflung, der praktisch ins Leere stieß. Sie waren erleichtert, fühlten sich aber seltsam betrogen; sie triumphierten, hatten innerlich die Spannung aber noch nicht abgebaut.

Der große Laderaum des Schiffs enthielt fast vierhundert Männer und Frauen jeden Alters; im allgemeinen schien es schlecht um diese Menschen bestellt zu sein, sie waren entmutigt und niedergeschlagen.

Etzwane verschwendete keine Zeit; er versammelte die Ka und ihre Asutra in der Kontrollkuppel und nahm Kretzel mit. »Sag ihnen folgendes«, ornete er an, »und sorg dafür, daß sie uns genau verstehen. Wir wollen nach Durdane zurück – nicht mehr und nicht weniger. Sag ihnen, wenn wir am Ziel eintreffen, werden wir keine weitere Forderung stellen; ihnen wird kein Haar gekrümmt, und sie bekommen ihr Schiff zurück. Wenn sie sich weigern, uns nach Durdane zu bringen, werden sie sterben.«

Kretzel runzelte die Stirn und fuhr sich mit der Zunge über die Lippen; dann nahm sie ihre Flöte und spielte Etzwanes Botschaft.

Die Ka reagierten nicht. Etzwane fragte besorgt: »Verstehen sie uns?«

»Sie verstehen uns schon«, sagte Kretzel. »Sie haben die

Antwort schon beschlossen. Dies ist ein zeremonielles Schweigen.«

Einer der Ka richtete eine Folge von Tönen des Ersten Stils an Kretzel – so beiläufig, daß es herablassend und verächtlich wirkte.

Kretzel sagte zu Etzwane: »Sie bringen euch nach Durdane. Das Schiff startet sofort.«

»Frag sie, ob ausreichend Nahrung und Wasser an Bord sind.«

Kretzel gehorchte und erhielt eine Antwort. »Er sagt, daß die Vorräte für die Reise selbstverständlich ausreichen.«

»Sag ihnen noch etwas. Wir haben Torpedos an Bord des Schiffes gebracht. Wenn sie uns zu täuschen versuchen, sprengen wir uns alle in die Luft.«

Kretzel spielte auf ihrer Doppelflöte; der Ka wandte sich desinteressiert ab.

Etzwane hatte in seinem Leben schon viele Freuden und Triumphe erlebt, doch noch nie ein solches Hochgefühl wie jetzt bei der Rückkehr von der öden düsteren Welt Kahei. Er war todmüde, konnte aber nicht schlafen. Er mißtraute den Ka und fürchtete die Asutra; er konnte noch nicht glauben, daß er wirklich gesiegt hatte. Aus der Gruppe traute er nur Korba und deshalb sorgte er dafür, daß er und Korba nie zur gleichen Zeit schliefen. Um die Wachsamkeit der Männer nicht erlahmen zu lassen, machte er darauf aufmerksam, daß die Asutra eine Niederlage sicher nicht so einfach hinnahmen; insgeheim war er davon überzeugt, daß der Sieg endgültig war. Nach seiner Erfahrung waren die Asutra nüchterne Realisten, die sich nicht durch Boshaftigkeit oder Rachegefühle zu unvorsichtigen Schritten verleiten ließen. Als die Rogushkoi in Shant besiegt worden waren, hätten die Asutra mit ihren Energiestrahlen mühelos Garwiy und Brassei und Maschein vernichten können, doch sie hatten sich damit nicht aufgehalten. Es bestand durchaus die Möglichkeit, sagte sich Etzwane, daß das Unmögliche tatsächlich erreicht war – und zwar ohne die Hilfe von Ifness und den Erdenwelten, ein Umstand, der den Triumph noch köstlicher machte.

Etzwane hielt sich, wenn er nicht schlief, in der Kontrollkuppel auf. Durch die Bullaugen waren nur Schwärze und dann und wann ein vorbeihuschender Lichtstreifen zu sehen. Ein Bildschirm zeigte den äußeren Himmel; die Sterne waren schwarze Scheiben auf einer grünschimmernden Fläche. Ein Zielkreis umschloß drei schwarze Punkte, die von Tag zu Tag größer wurden; Etzwane vermutete, daß es sich um Sasetta, Ezeletta und Zael handelte.

Die Zustände im Laderaum wurden unerträglich. Die Männer und Frauen hatten offenbar jedes Gefühl für Sauberkeit, Ordnung und Hygiene verloren; es stank wie in einer Kloake. Etzwane erfuhr, daß die meisten auf Kahei geboren waren und außer dem Leben in Sklavenlagern nichts kannten. Während der Entwicklung der Rogushkoi hatten makabre Versuche zum täglichen Leben gehört; diese Experimente waren ihnen ganz natürlich vorgekommen. Die Asutra, welche Tugenden sie auch haben mochten, zeigten weder Empfindlichkeit noch Mitleid, sagte sich Etzwane, vielleicht waren sie zu derartigen Emotionen überhaupt nicht fähig; fiel es ihm doch schwer, angesichts des Laderaums Mitleid mit den Sklaven zu empfinden; der Gestank und die nahezu tierische Lethargie stießen ihn zutiefst ab. Auf Durdane standen diesen Menschen weitere Leiden bevor. Einige mochten sich bald auf die düstere Welt Kahei zurückwünschen, auf der sie ›zu Hause‹ waren.

Das Schiff tauchte in die Atmosphäre. Über ihm tanzten die drei Sonnen; unten breitete sich die grauviolette Oberfläche Durdanes aus. Als sich das Schiff herabsenkte, zogen vertraute Umrisse vorbei; das Beljamar und die Glücksinseln, Shant und Palasedra und dann Caraz.

Etzwane erkannte den Keba und den Nior-See. Als das Schiff noch tiefer flog, erschienen der Ghrie-Orgai und der Vurush-Fluß. Mit Kretzels Hilfe ließ er das Schiff nach Shagfe lenken. Die Scheibe landete auf dem Hang südlich des Dorfes. Die Rampen senkten sich herab; die Passagiere stolperten, taumelten und krochen in ihre Heimatwelt hinaus, und jeder umklammerte ein Paket mit Nahrungsmitteln und so viel wertvolles Metall, wie er nur schleppen konnte; jedenfalls genug, um auf der metallarmen Welt Durdane ein kleines Auskommen zu haben. Etzwane versah sich mit dreißig Stangen einer schimmernden roten Legierung aus dem Maschinenraum; ein Vermögen, das sicher für seine Rückkehr nach Shant ausreichen würde.

Mißtrauisch beharrte Etzwane darauf, daß die Ka das Schiff verließen und im Freien blieben, bis die Menschen sich weit genug entfernt hatten. »Wir möchten nicht von einem purpurnen Energiestrahl vernichtet werden, sobald ihr wieder an eure Kanonen könnt.«

Durch Kretzel antwortete die Ka: »Uns ist es gleichgültig, ob ihr lebt oder sterbt; verlaßt endlich das Schiff.«

Etzwane antwortete: »Entweder ihr kommt mit uns auf die Ebene hinaus, oder wir nehmen euch die Asutra ab. Wir haben nicht so lange gehofft und gelitten, um zum Schluß noch ein törichtes Risiko einzugehen.«

Schließlich gingen acht Ka mit den Menschen von Bord. Etzwane und einige Männer führten sie eine Meile weit vom Schiff weg und ließen sie dann frei. Die Ka wanderten ohne Eile zurück, während Etzwane und seine Begleiter zwischen den Felsen in Deckung gingen. Sobald die acht an Bord waren, stieg das Schiff wieder auf. Etzwane blickte ihm aufmerksam nach, wie es immer kleiner wurde und verschwand – und da erst erfüllte ihn die Gewißheit, daß er wirklich nach Durdane zurückgekehrt war. Die Knie wurden ihm weich; er setzte sich auf einen Felsen, er fühlte sich erschöpft wie noch nie zuvor in seinem Leben, und ebenso glücklich; Tränen rannen ihm über die Wangen.

11

In Shagfe rief die Ankunft so vieler reicher Menschen einiges Durcheinander hervor. Einige betranken sich zunächst ausgiebig mit Babas Kellergebräu, andere spielten mit den Kash Blauwurm, die sich noch immer in der Gegend herumtrieben. Die ganze Nacht über waren Gebrüll, Flüche, trunkenes Schluchzen und Schmerzensschreie durch den Ort zu hören – und am Morgen wurde ein Dutzend Leichen entdeckt. Sobald das Licht am Himmel erschien, machten sich die Leute in Gruppen in alle Himmelsrichtungen auf den Weg in ihre Heimat. Ohne sich von Etzwane zu verabschieden, zogen die Alula zum Nior-See ab. Rune schaute noch einmal über die Schulter zurück. Etzwane, der ihren Blick auffing, fand ihn unergründlich. Er sah der Gruppe nach, die im Dunst des Morgens verschwand, und suchte dann Baba den Wirt auf.

»Ich habe zwei Dinge mit dir zu besprechen«, sagte Etzwane. »Erstens, wo ist Fabrache?«

Baba antwortete ziemlich vage: »Wer könnte diesen Landstreicher im Auge behalten? Mit dem Sklavenhandel ist es aus. Die alten Märkte sind zusammengebrochen, und Hozman Rauhkehle ist verschwunden. Armut breitet sich im Land aus. Was Fabrache angeht, so wirst du ihn sehen, wenn er auftaucht; seine Wanderungen kann man nicht vorhersagen.«

»Ich will nicht warten«, sagte Etzwane, »was mich zum zweiten Punkt bringt: zu meinem Pacer. Ich wünsche, daß er gesattelt und zur Abreise fertiggemacht wird.«

Baba riß überrascht die Augen auf. »Dein Pacer? Was für ein Hirngespinst ist das? Du besitzt keinen Pacer in meinem Stall!«

»Ich denke doch«, sagte Etzwane mit scharfer Stimme. »Mein Freund Ifness und ich gabe unsere Pacer in deine Obhut. Ich wenigstens will meinen Besitz zurück.«

Baba schüttelte verwundert den Kopf und hob andächtig den Blick zum Himmel. »In deinem Land mag es seltsame Sitten geben, doch hier in Shagfe sind wir praktischer. Ein Geschenk fordert man nicht zurück.«

»Geschenk, sagst du?« Etzwane wurde zornig. »Hast du die Geschichten der Leute gehört, die dir gestern viel wertvolles Metall für dein mieses Kellergebräu brachten? Wie ich mit Kraft und Willensstärke unsere Rückkehr nach Caraz erzwungen habe? Glaubst du, ich ließe mich von dir Halsabschneider so einfach übers Ohr hauen? Sattle mir augenblicklich meinen Pacer, oder mach dich auf eine ordentliche Tracht Prügel gefaßt!«

Baba griff unter die Bar und hob seinen Knüppel. »Eine Tracht Prügel, soso? Hör mal, Junge! Ich hätte mich nicht als

Schänkwirt in Shagfe halten können, ohne ein paar kleine Raufereien zu überstehen, das kann ich dir versichern. Und jetzt verschwinde hier!«

Etzwane zog die kleine Energiepistole aus dem Beutel, die ihm Ifness vor langer Zeit geschenkt hatte. Er richtete die Waffe auf Babas Truhe mit Wertsachen und drückte den Auslöser. Ein Lichtstrahl, eine Explosion, ein Entsetzensschrei – und Baba starrte auf das brodelnde Durcheinander, das noch eben ein Vermögen an Metall gewesen war. Etzwane hob die Hand, entriß dem Wirt den Knüppel und versetzte ihm einen Schlag auf den Rücken. »Meinen Pacer – und zwar schnell.«

Babas Gesicht glühte vor Angst und Wut. »Du hast mir die Ersparnisse eines ganzen Lebens genommen! Willst du die Frucht all meiner Mühen ernten?«

»Versuche nie einen ehrlichen Menschen hereinzulegen«, sagte Etzwane. »Ich möchte nur wiederhaben, was mir gehört.«

Mit vor Wut heiserer Stimme schickte Baba einen seiner Jungen in den Stall. Etzwane trat in den Hof hinaus, wo er die alte Kretzel auf einer Bank sitzen sah.

»Was machst du hier?« fragte Etzwane. »Ich dachte, du wärst auf dem Weg zum Elshuke-Teich.«

»Der Weg ist weit«, sagte Kretzel und zog den zerrissenen Mantel enger um ihre Schultern. »Ich besitze ein paar Metallstücke, die mich eine Zeitlang ernähren. Wenn das Metall verbraucht ist, beginne ich meine Reise nach Süden, obwohl ich die Graswiese am Teich sicher nie wiedersehe. Und wenn ich es täte, wer würde sich schon an das kleine Mädchen erinnern, das von Molsk entführt wurde?«

»Was ist mit dem Großen Lied? Wie viele Menschen in Shagfe werden dich verstehen, wenn du deine Flöte spielst?«

Kretzel rückte in die Wärme des Sonnenlichts. »Das Lied ist eine gewaltige Sage – die Geschichte einer fernen Welt. Vielleicht werde ich das Lied vergessen, und während ich hier in der Sonne sitze, werde ich zuweilen die Flöte spielen, doch niemand wird auch nur etwas ahnen von den großen Taten, von denen ich dabei berichte.«

Der Pacer wurde herbeigeführt; ein Tier, das sich in Statur und Alter nicht mit dem vergleichen ließ, auf dem Etzwane nach Shagfe gekommen war, außerdem war das Geschirr ziemlich abgenutzt und zerrissen. Etzwane wies auf diese Tatsache hin, und der Junge brachte ihm einige Beutel mit Lebensmitteln und eine Blase voller Kellergebräu für die Reise.

Während Etzwane vor der Schänke wartete, bis sein Reittier beladen war, sah er plötzlich ein bekanntes Gesicht – Gulshe, der seine Vorbereitungen mit düsterem Interesse verfolgte. Gulshe würde eigentlich einen tüchtigen Führer abgeben, sagte sich Etzwane, doch was war, wenn er schlief und Gulshe wachte? Die Aussicht ließ ihn erschaudern. Er grüßte den Mann höflich und bestieg seinen Pacer. Kurz blickte er noch einmal auf die alte Kretzel hinab, in deren Kopf ein so wundersames Wissen ruhte. Er würde sie nie wiedersehen, und mit ihrem Tod würde die Geschichte einer fernen düsteren Welt der Vergessenheit anheimfallen ... Kretzel hob den Kopf, ihre Blicke trafen sich. Etzwane wandte sich ab, denn seine Augen füllten sich mit Tränen. Er verließ Shagfe, und im Rücken spürte er Gulshes Blick und Kretzels wortlosen Abschied.

Vier Tage später ritt Etzwane über ein Sandsteinplateau und blickte von einem Vorsprung auf den mächtigen Keba hinab. Shillinsk mußte irgendwo im Süden liegen; er war auf der Ebene der Blauen Blumen etwas von der Richtung abgekommen. Er blickte am Kebaufer entlang und entdeckte fünf Meilen entfernt das Dock von Shillinsk. Er trieb seinen Pacer den Hang hinab und ritt nach Süden.

In Shillinsk hatte sich überhaupt nichts verändert. Diesmal lagen keine Frachtschiffe und Barken vor Anker, doch Etzwane hatte es nicht eilig; er wollte die Ruhe Shillinsks genießen.

Er betrat die Herberge. Der Wirt war gerade damit beschäftigt, mit Scheuersand und einem fettigen Stück Chumpaleder seinen Tresen zu polieren. Er erkannte Etzwane nicht, was diesen nicht überraschte. In seiner zerfetzten Kleidung hatte er nur noch wenig Ähnlichkeit mit dem jungen Gastel Etzwane, der zusammen mit Ifness nach Shillinsk gekommen war.

»Du wirst dich nicht an mich erinnern«, sagte Etzwane, »doch vor einigen Monaten bin ich mit dem Zauberer Ifness in einem Boot hier angekommen. Wenn ich mich recht erinnere, wurdest du damals das Opfer eines unangenehmen Zwischenfalls.«

Der Wirt verzog das Gesicht. »Erinnere mich nicht an solche Dinge! Ifness ist ein Mann, vor dessen Zauber man sich fürchten muß. Wann kommt er endlich sein Boot abholen? Es schwimmt noch immer dort drüben auf dem Wasser.«

Etzwane starrte den Mann überrascht an. »Ifness hat sein Boot nicht abgeholt?«

»Schau durch die Tür – da siehst du es, so wie ihr es zurückgelassen habt.« Und er fügte hinzu: »Ich habe das Boot bewacht und nie unbeaufsichtigt gelassen, wie es meine Aufgabe war.«

»Gut gemacht.« Etzwane war angenehm überrascht; er hatte Ifness an den Kontrollen beobachtet und kannte sich mit den Knöpfen und Instrumenten aus. Er wußte auch, wie er an Bord gelangen konnte, ohne einen elektrischen Schlag zu bekommen. Er deutete auf den Pacer. »Für deine Mühen schenke ich dir den Pacer dort mitsamt dem Sattel. Dafür erbitte ich aber eine Mahlzeit und Unterkunft für die Nacht; morgen fahre ich mit dem Boot ab.«

»Du willst es Ifness zurückbringen?«

»Um ganz ehrlich zu sein – ich weiß nicht, was aus ihm geworden ist. Ich hatte damit gerechnet, daß er vor langer Zeit nach Shillinsk gekommen ist und das Boot selbst genommen hat. Wenn er mich oder das Boot wiederhaben will, weiß er schon, wo er mich findet – wenn er noch lebt.«

Wenn Ifness noch lebte. Zwischen Shagfe und Shillinsk lauerten hundert Gefahren: Chumpa, Banden verrückter Ahulphs, Räuberstämme und Sklavenjäger. Ifness mochte einer dieser Gefahren zum Opfer gefallen sein, und Etzwanes schlimme Vermutungen mochten keine Grundlage haben ... Sollte er losziehen und Ifness suchen? Etzwane seufzte tief. Caraz war groß. Ein sinnloses Unterfangen.

Der Wirt bereitete ihm ein schmackhaftes Abendessen aus Flußfisch in grüner Sauce, und Etzwane ging zum Ufer hinunter, um den purpurnen Sonnenuntergang über dem Wasser zu beobachten. Shant und die Stadt Garwiy lagen viel näher, als er gehofft hatte.

Am Morgen ruderte er in einem kleinen Dingi zum Segelboot hinaus und legte vorsichtig mit einem Stock den Alarmhebel um. Noch vorsichtiger berührte er die Reling. Kein Schlag, keine funkensprühenden Entladungen wie damals, als der Wirt im Wasser gelandet war.

Etzwane machte das Dingi fest und legte ab. Die Strömung erfaßte das Boot und trug es nach Norden in den Strom hinaus. Er setzte das Segel; Shillinsk blieb zurück und wurde zu einer Kette von Spielzeughäusern am Ufer.

Dann kam der kritische Moment. Er öffnete die Konsole und betrachtete die Reihe der Knöpfe. Vorsichtig drehte er den ›Aufsteiger‹. Und schon stieg das Boot aus dem Wasser, erhob sich mit dem Wind gleitend. Hastig senkte Etzwane das Segel, damit ein zufälliger Windstoß es nicht zum Kentern brachte.

Er probierte die anderen Knöpfe aus; und das Boot schwang in weitem Bogen herum und nahm Kurs nach Osten, nach Shant.

Unter ihm glitten die taubenblauen Ebenen und dunkelgrünen Sümpfe dahin. Vor ihm schimmerte der Bobolfluß, dann der große Usak.

Bei Einbruch der Nacht erreichte Etzwane die Ostküste, der Grüne Ozean lag vor ihm. Einige gelb flackernde Lichter wiesen auf eine Siedlung der Küste hin; vor ihm lag Sternenlicht auf dem Wasser.

Etzwane verlangsamte die Fahrt, bis das Boot nur noch dahintrieb, und legte sich schlafen; als es dämmerte, ragte am südwestlichen Horizont die Landmasse Shants auf.

Etzwane flog in großer Höhe über die Kantone Gitanesq und Fenesq dahin und näherte sich dann langsam der Sualle. Gleich darauf waren die Türme Garwiys undeutlich zu erkennen; wie eine Handvoll hingestreuter schimmernder Juwelen. Die Küstenstreifen rückten enger zusammen; in der Ferne sah man Fischerboote. Etzwane landete das Boot auf dem Wasser. Er setzte Segel und wurde von einem frischen Wind mit schäumender Bugwelle auf Garwiy zugetrieben.

Nach einiger Zeit ließ der Wind nach, und das Boot bewegte sich langsamer über das ruhige Wasser. Etzwane döste in der Wärme vor sich hin; er hatte es nicht eilig. Die Aussicht, mit dem Boot anzulegen und an Land zu gehen, stimmte ihn seltsam melancholisch.

Die Türme Garwiys kamen näher, ragten immer höher empor. An der Küste machte Etzwane vertraute Punkte aus – dieses Gebäude, jenes Lagerhaus und dort die zerbrechliche alte Pier, an der Ifness sein Boot festgemacht hatte. Etzwane ließ die Ruderpinne herumschwingen, das Boot schnitt durch das Wasser. Er strich das Segel; das Boot glitt lautlos auf die Pier zu.

Etzwane machte fest, ging die Straße hinauf und hielt einen Wagen an. Der Fahrer musterte ihn zweifelnd. »Warum hältst du mich an? Ich habe nichts zu verschenken; geh zum öffentlichen Hospital und hol dir dein Almosen.«

»Ich will kein Almosen, ich will gefahren werden«, sagte Etzwane und stieg ein. »Bring mich zu Fontenays Schänke an der Galias-Avenue.«

»Hast du überhaupt Geld?«

»Bei Fontenay wirst du bezahlt – auf mein Wort.«

Der Fahrer trieb seinen Pacer an. Etzwane rief: »Was ist so in Garwiy losgewesen? Ich war einige Monate nicht hier.«

»Nichts Bedeutendes. Die Grünen und Purpurnen haben uns noch mehr Steuern auferlegt. Sie sind noch ehrgeiziger mit ihren Plänen als der Anome ... Mir gefällt die frische Luft an meinem Hals anstelle des Reifs, aber jetzt verlangen die Grünen und die Purpurnen, daß ich für meine Freizeit bezahle. Was ist besser: Billige Knechtschaft oder teure Unabhängigkeit?« Er lachte.

Der Wagen rollte durch die Abenddämmerung – durch Straßen, die altmodisch und schmal wirkten, angenehm vertraut und zugleich entrückt. Auf Kahei war Garwiy wie ein Traum gewesen – und nun war es plötzlich Wirklichkeit. Hier in Garwiy war Kahei plötzlich unwirklich geworden, zu einem Alptraum – doch auch dieser Planet existierte. Und woanders gab es die Welt der schwarzen Kugelschiffe mit ihren menschlichen Besatzungen. Diese Welt würde er wohl nie kennenlernen.

Der Wagen hielt vor Fontenays Schänke; der Fahrer starrte Etzwane mürrisch an. »Was ist mit meinem Geld?«

»Einen Augenblick.« Etzwane ging in die Schänke und fand Fontenay an einem Tisch sitzend – vor einer Flasche seines eigenen Weins. Fontenay blickte der heruntergekommenen Erscheinung stirnrunzelnd entgegen, dann erkannte er Etzwane und rief verblüfft: »Was ist denn das? Gastel Etzwane, zurechtgemacht für einen Lumpenball?«

»Kein Maskenball, abgerissen von einem Abenteuer, von dem ich eben zurückkomme. Sei so gut und bezahl diesen aufdringlichen Fahrer, dann besorg mir ein Zimmer, ein Bad, einen Friseur, frische Sachen und dann ein gutes Essen.«

»Nichts könnte mir mehr Freude machen«, sagte Fontenay und schnippte mit den Fingern. »Heinel! Jarde! Erfüllt Gastel Etzwanes Wünsche!« Fontenay wandte sich an Etzwane. »Was meinst du, wer dort auf der Plattform spielt? In einer halben Stunde ist er da.«

»Dystar der Druithine?«

»O nein, leider nicht Dystar. Es ist Frolitz mit seinen Rosaschwarztiefblauen Grünen.«

»Eine gute Nachricht«, sagte Etzwane bewegt. »Ich wüßte niemanden, den ich lieber sähe.«

»Nun, dann mach's dir bequem. Ein fröhlicher Abend steht uns bevor.«

Etzwane badete; das erste warme Bad, das er seit seiner Abreise aus dieser Schänke genoß. Er kleidete sich in frische Sachen, dann schnitt ihm ein Friseur das Haar und rasierte ihn. Was sollte er mit seinen dreckigen Lumpen anfangen? Er war in Versuchung, sie zur Erinnerung aufzuheben, doch schließlich warf er sie fort.

Er ging in den Schankraum hinab, wo sich Frolitz mit Fontenay unterhielt. Frolitz sprang auf und umarmte Etzwane. »Also – mein Junge! Ich habe dich seit Monaten nicht mehr gesehen, und ich höre, du hast ein unglaubliches Abenteuer hinter dir! Du hattest ja schon immer eine Vorliebe für waghalsige Streiche! Aber jetzt bist du wieder hier und siehst aus – wie soll ich es sagen –, du siehst aus, als hättest du viele seltsame Kenntnisse erlangt. Was für Musik hast du gespielt?«

Etzwane lachte. »Ich habe damit begonnen, ein Großes Lied aus vierzehntausend Strophen zu lernen, habe aber nur etwa zwanzig geschafft.«

»Ein guter Anfang! Vielleicht hören wir heute abend ein paar Strophen davon! Ich habe einen Neuen in die Gruppe aufgenommen, einen klugen jungen Paganesen, doch ihm fehlt die Elastizität. Ich glaube nicht, daß er es je lernt. Du kannst deinen alten Platz wiederhaben, und Chad kann den Gleitbaß übernehmen. Was sagst du dazu?«

»Erstens sage ich, daß ich heute abend bestimmt nicht spielen kann; ich würde euch alle nur aus dem Konzept bringen. Zweitens bin ich sehr ausgehungert; ich bin in Caraz gewesen und habe mich dort erbärmlich ernährt. Drittens – was die Zukunft angeht, ich habe nicht die geringste Ahnung, was ich tun werde.«

»Immer stören andere Interessen deine Musik!« erklärte Frolitz aufgebracht. »Wahrscheinlich bist du gekommen, um deinen alten Freund wiederzusehen, dessen Namen ich vergessen habe. Ich habe ihn in den letzten Tagen öfters gesehen – oh, da geht er ja gerade zu seinem üblichen Ecktisch. Folge meinem Rat und ignoriere ihn.«

»Der Ratschlag ist gut«, sagte Etzwane leise. »Trotzdem muß ich mit Ifness sprechen. Ich komme später zu euch.«

Etzwane ging durch den Raum und blieb vor dem Ecktisch stehen. »Ich bin überrascht, dich hier zu sehen.«

Ifness hob ausdruckslos den Blick und nickte kurz. »Ach, du bist es, Etzwane, ich habe es sehr eilig. Ich wollte nur schnell einen Bissen hinunterschlingen und wieder gehen.«

Etzwane ließ sich auf einen Stuhl sinken und starrte ihn an, als wollte er Ifness' Geheimnis mit den Augen herauslocken. »Ifness«, sagte er eindringlich, »einer von uns muß wahnsinnig sein. Wer ist es, du oder ich?«

Ifness hob irritiert die Hand. »Es käme auf dasselbe hinaus; in jedem Fall gäbe es den gleichen Unterschied der Auffassungen. Aber ich möchte dazu sagen, daß ich ...«

Etzwane sprach weiter, als hätte er den anderen nicht gehört. »Erinnerst du dich an die Umstände unseres Abschieds?«

Ifness runzelte die Stirn. »Warum sollte ich nicht? Das Ereignis trat an einem Ort im nördlichen Mittel-Caraz ein, an einem Tag ... ich weiß nicht mehr genau das Datum. Ich glaube, du bist einem barbarischen Mädchen nachgereist oder so. Wenn ich mich recht erinnere, habe ich dich vor dem Unternehmen gewarnt.«

»Ja, so ungefähr war die Sache. Du bist losgezogen, um unsere Rettung zu organisieren.«

Ein Ober setzte eine Schale vor Ifness ab, der den Deckel anhob, genüßlich schnupperte und seine grüne Fischsuppe zu löffeln begann. Dabei kam er mit geistesabwesendem Stirnrunzeln auf Etzwanes Bemerkungen zurück. »Wollen mal sehen – wie waren doch die Umstände? Es ging um die Alula und Hozman Rauhkehle. Du wolltest eine Kavaliersexpedition in den Himmel organisieren, um ein Mädchen zu retten, auf das du ein Auge geworfen hattest. Ich erklärte einen solchen Aufwand für unpraktisch, ja selbstmörderisch. Ich bin froh, zu sehen, daß du dich hast überzeugen lassen.«

»Ich erinnere mich anders an den Vorgang«, sagte Etzwane. »Ich schlug die Eroberung des Depotschiffs vor; du sagtest, daß ein solches Beutestück die Erde interessieren würde und daß nach etwa drei Wochen ein Rettungsschiff eintreffen könnte.«

»Ja, richtig. Ich habe die Sache vor Dasconetta erwähnt, der der Ansicht war, ein solcher Schritt überträfe seine Befugnisse, und so wurde nichts daraus.« Ifness kostete prüfend von seiner Suppe und streute ein paar Pfefferkrümel hinein. »Auf jeden Fall war das Ergebnis ja dasselbe, und du brauchst dich nicht mehr zu sorgen.«

Etzwane zwang sich zur Ruhe. »Wie kannst du das sagen, wenn eine Schiffsladung von Gefangenen auf einen fernen Planeten gebracht wurde!«

»Ich meine das nur ganz allgemein«, sagte Ifness. »Was mich angeht, so hat mich meine Arbeit weit in der Galaxis herumgeführt.« Er blickte auf seinen Chronometer. »Ich habe noch ein paar Minuten. Der Asutra, den ich hier in Shant gefangen habe, und andere Exemplare sind untersucht worden. Es interessiert dich vielleicht zu hören, was ich erfahren habe.«

Etzwane lehnte sich in seinem Stuhl zurück.

»Wenn du unbedingt willst, erzähl mir von den Asutra.«

Ifness aß mit gemessenen Bewegungen seine Suppe. »Einige Dinge, die ich dir berichte, sind Vermutungen, einige Schlußfolgerungen, einige konkrete Feststellungen – und der Rest leitet sich aus direkter Kommunikation her. Die Asutra sind eine sehr alte Rasse mit einer außerordentlich langen Geschichte. Wie wir schon wußten, sind sie Parasiten, die sich aus einer Art Sumpfegel entwickelt haben. Sie sammeln Informationen auf den Oberflächen von Kristallen, die sie im Unterleib tragen. Diese Kristalle wachsen, und der Asutra wächst. Ein großer Unterleib deutet auf ein entsprechend umfangreiches Wissen hin; je größer der Unterleib, dest höher die Kaste. Die Asutra verständigen sich untereinander durch Nervenimpulse – was man vielleicht auch als Telepathie bezeichnen kann; eine Kette spezialisierter Asutra kann die kompliziertesten geistigen Aufgaben bewältigen.

Es ist allgemein bekannt, daß die Intelligenz in Zeiten sich verschlechternder Lebensbedingungen besonders gefördert wird; so war es auch bei den Asutra. Sie hatten und haben eine ungeheure Vermehrungsquote; jeder Asutra bringt eine Million Nachkommen hervor, die nach einer von zwei Lebensformen orientiert sind und die sich mit einem Exemplar der anderen Form verbinden müssen, um lebensfähig zu sein. In der Frühzeit haben die Asutra ihre Sümpfe zu schnell bevölkert und mußten um Wirte kämpfen; eine Herausforderung, die dazu führte, daß sie sich die Wirtwesen schließlich züchteten, daß sie Ställe und Gehege bauten und ihre eigene Geburtenrate steuerten.

Es ist wichtig, die Dynamik der Asutra zu erkennen, ihren im Grundsatz psychotischen Trieb – die Lust, einen starken und aktiven Wirt zu besitzen. Diese Notwendigkeit ist für sie so grundlegend wie die Kraft, die die Pflanzen der Sonne zuwendet oder die Menschen dazu bringt, Nahrung zu suchen, wenn sie hungrig sind. Nur wenn man diese Lust zur Beherrschung begreift, kann man die Asutra auch nur annähernd verstehen. Ich muß freilich gleich in diesem Zusammenhang anmerken, daß viele, wenn nicht gar alle unsere ursprünglichen Theorien naiv und unrichtig waren. Meine Forschungen haben nun zum Glück die Wahrheit ans Licht gebracht.

Wegen ihrer Intelligenz und der Fähigkeit, diese Intelligenz weiterzugeben, und wegen ihrer natürlichen Raubtierinstinkte ist die Geschichte der Asutra kompliziert und dramatisch. Sie haben viele Entwicklungen durchgemacht. Es gab eine künstliche Periode, in der sie die chemische Ernährung und elektrische Empfindungen ausprobierten. Sie erzeugten ganze Meere aus Nährflüssigkeit, in denen sie herumschwammen. In einer anderen Ära züchteten die Asutra optimale Wirtwesen, doch diese wurden von Asutra mit Wirten aus dem Urschleim besiegt und vernichtet. Diese urzeitlichen Wirtwesen waren aber auf ihrer Heimatwelt nahezu ausgestorben; und so wurden die Asutra zu interplanetarischen Vorstößen gezwungen.

Auf dem Planeten Kahei fanden sie eine Umgebung, die fast identisch war mit der ihrer Heimatwelt, und die Ka waren geeignete Wirtwesen. Die Asutra übernahmen Kahei, das im Laufe der Jahrhunderte eine zweite Heimat für sie wurde.

Auf Kahei stießen sie auf einen unerwarteten und unwillkommenen Umstand. Die Ka paßten sich nämlich mit der Zeit den Asutra an, und allmählich kehrte sich das Verhältnis um. Die Asutra waren nicht mehr der dominierende Teil der Symbiose, sondern wurden zum unterlegenen Teil. Die Ka begannen die Asutra für untergeordnete Zwecke einzusetzen, als Kontrolleure für Bergbaumaschinen, zur Entwicklung von Geräten und für andere ihnen unangenehme Aufgaben. In anderen Fällen verwendeten die Ka Gruppen miteinander verbundener Asutra als Rechenmaschinen oder Speicheranlagen; im wesentlichen wurden die Asutra benutzt, um die Macht der Ka zu vergrößern – und nicht umgekehrt. Die Asutra widersetzten sich solchem Verhalten, ein Krieg begann, und die auf Kahei befindlichen Asutra wurden versklavt. Von nun an waren die Ka die alleinigen Herren.

Die von Kahei vertriebenen Asutra suchten dringend neue Wirtwesen. Dabei kamen sie nach Durdane, wo die menschlichen Bewohner so beweglich, ausdauernd und intelligent waren wie die Ka – und weitaus anfälliger für die Kontrolle der Asutra. Aber Durdane war zu trocken für die Asutra, und so wurden im Verlaufe von zwei oder drei Jahrhunderten viele tausend Männer und Frauen auf die Heimatwelt der Asutra gebracht und dort in das System integriert. Aber noch immer hatten die Asutra Kahei nicht vergessen, das endlose Heideflächen und herrliche Sümpfe besaß. So begann ein Vernichtungskrieg gegen die Ka, in dem Menschen als Sklavenkrieger eingesetzt wurden. Die Ka, die noch nie sehr zahlreich gewesen waren, sahen eine Niederlage durch Auszehrung voraus, wenn sie die menschlichen Angriffe nicht irgendwie verhindern konnten. Versuchsweise schufen sie also die Rogushkoi und schickten sie nach Durdane, dem nächsten von Menschen besiedelten System, um ihre Vernichtungswaffe auszuprobieren. Wie wir wissen, schlug dieser Versuch fehl. Als nächstes versuchten die Ka, uns Menschen als Kämpfer gegen die Asutra einzusetzen, doch wieder blieb das Experiment erfolglos; ihr Korps von Sklavenkriegern revoltierte und wandte sich gegen sie selbst.«

»Woher weißt du das alles?« fragte Etzwane.

Ifness winkte geringschätzig ab. Er war mit seiner Mahlzeit fertig und sichtlich ungeduldig. »Ich setzte die Möglichkeiten des Historischen Instituts ein. Übrigens ist Dasconetta besiegt. Ich habe seine pedantische Sturheit überwunden und die Sache direkt vor die Koordination gebracht, wo ich in meiner Ansicht aktiv unterstützt wurde. Die Erdenwelten können eine Versklavung von Menschen durch fremde Rassen nicht dulden; dies ist unsere grundlegende Politik. Ich habe unsere Streitmacht begleitet, wobei ich offiziell als Berater des Kommandanten fungierte, aber in Wirklichkeit leitete ich die Expedition.

Bei unserer Ankunft in Kahei stellten wir fest, daß sowohl die Ka als auch die Asutra von dem Krieg erschöpft waren. Im Nordgebiet stoppten wir einen Kampf zwischen Kriegsschiffen und erzwangen einen Frieden, der zu harten, aber fairen Bedingungen geschlossen wurde. Die Ka mußten sich von allen Asutra trennen und alle menschlichen Sklaven zurückgeben. Die Asutra wiederum gaben das Bemühen auf, Kahei zu erobern, und erklärten sich ebenfalls einverstanden, alle menschlichen Wirte nach Durdane zurückzubringen. Diese Lösung des komplizierten Problems war elegant und einfach und lag letztlich im Interesse aller Beteiligten. Das wäre also, knapp zusammengefaßt, die Situation, wie sie heute ist.« Ifness trank von seinem Verbenatee.

Etzwane hockte zusammengesunken auf seinem Stuhl. Er dachte an die silberweißen Schiffe, die die Schiffe der Ka von den schwarzen Asutrakuppeln zurückgetrieben hatten. Mit bitterem Lächeln dachte er daran, wie schutzlos das Ausbildungslager dagelegen hatte und mit welcher Leichtigkeit er und seine Männer dort gesiegt hatten. Das Raumschiff, das sie so grimmig entschlossen erobert hatten, war eigentlich gekommen, um sie nach Durdane zurückzubringen. Kein Wunder, daß der Widerstand so gering gewesen war!

Ifness sagte höflich-besorgt: »Du siehst beunruhigt aus; hat mein Bericht dich – erschüttert?«

»Nein«, sagte Etzwane. »Aber wie du schon gesagt hast – die Wahrheit macht manche Illusion zunichte.«

»Wie du siehst, war ich mit großen Dingen beschäftigt und konnte mich nicht um die gefangenen Alula kümmern, die inzwischen sicher wieder am Vurush-Fluß herumstreifen.« Er blickte auf seinen Chronometer. »Was hast du denn nach unserer Trennung unternommen?«

»Oh, nichts Wichtiges«, sagte Etzwane. »Nach einigen kleinen Unannehmlichkeiten kehrte ich nach Shillinsk zurück. Ich habe übrigens dein Boot mit nach Garwiy gebracht.«

»Das trifft sich ausgezeichnet. Dasconetta hatte mir das Beiboot eines Raumschiffs nach Shillinsk geschickt.« Wieder blickte Ifness auf den Chronometer. »Wenn du mich nun entschuldigen würdest – ich muß fort. Unsere Bekanntschaft dauert nun schon mehrere Jahre, doch ich glaube nicht, daß wir uns noch einmal wiedersehen. Ich verlasse Durdane und gedenke nicht zurückzukehren.«

Etzwane ließ sich in seinen Stuhl zurücksinken und schwieg. Er war mit seinen Gedanken weit weg, er dachte an majestätische Flüsse und Nomadenklans. Er erinnerte sich an die Greuel an Bord des Transportschiffs und an den Tod Kazanas; er dachte an die schwarzen Heideflächen und den purpurschwarzen Sumpf; er erinnerte sich an Polovits und Kretzel ... Ifness war aufgestanden.

»In Shagfe gibt es eine alte Frau, sie heißt Kretzel und kennt vierzehntausend Strophen des Großen Liedes der Ka. Dieses Wissen wird mit ihr sterben«, sagte Etzwane.

»In der Tat.« Ifness zögerte und betastete sein langes Kinn. »Ich werde diese Information an die zuständige Stelle weiterleiten, und man wird Kretzel anhören, eventuell eine Bandaufnahme machen, was sicher auch zu ihrem Vorteil ist. Aber jetzt ...«

»Brauchst du einen Helfer, einen Assistenten?« entfuhr es Etzwane. Er hatte diese Frage eigentlich gar nicht stellen wollen; die Worte waren ihm wie von allein über die Lippen gekommen.

Ifness schüttelte lächelnd den Kopf. »Eine solche Verbindung würde zu nichts führen, Gastel Etzwane. Leb wohl.« Er verließ die Schänke.

Etzwane rührte sich eine Viertelstunde lang nicht von der Stelle. Dann stand er auf und ging zu einem anderen Tisch. Der Appetit war ihm vergangen; er bestellte eine Flasche starken Wein. Und er hörte Musik: Frolitz und die Rosaschwarztiefblauen Grünen spielten ein fröhliches Lied aus dem Hochland von Lor-Asphen.

Schließlich kam Frolitz an seinen Tisch. Er legte Etzwane die Hand auf die Schulter. »Dieser Mensch ist fort, und das ist gut. Er hat einen schlechten Einfluß auf dich gehabt; ja, er hat dich von deiner Musik abgelenkt. Jetzt ist er endlich fort, und es wird wie früher sein. Komm, spiel deine Khitan.«

Etzwane blickte in die Tiefen des kühlen Weins und betrachtete die Lichtreflexe und Schatten an seiner Oberfläche. »Er ist fort, doch heute steht mir der Kopf nicht nach Musik«, sagte er mit schwerer Zunge.

»Kopf?« fragte Frolitz. »Wer spielt schon mit dem Kopf? Wir nehmen die Finger, den Atem und eine fröhliche Stimmung.«

»Das ist wahr. Doch meine Finger sind taub; ich würde uns alle nur beschämen. Heute bleibe ich hier sitzen, höre euch zu und besaufe mich mit ein paar Gläsern gutem Wein. Morgen sehen wir weiter.«

Er starrte lange die Tür an, durch die Ifness verschwunden war.